百年广西多民族文学大系

BAINIAN GUANGXI DUOMINZU WENXUE DAXI

（1919—2019）

中篇小说卷

（1919—1949）

总 主 编 ◎ 黄伟林 刘铁群

本卷主编 ◎ 黄伟林 谭 彦

②

GUANGXI NORMAL UNIVERSITY PRESS

广西师范大学出版社

·桂林·

出版统筹：罗财勇
项目总监：余慧敏
责任编辑：蒋剑瑛
助理编辑：唐俊轩
责任技编：李春林
整体设计：智悦文化

图书在版编目（CIP）数据

百年广西多民族文学大系：1919—2019：全18册 / 黄伟林，刘铁群总主编．—桂林：广西师范大学出版社，2019.12
ISBN 978-7-5598-2282-6

Ⅰ．①百… Ⅱ．①黄…②刘… Ⅲ．①中国文学－当代文学－作品综合集－广西②中国文学－现代文学－作品综合集－广西 Ⅳ．①I218.67

中国版本图书馆 CIP 数据核字（2019）第 217639 号

广西师范大学出版社出版发行

（广西桂林市五里店路 9 号　邮政编码：541004）

网址：http://www.bbtpress.com

出版人：张艺兵

全国新华书店经销

广西广大印务有限责任公司印刷

（桂林市临桂区秧塘工业园西城大道北侧广西师范大学出版社集团有限公司创意产业园内　邮政编码：541199）

开本：720 mm×970 mm　1/16

印张：591.5　　字数：9420 千字

2019 年 12 月第 1 版　　2019 年 12 月第 1 次印刷

定价：2800.00 元（全 18 册）

如发现印装质量问题，影响阅读，请与出版社发行部门联系调换。

目 录

导 言

导　言

在中国现代小说的发展史上，"中篇小说"这一文体概念，是在新文化运动中逐渐被确立的。直至1923年，郑振铎以"西谛"（郑振铎字西谛）署名，在《文学旬刊》上刊发《文学的分类》一文，第一次明确定义了"中篇小说"：

> "中篇小说"是篇次较"长篇小说"短，而较"短篇小说"长的小说。有人译为"长短篇小说"，日本人则译之为中篇小说。如鲁迅译的阿志巴绥夫的《工人绥惠略夫》，我译的路卜洵的《灰色马》，字数在五六万字上下的都是。①

现在一般认为，篇幅在二万字到十万字左右的小说属于中篇小说。但篇幅并不是界定中篇小说的唯一标准，除了篇幅上的定义，中篇小说还具有独特的艺术魅力。中篇小说是多元化趋向明显的小说体例，其在风格上普遍存在的通俗化追求，也更容易为一般民众所了解和接受。因此，中篇小说这种体例，也被认为是处于短篇和长篇小说"中间"，具有"某种复合的特征和过渡的性质"②。

在20世纪初，广西文学中常见的叙事方式是众多的民间故事和传说，人们通过民间故事、英雄传奇，甚至民间流传的歌谣，来讲述本民族、地区的历史、人物、

---

① 西谛:《文学的分类》,《文学旬刊》1932年第82期。
② 王迅:《"中间"诗学的见证——2014年中小说主旋律叙事考察》,《新文学评论》2015年第3期。

事件和精神的传承。"民间传奇故事所参与的对民间文化的审美叙事表达，不仅以最原始的信仰方式积淀了各民族特定的文化心理，其讲述方法也为广西小说走向文人创作，积累了自己的叙事经验。"①

总体而言，在1919年至1949年这一历史阶段，广西中篇小说创作可分为三个时期，即1919—1937，1938—1944，1945—1949；在这期间，两个作家群体构成了广西中篇小说创作的主力，即由在广西定居的外省籍作家构成的"旅桂作家群"和原籍广西的本土作家群。

一、广西中篇小说创作的三个时期

在1919年到1937年这个时期，新文学运动对广西文学的影响并不明显。这固然和广西当时地处西南边疆，且受军阀割据的影响有关，新文学发展受到较大限制。在新文学发展的初期，"广西在新文学领域几乎完全无所建树"②。

这一时期，广西的文学发展已经开始出现了由旧文学朝新文学转向的趋势，但并没有完整意义上的现代文学创作。这其中，何诹在民国初年创作的长文言小说《碎琴楼》，以及此后几年创作的《鳖营长》《残蝉魂影》等小说，就篇幅而言与现代中篇小说的篇幅标准相符合。《碎琴楼》打破了传统文言小说的章回体形式，开创了"新体文言小说"。这些介于新旧文学形式之间的小说作品，成为广西现代文学发展初期不可多得的萌芽。

除何诹外，韦杰三等一些广西籍的文化人也在这一时期有部分小说创作，但均未产生全国性的影响。

1938年到1944年的"抗战桂林文化城"时期是广西现代中篇小说创作的集中期。桂林作为当时广西的省会、战略后方城市，在抗战时期动荡的社会环境中得到了全

---

① 高蔚、梁培辉：《论广西现代小说的起步形态》，《南方文坛》2008年第6期。
② 黄伟林：《将新文学引进广西——第一代独秀作家群论》，《南方文坛》2010年第5期。

国文化人的青睐。秀美的自然风光、相对稳定的社会环境和相对宽松的政治氛围，吸引了大批文化人旅居桂林。文化人群体的麇集，也带动了桂林的新闻和出版行业蓬勃发展，一大批报纸、期刊、出版社、书局迁址于此；分布于全国其他地方的文化人，也纷纷将作品寄带至桂林发表或出版。

随着文化人群体的扩大，文化出版业的繁荣也随之而来，给小说的创作、发表提供了充足的空间和平台。这一时期的桂林城内，各种创刊、复刊的刊物有30余种，"这段时间的刊物，有妇女、儿童、青年杂志；有诗歌、戏剧、小说期刊；有文学、艺术、新闻类刊物，可以说是百花争艳"①。

一大批知名文化人的到来，使广西的中篇小说创作者群体不断充实壮大。旅桂作家群的人数急剧增加，以及桂林文化城新闻出版行业的空前繁荣，为小说创作、发表、出版创造了良好的环境和条件。这一时期，以桂林为中心的广西中篇小说创作进入了空前的密集期。据不完全统计，在1938年至1944年这六年时间里，"从桂林路过或在桂林逗留和居住过的文化人有1000多人，在桂林发表作品的人更是达2000以上。其中单是小说作者，就有近400人"②，出版中、短篇小说集近120部。

这一时期的中篇小说创作，大多以抗战为题材，但所关注的焦点却有不同。这些中篇小说，在有限的篇幅内，有正面描写歌颂浴血奋战的抗日战士（黄药眠《克复》），有反映沦陷区人民的生活与抗争（周为《斩钝刀》），也有揭露国民党正面战场的腐败软弱（司马文森《南线》），及国民党统治下的大后方在战争掩盖下的种种微妙的国民心态（骆宾基《吴非有》）。所取材的地域背景从广袤的北国大地到南方的桂林、香港，串联起了整个中国的抗战版图。

这些中篇小说的问世，从不同的侧面和视角呈现了多元、复杂的抗战形势，也证明作家们的才华在创作空间上得到了充分施展。甚至有不少作家认为这一时期是自己"创作上的一个旺盛期"，所写的中篇小说也从本质上反映和思考抗日战争中

---

① 李曙豪:《"桂林文化城"的报刊编辑》,《传媒》2002年第8期。

② 雷锐主编《桂林文化城大全 文学卷 小说分卷 第1册》,广西师范大学出版社,1991,第2页。

出现的种种问题。

抗战胜利后到1949年的这一段时间，仍然有大量描写抗战时期社会生活的中篇小说创作出来。但是与抗战期间的许多创作相比，这一时期的中篇小说，因没有了"救亡"的压力，反而会在主题的广度上进行拓展，不局限于直面抗战救亡，也在主题的深度上进行更深一步的揭露、反思、批判。这一时期的《初恨》《江文青的口袋》等作品，反映了当时社会上青年普遍的思想精神和面临的情感困境；《风砂的城》《沉渣》等作品，虽然也有抗战时期的社会背景，却把视点放在了人物的纠葛和心理、身份等变化上。

1919年至1949年，广西中篇小说发展经历的三个不同时期既有高峰也有低谷。但总体而言，由于旅桂作家群和广西籍本土作家在这一时期的大量创作，给广西中篇小说积淀了丰厚的历史遗产。除了抗战主题的大量涌现，不少反映广西民俗风情、社会现状的作品和批判现实主义小说的创作，给广西现代中篇小说提供了极大的丰富性。

二、旅桂作家的中篇小说创作

旅桂作家群体当中，不少人旅居的时间较长；或有短期辗转到广西其他地方，但大多数人的大部分时间集中在桂林一地。

与战场疏离的创作环境，反而让文化人的创作目光更多地深刻审视战争环境下，社会的政治环境、民众心理、个人生活所产生的种种变化。在旅桂作家群的中篇小说创作中，有大量题材取自抗日战场和大后方。抗战题材是旅桂作家群中篇小说创作的主流。

司马文森在广西停留的时间是旅桂作家中最长的一位。他1939年来到桂林，一直在桂林生活至1944年。桂林沦陷后，司马文森转赴桂北抗日游击区，直到抗战胜利后，才离开广西前往广州。这期间，司马文森的中篇小说创作颇丰，有《尚仲衣教授》(1940)、《南线》(1941)、《湖上的忧郁》(1941)、《王英和李俊》(1941)、《落日》

（1942）、《希望》（1942）、《鸽》（1943）等多部作品问世。

司马文森的中篇小说《尚仲衣教授》于1939年10月着手创作，并于1940年以《粤北散记》的题名，发表于《文艺阵地》四卷第四、五期上。"构成这部作品的许多材料，都是事实，大半都是我亲眼看见的。许多事件是实在的，许多人物也是实在的。"[①]

这部小说正如司马文森自己谈道："我要告诉那些看不起文化工作者的人，他们所想所做的大半都错了，要深刻地反省一下。文化人并不是完全没有用，他们有用的才能是在怎样的一种状态下，慢慢被消耗，慢慢被戕杀啊！我要替他们声辩，我要控诉，用事实来回答那些无理的轻蔑！"[②]

《南线》是司马文森在此之后创作的另一部中篇小说，在这部小说中，司马文森用辛辣的笔法，刻画了南方抗日战场上国民党军官丑陋的众生相。"司马文森是打算通过《南线》这部小说，较完整地描写南线战场，从中揭示南线战场乃至整个抗战前期国民党军队节节败退的某一部分内在原因——指挥者的腐朽无能、损公肥私和军纪败坏。"[③]

王鲁彦是1938年底来到桂林的，直至1944年8月20日在桂林病逝。近六年时间里，王鲁彦长期被病痛困扰，但是文学活动十分活跃，主要精力放在了文艺刊物的编辑上。王鲁彦的文学创作数量虽然不多，但是品质都比较高。小说题材大多与抗战现实相关。中篇小说《胡蒲妙计收伪军》是一部抗战题材的颇有传奇色彩的通俗小说，于1940年在《新道理》通俗半月刊第21期至25期连载。主人公胡志敏、蒲逸民与伪军的斗智斗勇，让鲜活的抗日青年形象跃然纸上。通俗小说的创作方式更容易为普罗大众接受，也有着更好的激励人心的作用。

---

① 司马文森：《〈尚仲衣教授〉初版序》，载杨益群等编《司马文森研究资料》，北京十月文艺出版社，1998，第217页。

② 司马文森：《〈尚仲衣教授〉初版序》，载杨益群等编《司马文森研究资料》，北京十月文艺出版社，1998，第217页。

③ 杨益群：《司马文森在桂林的文学活动及成就》，《广西社会科学》1986年第4期。

　　王鲁彦还与同样旅居桂林的巴金有着密切的交往。"巴金与鲁彦的交往，促进了巴金创作思想的发展，开拓新的创作题材，即写'小人小事'。"①巴金旅桂时间不长，但是他在桂林期间创作的中篇小说《还魂草》，当中的"利莎"这一人物，即是以王鲁彦的女儿为原型。

　　骆宾基分别于1940年和1942年两次抵桂，停留的时间都较短。在此期间，他创作发表了《吴非有》《胶东的"暴民"》等中篇小说。这些小说的取材均来自骆宾基当时经历的现实生活，对抗战时期的社会动荡和底层人民生活有着生动的呈现。

　　《吴非有》是一部以大后方知识分子为主角的抗战题材小说，有着浓厚的知识分子写作气息。在这部小说里，骆宾基让读者跟随吴非有的经历和见闻，了解到一个扭曲的大后方社会和官场：明明是有着专业权威的知识分子，却一个劲想着官场的职务升迁，为了这个"官位"，不惜对上司谄媚奉承。小说不仅仅局限在塑造"吴非有"这一个单薄的人物形象上，而是深刻剖析了战争阴影笼罩下的大后方，虽然没有直面烽烟，却依然异化了生活在这里的人们的精神，令他们变得空虚、彷徨。这样错位的人物塑造似乎是骆宾基有意为之，"骆宾基对灰色人生的嘲讽和讥刺，是建立在具有抽象思辨色彩的人生哲学——'生活的意义'这一主题之上"②。

　　在《胶东的"暴民"》这样的抗战题材小说中，骆宾基则直面底层民众面对侵略时的抗争，更多地展现出一种原始和充满野性的力量感。这部中篇小说，骆宾基自认为是其抗战时期的代表作。小说中的民众抗争行为，成为作者表达民族生存意志的折射。小说也正是通过在这些民众形象上塑造出的顽强的生命力、不屈的精神意志和品格来感染和影响读者。

　　如骆宾基这样在广西旅居时间较短，但中篇小说创作有所建树的旅桂作家还有

---

　　①　杨益群：《相濡以沫，情真意挚——巴金与鲁彦》，载魏华龄、左超英主编《桂林抗战文化研究文集（六）》，广西师范大学出版社，2001，第442页。

　　②　常勤毅：《试论骆宾基四十年代小说中的三重审美意识》，《齐齐哈尔大学学报》（哲学社会科学版）1988年第1期。

秦牧、安娥、王西彦、萨空了等。

秦牧1941年到达广西，在桂林期间创作了《阴阳关纪事》，于《大公晚报》（桂林版）进行连载。这一时期，秦牧的创作"内容都是暴露黑暗、鞭挞丑恶，同情受害者，颂扬反抗者，'鼓吹坚持抗战和争取民主的斗争'，因而产生了比较好的社会影响，遭到反动派的报纸咒骂，说他'不是共产党却偏装作共产党'"[①]。

安娥的小说创作有限。她在旅桂期间留下了纪实中篇小说《盛四儿》，发表在《文艺生活》（桂林版）。在小说中，盛四儿由一个家境贫穷的流浪儿童，成长为机智勇敢的游击队少年勤务兵，人物的"成长"被寄予了普通民众在战争中觉醒和构建胜利信心的期待。

艾芜旅桂时间较长，也是一位高产的旅桂作家。艾芜在桂林的生活条件很艰苦，这与他充沛的创作热情形成了鲜明的对照。"在桂林的五年里，他创作极为勤奋，只看过两场电影和一次戏。他生活极为艰苦，长期住在桂林东郊观音山的一间简易竹楼里，自己种菜养猪，形同难民。"[②]1943年，艾芜在《文学创作》二卷六期上发表了中篇小说《打猎记》。1944年1月，艾芜创作了《我的旅伴》，后与1942年创作的小说《回乡》结集为中篇小说集出版，仍以《我的旅伴》为书名。在这部作品中，艾芜笔下描写出了与内陆迥异的风情和文化，承袭了他边地小说中"流浪"的艺术形象。

艾芜于1936年创作的中篇小说《春天》，1937年出版，在他旅居桂林期间，1940年由良友图书公司再版，1942年由桂林今日文艺出版社再版。1944年，艾芜离开桂林后，还在《青年文艺》（桂林版）上发表了中篇小说《一天的活动》。

王西彦的中篇小说《风雪》是他于1941年赴广西前夕完成的。在旅居桂林期间，王西彦有一段时间暂代王鲁彦编辑《文艺杂志》，《风雪》也于《文艺杂志》上刊发。《风雪》是一部旅行题材小说，在选择人物视角时，王西彦特地把一个八岁的小女

---

① 陈衡：《秦牧的生平及其创作》，《湘潭大学社会科学学报》1982年第1期。
② 苏关鑫、雷锐等编《旅桂作家（上册）》，广西人民出版社，1987，第5页。

孩海仑作为视点人物。儿童天真无邪的视野里，景色的变化与成年人之间沉闷压抑的对话形成了对比冲突，"为这篇小说增加了若干清新动人的韵致，也切合小说结尾的乐观情绪"[①]。这一部小说所呈现出来的创作技巧，也正是王西彦在这一时期的小说创作中，对小说叙事结构运用较为鲜明的特色。

广东作家陈残云在桂林旅居期间创作的中篇小说《风砂的城》是其成名作，小说的故事展开的地域背景正是当时的桂林。不过，在陈残云笔下这时的桂林，已经不复当年抗战文化城的盛况，反而是在一片肃杀的空气中迅速萧条，在白色恐怖的笼罩下，学校里教授去职、宿舍遭搜查，报馆等文化场所接连遭到查禁，一大批文化人被罗列进了黑名单。这时的抗战文化城已经变成了令人恐惧的"风砂的城"。作者通过女性主人公江瑶的斗争与呐喊，向读者揭示了一个黑暗统治下的腐败的社会。这种社会的黑暗，最终将江瑶这样的小人物吞噬。小说中所呈现出来的纯真少女和黑暗现实的冲撞对立，少女自我思想认知上的冲突，几乎完整投射了陈残云在那一时期的政治立场和社会思考。

在这部小说中，陈残云对民国新女性角色的塑造有着不同于那个时代主流的独特认知。陈残云笔下的女主人公跳脱出了新文化运动发端时，一味追求"女权"和"解放"的符号化表达，而是通过女性意识和社会现实的冲突来阐明所谓的"解放"，必须是以社会革命为前提，即"个人无法战胜社会，女性的真正解放必须以整个社会的进步为前提，否则，女性极有可能是冲出小牢笼、跌入大火坑，女性的人格、尊严、权利毫无保障，甚至还可能成为政治阴谋的工具"[②]。

在旅桂作家群当中，有部分文化人供职于各报社、杂志社，兼具文化人和新闻人两种身份。他们擅于走访、调研，中篇小说的创作有着独特的视角和思考。这些由职业带来的创作独特性，反映在作品中所呈现出来的往往是更加鲜明的政治立场

---

① 孙升亮：《论王西彦的小说艺术》，《安徽教育学院学报》1996年第1期。
② 梁惠玲：《在历史与现实的重压下——论陈残云〈风砂的城〉对女性意识的刻画》，载广东省作家协会编《文海风涛——陈残云作品研讨会论文集》，花城出版社，1993，第103页。

和对现实更加热切的关照。

　　周为是抗战桂林文化城时期在广西停留时间最长的外省文化人之一，也是对广西考察、了解最深入的文化人之一。1941年，周为来到桂林《大公报》任职。作为一名记者，周为的足迹行遍广西，对广西的社会、风土、人情有着深刻的洞察和体悟，以至于很多人都认为周为是广西人。在《斩钝刀》的写作中，周为给人物使用了大量的粤语俚语，以此来表达人物复杂的情绪，同时也暗合了人物底层的身份。在反抗的主题中，这些俚语的大量运用赋予了人物鲜明的地域特征，成为作者与读者共情的一个显著渠道。

　　《斩钝刀》这样一部底层特色鲜明的作品能够呈现出来，一方面固然和周为的籍贯有些关系，但更多地则是因为周为长时间与社会密切接触，得来了素材和灵感。

　　于逢是越南华侨，1934年回国，1937年进入《救亡日报》当外勤记者，采写过数量众多的新闻报道。后由于战乱频繁，于逢在多地辗转。1939年，于逢来到桂林，重归《救亡日报》担任助理编辑，同时在业余时间进行小说创作。此后一段时期，于逢断断续续往返于广西和广东，工作也有多次变动。因其丰富的新闻采编经历，于逢在小说创作当中常留有非虚构写作的影子。1942年，抗战桂林文化城迎来一个高峰。此时，于逢已是第三次抵桂，在此期间，其创作的中篇小说《乡下姑娘》《何纯斋的悲哀》得以出版，并完成了中篇小说《冶炼》《深秋》的初稿。于逢自评："这是我创作上的一个旺盛期。"①

　　于逢在桂林《救亡日报》时期，与易巩私交甚密，两人也合作进行了不少文学创作。易巩是广东南海人，旅居桂林期间，公开的身份是记者，在桂林国际新闻社、《救亡日报》、亚洲印书馆等文化机构都工作过。

　　易巩于1941年创作了中篇小说《杉寮村》，1942年在《文艺杂志》(桂林版)上连载。《杉寮村》把故事的背景放在了潮汕地区，这也是易巩最为熟悉的家乡环境。

----

① 于逢:《我的生活创作道路》,《新文学史料》1989第2期。

这部小说的价值，相当大的部分体现在作者对社会矛盾多层次的思考和呈现。作为这一时期潮汕农村的一个缩影和符号，"杉寮村"被有意地塑造成为一个各种社会、政治矛盾的集中地。这里既有日本侵略者和中国农民之间的民族矛盾，也有富裕农民和贫困农民、农民和乡绅、国民政府与农民之间的矛盾冲突。但呈现矛盾冲突并不是易巩的创作动机，对社会和历史更深层次的思考似乎才是易巩想要探寻的答案，"这部小说所反映出来的问题，无疑是抗日战争中带有本质性质的问题"[①]。

萨空了曾于1939年和1941年两次因公务途经广西。在桂林期间，萨空了因身份和社会交往的复杂性，被国民党当局视为威胁。

1942年，萨空了携妻子和女儿从香港逃难再次到达桂林。这一次的旅桂之行对萨空了而言似乎更多了些灾难：先是妻子与他离婚，而后在1943年5月，萨空了被国民党秘密逮捕，并拘禁在一个尼姑庵里，直到1944年6月被转押至重庆。中篇小说《懦夫》，即是萨空了被关押在桂林期间，于狱中创作完成的作品。

特殊的创作环境，让《懦夫》这样一部小说作品带有作者强烈的个性化表达和思想，从而使小说的呈现有着与众不同的坚硬内核。

黄药眠的小说创作中，则处处都有他"红色记者"的身份印记。黄药眠早在1937年就加入了新华通讯社。抗战桂林文化城时期，黄药眠与胡愈之、范长江等人组建了国际新闻社，并担任总编辑。作为文化人，黄药眠的身份常常是"诗人"。而他的小说创作集中时期，恰好是在1949年以前。这一时期于桂林创作的中篇小说《克复》，以农民为小说题材的取向，被认为是写"真正的中国人物"[②]。小说把情节展开的舞台放在沦陷区的一个村庄里。肖暮春作为村里的知识分子，在传统的宗族观念和民族大义的文化冲突中，选择了支持儿子投身抗日运动，"国家"的情怀成为小说立得住的主旋律。同时，小说的创作也不仅仅局限于为政治、为抗战服务，

---

① 王佩娟：《一部反映抗战时期潮汕人民痛苦生活的力作——论易巩的〈杉寮村〉》，《中山大学学报》（社会科学版）1995年第2期。

② 林分份：《黄药眠后期小说的"中国化和大众化"实践》，《文艺争鸣》2018第8期。

而是把笔墨着重放在刻画底层人民精神上的转变，具有一定的深刻性和艺术性。这种对艺术性的追求在以"救亡压倒启蒙"为主轴的抗战文学中，成为难能可贵的作品气质，被认为是"没有把人物写得激昂慷慨，也没将他们的觉醒写得大道理连篇，反将人物被启蒙的变化自然表现了出来"[①]。

三、广西籍作家的中篇小说创作

广西籍作家在这一时期的中篇小说创作，数量并不算多，但是就创作质量和社会影响而言，都留下了重要的印记。这一时期，广西籍作家的小说创作主题较为一致。他们把笔触聚焦在了对社会动荡的关切，一方面是用作品来揭露黑暗的社会现实和扭曲的人性，另一方面则在虚构的情节中探索救亡图存的民族道路。这种以"救亡压倒启蒙"的创作选择，与当时广西籍作家普遍的政治立场是密不可分的，"对于大多数广西作家而言，他们的文学道路也是革命的道路"[②]。

在广西籍文化人的创作中，凤子的性别角色往往更引人注目。如果说旅桂作家群当中还有着不少女性作家的身影，那么在当时的广西籍文化人当中，作为女性的凤子则算是一朵奇葩了。

凤子最为人熟悉的身份是演员、戏剧艺术家，当然，她同时也以编辑《人世间》得到了不少旅桂作家的支持和认可。

凤子为数不多的小说创作，均集中在40年代。凤子的小说创作中，大多是根据自身的经历见闻取材，常用女性身份的第一人称视角，而且给"我"赋予记者或演员等身份。在这些小说里，凤子"鄙视假恶丑，赞颂人性的美好和坚韧，表现普通人坚持抗战到底的信心"[③]。中篇小说《沉渣》依然承袭凤子的思想主线，但是在小

---

① 雷锐：《抗战文学中"救亡压倒启蒙"之再认识——以"桂林文化城"小说为例》，《南方文坛》2006年第6期。

② 陈代云：《广西作家的地理分布与文学格局的变迁》，《河池学院学报》2016年第1期。

③ 史承钧：《凤子的小说》，《上海师范大学学报》(哲学社会科学版)2009年第1期。

说主人公的形象塑造上，却选择了男性伪政府职员这样一个特别的身份。

这一种性别上的差异，为凤子在小说创作中想要表达的矛盾与冲突带来了一些便利。小说中的"我"在伪政府任职，却也参加过抗日地下组织。在抗战胜利之时，"我"心里压抑许久的苦闷似乎也迎来胜利的曙光，但却在短暂的释放之后，发现"我"因伪政府公职人员的身份，与胜利之时的社会、民众格格不入。在一连的碰壁、挫败之后，作者终于让"我"说出了对抗战时期这一类人物的观感和看法：

> 战争的时候没有给国家尽过一分力的人，就没有资格分享胜利的果子。你们还幼小，待你们长大了你们会理解你们爸爸，会慢慢懂得怎样爱你们的国家，去尽你们做国民的本分。等待你们长大了，你们会看到一些风云际会、趁机而起的人物，都不过是被风暴打到海里去了的沉渣。[1]

胡明树是广西桂平人，早年曾赴日本留学。抗战爆发后，他先后在上海、广州等地参加抗日文化活动。1938年，胡明树回到广西，在桂林从事写作、编辑等文化工作。这一时期，他创作了大量小说作品。其中的中篇小说《初恨》，直接把故事发生的背景放在了日本，投射出他在日本留学生活期间的影子。其描写的留日学生张瑞明和房东的女儿的恋爱故事，让人读来富有浪漫气息。"小说中有很多富有浪漫气息的特写，这在很大程度上显示了作者的描写功力。"[2]

《江文青的口袋》则是胡明树在解放战争时期的创作。关于这篇小说，胡明树的创作动机是"觉得在学生中也正有不少像江文清那样的家伙，所以就企图在小说中略施一点政治教育"[3]。小说从江文清的学生时代开始写起，围绕江文清身边的种

---

① 凤子：《沉渣》，太平洋出版社，1946，第89页。

② 高蔚、史树楠：《在新文学传统中成熟的广西作家：胡明树叙事文学作品论》，《广西民族师范学院学报》2011年第2期。

③ 黄绳：《文艺与工农》，求实出版社，1951，第41页。

种人和事，在叙事中呈现人物内心的矛盾和冲突。给江文清的口袋里安排的"秘密"甘薯皮，成了一个显而易见的隐喻——一个藏在表象背后的"江文清"，似乎正如那个时代许许多多的青年学生一样，在理想和现实两个维度间不停地转换与挣扎。

华山早早地就成了"红色作家"。出生于广西南宁的华山，初中毕业后就离开了广西，逐步开始进行文学创作，并从华北版《新华日报》开始自己的记者生涯。作为战地记者，华山"努力实现'做一个红色宣传鼓动员'的革命理想"[①]。在文学创作领域，《鸡毛信》是华山最广为人知的作品，也是华山出版的第一本书，入选过多个版本的小学和中学语文教材。这部小说的创作时间是抗战胜利前夕，背景在华北，首刊也是在张家口出版的《文艺月刊》杂志。在当时，作品所产生的政治鼓动具有显著的意义，也成为特殊时代下的文化出版事业的一个风向标，契合了"建立坚定的文化出版事业的信念"[②]。

陆地的人生轨迹是一条传奇的革命道路。他也是以一名革命者的姿态在文坛上崭露头角的。小说创作是陆地的文学创作中成就最为突出的部分。长篇《美丽的南方》是其最为显著的代表。与《美丽的南方》对知识分子群体的描写相比，中篇《钢铁的心》更有着充满革命和斗争热情的时代精神。这部作品正如其另一个名字"生死斗争"一样，从一个鲜明的视角——一个大时代洪流中的小战士，反映出民族解放斗争里国人的风貌。

广西现代文学发展史的中篇小说创作，如果单从数目来看，似乎并不算多。其时间维度较整个中国现代文学史中相应的时间维度而言也要稍微短一些。但是在特殊的时代背景和社会环境中，由于有着抗战桂林文化城这一特殊的催化剂，广西现代中篇小说创作在文学史上留下了重要的一笔，同时也形成了独特而鲜明

---

① 新华社新闻研究所、中国新闻史学会编《光荣与梦想："新华社80年历程回顾与思考"学术研讨会文集》，新华出版社，2011，第340页。

② 李传新：《初版本》，金城出版社，2012，第6页。

的创作风格。

  如果将时间维度拉长来看，这一时期的广西文坛宽容地接纳了来自全国不同地区、不同派别、不同政治立场的文化人，为他们提供创作的土壤；同时也因着繁荣的文化事业，催生了一批广西籍作家在中篇小说创作上崭露头角。广西现代中篇小说创作，更像是一种初试啼声和力量的蓄势。只不过这种尝试和积蓄，是以现实主义的审视目光和社会变革的理想来塑造文学中的虚构世界，从而在文学史上占有了一席之地。

谭　彦

1930年代

·艾芜《春天》

春天

艾芜

一

大门外的原野，笼着薄雾，平平的，摊在天底下，潮湿而且带着渴睡。远处车房、草屋、竹林子的阴影，东一下，西一下，散缀起，迷迷蒙蒙地，仿佛沉在梦中。通过田野的沟渠，两旁排有矮小栖木树的，绕着院墙的南边，一路微语着，低吟着，好像耐不住黎明的清冷和寂寞似的。东边天空，接近地平线的地方，已经亮了，现出微紫与嫩黄；高一点，则呈鸥蛋壳的绿色；再上去，便全是半暗半蓝的了，只有一些苍白的星子，在霎着凄迷的眼睛。

大门前面的空地，这是用木槿花篱，同胡豆田油菜田隔开的，拴有一条褐色大骡子，赵长生，那个瘌痢头，终年包帕子的家伙，便从后面鞭着它，逼它不息地跑圈圈。整个冬天以来和初春的早上，

作者简介

艾芜（1904—1992），原名汤道耕。四川新繁县人。1931年开始小说创作，1935年以短篇小说集《南行记》引起文坛瞩目。1939年初，湖南战事危急，艾芜全家撤离宁远，于1月下旬抵达桂林。1944年6月，日寇逼近桂北。桂林大疏散，艾芜全家离桂，取道柳州、河池、独山、贵阳，去到重庆。在桂林的五年中，艾芜把全部时间都投入到写作和抗日救亡活动中。此时期，他出版的短篇小说集有《荒地》《秋收》《黄昏》《冬夜》《爱》《萌芽》《逃荒》，长篇小说有《山野》《故乡》《落花时节》，散文集有《杂草集》。在桂期间，艾芜还注重创作经验的总结、文学理论的发展，发表了多篇文艺论文，如《关于〈哈姆雷特〉》《〈西游记〉与〈儒林外史〉——论浪漫主义与写实主义》《从文艺史实看中国文艺化》等；出版了文学论著《文学手册》。

作品信息

出版于1937年，上海良友图书公司。

农人就是这么着，训练骡子的腿劲——好准备夏季时候，用来车水灌田。因为到五六月，河水都干了，大家须用牲畜的力量，去向各自的泉塘里取水的。

骡子浑身流着汗，一面跑，一面鼻子里度度地喷气。左右前后，飞溅起沙粒和泥土。赵长生很有劲：扬着鞭子，时而跳在这边，时而跳在那边，尖下巴、小眼睛的脸子，阵阵地发着红热。

旁边刘老九，裸着一只棕色粗臂膀，现出犁田那样的紧张神情，替庞大的水牛，篦着颈上和腋下的长毛。不时皱紧浓黑的眉头，张大鼻孔，将篦上的虮虱，用指甲刮进烘笼（烘笼，硬竹篾编的，中盛瓦钵，可以装柴火。农民冬季，即以之御寒）里去。接着烘笼里便响起了别别爆爆的低音，烧焦发臭的气味，也就一股股地，放散出来。

黑色水牛嚼着肚里冒出的草，轻徐地摇着尾巴，但一篦到发痒处，便立刻夹进后腿去。身上的皮子，也蓦地打起颤来。眼睛却在长睫毛下，一开一合地。刘老九看见这样子，觉得像是得了报酬样，就翘起两片嘴唇，爱抚小孩那么地骂道：

"你倒安逸啰。"

一面拿拳头的背面，揉一揉鼻子，这是给什么东西弄痒，就要这么做的。

紫红的太阳，橘子柑一般，从东面地平线上慢慢爬起。罩着平野的薄雾，便蘸着微光，转成乳白色，一直淡下去，逐渐消散。围有竹树的各个院子，露着炊烟缕缕的草屋顶，就由近而远地，渐次分明起来。苍白的星，隐没了，天空转成青白的颜色。

邵安娃挑完了吃水，蹲在门前石狮子旁边息气，并想晒晒太阳。一面摸出皮烟盒子，慢条斯理地裹烟卷。脸上老显得木然呆笨，仿佛从没欢喜，也不发气似的。

汪二爷披着马褂走了出来，抹有黄油样的脸上，给初出的太阳一照，便发出红光，边扣衣纽，边大声嚷道：

"呵哟，好太阳！……今天要晒粮食，大家都到烧房去挑吧。"

黑缎面子已经发黄的马褂，边沿上露出脏污的羊毛，就在他那扣纽子的胖手上，翻动着。蓝布长棉袍，倒是去年冬天新做的，但左边吊摆上，却有了一大片油渍。

赵长生掠了一眼，不理他，只向牲口大声威吓，骂出各样不好听的话语：表示他做事的紧张和热心。

刘老九却停住了手，冷冷地回答，但眼睛还是望篦子，并不抬了起来。

"挑？烧房里的人做啥？……今天要淘堰哪。"

汪二爷有些恼怒，但要责备他一下，又觉得道理似乎并不在自己这边，只好伸起手指，朝头发里戳着——红结子、油腻乌光的缎瓜皮帽，便随手偏在一边了——然后这么说道：

"淘堰……这样早就去么？"

声音虽是严厉得很，但也不一定要强迫他们。随即将扣好纽子的手，向身边的邵安娃一伸。

"你去！你去！"

邵安娃不答允，也不反对，就把刚装在烟袋上的烟卷摘下，慢慢放进皮烟盒子，然后探索似的塞进怀里去，好像对于衣袋的位置，还不大熟悉样，一壁缓缓踮了起来。

"快一点，快一点！你就像半身不遂的老人样！"

汪二爷对于这人的叱责，总是搞惯了的，一下就溜出口来，但这一次，却是有意借此要给刘老九他们一点点颜色。

赵长生这时停息着了，一面摸摸头上缠的那条黑不黑白不白的帕子，看他那不体面的痢痢头，是不是又乘其不备，出来丢丑了，（这是由于长久的小心，造成的习惯）一面对汪二爷那边，讨好地喊道：

"等一下，我就来挑！"

回头向那缓走下来的骡子，大声地叱骂：

"狗头，狡猾的贼，你是少不得一根鞭子的。"

骡子听见鞭子响，把双耳往后一倒，就赶紧朝前蹿去了。

赵长生接着小声咕噜道：

"妈的，我才替你挑，烧房那些东西，在做啥？"

太阳已由紫红，变成耀眼的金黄了。木槿花篱侧那几株马桑，在没叶的枝上，还缠有蛾眉豆的枯藤的，就像水墨画一样，在微微润湿的地上，绘着瘦长的阴影。越过篱栅那边的一片田野，绿海似的龙须菜、麦苗和胡豆，以及快要开花的江西苕和油菜，（胡豆即蚕豆，江西苕即紫云英，油菜即芸苔，以上均依土名称呼）都带着朝露的光点和淡淡的光雾，织成了春天大地的绮丽。院子上头的天空，绕飞起了一群鸽子，响着哨子的声音。

刘老九刮着篦子上的垢腻和牛毛，斜起眼睛一看，汪二爷、邵安娃已走进去了，就嘲弄赵长生道：

"我看你倒该吃一鞭子。……它狡猾，哪及得着你！"

赵长生刷了骡子一鞭，仿佛夸耀自己的聪明似的，向刘老九笑着骂道：

"你比它（指牛）还蠢，我说的。……要是你不蠢，你就不会在这里替它篦虱子了。"

刘老九刚弯下身子，便又马上伸起腰杆，翻过头来，将下巴朝前一递，就拿拳头的背面，擦一擦眼睛，讥笑道：

"咦，我倒要看看，你发迹了么？……呸，还不是在这里经囤（经囤，伺候之意）骡子！"

赵长生将手里的鞭子一扬，笑扯扯地说道：

"老弟，我可是用的这个哪。"

显显威风似的，顺手又给骡子一鞭，骡子加快跑了起来，一壁不平地喷着粗重的鼻息。

静静站着的水牛，突然迅速地摇尾巴，耳朵一扇一扇地，嗯呃尔嗯呃尔叫了起来，现出不安的样子。

"你这东西！"

刘老九给它一巴掌，一面抬起头看：那边菜田垠上，张家小麻皮（他每天早上都要走过这里，对于汪家院子里面那株皂角树上的鸦鹊窝落，看了一会，才能过瘾，因为他老是喜欢爬树子，偷雀鸟的蛋的）正牵一条牯牛（牯牛即公牛）走着，那牯牛也在嗯呃尔嗯呃尔地回答过来，便骂道：

"妈的，你又在招呼你的野老公了。……你这偷汉子的家伙！"

"怎么不偷？跟你这蠢东西，有啥味？"

赵长生哗笑起来，一边把鞭子夹在胁下，一边取出烟盒子来裹烟。

"滚你的！"

刘老九骂了一句，随即向晴朗的田野望了一下，自言自语道：

"不早了，去收拾筼兜（筼兜，形类畚箕，竹篾编的。中系硬竹圈，可以挑；有耳绊，可以提）吧！"

说着，就把脏手朝牛背上擦了几擦，提着烘笼走了进去，一会便拿一把干香的稻草出来。水牛看见食料，便不同那边的牯牛招呼，连忙张开嘴，平竖起尾巴抢上前去。

刘老九翘起两片厚嘴唇，像母亲责备顽皮孩子那么似的骂着：

"还是要吃哪，我看你就……"

一面把赤裸的粗臂膀，扯扯绊绊地，穿进袖子去。缠在头上的蓝布帕子这时松散了，就暂时让它落在肩上。

赵长生从腰带上摘下烟袋来，装上烟，一壁嘲弄道：

"告诉你，不是要你的草，它怕你打烂醋罐子哪。"

"滚，不要尽放屁了。"

刘老九将蓝布帕子重新缠好，见赵长生在吧烟，自己本不想吸的，也禁不住摸出他的烟盒子。

这时围墙上做巢的土蜂子，都钻出来了，在暖和和的阳光里面，顺着麻脸似的墙边，嗡嗡地叫，乱飞着。大门瓦檐上的家麻雀，吱吱咖咖的，一会儿噜噜噜落下空地，一会儿又扑扑扑飞上墙头，显出极端欢喜的样子。

挨近菜园那边的空田里，摆着许多条竹篾编的晒垫。邵安娃和烧房里的两个助手（他俩都围有白布围腰，穿着黑布鞋子）一家一担玉麦包子，从大门侧边的角门挑了出去，就倒在晒垫上面。晒垫边上几只啄着的杂色母鸡，看见人来了，便连忙跑开，站在远处，偏着颈子，现出偷瞧和惊讶的神气。等到人都担着空箩筐进去了，就又呃呃地叫着，跑了回来，用嘴尖急急忙忙地啄取，有的哽噎着了，便伸长颈子，一边耸动着，一边发出嘶声。另一只紫冠红羽的鸡公，却并不啄啥，只是跟在鸡母的后边，拖下一边的翅子，像流氓似的胡调着。鸡母惹生气了，总是回过头来，啄它一嘴，再行吃它们的食物。

烧房里的两个助手，已经挑出四次了，邵安娃才三回，他就是这么一个人，老是慢悠慢悠的。可也怪不得他，爹妈把他制造得太马虎了：腰身长，足干短，人家三两步就可走完的路，他总要摇摆它四五下。但他不躲懒，事情也做得多。那两个助手只担大半箩筐，他却挑得满满的。

赵长生看见他走过，摘下烟袋，吐一口痰，笑他道：

"启，这样卖气力做啥？"

他就把多肉的有点蠢气的黑脸，从扁担上车过来，舌头弩在嘴皮上，傻笑道：

"挑少了，只压痒肩膀。"

"傻瓜！"

赵长生轻蔑地骂了一声，刚要把烟袋衔在嘴上，突然角门那边送来了谈话的声音，这是汪二爷同烤酒匠人走出来了。便赶忙把烟卷捏熄，夹在耳朵上面，烟袋则胡乱地插在腰带里，一壁朝大门走去。

刘老九拿着锄头、扁担、跳板，以及冤兜一类的东西，正走了出来，后面尾着两只一黄一黑的狗，跳跳跃跃的。他嘴上翘着短短的烟袋，并不取下，只用舌头一揽，移在左边嘴角，就向赵长生喊道：

"走，走，你喊声邵安娃。"

一面便将扁担，锄头，冤兜丢在地上。赵长生却不去拿，只回转身子，向角门那边望去。汪二爷一壁同那着白围腰的烤酒匠人谈话，（他们正叹气着目前酒的跌价和酒税的增加）一壁朝他和刘老九打量过来，他就伸手搔搔耳朵背后，提高嗓子，犹豫地说道：

"唔，我还打算去帮他们挑一挑哪。"

刘老九看一看汪二爷，也大声地回答道：

"你看一看太阳……堰长家的人，都不先去么？……我们还该去放干堰水哪。"

赵长生一面望着汪二爷，一面回答道：

"还早，还早，去挑粮食吧。……公众的事，那忙啥子？"

虽是这么说着，自己却并不去做，只将忽然落下地的烟卷，捡了起来，重新夹在耳朵背后。

在汪二爷看来，赵长生的话，是刚刚合着了心意，但这么当面说穿了，却是不行的。因为无论哪一个都要顾到面子，何况一向爱做公益事的汪二爷呢，便将恼怒刘老九的心情，直对赵长生发泄了。

"公众的事不忙，还忙啥人的？这真是……邵安娃，放着，你同他们去！"

赵长生本是讨好的，但结果却挨了骂，便不好意思地红涨着脸，一面粗暴地松松布腰带，另行拴过：将衣衫的吊摆，胡乱地扎在腰上。烟袋掉落下地，也没看见了。

汪二爷虽是那么说，但眼睛还是朝刘老九轮了两轮，马起脸说道：

"一天到晚，就衔着那根屎烟袋杆子，吃吗，要有时候嘛……"

刘老九这时才把烟袋杆子一摘，连颈上的青筋也胀了起来，愤愤地说道：

"你问问他……我一大清早起来，还没吃一袋呀。"

一面将拿着的烟袋，朝赵长生指了一下，随即揍在嘴上，做出不怕什么的样子，一面就把自己该拿的一份东西，拿着便走他的。

赵长生和邵安娃就将剩下的扁担、冤兜、锄头和一条跳板，分拿着，尾上前去。两条狗，原是跑到木槿花篱下，尖起鼻子，东嗅西嗅的，回头来，一见他们走了，便跳着，追赶着，跟着跑去。

二

野草铺着的村路，是沿着院墙南边的沟渠的，正给栖木树的枝影，和晨光一道儿，绘上了木炭色的素描。在沟边，漾动着草叶苔衣的流水，则发出一股股清新凉润的气味。三个人向西边走着，头上、背上，不时粘着树上滴下来的朝露。

刘老九昂着头，跨着大步，嘴角上翘起烟管，一面走，一面向天空吐出青色的烟圈，仿佛晴朗的天野，都是为了他，才展开似的。

赵长生一路骂着春圆子（汪二爷的绰号），凡是一个下流中国人爱骂的丑话，他都一一使用到了。起初一阵，到全是为了出气，隔一会，便成了兴趣：娱乐旁人和自己了。

邵安娃落在后头，对于那两只忽然跑起来，忽然停止着的狗，不住撮起嘴唇打招呼。他就是这么爱同狗玩，一同狗在一块儿，便活泼了，不像对人那么拘束、那么呆板。因为他觉得狗对他很亲熟、听话。不像人似的，忽而这样，忽而又那样了，一天以内，就有几种脸色。往常吃完饭的时候，他总爱把碗里剩下的饭粒，捏成小团子，对黄色的来宝，照眼睛晃一晃，喊道：

"傻东西，打个滚！"

接着又向黑色的招财叫道：

"小乖乖，你也来一个！"

然后把饭团子，丢给它们，作为犒赏。狗呢，一见了他，便十分高兴，不住地摇尾巴。尤其是招财，最爱伸长油光水滑的腰部，在他足杆上擦溜，现出极妩媚的神气。出门的时候，喜欢随着他，做他的伴侣。

赵长生见刘老九老半天都没有添言搭趣，就更想出些动人的花样来了。

"你看，春圆子会是我的对手么？配！只消照屁股一足，管叫他稀屎流一裤子。"

在往天，刘老九对这样的话，许是要笑起来，现在却只拉下嘴角，鄙夷道：

"颤铃子，我听见你说过一百回了？……叫喊的麻雀，没四两肉的，真是！"

"不要量识人，你敢打赌么？你敢？"

赵长生涨红了脸，赶前走了几步。

"打赌？呸！"刘老九并没有回过头来，只是取下烟袋，朝静静流着的水上，吐一口痰，轻蔑地说道："你做得出来，我手板心里煎鱼给你吃！"接着仍旧把烟袋衔在嘴上，吧了起来。

赵长生更加生气了。刚好这时那只又胖又笨的黄毛子来宝，溜到他足边，他就趁势，猛踢一下，痛得来宝格朗格朗朗地嗥叫。

刘老九把挑在肩头上的东西一移，偏回头来，冷冷地嘲道：

"吓，没吃油大么？（没吃油大，系指眼睛花的意思。因一般乡下人说是要眼睛明亮须吃油荤）它不是春圆子哪。"

"妈的，你不要看不起人！只要招粮子（粮子，指兵），我就去。那时候，你看，多少人都要吃炮兜子的。"

赵长生堵起嘴巴，重重地踏着足步。

刘老九，觉得已经气着他了，就高兴地挺一挺眉毛，逗他玩笑道：

"总不会有我吧？"

"不会？到那时候，你就看见了，第一个遭打的，该是哪个。"

"那好极了。"刘老九边走边吐了一口烟圈，仰起头，笑开了。走了一阵，才又说道："等你摸枪的时候，我还会在这里吗？那你去找鬼！"

赵长生是容易生气也容易化气的，听见这话，倒反而高兴起来。

你也有这个意思吗？我倒以为你要老鸦等死狗呢！……对，我们大家都去，连邵安娃！这碗饭有啥吃头？他娘的！"

回头又向邵安娃道：

"邵安娃你也去，我劝你。"

等到说出这一句话，才看见邵安娃是离得老远的，便又加大了声音，喊了出去。

邵安娃却还是没有听见，正一面走，一面向跛着一只足的来宝，咕咕噜噜地抱怨：

"你不听话，你乱跑，妈的！看嘛，肠子踢出来了，我才不爱管的。……停一停，你尽跑，妈的，让我看看，到底踢着哪里？蠢东西，你该学学招财。……招财，你乖的！"

"蠢东西，你娘的，你在念啥子葫芦经？我说，你肯吃粮吗？那是三块钱一个月的差事哪。"

等到赵长生这么骂了之后，邵安娃才迟迟疑疑地问道：

"吃粮？那不是要……要打仗么？"

接着摇一摇头。

"你简直是一条驴子！一条生就的驴子！"

赵长生边骂边吐了一口痰。

邵安娃料不到会来这么兜头一骂，身子颤了一下，挑的冤兜，竟然滑落一只，便红着脸去捡他的，没有答话，只心里恼怒地想着：

"你这人真不好，无平白故踢狗，还没头没脑骂人。"

然而，这只是藏在心里罢了，脸上并不怎样表露出来。他对于别人的骂，一向就是用沉默和隐忍来做回答的。

刘老九将快要烧完烟的斗子留恋地吧着，直到发出滋滋的声响之后，才取出嘴来，向肩头的扁担，扣去烟灰，插在腰带上。听见赵长生那么放肆，乱骂人，就放缓了足步，回过头来骂道：

"不要太高兴了，拿镜子照照你自家吧，兵要像个兵哪。"

赵长生立刻冒火了，脸青着，愤愤地说道：

"妈的，棒老二（棒老二即土匪）不是人做的？"

刘老九只张大了眼睛，回头来看他一眼，便加快足步走他的。

赵长生立刻觉出这话不宜这么乱说，便掉头望望周围：近处大路边上，陈家幺店里，那个叫作"息一会儿再来"的老板娘，正在屋后的檐下，忙忙地架着一竿要晒的衣裳。远处院墙侧，田埂上，则活动着黄牛水牛和人的影子。

春天的村野，已经全然醒来了。

但这里话一停止，却是静静悄悄的，只有路边小沟的流水，在潺潺。

再走一会儿，小沟便连接着一条横起的大沟。那是较小沟，地位处得高些，且容纳着多量的水，原来除一条发源于乌木沱的正流而外，还另加一条来自远处申家堰的。（这是申家堰的支流，正流的水多了，才放到这里来的）大沟和小沟的相通处，是一条石板砌成的窄狭阴洞，而洞上面便是横卧着乡村的大路，联系着远近几个镇市的交通。现在沿着这条车辙很深的大路上，已有人挑着米和杂粮去赶街去了。同时，溪沟湾处，树丛遮蔽的那边，且慢慢响来了运货手车子的吱嘎吱嘎的声音。

陈家幺店子，卖茶卖酒和一些零星杂物，也正挨近在这里。老板已经五十了，头顶盘着小辫子，终天嘴角上，吊着短烟袋，悠悠地坐在柜台里面，无论你买什么，只用鼻子"嗯"你一声，总不大讲话。老板娘比起来，却年轻，只三十来岁，粗皮大脸，翘嘴巴，是个爱说爱笑的家伙。但很能做事，店里一切全由她招呼。两只缠过却又放了的足，勾镰刀似的，常常不住地拐进拐出。远近来来往往的人都知道她，一提起，便笑起来了，"吓，那个息一会再来么。"现在老板娘晒好衣衫，看见刘老九他们，都拿着冤兜、跳板一类的东西走来，知道这一年淘堰开始，她店里的生意，又有好几天热闹了，因为淘堰照例都是从她的店门口起，一直淘到乌木沱去的。她一面把带有菩提子（菩提子，乡下人用其外壳洗衣，效果等于肥皂）气味的湿手，朝蓝布围腰上揩着，一面将足朝前拐了几拐，笑嘻嘻地打招呼。

刘老九一面走进店子去，把跳板、冤兜之类，放在茶桌子侧边，一面仍旧拿起了锄头，这么说道：

"费老板娘的心，东西请照顾一下。"

老板娘也跟着走进店里，把夜来放在桌上的一条板凳，顺手取了下来，一面回头望望屋角泥炉上的那只瓦壶——水汽倒还没有冒出，但蓝色的煤烟，却正从壶底下钻了起来，说道：

"忙啥子？吃杯茶嘛。水就要开了。"

"老板娘，不要客气了，息一会儿，再来。"

赵长生刚走进来，一面放下肩上的东西，一面眨着刁滑的眼睛，就这么搭嘴。

"挨刀的，大清早晨，看我咒你！"

老板娘将屁股一歪，便转身过去，抓着一张稀脏的帕子，直对着板凳桌子，一阵用力地擦着。

"你才是，人家老实话啰。"

赵长生将锄头往肩上一放，眼睛飞一下柜台里面，便一边笑着，一面尾着刘老九走了。

最后邵安娃来放冤兜的时候，老板娘看见他并不招呼，只是带傻地一笑，便将她那已经翘起的嘴唇，更加翘高起来，打顽地骂道：

"放开些，你这嗇家子。一年到头，酒也不吃，茶也不吃的东西。唛，聋子，你听着没有？我说的，出钱才准放？……我问你，你的工钱哪里去了？是不是你那老虎婆娘，全给你搜个一干二净？"

邵安娃忧郁地点一点头，脸上还带着几分羞愧的神色。

"没出息的东西！……我不可怜你。"

老板娘将拿帕子的手举了一下，就又埋头去擦桌子去了。

邵安娃拿着锄头出门一望，看见招财和来宝，已跑到沿申家堰沟那边的路上去了，正对着一条夹尾巴的灰狗，前前后后地嗅着。便撮起嘴唇唤了一声。但那边没有答允，也不转来，便边走边骂道：

"这两个不听话的东西！"

三

向乌木沱那面的溪沟走去，两岸夹植着高大的栖木、杨柳、麻柳，以及枝条茂密的并格蚤树。挨近水的地方，还长着青色的菖蒲和打破碗花。水很深，颜色也清亮，表面只是悠悠地动着。底面却现出树枝的倒影，更下去，就反映着明静的天空。泥沙、苔衣、水藻之类，倒反而看不见了。

大沟左近一带，以及伸到乌木沱那边的，全是一望青青的易老喜的田野。那是灌申家堰的水，和野猪堰这一带人家只是在保甲区域的划分上，同属一个团局罢了，别的是联不起什么关系。但野猪堰大沟两岸的土地和树木，却又是易老喜的。他这时就提着捡狗粪的冤兜，在田埂上走，一面寻觅沿路的狗屎，一面用眼睛在溜这面走着的三个人。他老是这么样的，远远地就打量你，盘算一通。等你要走拢身边了，他却顺下眼睛去，仿佛不会看见一样。就是同他对面谈话时，他也不多看你的。只在紧要的关头，始望你一下，但这一瞥的眼光，是含着多种多样的意思：比如明明先前听见他答允了，现在才觉出那是有点靠不住的。其实，他答允过的话，倒并不翻悔，只不过他那眼睛，老是使人感到疑虑、惊惶，或者迷眩罢了。

"妈的，你在打量啥？老子又不偷你的姐儿妹子！"

赵长生看见易老喜在远远地一路偷望他们，便这么低声地骂着。

刘老九掉过头来看他一眼，骂道：

"你骂哪个？……闯着鬼了，一大清早，就听见你在咕咕噜噜的。"

"同你没相干，我骂他！"

赵长生用嘴巴朝易老喜那面一递。

"你简直没球事了！……去洗二煤炭嘛。"

刘老九见他这么无事生非，骂了一声，便仍旧朝前走他的。

赵长生却将肩上的锄头一移，满有道理似的回答道：

"我讨厌他，一看见就生气！……那对耗子眼睛呵！"

大沟的右边，是一些渐渐低下去的沙地，夏秋时候满铺着黄豆苗和花生藤子的，现在却空了起来，残留着刚刚扯后的白萝卜和红萝卜的败叶。沙地尽头，却是一条通过平野的大河，除了七八月间，远处山洪暴发，平河两岸，全是滔滔奔流泛滥而外，平常日子，就全是干的，河底裸出阳光照白的泥土和石头。有些地方，且纵横着芭茅丛生的小沟和林木茂密的小堤，竟将沿河的景色，弄得十分荒野，若在黄昏和夜里，还会使过路人害怕哩。

在大沟逼近河身的地方，有条一两丈长的缺口，一年到头，都用竹编的笼兜（笼兜，粗竹篾编的，中装大石块用来做堤）装起石头，面上泥块来堵塞着的，只在春天淘堰的时候，才把它拖开，让水全行泻了出去，直到沟底淤淀的泥沙杂物，全部疏浚之后，始重行换上新的笼兜。

刘老九走到这里，把锄头顺在身边，一面摸出烟盒子来，裹着烟卷，一面用眼搜寻笼兜破烂漏水的地方，因为从那里下手，是要比较容易些。

赵长生却没有拿烟来裹，也不注意他目前就要开始的工作，只朝附近沙地一间草房望去，那是后面拥有竹林，前面铺有青色菜地的。他每次来到这里看水（看笼兜塞着的缺口，如有走水，便要挖泥巴去敷紧）都要寻找机会，同那屋里的女主人说几句笑话。女人的绰号叫作"锯子"。虽没有息一会儿再来那么有名，但这四乡的人，却大都知道。她嫁过三两个锯木匠，都是嫁一个，死一个，所以人家说她就像锯子一样，将每个丈夫如同锯木头那么锯了的。因此便承袭了锯子的声名。现在她就正蹲在菜地里，替快要抽薹的蒜苗，拔着杂草。四岁大的一个女孩，脸像滚屎鸭蛋，流着两条清鼻涕的，则在门前灰堆旁边，弄着瓦片和石头。

刘老九衔着烟袋，将裤脚扎起，爬下堤埂，跳到笼兜上去，就是一锄，随即松了手，朝手掌心吐点唾沫，然后再动手挖。挖了好几下，已将面上的泥巴挖去，露出了笼兜和石头，却还不见赵长生下来帮忙，便喊道：

"死人，你在干啥？"

"忙个啥？"赵长生懒懒地这么回答着，同时向那慢慢走来的邵安娃喝道："走快一点，胶粘着胯哪。"随即把头上的布帕子摸了一下，就走向蒜苗地那边去，蹑手蹑足地，站立在那女人的背后一会儿，才忽然大声，喊道：

"喽，客来了，都不招呼一声么？"

"呵哟，龟儿子，你把我吓得一大跳！"女人把带笑的胖脸蛋，掉转过来，眯起小眼睛，看了一下，接着正起脸孔问道："今天要做啥？"

"做啥？淘堰哪！"赵长生眉毛挺了两挺，现着很神气的样子，一面也就蹲了下去顺手摸摸那些肥大的蒜苗，毫不勉强地说道："呵，尽都怀胎了哪。"

锯子有点脸红，做出生气的样子，问道：

"你在嚼啥子蛆？"

"呵！你真多心！我在说它们肚子大了，快要冒蒜薹了哪。"

赵长生笑着，一面儿戏地，把蒜苗的一匹青叶子，从头到叶尖，用两根指头理了起来。

"滚开，滚开，去做你正经事吧，不要在这里德儿当的。"

女人将手一扬，就埋着头，只是忙忙地扯草。

"我来有正经事的哪。"赵长生立刻一本正经地说，"那边笼兜弄不开，你肯不肯？我要问你借件家司！"

"不行，你要借我的斧头么？那会砍着石头的。"

"哪个要你的斧头？我是要借那个……"

"啥子东西？你嘴里衔着狗屎啦！"

"我想把那笼兜锯一锯，就争一把锯子。"

"你在胡说八道，你看见谁拿过锯子锯笼兜。"

"吓，你简直好记性，我就用过哪。"

"呸，你这要死的！"锯子一下子明白了，立刻满脸绯红，抓着泥块朝赵长生打去。

赵长生吓吓地欢笑起来，偏动着头，躲避着。

"嗨，狗东西，你才安逸哪？"

刘老九从浅草的堤边，露出包蓝布帕子的头，大声抱怨。

赵长生立起身来，得意而高兴地回答道：

"就来，就来，借着锯子就来！"

"扯，一天就是抱鸡婆打摆子，又扑又颤的。"

刘老九这么骂了一句，就把头缩下沟坎。

赵长生走了回来，看见易老喜在沟那边立着，正将伸向田间的一条插蜡树枝子弄断，一面又在偷偷地打量他，他就照平常的例子，做出笑脸招呼道：

"请早，易大爷！"

以前易大爷对这样的招呼，定规也要来个"请早"的。此刻，却只是沉着脸，现着很忙的样子，鼻里哼了两声，算作回答，就立即提着狗粪冤兜走了。

赵长生见他隐蔽在栖木树和芭茅的那边了，才对着沟里吐了大口痰，骂道：

"狗坐冤兜，不受人抬的家伙！"

静悠悠的水面，便立刻点动了一大圈的波纹。

刘老九息着手，把锄把子顺在怀里，仰起头说道：

"这是你自讨没趣！我么？要理他，就不要背后骂，要背后骂，就不要理他！"

接着，朝两只手板心里，吐一点口水，互相搓一搓之后，就又捏着锄把子挖起来。

赵长生朝腰上摸摸，突然失声叫道：

"呵呀，我的烟袋呢？"

急得在草地上，转来转去地找寻。随即向沟坎下边的邵安娃问道：

"你看见我的烟袋没有？一定掉在路上的。……聋子，你耳朵扇蚊子去了！"

邵安娃满头是汗，正吃力地挖，赵长生问的这个时候，刚好一锄就挖通了，水立刻朝大河荷荷地奔去，石头、泥块，也发出了崩裂和滚走的声音。沙滩两边密密长着的马苜蓿和浅浅立着的眉毛草，便给水淹着了，还有露在外面的，也浸满了雪白的泡沫。远些低洼地方的枯草，去年留下尚未给人割去的，为水冲动，一起一伏，好像风在吹拂一般。招财和来宝，原是在干河底追逐那些扑地飞走的野麻雀，给水和渣草突地冲到足下，便赶紧跑上岸来。来宝害怕得夹紧了尾巴，返转身去，汪汪地吠着。招财却向沟里的邵安娃，惊异地打量，似乎想从他脸上看出一点究竟来。

刘老九爬上沟坎，拭着足杆上的水珠子，一边向邵安娃喊道：

"不要挖了！不要挖了！"

又立刻骂赵长生道：

"妈的，掉了就算了，还要找个啥？……快去借虾芭（虾笆，细竹篾编的，各处虚着缝隙，水可通过，鱼却被装着）来，我们接鱼哪！"

"算了？人家是玉石嘴子哪！"

赵长生重新看看地面上，拿足踏踏周围的青草。

"等一会再找，说不定是掉在屋里的。"刘老九就拿水湿的手来推。"快去向锯子借借。……唉，你看那不是一条大鱼么？"

大沟的水面，因为朝下奔驰的牵引，便大大激动了，平日安居水底的鱼虾些，都惊得直朝水面上蹿了起来，迅速地划出许多细小的波纹。刘老九又高兴又惋惜地说道：

"不接着，那多可惜呀！"

"妈的，昨晚上，梦见捡银子，拿在手里才是狗屎，我就晓得今天一定要蚀财，妈的，果然打失了烟袋。"

赵长生无望地拍拍两手，但眼睛一看大沟的水面，也马上动心起来，就咕噜地抱怨自己，一面直向锯子那边走去。但锯子已经自家走来，一只手拿着木桩索子，一只手提着大虾笆。因为必须独立过活的日子，已把她练尖滑了，她懂得这堰水一放，沟里面定有油水可捞的。

这一回，赵长生却争先下水去了。他叫邵安娃把虾笆安在缺口上，自己就在虾笆两边打上木桩，拴紧索子。这样，虾笆才不会给水冲走。

刘老九见赵长生那么热心，便坐在沟坎上息气，静静地吧着烟。他两只棕黑的腿杆，长伸伸地摆在草堤上，就像横放着的两条小铁柱一般。

锯子看了一下，心里暗自纳罕道：

"好结实的家伙呀！"

这时她的女孩却突然在菜地那边哭起来了，原来这小人也要看热闹，刚走在半路，就给招财和来宝，欢迎过去，且拿鼻子朝她身上乱嗅，便把她吓得一屁股倒坐下去。

锯子回头，一眼看见了，便"呵呀"地叫了一声，接着骂道：

"这是哪来的野狗哪！"

一面拿石头抛打，一面急匆匆赶了过去。

刘老九便取下烟袋，大声说道：

"不要紧，不要紧！……不会咬人的！"

随即撮起嘴唇来唤狗。

锯子扶起小孩，一面抬着头，半嗔半笑地回答道：

"你这说风凉话的家伙！……把人都要吓死了，还说不要紧！"

刘老九从来不会同她说过笑的，便不禁脸红起来，低声骂道：

"这野婆娘！"

跟着，就把烟袋揍上嘴巴。这时，赵长生已经爬上沟坎来了，便向刘老九开玩笑，故意大声问道：

"你叫她啥？……哈哈，叫得对！叫得对！"

锯子抱着小孩，提着木桶走来，对赵长生骂道：

"啥子叫得对？……你吃笑婆子的尿了！"

"你还不晓得吗？她叫你野婆娘呀！"

赵长生见刘老九在向他鼓眼睛，便一面笑着回答锯子，一面逃避似的跑开几步。

刘老九红着脸，捏着拳头，吓赵长生道：

"你再胡揍些！……看我不捶你这狗头！"

锯子就对刘老九看了一下，假装生气那么说道：

"我看你也是个不老实的家伙！"

一面就脱去鞋子，下水去拿虾笆里面塞着的渣草，她原是丫头出身的，自小就大着一双足板，没人替她包缠过。

赵长生怕刘老九真的生气了，就向天空看看说道：

"不早了！我们转去吧！"

随即做模做样地朝沟里吩咐道：

"你可要好好守着，不要乱跑！等会转来，我们同你四股平分！"

"瞎说！四股平分！"锯子伸起腰来，手里抓的一把渣草败叶，水淋淋的，并不丢去，"我一个人要花大半天的工夫哪！"

"那么我们同你平半分吧？"

"就是平半分，我也划不过！你们做些啥？不过安一安虾笆！"

锯子把手里的渣草丢开，又弯下腰去摸。

赵长生不满意地笑道：

"那活见鬼了，照这样说，我们三个，简直一根鱼都不该得了！"

锯子又抓起一把草叶，随手丢去，望一下赵长生，又望一下刘老九，笑着说道：

"那又不是这样说！……我煎好，你们可以来吃一顿哪！只要你们带罐清油来，我是可以请客的。"

锯子一面说着，就一面爬上笼兜。

赵长生看一下锯子，又看一下刘老九，便笑着说道：

"你看，鱼没有要着，倒反要出脱一罐油了！妈的，同你这人真是打不得私交！"

随即带着同意的神情，向刘老九说道：

"也好，难道我们还分回去，送给春圆子么？"

刘老九扣去了烟斗子上的烟灰，爬起身来，一面拿锄头，一面回答道：

"我说在先，油是你答允的。我只能带张嘴巴来吃哪！"

跟着就把锄放在肩上，只顾走他的。

锯子已从笼兜爬上沟坎来了，就高兴地接口道：

"对的，油是包在他身上了！你们两位空身子来就是！"

一面又揶揄赵长生道：

"听清楚！没带罐油来，你有本事进门，就赌你能！"

赵长生一面拿锄头准备动身，一面做出似笑非笑的样子，小声说道：

"带油？我还会给你带件衣料子来呢！"

随即大声笑道：

"只可惜你不配呀！"

连忙跑开了。

"呸，不要脸的东西！"

锯子骂了一句，便回去拿装鱼的木桶。

邵安娃累得满头是汗，坐在旁边把烟叶慢慢裹着息气，裹了好一阵，刚裹成一支，却又见他们走了，便只得仍旧放进烟盒去。慢慢立起身来，一面肩着锄走，一面掉头四望，找寻他的狗。但狗已不知道跑到哪里去了。

四

他们走回陈家幺店子时，太阳已经很高了，但来淘堰的，只到了汪四麻子。他是汪二爷的家门（家门即本家）属于远房侄辈之列的，虽没什么钱，但因人会奉承，说话又极乖巧，汪二爷便很看得起他，给他八九亩田耕种，不要他的押租，每年秋收只出租谷。因此，他一同人家谈起汪二爷，总把声调弄得甜蜜蜜的，"那，我们二爸……"仿佛他就是汪二爷的亲侄子一样。其实汪宝清，那个在省城读书的小伙子，倒及不着他，对他的二爸，反而显得有些疏远一样。而且他每回和人高谈阔论，差不多十有九句，全是从汪二爷那里听来的：在他以为汪二爷便是道理本身！他老人家哪会错呢？他这时正同老板娘谈天，讲一个出色的笑话。样子怪眉飞色舞的。

"那真是棺材里伸手，死也要钱的家伙！"

"呸，清早八晨的，就抬筷（早饭以前说了不吉利话，称为抬筷）……不忌，不忌，百无禁忌！"

老板娘，本是正听得很有味的，突然听到他说"死"，赶紧骂他一句，又连忙做出禳解的神情，这是她家里人失口说出不吉利话时，她便要这样做的。

"那有啥要紧？"汪四麻子右手往外一挥，刚要继续说下去，因见刘老九他们走来了，便又提起刚才说过的。"你们看，这样的狗夹夹都有，为了不肯添船钱，就情愿自家走过江去。船夫子看见他要淹过顶了，心里不忍，便叫道：'算了，不要你添多，就添一个铜板吧！'哪知他还是不肯，情愿丢掉老命，也不肯舍分文的。"

赵长生一向爱同他说笑，便一面放下肩上的锄头，一面用手挥他道：

"你又在冲壳子（冲壳子，说谎）了！没事做，去转一转吧！"

"吓吓，冲壳子？"汪四麻子声音立刻变成甜蜜蜜的，"我告诉你，这是我二爸前几天亲口讲的！他还说，这家伙去见阎王的时候，阎王爷就发他一顿脾气，骂他这样要钱不要命，只合又去下油锅。哪知他才一点也不怕，还向阎王说道：禀大王，烧干锅炸我好了。……你猜，为的啥？连阎王也奇怪起来。……他说，我想请你把买油的钱折给我哪……哈哈哈，你们看，狗到这步田地！"

·21·

众人笑起来了。汪四麻子就更加得意，伸起颈项，逼紧赵长生说道：

"你敢说这是冲壳子的吗？"

赵长生素来嘴巴子是不让他的，唯独一同他谈到汪二爷，可就不开腔了，这次也一样，不同的，只是红了脸。汪四麻子深懂他这种毛病，就故意在人前，说些话来唬住他。随即望望沟那边的田野，看见易老喜在远处沟边走着。就向大家递一下嘴巴，说道：

"我二爸还说过，那位狗夹夹，说不定也会向阎王要油钱哩！"

众人又笑起来。邵安娃带着两条狗，刚刚走到，他也和着大家莫名其妙地笑着。汪四麻子惯爱逗这老实人的，就作古正经地问他道：

"你在笑啥？"

邵安娃红着脸，嗫嚅起来：

"我……我……那……"

汪四麻子正高兴得还要说一两句的，却给老板娘拍一下手打断道：

"我猜对了！前一向，好几天早上，汪二爷都打这里过，不去别处，一去就到那边，（拿嘴巴向易老喜那边田野递一下）转来的时候，总是马起脸，见人待理不理的，我猜那其中定有缘故。现在听你说来，十拿九稳——"

只要关于汪二爷的新闻，汪四麻子一听见，就要挖根挖底问个究竟的。因此，便连忙掉转身子来，对着她诧异地问道：

"啥子十拿九稳？这才怪了！他老人家的事情，哪样不对我说？"

"那还不是银子钱的事情！哪一样瞒得过我们生意人的眼睛？"老板娘现出比一切人都要精灵的脸色，一面拿手搔一下手腕。

"我肯信，我二爸会向他狗夹夹借钱！"

汪四麻子越发莫名其妙了，可是说话的语气，却更加来得有定见似的。

"那你越发不懂了，要我们生意人才明白！"老板娘刚说到这里，听见屋里老头子在叫他吃饭，便回头道："就来！就来！"然后又向汪四麻子，"你懂吗？啥子货一消得，就要赶紧大批买进来。你想你二爸，街上又是洋广货铺子，乡下又是烧房，银钱哪又会不拉动拉动一二?"

"这又不对了!"汪四麻子驳她一句之后,就向赵长生他们说道:"你们看,要是拉账,我二爸人大面大的,何消他天天早上去劳神?我敢说,只消一会子工夫就讲成了。"

"你好聪明啰!汪四哥!"老板娘已经朝里面走几步了,又掉身转来,"狗夹夹哪还不放账呢?就是利钱高哪!我们借他一二十块不打紧,拉他三千五千,那你——"话还没说完,因见老头子在发气,骂她怎么屁话那么多,就赶紧走进去了。

刘老九自家去倒杯开水,坐在门槛上喝着,听到这里,便顺手拍一下膝头道:

"对了!难怪他这一向脾气大——从来不骂人家吃烟的,今早晨!"

汪四麻子却看一下刘老九,大声说道:

"她全是瞎猜的!……我想一定是替粮子筹款,前几天不是说城里又来一批粮子吗?"

赵长生坐在旁边有意无意地听,因为肚子饿,眼睛便不住朝东面瞧望,这时烧房里的伙计已送早饭来了,他就赶紧起身去接,但听到粮子的事情,便又停下问道:

"不晓得他们还招不招?"

"招!怎么不招?你痢痢头正合适呀!"

汪四麻子一下子又有说有笑起来。

赵长生把菜碗端到茶桌上去,一面红起脸骂道:

"放你妈的屁!"

汪四麻子已经吃过饭了,但还是伸起颈项望他手上的菜碗,随口问道:

"那是啥子菜?"

赵长生连忙报复道:

"你自家都不晓得吗?……苦瓜哪!"

"王八蛋!"

汪四麻子明知道苦瓜是指他麻子的,但也不生气,只把他二爸常常骂人的话,很气派地使用出来,这就是表示他不屑于和他见怪的派头。

这时沟里的水，已流得浅浅的了。沟坎上冬天落下的干树枝和沟边种田人随手抛进的稻草椿之类，也在水面现了出来。沟底两边的水草苔衣，先前还随流走的活水，轻轻拂动的，现已密密地摊在污泥上面，为阳光一照，发出细小的泡沫来。沟底中部曾经为水冲成一条槽的，还没有完全流尽，面上便现出虫和虾子划出的波纹。

汪四麻子背剪着手，在沟边上走走，时而把头掉在这边，时而掉在那边地打量，不久转到陈家店子来，就向陆续走来的淘堰人，指一指沟边道：

"你们看看吧！……我说沟身为啥子一年年地窄呀，原来就在那里！"

沟坎在水深时，还看不出，水一流尽，便现出有人把它加厚，从上倒下泥土的痕迹来。因为一般的沟坎，挨沟底的地方，年久月深，照例要给螃蟹掘洞，鳝鱼做窝，现得空虚的。而现在却露出相反的情形！等众人都在观看的时候，汪四麻子就对易老喜那边的院子，愤愤地说道：

"看嘛，这回我们得跟他算总账的！"

老板娘提起铜壶正对茶客些，冲了一通开水，听见汪四麻子在那么大声地讲话，就向刘老九他们努一努嘴小声道：

"这个抱大足杆的家伙！你简直得罪不得他的汪二爸，说起风他就是雨了！"

赵长生连忙抬起碗，一面吃饭一面跑出去看，向汪四麻子接嘴道：

"那算啥子账！我们把泥巴还他好了，通给他倒在菜田里！"

沿沟一带的油菜田，油绿绿的，通已发出又胖又长的菜薹，不几天就要开花了。看起来，显然别人灌溉得勤快，肥料也下得多些！众人由羡慕生嫉妒，便也说笑附和道：

"对的，对的！——通给他倒在菜田里！"

赵长生进去夹菜时，刘老九已经吃完了，正端着一碗滚热的茶要喝，就一面责备他说道：

"你在发癫了！……这对你有啥好处呢？"

赵长生急忙吞一口饭，不以为是地说道：

"我讨厌那家伙！……妈的，拿架子，对人理也不理的。"

其实他更生恨的地方，是小时候易老喜曾经打过他，不过他不好当众说出来。

刘老九把茶碗放在桌上，将头向前一递，差不多像骂那么地说道：

"拿架子有啥要紧？你不理他就是了。总不像春圆子一样，把你骂得狗血淋头的！"

赵长生红涨着脸，没说话，只连二赶三地，吃他碗里的饭。

招财和来宝已经来在店门口，看见邵安娃他们在吃饭，本要跑进来的，但给老板娘拿茶脚子对它们一泼，便只好退在门外摇尾巴。邵安娃吃到尾后，很想夹一两块饭巴团给它们的，可是看一眼赵长生，黑脸嘟嘴的样子，就不敢了。他怕因此拿他来出气！但对招财和来宝，却时而从碗边上溜着殷勤的眼光。另外别人说的什么事情，他是不大管，也不大爱听的。

五

动手淘堰的时候，人便分成两大组，一组是站在沟底，将烂泥渣草苔衣之类，拿锄头挖进冤兜；一组是把装满泥沙的冤兜，用悬有绳子的扁挑（扁挑与扁担同义。挑与担，也有同样的意思），担在肩上，踏着搭上岸去的跳板，送到沟坎树脚下倒掉的。

赵长生懂得挖泥，只站沟里，是一件轻便的事情，便和汪四麻子他们争先去拿锄头。刘老九看见大家那样怕劳苦，就去摸着扁挑，拉下嘴角说道：

"这不过多出点气力罢了！"

邵安娃喂了狗之后，才慢慢走来，当然轻便的事情，已没他的份了，但他并不管这些，人家叫他拿扁担挑，他挑就是了。那种近乎傻的态度，差不多引起那些拿锄头的胜利者，发笑起来。

锄头在沟底挖动，腥臭的泥味和水草的气味，便升腾四散。太阳光渐渐有些刺人皮肤。刘老九、邵安娃他们，挑着重重的冤兜，时而从稀湿的沟底，走上干燥的沟坎，时而从树荫笼着的所在，踏进阳光晒着的地方，汗就不知不觉地淌了起来。

赵长生和汪四麻子他们便常常躲在树荫遮着的沟底，一面挖，一面唱起歌来。开始是汪四麻子唱男腔。

高粱秆子节节稀，
多多拜上我的妻；
没得银钱来接你，
绩麻纺纱耐烦些！

赵长生接口过来，唱女腔。

高粱秆子节节长，
多多拜上我的郎；
没得银钱也接去，
免得为妹守空房！

这歌在别人听了，只是好笑，但在刘老九呢，却有些不自在。因他从小就由爹妈定过一门婚事，女的便是他的表妹。到大来，表妹也还中意他，虽是当爹妈的面，对他有些拘束，但一背着却是有说有笑的。可是舅父舅母看见刘老九父母双亡，穷得来连一条好裤子也没穿的，就变了卦。起初是不许他们两个年轻人见面，继后竟逼着解了婚约，另外将女儿嫁给一个有钱人"做小"去了。他记得前年夏天的一个黄昏，他们俩就曾经在落日照着的田野里，小声偷唱过这个歌来的。那时候，何等的快乐。谁知从此之后，便再也不能见面了。

另外的人不等汪四麻子他们开口，便行接唱下去。

高粱秆子节节稀，

多多拜上我的妻；

今年天干接不起，

明年粗布缝一些！

汪四麻子和赵长生赶快一齐拿女腔接着唱。

高粱秆子节节长，

多多拜上我的郎：

有钱无钱接起去，

哪个要你缝衣裳！

刘老九记起她唱这一段的声音，心里便酸酸的了，足杆也有些发软起来。他将冤兜里面的烂泥沙石，倒在柳树脚下之后，还呆呆地立着，向远处漠然望一会儿，易家院子内的树林，略含烟雾，看去也仿佛满带哀愁似的。

去年他表妹出嫁时，他躲在稻草堆里，整整睡了一天一夜，第二天爬起来，也不同人讲话，也不看人，只死劲捏紧锄头，将一大块菜地，半天就挖完了。这在别人，差不多要挖一两天的。此后脾气也改变了，对人冷淡而且固执！

缀满嫩叶的柳条，在他颈上，冰冷地拂过，他才重新挑起空冤兜，返身走下沟去。

沟里的人些，通给歌声弄活泼了，一时这里那里，便都信口哼唱起来，夹杂着锄头挖掘沙石泥巴的声音。平日他们分散在田野里，各人耕各人的，埋头不作声，要在水牛踩错犁沟的时候，才会高声叱骂起来。因此，沉默久了的他们，在这时就更加唱得有劲！连赶街过路的人，也禁不住停息下来，微微发笑地倾听一会。附近田野里摘龙须菜的女人些，竟一直伸起腰，把手遮在额上，很有兴趣地瞧望过来。有的听红了脸，便"呸"地骂了一声，赶紧弯下身子，重新把指尖伸进嫩绿的细叶里去。

散居在原野里的人家，有些是请长年月伙耕种，每天便得袖着手到陈家店子来喝茶喝酒、闲谈天的，这时也走到沟边上，站在树荫底下看闹热。其中有一个衣衫穿得特别讲究，单他那支玉石嘴子的湘妃竹烟袋，就与众不同的，便是冯七爷。他是个鸦片烟鬼，庄稼和生意全不在行，也不爱管的，但一谈到打官司告状，那就冲能极了，无论怎样不在理的事情，总是拿长指甲搔一搔头发，很冷静地说道："我有办法的！"乡里的民团和学校，也揽在手里不肯让给别人办，但他自己却常对人诉苦："这些事麻烦透顶哪，要是哪个来接着，我才谢谢他呢！"如果别个真的来接办，那又一点也办不起走了，因为第一个掣肘的，便是他。这时，他一到沟坎上走动，闲着玩耍的人些，就都同他打招呼，奉承他几句。他那上瘾的灰白脸上，对人总是很庄严，绝不像汪二爷一样，一团和气，做得笑眯眯的。

赵长生挖满两冤兜，便把锄头把子顺在怀里息气，他歌已唱厌了，只上下左右地打量，想另外兴点花样，或者说些笑话。恰好邵安娃走来挑他挖的那两冤兜泥巴，他就向邵安娃要笑不笑地，递一递嘴巴，朝着沟坎上说道：

"唉，你看见没有？"

"看见啥？"

邵安娃把弯着去挑的身子立了起来，漠然地发问，一面拿手背揩揩额上的汗珠。

"半天云里张口袋，你装风（装疯）！那位拿绿帽子给你戴的家伙，你就认不得哪！"

邵安娃这时才抬起头，一眼看见了那边沟坎上站着的冯七爷，便不禁脸红起来。提起这件事，他是很难忍受的，而况又当着众人面前，他便破例地生气了，对赵长生骂了一声"妈的！"就挑起冤兜上岸去了。众人和赵长生便高兴得大笑起来。

原来邵安娃的老婆是童养媳出身，小时候就同一般放牛孩子放浪惯了，长大来，又更加出落得分外惹人。自然这不是邵安娃所能驾驭得住的，而她也一向不把邵安娃放在眼里。但邵安娃却十分怕她爱她，每一回家，总把衣袋里装的工钱兜底底全倒给出来，对她傻头傻脑地发笑，想讨她的欢心。她在这个时候，也用极好的脸色，把钱一个一个地数好收起。直到去年冬天的一个夜里，邵安娃照例送钱回去，发现了冯七爷正躺在他床上，跟他老婆面对面烧鸦片烟时，才一下子改变了对老婆的心肠。当夜转回主人家去，他迎着北风，一路走，一路把钱丢在麦田、胡豆田里面。此后他的工钱也让老婆向汪二爷讨去，但他却不回去了。而招财和来宝同他做朋友的日子，也就是这个时候开始的。

邵安娃挑着泥沙走在摇摇闪闪的跳板上，听见人些全在下面笑他，几乎发晕起来，一到沟坎上，便糊里糊涂地，提着冤兜后面的耳绊子就倒，哪知一个不打紧就倒在易老喜的菜田里了，一窝两尺来高的油菜薹，便压得连根倒下。刘老九正挑起东西上来看见，就一面倒，一面说他道：

"你发昏了！怎么倒在人家田里头？"

随即走下沟去。

邵安娃本是倒了泥巴就走的，听了这么说，回头来看，自家也吃了一惊，于是他便仓皇地丢下扁挑，蹲着身子，拿手去把泥巴弄开。

另外的人走来看见了，便嚷他道：

"傻瓜！倒就倒了，你弄开它做啥子？"

"胆小的东西！才一冤兜嘛，多倒几冤兜也没相干的。"

"不要怕，不要怕，有老子们在这里，狗夹夹敢吃你么？"

赵长生正对自己的手板心，吐了一点唾沫，打算去挖的，听得沟坎上闹得一片声响，便朝刚从跳板上走下来的刘老九，笑扯扯问道：

"上面叽哪怪儿的，在做啥子？……莫非邵安娃生了孩子吗？"

"还问哩！就是你这该打的惹的事！你不逗起人笑他，他怎会把泥巴倒在田里头？"

刘老九劈头就骂他几句。

赵长生一锄头挖了下去，并不拿起来，就扁一扁嘴，接着说道：

"这有啥子大惊小惊怪头？……倒了一冤兜泥巴！呸！"

汪四麻子却带惊喜的神情，抢着说道：

"真的倒在田里？……那好极了，那好极了！"

恰好邵安娃挑着空冤兜下来了，他就仰起麻面孔，将锄头依在身边，翘着大拇指，夸奖道：

"对的，好家伙！再倒他妈的几冤兜！"

这时，这一节沟已经淘好了，别的人些正把跳板移到前面去，刘老九一面和别人抬他们踏的这一条跳板，一面暗自骂汪四麻子道：

"这个使鬼拍门的家伙！"

汪四麻子把锄头放在肩上，一边走，一边对大家逞能地说道：

"看嘛，这一回，让我来挑！……我是不像你们那样怕事的。……邵老安你是条好汉，我请你到息一会再来那里去吃酒！"

赵长生提起冤兜同他一块走着的，便侧着身子，向他伸长颈项，揶揄道：

"呵哟，你一下子就这样舍得请客哪！……晚上不怕回去跪踏足板（晚上不怕回去跪踏足板，指他外面乱花钱，回家去要受老婆的责骂）吗？"

汪四麻子取下锄头来，作势对他打了一下，骂道：

"你这狗头，总没一句正经话！"

赵长生连忙跳开，足下溅起的泥浆正不端不歪地射了汪四麻子一脸。

"你妈的！看我捶不断你那蹄子！"

汪四麻子气狠狠地骂了这么一句，一面拉衣角来揩自己的脸。

赵长生跑远一点，才回头大声说道：

"揩他做啥子？那不好吗？……我替你糊得光溜溜的哪。"

汪四麻子对他扬一扬拳头，也大声回骂道：

"最好你那头上也搽点哩！"

引得众人笑了起来。

赵长生走到他们该挖的那一段，便把锄头朝沟边一丢，不管三七二十一，就很神气地向大家嚷道：

"来，我们老板娘一下子吧！"

"崒，你那张屁股嘴啰！"

这惹得汪四麻子也笑了起来，虽然骂了一句，但自己也赞成息一会再来，就放好锄头，走上沟坎去，靠着一根栖木树坐下，摸出烟盒来裹烟。

六

接着别的人，也爬上沟坎去，有的躺在树下吸烟，有的到陈家子去喝茶。邵安娃却东张西望找寻他的招财和来宝，结果没有看见，他便离开众人，独自坐在一笼发出嫩叶的芭茅侧边，阴郁地紧紧闭着嘴巴。平日吸烟的好兴味，这时也像全然没有了。

足边上铺着爬地草，好些黑蚂蚁在叶底走动。他看见一只嘴衔白色食物的，特别现出兴冲冲的神情，他就顺手摘一条芭茅叶子，拿来故意拦着它的去路，弄得那条蚂蚁，急得团团地乱跑，竟致把食物都丢掉了。这本是一种近乎残酷的举动，但他那受伤了的心情，倒反而因此好过了些。

赵长生喝了茶回来，想吸烟，就习惯地摸一下腰带上，但却摸个空，于是向大家喊道：

"把哪位，烟袋借来用用吧！"

众人都把衔烟袋的嘴巴转过来，望他一下，没有答允。有的却向他做一下讥笑的鬼脸。他便拉一拉下嘴角，骂道：

"我还会借你们的吗？……送我都不要！"

跟着，他就轻手轻足走到邵安娃那里去。因为一眼看出邵安娃没有吃烟，烟袋正插在他那微微弯曲着的腰杆上，便打算去偷偷地跟他拿了。刚走拢伸起手的时候，这边坐着吸烟的汪四麻子，就唛地大叫一声。赵长生便赶紧车转身来，张开手指，作势捏了一捏。这时邵安娃已在作难另一条蚂蚁了，不但没有听到汪四麻子的叫声，结果，竟连赵长生从他腰上，抽去了烟袋，也不知道。

赵长生得意扬扬地走了过来，拿烟袋对众人晃了一下道：

"我肯信，就把这些人吃干了？哼！"

"不要得意！等一会，邵哈儿寻不着烟袋，会捶你一顿的。"

汪四麻子这么说着，对他竖起一根指头。

赵长生不回答，只向他尖起嘴巴，嘘了一下，随即挨近刘老九坐了下去，摸出烟盒子来，慢慢地裹烟。

刘老九仰面躺着，一双手腕，交叉垫在头下。嘴巴上翘起短短的烟袋，烟卷虽已烧完了，但还习惯地把它衔着。眼睛直直地望着天空，像在静静地休息，又像在梦幻地凝思。旁边一笼麻柳的绿荫，正斜斜地遮在他的身上。

天空已不像早上那样的深蓝了，太阳光艳丽地照耀着，仿佛上面晕过一层薄薄的白粉一般。虽然蓝的颜色，到底并未掩去，但却显得年轻些、娇艳些了。几片瓜瓤似的白云，看起来好像是铺在天上，动也不动地，可那转眼之间，才知道已不知不觉地改变了样式，或者业经散开去，间或有马碧黎儿那种小鸟，鸣叫着，用抛物线式的飞法，一纵一落，一急一徐地划天过空，样子极其高兴似的。但刘老九却感不到什么兴趣，心里老是闷闷不乐，而一些撩人心绪的回忆，便都趁此机会活转来了。

赵长生装好烟衔在嘴上，正打算要逗着刘老九的烟袋，把它接燃，却突然看见刘老九一骨碌爬了起来，生气那么地自家骂自家道：

"息他妈的啰！"

接着就气冲冲地走下沟去了。他就取下烟袋莫名其妙地望他一会儿，摇着头说道：

"这家伙又在发球疯了！"

赵长生重新衔着烟袋，向旁边的一位去接火时，汪四麻子就取下嘴上的烟袋，摇着手道：

"不要接跟他，不要接跟他！"……

别人就真个笑嘻嘻地照办了。

汪四麻子吸了一口烟，把烟重又喷出来之后，就高兴地向大家说道：

"我们今天就把他吃干！看他还充狠嘛？"

赵长生接不着火，便对躲开的人，半笑半生气地骂道：

"你简直是汪四麻子的干儿子！……他放一个屁，你就会拿鼻子去接着！……"

其余的人，还不想怎样拒绝他的，但因听见他这么骂人，便安心同他开玩笑起来。起初是叫他去接火，等到刚要逗拢了，就尖起嘴巴将烟袋移开，总使赵长生衔的烟袋，相差一点子。如果赵长生生气来抢，便率性溜开。

汪四麻子喜欢得大笑起来，连声地喊好，手里拿着的烟袋竟颤动来把烟卷也落下地去了。

赵长生这才恼怒起来，吐一口唾沫骂道：

"妈的，你们都不是好东西！鸭子的足板一联儿的！"

汪四麻子捡起烟卷，一面装上烟袋，一面高兴地喊道：

"不要怄气！不要怄气……我们怎么吃得干你呢？"

"呸，十麻九怪！"

赵长生唾了这么一下，就一面朝陈家店子走去，一面气狠狠自言自语地说道：

"这就为难着人了？哼，我不晓得多走几步！"

远远坐在插蜡树下的一位老人，看见已把他气够逗了，就向众人说道：

"算了吧？开玩笑也有个限度哪！"

一面便叫赵长生去接火。但赵长生接好之后，吧了几口，便向汪四麻子讥笑地说道：

"麻哥，这下子你该得意了吧？"

汪四麻子远对着他，吐了一口唾沫，随即把烟袋的余烬，朝身边的栖木树上扣掉，一面向邵安娃喊道：

"唉，邵安娃！"

邵安娃掉回头来，看见大家都在望着他笑，就丢了手里的芭茅叶子，仿佛做了错事似的，红起脸问道：

"你喊啥子？"

"啥子？你不吃烟么？快要动手了！"

汪四麻子竭力一本正经地说，同时偷眼瞟一瞟赵长生。

邵安娃在他后面腰部慢慢摸了一阵，又站立起来，在坐的地方，乱转了几个圈圈，才张皇失措地叫道：

"呵呀，我的烟袋呢？"

赵长生吸着烟，连忙站起来，踏着跳板，就匆匆溜下沟底去了。

汪四麻子便向邵安娃眨眨眼睛，一面朝赵长生的背，递一下嘴巴道：

"人家偷了你的，都不晓得哪！"

邵安娃却还不懂他的示意，只是对着大家乱转着眼球子，着急地问道：

"哪个偷了我的？哪个偷了我的？"

汪四麻子就吐口唾沫骂道：

"蠢东西，这哪怪人家偷你的老婆哪！"

一面朝天上望望道：

"要正午了，我们动手吧！"

说着，就带头走下沟去。

刘老九已经挖满好些冤兜，还不住地埋头挖着，沟底沙石在锄头底下碰击出惊耳的声音，泥浆水藻则溅射得远远的。

汪四麻子走在跳板上看见，便大声夸奖道：

"好家伙，我要叫我们二爸加你工钱的。"

等到汪四麻子看见刘老九拿的锄头是他自己的，便赶忙去抢道：

"呵呀，我的锄头遭你殃了！谢谢你，不要帮我忙，你还是去挑好了。"

刘老九伸手拦开他，一面拭汗，一面向众人说道：

"这回我们要换一换，好吃的东西，大家都该尝一尝的。"

随即丢开汪四麻子的锄头，去找他自己的。

赵长生躲在沟底吃烟，便赶紧去抓自己的锄头，仿佛要同人作对那么似的说道：

"我不管，我还是要挖的。"

汪四麻子也本想偷懒不挑，但因见赵长生这么说，就一面抛开锄头去拿扁挑，一面斜着眼睛看赵长生一眼，骂道：

"你这懒狗！我肯信，这就累死了人？"

跟着，就挑了两冤兜，雄赳赳地踏上跳板去了。走上沟坎，他看见邵安娃还在埋着脑袋，东瞧西瞧，胡乱地转着，便喝他一声道：

"你真是哈儿（哈儿，意即傻子），我的话你不相信么？你去看，赵长生吃的烟袋，是哪个的？"

邵安娃这才急急忙忙地走下沟底去了。

汪四麻子朝树脚下倒了泥沙之后，伸起腰来望一望易老喜的田野，便想道，我该倒去压倒他的菜薹的，但是又立刻觉得这样做太显然了，因为还要越过人行的大路。只有那边沟坎好倒点，即使倒进了田里，也好说是无心的过失。一面这样决定，便踏着跳板走下去了。刚挑起满装泥沙的冤兜时，看见邵安娃腰上已插起烟袋，正挑着冤兜要走上这边的跳板，便大声拦阻道：

"上那边去！那边好倒点！"

邵安娃没有回答，却默默地照办了，汪四麻子也足跟足尾了上去，一面怂恿邵安娃：

"朝田里倒哪！朝田里倒哪！"

但这下子邵安娃却没有听话，只向一笼刺芭丛倒去，汪四麻子就骂道：

"你这东西，怎么这样怕事哪！"

可是他自己也没有直倒进田去。等到众人笑他也是怕事时，他才鼓起勇气来，一连向易老喜的田里倒了好些。但他每次倒，总先要胆怯地看一看，会不会给人走来碰见了。倒完之后，就做出鄙视众人的样子，从沟坎上嘲骂到沟底。

"我简直看不出，一大伙儿子会全是老鼠哪！"

后来，赵长生丢开锄头，大声拍着胸口道：

"妈的，你不要充狠！"

接着，就挑起冤兜到沟坎上去了。他却不管有人看见没有，只顾照着菜田边倒下去。有一次，易老喜的幺儿子已经走来瞧见了，旁人就悄悄警告他，叫他留意点。他反而仗着人多，高声喊道：

"我不怕!"

顺手就提起冤兜后的绊索，直向油菜田倒了下去。

这时汪四麻子已没挑了，正躲在一株麻柳树下息气，一面把发痒的背，靠着癞皮的树身，挤擦着，一面还在拿话来激赵长生：

"不要充狠，倒那几冤兜，算个啥呀!"

挨正午就要啼唤的鸡，已在远处懒懒叫着了。草上、树叶上的露珠，早已晒干。菜田、麦田里的泥土，已由湿润的乌黑，变成灰白的了。

这时做堰长的汪二爷走来巡视，手里打一把黑洋布伞。早上穿的皮马褂，业已脱来搭在手腕上了。面上微微笑着，仿佛就要向每个人打招呼似的。汪四麻子赶紧跑了过去，报告这样，报告那样。赵长生本想躲在树荫下去休息一会儿，也不得不特别多挑几次。他把泥沙倒了之后，掉转回来，看见对面沟坎上，汪四麻子正对汪二爷说着，神情很得意，一面又拿手指向他这面指指，好像在讲什么有趣的笑话一样。赵长生有些不好意思起来，等到看见汪二爷瞥视他一下，现出一脸善意的微笑来时，才放了心，高兴地踏着跳板，走下沟坎去。沟里没什么人说话，也没什么人吃烟，只听见一片锄头掘进泥沙的声音。赵长生再挑一次上去时，他看见汪二爷已经慢慢地朝陈家店那面走去，汪四麻子光着头跟在后面，还在一壁指手画足地说着什么。于是赵长生便将扁担和冤兜一丢，就朝栖木树荫下坐了下去。

七

易老喜自看见赵长生和锯子，那样有说有笑的，心里甚是不快。回家去，碰着幺儿子，正拿竹棍当枪，赶打雄鸡，做打猎的游戏，这在往天骂一两句就算了，现在却凶狠地给他几下耳光。同时，又对老婆子啰唆一番，说孩子的没规矩，正是她这老不死的，平常待孩子太娇惯了的缘故。继后孩子跑到外面，去看人家淘堰，老婆子躲到灶房里，去纳鞋帮子，易老喜还是不平息下去，却更加觉得没地方出气了，就仍然踱到外面来走走，手里则提着那只捡狗屎的冤兜，这是不管沿途有没有狗粪可捡，出门必须携带，早已成为他的习惯了。

他顺水沟，不知不觉地走着。阳光从树叶缝里钻下来，晒得热烘烘的，他也忘记把老棉袄脱来搭在手腕上，只不住愤愤地想道：

"为啥子在我面前装假正经呢?"

蓦地听见水流哗啦哗啦的，抬头一看，锯子正在对面沟坎缺口上，弓着身子，摸拿虾笆里面的鱼虾和水草，裤脚则挽到大腿以上，两只足杆，又圆又润，象牙柱子似的露了出来。每次伸起腰，把鱼放在桶里时，她那仰起来的胖胖脸蛋，黑黄色里，透出了血液积压的紫红，出落得十分丰满动人。

他四下望望：两个大儿子和三个长年，原在这条沟的水源附近，担水浇菜田的，现已给那边一座圆形屋顶的车房，全遮住了。下流淘堰的人声，隐约可以听见，但垫起足尖望去，还只是一湾无尽的沟渠和两岸密密排着的树丛。对岸则是荒芜的河坝，间或有觅食的鸟群，飞了起来，鸣噪着，不久却又落下丛莽中去。锯子身边，也没人，只她那小女孩，坐在沟坎上，顺手将灯笼花（灯笼花，蒲公英的俗名）一类的野草，扯来玩耍，样儿显得很专心，很快乐似的。

易老喜便涉水过去，蹲在笆兜上，看水桶里面装着的鱼些，一个个都有巴掌那么大，全把嘴巴朝向水面，唼喋着，发出泡沫来。

锯子抓着一条鲜活的鲫鱼，水淋水滴地，投向桶里，一面朝易老喜耸一耸鼻子说道：

"易大爷，对不起，请你把冤兜放远一点吧!……"

随即弓下身子，去抓虾笆里面刚刚冲进去的螺蛳壳。

易老喜略不好意思地，把狗粪冤兜放到坎上，转来又蹲在桶边，见锯子老半天都不讲话，也不看他，就望着她那双满粘银鳞的手腕，嗫嚅道：

"他才走吗?"

"你说哪个?"

锯子伸起腰来，头一偏，冷冷地问。抓在手里的鲫鱼，头尾不住地挣扎，刷下的水珠，溅得她满脸都是。

易老喜直盯着锯子的脸，想从那上面看出什么秘密似的，慢慢说道：

"我是说，赵长生。"

锯子略撇一下嘴巴，啪的一声，把鱼丢进水桶里。顺手拿手腕擦擦脸庞和额头，没有说话，跟着又把手伸进虾笆里面去了。

易老喜再朝四下打量一眼，绿色的田野，带树的沟渠，以及草莽丛生的河坝，都静静地躺在太阳下面，反射出满有生气的光辉。没有人影，只见一条母狗，夹着尾巴，越过田野，接着又闪现两条牙狗出来。他把灰毡帽揭下，搔一搔缠毛辫子的脑袋，说道：

"那家伙，不是好东西！看样子，就该挨黑打！小时候，半点也没规矩，猴头猴脑的，你叫他放牛，他就躲在坟地里抱蛋，让牛去吃人家的禾苗。一条狗，你会教乖的，他这样的人，教也教不成才，无论你怎样打他，车过背，就嬉皮笑脸起来了。我还想过，一个人，同鞭子一块儿长大，该靠得住嘛，可是还不成，生来吃屎的狗，总还是要吃屎的。像这样的家伙，要靠他养家，那简直是在做梦！"

锯子伸起腰杆来看他一眼，一面把几颗螺蛳壳，丢给沟坎上坐的小女儿，叫她拿去玩。

易老喜看见锯子的额上、脸上都粘有银色的鱼鳞，仿佛谁拿笔点上去的一样，不禁越看越高兴起来，一面把毡帽弄在指头下转动着，很有劲地继续说道：

"归根结底一句话，这批子穷光棍，你沾不到一点光的，他们双肩抬一嘴，只合一辈子穷下去。不讲别人，就拿他的老子来说吧。谁不晓得赵老碑，是个老好人，一辈子不多言不多语的。大家都看顾他，终年有活路做，一天也不曾霉在家里过来。可是，还发不起迹呢，老婆死的时候，我就亲眼去看过，连一条好裤子都没穿的。棺材呢，自然全靠地方上兜的钱。这到底成啥子话呀！……呵哟，可惜可惜。"

一条尺多长的鲤鱼，突然跑进虾笆，锯子赶紧去捉，却立刻从手上，奋着鳞鳍，奔溜出去了，同时溅起来的水花，竟把锯子的胸襟，也弄湿了一大片。锯子抬起头来，喘一口气，一面失神地向沟里望去，一面朝围腰上揩干手指，拿来理理胸口的湿衣襟。

"不要紧，等会水流干了，包你捉得到的。"易老喜望着她那胀鼓鼓的胸部，安慰她一两句，"你站上来，息一会吧，尽那样躬去躬来的，腰杆也痛呀。"

锯子没有搭理，只又弓下腰，去抓虾笆里面的败叶。

于是易老喜把帽子戴在头上，红起脸说道：

"吴三嫂，你怎样这样不声不响的。到底我哪点不及他呢？"

"你在说哪一个？咕达咕达一半天，我还不明白呀。"

锯子对他偏起头，白一下眼睛。

易老喜就马起脸说道：

"你不要对我假正经呀，那个瘌痢头，同你嘻嘻哈哈的，你以为没人看见么？"

"看见又怎么样呢？"

锯子望也不望他，只硬硬抵他一句，仍旧把双手伸进水里去。

易老喜气得说不出话来，只觉得自己半年来的让步，与乎平日对她的好意，全是白白花费的了。原来锯子住的地方，以及屋前屋后的空地，都是由荒芜的河坝，填塞起来的，本没什么主子，但因挨近易老喜的田园，易老喜便偏要说是他的，（他就是每年侵占河身，同河争地的好汉）并曾经把伪造的文书，抵在锯子前夫的鼻子跟前，痛斥他，打过他的耳光。那个老实的汉子，不大会讲话的，便因为要赶他一家人，离开自己苦心开辟出来的园地，就活活气得由吐血而至死去。锯子一口气怄到现在，并不因为他对她的突然让步，以及许多鬼鬼祟祟的讨好卖乖，就能缓和下去的。

易老喜见她十分生气，狠命地把鱼投在水桶里面，甚至溅起水珠，简直射到他的脸上来了，就立起身来，指着锯子说道：

"你简直狗咬吕洞宾，太不识得好歹了！"

"我是不晓得的，我是不晓得的。"

锯子气冲冲地回答。

"那我就要你晓得！"

易老喜一面去拿狗粪冤兜，一面切齿地骂。

锯子伸起腰来，就把两只水湿的手，又在腰上，拉下嘴角回骂：

"那就看你有啥本事？这些人不是吓大来的！打官司，告状，我陪你！你以为那揩屁股的纸头，就吃人么？就是天王老子，也不能赶开我。这地方，谁不晓得，我同小羊的爹，一锄头一锄头挖出来的。"

易老喜一手提着狗粪冤兜，一手拿着夹粪夹子，指着锯子说道：

"我告诉你，我不是叫你退还地方，我是要你坐牢呀！……你明白吗？你这伤风败俗的东西，地方上的人全给你带累坏了！"

跟着就走下沟去，把沟里的水，踏着噼噼啪啪地，一路溅起水花来。

"放你的屁！我伤啥子风，败啥子俗？你不给我说个一清二白，我是不答允你的！"

锯子连耳根都气红了。

易老喜头也不回地，一面拉着树枝爬上对面的沟坎，一面诅咒似的说道：

"你不要夸口！看嘛，就要捉在我手里的。"

不料一个不打紧，树枝却给他拉断了，爬在半中腰的他，便拔踏一声跌下沟来，水和泥浆，溅射到丈多远去，狗屎冤兜刚好兜底底倒在他的身上。

锯子拍起手大笑起来。小孩子却害怕地大睁着眼睛，手里拿的野花螺蛳壳，也落在身边了。

易老喜水淋水湿地爬上岸去，还拿狗屎夹子指着锯子骂道：

"不要太得意了！"

随即朝家里走去，又气又恼地，刚走到半路，正碰见他的幺儿子跑来，气喘喘地向他报告：

"爸爸，人家压坏……菜子哪！……呀，爸爸你……"

一眼看见爸爸，周身水湿，眼睛盯着他，又像要冒出火那么似的，吓得说不出话来。

爸爸使劲拉着他的耳朵，直盯着他，要吃他一样地问道：

"你看见是啥人？你看见是啥人？"

幺儿子耳朵痛得要哭起来，一面躲，一面说道：

"是……是，那个瘌痢头！"

易老喜眼睛很大地一鼓，随即放松手，向小儿子喝道：

"滚开！"

小孩子摸着拉疼的耳朵，呆在麦田边上，望见他的爸爸，朝家里风快地走着，好像在放小跑一般，心里很是莫名其妙，因为他素来看见的爸爸，老是一面走一面东瞧西瞧地寻觅狗粪，两足拉得很慢的，便小声骂道：

"疯子！"

八

晚上，刘老九他们吃了夜饭，把牛牲喂好之后，已经满天星斗了，赵长生急得十分难耐起来，竟想连邵安娃也不邀约的，就打算朝锯子那里跑去。

刘老九一面关牛圈门，一面骂道：

"你这该打的家伙，老是喜欢吃梗笼心肺，不论啥子，都要独占独吞才好？"

"哪里？……我就是嫌他走路慢呀！"赵长生正说到这里，恰好邵安娃拿着一床蓑衣走过，赵长生便做出不高兴的脸子拉着喝道："你就要去困觉哪？"随即向刘老九白起眼睛："你看，他全忘记了，这约他做啥子呢？这样哈里哈气的家伙！"

刘老九却不回答他，只把邵安娃手里的蓑衣拖来丢开，拉着就走，一面说道：

"走，我们吃鱼去！"

等邵安娃问明白时，他们已经走到院墙侧的沟边上了。

原野和人家都藏在夜雾里面。但不远处地方的树木，却还看得见些模糊的阴影。小沟已经干了，没有流水的声音，只有青蛙在懒懒地啼叫。风从暗处吹来，轻寒钻人的衣领和袖子。

赵长生走在前头，十分有劲。几次三番地，停下足来，催促刘老九快些上前。并嘲弄地骂邵安娃道：

"我求你老人家做做好事呀！不要像老太爷一样，走得一步一摆的！"

走过陈家店子时，还没关门，喝酒的人声，正闹嚷着。刘老九就向赵长生说道：

"你不记起买罐油去吗？"

"你才信进去了，她开玩笑的呀！"

赵长生一边说，一边急急忙忙地朝前走着。到锯子那里时，锯子正坐在地上破鱼，鱼鳞鱼血散了一地都是。锯子先望望赵长生、刘老九的手，然后放下脸子说道：

"你们打算怎样吃呢？我这里刚好一点盐一点油也没哪！"

赵长生不相信，一面翻看她土灶旁边的坛坛罐罐一面开玩笑地说道：

"那就白煮来吃吧！"

刘老九站在进门口，衔着烟袋，向屋里很有兴趣地打量着。

屋子内顶打眼的，是一堆干草和芦秆。另外便是两根板凳搭木板的床，上放一张无数补疤的被盖。壁上挂着破锯子、破刨子一类的东西，已经粘着很肮脏的蛛丝网了。

"不要乱翻呀，碰烂了，你赔不起的！"锯子息着手，向赵长生这么责备着，随又拿破鱼的刀，指着刘老九说道："神头神脑望个啥子？你来帮我破鱼哪！"

刘老九摘下烟袋，不声不响地，就去接着刀。小孩子本是立在妈身边，把手伸进桶里去摸水玩耍的，看见生人来代替了妈的位置，就赶快走开，去拉妈的衣裳，一面还回头来怯生生地望着。

锯子刚洗好锅，抬头看见邵安娃已经走了进来，现得手足没处安顿似的，便撅一下嘴巴，说道：

"你也空起双手来白吃么？"

邵安娃更加局促起来，脸也红了。

赵长生把头从罐子口上抬起，苦笑地说道：

"我看你连米也没一颗啰！"

锯子掉过脸去，很庄重地说道：

"对呀，要是你们没吃饭，还该去买点米来哩。"

"你真会铺排人，油呀盐的，又是米，简直闹不清楚。"赵长生一面搔着头，"我肯信，今晚我们不来，你就不吃了！"

锯子正拿瓢舀水，一面把水朝锅里倒，一面拿另一只手指着屋角落上，略略红起脸说道：

"我还有那个呀！"

屋角落上安置一架小石磨子，边上粘着稀湿的黄东西。赵长生看不出到底是什么来，便伸起两根手指去捻来鼻子上嗅了一下，失声说道：

"呵呀，是猪吃的糠哪，你吃这个么？"

"不要那样大惊小怪的！穷人子家哪个不吃这个？你还是去买点油盐吧！"

锯子把瓢摔在灶上，一面推开身边的小孩子，就去抱柴。

刘老九也向磨子那边望了一下，难过地摆一摆下巴尖。手里已经抓起一条大鱼了，又随即丢进桶去，向着破在面前的一大堆死鱼，像在责备啥人似的说道：

"为啥子破这么多呢？该多剩点去卖呀！"

"再破点！再破点！既然答允了请客，还卖它做啥？"锯子抱着干草朝灶背后一丢，"我不像你们一样：嘴头说得迷迷甜，心里才是藏把锯锯链。"

刘老九略微红起了脸，分辩地说道：

"这只怪他哪，刚才我不是还提醒他买吗？"

赵长生也现得毛焦火辣的。

"不要说了，不要说了！我就去赊！……把个油罐子来！"

锯子把罐子递给他，就顺手拖邵安娃一把道：

"不要傻眉傻眼地站着，去替我烧火哪。"

赵长生急匆匆走出门去，又转身回来，向刘老九说道：

"还是你同我一路去吧！息一会再来怕不会相信我的。"

刘老九正在收拾地上的鱼肠鱼肚，骂道：

"又叫我走这么远，你连赊一罐油的面子都没有么？刚才不听我的话！"

"不是，我还想赊点米哪。"

赵长生望锯子一眼这么说着。

刘老九想了一下，没说什么，只把一双脏手，胡乱朝干草上一揩，就尾着出去了。

陈家店子内的客人，已经散了，老板娘一面打哈欠，一面在下茶炉子里的炭火。看见两人走了进来，还提了一只罐子，便奇怪地问道：

"这夜深，还在外面走么？刚才到河坝那边去做啥？"

"你乱说，谁到河坝那边？"

赵长生虽是这么回答，但脸上笑扯扯的样子，却表示像已承认了。因此，老板娘，就现出早就明白了那样的神情，拿火铗子远远对赵长生的额部点一点说道：

"你怎么瞒得过我啰！"

赵长生把油罐子朝桌上一放，便把来意直打直说了出来，同时脸上露出得意的神色，仿佛在夸耀他同锯子一向就很亲密似的。

"亏你想得这么好！我赊东西给你，喂那个婆娘！"

老板娘说完了，嘴巴一扁，立刻转身过去，仍旧戳她的煤炉子。

"我早就料定你会这一手的，不赊东西，还要说些七股八杂的话来。"赵长生说到这里，将搔着头的手，从外一挥，突然生气了，"好吧，我肯信，记在他账上，你都不答允吗？"

老板娘这下子倒和颜悦色起来，偏着头，看一眼刘老九，又看一眼赵长生，笑着说道：

"那倒不一定，我就相信他，不相信你！我只怕你们年轻小伙子把银子钱乱抛撒哪！"

随即去打油称盐，但一面仍旧大声吩咐柜台里打盹的老头子，把账记在姓刘的名下。

赵长生就屈起手指头，直向茶桌子重重地敲了一下。这不是生气她不相信人，而是恼怒她何必说那样欺人的漂亮话。

刘老九只顾把各个茶碗里的茶脚子，倒在一个茶碗里，慢慢地喝着，不搭什么话。

老板娘把油罐子和包的盐顿在桌子上，一面看两人的脸子，笑嘻嘻地说道：

"怪不得你们着迷，就是今天两位大人物，在这里喝茶的时候，也谈到那骚货，忽然一下子都哄堂笑起来，汪二爷还拉冯七爷一把，小孩子一样，喊道：'你有把握！你有把握。'起初，他们讲得很小声，我还不晓得，后来假装去冲开水，才听出来了。……你们要赊多少米？"

刘老九红起脸分辩道：

"你不要打胡乱说，连我也扯进去！"

赵长生越发生气了，当他接着米口袋的时候，连头也不抬地就走到外面去，而且一路上不住地骂起冯七狗来，因为他忽然莫名其妙地觉着，他也像邵安娃一样，受了莫大的委屈了。其实他连锯子的手，都没挨过。

锯子的茅草屋，先前他们三个人走来时，远远就看见从窗上透出来的灯光了。现在却是墨黑的，仿佛她已和邵安娃吹灯困觉了一样。小孩子则在里面大声地哭着。

刘老九诧异地想道：

"难怪人人都说她的怪话！"

随后赵长生经刘老九一说，也看了出来，便三步做两步地，冲了进去。不料一块横躺在地上的人身，竟然绊他一交。同时那睡着的人身，也因被踩了两足，便大声呻吟起来。赵长生觉出是邵安娃了，就一面爬起来，一面骂道：

"好狗不挡路，你躺在这里做啥？"

刘老九看见灶里还有未息的火焰，便摸到那里去，把提的东西放下，拿干芦柴点起来一看：锯子不见了。躺在地上的邵安娃鼻子正在流血，两边腮包和嘴巴通染红了。他在向赵长生断断续续地说着什么，一面还拿起手来指他的腰杆。

"到底哪个打你的？蠢东西，这个你都不知道么？"

赵长生不爱问他的了，便伸起腰来，东瞧西瞧的，脸上凝着一团奇怪的神气，心里想道：她到哪里去了？

"真奇怪，连灯都打烂在地下了。"刘老九丢了手里的火，便去扶邵安娃起来，一面骂赵长生道，"你那心子简直给狗吃掉了，还要骂人家。"

屋子里重又变成黑洞洞的。赵长生赶快拿芦柴点火，一面向屋角落里哭着的孩子问了一两声，见不答允，就骂道：

"傻东西，你连你妈到哪里去了，都不晓得吗？"

这时锯子回来了，怒气冲冲的，当胸的衣衫，业已撕破，乳房露了一只出来。手里紧握着一把菜刀。足是只穿一只鞋子，另一只却是裸着的。她不等赵长生他们问她，便骂道：

"你们怎么不明天才来？这里人都要打死了！（一眼看见刘老九扶着邵安娃在替他揩鼻血，就拿菜刀指着邵安娃）他又是不中用的东西，连婆娘家都及不着，一下子就给人家打翻了。要不是我抓着这把刀，哼，今天晚上！"

赵长生把手上快要燃完的芦柴火，投在地上，（屋子里立刻黑暗了，只那芦柴头上的余焰还爆出了一两点火星）气虎虎地说道：

"妈的，这些贼强盗！他们一定还跑得不远，刘老九，来，我们出去叫几声，好让大家起来捉！"

刘老九扶邵安娃到壁头边上去靠着，心里很诧异，为啥子强盗会来抢她，一面问锯子道：

"吴三嫂，那些人你认不认识一个？"

锯子把菜刀丢在地上，一边去拿芦柴点火，一边愤愤地回答道：

"怎么不认识，就是易老喜那两个儿子和几个长年呀！"

"是他们！"

赵长生、刘老九都一齐吃惊地叫了起来。接着，赵长生拿拳头打了一下自己的手掌心，像发现什么似的说道：

"好，明天就去告状，我们都做证人，看他逃得脱，不叫他一家子砍头，也要叫他一家人坐一辈子牢。这样活抢人！"

锯子点燃芦柴，在寻瓦灯盏。

刘老九安置好邵安娃，带着考究的神气，问道：

"吴三嫂，你平素得罪过他们吗？"

锯子掉过脸来，微微发红着说：

"我得罪过他们啥子？他们早就打主意我这块地方哪，总想借点由头来赶开我。刚才那些砍头的，一进门，就喊'好，捉奸捉双'，要把我和邵哈儿捆起。这一套把戏我倒不怕，顶奇怪的，就是易老喜大儿子，一足踢翻邵哈儿，还骂道：'呸，我当你是癞痢头哩。'（对着赵长生）我看他们就是要找你，你倒该当心一点！"

赵长生拍一拍胸口，说道：

"入他娘，我不找他，他倒找起我来了！我怕啥子？杀他两个摆起，手一揩就走了！还到坟里面，去抓出我的娘老子不成？我们还是弄鱼来吃罢！"

锯子冷笑说道：

"还有个屁！早给那些砍头的抢去了！"

赵长生又拿拳头打一下手掌。

"对了，别的不说，就告他们抢鱼！"

"呵呀，这些挨刀的，灯也给我打烂了。"锯子捡起破灯盏，看了一下，又丢在地上。见芦柴快要烧到手边了，便连忙换点一根，脸上现出悲愤的神色，"告他们做啥子！俗话说得好，'衙门大大开，有理无钱没进来'。我们连饭都没吃的，还打得起啥子官司！前回小羊她爸死时，我去给冯七爷叩过头，求他老人家做一张状子，你们想他……呵，不要说了，那个该死的老光棍！"

赵长生也口水瀑溅地接着骂道：

"入娘的，看来就是自家动枪动刀好，求爹爹告奶奶都是白冤枉的！"

邵安娃感到腰杆像要断了似的，不断地呻吟，靠着壁头，也快要倒睡下去。刘老九见他这样难过，便叫赵长生道：

"你把他弄在我背上，让我背他回去吧！"

赵长生一边扶邵安娃，一边可怜似的向锯子道：

"我们走了，你不怕吗?"

锯子把嘴巴一撇，说道：

"我怕啥子？（眼睛看着呻吟的邵安娃）难道我也像他一样，只白给人打么?"

刘老九顺沟边的黑路，慢慢儿一步一步地踏着，只要一听见邵安娃在背上呻吟，就沉痛地自责道：

"唉，我不该拉他来的!"

赵长生则叽叽咕咕地，一路骂着易老喜和他的儿子些。

九

第二天早上，汪二爷一边听取刘老九的报告，一边就跟着他走到邵安娃睡的地方去。通过猪圈、牛圈边的时候，猪以为有人来喂它们了，都齐嘈吼起来。牛则从槽里抬起嘴，一面咀嚼稻草，一面殷勤地刷着尾巴。牲畜和粪的气味，都在后面竹林吹来的晨风里，微微地荡漾着。

招财和来宝睡在草屋门前，一见刘老九和汪二爷来了，便都亲热地爬起来，挨到足边上擦溜着身子。刘老九打开了门，一股霉臭和腐烂的味道，便钻了出来，而且冬季烧过的牛粪气味，也仿佛还有着些。

赵长生担心汪二爷会骂他们，刚才既不敢出头去替邵安娃请一天假，现在听见汪二爷来了，就躲在屋里假装在招呼邵安娃似的。（昨夜他回来就一夜睡个大天光，邵安娃要茶要水，只是刘老九一人伺候）他看见汪二爷刚朝里面望，却又立刻掉开脸子，接着大大地打了个喷嚏，随后便走远一点高声喊道：

"邵安娃，你好点了吗？哪里痛呀?"

赵长生在里面也高声，提醒他道：

"二爷叫你哪！吓，二爷都来看你了，你还不晓得吗?"

声调甜蜜得听起来仿佛不是叫邵安娃，倒是要取悦汪二爷似的。

邵安娃听见汪二爷来了，倒反而有些害怕，在烂糟糟的铺盖卷里，蠕动一下，小声回答着，带着胆怯怯的声音。

招财首先看出人们现出的紧张样子了，便把前两只足搭在门槛上，朝暗中睡着的邵安娃张望，且鼓大鼻孔嗅着。

汪二爷听见了草屋里传出的微弱声响，就对刘老九，大声说道：

"你们叫他好好躺躺吧！这几天都不要出外一步，有人问你们，就说伤重得很！"

来宝还不知道什么，只把身边走过的两只母鸡，追赶到竹林那面去，带着游戏的快乐神情。

汪二爷掉身转进去，一面对母鸡逃走那个方向望一下，一面很满足的样子，自言自语地说道：

"就是一条狗、一块鸡，也不能轻容易动一动指头的！何况一个人？哼！"

赵长生看见汪二爷走开了，连忙走出来，抢着问刘老九道：

"他问到昨夜出去的事情没有？我真有点……"

刘老九打开牛圈门，把拴牛的索子解开，打算牵到门外去，一面责备似的回答道：

"怎么不问？你刚才还没有看见他那鬼样子！对我发火发气的。等到听见打的人，是易老喜的儿子些，才一下子不声不响的了。"

赵长生回头望了一下，高兴地说道：

"看这样子，汪老二倒愿意我们去打一架哩！"

接着就去牵他的骡子。走到门外坝子上时，看见汪二爷在胡豆田和油菜田中间的小路上，急匆匆地走着，摇摆得像一只鸭子似的。初起的阳光，正射着他那乌黑油光的缎马褂和瓜皮帽子。赵长生把骡子拴好之后，也不像往天似的，鞭打骡子走圈圈，只默默望着，看汪老二这么早就要到啥地方去。

刘老九提个粗篾条的烘笼出来，放在牛脚侧边，一面解脱衣袖，露出右边的手膀子，要替牛篦去牛虱。

"你看见没有？"赵长生对刘老九递一下嘴巴，叫他看看田野中走的汪二爷，随后，见刘老九瞧见了，便又问道，"你猜他到啥地方去？"

刘老九见汪二爷走得那样忙迫，也有些诧异起来，一面拿手抓一抓露出的手膀子，还没猜出什么，赵长生就突然说道：

"对了，他转上那条路了！我敢打赌他不是去找冯家烧火佬去找谁？"

等到去淘堰的时候，赵长生还悄悄一个人，跑到锯子那里去，说他今早怎样说了几句话，就把汪老二说动了，定规不出十天之外，管叫易老喜他们几爷子坐腊的，现在汪老二正到冯老七那里去磋商办法去了。临走的时候，还悄悄吩咐锯子道：

"放心些，包你出口气。可是，你千急不要告诉别人哪！"

但回到淘堰的地方，首先把邵安娃打伤的消息以及汪二爷要同易老喜扯筋（扯筋，含有吵闹，打架等意义）的事情告诉众人的，还是他自己。并说邵安娃挨打的原因，就是错倒了两冤兜泥土在易老喜田内。而他本人呢，幸好昨夜没同邵老安一块，不然他们也不会放松他的。随即觉得这话太不漂亮了，又忙改口说道：

"要是昨天我也同他在一块，他也许不会挨打的。再不然，易老喜他们那边，会那样轻容易跑脱吗？入娘的啰！"

汪四麻子本要这么讥笑他道：

"收着吧，老鼠子爬秤钩，不要自称自赞了！"

但一想起他二爸今早上吩咐他的话来，便改口道：

"对的，他们就只敢欺负邵安娃！我们这里淘堰的哪一个是轻容易惹的？要是连他狗夹夹也怕，那就不算是人生父母养的了！来，我今天就要先倒在他田里。"

说着，便把满满一担泥，挑上跳板去了。

众人平素对易老喜虽并没什么好感，但要惹是生非，却也不愿意，所以昨天汪四麻子怂恿乱倒泥土的事情，大家只当成开玩笑而已，但在今天听见邵安娃竟因错倒一挑泥土，就挨起打来，便大为不平了。同时又见平常不大言语的刘老九，也在把泥土朝易老喜田里直倒下去，还一面气冲冲骂道：

"打着别人都不要紧！邵安娃，我是不甘心的！"

大家就更来得愤慨些了。觉得连田里的油菜薹以及麦苗，都是十分讨厌而且可恶的。

十

这条沟的水源处乌木沱，是一个很大的泉塘，样子到圆不圆的。向东有一缺口，通到沟里去，其余便给满堆沙石的斜坡围抱着。坡上面覆盖起无数的杂色树木，白天也显得阴森森的。黄昏以及夜里，还有野猫、黄鼠狼之类出没。地上、草上，则全粘着点点发白的鸟粪。平常连放牛孩子些，也多不敢钻进去玩。

六七天后他们便淘到这里了。因为易老喜的菜田，已为斜坡树林隔开，去倒泥土一事，走起很是吃力，并且也寻不出好走的路来，到处都挺着石块和蓬勃乱长的芭茅。汪四麻子这天也不挑了，却在泉塘里埋着头挖他的泥沙，而且从早上到正午，全不大讲话，只是嘴里老衔着那根短烟袋。赵长生逗了他几次，故意同他打赌：说他能担一挑去倒的话，他姓赵的就愿意陪他担两挑，最后添到四挑了，他也没答允，倒反而躲开。赵长生便鄙薄地骂道：

"妈的，没中用的东西！鸡公屙屎头极硬！"

刘老九挑着空冤兜，从跳板上气喘喘地走了下来，对赵长生责备道：

"就是一张嘴巴子，你去试试吧！碰得我头昏目眩的也没挑出去。"

赵长生便把锄头一抛，抓着刘老九的扁担，便挑一担泥沙上去。这是走过跳板，还须爬坡的。一到坡顶，他已经挣得满身是汗了。而且勉强再走一阵，足总要踏着滚动的石头，使身体不大站得稳当。挑的冤兜呢，不是前面的，要碰着癫皮树干，就是后面的，会给一些刺藤子拖着，弄得泥沙忽地倾倒出来。他便咒骂一声，连扁担一丢，就躲到背静地方吃烟去，这时他的烟袋早已找着了。

赵长生坐在麻柳树下，背靠树身，舒适地吧着烟。阳光从叶缝里，漏下线条来，把足边好些半圆形的草叶，照得鲜绿耀眼的。头上几只细小的褐色飞虫，无声地浮游着。泉塘那边锄头挖掘沙石的声音，一会儿顺风，就隐微地飘了过来，一会儿风没有了，又寂静下去。从树林稀疏处望出去，易老喜的田野、院落，以及离斜坡不远的圆屋车房，都看得清清楚楚的。一片的油菜田，正开出又繁又密的黄花，竟将前几天还可看见的满田绿叶，一点也不剩地全遮在下面了。这是农民春季的主要产物，在原野上种植得顶多的，要不是还点缀有青色的麦苗、胡豆，以及龙须菜田的话，整个天底下的田野，简直可以说全变成美丽的黄金世界了。他吧完了烟，一种疲乏困人的天气，简直使他不想爬起来，他顺手朝面前的树身，把烟斗子里的灰烬，轻轻地扣落，一面还懒懒地望着嫩黄射眼的田野。这时有两只觅食的鸦鹊，从田野里飞了起来，慢慢朝易老喜的院落飞去，就一直息在屋后那株青钢树（青钢树，北方人呼为玻璃树，学名应是檞树）上面。屋顶则升起了的青色炊烟，袅袅地，随风缓缓儿播散开去。

"呵，正午了呢。"

正这么想着，一眼看见立在院落门口的易老喜，忽地张一下手，匆匆向田野走去，神情仿佛很兴奋似的。再朝东望过去一点，原来易老喜走去的路上，正来了两个人，前一个背略略有点躬，身材比较小块些，尚看不出到底是谁。后一个则比较胖大些，走路有点一摇一摆的，这对赵长生倒极熟识，一眼就认得是汪二爷。心里诧异道：

"他要到狗夹夹这里来么？"

一阵风，吹得头上的树叶，飒飒地发响，泉塘那边突然传来哄闹的声音，仿佛有人在打架一般。本想转回那边去，但汪二爷这时的出现，引起他极大的好奇心了。他站立起来，找一个更容易望出去的地方。

易老喜同汪二爷他们一碰面，就在那个青色的胡豆田边上，彼此互相客气地拱一拱手。随即让汪二爷他们两人走在前头，赵长生慢慢儿瞧出另一人来了，那就是冯七爷！他们都穿得齐齐整整的，显然是来赴易老喜的"赏午"了，赵长生愤愤地朝草里吐一口痰骂道：

"入娘的，你们现在又搅在一块了！"

他转身回去，正碰见大家在争先爬上坡来，个个都气势汹汹的。有的拿着锄头，有的则捏着石块，仿佛要去同人拼命一样。刘老九当胸抱一大个黄色的石灰块子，走在前头，一面腾出一只手来，向后招引，一面大声嚷道：

"大家都去！"

原来泉塘里面有几处冒水地方，忽然发现出给人塞有桐油石灰了。几个年老的人便断定是易老喜干的，理由是，他车旁边的泉塘，就在附近，为了要自己的泉水多，当然会要把别处泉水的来源塞住的。众人一想起去年夏天忽然堰水减少的道理，原在这里，便都大为愤慨起来。同时刘老九又趁这机会正是替邵安娃报仇的好时候，便不住地从旁怂恿。

汪四麻子却声音都叫嘶哑了，不住地赶着阻拦道：

"这样乱来不行的！这样乱来不行的！就是说他塞也没亲眼看见哪！"

刘老九一面走，一面回骂他道：

"入娘的，要啥子亲眼看见，我们去打了再说！他们平素蛮不讲理的，我们也管不到那么多！"

大家都盲目地附和道：

"对，我们管不到那么多！"

坡上的石头块子给人踩得乱滚。有的忽地绊了下去就怒骂嚷吼起来。

汪四麻子搬开挡在面前的一条树枝，气急败坏地嚷道：

"你们想吃官司么？一下子就这样糊里糊涂的！"

不料一下子，踏虚足了，就马上跌在芭茅上面。旁的人都笑起来了。挨近的却还骂他道：

"吃官司就吃官司，他们害我们几十家人哪！你不要那样干挣，就是你二爸在这里，也要派他不是的！"

刘老九给块石头绊了一下，连忙拉着一根树子，才把身体稳住，回头来像对汪四麻子，又像对众人，大声煽动道：

"对呀，要是汪二爷在这里，还等着我们么？早就跑去同狗夹夹拼命了！你们大家不晓得哪，一向狗夹夹就是汪二爷的生冤家死对头！"

这时赵长生就从树林里钻出来现出生气的样子，迎头向刘老九嚷道：

"你还在做梦啰，人家都搅在一块呀！"

一面分开挡在前面的树枝，拿下巴尖朝易家大院落一递，喊道：

"你们来看呀，你们来看呀！"

刘老九望着望着，便把脸都气青起来。

众人也不知不觉地，把手里的石头，松落到地下了。

汪四麻子脸红筋胀地爬起，一面拍身上的泥沙，一面威吓似的嚷道：

"幸得好，没冲过去！要是一头碰着他两位老人家，说你各位几句，你各位脸上也没光彩哪。并且我说在这里嘛，讲到打官司告状，没他两位人家帮忙，你各位休想赢！还是我刚才说得对，先报告团上，让他两位老人家去评一评道理！"

"屁的道理，狗嘴是吐不出象牙的！"

刘老九切齿地骂，一面把怀里的桐油石灰块子，愤愤地撩下坡去。

汪四麻子假装没有听见，只向沉默着的众人，改用好声调说道：

"你各位想想他吧，底下哪个的田地多？不还是他两位老人家的吗？难道讲起理来，还会卫护他狗夹夹么？"

赵长生看见汪二爷他们三个人，全走进院子去了，便把拉开树枝的手一放，朝草里用力吐口唾沫道：

"呸，老子再不相信他妈的了！"

便车身朝泉塘那面走去。

几个没定见的人便首先赞同了汪四麻子的意见，一面把锄头把子，垫在屁股底下，取出烟盒子来，开始裹烟。其余的也各自散开，坐在林子里息气。

黄昏收工的时候，大家都散回家去，刘老九则独自走进陈家店子，董的一声把锄头顿下，便要一碗酒来，一声也不响地喝着。眼睛却从南面的窗子，呆呆地望了出去。店里闹嚷的人声，仿佛于他全没相干似的。

窗外的田野，虽还映着落日的余晖，但远处地方已经笼上了薄薄的烟雾。沟边树枝微动，轻寒袭人的晚风，也在开始吹拂了。一种令人不快的暮色，就暗自渐渐浓厚起来。

他听见老板娘在他背后正向别人夸奖冯七爷的本事，说是汪二爷没借成的钱，只消他打几句总成，就帮他拿到手了，他心下一怔，但立刻就明白了：为啥子今天汪二爷突然到易老喜那里去做客，而且也明白了汪四麻子为什么今天会忽地改变了态度。便像一个受骗了的人似的，大大生气起来，拿拳头使劲捶桌子一下，惹得一屋子的客人，都掉头向他望了过来。

有的人从他本身，看不出什么讲究，便又由他肩上，望到窗外的田野去。恰好引向西南面的路上，正现出一个人影，背上背着包袱，走得一耸一跳的。后面还跟着两条狗。那种令人可笑的异状，竟使大家深为奇怪起来，都心里想道：那是谁呢？息一会再来首先惊异地叫道：

"呵呀，那是邵安娃哪，他给主人家登打了么？"

这些酒客多半是些不捏锄头的田主和做生意的人们，他们听见老板娘这么一道破，便觉得很平淡无奇了，就握着酒杯，各自归座，但笑谈却马上转到邵安娃身上了。

"他回去，晚上怎么办呢？"

说的人，因为含着隐语，便先自哄笑起来。别的就卖弄聪明似的，冷冷说道：

"不要紧，他老实人，可以睡踏足板哪！"

"可是，别人怕不高兴吧？正所谓卧榻之旁，岂容他人鼾睡！"

一个饱读旧书的人，乘势抛了一句文，并打一串哈哈收尾。

刘老九把剩的半碗酒，突然泼在地下，向老板娘，说声"记着"，就拖着锄头恨恨地走出店子去了。

门外的天空和原野，渐渐黑暗起来。

一九三六年十二月一日

❙ **文学史评论** ❙

作为一个小说家，艾芜的魅力主要表现在那种不息进取的漂泊者文学之中，尤其存在于他对滇、缅风情的出色描绘之中。

——杨义：《中国现代小说史》（第二卷），人民文学出版社，1986

他把一个崭新的世界呈现在读者面前。他描绘祖国南疆和南亚一带奇山奇水、奇人奇事、奇风奇俗，一切都那么新鲜、那么刺激、那么令人神往。这是文学上的一片处女地，过去没有人开垦，更没有人像他那样专注地去耕耘过。他把原生态的自然之美和被"文明世界"所抛弃的"粗人""野人"的原始的正义感和人情美，拿来和上流社会的虚伪、自私、贪婪、凶残加以对照，发出他愤然激然的不平之鸣，振聋发聩，使人耳目为之一新。

——谭兴国：《艾芜评传》，重庆出版社，1994，第2页

艾芜是一位坚持文艺为政治服务、文艺为抗战服务的作家，同时也是一位忠实于生活，努力真实地反映生活的现实主义作家。

——谭兴国：《艾芜评传》，重庆出版社，1994，第162页

❙ **创作评论** ❙

艾芜在桂林五年的丰厚创作，不仅可以看作是作家在文学道路上艺术技巧日趋熟练、风格日趋多样、丰富的结果，而且也表明，作家的思想在严峻的抗战斗争中逐渐成熟起来。或者可以这样说，作家的创作与思想的发展、成熟，是互为影响、互为补益的，共同推动着我们这位既是作家又是爱国者、战斗者积极地投身到抗日救亡文化活动中。

——梁丽明、雷锐：《艾芜》，载魏华龄、李建平主编《抗战时期文化名人在桂林》，漓江出版社，2000

艾芜这一时期小说的现实主义手法加速了他艺术风格的转变，即由前期《南行记》的清新明丽，转向《故乡》《山野》的朴实凝重。他在桂林冷峻地凝视着抗战的前线和后方，这就是战争的艰难和后方动荡不安的社会现实。他不动声色地、冷峻地描绘着这一切，这就形成了他的作品朴实凝重的艺术风格。所以他这一时期的创作偏重于冷色调的题材，如"荒地""黄昏""冬夜""山野"等。

——李树德：《艾芜在桂林的小说创作》，《关东学刊》2017年第2期

艾芜擅长描写普通人物的日常生活，通过日常生活、言谈举止表现人物的性格特征和性格冲突。曲折的故事、非常尖锐的戏剧性的冲突，在他的作品中很少见，即便有也很少是成功的。

——谭兴国：《艾芜评传》，重庆出版社，1994，第162页

艾芜于从事创作活动起，就不愧为一个现实主义作家，他是执拗地植根于现实的土壤上的，一切虚无缥缈、空中楼阁的幻象都与他的小说无缘。他在《南行记》的序文里面说："那时也发下决心，打算把我身经的，看见的，听过的，——一切弱小者被压迫而挣扎起来的悲剧，切切实实地绘了出来。"可见，生活的力量，已经迫使他非写出来不可，而且什么困难都阻挡不住他要写出来的念头。

——许觉民：《试论艾芜的创作道路》，《光明日报》1962年8月13—14日

▍作品点评▍

《春天》只是五六万字的中篇而已，但它展开给我们看的，却是众多人物的面相以及农村中各阶层的复杂的关系。这一切，作者都能给以充分的形象化；人物是活人，故事是自然浑成，不露斧凿的痕迹。

——茅盾：《春天》，《原野》(《工作与学习丛刊》)，上海生活书店，1937

这是五六万字的一个中篇，背景是西南边远省区内一个小小的农村。跟作者其

他的短篇小说一样，这里是富有"地方色彩"的；然而这里的人物——可憎恨，可爱的，可笑的，作者寄予了虽颇含蓄，但十分显明的真挚的敬爱与同情、嘲笑与诅咒的，却是我们到处可以遇见。

  ——茅盾：《春天》，载毛文、黄莉如主编《艾芜研究专集》，四川文艺出版社，
    1986，第408页

  《春天》没有描写农民和田主之间的直接的经济的斗争，却暴露了田主们给予农民的这种精神的伤害，我以为这是作者对于农民生活观察深刻的地方。

  心理描写的成功，成了《春天》的一个特质。邵安娃的被侮辱的寂寞的心理，刘老九的悲愁心理，赵长生的恋爱心理，甚至于汪二爷教训仆人时指桑骂槐的心理，都描绘得非常的出色。

  ——周立波：《论〈春天〉》，《希望》（半月刊）1937年3月创刊号

  《春天》就是这样，它中间的景物、事物和人物都受着艾芜散漫的回忆的支配，在纸面上平铺下来，并逐一地被鉴赏、品味，而情节的发展与典型人物的刻画却一再地被耽搁。读着这样的小说，你禁不住会羡慕艾芜，他确实如他在《改版后记》中所说，完成了一次成功的"精神还乡"。

  ——冷嘉：《讲故事的人——对艾芜小说的一种解读》，《浙江社会科学》2002
    年第5期

1940年代

- 王鲁彦《胡蒲妙计收伪军》（节选）
- 司马文森《南线》
- 周为《斩钝刀》
- 易巩《杉寮村》
- 黄药眠《克复》
- 骆宾基《胶东的『暴民』》
- 艾芜《我的旅伴》
- 华山《鸡毛信》
- 陈残云《风砂的城》
- 凤子《沉渣》
- 胡明树《江文清的口袋》
- 陆地《钢铁的心》

胡蒲妙计收伪军（节选）

王鲁彦

第一回　救中华豪杰齐奋起

话说吉林省东部，有一个小城，叫作密山县。一向市面繁盛，商业兴隆，人民安居乐业，有如太平盛世。不料日本鬼子早已垂涎我们的财富，立下了并吞中国的野心。民国二十年九月十八日，就开了兵队进沈阳，强占我东三省，密山县城也就落入了日本鬼子的手里。从此那地方的同胞，便好像落到十八层地狱一般，过着牛马的生活。日本鬼子到处奸淫掳掠，焚烧鞭杀，无恶不作。说起来好不令人心痛！

看官，我中华立国四千多年，对外讲求和平，对内讲求仁义，世世相传，妇孺皆晓，而今暴敌压境，生灵涂炭，难道我中华同胞，甘心为奴，俯首帖耳，听凭宰割吗？

这倒不然。我中华人民正气冲霄汉，志士遍天下，日本鬼子如此横行不法，我豪杰又早已纷纷兴起。这里要表的胡志敏和蒲逸民就是一对顶天立地的儿女英雄，在吉林省密山县做下了轰轰烈烈的大事，真是可钦可敬，万古流芳，欲知端详，且待细

作者简介

王鲁彦（1901—1944），原名王衡，又名返我，曾用笔名忘我、鲁彦等。浙江省镇海县人。作家。1938年12月来到桂林。其中，除1940年秋至1941年夏到当时的三江县广西省立柳庆师范教书、1943年底至1944年夏到湖南养病外，一直居住在桂林，生活了近五年时间。1944年8月20日病逝于桂林。

作品信息

原载于1940年《新道理》第21—25期。

细说来。

第二回　胡志敏密山县起义

却说密山县城，自被日本鬼子强占以后，密山县有个青年志士，姓胡名志敏，年方二十有四，生得眉清目秀，英俊异常，自幼熟读诗书，深明大义，怀抱大志。密山县城失守时，胡志敏正在关内求学，耳闻故乡沦陷，铁蹄横行，不禁悲从中来，因立下誓愿道："我胡志敏从小受父母抚育之恩，稍长即受国家教育之惠，于今国难严重，同胞遭殃，祖先坟墓亦被蹂躏，此时倘不献身报国，有何面目生存于世！"胡志民主意既定，随即化装一个商人，潜入吉林省密山县境内。一路行来，好不艰苦。每逢关卡，皆有日本鬼子盘诘搜查，稍有支吾，即遭鞭打刀刺。幸而胡志敏聪明过人，随机应变，于月半后，终于到达了密山县境内。

这时吉林省内爱国志士，早已一致奋起，在各乡村招兵买马，声势甚为浩大，名为东北抗日联军。日本鬼子只敢在城里深沟高垒，不敢离城下乡。胡志敏到了密山县境内，便在那里号召青年男女、农夫工人，加入联军。因他熟识地形，不时率领队伍，破坏车轨桥梁，攻击县城，截夺日本鬼子的车辆马匹、军火粮秣。不到数月，胡志敏这一队人马便已声震东北，日本鬼子没一个不怕他们。

可是日本鬼子到底毒辣无比，他看看自己的人数有限，打不过中国人，便想出一条毒计来，想把我们中国人杀得精光。看官，你道这是什么毒计，胡志敏可有办法对付吗？欲知后事如何，且待下回分解。

第三回　编伪军日寇下毒手

却说日本鬼子自从占领密山县城后，眼看得中国军队越打越多，他自己的军队却越打越少了，左思右想，忽然想出一条毒计来，要想把中国人杀得精光，好让他日本鬼子来称孤道寡。这一条毒计，说起来好不可怕，原来是"用中国人打中国人"

八个大字！他要使中国人来自相残杀，两败俱伤，不但亡国，还要灭种哩！你道毒辣不毒辣？

日本鬼子主意既定，第一着便先收买了一个姓郭的汉奸，封他为密山县警备司令，又怕他不可靠，派了几个日本军官在旁监视着他。一面又派出许多鬼子，挨家挨户，把壮丁统统捆绑起来，押到警备司令部，逼他们当兵服役，出场去打胡志敏那支军队。

一天早晨，胡志敏正率领队伍攻打密山县城，城里忽然出来一队人马，步枪机枪，弹如雨下，迫击炮手榴弹，声震天地。胡志敏见势不敌，当即喊声："弟兄们散开！"便各自躲入战壕、树林、村庄。他自己独带数人，绕向敌人后方，埋伏在土堆后，安置好一架机关枪，准备待敌人回城时杀他个片甲不留。半小时后，枪声渐稀，果然不出所料，敌人打从胡志敏埋伏的地方回向城里，胡志敏一时心花怒放，叫声："弟兄们预备！"正待扳动机关枪扫射过去的当儿，忽然一眼看见了对面来的并非鬼子兵，却是自己的同胞，穿着鬼子兵的衣服。他再凝神望去，看见那里打着日本鬼子的旗子，中间有几个日本鬼子，背着机关枪押着队伍。胡志敏恍然如有所悟，叫声："不好，弟兄们中了计了！"立刻气得面如土色，昏倒地上。

看官，胡志敏投笔从戎，无非是为的救国卫民。如今日本鬼子竟逼着中国人来杀中国人，好不伤心，好不气恼！你道他昏倒在地，可能苏醒过来吗？欲知后事如何，且待下回分解。

第四回　蒲小姐营中定妙计

却说胡志敏看出敌人居然想出"用中国人打中国人"的毒计，心中痛如刀割，气得昏倒地上，半晌方始醒来。这时敌人早已走远，他气犹未息，一路跟跟跄跄由两个弟兄扶着回到营中。众弟兄见他这般形状，人人惊骇不置，齐来探问。胡志敏休息许久，才渐渐振作精神，起来回答道："弟兄们，我们要打的是日本鬼子，不料他狼心狗肺，想出毒计来，逼我们同胞来打我们了！众位弟兄有何妙策？"

众弟兄闻听之下，正面面相觑，不知如何是好，忽然有人说道："我有一计，不知敏哥以为如何？"

胡志敏抬头一看，原来是救护队中一位小姐。她姓蒲名逸民，祖籍四川，久居东北，年才二十有二，生得十分秀丽，自幼与胡志敏同学，甚是相好。九月十八事变，蒲小姐随从父母逃亡在外，过后不久，闻听胡志敏已潜回东北，加入抗日联军，蒲小姐因觉救国大事，男女皆须担当，又况胡志敏在彼，遂亦禀明父母，潜入密山县境内，在胡志敏那个队伍中担任救护工作。

这时胡志敏忽然见她说有妙计，不觉眉飞色舞，问道："逸妹有何妙计，且请仔细说来，自当照办！"

蒲小姐当即微笑道："此事甚易。联军不忍打同胞，同胞又何尝愿意来打联军。我刚才遇一俘虏，也是东北同胞，他说日本鬼子把他们日夜拷打，逼上火线，作战时本想丢去枪械投奔过来，只因日本鬼子用机枪相迫，无法脱身。料想我同胞多是如此，倘有人潜入敌营，晓以大义，善为设计，不但全军来归，且精械利刃，亦可携来为我所用了。"

胡志敏沉思片刻，点头称是道："逸妹的话有理。但潜入敌营须要非常小心谨慎，不如我亲自出去，此处队伍暂请各同志好好带领，待机出动。"蒲小姐随即应声道："敏哥既亲自出马，妹决随从前往。"胡志明不觉吃惊道："此去危险甚多，逸妹年轻，倘然出了岔子，如何是好，还请留在此处！"蒲小姐答道："巾帼英雄，古已有之，何况当今男女平等，救国岂可后人！妹意已决，请勿阻止。为国而死，原是应该的！妹有一计，愿先和敏哥一谈。"蒲小姐说罢，随即走近胡志敏身边，附着胡志敏耳朵道："如此如此，大功告成了！"胡志敏听了，不觉笑逐颜开，紧紧牵住蒲小姐的手道："甚是甚是！妹真不愧为巾帼英雄呵！"

看官，你道这一对青年男女，在大庭广众之间，切切密语，究竟作何计较？欲知后事如何，且待下回分解。

第九回　乘黑夜蒲小姐逃脱

却说立春那天晚上，蒲小姐设下调虎离山的妙计，把郭司令和日本军官诱到北门外白俄别墅以后，蒲小姐以为今天晚上这些家伙一定可以束手就缚了，正兴高采烈地假献殷勤，劝这个喝酒，那个吃菜，却不料那两个日本军官生成胆小如鼠，所作所为，比什么人也小心。他们看北门外是个冷落地方，深恐发生意外，早已派了人到东门外兵营，叫那边派一连人前来保护，荷枪实弹甚是严密。蒲小姐坐在别墅里面，竟不知外面这种情形。直至听见东门外起了枪声，她正想托故离开别墅，偷偷地跑回去，却不料那日本军官嘻嘻笑着说道："太太和小姐们别怕，我们这边早已派了一连日军就近保护，中国兵决不能打过来的！"他说完这话，立刻发出布防放哨的命令，和另外一个日本军官出去指挥了。蒲小姐闻言大吃一惊，偷偷地走到门边窥看，果见门外站满了黑压压的日本兵。她一想，这一着可失败了，联军一定不容易攻进来。倘要延到天明，敌人大队援军赶到，更难得手。那时胡宝华连长带着队伍反正的消息传来，她可活不成了！然而这时四面都是日本兵，她如何能逃出去呢！她左思右想好不着急！郭司令起初也很恐慌，他的部队全在城里，电话打不通，一直消息隔绝，不知如何是好，后来听说北门外已有日兵保护他，他也就放下了心。这时，郭司令看见蒲小姐脸上一阵红一阵白，以为她听见枪声害怕，只是不断地安慰她道："有我在此，你不必害怕，我们的枪械极新，一连人抵得过联军一师人！你只管安心吃酒，保你没事！"但是蒲小姐却愈加不安了，只是一言不发，听着想着。她听见附近地方已经起了枪声、手榴弹声、迫击炮声，如是联军已经向北门外开来，接着她听见那声音密了起来，知是两方在激战了。过了许久，她已听见枪炮声渐渐稀疏下去，渐渐远了。这时郭司令笑着说道："你听，你听，中国兵早已给我们打退了！我刚才说的一点也不错呀！"蒲小姐一想，事情不妙，再不逃走便不得了，连忙假装十分害怕的神情，向郭司令说道："伯父！我……我……我从来没遇到过这样的事情，中国兵既已打退，让我去休息一下吧。"郭司令笑着说道："你到底年轻，你听，枪声越来越远了，我们的军队赶了过去，你还怕什么！也罢，就要你伯母和妹妹陪你到卧室里去休息吧，我也得到前面去看看。天亮了，再接你们进城！"他说罢，带着卫兵走了。

蒲小姐躲进卧室，立刻往床上一倒，用被蒙上头，假装睡着了。但其实她正在那里筹思脱走的计划。过了许久，她听见郭太太和郭小姐已经睡熟了，就偷偷爬起来，披上郭太太的外套，戴上郭太太的帽子，悄悄地向后门走去。这时外面甚是黑暗，走到门边，忽然暗地里伸出来一支枪刺，挡住了蒲小姐的胸膛，厉声地喊着说道："口令！你往哪里走！"蒲小姐不由得吓了一跳，头晕眼花，浑身发着抖，往侧面倒了下去。

看官，这时门外戒备严密，蒲小姐如何能逃得脱，现在一被日本兵挡住，反而露出马脚来，好不危险，你道她还能有命吗？欲知后事如何，且听下回分解。

第十回　历苦辛女英雄永逝

却说蒲小姐见事不妙，一时心慌意乱，两脚一软，正要倒下去，却不料侧面是一道门墙，把她挡住了。一股冷气袭来，倒使她清醒过来，立刻情急智生，装出生气的样子，学着郭太太的口音，骂去道："你这畜生，好没眼睛，连司令太太也不认得了吗！司令正在前面打仗，你们躲在后面做什么！他刚才派人来，要你们留在这里的都往前开，哪晓得房子里连一个勤务兵没有！竟要司令太太亲自出来传令！半夜三更，好不可恼，还不赶快集合出发吗？你这混账！"

那个鬼子给她这没头没脑的一顿骂，早弄得糊里糊涂，黑夜里看不十分清楚，以为真的是司令太太，连忙道了歉，吹起哨子，把所有的鬼子兵带着走了。蒲小姐看看他们已经中了计，马上朝着另一方向往前走去，一路跌跌跄跄，路又难走，心又慌，四面漆黑，不辨东南西北，一口气走了几十里，到得天亮，她早已精疲力竭，满身疼痛，一阵昏晕倒在地上，失了知觉。

待她醒来，已是日过中午，睁开眼睛，不觉大吃一惊。原来她已在一辆马车里，风驰电掣，直向西南而去。张开嘴来，正想问那车夫，却不料一身软弱，发不出声音来，浑身疼痛，犹如刀割，一阵昏晕，又失了知觉。到得第二天，她始稍稍清醒，问那车夫，原来是个好人，因赶车到哈尔滨去，半路上见她倒毙在地上，把她救了转来。知她患病不轻，一心想救她，因就近没有医院，便把她带向哈尔滨。蒲小姐细听之下，甚是感激，所以决计由他载到哈尔滨去。

可是蒲小姐的病太重了，沿途又无村庄，免不了忍饥受寒，到得哈尔滨的医院里，已是没法医治了。几天过后，她自知不起，便请一位医师过来，秘密地把她自己的生平告诉了他，请他设法通知胡志敏。她自己勉勉强强用尽了气力，写好一封遗书给胡志敏。在那遗书里，她劝勉胡志敏不要为她悲伤，她说为人总有一死，有重于泰山和轻如鸿毛的分别，她觉得自己的一死也还对得起国家民族。至于他们两人的恩重情深，一旦永别，固是恨事，但一想起为了国家而牺牲了个人的幸福，也就觉得无所遗憾了。最后她写道："敏哥，努力救国呵！把失去的土地收回来，把同胞从水深火热中救出来，到得最后胜利的时候，请你在我坟地前插下一面国旗，喊我的名字，倘便那时我在地下也有知的话，好让我重呼中华民族万岁呵！"

写完遗书以后，蒲小姐就溘然长逝了。这一天哈尔滨正下着大雨，刮着大风。那位医师流着眼泪，把她安葬在乐寺下坎的墓地里，给竖立起一块墓碑，上面写着："蒲逸民女士之墓"。后来人家渐渐知道了她的身世，走到她墓前，莫不肃然起敬，齐口同声地说道："她真是我们中华民族的女英雄呀！"

Ⅰ **文学史评论** Ⅰ

王鲁彦作为一个富有探索性的作家，创作道路屡经转折，不断地拓展出新的境界。转折大体有三，首先是如前所述，有倾诉"离开天上的自由乐土"的烦冤，转而谛视人间宅舍中的种种悲哀，于1927至1935年写出《黄金》《童年的悲哀》《小小的心》《雀鼠集》和《河边》诸集。1936年，他先后在《文学》和《文季月刊》上发表了中篇小说《乡下》和长篇小说《野火》，显示了同派作家所罕见的开阔的艺术境界。它为期不长，但它是鲁彦创作的高峰期，代表着鲁彦创作道路上的第二个转折，即从风雨飘摇的农家"屋顶下"，走进风云变幻的乡间原野，开始更为深广地描写农村的阶级冲突和阶级斗争。这两个转折，都出诸作家艺术发展的内在的自然而然的要求，第三个转折在更大的程度上来自外力的推动。抗日战争爆发以后，他决心把自己的笔墨贡献给民族解放事业，在以现实主义描写抗战的人民的侧影时，多少加进了一些浪漫主义的主观想象。此时由于他在战火中流离失所，病魔缠身，创作已进入尾声了。因此，他的小说创作的主要成就，集中在第一个转折和第二个转折，集中在二十年代后期和三十年代前、中期，集中在他丰富和发展乡土写实派的坚实、进步传统之时。

——杨义：《中国现代小说史》（第一卷），人民文学出版社，1986

▎ 创作评论 ▎

我好像看见作者的太赤热的心，在冷冰冰的空气里跳跃，它有很多要诅咒，有很多要共鸣，有很多要反抗，它焦灼地团团转，终于找不到心安的理想、些微的光明来。或者有人要说，像这样的焦灼地跳动的心，是只有起人哀怜而没有积极的价值；但在我，却以为至少这是一颗热腾腾跳动的心，不是麻木的冷的死的。我以为这种样的焦灼苦闷的情调是贯彻在王鲁彦的全体作品内的。

——茅盾：《王鲁彦论》，《小说月报》1928年第19卷第1期

▎ 作品点评 ▎

《胡蒲妙计收伪军》还利用大众喜闻乐见的章回小说形式，写爱国青年胡志敏化装回乡组织民众加入东北抗日联军，后又改名打入敌人司令部，与爱国青年蒲逸民策动伪军反正的故事。人物形象感人，带有传奇色彩。

——雷锐主编《桂林文化城大全》（文学卷·小说分卷），广西师范大学出版社，
1991，第263页

《胡蒲妙计收伪军》塑造了胡志敏、蒲逸民两位爱国青年的动人形象。……这些小说，在抗战初期，无疑是很有教育意义和鼓舞、激励作用的。

　　——李建平：《抗战时期王鲁彦的活动及思想》，载丘振声、曾有云、魏华龄主编《桂林抗战文化研究文集》，漓江出版社，1995，第453页

南线

司马文森

有一个叫作模雄的，靠了他的人品和显赫的战功，刚好任命为师长不久，旋又被提升为军长了。不过，他不愿放弃他平日率领惯了"常胜"部队，因此他还兼了那一个师的直率长官，带领他的一万二千个子弟。

他带领的这一支队伍，是被称为常胜的铁之部队，主要的特点是：打仗不怕死，能狠命地冲。据传说有一次他们和二倍于自己的敌人接触，打了两个半钟头还不分胜负，统率者给这胶着相峙形势扰得不耐烦了，于是就下命令冲锋。士兵听到冲锋号都纷纷地上了刺刀，并且不顾生死地冲上去。占优势的敌人，看见这队不怕死的铁打的汉子朝自己冲来，果然胆寒而溃。但是，他们冲得太猛了，竟不让敌人来得及退走，就直冲进他们的后方，以两个钟头的时间冲了三十里。当他们冲得疲了，在前面已看不见一个敌兵了，才知道自己因为冲得太猛的

作者简介

司马文森（1916—1968），原名何应泉，笔名有林娜、林曦、耶戈、马霖等。福建泉州人。1935年开始发表小说，代表作为长篇小说《风雨桐江》。1939年5月，司马文森被国民党以"嫌疑重大"为名"遣散"，从韶关到桂林。在桂林期间，司马文森担任广西地方建设干部学校指导员和中学教员，积极从事桂林文化城活动，任文协桂林分会常务理事，主编《文艺生活》月刊、"文艺生活丛书"、"现实文丛"，创办《艺术新闻》，主持召开文艺座谈会，发表有关文艺运动的文章，为桂林抗战文艺运动的蓬勃开展贡献了大力。1944年9月离开桂林，撤往桂北山区，开辟游击根据地，任游击纵队政治委员。日本投降后，经宜山、柳州到广州，筹办《文艺新闻》（周刊）和《文艺生活》（月刊）复刊。

作品信息

原载于1941年《国民公论》第4卷第11—12期。刊载时，有编者按语："《南线》是作者最近完成的新作，为正面表现南线战史最有系统的一部小说，全文约五万字，将分期在本刊连载完毕，希读者注意。"

缘故，竟使敌人落了后。另一个特点是军风纪的极端恶劣，不过凭了他们第一个特点，已足够使这支队伍成了有名的常胜部队了，并替我们这一位叫模雄的赚来了这个光荣的职位。

二十七年十月初，他从自己的防区到省会来举行宣誓就职典礼，同时，并代表全师弟兄接受最高军事当局的荣誉奖状。仪式举行过后，接连着来的就是无数次大小宴会，这种宴会是从举行仪式的那一天起，一直连续到第五天。在过度的震奋中，谁愿意有什么不如意事情发生，但是，怪得很，有一个很不如意的事情却偏偏在这时发生了。在这时，在这位新贵统率的那支常胜部队中，忽然发生了一个大变动，由于这一个变动，使当时敌我的军事形势仅在两个星期后，就整个地改观了。

原来，我们这一支常胜部队，因为有了常胜的荣誉，各方面都很倚重它，从战事发生以来，在这一线凡是有什么重要任务，都是派它们去担任，而在那时交给这一线军事当局最重要的任务之一，就是防卫海岸线阻止敌人企图登陆。模雄接受了这一个任务，把他的全部兵力，配置在沿海的几个重要去处，监视着敌人的行动，并给企图登陆者以重大打击。他们驻扎在那儿已经有一年多了，其间也曾打退过好几次企图登陆的敌人。因为他们在那儿住的时间太久了，各方面情形都很熟识，又受了当地一般商人不良习气的影响，慢慢地也想来做点生意。开头只是那下级军官，偷偷摸摸地去和商人合着股做一点，后来中级军官也参加了，到最后风声扩大了，就由上级长官自己来统办，而规模也因之一天大似一天了。

他们做一些什么生意呢？主要的是钨。怎样做法呢？先用最低贱价钱向民间去收买，有时也以缉私名义把商人企图私自运出的钨拿来充公，然后用自己的军用卡车装载着，趁他个三更半夜、人不知鬼不觉的时候运到海岸去。在那儿，他们早设好了半公开的营业机关，并且开辟有秘密码头和堆栈。有一个自称是香港来的商人，然经常地住在那营业处里，他接收了这一大宗一大宗的钨，再从一只秘密兵船上（到底是哪一国的，他们可以暂时不管，其实也早就懒得去管了），运下大批布匹、日常用品。于是一批批规模不算小的买卖，就在这种场合底下成交了。买卖成交后，商人把钨搬上秘密兵船，军官也用军事卡车运走了那堆着像山一样的日用品、布匹，至于他们两方面拿了这批货后怎样去处置，却很少有人知道。只见市面上不断有许多便宜货拥塞着，到海关去查也不见有这类货物进口的货单；敌人的军火原料库里却不断有了新的原料进库。

大规模的私运从极度的秘密变成半公开的了。军用卡车一天一天地损坏去下，而中、上级军官的腰围却一天比一天地胖起来。从前只有一个老婆的，现在起码也要有两个三个，而且非女学生不要，从前是坐马或者索性是跑腿的，现在也改用了流线型的汽车，就连勤务兵手上也开始有了金戒指出现。

人说，饱暖思淫欲。就是当兵受过训练的也还是人。因此这批被走私养肥了的军官，开始对他的单调的军人生活表示厌倦了，于是乎"假"风就像竞赛一样的炽盛，他们常常是无缘无故地，或者故作推辞地溜到省会去，大吃大喝，还有叫女人到大旅馆里去，把他们的钱袋倾得光光了才规规矩矩地回去重新做着他那用不着多大本钱的生意。结果是，士兵懒得有人去管，弄得和老百姓关系越来越恶劣；敌人也长久地没有消息，据说是被这个常胜的铁之部队威压住了不敢来，结果是天下太平，大家做生意万岁！

有一天，就是模雄将军正在大规模欢宴他的友僚的第三天，那个自称是香港来的商人又出现了。他通知这一边说：在这一两天之中他们需要极大量的钨，能弄到越多越好，至于交换条件，可以比前几次更好一点。当天晚上，那已熟识了的秘密兵船，就又出现了。这一次在数量上比前几次略为多点，约有三艘左右，懒洋洋地停泊在海面上没有一丝恶意。关于这数量突然加多的原因，据那商人的解释是：因为运来的洋货实在太多了，只用一艘船无论如何是运不了的。这一边，像这样情形本来是看惯了的，就相信了，并且他们也极有自信，以为敌人已早就被威压住了，无论如何是不敢在太岁头上动土，于是也就相信了，并且叫他耐心地等一下，钨大概在晚上就可以运来，因为那是现成的，一个电括就可以来的，且数量也不会太少。果然在第二天的黄昏的时候，成百辆运钨卡车就在通到海岸去的公路上出现了，卫兵在关卡边上摇着红旗子问：

"什么东西？"

"军用品，师部来的。"坐在司机旁边的那个军官答。

于是绿旗子又摇了起来，卫兵班长说：

"可以通过！"

香港来的商人，不知道从什么地方弄了一批工人，已先在那儿等了，为了酬答大家的盛意，并且就在营业处附近一所堆栈里设下丰富筵席。他对那些押载的士兵和司机说：

"老兄们辛苦了，歇息歇息，我这儿准备着，请大家喝杯清酒，小意思。"

于是，这一批辛苦而且饥饿了的人，就把香港来的人接进席间去，开始他们从来没有的饕餐，在外面香港人找来的工人就进行点查工作并且搬下车上的所有货色。

香港来的商人，一边劝着大家的酒，一边安慰着说道：

"各位老兄，酒菜办得不好，请勿见怪，只不过，表示小弟的一点小意思而已。你们实在是太辛苦了，该好好地休息休息，我绝不难为大家，包管你们在天亮前能够动身回去。来吧，我祝大家健康，干一杯！"

大家原本是好好的，也不觉得有什么特别辛苦，经过人家这么一再地提起，于是乎也就特别地觉得辛苦起来了。"这样辛苦，为的是什么？他妈的，来，干一杯！"酒本是好的，菜也丰富，而且劝的人又是殷恳的，还不来个尽欢而散？真太辜负这一个关会了。于是乎，不一会全场就全为干杯和猜拳声所充塞了，一个钟头后，大家就都不自主地醉倒了。

就在这时，秘密兵船上也大忙特忙起来了，虽然他们不曾放探照灯，也不会点亮上面的灯光，表面看来是一点变动也没有，仍是那么温驯忠厚的隐伏在夜色中。但，只要你不是一个聋子，你就可以隐隐地听到那些夹什在波涛声中的，起重机闷窒的声音。到了将近四更鼓时候，就有几只电艇急速地朝码头驶来，电艇上坐着约三百个便装人，但是却都着了武装。他们毫不受抵抗的，因为人家以为他们是来起货的工人，就上了岸，并且马上就去占领营业处岸上的炮垒，还有码头全部，另一批人就直冲进醉倒人屋里去，把他们一个个地捆扎起来，同时大批运输舰也在海岸上出现了。这是一个"无声"的占领，没有费一颗子弹，没有杀伤一个人的性命，只是略施了一点狡计，就给敌人造了一个非常之可怕的缺口了。

码头的占领肃清工作很快便完成了，跟着敌人的前头部队，就坐上我们刚刚运钨来的、还没休息好久的军用卡车，配合它的轻骑队朝淡泗城驶去。

守卫在淡泗城中的中国士兵，在蒙蒙的夜色中看见一长串卡车开着来，他们都认识了那飞跑的速度和声音，以为是自己的，不加查问就放了它们进城。一进了城，这一队来由不明的敌人，就去进攻兵营，另一部分来不及给我们有喘息准备的机会，就乘夜直扑惠城去。当敌人已进了城，城中的一切还在静谧之中，士兵们在憩睡中，长官还有许多逗留在他的情妇家里的。当他们听见枪声、喊杀声，刚来得及爬起身，已有大半被围困且缴去武装；仓皇突围而出的，也是残缺不全，不是仅带着枪没带刺刀的，便是只穿裤子没穿上衣，情形是那样地叫人哭笑不得的。

战事发展到第二天清早，城市已丢了两个，师部还不知道。当他们知道了，想指挥自己的部队作战，却临时发生了参谋找不到参谋长，参谋长又找不到师长，上面情形如此，下面的混乱也就可想而知了；于是连长找不着营长，营长用电话去请示团长，却说团长上省城去了，还没回来。有些队伍已经和敌人接触了，但是他们的情形也是很可悲，常常是当甲营遭受攻击，向乙营去求援，乙营说没接到上峰命令，当乙营一受攻击了，丙营也顾自地开着退却了。

就在这样的情形底下，我们这个常胜的铁的部队给打败了。他们情绪极端沮丧地从海岸上、从他们守卫多时的防地，没经怎样抵抗，丢掉一切供给，一直地溃了下来。一个抗战史上可耻的战役，也就这样开始了。

当战事以绝望姿势一直发展到广州的外围，并且就在很短期间内对它取了一个大包围形势的时候，我们这位雄踞南方战线的最高军事负责人徐汉东将军，就完全露着他的焦躁和不安了。他知道敌我力量在这一线上的对比是相差得很远的，他也深知情况是在恶劣，在朝绝望的路走；但是他能让它这样发展下去吗？人家对他的期望是那么的大、那么的切，他现在虽遇着一个难以补偿的困难，他却不应去辜负人家的期望，虽然这个期望要付了一个很大的代价，甚至必须付出他的生命，他也在所不惜的。因此，当战事一开始，当战事到了以绝望姿态而垮下来，他就尽可能地设法来挽救这危局。他一面向中央请派增援部队，另一面就把自己所有的队伍，连预备队训练未成熟的新兵都开上去。但是由于力量的对比实在太差，且败象已成，有些部队特别是那些训练未成熟的新兵，未经怎样打就垮了。广州，这个被全国，不，全世界所注目的城市，就不得不因此而遭遇到它最后命运的试验了。

当石龙和福和相继失守的时候，徐将军觉得大势已经去了，死守这个困城中也无补于整个大局，因此紧急地就作了撤退部署，他一面命令他的直统部属撤到北江新根据地去，另一面召集市内的宪兵司令和警察局长来交代，当他们到了总司令部的时候，他心中实在有说不出的辛酸和感慨，但是他还不得不把实际情况恳切地对这两位僚属说道：

"我想不用怎样说，你们已经知道我的意思了。这时摆在我们面前的情形，是十二万分紧急的，我本来和这个城市共存亡是没有问题的，但是作为负责一方战线军人的责任不允许我。因此我们不能不作撤退的部署，须知我们这一次的战争是持久的战争，决定敌我的胜败决不在两个大城市的得失。现在，我把广州市交给你们两位负完全责任，等我走后看情形做事，能守就守，守一天算一天，预料不久我们的援兵能从铁路线开到。如果守不住就把全市重要建筑物炸毁，于取得敌人的相当代价后，相机撤退，有事情可到清源找我，我在那儿指挥作战。……"

宪兵司令和警察局长刚刚退出去，随从的僚属就接着进来报告，参谋处的官员报告的是：失掉联络的那几师部队，依然无法把关系接好，他们的电台也许于仓皇中失掉了，再不然就是被炸毁，已经有两天没有接到他们拍来电报，打去的也茫无回信，因之对于他们现在的处境、移动地位，也无从知道，有许多作战命令也因同样的原因发不出去。

徐将军沉着地，但却时时现着焦躁不安的神气，蹙着眉静听着这些令人丧气的报告，有时当对方的报告快要停止，就又从中插进一两句去问或者提出什么新问题来。前三天为了局势急剧地趋于恶化，为着要挽回这个已成的溃局，他会将自己最亲信的一位将军派去做前线总指挥，他负的任务非常重大，权力也很大，可以随意而不经总部的同意指挥调动任何部队作战，可以随客观上的需要撤换或扣留作战不力的军官。他对于这样的一个亲信僚属，原是付了非常之大的期望的，他深深地相信他能给他这时所必需的助力。但是当他出发了后到现在已经两天了，除了接到他两道报告行程和前方情况恶化的电报，就再也得不到什么消息了，虽然他在这时又对报告者提起他，但是答复的人，还是一样不能满足他的要求，他答得很笼统，并且还仅仅只有这样几句：听说他也在同样混乱情形底下，找不到归他指挥的队伍，因此现在已把前敌总指挥部，暂时地撤到西江去了。

参谋处官员刚刚报告完毕，鞠躬退出去，就有另一个高级僚属走进来。他是送了刚刚接到的几件火急电报来的，他根据了那些电报作了如下一个极简短的报告，他说：新调上增城福和线的部队，已经挡不住敌人了，现在正往后移动中，有去急电来请求增援，但是我们却已无兵可派了。……

徐将军把头低着，面上的皱纹和忧愁，随着战况的恶化增多了。他这几天来常常失眠，每天无法使自己休息在四个钟头以上的，很少说话，性情也变得十分的暴躁，容易发脾气，而且慢慢地又变得对谁都不信任了。他可以说是一个最肯相信干部的主管人了，但是这一次的大烂污却恰恰又折在他平时认为最得力、最相信的干部身上。但他相信命运不会对他太残酷的，因此每一次当他得到一种不怎样好的情报时，他就会焦急地走去检阅他那挂在墙壁上十万分之一的军用地图。在那上面已经有好些地方被用红蓝笔交互地画着，好像是两支飞箭指向广州这个红色的大圆圈。这箭是每一小时都在飞着，慢慢地已经和这个大圆圈距离得非常之近了。他是多么地希望这箭头能回转头，指向敌人登陆的地方，然而也不过是一种希望罢了。当前线的战事刚刚发动，他还不敢相信敌人的企图是在于占领这个大城市，他们也许没有那胆量。但是当他从整个战局形势的发展，参照着各方面来的情报，他已能做这样的判断，敌人的企图显然是在进攻广州，进攻这个曾掌握有一条最重要的国际交通线，掌握有四千多万民众政治的、军事的、经济的、文化的、命运的南方壁垒。敌人胆量的大、进展的神速，都出了他意料之外，因此当他每次去检阅军事地图，这箭头的飞跃发展，总使他吃惊，不敢相信，以为是人家故意在和他开玩笑，他有意地使自己相信局势虽然严重，但实际绝不如人家所想象那样严重。但是当他在这时，再去详细地检阅着地图时，突然地发觉了这两支箭头已完全地靠上这红色圆圈了，而人家还在这样地告诉他：我们还在继续溃着。这给他的打击是那么的大，好像自己刚从梦中醒转来似的。

"要是我们这时有两个师的生力军，不用多只要有两个师就足够了，"他想着，"就可以安心，就可以把敌人赶下海去，而广州也就可以守住了。"在办公室中他开始反背着手，焦躁而又不安地踱起步来。"但是，我们却没有，现在没有，再过一下也没有，我们的军队集中在江西，在武汉外围，他们在那儿进行着另一个保卫战。……"

他沉闷地叹息着，深怪自己过去太大意了，不应该这样轻敌，甚至于怀疑自己已被某国人出卖了。为什么这样蠢啊，要相信人家的情报：日本人因为怕在华南和某国引起正面冲突，已答应不在这儿登陆了，不过要有一个交换条件，那就是某国不得干涉他们进攻武汉。香港总督曾把这个情报告诉他们，且亲面对这边的代表提出保证，广州尽可以安心，他是和放在保险箱里一样安全的。"要是敌人当真来进攻呢？""英国一定出兵干涉。"就这样，我们把大部分兵力转调到江西参加武汉保卫战去了，也就是为了这个缘故我们使边防的防务空虚起来了。谁都想不到当敌人正陷于武汉外围的泥沼，会在这时出人不意地组织一个大规模进攻。进攻已经开始了，且进行得十分顺利，但是英国，那个曾经向这边保证过的英国，除了空头的抗议外，反而比平常时更沉默了。到这儿他才想起一句话，帝国主义只有利害上的冲突，没有所谓信义的。

这时他成天在烦躁紧张中生活，感到十分倦乏，时时要把眼睛投向窗外，只有这样才能略略地使他清醒。秋意已经深了，但是南方的季候还是温暖的。窗外正是黑漆一片，灯光在空中亮着，但现得分外黯淡。这澹淡的萧条的情境，加深了他的倦意。他很想能在那沙发上靠一靠，虽然是极短极短的，但对于他身心疲劳的恢复，却是很有用处的，请想一想一个已经有四天没有很好地闭下眼睛休息的人的情境吧。当他正要走近沙发椅的时候，忽然有一阵很急促的皮鞋声，从办公室外一直响进来，他迟疑地站着倾听，知道又有什么要紧的事情发生了。

"报告！"是外面的声音。

"进来！"

布帘一掀，一个上校级的官员走将进来。他的面孔紧张、精神亢奋，气色虽无大变，却掩不住他心中的慌张。他向将军鞠了一躬，来不及等他动口就走近去，用急剧的但又是低微的声音报告道：

"据前方确实情报，敌人已进抵离广州三十二公里了。现市内可闻清晰炮声。"

徐将军听了这消息后并不慌张，他早已料到会有这么一天的，只是本能地把眼睛掉向壁上挂着的军用地图，好像只有它才能证实这些话是否可靠似的。不过他马上就又明白，这件事从这上面是得不到什么说明的。于是，他把头重又转来，盯盯地注视着那个官员，似想从他面部的表情找出他是否正在对他撒谎。室内片刻地沉默着。从外表上看来，直到这时，我们这位将军还是那样镇定沉着，以至于使人不敢相信，他是刚听见过一件十分不利消息的。

市内因为经过三天来大举疏散的关系，变得沉寂了。沉重的炮声开始隐隐地现着，不时划着深秋的爽朗的空际，抖在人们心上。这声音，他好像在十五分钟前就已听见了，但是为什么没有想到这就是敌人的炮声？要不是这位官员走来报告，他倒以为是自己的。

那个官员仍旧在他面前站立着，一言不发地静候吩咐。将军不知怎么办地沉默了一会，才突然地发现他，他还在那儿站着。

"你老站着做什么？出去通知大家，马上准备出发，在广场上集合，我随后就来。"

那上校级官员把挂有马刺的靴跟，"啪"的一声靠拢来，刚想回转头去，忽然又给叫住了。

"不要忘记把不必要文件烧了，连一片小纸条也不能留。还有其他有关于军事秘密的东西，能带就带走，不能带就通通把它毁掉。"

"是的。"

"现在，你可以走了。"

将军用眼睛留恋地把办公室内四周的东西看了一遍，好像他从来没看见过似的。于是他有无限感慨地叹了口气，拿起电话机来就摇。……

集合在总部广场外面的，一共只有四十几个人，这一批官员是属于要留在最后才撤退的一批，他们的眷属和行李都在三天前先撤走了。在留下的时候，他们都曾下了决心，非等到敌人的威胁真正地到来了决不走的。离他们不远地方一字排地放着三辆汽车，开好了油门，正在闷窒地呻吟着。徐将军突然地在众人的期待中出现了，他面上很带点忧郁，但神气却还是十分镇定的。他像在搜索什么似的，向大家默默地扫了一眼，觉得他要找的面孔都到齐了，于是便下命令叫大家上车。参谋处的官员和副官们带着一小部分卫队，坐上最前面的一辆装甲的军用卡车，开动着驶出大门去，徐将军偕政治部主任还有两个侍从卫队，跟着也跨上一辆涂有防空色小汽车，最后跟着的又是一辆装甲卡车，它满满地载着一排卫队，机关枪口都对着外面，枪也都上好子弹。

这队由三辆汽车组成的行列，在一分钟后就开始在市内那已变得非常之沉寂的街上出现，并且就迅疾地飞向市郊去。街灯还和往前一样是黯淡没有神气，只是街上今夜却显得加倍的寂静。要不是为了战争的关系，在这时，虽然夜已经深了，在那黯淡的灯光下，沿着树荫，还会有动人的行列出现——人家称她们为夜行歌人，都是瞎子，三三两两地彼此挽扶着，一边拉动弦琴，一边吹着喉管夹什阴郁的歌声在静街上迤逦而过，她们的数量是那样的多，到处都可以碰见，为了她们使这忧郁的城市变得更加忧郁了。但是在这时，我们的夜游歌人到哪儿去了呢？当这个城市正需要她们用那阴惨的歌喉来哀吊的时候，都到哪儿去了？也许都已随着人民逃难去了。她们从小就依靠这个城市长大，也依靠着这个城市过污水一样的生活。但是，现在就连她们也不得不暂时地藏起弦琴和喉管，离开这个生身养活的城市了。撤走的行列，在静寂中走了很长的一段路，却居然连一个便衣民众也看不见，仅仅只有几天光景，使这个曾经一度拥有五六十万人口的大都市，撤光成了一个凄凉荒芜的死城了。将军有点感慨。但是当他再回头去看那些散布在马路旁边，或是防御工事后面的宪兵队和警察大队的英俊而雄伟的阴影时，心中却就又腾起无限的喜悦，他感到这城市虽静得怕人，但并不孤独。

"大势真的去了吗？"他暗暗地问着自己，遂又替自己下了解答，"不，在我们市内还留着成万人，他们也许能最后地挽回这个城市的命运。"

他觉得安心了，好像这个城市已被这批武装不十分整齐的人保卫住，敌人已给打跑了。

当这三辆飞疾的汽车刚刚驰出市郊，市区内的轰炸声便起了，火花高高地冒上天际，把天空半边弥漫着。

"他们已开始在破坏了，"将军想，"也许第一个被炸毁的，就正是那座桥。"

当徐将军这一队小小行列撤走不到三个钟头后，市郊外就发现敌人的先头部队了，开始是防兵队，慢慢地就有坦克和步兵队出现了。他们沿途似乎并未曾遇到怎样剧烈的抵抗，但是进行仍旧是迟缓的，似乎处处都在提心吊胆，怕过于深入，上了人家的当。因此他们每当深入一段路后，就马上进行大规模的搜索屠杀，搜索过后，把阵地稳定了，才又继续前进。

留守在这个城市的宪兵和警察大队，根据了两面首脑部协议的结果，仓促地把阵地配备好了。协议内容如下：一、控制通西江后撤的铁路和公路线；二、分两路抵御敌人进攻，把宪兵队队伍配置在第一道防线，因为他们比较地有作战经验，训练和武装也是较为完全，第二道防线交警察大队，第三道防线才是壮丁队（他们每三个人才有一支枪、五十发子弹，不过临时每人却加发了六颗手榴弹和一把大刀）。

这一个军事上的配备是相当完全的，拿得稳能把先头进犯的敌人击溃的，但是当敌人一开始和他们接触时，一件非常之不幸的事情，就在我们这一边发生了。突然地，我们发现了内部有溃乱的现象，当这个溃乱现象还没来得及扑灭的时候，我们已到了非溃退不可的绝望地步了。原来这个城市中，平常时宪兵和警察因为为了双方权利上的争执（比如烟、赌、娼等捐的争收等），彼此都会结下冤仇。也许是闲得无聊，两方面的下级干部便常常向对方找些小事来吵闹，举一个例：某某人因犯禁被警察处以应得之惩戒后了事，但是给宪兵知道了，又要认为事件严重到不可以"马虎从事"地步，于是当事人在警察这边虽挨罚款，又不得不再到宪兵那儿去，也交了双倍的罚款。反之，警察对宪兵的报复方法也是一样。于是乎，市民们就常看见两方面的武装队伍，在马路上公然地彼此殴打，或者逮捕，事后谈起理来，又各有各的理，连最高当局也不知怎样处理好。双方势均力敌，又各有大靠山，便成了这解不开的永远对峙的局势。多年来大家都没有忘记要向对方讨回这笔债。因此，这时虽然是大敌当前，也不得不找些小小的事情来吵闹，以至于演成悲剧，因之这一场不至于这样溃乱的恶果也就这样地种下去了。

先是敌人胆战心惊地蹒跚而来，给守在第一道防线的宪兵队枪口挡住了，警察大队不知道是出于怎样的一种存心，以瞄准极度不正确的错误姿势，也把枪口拿去对住宪兵，结果是宪兵队受不了前后夹攻，以"损失惨重"的口实，一直撤到第三道防线，联合壮丁队也同样地用警察大队用过的老办法来对付他们。下面的情形越闹越糟了，两方面的中级干部，都觉得像这样实在看不过去，于是就争执起来，并且互斥对方之"不可宽恕"的错误。形势显然是越来越不妙了，而纠纷的结子又越打越紧了，到后来大家似乎都有了一种自觉，以为大敌当前非把这纠纷了结不可，于是就相约着跑到最高负责人那儿去理会。但是当他们刚刚走到，最高的负责人也已不知到哪儿去了，一再的查问、打电话，都一样地没消息。没办法，他们只好又各自回转去，眼白白地看着弟兄们在敌前自相残杀，看着这个历史的恶果慢慢地在成长。等敌人的前头部队已冲进了市区，就连这批中级干部也不再争执，学他们上司的样子不知去向了。占有绝对优势的防卫，就这样被劣势的敌人攻势击溃，而这个伟大的优美的历史名城，也因之而悄悄地陷落了。

室人的黑夜过去了，跟着来的，是初冬的黎明。

山地的雾气很浓，把远处的山头都蒙住了，因空气潮湿和稀薄的关系，使人们的呼吸感到十分短促，毛孔也时时从皮肤上直竖。车虽然一夜都在跑，人也一夜没有入睡，炮声和机关枪声还是隆隆拍拍的，但是大家的精神却依然是振奋的，没有一个露出萎缩疲惫的样子。谁都不会发过一言，谁都在心中深思：广州这时不知道怎样了？

太阳出来，雾气也散了。但同时也跟着来了隆隆的机声。"

"敌机!"不知道是谁低低地叫着。

"别去管它，走!"

大家对望了一会，用眼睛说着话，但是谁都不愿先说出自己心中的忧虑或恐惧，对于一个军人，这一点点小事是太平常了。

汽车开得更快了。它们随时都保持着八十五度速率在平坦的、宽舒的公路上行进。

敌机好像专为侦查这一条公路而起飞的，它们有三架尽沿着这条路飞。不久，好像这个在公路上飞爬着的目标就被发现了，于是它们就排好队形，直朝这个目标追来。机声越来越近，也越来越沉重了，终于大家都感到它们已经飞到头上来，而且在生气地大声叫号着。

"糟糕! 敌机已经发现了我们这个目标了。"

"别慌，停下!"

第一辆汽车停下，第二辆、第三辆接着也在相当的距离停下。

"向公路两侧的树林内散开!"

人们仓促地走下车，在公路两侧的树林内散开，卫队就忙着去布置他们的高射机关枪阵地。现在一切都已准备好，他们可以安心地伏在地底下，听飞机沉重的鸣声，看它在空中来回盘旋的、叫人厌烦的银白色的影子了。

这条公路，经过了长久的经营，已经成了一条风景幽静的地区了。它的两侧尽是些树林，而茂盛的枝叶，就在公路中临空地互相交叉着，把刚被发现的目标掩盖住了。讨厌的敌人机群，一时失去了侦查目标，就茫然地围着这一片树乱飞，还不时从上面扫射着机关枪，好像要威吓那些没有经验的避难人，叫他们惊慌地乱窜，好让自己的目标暴露。但是，对于这一群老于行伍的人，它们的狡计却是显得太笨劣了，因谁都在自己认为是安全的地区躲着、伏着，静静地透树叶缝子向上面观看它们来去的方向，没有一个愿去理会它的。敌机侦查了将近二十分钟，觉得有点无聊了，于是就对准这一片树林胡乱地投弹，在轰炸声中，泥雾和断碎的枝叶被炸得满天乱飞了，它们在空中飘着，又重复落下来，盖在避难人的身上。

徐将军和一个卫兵在一块小小的凹地上伏着，他的态度十分镇定、沉着，一点也没有慌张的神气，好像这时遇到的，并不是一件值得他怎样去费脑筋担忧的事似的。这二十几年来，在行伍中他所遇到的危险实在太多了，多到连他举也举不完全，像这样小小的事情又算什么呢？至于他的僚属，因为见他态度的镇定，情神也大大地被鼓舞着，一样是不屈不挠的，虽然炸弹就在离他们十来丈远的地方爆炸，把树林的土地挖成一个个深坑，把翻出的泥土盖在他们身上，染污了他们华达呢军装，大家却只觉得敌人的笨拙可笑。……

二十分钟后，机声去远了，他们才从地底下爬起来，彼此对望着，笑了笑，好像在庆幸还没被炸死；用手拍去身上的泥土，重又走出树林到公路中间来。有人吹哨子，出来检点人数，还好，没有一个死伤的，只有卫兵队散得远点，还不知道。当将军正要跨上汽车继续赶路的时候，忽然看见卫兵队长气吁喘喘地从后面赶来，报告有一颗炸弹落在路旁一条山沟里爆炸了，刚刚有两个弟兄，躲在那儿，因此当时就被炸死。

"有没有炸伤的？"

"除了那两个，大家都好好的。"

徐将军面色沉着，大家静默了好一会，于是他就慢慢地伸出手去，脱下军帽把头低着，其他的人也跟着脱下帽，把头垂在胸前。这时的一切都是那么的静肃而庄严的，要是有谁不小心地呜咽着，大家就会一起地掉下泪来。但是没有一个是这样的，于是在一分钟后，他就重新戴上军帽，低声地对那卫兵队长说道：

"把他们埋在那沟里，敌人的炸弹窟里，我们得马上就走！"

这一队人只走到半路就分开了，徐将军带着他的卫队到清源去，在那儿还驻有一旅人，是他唯一能够拿来打的最后一张纸牌，要是敌人占了广州后，还要沿铁路线推进，直下韶州，他就准备拿这最后的一张牌去斗了。另一部分人员就到北江新根据地去，三天前，他们已在那儿设立了一个总司令的临时行营，直属总部的各处办公厅，也设在那儿。

将军抵清源的时候，城里正是大轰炸过后，老百姓的房子给烧去不少，人也被炸死好几百，由于广州一周来的大疏散，使这个本来已经相当繁荣的三等城市，突呈畸形的繁华景象：旅馆给挤满了，连走廊都住满人，饭店成天地挤不出空位来，又因为大轰炸烧去了不少房子，使原本已供不应求的食住问题更加困难解决了，挤的现象有加无已。他到达这个城市的时候，天色已经黑了，但是在路上还能沿途看见刚从乡下躲飞机回来的成群结队的民众。他把车直开到警备司令部去，警备司令已先知道他要来，就出来接他，将军查询了他关于这两天来的变动情形之后就叫他出来，自己准备好好地休息一下，以便布置第二天清早一个高级干部的军事会议。等警备司令刚刚退出，就有人进来报告，说广州的警察局长已经到，正在外面候总司令召见。

　　"他什么时候来的？"将军差不多是吃惊的了，他做梦也没有想到他会走得这样快。

　　"今天早上到。"

　　"这样看来，他比我离开还早，"他心痛地对自己叫道，"真是王八种子！"愤怒的火焰，开始在他心中熊熊地燃烧起来了。"叫他进来！"

　　警察局长用他见上司一向保有的软弱步伐，走进办公厅来。他的面孔，因为惭愧和受惊吓过度，变得十分苍白，两只手不很自然，不时轻轻地抖索着，又不知道该放到什么地方去好。他走进办公厅，先脱下帽，拿长筒黑皮靴的靴跟拼拢来，让马刺啪嚓地叫了一声，好像要提醒对方注意，说明他是多么的谦恭而有礼节啊！于是，才卑恭地俯下腰去，行了个九十度鞠躬礼。

　　"警察队呢？"将军红着眼睛，愤愤地望着警察局长大声地叱喝道。他实在是太生气了，真有点恨不得不能把他全身的怒气和怨恨，都从这一声叱喝中倾泻出去。

　　"报告总司令，警察队还没有退出来。……

▎ 文学史评论 ▎

桂林时期的司马文森采取了与整个抗战文学大体一致的审美思维定向，一方面鞭挞抗敌营垒中的腐朽势力，一方面显示在暗影中成长着的民族意志。前者有中篇《南线》，暴露"雄踞南方战线"的"常胜将军"走私自肥、设防空虚，致使战局一败涂地。后者有中篇《成长》即《宋宪国》，以带点忧郁的喜剧味的笔调，写一个被骗入伍的学生兵，在正规军中被讥为"傻子样"，被关禁闭惩罚，其后不辞而别，在乡村自卫队中用砍柴刀缴获敌人的一挺轻机枪和两支步枪，当了机枪班长。不过，真正形成作家的艺术个性的，是融汇这两种审美思维方向，并渗进柔婉动人的爱情故事的作品。比如那部描写抗战运动中青年剧团内部爱情与事业之纠葛的中篇《希望》，就被出版界誉为"一篇有血有泪的作品"。

——杨义：《中国现代小说史》(第三卷)，人民文学出版社，1991

▎ 创作评论 ▎

据不完全统计，在桂林短短的五六年，便创作发表了百多篇（部）作品，出版了17部散文、报告文学、短篇小说集和中、长篇小说及童话故事，堪称他的文学生涯中的极盛时期。司马文森是一位才华横溢的多面手，诗歌、散文、杂文、报告文学、小说、剧本、文艺评论均有佳作，而尤以小说的成就最为卓著。他一生中共创作6部长篇小说、10部中篇小说、5部短篇小说集和6部童话故事，而这时期便创作了长篇小说4部、中篇小说9部、短篇小说集4部、童话故事5部。其数量之多，不仅在其本人是空前绝后的，而且在我国现代文学史上，也是极为罕见的。

——杨益群：《司马文森在桂林的文学活动及成就》，载丘振声、曾有云、魏华龄主编《桂林抗战文化研究文集》，漓江出版社，1992，第454—455页

司马文森（1916—1968年），在40年代的南中国文坛上，十分活跃、颇有影响、勤奋而严谨，是华南作家群的杰出代表。他于1941年在桂林创办的《文艺生活》成

为当时大后方享有盛名的刊物之一，对抗战时期文学的繁荣做出了重要贡献。

——王福湘：《司马文森论》，《学术研究》1986年第6期

| 作品点评 |

中篇小说《南线》，则矛头直指国民党的高级将领，揭露更为深刻，鞭挞更有力。该篇在《国民公论》发表时，编者特地加上按语，盛赞这是"正面表现南线战史最有系统的一部小说"。……显然，司马文森是打算通过《南线》这部小说，较完整地描写南线战场，从中揭示南线战场乃至整个抗战前期国民党军队节节败退的某一部分内在原因——指挥者的腐朽无能、损公肥私和军纪败坏。

——杨益群：《司马文森在桂林的文学活动及成就》，载丘振声、曾有云、魏华龄主编《桂林抗战文化研究文集》，漓江出版社，1992，第455—456页

斩钝刀

周 为

一

是十二日。

太阳早已隐没在扯旗山后去了，只红沉沉的一大片余光，溶解在山后那暗而沉重的天边，像一摊冻凝了的污血。扯旗山的尖顶上，飘着几个黑点，那是几只恶鹰，正在俯瞰着寒冷而饥饿的大地，辛苦地探寻可怜的食物。扯旗山呢，在北风里显得十分阴沉，它拖带着附近那些较它矮小的山，像一个老人，拖带着它的几代，多思而絮聒地讲述用痛苦换来的世故。山腰以下的树林，是一片郁黯。因为给从山下堆掩下来像弹过的棉花一般的寒气，逐渐逐渐铺盖起来了。远远望去，那条从树林里裂出来的小小的石路，在黄昏里就像是一道泉流，由树林中流出来，可是流到山腰便给另一些岗□遮断了。一直到了虾蟆村的西端，方又像一条白蛇似的出现。好像就只是这么一摆，便伸到□村首那个门楼的前面，与旁边的路衔接起来了。这地方，是虾蟆村里的人们一出一入都经过的，所以可以说是虾蟆

作者简介

周为（1915—1997），原名陈凡，字百庸、众一，笔名周为、皮以存、南鄙人、冯异、阿甲、钱忏、陈更鱼、钱万鲤、池上羽、陈能豫等。广东省三水人。诗人，记者。1939年任桂林国际新闻社记者；1941年春，考入《大公报》桂林版外勤科记者。1942年被桂林《大公报》派到柳州当办事处主任。1943年春再调回桂林，任《大公报》外勤科副主任。于1944年9月14日桂林陷落前夕离桂，从柳州撤往贵阳。

作品信息

原载于1941年10月29日至11月8日桂林《大公报》《文艺》副刊第91—98期。

村里的人们的每天的劳动的始点和休息的始点。"

从这个地方望开去，是一片田畴，现在都经过冬耕，翻过身的泥土，现着一派褴褛而枯褐的颜色，贴着田畴，与虾蟆村对面的陈村的面前——就是那小河边——的树林，衬着，还浮着一点生意。现在，远近两片高低的田畴，都笼着渐来渐厚的寒冷的暮色。风，虽然静得几乎听不到声响，但就因为这样，方使人更感到的是被盖在冰窝里一样的死寂而冰冷。这冰冷，笼罩着虾蟆村，笼罩着虾蟆村的低矮而破旧的屋舍，它就像被什么压着似的，感到懒倦而深沉欲睡了。只有什么人家飘起了一两条弱而无力的炊烟，像是它的弱而无力的呼息。

利均叔用锄头挑着尿桶，赶着一匹母牛，正走向池塘去。尿桶漏滴着水，一滴一滴地滴在他的破烂的裤脚上，滴在他爆裂的脚踝上，尿桶荡呀荡的，偶又在脚跟上碰一下，就工冬工冬地发响。

母牛拖着一个软堕堕的肚皮，在前面一筛一摆地走着，对利均叔的吆喝是满不在乎，因此利均叔又用力地扯了一下牛绳，牛的鼻孔给扯痛了，便加快了两步，这样却又累得他踉踉跄跄，把尿桶里的尿也泼了出来。

到了塘边，利均叔放下了尿桶，在用竹头做的烟斗上装上了烟草而又点着了之后，正想把牛赶到水里去。蹲在塘边的另一处背风地方烘火的人，都在招呼他了！

"利均叔！吃过饭没有？来烘烘火嘛，死冷！"

利均叔举起衣袖来擦了一下那只瞎了的左眼，正想答应，母牛已在外边又开了两只后腿，翘起了半截尾巴，表示要撒尿了。利均叔赶快把尿桶递开去，不提防咬在自己口里的烟斗给自己的臂膀一碰，呛咳起来了。那嚓嚓嚓的呛咳声，像是敲着火油罐一样的难听。

母牛在水里撒完了尿之后，打了一个冷战，便一歪一歪地咂着嘴巴，喷出白色的口气，口角又流出皂泡般的涎沫，然后唔唔唔地沉吟着，走到沙地上来了。利均叔把它绷在塘边的竹树上，又找了一个较平坦的地方，小心地放好尿桶，在"裹肚"（用布制成的围带）边上揩干了手，然后一跛一拐地朝有人烘火的地方去了。他一边走，一边又捡拾了些枯碎的树枝，预备去加火。

塘边背风的地方，本是一条高高的堤岸。塘水归冬已经不多，塘边的沙地就要更加宽阔了。现在正当三个人在围着一堆野火，他们见利均叔走过来，便移动了一下，让他一个位置。

利均叔把手里的枯枝向火堆旁边一丢便蹲下来，看他那勉强的样子，好像他全身的骨节都在支支地□响，他把手掌伸到火焰之上，烘着，搓着。火光照着他那麻白而粗硬的头发，照着他那□满了眼垢的两眼，他显得又老又脏，像一只脱毛的老狗。

"斩钝刀不是回来了？"黄玲伯把嘴巴送到利均叔的耳边，像是恐怕他听不清楚似的大声地问。一面又用树枝拨着火，火花飘在渐来渐暗的暝色里，热烈而温暖。静寂而沉绿的塘水荡着橙红，像一张羞报的面颊。几个人都在望着利均叔，因为大家都担心，自从敌人打进了村庄以后便失了踪的利均叔的儿子——斩钝刀，这两天忽然又在虾蟆村里浮现，会带来什么不幸。

利均叔侧着耳朵，一会儿又点点头，并没有一些动情。他沉沉地说：

"可不是，这野仔又神不知鬼不觉地回来了。这几个月在外边，也不知搅些什么章段。"他嚼着自己的嘴唇，声音有点不清楚。

"可有点变了？可有带了些什么东西回来？"湿眼耀升把棉纱帽向头上一立，用小眼睛瞅射了一下利均叔。

"唉！"利均叔先叹了一声。把那个单眼有点恶毒地向湿眼他们一撑："难道还会给我带回金眼元宝吗？这野伯！你真是！"说到最后，声音好像在喉咙里粘着了，含糊里带点因激动而来的颤哑。

那时候，袖着手缩在一边的番薯藤，嗦了一下差不多掉落来的鼻涕，他问利均叔：

"我们是……不过是想问问你，斩钝刀带了些什么消息回来没有？他……他这几个月究竟是跑到什么地方去了？"

利均叔被他们问得有点急躁，又叹了一声，然后说：

"哪会有一句好话！就是有，也从来不对我说的嘛！那野仔，我怎管得了他。

你们不见他野马似的随处碰撞！"他说着又用衣袖擦了一下那流着黄水的瞎了的眼。

没有人再问他，他们都沉默着。番薯藤从裹肚里摸出了几个刀头大的山芋，拨开了火堆，一个一个地，丢进去，然后又把它们盖好。

贵珍伯拿出了一张小纸片，用舌头舔了一下，就卷着烟草。随手又把烟草递给利均叔，让他在烟斗上塞了一口。

湿眼耀升把帽子扯得更低了一点，简直盖住了耳朵。他一面唔唔地哼着冷，一面又把两个膝头一开一合，这样地取暖。

夜色已渐来渐暗了。村前只有一两个缩着头、弓着背急步走着的行人。塘里偶或有一尾鱼跃出水面，银光一闪，又咚的一声跃回水里去，火光更亮了，亮得有点苍凉。

扯旗山后的天边，不知什么时候已没有了红光，而变成一层灰沉沉的死暗。天渐渐低了，渐渐厚了，好像就要一块块地崩跌下来。乌鸦哇哇哇地叫着，还有村后那"哟哀哟哀"的叫猪声，都成了一种生活的诉播，使这被蹂躏过的山村在岁暮风寒里，更增加了凄漠。

几个老年人都垂着头，间或又有一个舒一口沉重的气。

若在太平年月，只要大寒节以后，在这样的黄昏，在村前、在门楼的角落、在池塘边，凡是背风的地方，都该烧起了或大或小的篝火，聚集着一堆一堆的，从整年的劳动里解放出来的人了。可是在现在，就只有这几个老年人仍在满足他们的习好。

"利均叔！"番薯藤从火堆里发出了烧焦了的山芋，把其中的一个发到利均叔的面前："这个年辰，如果可以约束还是约束一下好，如果让他随意乱碰，说不定会碰霉头来，前些时候，听人家说，你斩钝刀还在扯旗山，保不定和那些不知好歹的人在一起呢。"他说着又望望已沉浸在黑暗里的扯旗山那边。

"唉！约束！"利均叔感到毫无办法，一股失望的水流正激越地冲着他年老的心："能够约束的早就不会连我的眼睛也给弄瞎了。"

听着利均叔那叹息似的声音，番薯藤他们都看了一下他那瞎了的眼睛。那眼前，像一颗给人踏破了的龙眼果，从额头直到颧骨，有一条三寸多长的疤痕，像一支指南针似的指着天空和大地。

"今时不同往日了，以前可以□他随便放肆。而今啊，如果弄出了什么鼻屎大的乱子，就不独他自己不得了，就是你——利均叔，做爸爸的□□麻烦呢。说不定还会连累人家呢。"湿眼耀升很担心地说。

"就是嘛，我们就是这个意思。"听着湿眼的话，番薯藤和贵珍伯都附和着，贵珍伯还叹了一句："这世道……"

利均叔只是垂着头，一口一口地吸着烟，蓝烟从他的耳边飘上来，一袅一袅地□着。他已沉在忧患的预感和苦痛的回忆的深渊里去了……

二

斩钝刀是虾蟆村里的灾星，他是一切最恶劣的名词的代表，一提到斩钝刀，女人们就吐口水。

什么事，只要斩钝刀欢喜就干，什么人也管不了，就算是他的父亲。

斩钝刀的父亲，从年轻的时候起，就是虾蟆村里无人不知的赌徒和无人不知的酒鬼，赌与酒，合成了一个深坑，越来越深，把利均叔的一家也掩没了。每一个家庭，如果有痛苦的话，最先得到赐与的，无例外的是女人。如果是一个贫穷与无知充塞着的家庭，则那家庭里的女人就要来承受全部的痛苦，斩钝刀的母亲，就正是这样的女人中的一个。她一生中只有一个欢喜，那就是儿子的诞生，可是正当她为着斩钝刀的长生而忘怀了生活给予她的无比累重的时候，却病死了。

于是斩钝刀就在暴躁的父亲的打骂里，在污秽、粗率、贫穷里长大。

一到了十三四岁，斩钝刀便成了一只完完全全的野鹿了。他长成了一条强壮的躯干和一双粗野的手脚，对一切的事情，好像都有兴趣，而且做起来，都要比人家做得有声有色！普通的野孩子，一个人看管三两只牛便有点照应不来了，可是斩钝刀却能看管二三十只，也从来没有出过乱子。这原因倒不是他对于畜生有何办法，而只因他以狠恶过人而做了野孩子们的领袖。每天，他都是把自己看管的牛只分别交给其他的牧童，他自己却整天在山头上掷石子、追鹧鸪，用最卑劣的话去逗骂在山野上做忙的女孩子。再有，就是像一只野猪，溜达到有红薯，有山芋，有花生的地方，大大胆胆地偷。偷得了，就拿回来，一个一个地分给帮他的忙的野孩子。一面分给他们，一面又不好意地骂："牛呢。看稳，失了就揍死你们!"分完了，他自己又由这一个山头爬过那一个山头的，任意地去玩了，如果有谁用什么理由推辞他的交托，他的唯一的办法就是那两颗坚实的拳头，被揍的哭过了一阵，一面揩着眼泪，一面仍然得接受他的命令。等到太阳落山，他撒野撒够了，就走回到预先说定的地方，一跨便跨上牛背上，用两手卷成个号筒，嘟嘟嘟地叫几声，自己走在前头，带领着牛群回去了。高兴的话，便用竹枝抽着牛屁股，使笨拙的牛气喘喘地向前跑。不独自己跑，还要跟在后面的同伴也抽着牛屁股一同跑。所以那些胆小点的，就有点为难，为难得扁着嘴巴想哭。于是他又恶狠狠地骂着："无胆! 丢你老母，真契弟! 伏下来，搂住它的颈嘛!"结果被骂的也只好照样做，跟着他跑起来了。

吃过了晚饭，祠堂门口便成了野孩子的用武之地了。捉迷藏、跳大海、掷石头，尽粗拙的心所能想得到的玩法无所不玩。而每一样，都必有斩钝刀的一份儿。祠堂门口有几支科举时代有功名的人所竖下的旗杆，这些旗杆足有五六丈高，都有一个或红或白的瓦制的尖顶，斩钝刀一掷石子，就以那些尖顶为目标。看见他肆无忌惮地□那些代表着过往的光荣的古物射击，老年的人就走过来连指带骂地追他了。可是等你一背转身，他又在半仰着身子，□着全身的精力在掷他的了，什么人都□有他的办法。在祠堂门口，有一个水井，当什么都玩得厌了的时候，他在这个井里又有了新花样，他召集了所有的孩子，来看他自己的冒险的表演。当他们都围拢在井的周围的时候，他便做一个鬼脸，用两手拉着井边，笃的一声便跳进井里去了。这一跳，并不是跳到井底，而是把两只脚和两只手撑着井壁，松着手的时候，就用两只脚支撑着，松了两脚，就用两只手撑着，这样手脚互换一下一下地跨到水面上去。到了贴近水面，然后翘高了屁股，把头垂下去，喝他一两口水，表示自己已经到了水面，然后又一下一下地撑上来。到了井口，作兴还将含在口里的水，喷在围拢来看他表演的人的面上，玩到夜了，肚子里吃的那几碗粗米饭也不知玩到什么地方去了。于是就想起了吃，于是又想到白天看到的，在人家果园里的石榴、柚子、鸡屎果、沙梨、柑橘，或者是人家门前的黄皮果、龙眼果，于是又班齐人马，击墙越篱地去偷了。如果被偷的人追出来，他便一面骂一面跑，他有一双善跑而又厚皮的脚，什么地方也敢踏过去。人家奈何他不得，只得又走到利均叔的面前，带骂带怨地告诉他。但如果因此而利均叔打了他，好，就在那天晚上，你的屋顶□保就会给石头敲穿窟窿。如果你是男人，你恃着力气欺负了他、打了他，你跑夜路就得提防山黑暗里飞出石头，打伤你的脑壳，你还得留心你的畜生，受到他不留情的发泄，或则去了一块毛皮，或则跛了一只脚。

为了防备畜生的蹂躏践踏，许多人都在果园菜圃的周围，用树枝编织好篱笆，或种下一些带刺的小树或竹籍，而且加意地□养着这些东西。但只要斩钝刀一看上了□篱笆上有一枝树枝，可以做牛鞭，或者有一株小树可以做手杖，或者在一丛竹籍的最中心有一枝可以做别致的旱烟杆，他就会用尽方法，不惜把你的心血弄成稀烂，满足他自己的爱好了。

斩钝刀有时不高兴，便连山岗也懒去，他就把牛绳子围扎在牛颈上，叫作打了"□头"，就放任它们走到田塍上，自寻吃喝去了。他自己呢，就跑到背风的地方去烧野火，煨□薯，或者走到其他的地方去挖老鼠，熏毒蛇，挖到了熏到了就拿到炉场上去卖钱。因此牛就常常因为没有人看管，以致出了乱子，或则吃了人家的禾苗，或则踏坏了人家的谷子。等到他搅厌了回来，见被害的人在这里大骂着，他也就骂着畜生，表示连他自己也是毫无办法，如果你一定要骂到他的身上，那好了，到了明天，就是畜生不践踏到的地方，他也把它们赶下去了。

他粗野、无羁，一天都到处碰撞，发挥他太多的精力。他像一只野马，随处奔驰，随处践踏，无论是什么障碍，他都要越过，无论是什么荆棘，他都要穿过，只要他认为需要就行，而且每一个举动、每一次作为，损失的都只是人家而并不是他自己。因此虾蟆村里的人，对他都有或多或少的憎厌。除了"斩钝刀"而外，他还有"监督德""□路死"那许多名字，每一个都包含着最恶毒的意义，只要人家一提到其中的一个，大家就明白这是利均叔的儿子。

斩钝刀愈长大起来，也就愈坏起来，而更坏的是，当一种本能的诱欲在他那早熟而粗野的身体里长育起来的时候，便随意勾引左右邻乡的少女。

后来终于搅出了乱子，虾蟆村对面的陈村，有一个还未出嫁的少女，她的肚子可怕地一天天地膨胀起来了。那女子的母亲便走到利均叔的面前哭生叫死，因此父子的一场格□便开始了。结果是父亲的那一面吃了亏，他的两个眼睛，给斩钝刀的铁锹弄伤了一个。就在当天晚上，那陈村少女的哥哥带着枪到虾蟆村寻仇，他的目的是达到了，斩钝刀的小腿上给打了一枪。而从此，虾蟆村里也就不见了斩钝刀的踪迹了。至于那个少女，因为事情一传了出来，也就承受了不可胜数的，从四面八方射来的言语的戈矛，就怀着满身伤痛，脱离了母亲的崇高而苦痛的监视，在一个夜里也失了踪。因为有人碰见她在夜里匆匆奔向河边，所以大家就判断她投了水。

这是五年前的事，那时候，斩钝刀是二十岁。

三

当斩钝刀一跛一趸地重行在虾蟆村里出现的时候，已经是广州失陷后半个月了。跟着他回到虾蟆村里来的，还有一个女人，那就是五年前传说投了水的少女。女人之外，还有一个女孩子，他们几个人都穿得很褴褛，因此大家便推测他这几年的生活，一定是过得很穷苦。那时候，敌人正在向广州外围各县进攻，虾蟆村里的人们，所有的注意力都给日甚一日的谣言吸引去了，但是对于斩钝刀的重现，仍然引起了不小的惊奇。而且那时候正随处都嚷着有汉奸，所以虾蟆村里的人，因为斩钝刀的回来，也引起了一些不好的联系。

斩钝刀回来以后，和利均叔并不恶意地吵了一过，便把晒谷场旁边的那间草房子空了一下，把屋子里的草另在门口堆了一个草堆，再又打扫了一阵，便住到里面去了。

冬天将尽了，斩钝刀正张罗着，预备春天一到，又向泥土伸出自己那双粗野的手，邀取粮食，他预备在出生自己、长大自己的地方，流出自己的汗，重建自己的生活。

可是土地虽然还是五年前的土地，时代可不同了。

一天，虾蟆村里的人们天天担心着的日子，终于降临了虾蟆村。

这是一个阴雨的日子。斩钝刀一早起来，看看晒谷场上的低洼，都□满了雨水。暗灰的云泼满了天壁。风，连一点清爽也没有。看样子，莫说今天，就是明天也未必有晴好的希望。小河上的小船只，都放低了篷，闷沉沉的，像是预备睡觉。这样的日子，照虾蟆村里的人的讲法，是"□□不出门"的日子，斩钝刀松了一下筋骨，便走回泥屋里去收拾东西了，斩钝刀正可以到人家的林子里去偷斩两把松枝。因为现在一家三口，都要求着斩钝刀天天不□地劳动。即使春天来了，他可以租种几石田，但当第一造还未收成的时候，他仍要用今天的劳力获取明天的吃喝。

还未到正午，在"世□堂"的林子里，斩钝刀已经斩下了不少的松枝了。再斩几枝，便可回去了。

他现在还在一下一下地挥着手挺着刀，松枝受着斩伐，发出卜卜的呻吟。因为气压低重，这呻叫表现得沉重而无助，传不出两丈之外便消失了。这些针状叶的常绿树，给雨洗过之后，绿得很鲜艳，整个林子，都浮着一种腐草的湿气。

"不要了，丢那妈！"斩钝刀攀折了最后一条松枝，把刀丢在地上，便从裤带上解出了两条棕绳，预备把松枝□好，回家去了。

这时候，林子外传来了□□的声音。

斩钝刀仰头起来望望天空，天空是灰沉得可怕。他以为既然打着沉雷，那就是大雨将来的预示，所以连烟草也不烧，就赶快扎着松枝了。

林外的沉雷还是在打个不歇，一连是十几下，而且好像是渐来渐密了。

斩钝刀站直了身体，从树梢望着天空。雨丝像筛粉似的筛在松针上，偶然有一阵风一吹，串在松针上的雨珠又撒豆般跳下来，有些就跌在他的领口，使他打个寒噤。

"说不定是大炮吧，那全家驻的日本鬼说不定真的打进来了。"斩钝刀这样地推测着，又想起了这几天来村里一人传十，十人传百的谣言。这时候，林子外的隆隆的声音是更加响亮了，刚才不过响得像是舂米，现在都一直像在敲大鼓一般了。

斩钝刀把刀在裤带上一扎，又紧了些，挑起了松枝便走了。穿出林子，走到路上，路上连一个人也没有。路两旁远远近近的山岗，也不见一只牛、一个牧童。他把担子用左肩向右肩转了一下，更加快地走着。

还未走到一半的路，斩钝刀便看见许多人从一个□脚转过来了。那些人都踉跄得很，有些背着孙子，有些挑着东西。奇怪的是虽然下着雨，有很多人却没有戴雨帽。等到差不多认清那些人时候，斩钝刀就听到有些一面走一面哭着，他知道一定有什么事情发生了。迎面走来的人还不等斩钝刀发问，就告诉他日本鬼已经打进虾蟆村和陈村了。斩钝刀心里一惊，而在人群中又看不见自己的老婆和女儿，于是便把肩上的松枝一抛，抛在路旁，就赶回村里去了。

越走近村里听到大炮声便越响，就是机关枪声□听到了。炮声夹着枪声，像是烧爆仗。

一路上，斩钝刀都碰到了人，有本村的，有邻村的，有认识的，有不认识的，可是在那些人里面都没有他的老婆和小女儿。

当他走近村边的时候，村中心已经烧着了火，黑烟一块一块地腾起来，一块赶着一块地卷上去。机枪声循着村前的公路，由近而远地响着。当他走近晒谷场附近的时候，他望见一队日本兵，正冲过陈村那边去。

他看见泥屋前面的草堆，正在冒着白烟。泥屋的薄沙，已裂成了两半，一半眠在地上，一半则斜斜地裂开大口。

他急忙走进屋里，那情形更使他呆住了，他的老婆正横摊在床上，两只脚从床上吊下来，裤子给撕得稀烂，大腿上划着斑驳的伤痕。衫襟也裂开了，正露出一个肥大的乳。头发散乱着，差不多完全浸湿了血。原来有一下深深的伤是从耳朵旁边刺到后脑去的，现在还微微地沁着血。

斩钝刀又在灶边发现了小女儿，她仰卧着，额头被打起了一个小萝卜般的瘤，又瘀又肿。小小的嘴巴，给打得有点歪斜，嘴边凝着污血。死实实的眼睛睁着，两只小手抓着地面，满身都是泥沙，好像在死去之前，是经过十分恐怖，而且是辗转与挣扎过不少的时间的。

斩钝刀看着老婆和女儿，不知怎样□手。一会，他狠狠地推着老婆，可是老婆却一动不动，连紧合着的眼睛也不睁一睁。他摸摸她的额头，还有一点暖意，他又拉着他小女儿的小而稚嫩的手，可是这小手已经冰冷了。

斩钝刀站在床边，气喘喘，像一只受困的牛，没有一点办法。

外面，刚才渐远了的枪声，又渐近了。

斩钝刀突然想起了什么，他用椰壳从水缸里打了一壳冷水，喝了一口，喷在老婆的脸上，再吸了一口，喷在女儿的面上。

她们都没有动弹。

"完了！"斩钝刀叫了一声，转身用力地把椰壳掷到地上去。回头来又看看老婆，她的眼皮好像动了一动。于是他又赶快重新拾起了水壳，又舀了一壳冷水，吸着，又喷到她的脸上去。

一会，他老婆的眼皮真的睁了一下，而且好像还有微弱的声音。

屋外的枪声更近了，一阵马蹄声从晒场上踏过。

斩钝刀想关门，可是门早已破坏了。当他走到门口的时候，一个炮弹在离草堆不远的地方爆开了，弹片打破了泥屋的瓦顶，瓦片便乱飞开来，他看见，在通到陈村的公路上，又有一队人马涌过来了。

他急切地推着老婆，老婆已不再睁眼，不再出声，她实在死了，但斩钝刀却不信她已经完全死去。

"又来了，丢那妈！"斩钝刀看见村前的日本兵，已向着晒场这边来，他有点失措了。他心里经过了一阵剧烈的颤震，然后从腰边后拉出了那把斩柴刀，对准了他老婆的喉咙，咬着牙根，一刀劈下去！跟着一层黑影涌盖了他的眼睛，他感到晕眩，他极力把持着自己，站定了一阵，就疯狗似的走出去了。连跟在他后边的一排子弹，他也完全不知道。

从此，斩钝刀又在虾蟆村上失踪了。

当初，虾蟆村里的人都认为他是给敌人拉去了。可是连做维持会长的劈撼凿也说没有见到。后来又有人说他在扯旗山上，所以说不定是干了游击队，但都不过是听说而已，也就不能确定，直到这几天斩钝刀又回到了虾蟆村，大家就更议论纷纷。

四

　　自从斩钝刀回到了虾蟆村以后，村人的心里，尤其是老年人的心里，都感到不安。大家都预感着，将有什么意外的事情发生，而且都认为这意外必将联系着自己的命运，所以都忐忑着。这情形像是一层雾，笼罩着虾蟆村。而且愈受过一天，这雾就罩得愈重。无论在什么地方，只要有两三个人聚在一起，他们就会像在五年前谈着斩钝刀似的谈着他，所不同的只是那时大家是带着惊奇，而现在却满怀疑惧而已。

　　这在女人们，疑惧之外更夹着微微的憎恨，她们在井边汲水，看见斩钝刀走过，互相使个眼色，跟着就低低地骂着：

　　"这死晕头，这两个月不知野到哪里去，听说和扯旗山那边的人，有黏带呢，刚刚平静一点，莫又回来搅得一锅泡子方好啊！"她们说着又咬着牙齿。

　　利均叔也因为儿子回到村里来而受着罪。人家一见了他，无论开始谈的是什么，但到头来总归结到这一点，就是劝他约束自己的儿子。

　　斩钝刀自己呢，他回到虾蟆村里来已经两天了。他很少和人家说话，也很少随处浪荡，只午后到圩场上去打个把圈子，或者买点花生来，吃二两酒。那些复活了的番□，也再引不起他的兴趣了。有时又到现在做了维持会的，坐落在村边的大王庙去逛逛，可是都是脚还没有站暖便又离开了。以前和他谈得两句的劈撼凿——现在的维持会长，这两天又到了镇上去，大概就因为这样，斩钝刀就想找个搭档也找不着，也就更无聊了。其他的年轻人，都和他很疏远，碰了面也没有多少说话。他们对于斩钝刀只有一个兴趣，就要想切实知道他有没有携带枪械，借此估定他有没有起祸的可能。所以斩钝刀大部分的时间就睡在泥屋子里，被痛苦的回忆磨折着，挑拨着复仇的火焰。

人们看着斩钝刀常常自己躲在泥屋子里，心里的疑云就□得更厚了。他们天天预感着意外，意外的事却迟到斩钝刀回到虾蟆村里的第四天，才真的发生。

最先发现这意外的事的，是住近沙□口的贵玲婶。她那天起来之后，就把牛赶到塘边去撒尿，她还未走到塘边，就已看到了一个人眠在那里，半个身子浸在水里。她被吓得连挑在背后的尿桶也跌下来了。随着她便惊叫着奔回家里去，把贵玲伯吵起来，也把左右邻舍的人吵起来。贵玲婶便给拢在他们中间，上气不接下气地述说着她的发现：

"真吓死人啊！像一条死猪一样地摊在那里，半个身大都浸湿了。唉！我想一定是死了的，你……你们去看看。唉，大吉大利市。"

贵玲伯听着就想挤往前头，却给贵玲婶扯了衣角，他就回过头来，贵玲婶就睁睁眼，翘翘嘴。

于是，最先走到塘边去的是火殃箝，他端详了一下眠在那里的人，可是一时认不出是哪一个。他做了一个鬼脸，皱皱眉头。

站在他后边的和远远地拥在沙楼口等候消息的人，就放声问他：

"怎么啦，火殃箝？"

火殃箝堵住嘴巴，举起手来，把食指钩曲了——这是一个记号，是告诉等候消息的人那人已经死了。于是大家方才拥上前去。

死了的那个人，脸上给人划了一刀，所以满面都是污血，这血一直流到了衣领上，凝结在颈项上。而在喉咙间也有一个伤口，现在已给污血凝塞着了。一群苍蝇伏在那两个灰黑色的眼珠上，当人们拥过去的时候，就嗡嗡的一阵飞起来，但只一刻，又成群地伏下去。女人们看着这情形，都频频地吐口水。

后来，死尸是认出来了，这就是做维持会长的劈捺凿。

跟着人们就互相议论起来了，大家都知道，在维持会那所庙宇里，不见了劈捺凿已经三天了，为什么现在却会死在这塘边。有人以为他或者是被什么强盗截劫了，因为听说他这次到镇上去，是向日本人拿什么办公费。但在他的口袋里，还有一大束军用票，所以有人又认为如果是截劫，那做强盗的人就不会这样慷慨。因此就有人认为是复仇，又因此而谈论到凶手是谁。有人怀疑是在维持会里当卫警的那个癞痢头，因为劈撵凿一出一入，都是和他在一起的，而且大家都知道癞痢头常常带着一把日本人给他的刺刀，劈撵凿身上的伤口正好是这种家伙弄得出来的。还想，就是现在没有了癞痢头的踪影。但这种说法也有人反对，理由是如果劈撵凿活不了，癞痢头也就活不了，所以他绝不敢动手，而且无冤无仇也不需要动手。其中也有人猜想凶手是斩钝刀，但他们知道斩钝刀以前和劈撵凿还谈得几句，也并没有怨隙，所以也不敢决定这凶手原来真的是他：

昨天夜里，大概已经九点多钟了。

夜，很晴，暗得有点绿。整个天穹，像一个冷硬了的壳，覆盖着虾蟆村，它连一点声息也没有，静得就像是一只沉睡了的牛。偶或有几声犬吠，汪汪汪地为这乡村放射着恐怖的气息。而在这深冷的夜里，如果不是为着村前拖曳过斩钝刀的孤影，怕是连吠也不愿吠呢。

斩钝刀正喝了几杯酒，从村的那端走向沙楼这边来。他穿着一件短棉袄，因为近衣领的几个纽扣都脱落了，所以敞开着，让北风吹着他的粗壮的颈项，他挺着他那宽阔的肩膊，一步大一步小地走着。暗黑的夜色包不住他那个壮大的影子，晃动着，晃动着，像一只受伤了的苍鹰，曳着他强劲的翅翼。

他感到很孤独，因为村里的人都有意避开他。他们都在背地里议论他，像对于一个污蔑神灵的犯罪者，他想起了自己的老婆、自己的女儿，他更想起那一天的惨象，那撕碎了的衣服，那染着污血的洁白的胸脯，那妻的受了污辱和刺伤后的微弱的气息和她那睁不开的眼睛。他想到死在灶口的女儿那被打歪了的小小的嘴巴。这一切，都像是鬼魂似的蹑着他，咬着他，使他万分痛苦，而尤其使他震颤的，是他自己那狠命的一刀，他握紧了拳头，他的血液热涌起来，像一只给人打伤了的暴虎，他要搏击。

周围都是暗森森的一片，既寂寞，又死静。他想走到一个有人的地方，可是有人的地方却找不到。就是走到自己父亲那里，也未必能够和自己说些什么。他第一次感到孤独的痛苦。

"永远离开虾蟆村吧，上山去！"当他听到村里已经平静了点而回来的时候，他也这样想过的。但他又模模糊糊地感到，在上山之前他要找一种什么补偿。这几天来天天被回想磨折之后，这个念头就渐渐具体化，一句话，他想为老婆和女儿复仇，不然心头总压不下去。可是回到虾蟆村里已经四天，一肚子火还是找不到触发的火石。日本鬼并没有驻在村子里，而是驻在离村子十多里的镇上。就是那个以前说日本鬼好、日本鬼歹的劈柴凿，这几天也无法碰到。所以他感到泄气，同时也因此更煽旺了郁愁着的愤怒。

他一步一步地踱着，想走回自己的泥屋里去了。但是一出了门楼，就听见有人声。他极力睁大了眼睛，向前面辨认，原来正有两个人走进来，他就放慢了脚步。

碰面时才知道这两个人是劈柴凿和癞痢头，劈柴凿看见斩钝刀，便笑嘻嘻地说："斩钝刀，原来是你，我以为碰到哪个游魂。"劈柴凿的口里，喷着浓重的酒气。

斩钝刀没有出声，他鼓着嘴巴虎虎地站着。

"好声没有好气的，死了老婆又死了仔。"似唱非唱地说着，劈柴凿一掌推着斩钝刀的肩膀。

斩钝刀仍然没有出声，他咬着牙齿，劈柴凿的戏弄的口吻更增加了他的怒气。

劈柴凿看他总在光着眼睛，便打了他一个嘴巴，然后又向站在旁边的癞痢头粗声地说："我们走！"

劈柴凿一转身，斩钝刀就吼了一声："你走！"跟着就对准他的太阳穴，用尽所有的力量，一拳打过去。

劈柴凿打了几个陀螺便跌倒下来，一面恨恨地说：

"丢你老母！斩钝刀，我欠了你什么债，丢你……"他给癞痢头扶起来。

"一个老婆一个女，要算数你就算！丢你老母！"斩钝刀轰轰地说着，因为过于愤怒，以致声音有点阻塞，就成了沙哑。

"这关我□事！"劈柴凿抢到斩钝刀的面前去："好！你要算我就和你算。"

"不关你的事！说日本鬼来了不会糟蹋人，是你的狗口说的！叫人家不用走，又是你的狗口说的！汉奸！丢那妈，不关你汉奸的事！"斩钝刀把头昂到了劈搋凿的鼻尖前，他那两个眼睛射着火。

"看吧，汉奸？等着你也看看汉奸的本事！"

"看！"斩钝刀对正劈搋凿的眼睛打过去，把他即时打倒了。癞痢头看着，立刻拔出了腰间的刺刀，却给眼快的斩钝刀一制就制住了右手。随着用力一扭，便把刺刀抢过来了。癞痢头一慌，立刻循着塘边的路拼命地逃了。斩钝刀却给倒在地下的劈搋凿抓紧了脚踝，而且被咬到痛得要命了，同时，劈搋凿的一只手正从裤管伸上去，想抓斩钝刀□□□□□□□想摆脱开，但已给抓紧了。一种攻心的阵痛使斩钝刀几乎瘫软下来，他把手里的刺刀向劈搋凿的头顶擂下去。可是因为手在颤抖，只斜斜地贴在鼻头戳了一个空。劈搋凿的鼻头给刺刀刺着，哇地叫了一声，手也抓得更紧。斩钝刀痛得面色也陡变了，他感到一种奇异的寒冷，从腰梁向上侵袭。他便用手扯紧了劈搋凿的头发，把他的头扯得仰起来，然后对准他的颈项，一刀刺进去。

劈搋凿的手就更加用力地握了一下，但转即无力地松开了。

五

就在那天下午，斩钝刀的泥屋子冒起了黑烟，因为癞痢头带了一队日本兵到虾蟆村里来围捕斩钝刀，没有捉着，所以就放了火。

捉不到斩钝刀，上井大尉在虾蟆村的四周放了哨，自己就带着几个兵，由癞痢头领着，走进祠堂去。

上井大尉命令癞痢头把全村的男女都叫到祠堂里来。利均叔因为知道了这事和斩钝刀有相干，还没有走到祠堂，就慌得面无人色了。他钻到一个人最多的地方埋藏着自己的身体。

但当祠堂里已经拥满了人的时候，上井大尉第一个要找的却就是他。

"□□□□□□长叫你出来！"癞痢头走到人丛的边缘，一面用眼睛搜索着人丛，一面带着威胁地叫。

利均叔在人群人中颤抖着，他不敢应。大家的心都一样震抖着，为的是在自己的面前，将有个悲惨的场面。

"利均叔！你这个老鬼，叫你出来你都不出来？"癞痢头翘高了脚跟，看清楚利均叔的位置，就排开了人穿进里面去。

利均叔给癞痢头像麻鹰抓鸡雏似的扯出来，一推便推到上井大尉的面前。给这一推，利均叔顺势倒下来了，他拼命向上井大尉叩着头，却说不出一句话来。

上井大尉狞笑着，那排突出在唇边的牙齿，就像是母猪的一样。几个敌兵也狞笑着，好像在预告着不测的来临。站着的人都定定地看着说不出话来的利均叔。整个祠堂，除了上井大尉的皮鞋声之外，就静到可以听到人们的不平常的呼吸。

上井大尉踱到利均叔的面前，咬一咬嘴唇，站定了，他向站着的人们，用那不纯粹的普通话说话：

"你们，你们想想……你们，你们知道，维持会里的官，就是大日本皇军的官，你们，你们杀了维持会的官，就是杀了大日本皇军的官。杀了大日本皇军□□□□□□□□□，就该——杀！"上井大尉说到这个杀字，就用粗粗的手掌从上杀下去。之后他用眼光搜索着人们的表情，但站着的每一个人，都只有一个板板的面孔，于是他一手把利均叔扯起来：

"你！"上井大尉指着他，"你的儿子杀死了大日本皇军的官，而且是杀死了你们自己的兄弟，"这样说着他又把眼光投到站着的人们的脸上，"所以不独大日本皇军要膺惩他，就是你们自己也要膺惩他。"

利均叔只是惊怕着，他连一句也听不清楚。

上井大尉又走前了两步，挺了一下胸脯，便昂昂地对站着的人们说：

"但是大日本皇军，宽大，大日本，和……和平，皇军不杀好人，皇军要保护你们，不过你们也得服从！现在，我限你们四天，四天你们把杀死维持会长的凶手捉着送来。如……如果捉不着，你们，你们就是不服从，皇军就要捉你们，烧光你们！"上井大尉擦了一下嘴唇上的胡须，然后狠毒地盯着站着的人们。

站着的人有些垂下了头，大家都沉默。只听得到利均叔在哭。

上井大尉便动了气，他□利均叔踢了两下，然□□□地对人们说□□□□□□
□□□□

"回去！记得四天，四天要捉来！"

于是人们便哑然地散了。他们一走出祠堂门口，便听到村边上有女人的哭声，日本兵又在追逐女人了。

日本兵走了之后，还未到烧夜饭的时候，斩钝刀又在虾蟆村里出现了。

他敞开衣领，两个眼珠络满了红筋，看样子好像要找人打架。等到他知道全村里的人的命运都系在他一个人的身上的时候，他愤怒而且震颤了。他坐在祠堂门口的石级上，两只手袖着，放在膝头上，头又垂在手上，像一只疲倦了的苍鹰。

利均叔一见了斩钝刀，便一面哭淋淋的，一面拼着死力把他扯回家里去。跟着把板门关上，矫矫眼睛，对斩钝刀说：

"你还在村里左冲右撞，你真是不知死活，你想，现在你不独累死了自己人，就是全村的人都要给你累死了，你，你……"

斩钝刀一只脚踏在条凳上，一只手踭放在膝盖上，用手掌托着自己的下巴，愤怒地看着利均叔。

"你知死不知死，现在全村里的人都要捉你了。就是我，我的老命也在你手上！你怎样打算，你！"利均叔的手□□□□斩钝刀的额头□□□□□□□□□□

"哪一个要来捉我他来好了，谁要来碰一碰我斩钝刀，他尽管来，他不怕死！"斩钝刀把脚从条凳上收下来，用粗大的手掌擦着自己的嘴巴，轰轰地对利均叔说。

"人家，人家一个或者打不过你，但是人家人多物众，蚁多咬死象，你就是飞鸡也要落翼呀！看你还是这样硬！"

"看呀，看他们来捉我吧，一个够本，两个有利！我不管。"斩钝刀拍响着两手，预备走出去。利均叔却挨着门，堵塞着，声音更惨哑了：

"斩钝刀，我要你暂时走开，你，你避避风头……"

斩钝刀挥一下拳头："避！要避就避到阎罗王那里去。丢那妈！谁有本事他就来！"他一把拉开了利均叔，凶凶地冲出去了。门外原来有几个人在偷听，给斩钝刀一推，都狼狈地退了几步。斩钝刀看见了他们，一面走一面骂：

"丢那妈！你们哪一个敢来碰碰我就是想死，杀了个把汉奸也关你们契弟的事！"

六

一天过了又是一天，时间流□着……

虾蟆村里的人们，一天比一天不安，因为他们对于斩钝刀没有办法。

女人们开始收拾着自己的东西，有些则更已经用牛驮了东西，走到亲戚家里去，为的是要避开将要来临的灾难。男人们只在焦灼，他们虽然能有机会把斩钝刀捉住，但因为从道理上说起来，并没有捉他的理由。而且如果把他捉了送给日本人，是终归必死的，他们也没有胆量，将这最残酷的结果用自己的手加在自己的兄弟——斩钝刀的身上。斩钝刀这几天住在什么地方，他们虽然知道，可是也没有人想到向日本人告密去。

到得第四天，虾蟆村的女人们差不多都带着恐慌、带着诅咒，完全走空了。男人们就敲起了铜锣，由村头走到村尾，召集所有的人到祠堂里去。

太阳光射在祠堂的瓦背上，蒸发着白色的水蒸气，檐角上的麻雀儿也不再噪聒了，就是瓦背上的瓦鳌鱼，今天也像是为着痛苦而嘴巴张得更大，表示着无告的哀戚。中座两旁那些写着"肃静回避"的高脚牌，一动也不动地站着，满面灰尘像是满面不安，更增加了这议事地方的肃杀。几只懒狗不知道人们将要议论些什么，只拣了个有太阳的地方眠着，像是在等候消息。

人，渐渐地来了，这里那里地、三个两个地在长凳上坐着，和以往的集议不同的，是大家都无精打采，不想和坐在自己旁边的人多说一句话。

虾蟆村的几个父老，像贵玲伯、番薯藤、湿眼耀升，还有平常不理闲事的福林伯伯也来了。这几个须发均有点斑白的老年人，现在都坐在正中的太师椅上，因为这是他们应坐的位置。年轻人则在左行右□，他们的脚步，像他们的心一样把不定。

风在瓦顶上吹过，呜呜呜地叫啸着，像是传布什么噩耗。

整个祠堂都死默着，痛苦的死默。

差不多半点钟，人还没有到齐，祠堂外又当当当地起了一阵锣声，又急躁，又无力，又恐怖。最后，利均叔也一拐一拐地走进来了。他那瞎了的眼睛，流着更多的黄水，那稀黏黏的鼻液，简直是流到下巴上的胡子上去了。他用袖子揩着，走到那老年人坐着的一排里去。当人家招呼他的时候，他的声音颤抖着，脸上的脸纹是显得更愁苦了，常常有痛苦的痉挛。

老年人互相推让了一阵，结果是福林伯伯站起来了。他拄着手杖，呷动着那已经脱光了牙齿的嘴巴，字音不怎样清晰地说：

"各位叔伯兄弟，斩钝刀那一件事情，今天……今天已经是……我们大家要来想想办法……"然后他特意地看看利均叔，他又说，"阿均，你想我们要怎办。"

利均叔的眼睛涌出了眼泪，他木然地坐着，没有回答。

福林伯伯又看看坐在太师椅上的其他的父老，但他们也只是你看我，我看你的没有说话。福林伯伯又看看站在周围的人，他们也只眼定定地钉着他老人家，好像问他有什么办法。于是福林伯伯便对大家说：

"你们后生的也要想想啊，我们老了，不中用了，你们，你们后生也得想想办法。这是大家的事，要你们才有办法的啊！"

但是大家还是没有作声，只把眼光射在利均叔的身上。于是福林伯伯又转望着利均叔：

"阿均，老实说，儿子是你的儿子，你自己也该打个主意，你觉得怎么样？"

"唉！生得出来未必教得好，他一向不听教训，不同别人，你们是大家知道的。难道我能够管束不管束，偏爱累得大家受罪么？"利均叔说着，又用袖子揩眼水。

"但是儿子是你的儿子，要怎么办，也须你说个主意，我们方敢做呀！同一个祖宗，同一门兄弟！"贵玲伯站起来，走到利均叔的面前这样地说。

这时候，在人丛中，却暗流着细语：

"有什么办法呢，人家要你把他捉去。"

"你去捉，你敢同他搏？我就没有这样吃亏。"

"但是你捉了他去了之后，就能够担保万世平安？你就保得住……而且说好说歹，都是同一间祠堂分胙肉的人，他死了，你就千秋万世……"

"那么你有什么办法？你……"

"所以啰，所以难就难在这里。"

争论越来越难了。他们都在中堂上左拥右挤，放出了浑浊的声音，像一锅烧开了的水。

太阳已经过了屋顶了。祠堂里还只是一片骚动，有些人预备走回家里去，也像女人们一样——走。

正在这时候，斩钝刀却走进祠堂里来了。他的腰间，围扎着一条裹肚，比平常不同的在裹肚上插着一把锋利的斩柴刀。人们让着他，他走到中堂上。他把两只手搭托胸前，沉沉实实地站着，像是生了根似的。

人们都把眼光集中在他的身上。

利均叔看了斩钝刀一会儿，就扑过去了。他抓着了斩钝刀的头，一面又骂着：

"你累死我，累死虾蟆村里的人，我揸杀你，你……"他还未说完，给斩钝刀一挣，就跌倒在地上。利均叔挣扎起来，再想扑过去，可给人扯住了。

斩钝刀的眼睛睁得很大，他鼓着胸脯，骂利均叔：

"我一人做事一人当，用不着你管。"他握紧两个拳头，一个处在腰间，一个在□人们抢动着。跟着他又跳上条凳上，拍着自己的胸脯：

"各位父老叔伯，你们不要再商量了，一个人，如果不能够一人做事一个当，他就是衰仔，他就是契弟！我斩钝刀不是衰仔，不是契弟！我敢作敢受！"他的声音像钢铁的碎片，散在这沉闷的祠堂里，发着铿铿的回响。人们都屏着气，像受到突然的侵袭。

"你们大家要将我怎么办？"斩钝刀停了一阵，又大声地向大家喝问。

很多人都低了头，没有人回答。

"说吧！为什么又不说。丢那妈！个个都乌龟似的缩着头有□用！"他继续把拳头抢着，舞动全身的激怒。

大家仍然是沉默着，他们都被慑于太严重的空气。

斩钝刀忍不住了，他从条凳上跳下来，奔到福林伯伯的面前。福林伯伯踉跄地退后了几步。

斩钝刀又跟着他进了几步，把涨红了的脸，堵到福林伯伯的鼻尖：

"福林伯伯，你说，你是全村最老的父老，你说！"

福林伯伯说不出来，连拄着的手杖也颤抖了。

"丢那妈！叫你们那些孱头说又不敢说。"斩钝刀说着便转过身来，又加速地舞着拳头，像一只暴跳的野虎。大家以为他要出去了，所以就赶快让出一条路。可是斩钝刀却站定了。他从腰间拉出了那把锋利的斩柴刀，斩柴刀亮着白闪闪的光。大家都争着退了一步。

斩钝刀把手里的刀晃了几下，一挥，便把它从人群的顶上飞向天井里去了，天井上立刻发出了一个很大的，石与铁相击的声音。于是斩钝刀稍为平静了一点，把手搭在胸前，慢慢地说着：

"你们怕我斩钝刀杀你，所以连气也不敢透一下，现在我把刀都丢了，你们说呀！"

可是人们仍然没有说，只是因此□了一口气，你挤我拥地骚动了一阵。

"各位叔伯兄弟，大丈夫敢作敢为。我斩钝刀说过不累你们，不累死一只蚁！既然捉不到我，你们就要受罪，现在就捉我去！"斩钝刀说着，脸色变了一点，比刚才苍白了一点。他在人围中站着不动。

人们想不到斩钝刀会这样，因为大家一见他走进来，就预备着受到什么伤害。现在却来了这突然的转变，大家也就因为太过意外，以致有些愕然无措了。

"如果杀了一只老虎可以救得一群羊，我斩钝刀不怕死，你们把我交去！交去！"斩钝刀又叫喝着。

我们都惊疑着，沉默着……

隐隐的人丛中不知什么人哭起来。大家都悲哀地看着这个叫他们送他到死窟去的兄弟。

结果没有人肯下手把斩钝刀捉去。

七

第二天早上，一队敌兵来到了虾蟆村，虾蟆村里的人差不多都走光了。领头的癞痢头在祠堂门口遇到了斩钝刀，斩钝刀大骂他，结果给日本兵打了一顿，绑去了。

到了镇上，日本兵把斩钝刀囚在一个黑黝而潮湿的房子里，两天没有饭吃，饿得他差不多要瘫软了，第三天，方由癞痢头拿了一点饭菜去给他。

斩钝刀吃着饭，癞痢头站在他旁边，一面搓着手掌，一面又做勉强的卑鄙的笑。

斩钝刀虽低头吃着，没有理他，他很快就吃了三碗饭。这些饭菜，填塞了他两天来的饥饿，像一部加了煤的机器，又重新获得了活力，那粗野的血液又重新活动了，他舞动了两下那有点酸软的手臂。

癞痢头把鸭舌帽向头顶上一推，露出了这满是疤痕的头壳。他从那件破烂的黄呢日本大衣的口袋里，拿出了一包"老刀牌"，把一支递给斩钝刀，随着又替他划了火柴。他问斩钝刀：

"饿得够味了？"

"够味了。"斩钝刀微闭着眼睛，向癞痢头做了个鄙视的颜色，然后又继续说："亏得有癞痢头打救，要不斩钝刀怕会饿死。"

癞痢头知道斩钝刀说的是反面话，于是皱皱眉头：

"斩钝刀，我看你也不要摆唇弄舌，若不是我癞痢头苦苦求情，怕就是明天后天，你也滴水不得入口呢。"

"所以你归根究底比日本鬼好，可惜你不是日本人，却是日本鬼的走狗！要不我斩钝刀怕也不必受罪了。"

"所以我说，斩钝刀，你坏就坏在死牛一边额，总是转不动念头，如果你能够按捺一下死性儿，哪怕……哪怕……"癞痢头吮着香烟，挤弄着眉眼。

斩钝刀翘一翘下巴：

"那就怎么样？"

癞痢头以为斩钝刀的猫毛已经给自己摸顺了，便坐到他的旁边，拍着他的肩膀说：

"我是说，比方你愿意做一点事，我是说，事有好坏，人有高低，日本人也不一定个个都坏……其实一个人几十年，也何必执拗。只要你愿意答应，我癞痢头敢包你没有一点事儿。"癞痢头得意地拍着自己的胸膛。

"要我做什么，"斩钝刀站起来，"糟蹋了我的老婆，糟蹋了我的女儿，就是连你老母的裤裆也给扯穿了，难道还想找斩钝刀做走狗，听他使唤！要做，我就做你！"斩钝刀一扯便扯紧了癞痢头的胸前，把他一推，便推跌在阴湿的墙角里了。斩钝刀正举起了条凳，想向癞痢头撞去，却给从外面冲进来的日本兵用枪托在膝头上打了一□，倒下来了。

于是斩钝刀又给饿了一天，到第二天的早晨，上井大尉就亲自把斩钝刀提讯。

在刺刀的监视下，上井大尉已经审问了差不多半个钟头，但斩钝刀还是没有一句话。

上井大尉拿着皮鞋，背着手，在斩钝刀的面前踱着，他显然被斩钝刀的傲然的沉默激得十分愤怒了。

卜！

上井大尉照面地向斩钝刀打了一鞭，鞭子正从额头上打下去，由左额到右腮，立刻现出像一条胭脂般红的血痕，他的左眼睛，因受鞭打而流出泪水。

上井又继续向他打着，斩钝刀就把头垂低，让他打在背脊上、棉袄上，一下下发着爆裂的声音，等到皮鞭一停，斩钝刀又把头昂起来，狠狠地□着上井。

"说出来！你是不是游击队？"上井因为刚才用力过多，气喘喘的。

斩钝刀闭紧着嘴巴，侧着头，想把眼泪揩在肩头上。因为他的两手给反缚着，动弹不得。

上井见他还是不作声，又转到他的背后，举起了皮靴，对正斩钝刀的腰梁踢了两脚，斩钝刀叫了一声，把身体一仰，就眠在地上了。一种尖锐的伤痛使他的背脊发烧，但他忍耐着，没有呻吟。只是整个脸上的筋肉，都起着痛苦的抽搐。

上井大尉勉强地笑着，癫痫头也跟着勉强地笑着。

斩钝刀蜷曲地睡在地上，他的眼睛红筋鼓胀，他用搜索的眼光看着室内，他端详着每一件东西，他在想复仇的办法。

但室内有的都是自己的敌人！

经过了很久，斩钝刀把身子辗转过来，眼针针地钉着癫痫头，愤愤地说：

"丢你老母！癫痫头，你看，就是要一只狗替你守门口，你也先得要喂饱他呀，连饭都不给我吃，还要我说！"

癫痫头把这几句话传给上井大尉，上井大尉沉思了一会，就吩咐他去拿点饭来。

斩钝刀的手给解开了，他在吃着癫痫头拿进来的冷饭，癫痫头盘着手，站在墙角悠悠然地吸烟。上井大尉则在踱着，他一面摸着下巴，一面又让微笑挂在嘴角，他以为斩钝刀将要在饥饿下屈服了。

斩钝刀偷偷地看一下日本兵枪尖上的刺刀，刺刀闪着光芒，可是这是不容易得到的禁果。

想来想去，差不多都是没有办法。到饭要吃完了，他终于想到了一个最后的办法了。他捧着饭碗站起来，一失手，饭碗便跌在地上，崩的一声碎成了几片！

上井大尉见着，便走过去要踢他，他已从地上捡了一块最锋利的碎片，一扑便搂紧了上井，用破片对正他的喉咙，拼死力地割着了。等到他被打晕了的时候，上井大尉的衣领上，已浸着泺泺的血。

八

更残酷的演出终于到临了。

是正午。冻云凝结在天空，连一丝太阳也没有。整个天地都被残酷的寒冷所禁闭。只阴沉着脸，连一点微弱的叫喊也漏不出。

在苦黯的天色的笼罩下，破败的虾蟆村显得更加破败了。村前，没有一个行人，没有一条狗。每一家的门都是全掩着，或者半掩着，每一个门口就像是一只疲累过甚的眼睛。

全村的人都被赶到门楼外面去。有些人站在塘边，有些人站在由门楼通到扯旗山去的路上。所有的人都阴沉着脸，像来赴一个祭礼。他们的心都像铅一样重，压榨，压榨将要压榨出呼叫，压断了呼吸，压出了血！

门楼旁边那株大榕树，它那铁色的面孔，像饱铸着不能发泄的愤怒。树枝、树叶，在狂风里摇撼，发着一种劈裂的声音。但任凭风怎样吹，怎样残酷地把它们压倒，它们总是尽力翻身，对着不断的压抑，做着不断的、强□的抵抗。

乌鸦在榕树顶上有力无力地叫着，发着恶心的哀叫，呱哇，呱哇，像是为被难的大地诉说愁苦，为被蹂躏被迫害的人们诉话愁苦。

偶或有一阵旋风，卷起了地上的残枝败叶，卷起了年代久积的沙尘，飞起，又跌落在死静的凝绿的池塘里去，于是死静塘水波动了，一皱一皱的，做着受击打后的忍辱的苦脸。

阴云裂开了一道缝，微弱的阳光即时放射下来，射到人们的头上，像给人们一些难于捉摸的抚慰。但一瞬间，乌云重新紧合起来，天空又完全黯淡了。于是风又吹得更大，碰到树枝，碰到破败的屋瓦，发着一种暗哑的叫啸。

人，都垂着手，没有什么动静，没有人交换一句说话，至多也只是互相望望，用眼睛表示大家心里的深沉的言语！他们的心里，都有一种挣扎的火焰，现在血液里燃烧着。

这样的人们的后面仍是这样的人们！再后，是十步一个的日本兵，他们嘴上有残酷的笑影，刺刀的尖锋上也有残酷的笑影！

在塘边的三岔路口上，在通到扯旗山的路口上，在门楼口的旁边，这三个地方都有一架机关枪，又开了脚，张开了口，像三只毒狼，分伏在三个地方，向着人们，预备作恶毒的扑杀。

几个日本兵在村里搜索。他们搜来了几把干草，还有两张破败的棉被，在棉被的旁边，还有一罐火油。这些东西都放在大榕树下。

斩钝刀从祠堂里被押出来了，两个日本兵插着他的两旁，后面跟着上井大尉。上井大尉的颈项上扎着白布，整个头部都显得生硬。

斩钝刀的两手和身干都给麻绳缠绕着，缠得像一只粽子，裤子已经稀烂，碎布在风里飘□，像一个脱了毛的鸡毛帚。从破洞里，人们可以看到那瘀黑的血痕，一条大，一条小，像咬着无数的水蛭，在吮着老铁的血液。脚踝上锁着他的□，但是他仍然走得很着实。

他的面色瘀白，两颊深陷着，颧骨高得像两个小丘。颈项上有几道黑疤，是给火烫伤了的，斩钝刀的状貌有点变了，只有那双本来黑晶晶的，而又络满红筋的眼珠，还是和往日一样放射着鹰隼的光，刚猛而又沉惊。还有就是那十分圆厚的两肩，虽然包在破旧的棉袄里面，但仍然能使人感到那坚实而充溢的力。斩钝刀的口，给一根松柴横梗着，松柴的两端扎着小铅丝，小铅丝又跨过他的耳后根，扎在他的后脑根上，因为扎得过紧，迫得皮肉都堆起来了。

一个日本兵在大榕树的桠杈上，搭好了一条粗粗的，用铅丝扭绞成的绳子，那铅绳子的两头吊下来，像两条贪钱的毒蛇。另一个日本兵在摊开了的棉被上浇着火油，空气中散发着使人呛咳的强烈的臭气。一张棉被被浇湿了，又浇在第二张的上面，它们铺在地上，像两幅卷尸布。

斩钝刀看着那两条棉被，他意想到它们的用处了。他那给麻绳扎缚着的胸脯，粗豪地鼓动着，吐着那口上的松柴的鼻翼，不停地折动着。他想叫，可是叫不出声，他只能咬着横在嘴上的木柴，他的面色一阵变成惨白一阵又变成红紫，他感到全身的血液都在向头顶上涌，他额头上的脉管爆胀着，跳动着，他的眼睛有时半闭起来，有时又睁得比平常更大，这样就形成了一个可怕的面孔。

站在周围的人，都尽可能地向后退着，有些人简直转过身来，争着向人丛里钻。几个女人在低低地哭泣，哭声在风中，跳跃，传送，含着最大的恐惧，含着最大的悲痛，也含着最大的憎恨！像千层地下裂出的冤声。人们向后面挤着，退着，直到给后边的日本兵数骂着，用枪托打着，又不得不停住了。但过了一会又回复了骚动。

斩钝刀给两个日本兵捉紧了，另一个日本兵扯过了铅丝绳子，从他的右腋下穿到胸前，正想从左腋下又穿回背后去，却给斩钝刀一挣，便松脱了。斩钝刀又用□在口上的松木，向站在他两旁的日本兵碰去，就像是一只牛使用着它的两只角。有一个日本兵给斩钝刀揿了一下，便从鼻孔里流出血来了。但另外两个日本兵也走过来，终把斩钝刀弄倒了。于是两个日本兵踏着他的背脊，把他缚着铅丝绳子的一端了。

上井大尉向站着的人群中拉出了几个壮丁，他把他们抓到大榕树下来，几个日本兵把完全不能动弹的斩钝刀放在一张浇湿了火油的棉被上，又迫着那几个人来卷。

他们那几个都恐怕得很，不敢动手，因此都挨受了上井大尉的猛踢。可是他们仍是不愿卷，他们的心里，现在正汹涌着悔恨，悔恨让斩钝刀给日本鬼抓了去。

斩钝刀终被日本兵亲手卷着了。棉被卷好后，又在外面捆着铁丝，于是斩钝刀便成了一个可怜的动物，他辗转着，但被两个日本兵在大榕树下用力一扯，便吊起来了。

哭□在人丛中传染开去，蔓延着，蔓延着，到得斩钝刀被吊起来的时候，更像暴风雨似的夹着恐怖涌起来了。其中也夹杂着一些单纯的号叫，像了破堤的水，在将雨的天穹下泛滥。

这时候，从祠堂里又押了一个人出来，大家一看，是利均叔。他被押到了大榕树下，一个日本兵即时燃着了一支火把，递给他。他看看吊着的棉卷，颤抖得很厉害。

站着的人们，大家都清楚了，日本兵要用利均叔的手去烧死斩钝刀，要他们看着自己的兄弟的惨死！

看着利均叔迟疑的动作，两个日本兵把刺刀指着利均叔的喉咙和胸口，迫他把火把举起。他的口唇完全变成了惨白，他手颤颤地想把火把举起来，可是火焰还未高过头页，站着的人们便嘶裂着声音叫起来：

"利均叔！那是你的斩钝刀啊！你千万不要点火！"

这嘶裂的叫声撼动着树叶，撼动着屋瓦！

正在这时候，村里的房子也起火了，火烟直伸向天空。所有的人都转了眼光，朝那边望着，利均叔也望到自己的房子正冒着火，一个念头便即时占有了他，他想，什么都完了！他便突然地放下了火把，把火油罐抱起来，向自己的身上倒了一下，让火油泼湿了衣服，然后又迅速地拾起了火把，一扑便连火把把上井大尉死死地搂着，一同跌倒，一同着火了。

同时，大榕树下，也涌起了喧闹的吼叫、人与人的冲击和惶乱的枪声！

一九四一年九月七日

第一度鸡啼后抄完于漓江东岸

| 文学史评论 |

在抗战时期桂林文化名人中，陈凡可说是抵桂较早、时间最长的外省人士之一。据本人的回忆："抗战初期，我替别人挑着担子，从梧州徒步北上桂林，后来又从桂林徒步南行，经过荔浦等县南下桂平，是我平生步行最多的时期。因为那几年我几乎走遍了广西全境，以致有些人以为我是广西人，其实乃是误会。也正因为如此，我对广西当时的情况是相当熟悉的，同时也对广西发生了异乎寻常的感情。"（《身回八桂等返乡》，载陈凡著《一个记者的经历》，1985年2月广东人民出版社出版）

——魏华龄主编《抗战时期文化名人在桂林》（续集），漓江出版社，2004

| 创作评论 |

陈凡的创作才能是多方面的，不仅写诗、新闻特写、报告文学，还发表小说、杂文。中篇小说《斩钝刀》(作于1941年9月7日，连载于1941年10月29日至1941年11月8日桂林《大公报》《文艺》副刊第91期至98期)堪称其代表作。

——魏华龄主编《抗战时期文化名人在桂林》(续集)，漓江出版社，2004

| 作品点评 |

这篇小说，固然没有宏大的斗争场面，也没有曲折多变的故事情节，但读来却是如此惊心动魄，具有极大的冲击力。尤其是小说的结尾，十分精彩。充分显示了作者独到的艺术手法。作者对利均叔、斩钝刀父子几个重要转折的描写，引人入胜。虽令读者和虾蟆村民都顿感"意外"，然却在情理之中，完全符合他们父子俩的性格特点和故事情节的发展需求。尽管斩钝刀胡作非为，曾伤害过众乡亲。但他毕竟还是个正直的青年农民，懂得"大丈夫敢作敢为""一个做事一人当"。因此，当他喊出"如果杀了一只老虎可以救得一群羊，我斩钝刀不怕死，你们把我交去"时，虽然村民们对他这种"突然的转变"，"有些愕然无措"，但却是合情合理的。他性子暴烈，桀骜不羁，从不让人欺侮。日本鬼子奸杀其妻儿，国破家亡，他哪有不报仇之理。而老实怕事的利均叔，竟然敢点火上身扑向敌寇同归于尽，这股勇气是来自于对强盗的深仇大恨，真实可信。

——魏华龄主编《抗战时期文化名人在桂林》(续集)，漓江出版社，2004

杉寮村

易巩

前 景

西方，风淳县释迦崇的一千三百多米的主峰巍峨地雄立着，显着嶙峋的、峥嵘的面目，如像一个皱眉地苦思着什么的老人。无数错杂的、含有浓厚横蛮意味的山脉从那龙钟老人的尖削的肩膊上急峻地流泻下来，带着怒号的、浩荡的声势向东南冲去。渐渐地、缓缓地，山脉的浪涛平静了，无力地起伏着，倦怠地爬行着，迤逦地流布着，最后无声无息地沉入韩江西岸的平原里。

那广大富饶的平原，协随着从北方蜿蜒地流淌下来的韩江的雍容步伐和热情歌唱，以柔和的姿态向南铺展、伸延。在平原的广阔胸膛上，泡沫似的浮凸起海阳、彩堂、巷埠、汕头等无数繁盛的城市和乡镇，蠕动着五百万勤劳优秀的人民。

最后，平原尽头了——它变成蔚蓝峭拔的南海西岸。

就在这些绵密纵横的山脉里，隐藏着无数细小的村庄，生活着异常刻苦的客家人。虽然风淳县

作者简介

易巩（1915—2001），原名梁植涛。广东南海人。1920年代初加入广州作者俱乐部、广州文艺社、无产阶级作家联盟。抗战胜利后，主编《文艺世纪》。新中国成立后，历任《华南文艺》执行编辑、《作品》副主编。作协会员。著有长篇小说《伙伴们》，中篇中说《杉寮村》《在风雪到来之前》，短篇小说集《少年夫妇》等。

作品信息

出版于1943年，桂林大地图书公司。

在行政上属于潮州的区域，甚至这里的客家男人多少被潮州人那种经商的狂热与勇敢所传染，因而厌倦那种婆婆妈妈的耕作，喜欢经营小本生意，甚至激起和潮州人同样的热望和冒险心，带着坚决的意志和美丽的憧憬，离乡别井地去海外谋生，但这两个移民长期以来仍然各自守护着自己的潮州话或客家话，不管在地理上怎么接近，他们世代沿袭自己的风俗习惯，甚至于坚持对厨房和厕所的不同布局和建筑方法，特别是客家的妇女们，她们一贯继承着"客家婆"的勤劳、倔强、朴素的优良传统，以及能够独立独行的男子气概。

这里的客家人之所以这么局促地生活在贫瘠的荒山里的缘故，据说他们和广东的北江、东江的客家人同样：当他们的祖先为着逃避灾难的追逐，带着沉重的心情踏进这肥美富饶的广东来的时候，他发觉自己来迟了。许多先来者早就把南海沿岸的肥沃平原盘占着了，只有那些偏僻荒蛮的山野还没有人烟。——而在潮州，几千年以前，潮州人便开始从河南迁移到福建，又从福建翻过五岭走进广东来，吸收着韩江平原的滋养，渐渐地繁殖起来，有的还渡过浩阔的南海，蔓延在琼州海峡的两岸。及至四五百年以前，从广东嘉应州各县分支出来的客家祖先来了。他望着这片膏腴的土地感叹了一番之后，便默默地带领他的子孙们进入被遗弃的山区里。

就这样地，客家人以惊人的忍耐和毅力在荒山里开拓着。经过了若干年月，终于在山脉平行或回绕所构成的山岬或盆谷里盖起了房子，在山坡上开出重重叠叠的梯田，巨大的岩石被凿开了，变成一条一条石板，横卧在无数激湍的韩江支流上。人们在荆棘丛里活动着，挥舞锄头和铁锹。脸孔和手脚给刺伤了，但把涔涔的鲜血揩掉后，又重新掘着。于是丛丛的榛莽被铲除了，长长的山径出现了。它穿过所有的岬谷，把许多大大小小的客家村连贯起来。——总之，他们曾经和山作过长久激烈的斗争，最后他们以智慧和血汗征服了它：把许多原来是曲线的都削成直线，把许多本来是立体的都铲为平面，并且在这里养植了人类赖以生存的粮食和家畜。

慢慢地，他们获得自给自足，不自觉地熄灭了对平原的幻想与嫉妒，觉得山才是自然的本来面目，而平原不过是少数偶然的景象罢了。他们相信而且尊重自己的劳动，每天吃的、穿的，都是他们勤劳的成果，即使是一粒三角麦、一条番薯那么微小的东西。

他们在没有人注意的山脉里生活着，经过了悠久的历史。

一

杉寮村是风淳县极西的一个山村，隐藏在山脉萦回的岬谷里。从五百米高的坐北向南的箭猪岗上，韩江支流的水源沿着那些巨大的、奇形怪状的岩石间潺潺地流泻下来，渐渐形成一条巉岩的山涧。激湍的水流在乱石的坑沟里旋转着，跳跃着，凶暴地撞击着丑陋的崖石。临着奔流的崖边，筑有三五间石室似的磨坊。那巨轮般的水车悠然地转动着，发出咿——呀——咿——呀的无休止的低吟。这声音是那么尖长幽婉，透过山涧的呼啸声，断断续续地，仿佛在向山下的居民申诉着它的不息的劳动。那嚣张巉岩的山涧流落到山脚下，绕过从箭猪岗右肩伸出来的好像一只长简靴似的山坡，便完全平静了，变成一条宽阔澄清的石子河，横贯在盆谷的中间，养育着杉寮村的贫穷的人民。

运河是清浅的，河床两边袒露着，堆积着厚厚的小石卵和细砂粒。河水在中间嬉笑着，细小的浪花互相追逐。河岸上的水翁树、乌柏树、九里香、细叶榕和鸡屎果树迎着四月的温软的东南风欢欣摇曳，不时飘下一两片隔年的干叶在禾田里。和河岸平行的那条黄泥大路，是沿着释迦峰流脉里的黄寨、山阳、涧泉、崇下、黄沙坑各村蜿蜒而来的。它横穿过盆谷，又钻入左边一个山坳里，经过曲河、茅村，直达韩江西岸有名的黄流市；以后便可溯韩江北上，直通到客家人自己建设的繁盛的城市——梅县、兴宁去。

在箭猪岗的扇形山脚下，各式各样的家屋凌乱地堆置着，好像从一个性急的赌徒手里掷下来一大堆骰子似的。它们是依据山坡的高低而任意地、散漫地建筑起来的：有的隔着一片梯田吃惊地张着嘴巴，有的却傲然地凭着山坡，颤巍巍地俯瞰着脚下简陋的泥屋——它们胆怯地挤逼着，脊背抵脊背地挨紧着。几幢被烧毁的瓦屋展现在盆谷的低处，被烧焦的杉梁魔爪似的指着天空，老远便刺激行人的眼睛。

除了石子河边这条大路外，全村没有正经的平坦的街道。红黄色的泥泞小径在山坡上波浪似的起伏着，连接着如像脉络般的在家屋周围绕过的田基路，一条崎岖坎坷的鹅卵石路，从那些没有行列次序，没有按一定方向建筑的家屋、菜园、牛房、厕坑和梯田的空隙间诡谲地穿过，然后跨过一条曲折的坑沟，绕过一幢陈旧的瓦房，转一个弯，便翻过那长筒靴形的山坡去了。

这幢陈旧的房子位于岗脚下，建筑的规模看来和村中那些体面的房子一样，是两进深、三面通的；可惜它有一半不知什么时候崩塌了，剩下的一半，原来灰白的墙壁已经黯黑了，而且有些地方已经剥落了，露出里面的黄泥砖来。四五尺高的白石墙脚，满布着藓苔，但石质还是完好的——只有它还在纪念着主人过去的富裕生活。

在这幢房子的正座大门上，用白灰塑成的横额里，写着四个楷书黑字："张氏宗祠"。

在这幢半废的祠堂里，住着老妇人张二婆一家。

她带着五岁的孙子阿明牯（"牯"——当地客家话，对男子的幼称或爱称的接尾语）刚从梯田回来，在前厅里把洗净的衣服穿晾在一条长大的竹竿上。她大约六十岁年纪，一双被皱纹围困着的干燥的眼睛安详地藏在浮肿的眼皮下，泛着善良的、慈爱的光辉。她脸颊丰满的肌肉皱褶成粗大的条纹，蚯蚓似的蠕动着。嘴巴是干瘪的，下唇凹陷，老是失掉知觉似的颤动着，好像咀嚼着什么。在她的颇为圆大的脑袋上，披着稀疏的花斑斑的头发。脑勺后盘结着一只鸭肾似的发髻，她上身穿一件阔大的、补绽过多的深蓝麻布衫，黑斜布裤管卷到膝盖那么高。她举着竹竿的手臂轻轻地抖动着，因为她已经撑持了许久。

她走下天井来，抬起昏花的眼睛张望。天空的黄肿的云层逐渐退净了，露出透明的青蓝色。一条美丽的长虹斜拱在高空里，彩色一时鲜明一时淡薄。到处传来山泉的淙淙声。

"明天一定晴了吧？观音菩萨有灵呵！"张二婆仰头低声祷告着。早造开耕时所受的折磨又突然袭击她。她的心窒息了一下。

去年秋天的一个早晨，驻在海阳县城里的日本鬼带着一队什么"布袋队"（"布袋队"——日军在沦陷区组织的流氓匪类，在攻击乡镇时命令他们每人背大袋一个，搜刮我方财货）打进杉寮村来，把成熟的禾谷抢割去了，而且把张二婆的一条黄牛和年轻力壮的儿子张大洪也拉走了。这使今年春分过后，人们都准备开耕的时候，害得她到处奔走张罗。她朦朦胧胧地看见自己仍然站在富农朱善余的家里，伸出颤抖的两手接过半袋子谷种。

"就加三算吧，"朱善余拍拍手上的谷尘，满不在乎地说，"别人借的都是加三算利、利上起利的。不信，你问问他们去。"

"减轻点吧，大爷！"二婆请求道，"只要收成好，我一定本利清还的。就说去年晚造的租钱，天理良心说，实在也不是立心拖欠大爷的，实实在在是因为日本鬼……"

这句话还没说完，朱善余就板起脸孔来。

"你还说！你们种田亏了本，总是赖神赖鬼的。去年日本鬼打进来，我损失了千千万万，难道我要日本鬼赔给我么？我拿钱借给人家，还要求菩萨保佑人家平安大吉是不是！"

"大爷别生气，我只是……"

"你不要便算了，拿回给我吧！"

"我要，大爷，我要啊！"

种子和牛力都借到了。但比起往年来，今年开耕是多么冷淡悲惨呵！不但失掉儿子洪牯的得力帮助，就是媳妇黄青叶，自从杉寮村驻了国军后，也常常丢开田里的工作，被征去替军队挑东西去了。这么一来，犁田、播种、分秧等一切耕作，差不多都落在二婆这副老骨头上。好容易等到大秧长到五六寸长了，却又来了一场"黄瘟雨"，连绵不断地下了十八天，到前天才歇了，可是这两天来还没有出太阳。她怕得整天跑到田里放水，免得禾根给浸坏。因为人手不够，她把孙子阿明也带到田里去，不断地哄着他，教他拔杂草、捉害虫。

她把自己晚年的热情与温慰全部给予孙子阿明牯，把他当作宝贝似的爱抚着、怜惜着，这孩子有一副聪明的脸相。龙眼核般的眼珠，在润泽的眼窠里灵活地溜转着，比他的牵牛花似的嘴巴更会说出使人喜爱的话语。他两足赤裸，左脚戴着一只银镯子和两个小铃铛，走起来便叮铃叮铃地响着。他蹲在天井里一心一意地用手指撬挖石缝里的螺虫玩儿。随后，他在地上拾起一根小竹，站起来乱挥乱划，口里咿咿呀呀地唱着，模仿军队的那些青年宣传队员唱歌。他蹦蹦跳跳地向祖母扑来，揽着她的两腿，撒娇地说：

"阿婆，我要你教我唱歌。"

"唱你的头！"二婆愠怒地喝他，声音是爱昵的，"你这小鬼头，长大就会学野学坏，会唱山歌勾野老婆了。"

媳妇黄青叶今早替一位军佬挑行李到黄流市去，现在还没有回来，二婆便准备自己动手烧晚饭。她匆促走过满供着祖先灵牌的正厅，推开媳妇和孙子住的房门，走进昏黑的、塞满陈旧家具的厢房里，但当她走近那个古老的大柜时，便突然呆住了。她清楚地记起，放在柜里第三格上的那个装米粮的竹篮里，只剩下两条番薯和大半升木薯粉。

因为晚造失收，而且从去年冬天，杉寮村便陆续来了几百个从海阳城里逃出来的潮州难民，接着不久又来了一支国军，所以到今年春初，本地的粮食就非常缺乏。张二婆一家，早就没有闻到米气，全是靠杂粮过日子的。眼下早造才插下大秧，杂粮也一天比一天少了。今天清早，为了将剩下的十多条番薯匀做三顿吃，二婆已经踌躇了一番。后来青叶说，与其三顿都吃不饱，不如朝晏两顿多吃些，晚顿等她替军佬挑东西到黄流去把赚得的工钱买米回来。

——这日子怎么挨下去呢？张二婆在心里叫苦。——大人少吃点不打紧，阿明牯可饿不得的。好在早造的禾苗又青又壮，只要明天出太阳，再没有大风大雨，早造一定是大熟的。观音菩萨有灵有圣啊！

她拖着明牯走出张氏宗祠的大门口，站在石级上眺望，山村里到处显现农民的身形。有的三五个聚在家屋的门口，指手画脚地谈论着什么，时不时飘过来短促的吵嚷声。孩子们在高高的、蜿蜒的山径上吆喝着驯笨的黄牛，但他们自己的两腿也在红黄的泥泞里踟蹰地踏着。从张氏宗祠望开去，那片广阔的、绿色天鹅绒似的禾田，被石子河横剖作两面。河那边，靠近山坳的一个山丘下，杉寮村最体面的人物、乡长张明达的那幢"怀庆居"的瓦顶上，首先升起一缕袅绕的炊烟，在低空里浮游着，凝成一条长长的白霭，横断在岬谷里不散。在怀庆居门前的打禾场上，有几十个士兵横排集合着。一个女兵挥手教他们唱歌。她尖声地唱一句，士兵们接着齐声吼起来。在山丘背后，刚沉下去的日影，反射出一抹淡红的霞光。而在山坳的大路口，这时正有一个头戴笠帽、手拿扁担的女人走出来。

——这个是叶玛（"玛"——当地客家活，对妇女的幼称或爱称的接尾语）吧？二婆眯着眼睛问自己，不自觉地踮起脚跟来，脸上的皱纹时松时紧。

那个女人沿着大路从怀庆居前绕出石子河来，她一步一步走下河去，直到完全看不见她的笠帽的尖顶。

——不错，她是过河到这边来的。

但是，当那妇人逐步踏上河岸的这边，张二婆才认出这不是她的叶玛，而是住在山坡后的潮州难民贞姑。她不禁长长地叹了一口气。

"怎么妈妈还不回来呢？阿婆，我饿了……煮饭啦！"阿明扭着祖母的粗茧的手指，颤声说。

"等等吧，你妈妈去黄流买大把米回来呢！"二婆用甜蜜的话哄着孙子，但心里却愤愤地骂道：真是鬼勾魂魄的！哼，回来非骂她不可！只管在外面闲逛开心，不顾家里死活，不理孩子，自从阿洪牯……她心里一酸，眼泪差点儿没迸出来。

"妈妈给长官挑什么东西呀？"

"鬼知道！"二婆没好气地答。

"她可以赚很多很多钱吧？"

"望菩萨保佑。"

"可以买大袋大袋白米吧？"

"你妙想天开！"

"她现在走到什么地方呢？"

"过了五里亭了。"二婆随口应道，心里却在胡思乱想。

"她会在那里歇歇脚，买碗茶解渴才赶路吧？"

"唔……"

她恍惚真的看见叶玛坐在五里亭的石凳上，用围裙揩着雀斑脸上的汗水。接着便站起来，拿起扁担步步尺七地赶回家来。在她的肩膊上掮着一个沉重的麻布袋。

——她快回来了。二婆高兴地想，抚着明牯的头说："我们到厨房去洗净大锅，烧好开水，等你妈妈回来下米吧！"

片刻间，在破旧的张氏宗祠的屋顶上，飞出一阵缥缈的炊烟，渐渐地，混溶在那长长的白霭中。

<h1 style="text-align:center">二</h1>

暗晡时分，洪嫂黄青叶回来了，带着满脸屈气和周身疲倦。她一声不响地把扁担摔在墙角里，便坐在厢房门口的石槛上发呆。她浮肿的大眼凶狠地瞪着，闪着青光。她鼓着腮帮，本来灰黑的雀斑变得有点紫红。二婆谙知她又在发什么脾气了，便故意不理睬她，只在房里暗暗窥伺着。她瞧见扔在床里的那个麻布米袋大半截是瘫软的，里面的白米显然不多。

——那骚货将工钱都吃光了，在外面还不快活么？二婆暗中骂着，正想探询媳妇今天赚了多少钱，买了多少升米，却不防青叶转过身来没头没脑地说：

"阿妈，黄流市给封锁了！"

"嘎，什么'封锁'？"

"不准船艇通过呀，什么'封锁'！"青叶没好气地顶了一句，接着又解释道，"从今天起，凡是从梅县松口驶下来的货船，一律只准驶到黄流市为止，黄流以下便不准放行了，说是防备人家将米粮偷运给海阳县里的日本鬼。"

她这么开始排泄积郁在心里的愤懑，正如揭开满盛开水的瓦锅盖子似的，灼人的蒸气便腾出来了。她激动地描叙黄流市今天怎样乱哄哄的：几百人挤着看一张告示；黄流河面，被几十只小艇横排封锁着；士兵们立在船头，用枪指吓着几条大船，不准放行；市内的三间大米店都挤满了人，大家抢着买米。她亲眼看见，在不到两点钟内，米价就变了三次——当她刚到的时候，还是卖八十五元一石的，到午昼便要九十一元了，但转头来，又突涨到九十五元了。人们还是争着抢购。

"米一贵，什么都跟着起价了！火柴都要一角子一盒；早上还是卖一角两盒的。真是凭空起价！"她从衫袋里掏出一盒火柴塞给张二婆。

二婆掂起放在床上的那一小袋白米，心里盘算着：

——九十五只花边（"花边"——客家话，原指价值一元大洋的银币，引伸为泛指一块钱）一石，九只半花边一斗，九角半花边一升——唉，一只花边只买得升把米！惨绝呵！冤枉呵！

她打开大柜，在第三格的竹篮里摸出两条手臂粗的番薯来，跑到厨房去，用清水洗净，用菜刀切成方形的小粒。

——用两抓白米煮稀饭——她在心里计划着——多放点水，把番薯粒加进去，今晚总得吃顿饱的。

吃过晚饭，洗过热水澡，一家人便坐在宗祠的门口憩息。这时，对河山岗背后紫棠色的晚霞已经退净，苍灰的暮色从岬谷上慢慢地弥漫下来。二婆双手拥着明牯，把他夹在自己的两腿中间。她瘪陷的嘴巴依然微微地翕动着。两颗黄浊的眼珠定定地、没有目标地凝视着——她并不是沉思什么，只是习惯地这么静坐着，呆望着，享受一天中最悠闲自在的时刻。孙子阿明抚弄着祖母的斑发，用手指缠绕着一缕头发玩儿。只有青叶还是闷闷地坐着。她心里的委屈还没有消除，但又找不到发气的对手。她没由来地厌恶婆婆和孩子，觉得他们好像预先约定了，要和她捣蛋，虽然大家坐得这么近，但都不理她，仿佛互不相识似的。

一个军佬从右边石路拐过来，肩上搭着几件白色的内衣裤，手里捏着一个红色的肥皂盒子。他走近来，笑嘻嘻地对青叶说：

"阿嫂，你们有热水没有？给我一桶洗澡吧。"

"没有！"青叶瞥了他一眼。

"替我烧一桶吧！我给你钱。"

"谁要你的钱！你的钱很馨香吗！吃饱饭等屙屎！我没闲心！"

军官有点愕然，搭讪地走了。

"烧一桶热水费什么事呢，烧几把塱基草便得了，你真是……"二婆忍不住喃喃自语道。

"你去烧哇！"青叶的两撇眉毛高高地抬起来。接着她便一连串地骂道："军队都是没良心的！他们有什么理由规定只给人家两角子一堂路（"一堂路"——相当于十华里）的工钱？到黄流六堂路，他就给你一块两角钱，不管这些钱能买多少米，不管你死活。我说过，我发誓，我今后死也不替他们挑东西了，除非他多给钱！那个死鬼乡长，见我们好欺负，就专门来张氏宗祠派人。屙痢肚！死绝种！"

"不挑便不挑吧，用不着噜呢啰唆，用毒口咒这个咒那个呵！"张二婆幽幽地告诫媳妇。

"我啰唆？"青叶大声驳嘴。她登时认真起来，仿佛一堆暗燃着的火炭遇着风势吹拨便马上抢起烈焰来。"挑了一整天东西，赚不到两升米！我啰唆？是的，又不是你去挑，又不是你肩膊痛。你看吧，我说过不挑便不挑，没得吃，大家饿！"

在后面一段话里，二婆听出媳妇的自恃自大，而且显然讽刺她只会吃、不会做。这一气她如何受得！她决定将这泼悍的妇娘骂个透彻，干瘪的嘴唇剧烈地抽搐着：

"你有什么了不起哇！"她跳起来用手指戳着青叶的雀斑脸，"你不干我便要饿死了是不是？你说，开耕到现在，你下过几天田？你去做挑夫赚钱？哼，说得好听呵！我问你赚过多少钱回来？到黄流六堂路，人家贞姑早回来了；可你从天未光到天黑，不知死到哪里去了。你不顾家，不顾孩子，在外边玩昏了，记不起回来！……"

青叶气得蹦蹦跳，她突起大眼，扬起眉毛，左手叉腰，挥动戴着竹节形银镯子右手，摇着头上梳成雄鸡似的发髻，摆好吵架的姿势，张大喉咙，抛出毒辣的词句。

"嘎，你说什么鬼话！孙子不是你的么！是我野老公生的不是？你不该领领他么！自从他阿爸走后，抵着人家笑骂赶牛犁田（这里的客家妇女承担一切苦工，但赶牛犁田一项必须让男人来干。这是一种不良的风俗习惯）的是谁？你说，他是不是剩下十万八万给我？我空身进你们张家又怎么样，但我的两手和肩膊还没废啊！做生做死，自问没白吃你们张家的！哼，嘴巴放屁不馨香啊！"

激烈的吵架就这样开始了，照例要持续几个钟头，有时甚至整天整夜。在每次争吵中，不论谁先发动，青叶总占上风。她气雄声大，婆婆说一句，她抢着说十句，使婆婆没她的办法。她吵到起劲的时候，便双手叉腰，站在石阶上，或者索性找一张矮凳坐在厢房门口，作长期吵下去的模样。但张二婆总是在祠堂里来回地走着，有时躲进厨房去，但立刻又走出来，在正厅里瞧这瞧那，摸这摸那，好像要做什么似的，但又什么都没有做。等到媳妇的声音沙哑，无礼的叫嚣告一段落，起身想走的时候，她才幽幽地、狠狠地正古正经地回敬三几句，使青叶又像癫婆似的叫起来。

她们这样声势汹汹地吵骂着，浪费大量的唇舌，滥用许多恶言秽语，消耗过多的细胞，谁也不愿让步。直吵到大家都疲惫不堪，大家都沙着嗓子在明明白白地申诉着生活的忧郁和不幸。大家的眼睛都饱含泪水，大家都发觉到亲爱的阿明牯滚在地上哭喊着没有人理的时候，婆媳俩才走开来抱起他，一场风波便在互相怜爱的气氛中平息了。

三

自从黄流市给封锁，韩江上游的物资不能接济下游各乡镇的饥荒，白米卖到一块钱三两，人民生活一天比一天困苦以后，黄青叶便开始了空前的行动。她不知怎的断定了这次的苦难是短时的，认为只要挨过青黄不接的期间便会好转过来。她对那些被杉寮村穷人当作财主佬的军官们采取了近乎苛索的手段。

有一个黄昏，怀庆居营部里的一个军需佐来到张氏宗祠，要青叶烧一桶热水给他洗澡。他洗完澡后，发觉自己的"千里马"的缚带断了，便顺手在洗澡间的板壁上扯了几条麻皮，用手搓做小绳当鞋带。他临走时给了主妇一角钱的大洋票。

"怎么，一角子？"青叶瞪着眼不肯收。

"难道热水也起价了么?"年轻的步兵军需佐松了松鼻子,笑吟吟地反问道。

"采樵艰难呵,先生。"青叶严正地说。一大桶热水要烧大半捆樵呢,两角子不多要你的。再说,那几条麻绳也该给我两角钱。你怎么乱拿我的东西哇!"

军需佐慌忙看了看自己的"千里马",失惊地叫:

"几条麻皮也要两角子?"

"嘎,我的东西是天上掉下来的吗?麻皮是很宝贵的呀!比米还贵呀,先生!现在火柴也卖一角子一盒呀,先生!"

"唉——呀,算了,算了!"军需佐摆着手,从搭在臂上的青色军服口袋里,摸出一个肿胀得好像笑口枣似的黄皮钱包来。

青叶眼灼灼地盯着他打开钱包,捡出一沓沓钞票来,都是新簇簇的、花绿绿的。她忍不住扑近他身边去。

"看看,看看,哎呀,这张多漂亮呀!"她伸手要拿钞票。"这张呀,这张呀!给这张红色的我!"

"这是五块钱的……喂喂,你别动手!丢那妈,喂喂,你……"军需佐紧张起来了。他一手握着那个"笑口枣",高高地举起来,一只手狼狈地抽住将要滑跌的军装,把它搭在肩膊上。他扭歪腰身,躲闪着这客家婆贪婪的手势,一面忙乱地翻检着钱包。"你别动手,我会给你的……哼,唔,都是五块、一块的,还有些零票呢?……"

最后,他捡出一张五角的钞票来,要青叶将那张一角子的和他交换。青叶嘴里答应,但接过了五角钞票后,却没有践约。她把两张钞票都塞在怀里。

"都给我吧,先生!算作预先给我的洗澡钱吧!你明天暗晡来,我一定烧好热水等你。就这样吧,让我们多得点钱买米吧!"

她又和村里的妇人家约好:当军队雇她们做短夫时,大家便一齐要求增加工钱;要不,大家都不干。于是第一次由两角子一堂路增加到三角子;接着要求到四角、四角半。后来,因看见挑的多是"军米",青叶又想到别个花样来。

"先生,"她对营部的副官说,"我不要钱了,你给米我吧。我只要一升米一堂路。"

上回那个军需佐恰巧在旁边，认得青叶，听她这么说，登时怒得跳起来大骂：

"丢那妈，你又来了！你最多计，最没餍足的！你'得上床便想扯被盖'——唔，副官，你当心，这个客家婆见钱不眨眼的。上回我的钱包差点儿给她抢掉了。"

"哎哟，我抢了你什么？多要了几角子，是你预支的洗澡钱嘛！这几天我每晚都烧好热水等你，谁叫你不来。"青叶别转脸，不理他，只管对副官说，"你们的军米不是一块钱四五斤么？你给我一升米，即是两三角钱罢了，可是我们到市上买，一升米却要只多花边呢！"

"这个……这个……好是好的，"副官心动了，但立刻又惶恐地摇头。"不行，不行，上头有命令，禁止军队私卖军米给民众，查出要杀头的！"

"不是要你卖给我呀！"青叶抢着叫，"我是叫你用军米抵工钱罢了。这是大家都便宜的呀！"

"那么，那么，让我先问问营长吧。"

在这个"大家便宜"的办法吸引下，青叶当然是成功的。于是辛辛苦苦地挑了一整天，才换得了几升白米。她慎重地、满心欢喜地捧回家去，分做两三天吃。她每顿严谨地量出四五合（当地以十合等于一升；一升等于市称一斤六两）米来，羼杂一些番薯叶、苦麦菜，煮一大锅子稀饭全家人吃。

没有军米挑的时候，她只得替商人挑木炭、香粉、菠萝、山竹和别的货物，在黄流、塘坑、天洞几个大圩市奔跑着，两个肩膊整天被沉重的东西压着。她觉得头晕眼花，心脏跳得仿佛要吐出来似的。她鼻尖冒出冷汗，肩膊被磨到红肿溃烂，脚跟里的骨头给砂石压伤了。

她警惕得像头猎狗似的，整天睁大眼睛，竖起耳朵，到处探询可以赚钱的门路。可是，常常一连几天里都找不到活路。遇到这样不幸的日子，张氏宗祠里的吵闹声和孩子的哭喊声便整天不停。青叶被饥饿的烈火煎熬得忍耐不住，便无端地发脾气，用最肮脏的字眼咒骂一切，但当她和二婆吵了一场，或打了阿明一顿之后，慢慢地平静下来了，开始憎恨自己，觉得耗费这么多力气而对全家的肚子全无补益；

并且随着太阳的西移，急待解决的晚饭又迫近了，自己还待在家里等待什么呢！于是，她觉得全身冰冷了，连呼吸都困难了。她无力地站起来，随手拿起锄头，茫茫然踱出门外去。

她爬上箭猪岗的胸膛上，来到一块新开拓的番薯地里，便气喘喘地瘫坐下来，仿佛失掉均衡似的，不得不用两只颤抖的手臂支撑着仰躺的身体。有一口冷涩的痰涎涌上喉咙；但喉咙是干燥的，不便把它吐出来。她眼睛炯炯地向四周流转，不知不觉地停在面前那些开着喇叭形紫色小花的番薯畦上。

——种下秧藤十多天了，长出番薯了吧？

她举起锄头掘下去，蔓长错乱的根藤给翻出来了。她蹲下去，用手在泥土里把一串手指那么粗的番薯仔挖出来。

——唉，太小了，还不够日子呢！

她失望地抬起头，两条腿不自觉地往山坡下走。山下面，在贝壳似的家屋上，升起几缕炊烟，渐渐融化，变成迷蒙一片。军队的晚餐号音从盆谷的深处悠扬地飘上来，那最后的两长声将青叶吓了一跳。她定定神，饥饿马上在肚子里苏醒了，难堪地啮咬着她。她记起自己必须赶快在山上找些什么可吃的东西回家营救饿瘪了肚子的婆婆和明牯。

她荷着锄头，大步爬上箭猪岗顶上那丛野木林里。她像一头饿狼似的在榛莽里钻着，嗅着。比人还高的茅草割划她的手臂和脸孔，荆棘袭击她的脚板。但她全无惧色，不知痛楚，用手掩护着额头和眼睛，认真分辨各种草木的形状。突然，她在一丛杂树中发现一棵长着卷曲嫩叶的野树来。

——这是"黄狗头"（"黄狗头"——一种羊齿类的野生植物，头部含有淀粉质)?

她呆了一刻，便狂喜地用锄头掘下去。在四五寸深的泥土里，粗大的、满黏着金黄色茸毛的树头露出来了。

"不错，是黄狗头呀！"她失声叫起来。

她挖了五条黄狗头，又拗了些软嫩细小的箣竹笋，摘了一大把番薯叶和野葛菜，见天已暗黑了便赶着下山回家去。

她们一家人，首先把那些苦涩的籁竹笋和番薯叶做了晚餐。然后动手刮去黄狗头的茸毛，把它切成一片片，放在大锅里熬出牛尿似的秽水和刺鼻的臭味后，用竹篮盛着浸在坑沟里，让湍激的山水把它漂净了，才捞起来，晒干，准备当饭吃。

四

张二婆从开始便不满意媳妇叶玛迎受灾难的方法和态度——这么一点都不能忍耐，饿一天半天便捶台拍凳，大发脾气，像疯狗似的乱咬乱吠。

"哼，有这样的人的！穷便穷了，可做人也不是这样子做法啊！"

她常常这样谴责媳妇。她宁愿把自己的银簪银钗押给人家，宁愿到处求人家借"贵利"（"贵利"即高利贷），却不愿向人家打主意。没得吃时，她便默默地躲在房里挨忍着。她觉得躁暴叫嚣是空劳无用的。当她听到本村里有人出来组织平粜会救济贫民的时候，就感动得掉下泪来。

有一天，她从村口那间最近被改作杉寮乡公所和潮州义民自治办事处的关帝庙门前走过，无意中发现在庙门口白墙上挂着的许多长条招牌中，新近又增多了一个白漆底写蓝字的。有五六个男人正聚在门口热烈地谈论着什么。她好奇地走近去，向一个长着红色酒糟鼻子的男人探询消息。

"这个么？"那男人用手指敲了敲白漆招牌对二婆说，"不关我们客家人的事，是潮州义民救济会挂出来的。——可不是吗，人家一挂起招牌，就马上做出事来了。回头看看我们的平粜会吧，不是已经成立半个月了么？真是锣鼓敲得响，没戏子上台！"

有一个年老的农民提示他：

"人家齐心呀，人家有个财主佬陈瑞庭呀！只要他肯出头，什么事情办不来。"

"哦，"红鼻子不平地叫，"我们不是也有个乡长张明达么？哦，我们全村张朱两姓的祖尝不是通通拨出来了么？乡公所不知搅什么鬼的，几时看见有人在里面办公的？"

在以后的几天中，村里流行着一个秘密运动，许多客家人都拿出三块钱，暗中求托和自己有点亲谊的潮州义民，设法替自己顶冒一个义民的名额，向救济会购买一斗平粜米。二婆探到这个消息后，便立刻把积蓄的军队给她的洗澡钱和洗衣服的钱提出来，又设法向别人挪借一点，凑足三块钱这个数目，等到挨晚，便一个人悄悄地走出张氏宗祠，绕过低矮的山坡，到义民区去找一个名分上是她的堂表侄，但她常常也跟着全村人一样把他尊称作叔辈的渤州人李庆材。

在宽阔的田基路上，初夏的晚风飘飘地吹拂她稀薄的斑发。她衰老的眼睛洋溢着愉快的光辉，暗笑地浏览着田基两边碧绿的、涌荡的禾海：从远处的义民区那边起，一望都是这么青壮的禾苗，刚刚爆发着繁盛的禾花。一种醉人的清香弥漫着整个广阔的田野——这正是罕见的大熟征兆呵！

一群两寸那么小的禾花雀突然呼一声从路边的禾丛里跃出来，但一下子又一齐跌落在田中心的一丛禾苗里，吱吱喳喳地争啄着喷香的禾花。

"呼——！呼——！嗬——！"二婆扬手呼喊着，作出驱逐的姿势，"嗬——！走呀！呼——！"

成群的禾花雀给吓得惊叫着跳出来，在低空中屈折地飞跃着；突然又全队投入更远的禾海中，在深绿的"海水"里放纵地窜跳着，快乐地追逐着。

"呼——！嗬——！"但这一回再吓不到那群小窃贼了。她弯腰拾起一块泥头，用力掷开去。"呼——！"

泥头无力地落在三四丈远的禾田里，惊起一只蚱蜢。它扇着紫色的翅膀向二婆飞来，而且贴在她的衫衿上。她用手指捉住它，看看原来是一只专门吃禾花蕊的、体内充满脂肪的"禾虾蜢"。她扭掉它的翅膀和两腿，放在衫袋里，准备带回家去用炭火煨香给明牯吃。

她的眼睛蒙眬地笑着，仿佛看到无数片段的生活美景在眼前闪过。她带着隐秘的欢愉沉迷地踱着，好像一片落叶似的掉在涌动的大海里，这么轻盈地、惬意地漂浮着……突然，前面一个高耸的碧浪把她吓醒了。定神一看：原来这是盘踞在义民区进口处的那棵巨大的细叶榕树。

在大榕树的右后方，沿着一条狭长的山坡，盖搭起无数大大小小的茅寮、竹棚、草舍和杉皮房子。一些涂脂抹粉的、剪发的、穿着旗袍的妇女们炫目地走来走去。棚寮的对面，一列长长的篱笆隔着外面的禾田。从矮檐下伸出来的竹竿或绳索，穿着五颜六色的衣服缚在篱笆上，横跨过五六尺宽的泥路，在晚风的吹荡中好像彩旗似的招展着。有些过分低垂的衫披裤管常常触着行人的额头和眼睛，使人不得不用手把它拨开。沉睡在黄澄澄的斜晖里的泥路，被每个人家随意泼出来的污水弄得泥泞潺滑。他们仿佛有意赌气地弄糟了它，用以妨碍外来者或邻居的探访似的。来往行人都踮高脚跟，拣择干硬的路走，常常要大步跨过污秽的水洼。在每个人家的门口，一边是经常发散臭气的粪桶或尿缸，一边是用泥砖砌成的简单的炉灶，上面搁着瓦煲、铁锅和洋铁罐子等炊具。——其实，现在正该是煮饭的时候啦！但生火的只有几家；而且没有肉类被煎炒的浓郁香味，没有烘热钻鼻的饭气，只有开水在咕咕地幽咽着，浓烈刺眼的火烟在焦黑的矮檐下徒然翻卷着。

张二婆无目的地走着。她蹒跚的脚步并不是顾忌泥泞和污水——她是这么满不在乎地把黑褐皱茧的大脚板踹进污泥里的——而是一种荒疏的感觉使她怯懦起来。她好几次想问问人：庆材叔住在哪里？她要找他商量点事情。但她明明知道，自己和那些人言语不通，问也是白搭。于是，她竭力镇定自己，竭力装成一个惯来的熟客似的。她希望用自己的眼睛在那些迎面而来的，或者从房舍里低头钻出来的居民中发现李庆材。她焦灼不安，但还是装成闲散地踱着，若无其事地东张西望。她走过许多棚寮房舍，看看快到路尾了。只见前面一个横跨过街道的瓜棚下面，一大堆人挤拥着，正在乱嚷嚷的。

——这么多人挤着干什么呢？

二婆走近去。原来在一间精致的杉皮房子门口，那荫凉的方横一丈的瓜棚下面，有几十个人围拢着、阻塞着去路。不晓得为什么，他们会这样热烈和紧张。站在外围的人都踮起脚、挺长脖子地向人丛窥望，并且抛出短促的问话，但一下子又缩下来，回头向身边的人诉说着，互相唏嘘地慨叹着，愤激地咒骂着。

"喂喂，阿婶，阿叔，让让路呵！"二婆轻轻地拍着人家，一面侧着肩膊挤进重围里。

她的鼻尖擦过男人们的整洁的衫衿和女人们的油滑的头发，呼吸着浓腻的人气。慢慢地她挤到中间来了——原来大家正在围绕着一个十五六岁的瘦骨棱棱的孩子。他坐在矮凳上，正据着一张小方桌吃着番薯叶和苦麦菜。二婆看见他的模样不禁吓了一跳。

这孩子整体给人以一只干瘪的青蛙似的印象。两个眼眶深深地凹陷，周围黯黑。眼珠在阴暗里疲惫地移行着：这是一双多么暗哑、无神、饥饿的眼睛呀！他的胛骨过分突出，而两颊却陷得很深，只剩一层薄皮粘连着下腭。又长又瘦的脖子支撑着沉重的脑袋，摆下摆下，似乎很容易便会折断。他满身长着疥癞，花斑斑的，好像青蛙皮。此刻，他正在贪婪地狂吞食物，人们可以从他的喉头的搐动而察觉食物被急促地咽下的形状。他伸着枯柴似的左臂，用霉烂的灰色单衣抹拭脸颊和胸膛上因为饱食和烘热的人气蒸发出来的汗水。同样枯瘦的拿着竹筷的右手，不能控制地颤抖着，以至筷子常常错戳在桌面上，或者刚夹着菜叶又掉下来。他一边翕动苍白的嘴唇，用简短的语句回答人群杂乱的探询，一边眼定定地死盯着那只想攫取但又不听指挥的右手。

"哎哟，这是人还是鬼呀！"张二婆见这孩子的形象和动作禁不住惊叫起来，"怎么饿成这个样子啊！真是惨绝呵！有哪个善心人给碗饭他吃吧！"

她孤独的呼吁显然被繁杂的人声淹没。人们对于这个不幸的孩子只管奢侈地发泄个人的兴趣，仿佛要从他贫瘠的躯体里苛求一些什么来满足自己的欲望，甚或要连这孩子的干脆的骨头都咀嚼出味道来似的，而对于桌上的两只碗里已经渐渐空了，应该给他再添点什么却没有人注意。这使二婆越瞧越悲伤起来。

——要是阿明牯也饿成这样子……二婆想着，心里忽然像给刀子捅了一下，鼻孔酸酸的，眼睛给泪水糊住了。

她用发抖的手碰了碰身边一个戴玉扣耳环的妇人，哽咽着说：

"大嫂，你做件好事，回家拿几条番薯给他吧！"

那妇人厌恶地横了她一眼。

这一眼，使二婆意识到自己的唐突，同时猛然记起自己是外来人，他们——连这个孩子在内——都是潮州人，而自己是一个土婆，是这一群中特异的一个。当她想到不但自己的话语为全体不懂，而自己连这个孩子的来历也不清楚的时候，便对刚才的举动感到羞赧和忸怩，连一刻前的悲伤也忘记了。

正当那孩子呷完碗里的菜汁，抬起饿眼向观众乞求，人们骚动地打算散开的时候，在重围外面，有一个得意的叫声飞扬起来。所有的人都回头张望，而且纷纷让出一条路来。

一个长着鹦哥鼻子，最多不过三十二三岁，穿黑色竹纱衫，敞开衫衿的矮小汉子从杉皮房子里欢快地跳出来。他一手高擎着一只热气腾腾海碗，一手排开众人闯进来。

"庆材叔！庆材叔呀！"二婆大声喊他，扬手招他。

但李庆材现在多么得意忘形，他把手里的大碗故意夸耀地在众人的眼前打了一转，然后端端正正地摆在孩子的面前：原来碗里盛着三条热烘烘的大番薯！他拍拍孩子的脑勺，用一种和蔼的态度和长者的口吻安慰他，鼓动他放量吃。才后便改用一种谦抑稳重但又慷慨激昂的腔调对观众吱吱喳喳，不知说些什么。

二婆第二次想扬手喊他，却瞥见身旁那个阔气的妇人又厌恶地横了她一眼。她恼怒得在心里骂道：

——你管我什么！我是来找他的呀！他是我的堂表侄呀！

还是李庆材眼利，在兴高采烈、口讲指画的当儿发现人群中有个张二婆。他立刻改用不大准确、但却十分流畅的客家话招呼她，并且非常有礼地把她从无数诧异的眼光中引了出来。

这李庆材是义民办事处的总务股长，兼义民救济会采办员，又是办事处主任陈瑞庭大爷的表弟，为人精明能干，一张嘴很会说话。陈大爷很倚重他，许多事情都交由他办理。他在杉寮村里已经成为"陈大爷第二"了。因此不论男女老少当面都尊称他作庆材叔，不敢直叫他作李庆材。

当他察知这衰老的远亲是特意来找自己商量什么的时候，便满意地睐着一双兔眼，伸出舌头舐着薄薄的嘴唇，而且准备一颗安静心来接纳意外的收获。但张二婆一开口并不是说出他心里喜欢的事情，却只管追问他那孩子的来历。

"他是刚从海阳城里逃出来的。"李庆材冷冷地答。

"哦，是从日本鬼那里逃出来的！他怎么瘦成这样子了？多难看呵！冤枉呵！"

"一个人饿便瘦了，有什么稀奇的。"堂表侄没好气地说，"亏你长到头发都白了，连这个道理还不懂！"他翘翘嘴唇，搐搐鹦哥鼻——他正在集中全部机智，要把这离题万丈的谈话巧妙带回预定的中心来。

"那孩子真好胆量！一个人怎敢逃出来，不怕日本鬼抓他么？"

"不见得是真胆吧？我说最近逃出来的人都是饿胆的，因为现在海阳城已经给日本鬼弄得不堪设想了。老实说，"他庄重而且低声地说，一点笑容都没有，"在这里总比城里好。且不说政府有救济，就说吧，这里有一个自治办事处，专门救济义民，又有一个乐善好施的陈大爷；又有——咳，咳，嘻嘻，当着亲戚不怕说，又有一个'姜太公封神'——只顾别人不顾自己的傻瓜李庆材！可不是吗，连这个孩子算在内，这十天里就有七个人逃到这儿来。二婶娘，刚才你亲眼看到的，我亲自送了三条大番薯给他吃。人家都说办事处怎么好，谁知道我李庆材的苦处呢？我在办事处又不是揽大权的人，不过陈大爷对我好，信赖我，有什么事情都说：'阿材，你看着办吧！'你说有什么办法！"

——哎哟，该死啦，我怎么忘记了！张二婆差点儿没叫出来。

这一下她才记起来找李庆材的目的，急忙伸手摸着衫袋里的三块钱，但又怕这样做太突兀。她的心扑扑地跳，很想搭讪一下，嘴巴又很笨拙。她不能决定在什么时机才好开口。她按着钞票的手在衫衿里痉挛地跳动着，好几次要抽出来。

两个人沉默着，大家的脚步都踟蹰起来——原来他们已经踱到义民区的尽头了。这一带丛生着蔓草和荆棘，几株瘦长的山竹迎着晚风簌簌地摇曳着。在山竹林的右方，一条蜿蜒地伸出去的田塍，成了禾田的边缘。它从箭猪岗的右臂后绕出，可以通到石子河边的关帝庙去。这时，落日的余晖快要收尽了，整个山村渐渐晕眩在苍灰的烟霭里。有两团草蚊在李庆材和张二婆头顶上盘旋着。李庆材厌恶地挥着衫袖驱赶它们。它们散开了，接着又嗡嗡地飞拢来。他心里充满懊恼的感情，睨着二婆惶惑的神色。他想到刚才冗长的谈话对自己没丁点好处，便觉得受了无辜的损害。他愤愤地射了二婆一眼，却恰好碰着她怯弱欲哭的眼睛。

就在这难堪的瞬间，张二婆突然拔出藏在衫衿里的手，把一团钞票塞在李庆材的手里，气喘喘地，用充满泪水的颤声说：

"庆材叔，我求你，求你替我顶个义民的名额买斗米！"

"噢，噢，这个我不能做主的！"李庆材失措地叫，"这不是我个人的事情，我不能……"

"能的，我晓得你暗中……"她想这话不妥当，便改口道，"我晓得你暗中做好事不让人家知道的，我才一个人悄悄地来找你商量。"

李庆材推让了一阵。二婆抵死把钞票塞在他手里。他看可以趁势收场了，便故意放软手接住那团钞票；不料一眼瞥见远处禾田的边缘上，有个穿长衫的人正向这边走来。他眼快，认得来人正是陈瑞庭！他要卖弄一下，又把那团钞票塞回张二婆，说：

"这件事重大得很，我李庆材无论如何担当不起。我表哥现在回来了，你当面求他老人家吧。"

张二婆浑身哆嗦，最后把钞票猛塞在李庆材的衫袋里。

"表侄，这点小事你担当得起的！"

五

陈瑞庭是海阳县人，五十来岁，身材高大，气魄雄壮。他前额光光的，两边额角直伸入脑顶。脸颊是丰满的，皮肤略呈赭色。鼻子肥大而轩昂，和圆突的两颧十分相称。厚肉的上唇微微突出——这上唇是富于表情的。深知他的人可以从它的松弛抑或紧缩、翘起抑或抽搐而测出他的内心是和平抑或愤怒、沉思抑或悲伤。要是你想从那掩饰在浓眉下的眼睛来观察他的心情变化，就一定使你失望了。他的眼皮整天都好像睡觉似的垂下，听人家说话时也不愿张开。他习惯地微微点着头，用粗重的鼻音应着："唔……不错……我知道……好的……"

他出身微贱，小时候给人拐到新加坡去，卖给一个矿山的包工做"猪仔"；后来找机会逃出来。从此立下大志，要找大把的钱。他真正发迹是在三十岁那年。那时他和一个日本人合作制造假钞票，一个机会捞了很多钱。后来见当局缉捕得紧，便逃回故乡。他对乡下人说，自己是在南洋开采金矿兴家的。他出钱重修彩堂乡的祖祠，倡办修桥整路等公益事业；在城里筑了一幢华丽堂皇的大房子；接着又在汕头市开设一间资本雄厚、规模宏大的"龙泉茶庄"，运销台湾、南洋各埠，每年赚几万块钱——就这样，陈瑞庭很快便成为当地一个有名的豪绅了。

想不到去年六月二十一日，日本军队突然在汕头登陆，而且长驱直进。他怕得带着细软和姨太太直逃到梅县去。他眼看自己手创的基业毁碎，感到无限痛心。后来，他见日军占领海阳后便不再前进了，给国军控制在韩江西岸的狭长地区里。他又打听得从海阳县逃出来的难民许多都流落在凤淳县第二区所属各村中，许多潮州商人都集中在黄流、塘坑、天洞等圩镇里继续做生意，又想到杉寮村的乡长张明达是自己的衿兄，到那儿去可和他团结合作，慢慢恢复自己的家业。经过几番考虑之后，他便毅然把大量的财富和宠爱的如夫人带进这穷僻的客家村来。

因为他原是汕头有名的茶商，和当地乡长又是亲戚，所以义民们都信任他，凡有公众事情或和本地人发生什么交涉，大家便推他出来办理，让他做几百义民的代表。但是陈瑞庭心里是非常明白的，他的衿兄张明达——杉寮村的乡长却是自己的敌手。这位乡长常常故意捣蛋，破坏自己的计划，而且阴谋争夺自己的群众，要把几百义民都统治在乡公所之下。于是陈瑞庭急忙和几个有力量的义民商议，马上成立潮州义民自治办事处，他自己做了主任，和乡公所对抗。

他开始结交当地的军人政客。一面把自己的现款大批放给各圩镇的商人，一面又在黄流、天洞开设几间富于广州风味的茶居，吸收那些爱饮爱吃的军官的现钞。同时，他在义民方面又做了一番工作：他首先用办事处的名义，向县政府请准了在凡有义民居留的各村里划出地段来做义民区。他垫出钱来在荒地上盖起竹棚茅舍，命令义民搬进去，他按月收回租钱；同时又加强办事处的组织，制定许多自治条例要全体义民遵守。这一切计划，凭他个人的魄力和表弟李庆材的辅助，竟能逐步实现。半年以后，他就相信确实能掌握几百义民，自己的财势已不在张明达之下了。

但是，正当陈瑞庭的势力逐渐牢固、发展的时候，他的对手却变换了另一种战术。自从黄流以下的河道给封锁后，陈瑞庭便看见乡公所挂出平粜委员会的招牌。后来李庆材报告他，说他探悉张明达最近有两条米船特准放行通过黄流驶下来。陈瑞庭认定这是张明达对他的致命袭击。他想到自己虽然有财有势，但没田地和谷米；如果没有新奇的策略，一定被操纵在对方手里。他把自己关在房子里，不吃不睡，苦思了三天，竟然想出一条妙计来：他马上发动风淳县二区大小一百三十多间商号和六七百义民，以"顾虑民生"为理由，联合向当局吁请开放黄流河道。他到处奔走呼号，宣传鼓动。

这一炮发出去，果然有效。第三天，张明达便派人请他去怀庆居吃饭。谈判的结果非常完满：陈瑞庭答允停止由他主使的请愿运动；但要以在平粜委员会中多设一名义民代表做交换条件；而且因为情况特殊，在杉寮村的潮州义民，可以成立一个粮食救济会。这些张明达都答应了。

第二天，陈瑞庭便亲自去拜见一位高级军官。回来便和张明达商议，把义民自治办事处搬到关帝庙去，和乡公所成立联合办公厅；又把义民救济会的招牌和平粜委员会的招牌并排挂在一起，表示和张明达团结合作。

六

现在，陈瑞庭刚从关帝庙回义民区，在田基基上优悠地走着，心里正在被一个不愉快的消息所烦扰。他偶然抬起头来，远远地望见表弟李庆材正和一个土婆在那里推推让让，发现自己来了，两人才慌忙散开。他晓得李庆材的根底不正，常常假借他的名义招摇撞骗。当他走近来，看见李庆材局促地站在路旁，笑嘻嘻地闪着眼睛，便怒气冲冲地问道：

"那客家婆来干什么的？"

"没……没什么。"李庆材开头有点惊慌，有点口吃，但第二句话便完全镇定了，"那个客家婆是来要求报名买米的。嘻嘻，消息一传出去，大家都争着来了。"

陈大爷这才宽容和气地问：

"到今天为止，报名的总共有多少人？"他垂下眼皮，慢慢地踱向瓜棚那边。

这时天色已经入黑了，瓜棚下的人群早已散去，街道静悄悄的。

李庆材抢前一步，低声禀告他：除了七百多个实有的义民之外，各村的客家人暗中要求报名的也有三百多；连原定虚报的一百个名额，总共算起来大约有一千二百多人。

"钱都收足了么？"

"都收足了的！都收足了的！"李庆材连声嚷，"我每收足三块钱才把他的姓名写在报名册里。决不会漏记或赊欠的。——表哥，这笔款你要用么？"

他试问着，一面偷看陈大爷的脸色。见他摇了摇头，便趁势报告他：近来现款非常支绌。前天又有人来追缴两次特准放行的船费；而且张乡长那边，三天之内已经差过两遍人来催收分款了。至于最近脱手的东西，都是以货换货的，运回来后，都批发给各村各圩的商号里。昨天去收账，他们都说要过了端午节后才能清数。

"为了最近周转不灵，我决定今晚便来请示表哥的了。"李庆材持重地说。"前天来的那个人，口气很不好，说我们有意拖延。张乡长那边催得这样紧也是难怪的，因为他不晓得我们的苦衷；而且又见东西确实脱手了……"他瞧见陈大爷只是垂着眼皮，用鼻孔唔……唔……唔地应着，便不敢再往下说了。

陈瑞庭垂着眼睛，好像一心一意地鉴赏着身穿的那件华丝葛长衫。他肥嫩的两手反扣在背后，手指扭拗得辟拍地响，李庆材焦灼地跟着他后面，时不时要赶上一步瞄瞄他厚肿的嘴唇，只见它微微地翘起，便大胆献议道：

"表哥，不晓得这样好不好？我们现在不是还有三四千块钱么，好不好派人先送一千五百块去，所差的一半，请求过了五月节清缴。我想，那位先生会宽限的。至于张乡长那里，也送一千块去。然后……"他假装思索了一下，又瞄了瞄那厚肿的嘴唇，"然后把剩下的千多块用救济会的名义向东江粮食调剂局购买平粜米，等这帮米一到，便立刻发给这次报名买米的人；同时向众人宣布：这只是第一批，以后还有第二批、第三批源源运到。现在大家饿得发慌，都心急要米，一定要这么和缓一下群情，以后再想办法便容易了。这个计划不算顶好，但总算各方面都兼顾到了。你说是不是呢，表哥？"

李庆材虽说得这么委婉谦恭，但心里却异常得意自傲。他摸准陈瑞庭一定被上面的问题苦恼着，因此相信他的计策是非常中肯的，一定惊倒这个自负深谋远虑的表哥。于是他傲然地抬起头，却看见陈瑞庭的嘴唇还是微微地翘起，脸孔死板板的，眼睛老是垂着。看样子，他好像完全无动于衷似的，而且想不到他竟然会这样凭空地问：

"你看从今天起，到早造收割，还有没有大风雨呢？"

"没有吧？不过，这很难说，或者……不过，上个月已经一连下了十八天大雨了，再下，除非有人担水上天啦！可是，'天有不测之风云'，也和'人有旦夕之祸福'一样，下一阵'白撞雨'，吹半天东北风，也总算是风调雨顺吧？……不过……可能……"李庆材光着兔眼，支吾着，心里却说：见鬼，他问这个干吗？

两人慢慢走着，来到杉皮房子门口。从瓜棚上降下的黑暗蒙盖着他们的脸孔。四野的蛩虫和青蛙合奏着夏夜的烦躁的音乐。陈瑞庭伸手想推开涂着黄色"土沥"釉的大门，忽然又停住，回过头来决然吩咐李庆材道：

"你明天亲自送三千块钱去！"

"嗯，那么张乡长那儿呢？"

"这个你别管，我自有办法。你把以后收到的钱全部给我买禾花（当禾稻开花时，穷苦的耕户因急需钱用，便以低贱的价钱把禾稻卖给人家，叫作"卖禾花"，以后收成多少，都是买主的事）！这事要小心些，切不可张扬——懂吗？"

"我懂！我懂！"

陈瑞庭推门走进屋里，反手掩了门，暴戾地大声喊：

"喂！人来！拿手电筒来！"

绵密的黑暗封闭着他的眼睛。他定了定神，心里狠狠地想：

——张明达真是老奸巨猾！原来他已向县平粜会领了一百石米，却瞒着我，故意不拿出来，不举办平粜，叫大家都死死盯着我；还派人向我催收分款，使我周转不灵。这计策好毒辣！哼，其实你蠢到连一只猪都不如！一百石米，怎能一口吞没呢？

七

农历五月初一端午节。早晨，杉寮村的平粜委员会举办第一次平粜。当张二婆来到关帝庙的时候，广场上早已乱糟糟地挤满了人。有五六个人争着爬上庙门口的旗杆夹上，吱吱喳喳地嚷着，好像一群争食的麻雀。

"哎哟，这么多人呀！"

她竭力向庙门口挤去，要占一个优先的位置。但人们的脊背和手肘有力地阻挡着她。她挤了半天，才挨着大门口右边的石壁站稳了脚步。待喘息平定了，便转身跐高脚跟向庙里窥望：里面空无一人。

——难道改期了么？二婆想——但人都到齐了啊！

"啊哈！来了！来了！"有谁神经质地叫了一声。

爬在旗杆夹上的那些人纷纷扑下来。广场上的人群突然涌动了。大家都发狂争着挤近大门口去。二婆死命用脊背抵着墙壁，一只手举起准备盛米的竹篮，一只手猛力推开向自己压过来的人体。

"你们狂什么？"她叫，"手里拿着钱，你愁买不到米吗？"

但后面的人体还是以波涛似的姿态淹过来。无数苍白的眼睛在波浪里闪动着。这些恐怖的眼睛好像全都凝聚在她身上；而且正向自己扑过来，使她感到彷徨害怕。终于，她被淹没在人海里，不由自主地给人推近门口去。她的竹篮紧紧地压着一个男人的屁股。那人好像给谁踩着尾巴的公狗似的，突然转脸大声吼道：

"喂喂，挤什么？挤死人啦！你们见鬼么？这是个什差罢了。书记还没有抽够鸦片烟呢!"

烦躁的等待继续了很久。终于，有两个乡卫队的队员首先出现了。他们分站在大门口的两边，用步枪将拥挤在前面的人群稍稍赶开。有几个杂差开始将一袋一袋白米从里面搬出来，迳在中门的前面。接着，乡公所的书记和事务员陆续出场了，书记指挥两个杂差将一把长大的针秤悬挂起来，事务员挽起一面铜锣，站在石槛上，密密地连续鼓了几分钟：向全杉寨村的人民宣布第一次干粜开始了!

在异常庞杂震动的声浪中，一个女人的尖利的叫声扬起来：

"卖给我，卖给我! 我是最先来的哇!"

"哎哟，我比你先呀!"张二婆跳起抢着叫。

她拼命冲前几步，挤近横摆在门口里的、铺着蓝布的桌子旁，又机智地预先将两张五角子的钞票放在篮里，然后举起来，从那个女人的头顶上递出去。她瞧见书记只顾伏在桌上写字，便踮高脚跟，将篮子推近他眼前。

"这里，这里，先生，我是最先来的。"

竹篮的挽手，碰着书记的光头。他抬起眼睛吃惊地叫：

"什么? 什么?"

二婆忙堆着笑容说：

"先生，求你先称给我吧! 我站到脚软了。我全家都饿瘪了，都在等着我买了米回去煮饭呢!"

书记用含恨的眼睛瞟瞟二婆一眼，用手掌抚摸着受了冒犯的光头，许久才问：

"买米证呢?"

二婆以为他问自己要钱，便指着桌上的篮子说：

"在篮底里呀，是两张五角的票子呢! 每人只准买一升吗?"

"买米证呀! 拿你的买米证来!"书记生气地叫。

"嘎，什么? 你说的什么证?"

她问了几声，见书记不睬自己，有点惊慌失措，以为篮里的钱失掉了，便挺长脖子瞄了瞄：两张钞票好好地躺在篮里。

"怎么不卖给我，现钱交易，又不是赊账，我的钞票假的么？"

想不到书记脸色骤变，霍地站起，一手推倒竹篮，大声喝道：

"你走走走走走！不懂手续，扰乱秩序！走！走！"

张二婆给两个乡卫队扯了开来，陷在人堆里，又急又气，浑身冒出热汗来。她呼吸着浓烈的人气，心里的愤恨与不平便更加炽热了。她感到前头那些买了米的人好像故意向她夸耀似的，都将沉重的米袋或竹篮高高地举起；而且觉得他们喝人家让路的胜利的叫声都仿佛存心刺激她的似的。她想不通自己不但买不到米而且还会被人驱逐出场的理由。她越想越不心甘，又再拼命挤前去。但前面的脊背好像铁门似的抵御着她的脚步，四周的人群如同木桩一样也夹迫着她。最后，她出尽全身力气，简直以一只麻鹰扑鸡的姿态直扑到桌边来，气咻咻地把竹篮摔在书记面前。

"我买米！"她喘促地喊，一面用衫袖揩着额上的汗，"买米呀！——你为什么不卖给我？我有钱给你哇！"

"哼，你……"书记正要发作，却瞧见朱善余的老婆挤进来，便笑嘻嘻地掉头对她说，"哦，大嫂！干吗要你自己来呢？要多少呢？哦，买多少张证呢？怎么这几天不见朱大哥出来逛逛呢？"

梳着一只时髦的圆髻，穿着浅蓝色阴丹士林布衫裤女人笑眯眯地对书记点点头，将一个荸荠形的精致格篮放在桌上，从怀里摸出三张巴掌大的纸片和三张农民银行的一元票来，一齐交给书记。书记忽然想起，便故意把纸片塞近张二婆的眼前：

"你睁大眼睛瞧瞧吧，这就是买米证！不管谁，都要有买米证才可以买米的，这是平粜会的规例！你吵什么？你有没有这张东西呢？"

张二婆哑口无言，只好认真地端详着这张比钞票还贵重的买米证：在巴掌大的白纸上印着几行字，当中盖着一个长方形的红朱图章。朱善余的老婆在旁边睥睨着她：

"有什么好看的！谁叫你不预先向乡公所领呢？走开吧，别阻碍人家啦！"

二婆没奈何，只好恳求书记临时给她一张买米证。书记不理她，冷笑一声。他提笔在登记簿上写下买米人的名字，然后将那荸荠形的格篮转身交给司秤的事务员，低声嘱咐：

"三升。秤头足些！"

二婆继续央求道：

"不就这样吧，你收了我这块钱，就称一升米给我吧！你只要收足钱，我有没有米证，上头哪里知道呢？"

书记听到这里，瞪着眼睛望了望众人；突然脸色一沉，拍台大骂：

"你胡说！你闭嘴！你叫我私卖平粜米么？你教我们平粜会营私舞弊么？你斗胆！你构陷平粜会！你这老虔婆，还不给我滚！"

平粜米很快便卖完了。大半数人买不到米。有许多人和张二婆一样，几次挤到大门口，都因为没有买米证给赶开来。大家失望地互相看着，谁都不愿出声，只在石阶上逡巡着，徘徊着，不愿马上离开这个富于诱惑性的地方。庙里面，办理平粜的人员随着逐件收去的蓝布桌子、大针秤以及干瘪的米袋渐渐失踪了，只有挂在中门两边的"公所重地""闲人免进"的木牌庄严宁静地监视着每一个观望者。人们垂头丧气地向四周的田塍散去，只剩下几个有耐性的妇女和那些大胆的麻雀争拾着遗弃在地上的米粒。

八

张二婆空手回来，在石子河岸的大路上碰见她的堂表侄李庆材。他今天打扮得很齐整：穿一套靛青色的纺纱衫裤，上口袋插着一支墨水笔。一条银白的表链从口袋垂下来，挂在纽结上。他跆着一双圆头黄漆皮拖鞋，像个绅士。须发刚刚理过，显得容光焕发。他左手夹着一大沓册子，右手夹着香烟，频频地吸啜着。他告诉张二婆，他近日在关帝庙的联合办公厅忙着，忙得一塌糊涂，差不多连拉屎吃饭都没空，现在又赶着去找陈大爷商量公事。他说时两腿不时挪动，好像连再多讲几句都没有时间。

但张二婆一见到他，便记起几天前的事，立刻追问那一斗米什么时候才有得领。

"快了！快了！"李庆材点头连声应着，但没有再接下去，却很关切地反问道，"哦，是了！你刚才买到平粜米了吧？你们贵乡的平粜会今天不是举办第一次平粜么？听说以后还会有第二次……"

二婆摊开两手，失意地说，她刚去过关帝庙，买不到米。

"怎么！"李庆材失惊地叫，"有钱都买不到米？布告上不是明明写着每人可买一升么——哼，这是什么道理？是不是有人欺负你呢？是不是你年纪老了，没气力和人家挤呢？"

"不，谁敢欺我？是我没有领到买米证。"

"唔，对了！"他很有意思地叹了一声，一面在心里说：好，已经推开她的追讨了。

他抽搐着胀热的鹦哥鼻子，手指不停地弹着烟灰。他眼睛攒聚着，很神秘很深意地睨着张二婆。他瞧四周没人，便走近她，很信任地向她告密：这次张明达向县粮管会领了一百石平粜米，他在布告说，要将半数留作乡公所职员及团队贮粮之用——这无疑是巧立名目，其中定有古怪。至于那几百张米证，张明达和几个委员们都预先扣起一部分，暗中发给自己的亲戚朋友和村中有体面的人物，这几天他都在关帝庙办公，看见他们这种做法，十分愤激，十分为杉寮村的贫民抱不平；不过自己是外来人，俗话说"河水不犯井水"，自己不便出声罢了。

"不怕说，"李庆材摇头叹息，"你们贵乡的乡长真是……实在有点……总而言之，做事不大公道就是！"

"是呀，真是不公道呀！"二婆赞同地叫，"事先又没说要什么证的，到时便骂人、赶人……"

她没说完，李庆材就暴跳如雷：

"他们竟敢骂你么，竟敢赶你么？——真真岂有此理！这些办事人员真可恶！真该枪毙！他们不敢打你吧？要是他们敢动你一条毛，单是我李庆材便不肯干休！老实说，如果这一百石米由我们义民救济会负责办理，我敢用脑袋担保，绝没有这样黑、黑暗的！这不是夸口，表姊娘你几时见过我们办事这么糊……糊涂，这么黑……黑暗的？"

他说得激动，不料后面一句话又提醒张二婆。她立刻又问：

"材叔，那一斗米过几天有得领了吧？你们办事一定很快的。"

"这个……快！很快很快！"他肚里失悔地叫——糟糕，说错话了！他急忙将话头兜转来："不过，如果真的由我们出头办理，那时你们又会说我们'反宾为主'了。唉，办公众事真难啊！"

这时，有一个年轻的客家妇女担着两桶粪水，从躺在灿烂的阳光下的田野里走近荫凉的大路来。李庆材慌忙跳开路边，摸出手帕掩着鼻子，两颗眼睛却只顾在那妇人的脸蛋和胸脯上猛溜。等她走远了以后，便很关切地问二婆：

"这位阿嫂是谁的老婆呢？噢，她力气真够！我看那两桶肥料起码有八十斤重。"

二婆这回没上他的当，只管追问他那斗米。李庆材没办法，眨着兔眼，使出从前做"讼棍"的本事来。他打开手里的册子，很确实地指给二婆看——他明知这客家婆不识字——他说这本册子里都登记着所有报名买米的人名，现在只等救济会的全体委员签名盖章，和义民自治办事处主任陈瑞庭大爷审核过，又盖上大印，便写一份公文将这本册子呈给县政府；等县政府派人来调查过没有作弊之后，县长便在公文上批了"照准发给"四个大字，然后发交县粮管会办理；粮管会核算过人数和米数没有错……

"要这样费事的吗？"张二婆截断他的话，"不如就发买米证吧！只要材叔你预先通知我……"

"不行！不行！我们救济会办事哪比得你们平粜会这样马虎，可以由三几人暗中把持的么？"李庆材严重抗议，而且提出警告，"如果上头派人来调查，二婆你千万个当心呀！你最好先学会几句潮州话，要不然到时露出马脚来——哼，虚报名额！不但我李庆材要杀头，连陈大爷都要坐监呀！唉，你还不知我替你做了这件事担多大惊恐！"

张二婆给吓得慌了神，千谢万谢地感激他。李庆材心里很高兴，觉得自己临时编造的理由很充分，一定能同样推搪其他追问的人。他侧仰着脸，眒着眼睛，在短促的瞬间回忆一下刚才说的那一套烦琐的手续和几个机关的名称，觉得一句都没有忘记，便非常安心。但为严密起见，他又着重地加说道：

"这些手续很简单，只是例行公事；只要接到粮管会通知我们领米的公函，便很快的。"

"六七天可以了吧?"

"很快的，很快的，我尽力替你们赶办就是，有多快便多快!"他一面说一面提示自己：快走吧! 于是他轻轻地移着脚步，准备转身走了。

张二婆再制止不住自己的惶急和悲哀了。她全身颤抖，模糊的老眼迸出泪水，干瘪的嘴巴因要急于吐出久已郁结在心里的惨痛而痉挛地抽搐着。她抓着堂表侄的衫袖，低扼地呜咽道：

"唉，庆材叔! 你要我等到什么时候呢? 我快饿死了。我的明牯和叶玛饿到眼睛都陷了。我们吃黄狗头吃到脚肿啦! 就快连观音泥也要吃了。唉唉，你瞧，你瞧! 他们现在还等着我买米回家煮饭呢。唉，那个卖米的该死呀! 死后给打落十八重地狱呀! 唉，你救救我吧! 我没得吃呵! 灾难呵! 惨绝呵! 冤枉呵!"

李庆材沉静地听着。他本待要走，见二婆这个样子，忽然灵机一动，立刻非常感动地用好言安慰她，委委婉婉地游说她：何不出卖几亩禾花，得点钱暂时维持一下。但张二婆毫不动容，而且凌厉声明：她决不卖禾花! 因为今年早造的禾花是几十年罕见地盛开，一造的收成可以抵得上往年三造。只要挨到割禾以后，她便可以清偿所有的债务，从下半年起，每天三顿都可对付过去。

"能收现谷当然好。"李庆材说，"不过现在到收割的日期还遥遥长，难保没有风雨……"

"哎哟，你别说……"张二婆急忙用手掩住他的嘴巴，"你们后生哥的口舌真是……"

"哈，你说得真好笑! 这是天老爷的事情呀! 耕种人哪个不是'望天打卦'的?

五、六月天搅风搅雨，是常有的，你说哪一年没有？所以，我说卖禾花的人都是头等的精仔；收成虽不算十足，但总先抓住个实数呀！"

"我不卖！"二婆第二次叫。她渐渐察觉出这个堂表侄正在打自己的主意，便不由得生气起来。

李庆材诈作没听到，沉定地从上口袋里掏出一只银壳表来，看了看，把它拧得沥沥地响，然后又整理一下纽结，夹好那沓册子，拍了拍刚才给二婆扯皱了的衫袖，才不紧不慢地说：

"卖不卖由你。我不过临时想起，随便说说罢了。如果表婶你想清楚了，我可以负责替你向人要高点价钱的……"他见二婆没反应，便掉转身——但眼睛却没有离开她——再迫一句道，"你又不是没办法找钱的，何必要一家人饿到半生不死呢？"他瞟见她态度坚决，知道没希望了，心里一气，便决然说，"好，我走了！"

——只差二十多天都挨不过来么？张二婆在走向张氏宗祠的田基路上想着——听说村里很多人已经卖禾花了。他们笨呵！叶玛也说要卖一亩。哼，我宁愿死挨！我要翻身！

她这样下了最后的决心，心绪便完全安静了。她瘦弱的身体浸在中午热辣的阳光里。干涸的鼻子愉快地呼吸着清沁的稻香。她的浮肿得像蟹背似的两脚，轻快地撩拨着田基两旁浑身戴着金饰向行人献媚的禾稻。

九

有一天，黄青叶得到李庆材的特别雇请，订明两块大洋一堂路的价钱，替他挑东西到接近沦陷区的击壤城去。

清早，月亮早已沉没，黎明前的黑暗浓重地降下来。在杉寮村外一间荒废的祖祠里，黑压压地挤满了人。四五簇斜插在墙壁上的篙火必必剥剥地燃烧着，火光在攒动的人头上跳跃。魔鬼似的人影在墙上闪闪缩缩。在正厅里，乡公所自卫队的班长李少阶，穿着黑胶绸短打，正在暴躁地指挥一群拿着扁担和绳索的人逐个走进厢房去。李庆材站在厢房门口，严密监视房里的人将一包一包白米搬出来。他分配给每个挑夫两包，叫他们用绳索捆扎好，放在廊下等候着。

黄青叶坐在泥地上，脊背挨着一条石柱，两手围抱着膝头。她抬起两只大而无神的眼睛，透过廊瓦的破洞，凝视着抖动的晨星。

——九堂多路，今晚转不回了。她想着——在城里过一夜，第二天清早到街上逛逛，看看米价怎样。这回，我要买它七八升回来，叫阿妈阿明欢喜得跳起来……唔，要记得买两盒火柴；有便宜的花布也剪几尺——这个慢一点才说吧，现在还谈得上造新衫么？我要……"喂喂喂！你干吗！走路不带眼睛的！"她给人踩了一脚，便失魂地跳起来，气愤愤大声骂。

一个挑着米包的女人，在青叶面前踉跄跌倒。沉重的米包掉下来，差点儿没压断青叶的扁担。

那女人一面狼狈地整顿米包，一面懊丧地连声说：

"靠啤！靠啤！"（"靠啤"——潮州话"哭爸"的音译，即倒霉、糟糕的意思）

青叶立刻认得这个是懂得客家话的贫穷的潮州难民阿贞姑——她因为不愿记起年轻守寡的悲哀，便不让人家按习惯称她作陈大嫂，而硬要全村人叫她作阿贞或贞姑——青叶连忙站起来，帮她缚扎好米包，招呼她坐在自己旁边，而且抱歉地笑着说：

"你也来？猜不到是你呢！唉，骂错人了。"

"工钱好呵！什么时候见过两块大洋一堂路呢！"

贞姑风骚地笑着，闪着浅露的大眼。她抹去地上的鸟粪和泥尘，用笠帽垫着屁股，和青叶并肩地坐下来，问道："你这两包重不重？我的重得要命。我怕挨不起呢。"

青叶忽然记起什么，将嘴巴贴近贞姑耳朵，低声问：

"这些米是陈大爷的吗？他什么时候放在这里的？"

"鬼知道！有钱人家，哪里没他的钱。他们在厨房厕所里都会埋着金银财宝的。"

天色已经大亮了。三十几个人吃过一顿丰富的咸菜白米饭，李庆材便催着大家起程。他拉着李少阶耳语了一阵，叫他领头走在前面；然后又分派两个潮州汉子插在挑夫的中间。等队伍开始行动了，他便敞开那件淡蓝色的米通纱衫衿，露出贴身的雪白内衣和紧缠着腰围的蔗青色绉纱腰带来。他足蹬薄底黑帆布鞋，臂上挂一把黑缎雨伞，迎着早晨的凉风，大踏步跟在队伍的后面。

挑米队在晨光曦微中行进，绕一个大丛林，从黄坑村的背后通过，便渐渐爬上巉岩的山径里。队伍的行进是迅速的，但李庆材还在后面频频命令：

"快呀！快呀！走过四堂半路才准休息呀！"

他本来也不惯走得这么快，特别是崎岖的山路。但他明明知道，这么六十包白米，在这附近一带是随时都可能发生不幸的。他必须以最迅速的行动通过这四堂多路，顺利地到达可以畅行无阻的地方。

李庆材有这样的才干并不是偶然的。他父亲曾做过一任县长。他自小在衙门长大，娇生惯养，贪威识食，炼精学懒，没认真读过多少书；但因熟透官场的门路，谙通做呈作状的秘诀，长大起来便成为一个以拆案、加案闻名的讼棍。只要他得到钱，他能够将一个"用"斧伤人的重案，改作"甩"斧伤人，使因犯无罪释放；同样地，他又可以将一个偷割禾稻的小偷，改用偷割谷种的罪名而加重他的徒刑。后来，他觉得这样做终无出头之日，也很难找大把的钱，便依从一个赞赏他的天才的朋友劝告，决心改行做"老迁"（"老迁"——一种排场阔绰、出手大方、手段高明的骗子）。他和几个同道跑到广州混了几年。那时，他钱虽然捞得多，但都是左手来右手去；而嫖、赌、饮、荡、吹各种玩意反而愈染愈深，无法戒掉。到西历一九三六年，政府下令禁赌，李庆材便宣布失业；接着不久便沦为在长堤西濠口一带讨生活的"阿泡"（"阿泡"——小偷、扒手之流）。有一次做生意失手，给警察捉到公安局去，被判了三个月的徒刑，并且在他的左腿上刺了一个蓝色的、铜板大的、永不褪色的窃犯印。

三个月的徒刑满后，李庆材恢复了自由。当他从南石头的惩戒场回到西濠口的时候，又碰见从前的道友，他们都怂恿他再次合作。他怕得连夜搭快车逃到香港去。他想到自己本来是官宦人家，书香子弟，不想竟然沦落到这个田地；而大腿上的那个蓝印，更是奇耻大辱！他严厉警告自己，不要越陷越深，应及早回头，重新做个上等人。于是他暗叫医生割掉那不名誉的记号，决然搭船回汕头来。那时，刚巧陈瑞庭从南洋发财回来不久，他便以表弟的名义去投靠他。起初，他在陈瑞庭开设的龙泉茶庄当一名三手掌柜。因他已立心做好人，做事勤谨精细，待人谦恭有礼，便渐渐被主人赏识。况且李庆材又是个心思精巧、诡计多端的人，常常看准时机，向主人出谋献策，使陈瑞庭越发重用他。

不过，他的天才的充分显露和发展，还是在跟陈瑞庭到了杉寮村之后。真的，陈瑞庭能有今天东山再起，大半是李庆材从中策划的功劳。就说这回六十包白米的脱手吧，也是他李庆材在陈瑞庭面前极力怂恿和主张的。他觉得陈瑞庭和张明达之流虽有资本与雄心，但做事毫无思考和计划。昨天，明明看到日军炮轰天洞圩，但他们还是死抓粮食和货物不放手；也不顾虑驻在杉寮村的国军到底有多少；更没想到今年早造丰收大势已定，只要有一箩新谷登场，米价便一定回跌。……

——你陈瑞庭有什么本领？运气好罢了——李庆材自负地想——你有什么计划？有什么想头？要是让我李庆材来，哼，我就不是这么干法！你瞧吧，我李庆材只要有三千块钱，便会生龙活虎般飞跑了，还在这里当你陈瑞庭的走狗么！

他这样想着，便有点功高压主的思想，连陈大爷也不放在眼内了。而且抬头一望：只见前面这支在自己统辖下的队伍，此刻正像一条长龙似的翻过山坳去，便更加觉得自己的伟大了。于是，他又昂奋地叫起来：

"快呀！快呀！赶到横溪才大休息呀！"

十

队伍在路边一间茶寮的门口歇脚。李庆材很慷慨地拿出五块钱请大家喝茶食饼。他看着他们分享着他的布施，便欢快得眉飞色舞。他现在无疑是这一群人中的主人或领袖，自己有权力指挥和役使每一个人：班长李少阶不过是个副手，有什么

151

意见都要预先商得自己的同意才敢实行；那两个中年汉子，只是两名喽啰，他们没有什么意见，也不敢提出什么意见；至于那三十名短夫，就更不在话下了，都是他李庆材治下的民众和奴隶。

队伍又开始行进。李庆材更加高兴了。他想着这六十包白米，很快就完完全全脱离险地，以后就沿着平安无事的大路到达目的地了。于是，一半是为了舒展一下刚才紧张的神经，一半是他下意地要领略一下作为主人的威福，便快乐地大声叫：

"喂！你们这些客家婆呀！为什么不唱山歌呢？唱吧，唱山歌开开心呵！"

"唱你的头！"青叶骂道，"人家挑到累死了，谁有你这么快活！"她夹在队伍的中间，故意歪戴着笠帽，遮挡从侧面射来的酷热的太阳，鼻尖和额头冒出汗珠。她虽然觉得累了，时不时要将沉重的扁担从这边肩膊转移到那边肩膊，但她还竭力坚持着挺直的腰肢和均匀的步伐。

"大家不是吃饱饭、食够饼、饮足茶了么？唱支歌又不用花力气的。你们怕羞是不是？来，来，来，让我先唱个开头吧！我唱的是正宗梅县山歌，唱不好，不收钱。"李庆材只管开玩笑。

"好呀！好呀！让我们听听潮州佬唱山歌呀！"

十几个客家婆齐声和起来。她们嘻嘻哈哈地揶揄李庆材，要他走上队伍的中间唱。李庆材只是躲在尾后，按住肚子嬉笑了一阵，便吐了一口痰，又打了一回咳嗽，笑了笑，才正正经经地唱了一句。但唱到第二句，就忍不住漏出笑声来了。他唱道：

买对灯笼——拜祖宗呵，

灯笼——不好挂当中呀；

恁好灯笼——没蜡烛呵，

恁好姑娘——没老公哦！

他的放纵大笑，被十多个女人的笑骂和诅咒淹没了。其中寡妇贞姑认定李庆材是有意借题挑拨她、嘲讽她的。她给气得脸红耳热，便伸手拨了拨黄青叶的雄鸡尾巴似的髻尾，说：

"洪嫂，他这个死人头该杀！你替我唱歌骂他！唱吧！懂得唱的怕什么！"

黄青叶想了想，突然将一串嘹亮的歌声抛上空中：

山歌唱来——得恁差呀！

山歌——原属我客家哎呀，

山歌——若是不识唱呢，

不好学人——口花花罗！

歌声过后，哄然的欢笑跟着飞起来，大家七嘴八舌地怂恿李庆材唱对答。可惜李庆材的山歌并不是自己创作出来的，唱了一支便没有第二支了。青叶见他没答过来，便又纵声唱道：

山歌唱来——骂阿哥呀！

山歌——何用唱太多哎呀，

山歌——若是撩得妹心动呢，

耕田——不使用牛拖罗。

"好呀！好呀！骂得好呀！"贞姑得意地大声喊。

"呵嗬！庆材叔唱输了！呵嗬！不懂唱对答就不好口花花罗！"

李庆材在后面只是笑，做鬼脸掩饰自己的羞赧，一面嬉皮笑脸地说：

"我替你们开头了，你们唱吧！"

他的发动果然得到意外的响应。在队伍的前头，有一个少女尖着喉咙唱起来了——她唱的是一首流传广泛的著名情歌——

出山——只见藤缠树哇，

入山——又见树缠藤哎呀；

树死藤生——缠到死呵，

藤死树生——死也缠哦！

"唱得好，唱得妙，唱得呱呱叫，唱得够味道！"李庆材在后面拍手大叫。

大家正在吵吵嚷嚷，嘻哈大笑的当儿，前头的队伍突然停住。黄青叶只顾低头走路，不提防前面的同伴骤然住脚，一个踉跄，扁担差点儿没撞着那人的脊背。她抬头一望：只见前头岔路口，一个士兵正横着上了刺刀的步枪，拦阻着穿黑胶绸衫裤的班长李少阶。

"糟糕，检查呀！"一句话从队伍中低低地传出来。

十一

半点钟以后，挑米队被两个士兵押解到附近一个富庶的村庄里，在一间大祠堂的门口停住了。李庆材跟着刚才一定要检查的那个士兵走进里面去，其余的三十三个留在灰沙地堂上，被一个荷枪的士兵在地堂的边缘外监守着。短夫们无声放下扁担，沉郁地坐在烫热的地上。疑惧和不安浓重地掠过每个人的心。忧虑的眼睛互相提示着。但片刻的沉默过后，吱吱切切的私语声又渐渐高涨起来。

"我们挑的米正当的吧？"

"刚才庆材叔不是拿出证明来了么？。

"可为什么还要把我们带到这里来呢？"

贞姑想不通。青叶低声询问身边的几个同伴们，但他们也正在探讨着。有几个人挤在一堆交头接耳，一瞥见士兵踱来，便立刻敛容分开。青叶焦躁地左顾右盼：看见班长李少阶蹲在墙脚下，那两个潮州汉子脸白唇青地对他说着什么。他俩抵死要和班长挤在一起，但班长猛摆手，向他们使眼色，赶他们远离自己。

青叶走过去问他：

"李班长，这些米正当不正当的呀？不要连累我们呵！"

李少阶没想到有人竟这样不懂事，在此时此地猝然喊出他的官衔来。他失魂地跳起来，吃吃地说：

"正……正当的！正正当当的！大概正当的吧？"

"怎么又不准……"

班长立刻用手制止她，用脚拨了拨她，而且用眼睛喝走她。荷枪的士兵走近来，横了青叶一眼，喝道；

"走开！你们开会议么？"

人声立刻沉息了。大家在毒辣的太阳煎烤下闷闷地坐着。从照壁上反射下来的一派不可迫视的阳光，混合着从灰沙地堂上升起来的热气，把这几十个人好像放在烘炉里的面包似的。一只壮大的黄狗从祠堂里踱出来，嘴里挂着湿漉漉的舌头，错愕地窥察着这群人，嗡动鼻子嗅了一阵，仿佛没发现敌情，便懒洋洋走回祠堂里。

黄青叶室闷地坐在一个米包上。她的心被忧疑蛀蚀着。她萦萦回回地想着刚才李庆材怎样拿出放行条和一沓钞票来；那士兵怎样板起脸孔，什么"奸商""走私"的大骂一顿；以及后来怎样硬要把李庆材带到这里来……

——他们为什么这样凶呢？庆材叔为什么要送钱给那个士兵呢官哼！她抬头又瞧见李少阶先生慌瑟瑟地蹲在墙下，被太阳烤红了的脸孔满布着愁云——哼，庆材叔一定给国军抓去了……

"热死人啦！脑袋都给晒爆了！"有人烦躁地叫起来。

"李庆材这死鬼头不知死到哪里去了！究竟怎么搅的？我们走吧，难道要将我们晒人干么！"

正当大家发气地乱叫的时候，李庆材出现了。他脸颊红润，眉梢眼角都洋溢着喜悦的颜色。他笑嘻嘻地站在石级上，搓着手。李班长连忙走过去和他说话。人群的骚动停止了，几十双惊异的眼睛盯着他们两个的神情：只见班长脸上的愁云很快退净了，而且泛出明朗的愉快气色。他们两个叽咕了一阵，李少阶便精神奕奕地跳开来，催促大家起程。

"起膊啦！起膊啦！"

青叶和贞姑因去找厕所，回来时队伍已经开始行进了。她们连忙赶上前去。李庆材转身看见她们，便睁着醉红的兔眼吃惊地叫：

"嗄，你两个怎么走在后边的？"

"你阻住人家呀！"青叶说，一面掉直扁担，从李庆材面前闪过。她嗅到一阵醉醺醺的酒气，使她几乎作呕。

"快赶上去！还有四五堂路呀！"李庆材喝道，一面撑开黑缎雨伞。

十二

太阳在田野的边缘缓缓沉下，映射出扇形的豪光。天空是橙黄色的，但很快便变成金红色了。无数镶着金边的云霞好像火球似的烧得满天通红。成千上万的蜻蜓在低空旋舞，大胆地在人们的头上或身边掠过。它们一时密集，一时散开，一时互相追逐，一时全体停在空中；但立刻又乱糟糟地翻腾起来。

不久，红霞熄灭了，天空幻成美丽的紫棠色；接着，又慢慢暗下去。苍灰的暮色从四野升起，吞蚀着整个宇宙。缥缈的东风不怀好意地偷偷窜来了。开头，它轻柔地吹拂着劳动者的疲累胀热的躯体；但不久，便愈来愈无礼了，竟然将他们的衣服撕扯得悉索发响。

挑米队无声地走着。从每个人肩膊两边伸出来的扁担，使这个队伍越发像一条巨长的蜈蚣。他们已经疲惫不堪，但因为知道目的地快到了，脚步反而加速起来。这时，天色完全昏暗了。远远地，看见击壤城的灯光疏疏落落的，好像神庙里的香烛，当中有一颗雪白的灯光在刺眼地闪耀着。

"到了！你看，这不是城里大兴茶楼的汽油灯么！"黑暗中有一个兴奋的叫声扬起来。

队伍隐没在黑暗里，只有杂沓的脚步声证明它仍在急速赶路。人们的两条腿只管盲目地、机械地搬动着。每个人都定睛地认着前面同伴的帽影做行进的指标。——帽影突然不动了！黄青叶这回直撞在一个同伴的脊背上，差点倒下来。

"见鬼！"她咒道，"怎么不走呀？又是检查么？"

一阵风，将前头一个女人和李少阶的争吵声吹过来：

"这边走呀！"女的叫，"这条大路才是进城去的呀！"

"不！直走没错！"班长坚决地叫。

在队伍的后面，马上飞出李庆材更有力的呼喊：

"跟小路直走呀！不是进城呵！大家跟李班长走没错！"

"庆材叔！"青叶回头叫道，"你不是叫我们挑到击壤城去的么，怎么又说不进城呢？你要我们挑到哪里去呀？"

"快到了！还有五里，五里……太夜了，进城不方便呀！"

她心里充满了疑惑和愤懑，无端地憎恨李庆材，对他的油嘴滑舌以及支吾鬼祟的态度，萌动了一种本能的戒备。她忍不住回头对贞姑说：

"阿贞，你用潮州话问问他，这些米究竟挑到什么地方去的？"

"问他干吗？他这人没点正经，鬼头鬼脑的！"贞姑愤愤地说，又关切地问道，"你冷吗？起风了。"

当青叶仿佛要寻找嫌疑犯的证据似的竭力回忆李庆材白天的各种神态和行动的时候，便越来越觉得古怪可疑了，越发不能平息对日间所发生的各种事象进行蒙昧的推测和判断。但这些事象是错综复杂的，好像毫不相关的，而且似乎可以互相解释的，这使她难于找出认为绝对准确的结论来。

直到黑夜八点钟左右，挑米队像幽灵似的通过一个寂静的圩场，钻入圩后一个阴黑的、被风吹得骚闹不安的柑园去，来到一幢四周被柑树围绕着的、中西混合的楼房门前完全停顿下来。原来这里早已有四五个人在等候着。一个穿白色长衫的、浑身乡绅气派的大个子用剑光似的手电筒照射着挑夫们。李庆材一到，便连忙赶前去和乡绅握手，很抱歉地向他咕噜着天晓得的潮州话。接着，他命令李少阶监管着那六十包白米，便和乡绅一起走进屋里去。

屋里面，被一盏放在桌上的汽油灯照得如同白昼，几条人影在白墙上跳舞。从铁格子玻璃窗透射出来的雪白灯光，如像探照灯似的冲开园里的黑暗，直照着频繁地摇舞着的柑树林和几个站起来的短夫的苍白脸孔。短夫们缩瑟地坐在柑树下面，每人都感到身上的衣服太单薄了。

班长发命令了：他要短夫按先后次序将米挑进屋里去。第十一个轮到黄青叶。她刚挑到大厅去，一个小伙子又指挥她挑上二楼。她满肚子狐疑挑上后楼来，只见前楼两边都重重叠叠地赶满了米包，中间只空出一条小巷来。她侧身来到前楼，又见满地堆放着米包，那两个押运的潮州汉子和另外几个人，正急忙地叠置着。青叶将米包放下，便找李庆材要工钱。她瞥见他在右边的一个小房里，和刚才那个乡绅一起，正在向一个坐在酸枝座椅上的穿白衫白裤的男人说着什么。桌上的火油灯被窗外灌进来的风吹得明暗不定。只见那男人向李庆材做了一个拒绝的手势。李庆材急忙从腰带里摸出一封信来呈给他，又回头对乡绅说了几句。那乡绅便向那人咕噜了一会。

"庆材叔，给工钱啦！"青叶挨着门边，大声说，且一面偷眼观察那人——他穿一身白绒番衣服，黄色的鸭舌帽低低地遮掩着一双觊觎的眼睛，脸色油润，颧骨和腭骨突出。

"噢，噢！你别进来！去找李班长嘛！"李庆材慌忙跳开来拦住她。

青叶收了钱，拿着扁担和绳索走出来。她觉得刚才那个男人很古怪：不像潮州人，不像客家人，不像"白话佬"（"白话佬"——即广州人）。他的服装神态有点像刚发财回来的"南洋伯"或"金山丁"，也有点像下乡视察的官吏，或放暑假从城里回乡的学生哥，但他两手交抱胸前、手指夹着香烟颠下颠下那种轻挑下流的动静，却十足像个流氓，然而认真推测起来，又仿佛什么都不像了。

"哼，古怪！他是什么人呢？"

十三

没有月亮和星星，没有色彩和形象，仿佛宇宙原是这么空洞的、无涯无尽的黑暗似的，只有大风的暴戾奔窜和纵情叫喊证明它的存在。深夜，风越刮越大了，在杉寮村的岬谷里呼啸着，摇撼着山岳、树林和一切。箭猪岗上的松林，一面以嶙峋的肢体和劲风扭缠着，一面癫痫地摇着蓬头，向山下的人民发出凄惶的警告。

六月的东南沿海区的台风摧毁着杉寮村。

住在义民区那幢精致的杉皮房子里的陈瑞庭正在焦躁地在小厅里踱方步。他在天黑前查问过几个善于观测气象的农民后，知道这一场飓风必然要来的。他想马上下令叫那些卖了禾花给自己的耕户立刻割谷。但是，糟糕！他连人名和数量都不知道。他想找李庆材经手的登记本也找不到。李庆材今早执行特殊任务去了，现在还没回来。这使陈瑞庭急得脑门爆裂，嘴唇痉挛，大鼻子丝丝叫着。他垂头丧气地踱着方步，频频眨着眼睛。每当一阵飓风滚来，他恍惚觉得是从自己心里发出来的呼吼，使他登时昏聩了一阵。他痛恨自己眼巴巴地看着大量的财富毁灭而无法挽救。他想过请张明达帮助，叫他责令全村动手抢割，但他又深知这个狡狯的衿兄原是自己的劲敌，彼此向来都是明和暗斗的，现在去乞求他援助，等于示弱投降，任他宰割。

陈瑞庭一向瞧不起自己的劲敌，常常自负能将杉寮村几个一二等领袖掌握在手里。他和张明达几个合伙做生意，手段确比他们高一筹。他瞒着他们，几次将私运出口的白米暗中卖给一个从前在汕头办茶庄时认识的台湾人，并从他那里换来一大批日货，发售给各大圩市的商店，已经赚了不少钱——他有这么一个理想：要在一两年内，将杉寮村附近几个圩镇的财富集中到自己手里，并吞朱善余、张明达以及黄流市的几个大财主。这计划开头无疑是困难的。他必须首先垫出一笔现款来应付他的同伙和有关方面，后来经过苦心经营、东拉西扯，总算将经济上的困难初步克服了。为了填补那一千二百多个义民购买的平粜米，他决然将手上的二千五百块钱以低价买入约占杉寮村三分之一的禾花。他对早造丰收是怀着无穷希望的，它将促进他的理想更快实现。但是，天啊！正当早造即将收割时，却突然来了一场摇天撼地、惊心动魄的台风！

孩子和妾侍都睡熟了。他一个人还在厅里踱来踱去。他亢奋、激动，没有半点睡意。厅中央，在漆黑的小圆桌上的洋油灯被吹得时明时暗，偶然风静了，便照见陈瑞庭的紫胀的肥脸和厅里的精致摆设，但立刻又模糊了。他痛楚地倾听着屋外瓜棚上潇沙潇沙的风声，便幻想着自己的谷粒、银币和钞票被无幸地吹落地上发出的悲鸣。他突然又理智地想到这已经是无可挽救的事实了，现在摆在面前的急切问题，是怎样填补那一批很难拖欠的义民平粜米。但立刻又非常庆幸自己仿佛得到神灵预兆似的，这回要求那个台湾商人将六十包米价以现金支付。虽然以前是订明以货准钱的，但已经亲笔写了一封情词恳切的信交李庆材办了……想到这里，他便无端地憎恨李庆材，斥责他不该忘记禾花这件事，应该看到起风后便立刻赶回来。但这该死的李庆材此时此刻竟连鬼影都不见！他不禁判定他并不是真心辅助自己的，甚至疑惧这个除了善事便什么都干得出来的好表弟会乘机将整批米款夹带私逃。

——哼，那家伙……我要剥你的皮！

他摇着拳，想发恶大骂，但没有对象。他气冲冲闯出去，想抓李庆材回来，但刚开开门，便给猛然袭来的阵风吹得站不住脚，吓得急忙用手死顶着木门。街外边，尾随着风声的是整座瓜棚被吹塌的蓦然巨响。一根飞起来的竹竿打中屋顶上的明瓦，乒乓一声，一片破碎的玻璃正落在陈瑞庭大爷头上。

十四

在张氏宗祠偏间的小房里，张二婆好像石人似的挺立着。蹙丧的眼睛在摇晃不定的篝火映照下好像两颗闪烁的磷火。她懵懵懂懂地谛听着沿释迦峇的流脉驰骋而来的大风。从耳朵里灌进来的呼呼声残酷地轰击着她的神经。她心惊胆战，仿佛一下子就会全身爆炸。

"唉——哟，打风飐呀！"她低扼地喊，又痛切地听到一团大风从箭猪岗上滚下盆谷来，发狂咆哮着……远处有大树被吹折的拍历声，正厅屋顶上有几块瓦片给吹下天井来，砰嘭地响……哎——哟，风——飐——呀！

她挺立了许久，好像失去知觉，但忽然抖擞起来，打开房门，直冲出去。她摇摇摆摆，两手遮着额头，挡住迎面卷来的大风。阔大的衫袖贴着她的眼睛，她打个趔趄，倒退几步，企图挨靠着什么支持自己，但却没有摸着，便索性弯着腰，拼命冲前去。

她颤巍巍地摸上张氏宗祠背后的山坡，爬到自己的梯田旁边。一阵大风扫过来，梯田立刻掀起汹涌的波澜，禾稻发昏似的摇曳着，乱糟糟偃伏着，发出嘶——沙、嘶——沙的惨叫。张二婆打了个寒噤，接着便好像一个慈爱的祖母见到受难的孩子那样张开两手，又好像一个虔诚悔罪的教徒似的跪在田里，紧紧地搂抱着那些战栗的禾稻。

"天呀！观音菩萨呀！"她悲怆地叫，"你定定风吧！只要你定住……"她哽咽着，用烘热的皱脸温存着怀抱里那些受惊的禾稻。

整个世界好像一个疟疾病人在急促地喘气、颤抖。黑蒙蒙的树林像无数山精妖怪似的扑来扑去，发出使人毛骨悚然的嗥叫。飓风一阵接一阵在岬谷里旋转。软弱的禾稻完全倒伏了。金粒般的谷子纷纷地飘下来。细小的谷芒刺着张二婆的脸孔，但她全无痛痒的感觉，仍然跪在田里，搂抱着一大把禾秆低低地啜泣着。

十五

天亮了，台风仍然刮着。盘踞在义民区进口处的那棵百年大榕树被昨夜的大风吹倒了，好像一条巨蟒似的横卧在禾田里，一条粗大的树干直挺挺地竖起来，指着黄肿、低沉的天空。山顶上的松林还不停地叹息。石子河两岸的禾田完全被糟蹋了。两岸的杂树扭歪着身子，树叶伴随稀疏的雨点满空飞扬。在波浪似的山径上和蜿蜒的田基上，时不时出现佝偻的人类——他们全身倾前如像拉缆的船夫。

这一场台风不但带给杉寮的人民以深重的灾难，而且在他们长期平滞的生活中激起罕有的波澜。下午四点钟左右，三十个挑米的短夫冒着大风雨奔回来了。黄青叶咬牙切齿地将昨天的事向全体揭露出来。

第二天早上，杉寮村的全体客家人和潮州难民不约而同地涌向村外的关帝庙。

开头，这两伙移民互相惊讶着对方的行动，但不久就完全理解他们彼此都同样地被一条灾难的黑线牵连着，大家都在同一的精神和意志之下行动。

张二婆和黄青叶夹在缓缓地涌去的人流中，好像送殡似的哑默着。大家的心情是悲愤的，都跃跃欲动地等待时机和暴风竞赛呼喊。

——我看你李庆材这死鬼头今天还有什么话说？张二婆想——我要你立刻给我一斗米。我死抓着你要你立刻给！隔夜都嫌迟！哼，我不怕你一张嘴有七十二变化……

"丢他妈的，张明达逃走了！"

一个惊人的叫喊旱雷似的滚过天空，把张二婆吓了一跳。抬头看见关帝庙好像一只螃蟹似的浮游在波浪似的人头上，两扇大门无望地张开，里面空洞无人，连自卫班的影子也不见。无数饥饿、忍抑的脸孔突然狰狞起来。几百个喉咙发出绝望的怒吼。

青叶扯了扯二婆的衫袖，将嘴巴凑近她耳朵：

"对了！他知道自己身上有屎，便连夜逃走了呀！"

张二婆没感应地瞪着眼睛。四周的叫喊杂乱地飞起来。

"张明达变卖干粜米呀！张明达走私呀！"

"派人追他呀！别给他逃脱呀！"

庞大错杂的呼喊渐渐扭结在一起，变成一个单纯的巨响，仿佛一条巨大的风柱似的摇荡着天空，将整座联合办公厅震得摇摇欲坠。正当血液都沸腾起来，浑身的愤恨无处发泄，恶毒的嘴巴徒然叫嚷，人头的扰攘更加紊乱的时候，从潮州义民的群队中，又传出陈瑞庭失踪的消息！

"怎么，你们陈大爷也走了？"张二婆直冲进义民的群队去，好像松毛的母鸡似的扑来扑去，睁圆的眼睛射出绿焰，两手鹰爪似的张开。

"你们的陈瑞庭呢？嗄，你们的李庆材呢？嗄，你说！嗄，你说！"

她心里又恶又恨，仿佛看见李庆材在前后左右出现，而且嬉皮笑脸地说着什么，她正想扑过去抓住他，他又诡谲地溜走了。

她乱闯乱撞，在关帝庙左边的小巷口碰见寡妇贞姑。

"你见到我的堂表侄吗？"二婆死抓住贞姑的手臂，一面伸出钩曲的手指威吓地摇着。"他为什么不出来见人呀？嗄？"

"你表侄？……"贞姑迟迟疑疑地问。

"李庆材呀，他收了我三块钱买米的呀！"

"他呀，我们昨朝离开击壤城时就不见他了，听说他有事和李少阶抄近路赶去黄流市。这精灵鬼，眼下还会回来么！"

张二婆忽然反常地两手拍着大腿，连声说：

"好呀！好呀！好呀！都走了！都走了！一粒米都不用给，半个铜板都没留下，发大财了，还记得这灾瘟的杉寮村么！"接着，她又忽然全身萎软地呻吟道，"哎哟哟，我要死了！我等米等到要死了！我的稻谷都给大风吹掉了！哎哟，哎哟，那些死鬼头哪里去了？你说，你说呀！"

她又举起钩曲的手指戳近贞姑的眼睛，张大嘴巴，好像怪兽似的磨着崩缺的牙齿。贞姑给吓得倒退几步，两颗瞳仁一时收缩一时扩大。她尖叫一声，推开二婆，掩面狂奔。

张二婆颤颤了一下，猛然站定，好像石头似的不动。过了一阵，她猝然大踏步走起来，两手向前平伸，撑开那些障碍她去路的人群——动作是机械般的、没灵魂的。

她离开密挤的人群和重叠的声浪，孤独地在田基上走着。两手仍然平伸。花斑的头发在脑后飘扬。眼睛是戇丧的、死寂的。瘪陷的嘴巴松弛地张开，"哎哟哎哟"地不停低叫。她这种可怕的神态，配合"风飓尾"带来的横风骤雨和飞沙走石的场景，使人联想起在荒野中披发夜行的女鬼。

她眼里的一切都是旋转的、簸荡的，田基两旁的禾稻被风雨打得东歪西倒。被吹落的谷粒沙沙发响。她蓦然用衫袖掩脸，发出碟碟的笑声，发疯似的奔回张氏宗祠去。

尾　声

台风过去了。太阳在高空炫耀着，以千百万条辐射的金线赐给大地以光和热，使大地的一切感到自己内在的热腾腾的生命力。错杂的峰峦在晴朗的天气下好像波涛汹涌的大海。释迦崇的主峰远远地雄踞西方，显得这么玲珑剔透，它仿佛一个道貌岸然的仙人俯视下界受劫的苍生似的遥瞰着惨淡苦难的杉寮村。岬谷里到处洋溢着凉爽的南风。箭猪岗上的松林肃穆地向天边瞭望，把蓬松的绿发浸在金色的阳光里。山岭上有许多采樵的女人，淡红色的头帕点缀在万绿丛中宛如一些会移动的野花。石子河两边的杂树林恬静地站着，似乎为了排遣无聊和寂寞，它们隔河互相以柔软的枝叶惹弄缥缈的南风嬉戏。广阔的禾田和一层一层的梯田完全袒露着，挺起褐色的胸脯。

在广阔的田野上，只有疏疏落落的几个人在忙碌着。他们挥舞的锄头或五齿耙闪烁着炫目的寒光。在一块半月形的梯田里，黄青叶和三四个妇人家紧张地耕作着。她们跨开脚步，一字儿排开，大家举起锄头发狠地掘下去。青叶从心底里升起一种朦胧的慰藉和隐秘的激情。她亲切地感觉到同伴们那颗诚挚的跳跃的心以及因沉重的劳动而抒发出来的热烈的呼息。

她横了心将田泥分作一畦一畦的长列，实行改种番薯、芋头，不再种禾稻了。开头她不敢将这计划告诉别人，后来她发觉村里不少人家也这样干了，便更加立定主意，并且和她们合伙干起来。有个女伴放下锄头，站着喘气，用衫袖揩抹额上的臭汗，一面向青叶和别的伙伴探询：

"种番薯、芋头比种稻谷实在些，抓得紧，还可望有两次收成。可用什么来交租呢？人家要收谷租呀！"

"我管他！"青叶大声吼，"他有命收租，我可没命交租呀！人都快饿死了！"她忽然神色不安地说，"听说昨天早上从西面传来的隆隆声，是日本鬼炮轰击壤城。哼，要是像去年秋天那样，日本鬼再打进杉寮村来，稻谷长得再好又怎样，不都是喂饱那些灾神的骡马么！"

几个伙伴其实都和青叶想到一块，听青叶这么说，就更加齐心了。

"好吧，你帮我，我帮你，赶快把番薯、芋头种下，大家好去黄流市做短夫呀！"

田野上还有点人声，但住宅区却是荒凉的、死寂的。新近又有几间屋倒塌了，有些杉梁从废墟里横伸出来。许多家屋的瓦面被大风揭开，露出肋骨似的桁桷，灿烂的阳光故意对准那些破洞直射进阴暗零落的屋里去。一群瘫软的饿狗躺在家屋的门口和街上，当行人跨过它们时也懒得爬起来。但它们的嗅觉和听觉却发展到极度，只要一嗅到人类在什么地方拉屎，一听到附近的厕坑门的响声，它们便触电似的跳起，一齐奔去。

街上静悄悄的，四周阒寂无声，只有张氏宗祠里还有人类的软弱活动。阿明牯赤身躺在天井里，沙哑地、无休止地哭着。他两眼无光，肋骨凸露，瘦瘪的肚子微微起伏。

"阿婆呀，我要番薯呀！阿妈呀，我要番薯呀！"他重复地哭叫着一句话，渐渐连字音也叫不清楚了，变成单纯的、含糊的"人"声。他叫到无力了，便不自觉地停了口，两颗眼核呆呆地瞪着天空，下意识地舐吮自己的咸臭手指玩儿。但当他发觉没有自己的声音，这么孤单绝望，于是又"呀呀"地哭叫起来。

张二婆木头似的坐在正厅的泥地上，看着阿明在天井哭泣。在她的眼睛里，这个并不是她的亲爱的明牯，而是从前在义民区见到的那个可怕的孩子。她的神经已错乱失常，干瘪的嘴巴整天喃喃自语，仿佛老是跟人家理论着什么。她实在只有一副躯壳在现实环境中游荡，全部心神已陷在鬼蜮般的世界里。这个世界确曾存在过的，其中生活着主任陈瑞庭、乡长张明达、富农朱善余、表侄李庆材、几个凶神恶煞般的日本鬼，以及年轻力壮的儿子张大洪和那头纯黄的公牛。这些人物都是她所熟悉的，而且在恍惚之间自己和他们还保持着原来的关系和纠葛。他们有时成群地显现在她眼前，有时却个别走进她的心魂里。她生活在那些离奇怪诞的场景中，常常朦朦胧胧地觉得自己在义民区和李庆材说话，自己明明将三块钱塞在他口袋里……但转眼间，又恍惚站在梯田上，看着禾稻迎风摇摆着……她大声呼喊……但不知怎么一来，呼喊变成风飓的轰鸣，撕裂自己的脑筋。

她发起疯来便乱跳乱叫，眼珠闪着绿光。她有时披头散发，一边哭一边用脑袋猛撞在墙上；有时却脱掉上衣，横躺在街上。如果有谁走近看她，她会突然跳起来，追着那个人大叫："还我钱来！还我谷来！"

此刻，她定眼地看着摆在墙角的那台破旧的谷磨。许久许久，在她的绿色的眼睛里，便幻象出那头纯黄的公牛，同时叠映着儿子张大洪魁梧的体格。她带着碌碌的怪笑，移动着虔诚的脚步，在距离三四尺远的地方，突然张开两手直扑下去。她紧握着谷磨的摇柄，亲切得好像握着黄牛的头角，又好像儿子的手臂似的。她老泪纵横，号啕大哭。

但四周是这么寂静，不知道谁人能听到张二婆疯狂的号哭声和阿明牯饥饿的"呀呀"声！

一九四〇年八月一日开始于岭东黄沙田

一九四一年二月八日完成于桂林施家园

《杉寮村》后记

这本小书终于和读者见面了，虽然它有过不幸的遭遇。作为个人对这个大时代的一点微末的贡献，我是十分高兴的。但有时也不免升起一种黯然之感，因为它唤起我对荒僻的山村和穷陋的人民的深切怀恋，以及我带着这本书的原稿时过的那段又孤寒又沉郁的生活的回忆。

我写的是一九四〇年春夏间潮汕前线山区人民的生活情境。那时，当地一块钱买五六两米，一角钱买一盒火柴，人民已经叫苦连天，许多人已饿得不成人样；但有些安居在大后方的朋友们还把这个消息当作奇闻，听了也只发出半信半疑的喟叹。谁料事隔三年，现在竟轮到我们后方的人民吃着四百多块钱一担白米，买着一块五角钱一盒的火柴了。虽然我还没有见过左邻右舍的人像那里的山民一样吃"黄狗头"或"簕竹笋"，也不能确切推断在遥远的山村里我熟悉的几个穷人现在是否还活着，但最少有一件事情是可以深信不疑的——就是即使我幻想这本书能够落到那些蒙昧的山民手里，或者由别人对他们朗诵，我也可以听到他们烦厌地摆手说：

"别说了，从前比现在好多啦！"

但这不过是幻想罢了。我说的"幻想"，并不是夸张之词。世上多少进步的科学发明，好些人类美好生活的实现，在我们中国人看来都是幻想的事情。——什么时候，那些穷苦蒙昧的山民的生活才好起来呢？什么时候，我这本小书才能落到他们手里并为他们读得懂呢？听说肖洛霍夫曾经将他的著作朗诵给顿河的哥萨克们听。听众很热烈，甚至追问他写的主人公究竟是他们中的哪一个？——然而，这是一个苏联作家才有的福气；对于我，也不过是幻想和奢望罢了。

所以，我只希望那些比较实际的事。倘使大后方的读者们和一部分坚持抗战的青年同志们，在读完这本书后，竟会被它微薄的力量所激动，从而引起他们对所处的现实社会，同时也对那样荒僻的山村和苦难的人民开始加以少许注意的话，这在我已经是很大的满足了。

这本小书的原稿承茅盾先生和艾芜先生看过，得到他们的鼓励和帮助，去年在王鲁彦先生主编的《文艺杂志》上连载，现在又出版单行本。他们给予我的教益和对本书的爱护，我是永不会忘记的。

一九四三年三月十七日于桂林

| 作品点评 |

中篇《杉寮村》和《穷途》，是你最初的作品。这是些开始习作的东西，在它们里面一切似乎不过刚刚长成。现在我们是无须追溯得这样远了；而且我想它们对于考察你目下的创作，再不能赋予什么。

——于逢：《生活·思想·创作——关于易巩君的创作的一个考察断片》，《文艺

生活》1946年新四号

这部小说的出版对于揭露国民党反动派不顾国家和人民的死活，消极抗日，积极屠杀人民，无疑是有它的特殊贡献的。难怪茅盾会说作者是"在时代的险恶浪潮中""完成了文学的力作"，"是值得""庆幸"的。

——王佩娟：《一部反映抗战时期潮汕人民痛苦生活的力作——论易巩的〈杉寮村〉》，《中山大学学报》(社会科学版) 1995年第2期

克复

黄药眠

下午三点多钟左右，萧村里的人都到自己田里去打水了，屋子里只剩下一些老太婆和小孩子。禾坪上只看得见一两条仅存的黄狗，在那里懒洋洋地走过。但过了一会，也就回到它自己主人的屋檐下面，蜷曲成一团，叹一叹气，睡着了。

春天已过，田里的水稻已开始成长，没有风，四周的光山，都露着一股焦躁的颜色。萧氏祖祠外面的墙壁上贴的"实行清乡""拥护×主席"的标语，已经给风撕洗得七零八落，不知谁还在那标语纸上用木炭画成只小狗。两株乌椿树，凝神静气地动也不一动，只有那初出世的红头苍蝇从粪窖里嗡然一声飞了出来，打了一个圆弧，然后用很猛的来势扑到那树叶上，发出微微的响声。

整个村子都好像是完全睡着了。

这时只有村口福来宝号的萧福来还是坐在柜台前面，自从日本人占了S县，萧福来并没有受多大

作者简介

黄药眠（1903—1987），原名黄访，笔名黄恍。出生于广东梅县，少年时代在广东省立五中学习，1921年进入广东高等师范英语系。1925年毕业后曾做过教师、图书馆职员。1927年到上海做编辑。1928年加入中国共产党。1929年开始小说创作，出版过中篇小说《一个妇人的日记》。抗日战争爆发后，他以文化宣传为武器，同日本侵略者进行顽强斗争。1939年冬，他从长沙逃难，经过三天三夜的奔波来到桂林，与范长江等人组成以向各地发战地通讯为主要任务的国际新闻社，并担任总编辑。此后，在桂林出版的报刊发表了大量的诗歌、散文和评论，并任中华全国文艺界抗敌协会桂林分会常务理事，桂林市文协常务理事兼秘书长。皖南事变发生后离开桂林，去广东、香港。1943年二度由广东梅县到桂林，积极参加桂林文化界一系列的抗战文化活动。1944年秋，桂林沦陷，黄药眠撤离桂林到成都。

作品信息

原载于1943年《文学创作》第2卷第5期。

的损失，据说因为他的交际好，他店里的货逐渐多起来。现在，他索性把他的田都租给别人耕种，变成一个纯粹的老板。这时他一面安闲地织着渔网，一面在和他那正坐在店门口矮凳上的老婆闲谈。

"这两天没有听见什么人说萧寿吗？"福来忽然想起了似的问。

"听说第二天夜里就跑了呢！"福来嫂手里抱着小孩喂着奶，苍白的手背上有青筋浮起，她的下嘴唇向下弛张着。

"唔，要你这个傻瓜才相信！一定还是藏在家里的！一个中学生要出来做这样的事……不过他们说的，这也是没有办法的事就是……"

"你猜他这一次回到家里来，萧其清知道吗？……"福来嫂放低了声音。

"怎么会不知道，听说他的良民证还是他替他弄的……他们从前是同学呀……"

"不过这件事可不要给日本人知道呀！不然这全个村子都要遭殃……其实他尽管到外头去游击好了，何必回到家里来呀……"

"唉……这些事，只要不牵涉到我们……"

"唔，这乡长人家都说他滑头……"

"喀……现在做事就得滑头点呀！而且做了乡长……其实替日本人干得起劲的，还是那位副乡长……"

店门外面突然有一阵小孩喧叫的声音。福来把头探出去一看，小喜子和小莫正满面流着热汗，飞奔前来，对襟衫没有纽扣敞了开来，露出一根根的胸骨。

"日本人来呀！日本人来呀！"当头的小喜子高声喊着。

"什么？……日本人……"福来尖尖的嘴巴张了开来，太阳穴上，马上两条筋突突地跳，"……喂，你在什么地方看见……"

"在岗子上，他们打大路来，就要到啦……"小喜子和小莫一面走一面喊。小莫的鼻孔里流出一条浓浓的鼻涕。

"唔，这一次比以前好像来势不同，你赶快带几件衣服，爬上山去吧，我就来！"福来回头交代着他的老婆，声音都有点颤。

"你也一道去吧！这一次也许会出什么岔子呢……"福来嫂露着惊惶的眼睛，

看着她的丈夫。在那虚肿而发青的脸上有些筋肉在那里抽搐着。

"我就来……还有一点货也得藏入地窖里去……你先走……不要在那里碍手碍脚的……"福来急得冒着汗。因为他的前额根本很小，因此汗珠子特别显得大了。

十分钟以后，果然有三个日本兵大摇大摆地走进村子里来了，当头的一个矮胖子，摇着笨重的脚，一面走一面在那里手指脚画，好像对于这个地方很熟悉似的。显然他们是喝醉了。

一顷间，萧村变成了十分的荒凉，每家的门窗都紧紧地闭着，原先留在家里的老太婆小孩子，都深深伏在草堆里或床下，动也不敢动。那些在田里打水的人，早已停止了工作，匍伏在荆棘丛里和田埂下，用畏怯而又愤怒的眼睛，从叶隙里、草尖上窥伺着那三个日本兵的一举一动。

村子里仅存下的两条瘦黄狗又在汪汪地吠了，但不久便寂然无声。那个矮胖子的日本兵在萧氏祖祠的大门口停留下来，用手指指着那左边的一个小门。于是两个日本兵就撬门进去，接着就是一阵猪叫和鹅叫的声音，不一会，那些强盗竟各自背着猎货物走了。

人们开始从惊惶中醒了转来。大家在低声地谈论着。

"这一次可轮到萧伍嫂了。"

"怎么？"

"那只猪和那只鹅还不是萧伍嫂的？……"

从河岸边跑出两个青年汉子，他们拍了拍手上的尘土。其中一个青年眼睛很大而突出，头发稀疏，他回头对左边一个比他高半个头的伙伴说：

"喂，老秀，你知道萧寿哥有藏起来吗？……"

"他早就走了，不在村子里呀！……"那个被称为老秀的迅速地说。

"唉，那就好了！我这几天真是替他担心呢！他是怎样好的人！""……还得回来的……"萧秀抽出旱烟管来抽着，平板的脸孔上，嵌着细小的眼珠子，他不大爱说话，但他笑起来的时候，他是露着一种憨气。

"他为什么老是这样跑来跑去呢？他的游击队有多少人呀？"

"……谁知道……"萧秀抽着烟，很久才答复了这一句。

"他这次回来乡长知道不知道？……"

"萧其清总会知道的！但那个副乡长廖混蛋大概还没有知道吧！……"

"喂，老秀，如果你们寿哥的游击队弄起来时，我也要加入一份啊！……"廖昌天真地用力扑着萧秀的肩头。

"嗯，嗯！"萧秀回头看了廖昌一眼，他若无其事地照旧吸着烟。

黄昏时分，从田里做工的都回来了，小孩子在禾坪上不顾他们父母的咒骂，正在打着竹鞭子，当作宝剑互相追逐着。因为天气渐热，已有人把矮凳子搬出在大门口吃饭了，蚊子嗡嗡地闹成一片。

本来每当这个时候，那村里的两条黄狗是要在桌子下面钻来钻去的了。但今天晚上都失了踪，有人说给日本人打死，连狗尸都被拖走了。萧伍嫂坐在厨房里的灶头旁边，两只眼睛哭得像桃子般大，口里只顾骂着东洋鬼，连饭都忘记烧了。但她这种行动却把萧伍哥气得发火，他是走过军队的人，生活又穷，他从房子里跳了出来，像老虎擒羊般抓住了萧伍嫂的头，左一个耳光，右一个耳光，口里喷着白沫：

"你这混账的东西，什么时候了，你还没有饭拿出来吃，你哭什么！是死了父亲还是母亲！……难道为了给日本捉去一只鹅一只猪，就连我们自己都要饿死不成。"

萧伍嫂凄然惨叫着，一面从她丈夫的拳脚的暴雨中挣脱了出来，跑出门口放声大哭。

萧伍哥追到门口，两只手叉着门框的两边，骂着："你这混账的东西，有本事就去找过一个姘头。不要再回家！"

萧伍哥左额挂着刀痕，右眼的下唇向下歪，露出了里面的红红的眼肉，看起来格外可怕。

萧氏大宗祠门口站着乘凉的人，看见萧伍那种凶暴的样子，有的在交头接耳，但有些顽皮的小孩子竟拍着手笑了。

然而正当这时候，一个不幸的消息把全村的人都骇住了。

"一个日本兵死在三岔路上了呀……"廖富民从城里跑回来喘着气说。他还不到四十岁，但他那一副骨骼搭成的高高的架子，简直就像要松散了下来。

"什么?"大家的眼睛都这样问。

"……我……我亲眼看见一个胖胖的日本兵满身是血……我最先是以为又是那些东洋……打死的狗……啊，后来一看，不是，是人! 而且是日本人! 我的心肝都掉了下去，我……我，两只脚发软……好得后面没有人看见……不然我脱不了身……可糟啦……"廖富民手里拿着的四两猪肉都还在发抖。

"你看见死了一个吗! ……"萧福来从人群中伸出了他的狭窄而又突出的前额。

"就……一个也够……我……我们受了呀!"廖富民声音低哑而震颤，他差不多不能操纵自己发白的嘴唇。

"你看是谁打死的? ……也许是别的地方打死的，抬到我们三岔路口来移祸过东吴……"萧福来尖尖的嘴唇在动着，他希望从他这个聪明的主张里可以使大家获得解救。

"三岔路口，一天到晚都有人走来走去，哪能够从别的地方抬来呢!"廖昌叉着手驳斥着。他自从前一次因他的叔母向萧福来租田的事，和这个萧福来吵了一顿以后，直到现在好像气都还没有消似的。语气说得非常之沉浊。

"如果是别处抬来的，一定是有血迹的……"一个面孔惨白得像一张纸的萧楚云打侧了头，露出研究的神气。他是本村的小学教员，算是有智识的人。

"总而言……言之，我……我们这个村子遭了殃就是! ……还有什么话说……"

"但半个钟头以前廖乡长的母亲回来的时候，还没有看见这个东西啦!"萧福来的一对老鼠似的眼睛老向廖富民眨着。

"……而且那些东洋鬼到我们这里的时候，还不过三点多钟左右，如果他回城里去，早就应该走过去了。哪里会到这个时候，才被人砍倒在路上!"萧楚云应用着他从前在师范学校得来的智慧判断着。

"最怕他们又跑到别的地方去过呀!"萧福来露着小心的神气说，"……你看是

173

不是今天到我们这里来过的？……"

"我怎么知道……我……我是一早进城的!"廖富民哭丧着脸。

"他到别的地方去，打死了，就不是我们的事! 怕得这样可怜干什么……"廖昌愤愤地说完了这一句，就掉头跑了。

"……这不是三岁小孩子说的话! 东洋人，他会同我们讲道理? 三岔路口离我们这里又是最近的!"萧楚云看见他掉头要走，声音说得格外大起来。

"唉，这里最近游击队多，也许就是那些人干出来的事呀……"萧福来沉思了一会儿，突然说出了这一句。

给他一说，大家的嘴都闭着了，面孔发青。廖富民开始感觉到他这样给人围住在那里报告这个不幸的消息，是十分危险的。他摇着他那竹竿般大的两只腿赶紧回去，一面摇着微颤的头，自言自语着："糟啦! 糟啦! ……"

大家都沉着脸，默然不说一句话，各自回去。连小孩子也知道事情的严重，停止了他们在禾坪里的游戏，很早就跑回到家里躲在床角头，睁大着眼睛，偷听着大人们带着些恐惧意味的低声的商量。

萧福来回到家里，和他的妻子讨论一番，决议把所有的贵重的东西都藏在地窖子里去。而他们夫妇则准备带着小孩子，于明天四点钟启程到离萧家村三十里地的杞村去。

天刚刚暗下去，地平线上还剩有一条悲惨的紫色的余光。这在平时萧家村的禾坪上，还是相当热闹的，小孩子在那里捉迷藏，老头子坐在门槛上吸旱烟管，可是今晚却变得十分死寂了。

萧慕春于大门关好了之后，也不吃饭，自己点了一支油烛，径自向屋后堆草的房里走。刚走到那门边他又停了脚步，他用手掌掩着烛光向四周倾听了一下，然后轻手轻脚地推门进去。在里面他摸到了一只梯，他慢慢地爬上楼上去。

那楼上也和楼下一样，堆满着柴草，只是从柴草的隙处透露出一点点灯光。萧慕春把门板轻轻地揭开，灯光露出来了。他又轻轻地走了进去。

在四周都是柴堆的中间，一个剃着光头的人正低着头据着一张四方桌在油灯下不知写些什么，对于这一个进来的人，他只抬头看了一下，又重新伏下去，在那里很迅疾地写，笔底下发出索索的声音。

萧慕春在暗中摸着了一张凳子坐下，很久都没有出声，眼睛呆呆地望着他的儿子的头，无限的话好似要从他的胸中涌出，但刚到唇边又给吞下去了。

"唔，又有什么事吗？……"萧寿终于停下笔来搓了搓手掌，微微地吐了一口气，眼睛还是注视在那张纸上。

"阿寿……你做的事……我们不要紧……但你害了我们全村……"萧慕春颤声地说，眼泪都不由得簌簌落下。

"唔，什么事？什么事？"萧寿站了起来，把刚才写的那张纸放进袋子里，他的眼睛凝视着他的父亲，他圆圆的脸孔上面、口唇旁边，垂着两条垂直的皱纹。他的举动，有点厚重。但他的年龄却还不十分适合于他的举止。

"你还不知道？三岔路口打死了一个日本兵呀！"老头子用袖子揩着眼泪。

"啊？……我不知道！就是今天下午来捉鸡捉鹅的那些家伙吗？……"萧寿诧异地说。

"谁知道！但你这样做法……这个村子……是要完了！"老头子皱着眉头发愁。

"我还不晓得呢！……我今天还没有出去过……不过如果是我们……大概也不会这样笨的做法！"

"但是这里的人……大家都怀疑着是你！……"

"啊！"萧寿出于萧慕春的意外，只微笑着，"那倒不见得啊！"

"总之，你赶快走吧！……这里你是不能再住下去了……你爸爸妈妈年纪……死……死了也没有什么……"萧慕春说到这里简直又呜咽起来。胡子上，泪凝着灯光。

萧寿眼睛注视着油灯呆了一会，然后很迅疾地向桌上一扫，回头一手抓住床头的手枪。

"爸爸，不要紧，你不要难过，这是我们的生死关头！我现在就走……"萧寿的声音像铁一般的硬。

"那你到哪里去？……"父亲一听见他要走，又感到彷徨。他双脚发抖地站了起来。

"我总得离开这里了……"

"但，恐怕碰见人呀！"父亲胆子特别小了起来。

"不要紧，我还想到乡长那里去转一转呢……"

"啊！他那里还去得！"父亲格外惶恐地摇着手，"万一他把你送到城里去怎么办？你知道这事他要负责的，如果交不出人……"

萧寿腾起了眼睛，看着他头上的柴堆，想了一想，一面插好腰间的手枪，摇着头说："我想还不要紧。"

萧寿跑下楼，走到后门，先把手中的油灯吹灭，回头对那个站在门边送他的父亲说："你不要难过，爸，你告诉母亲一声，你说我走了……还有杰人也得告诉他一声，我明天夜里要到萧秀那里去呢……"

"……还要回来？！"父亲木然地站在那里，眼睛里饱含着眼泪，声音是完全哑了。

"爸，你不要担心……一切我自会小心，我有办法……日本兵如果来，你说我四五年没有回家，现在还在上海意大利洋行做生意呢……"

"嗯……嗯……"老父亲哑着声音，点着头，喉咙里好像有什么东西塞住，一句话也说不出来。

萧慕春看着他走到很远，然后把门关上，他站在那里倾耳静听，他很担心，在远处会突然地发生什么声响。风吹着屋门外的树叶声，好像是有什么人走过的声音，他茫然惊愕，皱起了眉头仰头望着天。但一会，他知道那是树叶上的风声，于是他就好像卸下了身上背着的千斤的重负。但忽而他又感觉好像失了什么似的，他的手颤抖得厉害，只得用两只手提牢那个被吹灭了的油灯，踽踽凉凉地摸回到屋子里去。

萧寿一直就走到乡长萧其清的家里。乡长一看见他，马上把脸一沉，急忙把他带到一个堆着许多木头发着霉湿的房子里去。

"你还敢来我这里……你干的事真害人不浅！"乡长第一句话就是这么说的。他靠着凳子的边缘坐下。

"这不会是我们干的，我们没有这样笨！"

"那你现在怎么样？"乡长似乎并没有听他的话。

"我想走……"

"那你就赶快走吧！连副乡长都听见你回来的消息！我这一次恐怕生命都难保，你们这些家伙真是害人不浅！"因为侧背着灯光，萧其清乡长的面孔，黑得厉害。

"我已经告诉你，这不会是我们！我们是一定会先通知你的！"

"那么这是谁干的呢？"

"我现在也不知道，也许是汉奸内讧，故意做出来的，也许是农民自己干的……"

"好，这些事不要再谈了，你赶快走吧！"乡长很匆急地截住他的话。好像他急于把他的会见赶快结束。

"但是你自己打算怎么样？"

给萧寿一问，萧其清倒有点踌躇起来了。

"我？……我现在正打算进城去报告，我刚才已打电话去了。"

"我看你不要进城去好啦！"

"不要进城去？！那怎么办？那他们明天来最先枪毙的恐怕就是我……"

"跟我一道逃走好了！"

"啊……"萧其清用手摸着他颊上的胡子，过了一会他一连摆着头，口里咄的一声："那么，我的家呢？"

"那就只得暂时放下啰！"

"不！"萧其清低着头，想了一会，坚决地答，"如果我一走，我全家性命都没有了呀！"

"你进城去难道就可以救他们吗？"

"我想还可以！"萧其清沉吟着。

"你不怕副乡长陷害你吗？……"

"那大概还不至于，我同他是两代的亲戚……如果我自己报告得好！"萧其清的僵瘦的手指在不断地上下用力地摩擦着自己胸前的泥垢。

"那我走了！"

"好吧！你赶快走……恐怕他们就会来了……"萧其清焦急而又仓皇，显然他一面讲话，脑筋里已经想到另外一个地方去。

"你如果遇见什么事情，设法通知我一声……"萧寿临行时向他叮咛着。

"唔，唔……"乡长漫应着。

萧寿低着头走了出来，很巧路上并没有看见一个人，从竹林里穿到村后，他朝周围看了一下，轻轻地拍了拍手掌，于是从草丛里钻出了一个身影很大的人。

"你来迟了！"那人轻轻地拍着身上的尘土。

萧寿抬头望望天上的星斗，"那么走吧！城里的人回来了吗？"

"回来了。"

"他说什么？……"

"他说城里的事情都交涉得很好！"

"唔，你们村子里的事情怎么样了？"

"已有二十多条枪了。"

"这里三岔路口打死了一个日本人你知道吗？……"

"知道。"

"不是你们干的？"

"不！"

"那是谁干的？"

"不，这在我们猜，是汉奸把他打死，想把祸移到我们身上来呢！"

他们两个人一面走，一面说。当上玄月从林梢头升起来的时候，他们两个人已爬上那曲折而微白的山径上了。

乡长萧其清，星夜打着灯笼到城里去。

副乡长廖浩若挨户去通知乡民不准走，明天一早所有男妇老幼都集中在萧氏祖祠对面的山窝里列队恭候皇军。

他走到萧福来店，萧福来正和他的妻子打叠行李。

"怎么的，你想跑？"廖浩若头在空中晃了又晃，肥厚的背把他的头压得猥琐地向前伸出。

"喂，副乡长，你知道，我这个老婆是受不得惊吓的！"

"那不行！如果你可以走，大家都可以走，难道只留下一个乡长给日本人上吊不成！"

"啊，乡长！不是这么说，这回又得请特别帮忙，你说我大前天就到杞村去的好啦！"萧福来手里抓着几张纸，向廖浩若的手心中塞去。

廖浩若很敏捷地把手掌张开，把那东西紧紧地握住。

"那么你想连行李都带去？"廖浩若面孔上的皱纹马上松了开去，转过一个问题问。

"不，我们只是带几件衣服，真是逃难呀……唉，乡长，这乡里能够过太平日子都完全靠乡长的支持呢！"

"唉，我常常是替大家帮忙，但人家还要骂我是汉奸走狗，其实如果没有我们，让日本人来，那大家都不得了呀……不过这一次出了岔子，我可糟糕呀，说不定老命都还要送掉呢……"廖浩若微微叹了口气，有点疲倦似的，坐了下来。

"啊不，这只要敷衍得好，……而且给他们一点……日本人也是人啊！"萧福来弓着前身摇着手，极力替副乡长做胆。

轰隆一声，木板后面，一个笨重的木箱子跌倒在地的声音。

廖浩若皱着眉头咄的一声坐了起来，手里紧握着那一卷纸，"喂，福来，我看你还是不要走吧，什么事我替你担保好了……因为你这样一走，好像……有嫌疑似的！"

"但是我那个老婆……你知道……"说到这里，萧福来更踏前两步，差不多把他的尖嘴伸到廖浩若的肥厚的耳唇旁边，"其实，你也没有什么，把肇事的人说出来就得啦！"

"说出肇事的人？……但谁呢……"一个思想忽然在他的脑筋里一闪，"唔，那你知道是谁吗？……"廖浩若一手抓着福来手臂上的衫，好像他已经获得凶手似的。

"你知道萧寿回来的消息吗？……"萧福来把眼睛闭了一半，睨视着廖浩若的微秃的头。

"……但，我只听人说他回来住了一夜就跑啦！"

"唔——唔——"萧福来唔一声，点一下头，他的尖尖的口唇张开着，"回来一个晚上也就够了，你看现在不就是出了事！"

"啊！"恍然大悟似的，"你想现在还会这里吗？……"

"这倒难说！"萧福来沉吟地摇着头"不过人也许早走了，但这里总有一条蛇路……"萧福来本来早就准备好了作揖的姿势，十只手指下垂着，但说到最后一句的时候，他的尖尖的食指，不自觉地挺了起来。

"唔！"廖浩若狠狠地点了一个头，手掌在他的大腿上一拍，"对，有路！"他立即起身跑出门去。

萧福来斜吊起上嘴唇，十只手指在那里互相舞弄着，呆呆地站了一会，然后用急速的脚步走到店子后头去。

他的老婆正蹲在地下检点衣服。

"做什么这样响，刚才差一点给你的轰隆一响误了事啊！"

"现在走了吗？"

"现在走了，送了他五百块钱。本来没有事了，但他妈的，一下子他心里的孙行者打了一个筋斗，又变了卦，后来好得我想了一个主意把他支开了……"

"我的心总是有点慌，我一听见他来，手老是发抖。"

"没有事情的，我们送了他钱，又替他开了一条路……"

"开了什么路?"等了好一会,福来嫂好像想起了什么似的问。

"就是那件事,那件萧寿的事……"

福来嫂翻转了她扁平的脸孔朝着他看,他眼皮下虚肿的蓝痕,在灯火下格外看得清楚,眉头上皱出两条纹。"……那将来游击队知道……"

"他们哪里会知道呢!"

过了一会,福来嫂又低下头继续把衣服放进她面前放的小箱子里去,她心里似乎又回复到她的平静。"他走了,我心里就没有这样慌了……喂,你也来帮帮忙呀!"她对那个木然站在旁边的萧福来招呼着。

廖浩若副乡长拍门走进萧慕春家里。

"喂,你把你的儿子交出来吧!"廖浩若劈头就是一句。

"什么?我的儿子?他三四年没有回来,你还不知道吗?"萧慕春两个膝盖关节发抖,但还强自镇定。他心里想,一定出了事了。

"喀喀……你不要在那里玩花枪,昨天夜里还有人看见他从你们的后门进去呢!"

"啊,那见了鬼!他回到我们这里!"萧慕春嘴唇发白,头微颤地乱摇。

"我不是同你开玩笑,你的儿子当了游击队,你赶快把他交出来!"廖浩若说完,鼻孔子里不绝地哼着气。

"他当了游击队?那是谁说的,他从上海失陷以后就没有来过信,谁知道……他当了游击队?去年还有人说他是给在意大利洋行做生意呢!……"萧慕春说到这里,一股心酸眼泪也掉了下来。

"唔,老先生,你不要在那里装聋作哑,你的儿子在上海加入了游击队,那是全村的人都知道的!你快快把他交出来好了。如果明天日本人来,那就麻烦了,老实说,我始终是中国人,替中国人说话,替中国人办事!"廖浩若硬中带轻地说。

"叫我交出来,我哪里去交,你要不相信你来搜我的屋子吧。"萧慕春用颤巍巍的手以自己为中心,指了半个圈子。

"搜！唔，那倒不必！"廖浩若微微突出的肚皮，震动了一下，"你老实告诉我，他藏在哪里，我去捉他好了！"

"我怎么会知道他在哪里！而且……我们书香之家从来也不会……做这些事！……"

"喀！现在倒是越书香之家越发干这些爱国的一套！"廖浩若把坐的屁股移了一移，很傲慢地说。同时用多毛的手摸着下腿。

"那你要这样说，我也没有办法，反正我的年纪也这样大了！……你把我的老命拿去吧……"萧慕春因为知道他的儿子还没有给他找到，他不过是来探风的，心里就平静了一些。

"老实告诉你，慕春老伯！咱们不要说是邻居，而且是还有些亲戚，大家又是世交！所以这一次如果不是发生了这件大事情，我也总是眼开眼闭的，只要不做得太过！比方，萧寿回家里来，我早前几天就听见了，但我没有作声……但现在事情闹大了，打死了一个日本人，如果不交出一个人去，那不要说我的老命，你的全家，就是这全个村子都恐怕免不了要受害，所以我劝你老先生救救村子！"

"救救村子？为什么要交出一个人来？"萧慕春理直气壮说起话来声音也大了一些，"而且我们根本就没有游击队，我的儿子也没有回来过，这要你救救村子才是，只要你不要去说什么游击队之类的话。"

"唉，你还是要这样说就没有办法！"廖浩若鼻孔里哼着气。

一个人从暗中浮进到光圈里来，他矮短而粗大像只水桶。他的头发挥着平头装，面孔也是四四方方的。

"喂，廖副乡长，你为什么半夜跑到这里老是要人啊！你如果以为藏在这屋里，那你就不客气搜一搜好了！"他的口气有点威胁，说时还塞起了右手的半个袖子，露出碗般大口径的手臂。

"啊，杰人兄，保长，你来得正好……"廖浩若的语气显然变得温和一点，而且还起来欠了个身。"我据密报，萧寿回到他家里来了呢！"

"那么你搜好了！"萧杰人用头向屋里一摆。

"搜……那……那是用不着的，我刚才对暮春伯说过，大家是亲戚又是世交，本来也没有什么的，只是这一次事情闹大啦！日本人兽性一发不要说我自己……就是大家都要遭殃……所以……所以我只要萧老伯，告诉我一个地方，我自己去找好了，也不一定要萧寿，反正能够逮到一两个人到上头敷衍过去也就算了！"廖浩若用很低的声音，带着商量的神气。

"他根本没有回来过，你有什么好说，你怎么能够叫他老人家说出什么地方来呢！"萧杰人还是照旧直着嗓子叫。

"但昨天有人亲眼看见他从后门回到这家里！"

"我同他共一座房子住，有什么人来我还会不知道！你说这亲眼看见的是谁？你说！"

"那倒不方便告诉你！"廖浩若嗫嚅着。

"你这完全是造谣！那我现在也可以向你报告，我昨天晚上亲眼看见你的堂弟廖藩从后门回到你家里去！"

"你这不是蛮话吗？！"

"这不是蛮话，别人可以向你报告，我也可以向你报告。而且我同廖藩同过学，我知道他是什么时候加进游击队的！"

"请你不要意气用事，要顾全一下大局哟！"廖浩若简直有点乞怜的样子了。

"要顾全大局，那就不要去说什么游击队！如果要捉游击队，那就先从你廖屋开始。"

"这不是姓萧和姓廖的问题！"

"那你为什么萧乡长在这里不说话，他一走开，你就半夜来到我们萧家勒人呢！"

"你这个人，我简直没有办法同你说唉！"廖浩若把头翻了过去狠狠地吐了一口气。然后又回过头来，"但是我问你，明天日本人来了怎么办？……"

"有什么怎么办！……我们没有做什么事，我们就不承认了。你以为交出什么游击队去，他就会放手？你交出一个，他要你两个，交出两个，他要你三个！怎么样？你想做人命贩子发洋财是不是！"

"唉——你这个人真是没有办法！老实说，我如果替自己打算，我早就不要做这个副乡长了！平时既然要给人骂为汉奸，一出了事日本人定抓住我来问！我有什么办法呢！我问你如果明天日本人来要烧房子，要架起机关枪来扫怎么办？……"

"那我们让他们扫好了！难道你说有什么游击队藏在村子里，他们就不烧房子，不开机关枪么？……"

"好，那就明天看吧，我希望你对我这样强硬，对日本人也有这样的强硬！"廖浩若不高兴地扬着手拔脚就走。走到门外，还听得见他在对人说"走吧"，接着就有两三个人的脚步声音。

"他妈的。他还带有人来呢……如果他敢来搜，搜不出人，我就要把他绑起来！"萧杰人用手掌拍着他自己的手臂，口唇紧缩着，眼睛露着光芒。

"不过……你也太强硬了，对于这些小人，我们不要去冒犯他哟，不要去冒犯他哟！而且我们……"萧慕春这时好像发梦醒来般哑着声音对萧杰人说。但说到最后一句，他简直说不下去了。

"不要怕，春叔！有什么事，我去挺住就是！……我还没有家没有父母，也没有子女，我怕什么！不过我萧杰人是决不会把廖藩的事说出来的，我决不做汉奸！"说完，他就不慌不忙钻入黑暗里去。

萧慕春睡在床上，手脚都不绝地发抖，这样可使得那个在床上病了三个多月的老婆不能安睡了。

"喂，老货，你这样怕干什么呢！难道你这样年纪大了，还舍不得死吗？……如果你不愿死，我倒愿意代你去死！我还希望快点死哟！"萧老太烦躁地说。

"我就是担心着阿寿的事情，万一他明天晚上还跑回来，我忘记交代他千万不要再回来呀……"

"我的阿寿，他们是不会捉到的……他做了三四年游击队，他什么事情没有做！而且只要天有眼睛，他总不会给那些天诛地灭的日本人捉到的。"接着是她的呼卢呼卢的咳嗽声音。

第二天一早，副乡长廖浩若就穿着一件节日才穿的白纺绸长衫跑到三岔路口候驾了。

至于那些村民呢？他们都集中在萧氏祖祠前面的小山窝里排列好，等候着皇军的查勘。

太阳从浓黑的云层里面冲射出来，地面上发出一股热腾腾的蒸气。小山窝的一大群人等了好久都不见来，有些老年人已支持不住在草地上坐了下来，有些妇人们，悬揣到就要到来的可怕的场面，呜咽地啜泣。小孩子哭喊的声音还杂以老年人的叹息。

"来呀！"那个爬在斜坡上的树上去探望的小喜子，跑下来报告了。

一股战栗通过了人群，一切说话的声音都停止了。

真的来呀！一起有十多个，在前走的是一个矮胖的，脸孔发就赭色的油光的日本军官。他拖着长刀，唇边掩盖着一字形的浓厚的胡子，他的后面是一个高高的、面孔发青的翻译。他头顶上梳得很光的头发微微有点竖起，每走一步头发就上下摆动一下，好像是一根尾巴。翻译后面跟着那个副乡长，他隆着背很吃劲地跨开了阔大的脚步，长衫在绞住他的脚。那后面就是十六个日本兵，两只手提机关枪走在前面。

"来了呀！"每个人心里都在这样说。霎时一切声音都听不见了。

那个日本军官背着手，眼睛像狼一样在人群里审视了一过，然后向翻译叽叽咖咖说了几句。翻译的不安定的眼睛转了几下，从薄薄的口唇里吐出了尖锐的声音：

"你们谁犯了罪的，快快说出来那就大家没有事，如果不说出来的话，那你们全村子的人都要负责任。"说完，他的不安定的眼睛又转了几下，苍白的脸孔上发青，两只下半截的手臂一时提起来，一时又放下去。

大家都没有声音，只有老年人咳嗽了几下，有些人大拇指和食指在用劲摩擦着。

日本军官向他们身后的兵士交代了几句。两挺机关枪架起来了。步枪的枪机叽哩咖啦响着。

"你们还不快快说出那个犯罪的人来，要开机关枪啦！"那翻译仓皇而又急骤地说，说完他马上回转头用着小心提防的神气看着那挺机关枪的位置。

大家还是没有声音，简直像死一般寂静，好些人把头低了下去，但也有几对眼睛对着那两架机关枪闪着怒火。

这时副乡长廖浩若，跑到日本军官耳朵跟前叽咕了几句。

"唔！"他的眼睛一亮，回头就又对翻译说了几句。翻译把耳朵一直伸到廖浩若的胸前，廖浩若的口唇在动着，翻译连连地点着头，"啊——啊——"地应着。

"喂，你们哪个是萧慕春。"翻译拉起了他的长颈，眼睛向人群里不安地望。

"是我！是我！"人群里发出了两句微弱到差不多听不清楚的声音。接着是连咳嗽了几声。

"站出来！"翻译喊。

萧慕春，一个六十四岁的老人，从人群中出来了。他负着厚重而隆起的背，眼眶和双颊深深地下陷着，面上的皮肤发着灰紫的颜色，头顶上稀疏的白发，很萧条地拂动，他眼睛望着地下。

日本军官，一看见他，就同鹰隼看见它的猎物似的跃上前去就是一个耳光，把这个可怜的老者打到地上。

"哎呀！"一个女人惊叫的声音。

一对狼一般狠的眼睛马上又走近来，在人群中寻找这个声音。突然，他在一副惨白的面孔上面停住了。他指着他。翻译赶上来，对着那个人问：

"你叫作什么名字？……"

"我？……我……我是萧楚云！"

"你是干什么事的？……"

"我……我……我从前教书的！"

"唔唔唔！"那个日本军官不耐烦地向翻译顿着脚，面上皱成了许多横横直直的皱纹，恰好像一个发怒了的野兽。

"你出来！快！"翻译说。

"我……我……我……没有……"

"快点！"翻译又催着。

"我……我……"他的话还没有说完，一个巨大而多毛的手掌已经又在他的面颊上打了过去。牙血从口唇旁边直流下来。

日本军官的手一举，两个兵士走了过来，把他们两个连拖带拉地拉进附近的房子里去，翻译也跟随了进去。

廖浩若好像想跟着进去，但走了两步，把头摇了两摇，又折了回来。他看见两挺机关枪正瞄准着这一大堆人，那周围还有六七个日本兵挺着雪白的刺刀。他低着头又摇了两下，好像想摇去什么似的。最后他走到人群的面前，把手拿了起来，又放了下去，又拿了起来，最后他满面皱出了尴尬而难看的面容，眼睛望着地下说：

"你们还是赶快交出一两个人来吧，不然他们是要全村子人的命呀！乡长给他们毒打了一顿呀……"

人群还是像死寂般没有点回音，大家都低着头。

突然那屋子里，两管枪声轰然响了。大家都抬起头，露着惊惶的眼睛。机关枪旁边的枪手，马上做准备的姿势，四围的日本兵也换了他们站立的姿势，更紧地抓着手中的枪把准备着刺！

那两个人从屋子里出来了。两个日本兵也出来了。廖浩若带着跑步的姿势跑了前去，他们三个人在乌椿树底下商量了好一会。隔远看去，廖浩若的背是格外驼了。

"哪一个是萧杰人？"翻译又在那里叫着了。

萧杰人不慌不忙地踏着端正的步式从人群中走了出来。"我就是！"

"唔，你这家伙！"翻译全身不自然地摇了摇。"还不站好啦！"他命令着。

日本军官在周围视察着，不一会他就把萧伍哥指着了。"唔……唔……唔……"他口里又咕噜几句。

"你出来！"翻译马上赶了过来，摸了摸他的肩和手。

"他妈的，你这个家伙看样子亦像是一个游击队。"翻译指着他歪下去的眼唇和额上的刀痕。

"喂，官长，我有话说！我有话说！"萧伍哥申辩着。

"你还有什么话说！你敢说你没有当过兵。"

"是的，我以前……我以前当过，但是现在……"

"那就好了，走吧！"

"官长，官长！"萧伍哥向那个日本军官大呼着。

日本军官一拳就向他面上打过去。眼皮下马上又青又黑地肿了起来，两个日本兵走过来把他和萧杰人两个绑了起来。

日本军官走到人群面前指手画脚训斥了一些话，那翻译转着不安定的眼睛倾听着，后来他翻译了：

"你们听着，你们的乡长是被我们扣留了。刚才两个土鳖已经承认出你们这里有游击队。现在我们逮住的这两个是要带回去仔细审问。你们这里还有哪些是游击队……快快地把他交出来。如果还是装聋作哑，或者逃避到别的地方，那明天我们再来，就决定把你们通通枪毙，一个不留。"那翻译一面说，一面身子在那里不自然地摇，声音越说越尖，一对不安定的眼睛时常偷觑着那个站在旁边的日本军官的脸色。

廖浩若，唇边露着他一只长长的牙齿，亦不知道他是唉，还是不是唉，不时用眼睛瞟着那被背手绑着的萧杰人。而后者则咬着口唇正对着他，盯着仇视的眼睛。

日本人一离开，这一大堆死了般寂静的人群，马上松散开来，有些人疲倦极了，废然地坐到地下，有些人垂着头，一句话不说，向自己的家里走去。萧伍嫂坐在草地上"我的夫呀，我的夫呀"放声大哭。这时有两个妇人头发散乱，满面泪痕，冲进那刚才响过两枪的屋子，有许多人跟着她们走去。

但不一会哭声就不见了。廖辛嫂，萧慕春的女儿，去挟着他的父亲出来。他摇摇晃晃的自言自语：

"还是枪毙我吧！还是枪毙我吧！"

大家都十分的惊愕。萧秀从人群中赶上前去。

"老伯，你哪里给打伤了呀！"

"我没有打伤，我没有……什么也没有……他们他们……要我交出……交出游击队，我……我……的儿子出来……我不肯……不肯，他说要枪毙我，把枪口……指着我！但我说你枪毙吧！我不怕的！后来就是……一枪打过来……我也晕倒了！"萧慕春断断续续地说。他完全没有受伤。

"你看，他到底还是不敢打你呢！"萧秀安慰着他说，"你还是好好地休息一下吧！"

"啊，我……我还是死……死了吧！让他枪毙我……我……算了吧！这……这个世界，我实在是活不了，活不了！"

这时萧楚云忽从大门口跃了出来，面色又青又黄，眼睛发白，黑色的瞳仁向上翻着。他两只手臂举了起来平放着，好像笔架山似的，十只手指打开，口唇拉了开来痴唉着。

"唉……唉……皇军！……你你……们不要捉我……我不是游击队……我不敢！"他一看见他的老婆从后面追来，马上又飞奔出去，口里嚷着，"救命，救命！……他们要枪毙我！你看他们打枪来呀！枪响啦……皇军……游击队……我实在不知道，不知道！"

"他发疯了！"人们在说。

"怎么他没有打坏吗？"

"看样子没有呢！"

"那可奇啦！"

"也许是东洋鬼子想把他吓一吓的……"

"但给这么一吓他可疯了！"

"还不如萧慕春伯，无论怎么吓，他都没有什么呀……"

萧秀把萧慕春送回到他家里，出来跟着竹林的边缘正一路回去。但后面有人在叫着他了：

"老秀，老秀!"

萧秀回头一看，正是廖昌。

"喂，你到哪里去?"廖昌匆匆地赶了前来。

"我回家去!"

"他妈的，你看刚才日本人! 难道我们就这样让他摆布吗? ……"廖昌捏着萧秀的手。

"嗯!"

"我看他妈的，他们才不过十多个人呢! 如果他明天再来，我们干他妈的一套!"

"嗯!"

"唔? 你为什么这样不肯说话呀……"廖昌有点不耐烦起来。

"……这要先有组织和准备呢!"萧秀低着头说。

"只要你们答应，我还有三支枪可以拿出来。"

"商量商量看。"

"要就事不宜迟，明天就要动手呀，难道我们让他们来一个个枪毙不成!"

"我们没有枪呢!"

"你看杰人哥就白白给他抓了去!"

"嗯!"

"唉，寿哥究竟走了没有?"

"早走了!"

"唉，真糟，如果能够找到他来商量就好啦……现在还有什么办法找到他吗?"

"总还可以想法子的!"

"今天这里的事情，他一定不会不知道的，请他回来让咱们一齐干吧!"

"嗯!"

小喜子迎面跳来，满头都悬着一粒粒的汗珠。

"小喜子，你到哪里去来?"萧秀问。

"啊，我告诉你一件消息!"

"什么消息，日本人？……"萧秀和廖昌同时问。大家的神气都好像骤然又紧缩起来。

"不，你知道福来哥吗？……他今天一早带着老婆、孩子和一担行李到杞村去，但路上遇到大哥，把他所有的东西都抢光了……"

"也好，这些做奸商的！"廖昌说。

"唔，不是副乡长早通知乡里的人，通通不准走吗？他为什么……"萧秀有点狐疑。

"他有钱呢！"小喜子天真地说。

"唔，你说得对！……小喜子，你来，我有话同你说！"萧秀对小喜子招着手。

三个人转过一个弯，就走进竹林里去。

廖浩若送走了日本人，带着一个所丁，大摇大摆跑回来，一直就到廖富民家里。

廖富民正抱着才周岁的小孩在走廊下面垂着疲倦的眼皮坐着，他一看见廖浩若进来，马上起身。

"浩哥！"他喊着。经过了昨天和今天的恐怖，他格外瘦了，一张多皱的皮包着凹凸不平的面孔。

"哎！我正要来找你！"

"什么事？"廖富民一听见这句话，马上预感到不良的预兆。口角边本来松了开来的微笑，马上又被缩了回去。

"我刚才跟小队长到三岔路口去查勘，他问我是谁先发现的，我说是你，他说要你到城里去详细审问。那么你现在就去吧！我派一个新丁跟你一道去……"廖浩若的绸长衫在背脊上突出部分已完全湿透了。他举起双手把袖子自然地溜下去。

"浩哥，你这是怎样搅的？……你知道……我……我一个老婆这样老才生下这一个孩子，全靠我做小生意混饭吃！……素来不爱管闲事！"廖富民的那副骨骼搭成的架子即刻又好像要松散下来，满面都是那副乞怜的样子。

"那我也做不了主，他要你去，你就去吧！反正不过问两句话就是……也许他

191

们从你口中问得出一个头绪来，免得他们走向我们村子里追问……总之，救救村子吧！"

"我怎么能救救村子……我能够说出什么……"

廖富民的继室老婆，一听见她的丈夫要到城里日本人那里去，早就口唇皮扁着，眼睛里的眼泪像雨点般掉了下来。

"浩哥！救救我们吧！"

"这叫作公事公办！我也救不了人，这是他们的意思呀！我……我还要人救呢……快点！走吧！"廖浩若眼睛看也不一看他们，无情地下着命令。

廖富民把儿子交给他的老婆，沉着脸一句话也不说，跨着那两条瘦腿就走。

"喂，小民的爸，你也带一点零用钱去吧！"富民嫂在袋子里东摸摸西摸摸才掏出十元钞票交给富民。

"喂，快一点，妇人家，真是啰里啰唆的！"廖浩若顿着脚催着。

晚上九点多钟，萧村是完全熟睡着了，只有水田里的蛙叫声咽咽不绝，天上的繁星好像缀成的珠网笼罩着这迷茫的夏夜。

这时萧寿偕着一个人从村后的小路走进村子里，他们走十几步，又停一停，听一听，很小心地走。但是他没有回自己的家，他从一条小巷转过一个竹林深处，终于在一个人家门前停了下来了。那同来的一个人就在离门边五十步左右的竹林从中蹲伏下去，同时准备好他手里的枪。

"是谁呀？"门里面有人问。

"是我！萧寿！……"

小门呀然一声打了开来。

"就是你一个人吗？"萧秀低声问。

"还有一个人在门外放哨！"

走进屋子里，他们在矮凳上相对地坐着，一支小小的油烛把他们的巨大的黑影印在墙上，微微摇晃。

"你们都睡了吗？……"

"没有。萧杰人被捕了，你知道？"

"我知道了，现在你们怎么样？"

"他妈的，我们准备明天就干起来呀！廖昌、萧伍哥的弟弟、廖富民的侄子都很热心，他们三个人可以各自拿出三支枪来，还加上我们原有的十三支……"

"嗯！"萧秀用手掌摸着下颌，头在那里摇着，"都是好枪吗？"

"都是粤造的。"

"廖昌他们怎么样呢？"

"他很好，他几次都说要问你的意思呢！"

"你一共能够动员多少人？"

"我们现在一共有二十二支枪，还有就是大刀和梭镖，约有十六七支。"

"那么，人呢？……"

"人，只有嫌多，随便有四五十呀！"

"唔，我看是这样，城里的人都已接洽好了，日本军只有一百人左右，所以我们城里已经布置好，城外面四个村子的武装也已组织好了。你们这里是这样，明天先在三岔路口的树林里秘密布置好，当他们经过的时候就向前突袭，要很迅速地把他们的机枪夺取过来，把他全队消灭。然后，我们再向日本军队，引诱他们出城！"

"对的……但是万一他们明天不来呢？……"

"那么，你叫小喜子到三岔路口前面的茶亭里等信好了。如果日本人不来，我们会另有信通知你们。"

"用什么记号！"

"用摸耳朵做记号好了！"萧寿站了起来，沉思了一会儿说，"……那么好了，我走啦，不过你们要小心，在天还没有亮以前就得赶到那树林里去，天亮了是不好行动啦！"

"最讨厌的就是那个副乡长，我们要干掉他！"

"唔，不要打草惊蛇，明天一起干掉吧，让他和日本人合作到底呢！"萧寿一面走，一面微笑地说。

门打了开来，萧秀先站出门边望了一望，从林梢头射过来的月亮在草上露出微黄的暗影，它已刚要照到门边了。萧秀正想回头叫萧寿出来，突然从右边电筒一闪，一个人喝问道：

"是谁在那里？"

"是我！你是谁？……啊，是廖副乡长……"

"你这样晚，还跑出来干吗？……"

"我……我是出来赶野猫……他在偷吃我的鸡呢……副乡长……为什么也这样晚出来呀，是不是又出了什么事情吗？"

"唔……没有什么，刚才我派到村口岗子上瞭望的所丁回来报告我说，他看见两个人的黑影跑进这村子里来呢！"

"那恐怕未必，这样晚还有谁来呢！"

"这在平时本来也没有什么，不过现在刚出了事！今天的事也就够受了，还要闹出更大的事来吗！……刚才我本来是走过了的，不过忽然听见草丛里好似有什么窸窸窣窣的声音，我用电筒一照，又没有什么，恰好你就在这个时候打开门呀！"副乡长的话语里似带有点试探的口气。

"啊，那一定是那野猫！"

但是廖浩若还是站在那里，也不说话，两个所丁横着枪站在他的后面。萧秀这时倒有点窘，只得想出些话来说。

"萧乡长也有什么消息吗？……"

"唔，他！"廖浩若冷笑地从鼻孔里哼着气，"他又要做日本人的乡长，又要同情游击队！……这一次可要吃亏了，受了刑的呢！"

"他同情游击队！"

"不是同情游击队，为什么萧寿回到村子里来，他不向上头报告！"

"嗯……喂，副乡长，萧福来今天想逃到杞村去，给土匪抢了呢……"萧秀只得想了些别的话来说。

"唔，那混蛋……混蛋……"廖浩若感到有点不好说话。

"我看大家不走，只有他一个人走，很有嫌疑呀！"

"唔，唔，这也应该查一查！"廖浩若因为这些话触到了他的隐处，所以他一面说就一面走了。

这时月亮已经给云遮住，田野间只有着黯然的月白。萧秀把门虚掩了一声，而自己则站在门外，远远地望着廖浩若他们三个人向左边的小径走去。

"可以走啦！"他小声地把萧寿叫了出来，"他妈的，要小心，你们不要再经过那村口的冈子上吧，他们派有瞭望的人呢！"

"你们今天晚上的行动，也要小心他们的耳目啊！"

"那晓得！……你上好枪吧！"

草丛里的人走了出来，低声地对萧寿说："唔，他如果再走前一步，我就要放枪啦！"

萧秀看着他们两个人从右边的竹林里隐去。他抬头看看天，天上有一朵朵的大块的云。枭鸟在林丛里悲惨地叫着。他心里想，小喜子和小莫应该快来了，所以他索性不回到屋子里去，就坐在屋旁的树荫下面等他们。

他这时，忽想到明天的复仇的场面。他不觉扭紧拳头在自己的膝盖上捶着。"他妈的，干他！"他在自言自语，他脑子里是幻想着亲自用一把刺刀刺进那日本军官的心窝里去。

太阳刚从地平线上抬起。那个酒井中尉又率领着十六个日本兵大摇大摆走出 S 城的东门，准备再到萧村去清乡。

他因为昨天夜里睡眠不足，给太阳一晒，头脑有点昏昏的，眼睛发花，周围的一切看起来都好像在发着黄光。他脑子里还有着昨天夜里那姓李的花姑娘的屁股磨动的姿势。他呃着气，因为喝酒喝得太多从喉咙里嗌出一股酸味，他心里烦躁得很，他觉得一切都很乏味。他想他今天至少要杀十个人才能够泄泄闷气。他慢慢地走，一连打了几个呵欠，他抽了一根香烟，又一根香烟，他的脑筋稍稍清楚了一些。他幻想着萧村逮捕来的那些可怜的动物，昨天受了刑以后，满身是血的样子，他一时又幻想着从屋子里冒出浓烟，屋檐下面吐出整齐而又美丽的火舌的图画。他幻想着这些东奔西跑，逃生无路的动物，只要给皇军的机关枪一扫，便都要突然倒了下去，狼藉在地上，好像是木头草料。想到这里，他摸着上唇的胡子微微地唉了。

还不到三岔路口，他就看见那个着白纺绸长衫、弓着背的廖浩若乡长飘着衣裙，近上来了。他的后面，跟着一个穿黑色短衫裤、跑路有点拐脚的所丁。

"唔，那是一只白鸽后面跟着一只乌鸦！"酒井心里这样想，口里吐着口沫。

"啊，官长这样早！"廖浩若不绝地鞠躬，走近前来。而酒井中尉也正想回头找寻他的翻译，突然从左边林子里一排枪洗了过来，翻译和廖浩若、三个日本兵都倒下去了。"快放！"酒井中尉大呼着机关枪手急忙找寻一个隐蔽地来架枪，但从草堆里跃出十多个农民，挥起了大刀，把酒井中尉连同四个日本兵又砍倒了。剩下九个日本人且战且走，但森林里的枪，并没有饶恕他们，十分钟以后，酒井中尉、一个翻译、一个廖浩若和十六个日本兵都完全像木头草料般倒在地上哑然无声了。

所丁廖火，早就把枪抛掉，回头向村子里跑，但终于给廖昌一把抓住。

"廖火，不要走，跟我们一道去！"

"跟你们一道……当……游击队？不，我怕死！"

"你怕死，你又敢当所丁！"

"那是副乡长要我来的！"

"不管你愿意不愿意，但你不能走！……"

三十九个农民，把那些杀伤的尸体都推到水田里，随即又隐入到林丛中去。不到半个钟头，这一个胜利的消息就被传到萧村了，那些被召集在山窝里广场上的人群，一听见日本人打走了，大家都欢腾起来一哄散去。

"游击队造反了呀！"有人说。

"天有眼，这些东洋鬼子早就应该天诛地灭的！"

"是谁做了游击队的头脑？这样胆子大？"

"听说是萧慕春伯的儿子呢！"

"人家早就说他家父亲的风水好，他的后代大有发达呢！……"

萧村的人一面走回家，一面互相愉快地谈论着。

但不到半个钟头，一阵恐怖的空气又从村口的福来店传了出来。他说游击队造反，大队的日本人马已出了城要来洗平这个村子。而萧福来自己果然也带着老婆儿子，匆匆忙忙地向石子坑那条路跑了。

萧村的人又重新骚动了起来。父母寻着儿女的，牵牛牵羊的，挑箱提筐的纷纷地向四面八方走。穷人家没有钱逃得远，只得挑着些日用的东西和炊具到北坑上的山窝里去。

廖辛嫂，这时特地跑到他父亲萧慕春这里来。

"爸，听说阿寿造了反，日本大队人马就要来，我看你还是同我们一道走吧！"

"我不走！"老人端坐着，安定地回答。

"不走，怎么办？"

"我这样老，还怕什么，而且我昨天已死过一次了！"

"这里到北坑山不远，母亲我可以叫人来抬！"

"我的事，用不着你们管！"病在床上的母亲说。

"你赶快走吧！你自己是有儿女的人！"老头子下着命令。

"但廖辛叫我来接你们！"

"不要管我们！我们生在萧村，死也在萧村！……我们世代书香，一向奉规守法……这一次阿寿是为了国家的事情，造了反，我也不怪他！……"

"爸爸，我还是劝你走吧！"廖辛嫂眼睛含着泪。

但萧慕春紧紧地闭着眼睛危坐在交椅上一句也不答，只是挥着手，叫廖辛嫂走。

"喂，走呀！日本人来了！"这时门外有人大声叫着。廖辛嫂有点慌，赶忙出来，看见一大群人正向北坑山流去。她这时也顾不得许多，想到家里的一子一女，就急忙放快脚步赶回家去。

但很奇怪的，那个最先逃难的萧福来却于这时满头大汗地空身跑了回来。

"福来哥！喂！"有人在远处喊，"不得了，石子坑也有游击队，又把我的东西全抢光啦！……那条路，去不得，去不得！"他一边跑一边摇着手说。

"那福来嫂和你的儿子呢？……"有人问。

"我托给别人先带到北坑山去了，我回来拿点东西呢！"

村里的人有些看见最怕事的萧福来走回来，又有点踌躇，停住了脚。

但萧福来回头挥着手，神经质地大呼说："你们赶快走啊！日本人的马队也已出了城呀……"其实他是连马的影子也没有看见过的。

于是自萧村逃难的人，神色更仓皇，脚步更急速，有些小孩子给人们连拖带拉地跑，有些挑着笨重的行李的人，偏着头急急地走，还有些走不动路的老头儿，艰难地喘着气坐在路旁。

但就是在这样混乱和紧张的局面下，小喜子骑着一匹瘦马，挥起了鞭子飞跑地走进了村子。

"喂，你们不要走。S 城克复啦！"

"什么？"有些人不相信自己耳朵，只是稍稍放缓了脚步回头看了一下。

"你们不要走，我们的游击队已进了城呢！"

"游击队进了城？……"有人停下人脚步。

"是的，游击队进了城，伪军反正，东洋鬼子全被杀光啦！"

这时萧福来正在后面，他回头大呼着："你们不要信小喜子的鬼话，游击队都是土匪，专抢人家的东西，哪里能打得过日本军呀！"

"他妈的！萧福来，你汉奸！"小喜子用鞭子指着他。

"我倒很想做汉奸，做不到呢！如果我有资格做汉奸，我今天用不着这样辛苦逃难了！"萧福来夹着一大包东西照旧向北坑山奔去。

小喜子把马在萧慕春门前勒住了。他挥着鞭子再一次大呼着："你们不要走！游击队已克复了 S 城，东洋鬼子全杀光啦！"

"唔，他的马系在萧慕春的门口呢！"有人开始相信小喜子的话，而把担子停下来。

但在这个时候，不知谁早把青天白日的国旗高高地悬挂在村子后面的林梢头了。

I 创作评论 I

　　旅桂期间，黄药眠小说创作的主要特点是面向社会，反映现实生活，特别是反映关系到中华民族生死存亡的抗日战争。他揭露日本侵略者的罪恶，讴歌中国人民反对侵略战争的奋斗精神，对民族解放战争有积极的激励作用。他多用现实主义的手法进行创作，注意刻画真实的人物形象，不追求虚构离奇的故事情节，以朴素见长，以真实取胜，写得自然晓畅，可读性比较强；只是一些作品中对情节的驾驭未达自如，结构的组织也不够圆熟。

　　　　——雷锐主编《桂林文化城大全》(文学卷·小说分卷)，广西师范大学出版社，
　　　　　1992，第14页

I 作品点评 I

　　党员作家黄药眠在小说《克复》中表现了中国人民同仇敌忾、英勇奋斗的民族精神。

　　　　——张红：《抗战中内迁西南的知识分子》，江西人民出版社，2004，第196页

　　"桂林文化城"小说在救亡的主题中，描写了中国人民获得启蒙的新精神面貌。像《克复》这样，小说没有把人物写得激昂慷慨，也没将他们的觉醒写得大道理连篇，反将人物被启蒙的变化自然表现了出来。

　　　　——雷锐：《抗战文学中"救亡压倒启蒙"之再认识——以"桂林文化城"小说
　　　　　为例》，《南方文坛》2006年第6期

胶东的『暴民』

骆宾基

一

距离上海市四十华里，有一个小村落，名字叫朱角宅。住户全依靠种田过日子，有的农民还栽培一些欧洲种的花卉，一年四季供给上海富人们房屋里作装饰。平日的生活，所以全都过得很愉快。

一九三二年中日"一·二八"战争的时候，这里遭到巨大的灾难。房屋墙垣全部在炮火中倒塌下来，敌机的轰炸又使那些断瓦残壁散布开去。等到战争停止，住民回到这个平原上的小村落，那已经是一片废墟，野草在倾倒的屋顶土墙之间蓬勃地生长得掩没膝盖了。不久，在这废墟上人们又建立起朱角宅的村落，终年劳碌着，锄草、耙田、施肥、插秧，及至恢复旧观，每户农舍都有一条水牛，或者一匹阉过的黄牛的时候，一九三七年的日本军队又开始骚扰了。

现在朱角宅完全是一个死亡的村庄，所有的居民都带着他们所能带的衣物、粮米、牲口，向渺茫的异乡逃亡了。整个村庄空虚了两天，第三天黄

作者简介

骆宾基（1917—1994），原名张璞君。吉林珲春人。1934年在北平大学当旁听生，次年任教于哈尔滨精华学院。抗战初期在绍兴主编《战旗》。1941年从香港到桂林，与友人合编《文学报》。抗战后任东北文化协会常务理事兼秘书长，负责出版《东北文化》。新中国成立后曾任山东省文联主席。著有长篇小说《边境线上》《幼年》《少年》，中篇小说《东战场别动队》《罪证》，剧本《五月丁香》，短篇小说集《北望园的春天》等。

作品信息

出版于1944年，东南出版社。

昏，这才又有人物出现——一连中央军开到这里来，准备等待命令立刻出动。三里外就有日本骑兵出没，堵截的中国军队在附近有迫击炮阵地，所以整天不断的是那些爆炸的炮弹声，而且每当一声炮响，土地房屋就会震抖一阵子。四围却又听不到一点儿生物的响声，只要在军队里混过的人，都可以想象出那种寂静中的炮声，给予人们的屏息感，有谁敢放声谈论什么呢？可是一到夜间，兵士们就活跃了，仿佛黑夜给了他们一种保障，抢着军需处发给他们的啤酒、饼干、纸烟、牛肉罐头，放纵地高谈阔论。军官们身上也失去矜持自傲的态度，有时为了一个苹果，也会和三等兵争夺起来。虽然这样，两秒钟工夫，他们会排成一个搜索行列，出动。

然而这驻扎在朱角宅的一连军队，当晚上望见四十华里外的上海市空，矗立着三座火峰的时候，一个巨大的震恐从每个士兵眼睛上闪出来。所有的人都在低低交谈，被那三座巨火映得红红的面孔，越发渲染得他们的脸色惶惶不安。因为连部和营部失掉联络，电话早就摇不通，本来全连弟兄在惶恐无主中，惴惴不安，再加老远这片火光的煽动，全部士兵越发紊乱无序了。既听不见迫击炮阵地的炮声，又没有呼啸在夜空的步枪弹哨儿响，远近一片凝静，在火线上这是多么恐怖的一瞬间呀！

夜八点，连着派出两个联络兵去，回来都说附近村子连条狗影也没有，全是哑默悄静的，连长也就惶惶无主。弟兄们百口一声断定上海是全部撤退了，于是排长们集在连长室开会，房门关闭着，外边一点儿动静也听不见。情形就越发糟糕，有人开始向外溜了。

在这些兵士们里边，有一个准尉官，名叫高占峰。个儿很高，宽肩膀，有两只大手。看样子，有点粗鲁，谈话可沉着有力，从他那双有着严峻光辉的眼睛看，也能知道这人物难惹，既善良，又倔强。平日他的脸是红铜色，现在变作铁青。这种气色表明他内心已经产生某种打算，但又防戒别人会发现这种内心秘密的那种严肃的表情。现在他正捆着背包，绳子在稻草上跳着，偶尔发出嗤嗤的响声，可见这屋子里的气息是十分肃静。之后坐下来，两手捧住头，久久望着他那双有补丁的膝盖，其实他什么也没有望见，他的注意力完全集中在一个想头儿上。

"谁的睡帽？"他站起来，顺手一丢，本来他想借着顺手一丢的工夫，走出去，可是他的身子却在那瞬间又坐下了。仿佛许多弟兄都在注意他，实际上他自己也明白并没有人真的注意他，只在他谈话时，他们全向他望了望，及至明白是问那个旧睡帽，谁也不作声，又各自俯脸思索什么了，他们全都抱膝坐在稻草上的。每个人脸上，一色是死人气。

无论怎么样，今晚得溜出去，枪毙砍头，都随他去。心里又一次决定，高占峰用倒下去突然想起什么来的神气站起来，自自然然朝外走，在路过本排弟兄跟前，他还问："怎么样？快点儿弄好，想法弄饭吃。"因为伙夫在黄昏当儿就不见影，谁都明白是失踪了，然而谁都不提。被问的人有点儿惊疑，他从来极少用这种温顺口吻说话的。而当他要回答的时候，高占峰已经早走过去，并且和另一个吸纸烟的弟兄询问句什么。

"做什么去，高特务长？"连副在院子里问，他是负责监视弟兄出屋的，但这问话对高占峰很谦和，正像没有话说，又不好不说什么的朋友问人"你吃饭没有？"一样。

"看看，得想法……想法弄饭吃呀！"高占峰站住说，立刻后悔他不该站住，该用不屑理的口气，随便说句什么走过去就好了。现在却站在这里很严重似的。

"是得想法，不吃什么不行。"

高占峰终于稳声稳气走出套院的竹门外，通过前天井，现在他可以望见大门口的哨岗。

上海市空那三座冲霄的火焰，闪着深夜烽火所有的那种鲜艳的红金色，映得四围的星星，都黯然失辉，但高占峰站的这所院子周遭的墙、屋檐，却依靠那远方的汹涌火焰明显可辨。

高占峰溜到后院，攀墙跳出去。在草丛中伏身解下子弹带一丢，俯腰悄悄离开这座院宅背后的行人道。不管秋天露水多么浓，他让全部身子缩在丰茂的稻草间，两手分拨稻草，两膝贴胸跑起来。一会子，他蹲下听听四围有没有什么动静，一会儿，又屈膝站着，望望左近的秋野，他希望能找到一排作为路标的电线杆木，展在眼前的，却只有被上海夜空的火光所渲染得红雾一片的平野，这无边际的平原展布开去，给迷蒙的红辉所隐没，既分不清哪一片是稻田，也分不出哪一片是村庄。再加探照灯光偶尔单独出现，偶尔又几道来往交错，高占峰的眼瞳就越发迷离，连作为方向指标的北斗星都找不到了。

突然他望见一群人影朝自己这边潜进。他立刻匍匐下去，两手抱住膝盖儿，这样他的体积缩小，预备在滚的时候，响声不至于过高。

他不知道是自己走错了方向，已误入敌军阵地，还是在潜进的这一群人老远发现了他，而且把他当敌探来兜捕，他迅速骨碌开去，不久，他给一个高崖岗挡住，身子已经滚到石铺的道路旁边。

他悄悄巡视着，前边那群人影也仿佛偷偷向这条古老的乡村道路两边聚拢来。并且能够清清楚楚看见两只动荡不停的灰白的东西：是戴手套的军官呢，还是两只白色的马耳朵？给远方夜空那三座火塔的光辉反射得分不清楚。

四下什么动静也没有，耳里尽是一片远方的茂竹林子飘摇在秋风中的松涛似的呼啸声。高占峰胸脯贴地，埋脸伏卧许久，静待那些兜围人们的动静，心想：说不定那些人们根本没有看见他，会从他身旁越过去，那么他可以不动，就自然而然地逃掉。

十分钟之后，他抬头望望，前面依然是那摆动的两个灰白的东西，仿佛他们也有所察觉地停在那里，又仿佛他们在那里计议什么。久久还是那样，既没有前进，也没有后退。高占峰悄悄分拨开湿淋淋的稻丛爬过去，果真那是一株矮树和几棵小松。他立刻跳起来，四围全是棉花田，那株矮树枝上挂着一双破草鞋。正像一般人受到一场虚惊所表现的苦笑一样，他自讥着……若是杀死一个人，不怪要发狂呢？人做亏心事总是这样。

现在他唯一的希望，是能很快找到石铺的路，为了防备走错方向，他扑奔那燃烧得夜空发红的上海市的三座巨火。

他觉得浑身湿淋淋的。不知道是窜过稻草丛时，衣裤给露水湿透了，还是他身上的汗水浸透的，那种濡滞的感觉，使他浑身发痒。

越过一条小沟，高占峰才站到石砌道上。看看三星已经斜歪，估量着赶到上海，多半得天亮。这时该有下半夜两点钟时候，却没有听见远近村庄有一声鸡叫。无论什么都是肃然的、寂静的。仅有风吹密竹引起的喳喳声，那算是这开阔无边的宇宙间唯一的响声了。交错在低空的探照灯光有两道熄灭，另外两道还有色无声地左右移动着，高占峰可以隐约地望见被照射的天空、飘动的小片白云。

在这充满死寂紧张的路上，高占峰一切欲念都死灭，只知道加紧步子走。并不是恐怕有人来追，而是切望能早一些离开这儿，离开这失去生物的前线，到安静的后方饱饱吃一顿，再平心静气地睡一觉。三星期来，他是太疲乏，太劳顿，一连串尽是些饥饱不定时的日子，他是多么渴望温饱和睡眠呀！

他不知道什么时候竟走到两旁有茂草的土路上，走两步，那灰色土路现出一段，走两步那灰色土路又现出一段来。到底这是通到什么地方去的？他离开石头道有多么远了？他是只觉得一闭眼睛心儿恍惚的当儿，他就走进这竹林边上的土道上来了。正当他考虑是不是该朝回走，找原路的工夫，他望见竹林背后一个正在燃烧的村庄，只从这片黑幽幽竹林间透出来的烟火，以及断垣残壁来看，就可以知道那村庄在寂静中燃烧着，至少也有一整天。高占峰立刻转回来，他对那没有人声狗吠的燃烧着的村落，对那自由自在喷吐烟火的声音，感到巨大的恐怖。

退出竹林，闪在眼前的又是那三座巨大的火峰，越离那火峰近，他越觉安然。而他需要迅速离开这儿，很快能饱吃一通，安安稳稳睡一觉的念头，也越发急切，现在他只希望有支纸烟抽，他的脑子混混沌沌，烟欲旺发。不久，他觉着自己是在爬一座高山，四周全是蔓延开来的野火，一辆火车从远方奔驰而来，喷吐着黑烟，又仿佛那不是火车，是一个大的烟斗，同时他自己也还觉得自己是在走动着，两腿迅捷有力，向前走着……他还听见那个大烟斗发出汽笛的声音，那声音又和另一种隐约的"口令"声混合了。他发觉自己已经是在公路上，远远确有喊口令者的雄赳赳盘问声，以及嚅嗫的对话声，高占峰并没停脚，相反，走得更快。

若是发觉有人走来的话，他一定会迅速地跑去。他现在清醒了，他决定得在天亮以前，弄套民装换换，在公路旁边一个死亡的村子里，他开始寻找灯火，巡逻般穿过这条街，走过那条弄堂。有的门上加锁，有的墙高跳不进去，打窗又怕惊动人，谁敢保这村庄没有汉奸或者军队的步哨。

在最末一间茅草屋的纸窗上，有火光一闪。高占峰立刻摸过去，他断定那是划火柴的光。他想若是军队上的人，他只有逃开，若是没有逃走的老百姓呢……偶尔他起了一个念头，在这寂无一人的村子，他可以杀死他，因为他身上只有一角的中央钞票……他的心口立刻猛烈地跳起来，一秒钟之前，他还是一个善良的人，这瞬间他已经准备作抢劫的土匪了，他轻轻靠近那矮屋子的窗口，背贴土壁，两只手掌反贴着墙站住不动。

"来……阿荣。"一种深夜里似醒未醒的朦胧声音，"妈……抱你撒尿"。接着是孩子被搅醒后的哼鼻声。寂然两秒钟，又有"嗤——嗤——"声发出来。

"听话呀！撒尿。"夹着妇人发出的微微呵欠声，这话就格外模糊，"……尿……嗤——嗤——"

"什么时候了？"一种醒来的男人声。

"鸡叫头遍的时候。"

"怎么没有炮声？"

"上半夜就没听见——好了，睡吧！"那孩子哼鼻欲泣的动静低下去，屋子里又一阵沉静，不久又有一种敲烟管的声音。

"老板，开开门。"高占峰开始轻轻敲窗。这时他心里另外一种无声的声音问自己："是不是应当动手呢？"

屋里没有一点儿声音。高占峰心里另一种声音说："傻瓜，为什么不来一手呢？"

"老板，开开门。"他第三遍低低叫着。那声音含着一股威力，里边终于响了。问外边是谁，是不是前线退下来的，是一个人吗？在他问话的时候，高占峰心想："没有带枪，假若他里边有准备呢！"这样一想，他的心神又稳定下来。他敲着窗口说："老板，你开开门，我进去抽口烟好了。那么你有破衣服给我一套吗？"

"破衣服？你是受伤了吗？……那么我在窗口掷给你。"

就这样，高占峰手扶着墙，换掉湿淋淋的衣裤。上衣是破得稀碎的农民棉袄，下身是一条夹裤。窗口探出一个人头，并且掷给他装好的一只烟管，问他是不是受伤很重，若是饿，他可以给他递点儿锅巴吃。高占峰现在完全放弃他的冒险打算，他不是受他的话语的感动，而是完全由于他内心一种天性战胜了那私欲，他一边抽烟，一边想："为什么要起那种坏念头，真是奇怪。"

"没有一条腰带吗？"

"没有呀！同志！我们的队伍都退下来了吗？"同时窗纸上透出另一个人的眼睛问道，"我们完全都逃光了，说是鬼子打进上海去，那火就是他们放的，烧了一天一夜了。"

"我们是撤退了，我腿上受了伤，若是你们能给我条绳子扎腰就好了。"他不知道为什么自己又说受了伤，而且这话在现在是毫无意义。现在他觉得寒冷。

是秋季天傍亮时候所有的那种寒冷呢，还是因为脱掉那湿上衣，初穿上干燥衣服突然觉到的呢？他弄不清楚，一阵阵打着寒噤，得不到小绳，他又开始讨口碎烟末抽。

十分钟之后，高占峰匆匆上路，因为抽了几口烟，他的精神很健旺，脑子也十分清爽，觉着眼亮脚又轻。

前面上空，依然是那三座辉煌的巨火。依方向估计，似乎是沪西上空那座火峰的火势，已经减弱，被另两座金黄火光衬托得现作猩红色，并且这鲜艳的猩红色给狂舞的浓烟障翳着，时而明亮，时而暗淡。背后那边也依然是寂静的，既听不到炮声，也望不见枪火，连盘旋在上空的探照灯光也没有了。这时候高占峰却想到刚才突起的抢劫的念头，若是身边有枪，说不定他会做出什么来，可是现在他对刚才的念头很吃惊，仿佛不是他，却是另外一个什么人，那一瞬间，简直是那么可怖，这种可怖的情景，深深印在他的脑海里，他庆幸着自己，现在他的心灵是这样纯真而且愉快的。

二

高占峰听见远处传来狗吠的声音，他猜摸着，一定离有人家的村落不远了，心仿佛得到安慰，这时候天还没有亮，正像当年流落在外省的光身汉赶夜路一样，他第一次想到他最初离开家乡的情景。那也是像现在一个没有月色的秋夜，远近也是这样的寂静，偶尔也有一两声怅惘的狗吠声，他正和他的兄弟镰头赶二十里外的早班汽车。鸡叫两遍的时候，镰头就叫起他来了，那是他特意从一个财主庄上赶回来送他出远门的。他在那财主庄上有名的地主家中做长工，夜里偷着来家的，当天早晨还得赶回去，因为正是收高粱的农忙日子。而高占峰呢？是欠了一笔很大的赌债，上头有父亲当家，他不得不秘密的偷着出远门了。

他在家乡本来很有名气。那时候北伐军队正占领山东，他已经是张宗昌号召下的红枪会领袖了。因为当地年轻力壮的人，大部分到俄罗斯，到黑龙江，到印度经商去了，留下来的精明能干人物，着实太少。而且他有一个好人缘，另外他还跟随本村的一个戏班子走过外县，跑过沿渤海的码头，见识多，交往也广，这就奠定了他的威望。差不多三四十里内外，提起高占峰，没有一个人不大声说："他妈的！那个家伙真是秦二爷说生的。"正因为他建立起威信，所以赌输了一笔巨款，既不能放赖，又不能拆家当产，于是投奔青岛一家亲戚，过了两天，就在日本纱厂获得一个杂工的营生做了。

整整一年，他省吃俭用，每天阴沉着脸上班，夜里睡梦中也是郁郁不欢，终于在第二年秋季，他把全部积蓄汇到家乡去。当还清那笔赌债，得到镰头一封信，说是全村的人，没有一个不夸你的，从前说"那家伙，还不是个骗子手"的刘四，也说："高家老大，哪！真是！硬汉子。"当他知道家里依然是在父亲名下保守着五亩小麦地、半亩菜园、一匹牲口的时候，高占峰完全恢复从前那种兴致勃勃的精神。不久，也就重新在赌场里日常出现了，并且很快得到那些赌友的尊重。他们包括厂工、鱼贩子、脚夫、赶货车的人，还有几个每夜必来的货郎。这些货郎每天来往乡村和青岛之间做生意，挑去的是乡村妇女穿的花布、洋袜、镀金首饰、顶针、各色绣花线什么的，等黄昏他们就把交换来的鸡蛋，送到经常收买他们所换物的屋主家里去，而得来的金票，也就毫不吝啬地亮在牌九摊上。

所有的赌手，统称呼高占峰作"高大哥"。若在谁赌输了一时拿不出现款，赢主就会说："那么你找高大哥说一声吧，只要高大哥说一句话，不会让你出不去这座大门。"可是输主往往不肯，并不是怕高占峰不给脸，就是陌生客他也从来不使人失望，而是怕一经高占峰经手，那么到了日期还不上，可就再没有脸再在这圈子里插足。其实到时候，付给高占峰他往往又是疑迷不解地问："什么钱？"同时他的两道眼光从帽子底下炯炯地射出来。等到说清楚，他立刻会缓和地说："不用了吗？你要是不凑手再说话。"他从来很少嬉笑，不过浑身是充满愉快的那种冷静人物。

这天，该当有事。高占峰刚想到一个贩花生的乡亲那儿去，在他经过朝鲜赌场的门前时，照例被许多赌友招呼进去，他们正愁没有人坐庄，高占峰正像他的赌友们所说的"是个见牌九，像蚊子见血的人"。于是开始了五十元金票作底的赌局，坐到庄的位子上。助手是齐大海，一个渔船上的水手。此外是那些面熟的赌客，就是有些新手，那时候谁还注意呢！

一开始，人们完全给骰子、牌九、钱注吸引住了。再加银钱的叮当声、钞票的窸窣声、低谈声，若是兜里给人伸进手去，也不会感觉到。何况人挤得满满一小间，又加纸烟在空间凝聚的雾气，根本就看不清后排的人。

他们正在兴高采烈的当口，一个男孩从人们大腿丛间，窜到牌九摊跟前："大叔，赵大爷在那儿等你，他叫的一桌酒快凉了。"高占峰知道"那儿"指的是一个下等妓女馆，他正恋着一个叫香君的少女，当时他说："你先回去告诉一声，我完了局再走。"又注意到骰子，"几点儿？"

"可是赵大爷要你马上就去呢！"

"那也得完了这把末水牌呀！你先回去，我这就去。"

结果，他赢到二十元的样子，就吹吹身上的纸烟灰，站起来，他手里还拿着一根剥皮的香蕉，向嘴里送着："锁了呀！我得去看一个朋友。"香蕉又离开嘴唇，那两道炯炯眼光又从帽子底下射出来，"怎么的？"他发觉围绕他的一小组人，阻住他的去路，并不闪开。

"没有这个规矩，朋友。"一个瘦脸膛的青鱼贩子说，"大家都是在外边混饭吃的，见过火轮，跨过渤海，是吧？"

"你这话是对谁说的？"

"他新来，不知道水深浅。不过我们在这里和人家玩却……"

高占峰闭住嘴，两道眼光直直凝视着那个青鱼贩子，所有的赌手都沉默住，可以清清楚楚听见汽灯发出的嘶嘶声。

"好的。"高占峰仿佛考虑很久才决定下来似的，"可是只玩一方！"他仍旧望着那青鱼贩子，显然若是对方不允许，那么立刻会爆发一场斗殴，但他的牙齿却在轻轻咬着香蕉。

"中呀！"有人说。

"一方可不能限注？"

"中，随你们押，不过满底不满底，完了这方，锁局！老齐！洗牌。"

第一把，青鱼贩子押天门十元两道。高占峰向这笔巨注望了一眼，然后若无所视地说："都好了吗？那么拿开手，要打骰子了！"

"你打你的骰子好了吗？"

高占峰那双锐光炯炯的眼睛第二次向青鱼贩子望着，这次的眼色却是严肃的，也没有作声，仿佛一个中年人当申斥一个做错事的孩子，没发言前，严肃地望着他一样。随后，仍旧环顾着说："都好了吗？那么可要打骰了。"其实，他自己也知道该早打骰了，不过他不想在青鱼贩子那种命令口吻之后打骰，所以两手又搓着骰子问："老齐，这末门一元金票是谁的？拐子吗？孤丁可不错，一元赢三元。"在他说话时，他深深觉到有一双尖锐的眼光朝自己脸上射着。他仿佛望见青鱼贩子的阴沉可怖的脸色。他虽是没有正眼望他，可仿佛连那汉子的颤抖的嘴唇都注意到：显然青鱼贩子要说什么而没有出口。实际上青鱼贩子的手都在抖，他的话没给庄主接受，本就不欢，再加对方那种故意的谈吐自若，他感到一种巨大的侮辱。

"别打骰子。"突然青鱼贩子说，同时低脸朝腰围里摸钞票，"别打骰……"

就在这瞬间，高占峰迅速地丢出骰子去。他并不是恐怕那汉子会下一笔更大的赌注，而是要表明自己并不看重他，把他的话丢在轻蔑里，他有意在他高呼"不要打骰"的声音中，神色自得地丢下去，正像山东一句俗话所说："单单要这股劲儿。"

骰子一个作为五，另一个在迅速地旋转着……牌桌周围站立的人们，开始向前拥挤："什么？""几点儿？"有人问。他们的眼光，全凝集在那颗旋转不息的骰子上，只有青鱼贩子的尖锐眼睛，还在直视着高占峰。他们两人一样，现在都不关心钱的输赢，所宝贵的是在精神上的胜负了，青鱼贩子知道对方能够知觉自己现在是怎样愤恨地望着他，正像高占峰也知道青鱼贩子能够明白自己望着骰子的眼睛，实际上什么也没望见一样。

"在手！九在手。"

高占峰用眼睛找寻这喊第一声的人，仿佛找到他，要训斥他一通似的，但终归没找到。于是平心静气，低头分牌。

天门是长三九点，初门是天九王。庄上不声不响，首先揭开一张是地牌，不声不响又翻开第二张，是八点。周遭立刻一阵屏息很久之后的吐吁，交谈四起，货郎当中有人叫："庄家手红，九点都给压了。"鱼贩子们和脚夫都悄声悄气互相低问："你输了多少？""你呢？"

庄上吃天末两门，除赔有剩头儿。

第二把开始。高占峰环顾一周，稳声稳气地问："天门那个手巾包是多少？"

"不用问，你打骰子好了。"青鱼贩子满脸发青，暗沉沉地说。

"那不中。"高占峰说，"我总得知道个影子。"

"就是这趟船的鱼钱，连船脚都在里边。"

"多少？"

"不多，三百二百的。"

"中，要你的。"高占峰说，"押头道吗？"

"自然头道了。"

"大家放开手，呵，放开手。"齐大海卷袖口，两眼贼溜溜的。

高占峰并没有向骰子吹气，或如一般赌庄在遇到大注掷骰时所有的震天呼叫，他只轻轻投到牌角上，按点分牌。

这时货郎们对自己的赌注，却看作不足轻重的，不过是押着凑凑门数罢了。多半人的眼光，都集中在青鱼贩子拾到手的那对牌。后边那些歇手的厂工们，围在鱼贩子们身后，向前涌，巴望能亲眼看到决定那笔巨大赌注命运的牌点儿。但谁都望不见他手里的牌面。见他的两手挂着，脸色苍白，手掌几乎把自己眼睛遮挡住，只有这样，他才能不使周遭的望见一点儿红，结果，有力地把牌丢到前一把的牌推中。嘴唇间现出一个笑，给人一个极凄惨而可怕的印象，像是一个死人的微笑。他僵尸般坐在那里，眼望着齐大海的大手伸过来，把那小手巾包儿抓过去。

第三把，青鱼贩子没下注，两手捧住头，手指插入头发里，依然失去知觉一般凝望着什么。直到最末第四把，才突然站起来："慢一步打骰，磕头的哥儿们。"声调非常严重，人们都向他望着。这次高占峰接受他的请求，静待他的赌注。

一个极迅速的动作，当青鱼贩子俯身而起的那秒钟之间，一片血淋淋的腿肚肉掷到桌上，染血的尖刀向桌上一按："押天门。"

屋里立刻静了，都能清楚听见半里外中山大街的电车隆隆声，仿佛人们在这寂静的一刻，立时明白了这里发生的事情，各种低谈声音重新响起来。有的离开座位，有的用他们眼睛向别人说："这不是儿戏呢！"

"何必呀！都是自己乡亲。"货郎走过来说。

"这话说得有理，老家都是对门对户，三里两里的……"

"咱们用不着说什么！"另一些鱼贩子对货郎们低声说。

高占峰的头一斜，意思是让那货郎站在一边儿，有什么天大的事情自己来挡。他的嘴唇含着纸烟，一只眼睛被那烟丝刺激得微微眇斜着："可就这一把末水牌了，朋友！都是孤丁吗？"口吻睡沉沉的。

"拐。"青鱼贩子说。

"中，要你的。"高占峰这时的脸色很苍白却有笑意，至于是故意表示蔑视，还是真正讥讽这一个耍光棍的汉子，那可是不易知道。

按照四门分开牌，初末两个空门先亮出点儿，一个短五，一是"对金瓶"。青鱼贩子和庄上的点儿，握在个人的手里。

"先亮你的，还是先亮我的?"高占峰问。

"你的!"

高占峰摆出一对大五，青鱼贩子脸色一阵灰白，是多么可怕的一双眼睛呀! 他的前额开始滴下一粒粒的汗珠儿。

"再见。"当高占峰经过青鱼贩子跟前睡沉沉地说，一如平常日子似的从从容容走出去。

当夜，高占峰没有回自己的住处，而那晚在他炕上借宿的一个朝鲜人被斧子砍死。脑袋全剁成碎酱，显然在他死后，凶手还不饶恕他的尸体，连两腿砍断了。高占峰被日本警察署认作谋杀嫌疑犯，下令通缉，于是他离开那沿海的都市。

最初，他投身张宗昌部下做士官，不久又受中央政府的改编，一年前，在他领章上加了一道金线两颗星，但他并没欢喜。他的脑子一直是印着青鱼贩子那两道尖锐的眼光，唯一的忧郁，就是他还没有得到报仇的机会。

今年夏末，大战还没正式开始，他供职的那一军奉命开拔南口的路上，他第一次开了小差，半路上又给这支湖南军截住，补做准尉开到上海市附近来。开小差，并不是怕上火线，最大的原因，在自己的仇恨没能报复以前，他不想投身在生命随时可能葬送的战场上。这也是他所以不愿离开山东的原因，另外还有一层，就是他对于这种昼夜劳碌的生活，感到厌倦，而且自觉体力一年不如一年。那种青年期所有的顽强的生命力和追求财富、权势的勇力，已经消逝。像饱经世故而一无成就的常人一样，一心想回家乡，过几年安稳的日子。就是替人养牛赶车来完毕他的暮年岁月也可以，只要睡有定时，吃有定刻。以上这两种愿望，那时并排着没有轻重，但这次开小差，后一种心理已经把前一种埋没了。"唉! 时候过了，也就算完，还争什么强，要结下下一辈的冤家对头吗! "每当想起青鱼贩子来，他会这样对自己叹息。

高占峰感叹地走着寂寞的夜路，需要抽口烟的欲望又燃烧起来，脚步也逐渐沉重不快。

远方传来一两声鸡叫，这是第三遍的鸡啼声，眼看天要亮了，附近的池塘上飘浮起乳白的晨雾，阔野的雾气，则用一朵朵烟的姿势，游荡在自由的天空。

上海的火光随着星辉暗沉下去，只见三片冲霄的黄烟高高矗立在那儿。

三

等到高占峰脑际唯一活动的由烟欲和渴欲而有的意识熄灭后，他的脸色困顿，完全像一具走动的尸体一样了。虽然脚步还机械地向前迈着，虽然他鼻孔里还有鼻息声，然而一切感觉却是死的了。

他曾经渺茫地开启过一次眼睛，那像舞台开启幕布一样缓慢。他似乎望见远的翠蓝色天空和飘展着的乳白色早雾，但却没有注意到现在他是置身在出亡的人群丛中了。

那些逃亡的农民，挑着谷子的、负着粗布口袋的、牵着耕牛的、抱着孩子的，全越过高占峰，把他摒弃在身后。那些穿着马褂的地主和阔气的乡绅，现在和褴褛的农民们一样拥挤着，呼唤着落在身后的家族，向前汹涌。

人群沿路增加着，本来听到国军撤退的消息而抛乡出亡了，等到一见公路上这些汹涌的人群，立刻又受了感染，更加惊慌，插进来就用手分拨着人流向前走。谁都怕给并肩走的人丢落，谁都又想把并肩走的人丢落在身后。而且没有一个人回头，就是呼唤家族的人，也都面向前喊，而注意着身后的回音。并且呼喊声越来越杂乱，足见在这人流里的家庭细胞，逐渐破碎逐渐溃散的越来越多了。然而高占峰像泛浮在洪流里一块大树似的，缓慢地走着，任凭后面的人流会浪逐波似的超越到他前面去，他完完全全没有感觉到似的。他是这样的疲倦、困乏。

当他渺茫地开启眼睛又闭瞌的那瞬间，他确实望见翠蓝的天空和飘散的乳白色早雾了。但他没有望见他四围的人群，那时他觉得自己是在一群绵羊队里走着，他呼吸到飞扬着的尘土气味，他望见那绵羊群的奔腾的蹄子，心想超到前面去，呼吸点清新的气息，然而脚底下仿佛时时有障脚的东西。一匹有着两只大而粗的弯角的绵羊，昂着头，时时想跳过前面的羊尾去，只见他的眼光闪着焦急的火焰，红红发光，原来他是漂浮在解冰的河流里，眼看要淹死了。那些破碎的冰块极迅速地回旋着向前汹涌，河流又急，而有力的冲向前去。他自己的腿几乎站不稳，水漩就在他两腿周围回旋着。冰块又是那么迅速地漂闪向前，漂闪向前，隐隐又听见河流的澎湃声，原来是远处的灾民呼号求救，但又看不见⋯⋯高占峰觉得左肩是这样沉重，醒来，发现满耳尽是匆匆的脚步和呼叫声。

第一眼所望见的就是炫耀眼睛的金黄色的午阳，这正午的冬季的温暖的阳光，立刻使他的生命意识复活了。他望见了笼罩上空的尘烟，黄蒙蒙的，在阳光下浮腾着，左右全是些难民，而他是随着这乱杂的人群，向前流着，确乎是不由自主地流着。不能停脚，不能立住，假若是你的心意，想停下休息一会儿，身后的人群有股推动的力量，就会冲着你前进，像洪水冲着漂浮的树木一样，即使两脚离地，也会流向前去。

高占峰立刻从那些紧张的脸色上，从那些阴沉的眼光上，感染到对尾后的恐怖，仿佛日本军队就在距离不远的尾后追击着。

他望见身傍一个健壮的农民，满脸全是污垢，袒着胸，手持一根扁担，眼睛有股火焰望着前方，并高声咒骂着，给自己听。仿佛他所愤恨的人物把他摒弃了，口语中他是把所挑负的贵重物件抛弃了作报复，然而他还留着扁担。谁也不知道，他还留着扁担做什么，那仿佛比贵重的家当还珍贵似的，实际上他已经是惊慌失措了。

高占峰的右边是一个光头汉子，一边迈着匆匆的脚步，唯恐给人丢落似的，一边用两手分拨着胸脯前边的人们的肩臂，又仿佛他要抢先上去似的。而且向空高呼着。只望见他张口呼啸时，眉额间闪出一团儿红的血气，然而可听不清他到底是呼喊什么，因为这声音虽是很高却和立在瀑布前说话一样的模糊，不是呼喊声小，而是人群各种高昂的声音太混杂了。只见他一边高喊，一边向前分拨着，可是他的两手永远是没有插入人们的臂空间，而他自己根本也没有注意那两手是抓扑什么，力量全集中到呼喊和侦听应声那上面去了。高占峰向他身旁靠了靠，为的是闪开左肩上的手掌，那瞬间，他回头望了望。原来身后依旧是密集的逃亡的农民群，从人群空隙间，可以清清楚楚望见许多水牛的宽鼻和犄角。鞭打牲口和骂女人声，混成一片，原因是她们和水牛一样的追赶不及她们的亲族，而且障碍着别人的行进。在那同一瞬间，给高占峰的印象最深刻的，是身后的一个老婆子，正是她的粗大手掌扶着他的左肩，由于他的躲闪，险些栽倒，她肩上背负的一件粗布包袱，却由于她的身子那一倾斜而掉落了。高占峰又回颈望她，只见她俯脸寻觅似的一边嚷："我的包袱！我的包袱！"她要俯身，却没有弯腰的空间。其实失落包袱的地点早已走过来了，显然她要停下而又站立不住，她是用手推着高占峰的背脊以便借力停住的。本来她是沉默着的，现在高占峰也听到她的咒骂了。正巧有一匹耕牛阻住路，那个袒胸的农民用扁担在它臀部敲了两下，从它身旁越过去，高占峰也随着挤过去。他自己现在是完全无主了。他不知道自己是打算到什么地方去，更可以说他根本不知道自己混在这些出亡的江南农民的群众间，扑奔前方的什么。他尽在观望着左近的人物而又一无感触，完全是一个五岁的孩子似的，既没有觉得那个壮健农民的愚蠢样子可笑，（他在越过那耕牛还回身用扁担敲了两下，虽然牛主高声骂着他）也没有觉得，那个失落包袱的老农妇可气，虽然他听清楚是骂自己，可是又仿佛她是在骂另一个自己。

现在他的左边是一个地主型的老头儿，怀中抱着一个男孩子，那两腮红润、满胖，眉毛和嘴唇同那地主一样沾染着灰的尘土。那地主戴着瓜皮帽，左手有个翡翠戒指，只从那充满脂肪的圆润手指上，就可以知道他是出身县市中的富裕主儿。他的眼睛阴沉，渺茫，脸色又是那么困乏，没有一点生气。时时寻望着周遭的人。

高占峰突然发觉他的眼睛望着自己了，那目光变成一种求怜的，高占峰立刻解悟到他的心思，就伸手抱过那男孩子，而且一句话也没说，从他的眼睛上，也读懂他的言语："我实在太累了！上帝保佑你！"这无声的语言，深深传达到高占峰的脑际里，比那喧腾的人声，比那袒胸农民自顾自地高声咒骂，是这样的清楚、明白。只见那江南地主就着高占峰的怀抱，给那男孩子用袖子擦了擦嘴唇——被黄色尘沙封闭的嘴唇。既没有说感激高占峰的话，也没有露出轻松的微笑，他是那么的疲倦、衰老，眼光又是那么阴沉、渺茫。只有离开了几世代的劳动培养出来的土地，才有那种眼光，只有抛弃了几世代养尊处优的温暖家乡，才有那种眼光。渺茫呀！渺茫。然而他却没有放缓脚步，仿佛匆匆奔走着的，不是他自己。

人们开始抛弃身上的重负，呼喊声逐渐减少。到黄昏的时候，除了沙沙的混杂脚步声，只有用鞭子驱赶牲口和催促女人的声音了。沿路有破坏的卡车、裹着树叶子的救护车，给人们推到路沟去，沿路有抛弃的衣箱、手提包、衣裳包袱，被丢在路边上。

人们是疲倦了。

黄蒙蒙的尘雾却依旧飘扬在这条公路的上空。

高占峰清清楚楚听见那江南地主说："不要睡呀！长官——我来抱吧！"

"中呀！我不会睡！"他的脸全埋在尘垢里了，那尘土沾染着汗润，更像是一个垂死的人。

四

夜晚，这杂乱的逃亡民众停顿下来了。就在那公路上，抢着睡觉的位置，谁都要把脚伸开，想占得面积长一点儿，谁都要在身旁摆布下，仅有的没曾抛弃的包袱、藤箱，借以占领的地面宽一点儿，注意完全集中到布置睡眠的面积上了。其次是争抢着到两旁路沟去取水，那混浊的污水，已经成为最珍贵的饮料了，他们珍惜着，为的是用来烧饭。为了一块做灶用的砖块或石头，他们的眼光是那么尖锐、犀利，彼此争执、咒骂。直到火光的行列在这条公路上远远展布开去，而深灰的夜空出现了繁密的星星以后，混乱的声音才逐渐减低，可以清楚地听见人们的叹息和妇女的哭泣，那是他们在安排好肉体的一点点可怜的享受——就是有了睡卧地面而且饭锅在火焰下嘶嘶作响了，才渐渐恢复了死亡的意识。叹息着他们抛弃在家乡的土地，还没有收割的庄稼（仿佛收割到谷仓里，他们就会安然一些，从来不想是不是也得抛弃）怀恋着祖遗的古老而衰败的家屋和菜园、树木、祖坟。而妇女们则叹息着遗弃在家里的母鸡，她们不知道它们是不是露宿在屋檐下，而且后悔着临走忘记了把它们赶到屋去再锁门。有的还关心着忘记扣锁的嫁妆箱子和心爱的家具，于是擤着鼻涕低声地哭泣起来。最触耳的是一个高昂声音的哀词："菩萨呀！你叫我们怎么过呀！都完了！都完了！什么都完了！"并且听出她大声的哭号的声音，可以想象到她是怎样地前俯后仰，怎样地用手掌拍打着膝盖。

高占峰就坐在她的左近，我们必须谈谈高占峰这时的感想。

当高占峰随着队伍席地而坐的时候，就和那个江南地主低声地谈起话来。

"咱们怎么样呀！"那是说吃饭和睡觉。

"我这里还有钱。"那地主叹息一声说，"你吃吧！我不饿！"

他的阴沉的眼光，仿佛在望一种渺茫不见的东西。既不注意睡在高占峰膝头的孩子，也不注意高占峰的神情。在他独自的思野上孤立着，仿佛他是置身在前不着店后不着村的旷谷里的疲倦旅人一样，连他心爱的孩子也摈弃在关切之外了。

高占峰没有问他的姓名，只知他呼唤孩子作"小铁儿"，也没有问他的家世，而且又像完全是彼此相知很久似的向他讨了一元法币，借以恳求邻近的烧饭主儿的施舍。他是这样的饥饿，而且口渴。他的视觉，只是反映着周遭的灶火，嗅觉只是感觉到饭香，除了稻草燃烧的声音，他什么也没有听见，他身后那烧饭的农妇，是个贫血而又早衰的女人，火光闪耀中，她的脸色更加惨淡可怕，蓬着头发，在喃喃道："逃，逃，我们逃到哪去，又没有三亲六故……还能找着小囡……"说着说着，就用包头巾擦眼泪，同时还注意着灶火，"她爷爷能抱动她，不会半道丢了……"突然她放声哭起来，"我的菩萨呀！怎么还不把我带去呀！"

"我说等会子再找，等会子再找！你要找死呀！哭……"

高占峰望不清楚那汉子的轮廓，由于灶火的反射，他不知道那汉子是坐在她身后，还是脸朝天躺着。他从那哭泣的女人手里，抽出她握着的一把稻草，她连望也没望，就随他去烧灶了，正像在痛心哭泣的人，手里的东西被人拿去的时候那样不关注。

直到高占峰吃完饭，才注意到另一个声音，高昂的女人的哭声。然而自己又是这样的平静，平静得近乎空虚。那时候，初冬的夜风，并不大，可是他寒冷，然而又不想趋火取暖，就那么直身躺着，曲肘枕在脑袋下，眼睛望着战栗的星星又似不见，左手抚摸着睡在臂上的小铁儿而又不知。正如一个在深思的人，不觉自己的手在做什么一样。你说神经麻痹吗？他又确乎听见遗弃在田野里的秋稻在夜风下的低叹声。你说他脑际真的在思索什么吗？他的在幽黑而有火光闪映之间的眼光，又是静水春池一样的平静。

"小宝儿！小宝儿！在哪呢？"高占峰听见一个女人的呼唤，声音是低微而神秘，使他突然有种遇见星夜的女妖一样的感觉。他一斜脸，正巧遇见她的又冷又迟钝的放光的眼睛，她是俯脸向他观望的，眼睛几乎触到他的鼻子。又弯着腰走过去，在幽暗的气色里发出那使人恐怖的低唤："小宝儿！小宝儿！你在哪儿呢？"逐渐远去。

高占峰到现在才发觉夜是深了，只从周遭的鼾声，只从连低微的叹息都听清楚的寂静，只从那远处传来的老婆子喃喃祷告声，只从那近旁耕牛用长舌撕裂田里稻草的动静，高占峰觉得是夜深了。

然而他的脚下还闪着一点红红的火辉，是什么人还在那里抽烟，沉默地、忧郁地、偶尔还发出一声低微的叹息。从这耳熟的声音里，高占峰辨出是那江南型的地主，仿佛眼前立刻现出他那脂肪丰润的手指和那手指上的翡翠的戒指。

"好睡了呢！明天还得赶路。"高占峰说。

然而没有听见应声。

——可怜的老人！高占峰心里叹息着。突然想到那些被他遗弃在前线上的弟兄。现在他觉得他们是那么使他怀恋，仿佛每个人都是可亲而又可悯的，他们是那么粗率、愚昧，而又那么善良的人民，一般人在高占峰这样情形下，往往都是宽恕了人们以前给他的不欢，忘记了某个弟兄的坏处，想起了他们每人有每人不同的好处，变成全是善良可亲，而又愚昧可悯的了。他想：他们是不是撤退了呢？又幻想着当他们发觉他的失踪，所有的情景……就这样睡了，没有做什么噩梦，睡得又平静，又甜蜜。

当他给深夜寒气冻醒的时候，觉得脚冷，谁在他身上盖了一件短的棉马褂，由于这一发现，他睁开眼睛坐起来。第一眼望见的，是月辉，广阔的江南冬季的田野，密密的竹林，发着幽静光辉的池塘。而展向远方的公路两端的，完全是密集的困卧的人群。

"醒了吗？"高占峰听见有人问。

他望见那江南型地主盘膝坐在他的脚下，手持着烟管。一朵一朵烟雾，从他鼻尖前上升着，在月光下，是那样的清楚，越发觉得月夜的幽静。他的眼睛，现出温柔的光辉，说道："你是到哪儿去的？"

"我吗？想回胶州。"

"你是胶州人吗？"

"是胶州，可是出来跑了十多年啦！"

"胶州还有家吗？都是什么人？"

"三口子人。出来的时候，我兄弟还没有娶媳妇，如今恐怕连孩子也有了。"

高占峰不知道自己为什么这样平静地述说家世，更不知道对他为什么怀着一种可亲的感觉。看来，他的脸色是平静得完全变了，眼色不再那么阴沉了。在高占峰说话时，他还嘱咐着："把马褂披起来吧！不要受寒，明天还跑路呢！"

"你是什么地方人？"

"真茹。到过吗？"他又问高占峰是在什么部队，怎么单独地退下来，听到高占峰说"开小差"也并不惊奇，只叹息一声，仿佛是说："是呀！有什么法子呢？"然后说，"你听，从昨晚到现在我没听见一声炮响，我们这边是撤退了，可是一路怎么没见到我们中国的军队呢？"不听高占峰对这问题的解释，就改口说，"你不抽袋烟吗？今天跑得够累呀！"

高占峰接过烟管说："我们是不是到松江去？"

"也许是吧？"他说。显然脑子还在想另外的事情，因为高占峰听见一声短促的叹息。那叹息寓有一种自慰感，仿佛说："还想什么呀！什么也不要想了！"

高占峰再说什么话，他就唯唯唔唔的，说话人就知道他根本没入耳，心想：他该睡觉了。这时月光给一片浓云掩蔽了，四周又是漆黑的任什么都影影绰绰。岂知高占峰抽完一袋烟，而月亮重新现出来的时候，他望见那地主依然盘膝坐在那里，用手按着宽额。

"你还不睡呀！天快亮了！"高占峰说。

他突然挪开手，仿佛对自己的凝神深思的姿态吃惊似的。他说："你睡吧！我不困！"说话的口气，又恢复了先前的平静。

高占峰倒下去，望着星星，望着又深远又广阔的天空，想到冬季在家乡的村舍里是多么幸福，有暖炕，有炭火盆和热水。想到家庭的温暖和被褥之间的睡眠的幸福，然而在这些思路中间，时时不能丢却那江南地主的寂坐不语的神气。

附近寂静，远处的叹息声和妇女们的低泣，显得更清楚。又加路沟两边的耕牛的反刍声音，尤其是食喉的隆隆声，时时作响，高占峰久久不能入睡。

等到一种本能的警惕使他翻身爬起时，东方已经透出幽明的曙光。同时，嘈杂声嗡鸣，已经有人走动了。左右尽是林立的人身、肩膀和手臂，高占峰抱起小铁儿，高声招唤着："老伯！老伯！"却没有一点回声，原来小铁儿的祖父的尸体，在一棵路树上悬挂着，距离高占峰只五尺远。傍明的气色，格外黑暗，这是站在他身旁的农民说的："我看着他在那树底下走来走去呢！"高占峰立刻从人们的肩臂间挤过去，然而那时候，人们已经走动，高占峰进了一步，又给人流冲着倒退了两步。那瞬间，他望见一个有包头巾的妇女跪在地下，因为有人把尸体搬到公路上，（其实他的家族，就在他附近宿夜，而他们彼此却绝望地互不找寻）而那女人用石头和土块向四围抛着，投打那些想从尸体近旁路过的行人。高占峰用力向前倾着身子，然而两腿却不由自主地向后退移，并且越想前进，距离越远。因为人流是这样的汹涌，仿佛一座巨大的完整的机器，全部轴轮都旋转起来了，而且越来越快，带着高度的混合的嗡鸣，向前汹涌，高占峰倒退着，倒退着，直到距离有两丈远的路了，终于回身随着人流走去。在这逆流挣扎的当中，他的脸色是那么沉毅，既没呼喊，也没有咒骂，他的脸色却开始沉毅而且坚定了，仿佛他有所憎恨。从那亡者的身上得到某种启示，而且忘记了他臂上的小铁儿。

没有听见鸡啼，也没有村狗的吠叫，天就大明。沿路的村落，全成了死亡的家屋，住民早在前一天就逃亡了。于是这荒凉的景象，带给这群流亡的人民，一种极大的惊恐和威胁，森林似的稠密的脚步，越来越匆促，于是黄色尘沙又在上空飞腾，于是咒骂女人和鞭打牲口以及亲族间的呼唤，又形成了一片混合的嗡鸣，飘送到十里以外的死亡村庄和田野里去。

五

过午，阳光淡弱，公路两旁的气色很阴沉，上面的尘雾已经不是闪光的了，看来也不耀舞飞扬，而是黄沉沉的稀薄的早雾那么漫布着。

人群是一色染着黄尘，各色的包头巾和庄稼汉、小市民的帽子，全都给这黄色尘沙遮蔽住，失去了鲜明的本色。白包袱变成了黄包袱，黑衣裳变成了黄衣裳。连有着红色皮肤的脸颊的人也全都变成土黄的了，而且每人的睫毛都挑着尘芥，只是嘴角和太阳额或许透出一线细的肌肉，因为人们不得不用袖子擦嘴唇，而太阳额上照例都流滴着汗水。他们现在是这样阴沉，正和天气一样，然而全体来说，还是带着许多声音凝结的海涛性的巨鸣，不如迁巢的蜂群，单看是哑静的，整个则形成一种无由分析的巨鸣。然而不管怎样，从妇女们注视前方的渺茫眼光里，从男人们不时替换着肩来背负那只遗留下来一点小背包上看，人们是疲倦了，疲倦得只在呼吸、走路，脑子一无所思，心头一无所欲。

高占峰的脸色也变得阴沉可怕，这倒不全是因为给尘沙渲染得可怕，而是他脑际时时闪着江南地主悬挂在路树上的印象。它是那么深刻，有力。不知是对于那些障碍他趋前探望的同行的人群，还是对遭受挫折的自己意志的——趋前探望那尸体的意志，而在他眼睛中现出愤恨的火焰来。仿佛在这不明底细的愤恨的眼光中，闪着最初潜入他内心的复仇的种子。

和那悬挂在路树上的尸体的印象占着同样位置的，是天亮以前子夜过后那段时间的交谈，原来他在那时候就存心自殉了。那口气变得柔和，眼光又是那么慈祥。

高占峰现在想来明明白白的，为什么当时竟没有悟解这一点的变化呢？他不知道为什么那个富裕老人要用自己的手结束自己的生命。他手指上还有翡翠戒指，跟前还有小铁儿，就是向人乞讨吧，他想，也该活下去呀！他从来没有想"死了倒也干净"这句话的，虽然在那瞬间有个乡下小贩之流的汉子这样说，而且高占峰也听见了，但和没有听见一样。

高占峰除了这两个最深刻的印象，再没有什么在脑际出现了，尤其是跪在那尸体前的妇女，他还望见她朝四围投石块，但他却和没看见一样，自然也不会惊奇她的突然的出现和来历。可见他的神智有疯狂的状态了，那眼睛的火焰就微有这种倾向的征兆。可是他有时注视一下肩头的小铁儿，而且必定望到他的眼睛才算罢，足征他的神智依然是健康的。而且望那小铁儿的神气，似乎是要寻找他的眼光中是不是流露出什么不同的表情。就是说，是不是知道他已失去有血缘的亲族，仿佛望见他眼光中的"无知"而感到了安慰。

小铁儿一睁开眼睛，那光辉就是惊奇的，并且失神地咬着自己的小手指，等到发觉高占峰望他，也回报般向他望望，不过只注神一刻，就又回颈望着飘动在空间的稠密的人们的头颅了。高占峰不知道他那小小的脑子在想什么，然而可明白他是惊奇，正因为这样他就极易疲倦，不久，眼光就又会迟钝，慢慢瞇眼睡了。那时候高占峰就说："抱着我的脖子睡呀！"他感到他那小手围抱他脖子时候的舒适，渐渐这舒适感消逝，他的意识又回到那两个印象上去。眼光又是凝结的，望着鼻子前的行人的后脑，而又一无所见。只要小铁儿一醒，高占峰又恢复了他的智能，他就这样匆匆随流奔走着，既不疲倦，也没流汗。

那时候，高占峰猛然发觉人流重新泛滥起来了，他身旁已经越过两个溃退军队的散兵，接着是第三个失掉制帽却还挂着领章的军佐。仿佛海涛里泅水的渔民般在人流里闪耀着，把那些稠密的人群分拨作两片人墙，但这只是一瞬间工夫，人们突然感受到恐怖的气氛，就如受惊的猪群那样奔窜了，带着尖锐的惨叫和高呼，那惨叫声是在这一瞬间栽倒的人所发出的。或者是因为浸在半睡状态中，对着突然而来的骚动还没有感觉，就一下子给前边的人推倒，或者是俯腰去抱护孩子，于是人流的脚步就从她们的肩上践踏过去。虽然第一个践踏她的嘴里高呼着："别挤别挤，有人跌倒啦！"然而两脚却不自主地踏上她的背，或想跨过跌倒者的头颅，反而踏扁她的胳膊。这时候，人们的眼睛重新现出火焰的光辉；这时候，人们重新在奔窜中彼此窥探着眼色；这时候，人们重新脸向着前方大声呼喊背后的亲族。并且那长串的溃退散兵，依旧用健壮的肩膀左右抵撞着开路，用螃蟹的步法横着身子跳窜，谁都要走到前面去，谁都要抛弃背后的伙伴，仿佛越往前一点，就越安全，越往前一点，就离开危险越远。谁也不知道后尾究竟起了什么变化，谁也不知道，日本军队是不是已经逼近来追击。

整个人流的脚步向前一寸一寸地挪移的时候，高占峰跷脚望望，原来距离五里远有一座洋桥，人流正从桥上向远的彼方伸展开去。有三个战斗兵在桥栏旁边用枪柄挥打着拥挤的群众，高占峰不知道他们挥打的是什么，显然他们并不是想逆流抢过对岸来。

一辆私人的雪佛兰汽车，在桥的这一端闪着光，那光辉冰凉而惨白，正如阳光不强的云雾日子，那汽车顶上全是藤箱、包裹，以及衰弱的老农和幼童。显然他们是为了避免给人流挤倒……践踏……而那些饱满的包裹，各有一只手掌抓着，并不是怕给人抢去，而是防别人在空间挤位置，那么包袱就有坠落的危险，自然这全是些珍贵的家当，而且一落地，人群的脚步，就会践踏个稀烂。

高占峰随着人流的挪移，向前一寸一寸地前进着，路沟里有人牵着耕牛，驻足休息了。休息的人越来越多，实在也不是休息，而是避免给冲倒而做了脚底下的牺牲者。这时候，又有一长串溃退的散兵从人流里"泅"过去，高占峰也斜肩插入这一壮力形成的中流里来，用肩膀抵挡着欲合的人墙，向前大步伸展着……终于高占峰踏上桥板，不由松了一口气，汗水和尘垢，大量地流滴下来。

"下来走两步吧！"过了洋桥，他放下小铁儿，他的两臂实在酸疼无力了。

一个褴褛的农民说："这是松江大桥吗？那么我们明天能赶到扬州了……"只见他肩膀一斜，臂上受了两枪柄的鞭打。

"还站在这里挤什么？快走呀！"那战斗兵高喊着，又挥枪柄向右手去鞭打了。

"我还等桥那边的家人呀！"那农民向高占峰说。说话时，还向对岸扬着手，又叫："坐在路沟上等死吗？"仿佛他也知道桥那边听不到他的呼喊，变成喃喃自语了。

那个失掉军帽的官佐也站在这里，这时走到高占峰前面问："同志！你知道十六师师部撤退到什么地方吗？"

"不知道。"高占峰沿着沪杭公路边走动了，他这样可以比在人流中心自由一些，而且不那么闷塞、紧张。

还没有走出一丈路，他看见人流又开始奔窜了，而他自己在那瞬间跌入路沟去。他清清楚楚望见对岸那避开人流又似观望又似休息的妇女和衰弱的老头子，像瀑布的水点那样飞溅开去，立刻是超于这人流巨鸣的爆炸声，而且烟突然从土地上飞拔起来。他望见一队日本飞机在低空回翔着，原来人声过于嘈杂，起初就没有人听见飞机的嗡鸣。那时候高占峰跳起来，他听见机关枪的扫射声，但眼睛却又清楚地望见小铁儿在公路边回旋着头呼叫的姿态。而且突然给一只鞋底有白钉的大脚跨过去，等高占峰抢救出来，小铁儿的额头擦伤，同时手背惨白，上面还有一个脚印，他放声地哭喊起来。

在这当儿，轰炸声中突然爆发了一阵子人群的惨叫，那一团儿惨叫是那么尖锐，掩过了桥梁石柱的倒塌声。高占峰奔窜中，仿佛望见背后那些飞扬在空间的残碎尸体和桥墩上的石块。

他没有回头，和那些泛滥的人流一样拥挤地奔窜，完全忘记他该跳开人群去躲避。仍旧是成群的，带着尘土和巨鸣，顺着公路奔窜着……奔窜着……

六

过淮阴，高占峰就和那庞大的难民群分开了。

他走着单独的路程，经东海，越日照，有时在小镇市的街头上露宿，有时在村庄的大户农家里过夜。第七天的黄昏，他背着小铁儿来到距离青岛不到三百里路的一个小县份，想连夜赶回家乡去。他离自己的村庄仅仅八十里路了，可是走到离家还有五里的古埠，那每年有一山，五日有一集的大镇市，就失去知觉，跌倒在人家的门外。那时天刚放亮，人们给小铁儿的哭声惊醒。等到有人认出这是齐家庄高占峰而且没有打发人到家送口信，就把他抬到齐家庄的时候，已经晌天，快吃午饭的时候了。

一连三天，高占峰什么都不知道，三里五里有名的郎中换了好几个，都说是不要紧，但却拒绝开药方。那时他的面颊，仿佛给某种刀片削平了，闪着灰暗的阴影，没有流汗的象征，浑身却有股燃旺的煤炉那种趋前烧脸的热度。嘴唇现着茄紫色，干燥而且没有光泽。第四天他说呓语："小铁儿……不要怕……"看守的人们，这才发出自慰性的叹息，安稳地喘过一口气来，仿佛说："这回可不要紧了。"实在看守的人们，也太疲乏，现在就有的去睡了，弥补三夜不眠的损失。

当他第一次说："水……给我水。"他的粗糙眉毛，蠕动了一下，足征他的脑力渐渐复活，生命又给他一点儿意识，并且他的嘴唇恢复到近杯知饮的能力，但还有许多水没有吸入喉腔，又从嘴角淌出来，别人给他揩净，他也不知道。

现在他是处在一个混乱的梦境里：仿佛他正在前线和南军作战，共事的军官，又尽是些阵亡多年的老同乡，个个还是当年那种粗鲁豪放的样子，而他依然当作他们是活人看。经过一场混战，死尸狼藉地陈列在夜野上。远处仍爆发着疏落的炮火，他觉得自己仿佛是躺在死尸行列之间，所见的是一片广旷无际的星斗。那时张宗昌督办站在他身旁，俯腰问他："哪点受伤了？老乡！"等到他醒来却什么都忘了，只隐约记得这一点，而且他终生崇拜的这个出身乡土的"英雄"，仍然是当年那种气魄傲岸的姿态，手里也仍然是握着钢制的粗手杖，走起路来，当啷当啷地响。现在映入他眼睛里的是一团儿黑雾，点缀有万粒金星。这些金星，逐渐凝成一朵光辉而定型作瓶肚装油的草芯灯。又望见坐在他身侧的一个中年妇人。她正打瞌睡，脸子衰老又憔悴。一身农妇所穿的宽袖大袄，肥裆裤子，盘膝坐在炕里边。恰在这时，那中年妇人醒了，这是依靠只有妇人守护他们的亲人才有的那种灵性醒来的，病人即使不作声，不动身子，只掀掀眼皮，仿佛也能惊动了她们那纤细的神经。

"还要喝水吗？"那中年妇人说。口气很平静，仿佛她早已知道他能够醒来，而不是守着一个垂死的病躯，露着当她望见他醒来的时候该有的惊喜。高占峰摇了摇头，平心静气而又一无所思地望着她。突然她的声音变了："你知道你躺了三天吗？人家把你抬到家……你可把我们吓坏了，这是全仗菩萨保佑呀！"这声音渐渐有点呜咽欲哭的征兆，她的脸色更加衰老，池水受到一阵秋风的吹拂似的，满脸尽是皱纹，但立刻又平展开来，她发出一声叹息，似乎觉得这时不该放纵她的悲哀。又说："你觉得好点吗？我叫醒咱爹去！他刚睡。"

高占峰没有听见她说什么，他想：这是谁呢？我是在什么地方呀！周围是这样静，只有灶炕的促织叫。这夜深的叫声，挺寂寞，立刻唤起他对于逝去的青春时代那些耕种小麦的冬季日子的回忆来。他又一遍感觉到自己是在继续着那梦。这时候那中年妇人说："镰头有个孩子了，叫五十。镰头也刚睡，人家媳妇生怕他熬夜，含在口里都怕化了。这十几年来你就不想家？在外边怎么过的？我当是咱们姊妹这辈子见不到面了呢！"不管病人怎样，她尽自说下去，这是中国农村妇女一种普遍的性情。声音也越来越低，鼻梁两边有泪滴儿落下来了，但仍极力使口吻平平静静的。用揩灰尘的神气揩去泪水，若有所思地自语："三天不知道人事儿，真叫人担心死了！"起初，那眼泪一滴儿一滴儿下坠。继之，鼻子发出嘶声，末后用衣襟埋住脸，终于低声哭起来，一边说："你大外甥死的那年，我整天盼望你能回家，要不早就吊死了。一个寡妇，没有家庭，没有巴望头儿，活着受公婆气吗？娘家又拿当是外人，你可不知道五十他爹变得怎样，娶了个媳妇，就连炕都懒得下了。整天又是鱼又是面，咱爹都受不够的气。"口气又平静下来。既抱怨父亲不争强——她说："老头子还是照旧给他两口子挑水拾柴地过呢！说起来，生不够的气。"又说弟媳妇不守妇道："大海她表哥，每一古埠集都到咱们墙外头转，人家谁不说闲话。你知道，就是小名叫和尚的，说是在你手下也当过差，上一月才从城里回来，韩复榘的马队撤退，把他闪下来了。"

"这是什么地方？是在齐家庄吗？"高占峰突然问，于是那中年妇人，立刻吃惊地停住话，现在才注意到他的冷冽而迟钝的眼光，也明白她所说的一片话，原来一句也没入耳。她若有所怖地站起来，而正在这时候，高喜瑞老头子走进来了，一边走一边说:"怎么！好了吗？好了可别让他多说话。"走到屋，这话已重复了三遍:"好点可不能叫他多说话。五十他大姑，你听见吗？"这种称呼，是从他孙子身上转来的，正像读者所知，她是高喜瑞老头子的女儿。若是他把女儿的代名称改作"嫚姑"她娘——嫚姑是那穷苦寡妇的独女——那么她也许对父亲不会有如此的反感，甚至她本来很高兴，但一听到这刺耳的"五十他大姑"就激怒，越觉父亲眼里根本没有自己的女儿和外孙女存在，也就越伤心。

高喜瑞是个生性耿直冷言冷语的老头子。胞兄曾经在清朝宋庆提督名下做过副将，受过"御赐花翎"。可惜死在中日甲午那年的战争中，尸首一直埋在辽东，没有接回棺骨来。这是老头子终身不忘的一会子事，从这里也可知道为什么对人冷言冷语，任何事物也引不起他兴趣的原因来。他穿着有补丁的农民棉袄棉裤，个量比儿子还高，结实得不像七十岁的人，却像高占峰的族兄或族叔。因为发辫还很黑，又没留胡须。只见他走进屋来，两个诚实人所有的眼睛，望着高占峰说:"你们睡去，叫他自己躺在这里吧！你们打搅他做什么？"神气俨然是没有望见高占峰在望他:"镰头、五十他大姑听见没有？"

高占峰一直是望着高喜瑞老头子那两只针对自己而别有所瞩的眼睛，突然现出若有所悟的眼光，明白是躺在自己家里，顿觉大梦初醒，生出一种欲跪伏在父亲脚下亲吻的感情。究竟他是明白自己从死难里得到重生的心情使然呢，还是别有所思，那是很难说的，总之他现在是意识到自己是回到家乡来了，同时却忘记一路的遭遇，就是说他忘记自己三天前所经过的任何事物了。他的棕黄的眼睛珠儿，现着平静的光辉，这只有大病初愈才有的一种眼色，这眼光不久给欣喜所染。他望见坐在炕沿上回顾自己的镰头了。于是向他摸索着。镰头在他父亲跟前，还是心战胆怯的，这从他那不安的、频频探视父亲意旨的眼光上，高占峰很清楚地觉到。他用在病者身旁坐几个钟头也不会说什么的姿态坐在那儿，仿佛这就表明了他对胞兄慰问的千言万语。他注意到高占峰向自己伸手摸索的时候，说道:"你要什么？"这是对那久客新归大病初愈的胞兄第一句问询，面带温驯笑容。他立刻明白病者需要什么了，他的充满脂肪的手给高占峰握住，他也紧紧回握着，带着庸懒人常有的驯善笑容说："你好好躺着睡会子吧！"高喜瑞这时听完五十他大姑的倾诉，说道："他刚好，过些时候，自然会明白的，你们睡去吧！"又叫着："镰头！"镰头就站起来，对高占峰做出不得不遵从父亲意旨似的眼神说："天快亮，你睡会子吧！"实际上，倒是他自己需要继续那生活中最重要一项节目：睡眠，尤其是下半夜的酣睡给人搅醒，是他最反感的。而这次却例外，当他老婆怂恿他第二遍："你要起去呀！咱哥哥和五十他大姑能说话了，准是好了些。你去看看，省了人家说闲话。"他立刻爬起来，虽然嘴里还说："真是……明天，就看不见了……我准知道……这个病——喔——呵——"

读者不难明白，高占峰是处在什么人物构成的家庭中间了。但是当他握着兄弟肥腴的手背，发现他是长得大腹便便，不像一个自耕农，好似闯海外发财回来以后的小财主，或是养优处尊的小地主，那当儿，他可任何感触都没有，只在重复着他的一个想头儿：我是重生了，我是重生了。究竟是怎样重生的，究竟遇到些什么灾难，他却一点都不记得了。

现在是他一个人了，周围静悄悄的，炉炕下的促织声仍是悲鸣不休，仿佛倾诉冬夜的悠长而寂寞。高占峰平静地躺着，蓬散的头发披在耳边，脸颊枯瘦。他咬着头发，咬断一根又一根，然后一根根送到灯芯上去烧，注神地望着细发在一阵火光闪耀下，变作灰骸，于是再烧……这时候远方响起公鸡的早鸣声，高占峰扬起眼睛，注视空间，显然这鸡鸣引起了他的某种反应，想借此能够记忆起什么来，然而不久，他又专心一志做他的烧头发工作了，脸色依然那么平静，又不久，窗外有冬天晨雀的噪声了，灯光开始发暗。厢屋里有人起身，绣鞋的木底声，渐向南屋门口响来。但不知为什么，当五十他大姑现身在门口的时候，高占峰合上眼皮，对她的问询一声不答，做出很舒适而且很甜蜜的酣睡姿态，手里还捏着两根未燃烧的头发。

七

早晨，院落里洒满冬季的阳光，高喜瑞老头子做着每天早晨清除落叶乱草的工作。那时候探望高占峰的街壁邻右，出出进进的很多。有的进来就走，因为屋子里的人很挤。又加病人没醒，而且家里坡外大半都有活计做。每一个农民，差不多都在高占峰率领的红枪会里混过，望见他酣睡中那种枯槁的样子，都叹息不止。那些到海外卖过苦力而没有发财还乡的汉子，借机低声短语，说明现在赚钱的不易，言谈里表明不是自己没能力，连高占峰都这样狼狈地回来。仿佛给那些背后说闲话的人，一个有力的实证：自己确是卖力苦干过，不过命里没财而已。只见他们，或坐在炕沿上，或站在屋中央，或来回走动，都是低声下气的，防备惊醒病人，虽然心里都希望高占峰有所警觉而睁开眼睛。

每当一个人走进天井，屋里照例能听到高喜瑞老头子对来客的冷淡的回答："昨天下半夜，醒了醒，谁知道这辰光呢！"老头子自己，则仍仔细地扫着院子，有耐性地拾起每一颗足供燃烧的豆楷，而把散叶和尘土，扫到牲口棚去给毛驴填脚，又把浸透牲口粪尿的泥草，收拾到粪坑去作废肥。一切营生是按照往日的程序，有条不紊。屋里的客人，最后只留下来高占峰的两个知交了。一个是本村齐族的，名叫宏业，这是个贪杯嗜饮的汉子。年轻时闯过俄罗斯，回乡有十年光景了，从出门那年和高占峰分手后，再没有见过面。除了这位竹马之交，另外是随从高占峰在张宗昌手下当过班长的柳世杰，也就是最近从韩复榘马队上退休的骑兵少尉。他的身架显得膂力过人，虽然穿着长袍，也叫人看出挺身直背的军人气派。和他相反的是齐宏业，弯背塌胸，斜着眼睛暗窥人，又畏缩，又驯顺。当他望见柳世杰不住望着自己的时候，又局促不安了。他非常不愿站在这英俊人物脸前，单纯受他的注视。果真柳世杰注视不久，眼光就露出讥笑的形势，又开玩笑了，他说："你老是朝我望什么？"

"我什么时候望你？你别老找俺们穷人开心了。"齐宏业说着站起来。正想走的时候，就听见一种强壮的狗吠声在天井里叫了一下，他立刻知道是什么人来了。他就叫："戈皮旦，戈皮旦。"戈皮旦是他送给那日本狼狗的名字，俄语的意思是军官。他这时呼唤它，不过借以摆脱柳世杰的讥笑的注视而已。那狼狗，黑毛有光泽，探望门口又汪汪大声叫了两声。

这时候一个身披旧外套的人走进天井来。他的两只胳臂，永远不插入外套袖子里，仿佛一个工作忙碌的手艺人，随时随地预备掷下外衣就干活似的。这就是齐大海，在青岛曾经给高占峰做过赌庄助手的水手。

"大叔，你是整天做做这个弄弄那个呀！你就不会闲一闲。"一进天井，齐大海就高声喊，"你家俺哥哥是能说话了吗？我昨晚上还打算到古埠再找一个郎中来呢！"

高喜瑞老头子对齐大海，和全村有牲口的主儿一样，非年非节，轻易不和他搭话。现在他也仅仅说："你进屋子看嘛！"仍然做着自己的活计，向那匹精壮毛驴，发出望它安静以便在它蹄子下做工夫的轻呼。齐大海从口气里，知道老头子并没有因为儿子远归、病愈，有所欢喜。于是自己做个鬼脸，这种鬼脸在他自己愉快自得的当儿，遇到任何不如意的事情，都会带着自娱性出现的。

"都在这儿呀！"当他两脚踏上门口的时候，就站住作出困惑的神情说，"你们俩这是做什么呀？连大声大气也不喘，你们起了砸庄的牌怎么的？"

"你这家伙，又赢了几元钞票是不是？我准猜着。"柳世杰说，"晚上你可得掏腰包，咱们喝两盅儿，你看齐宏业又欢喜了。"

"你可别老是找俺开心呀，这是怎么说的。"齐宏业就作出激怒的样子，斜眼望他。

齐大海在这瞬间，做了个手势，意思是不要惊动高占峰醒来了。一边走到炕沿下，默默望着病人的枯槁脸色。那脸色显着从苦痛中挣扎醒来的情态，又是一场噩梦，不久以前，高占峰还是在惊风骇浪当中，抓着片卷死尸的破席，顺流漂泊，还隐约记得海船触雷爆裂后，他从死尸狼藉的海面抓到这片卷尸席的。那时候他确见一个紫唇滴血的女尸，从席底脱落而沉没，可是她又在什么时候复活了，披散着长发向他抢夺那卷破席。末尾，他听到一两声隐约的狗叫，而眼看要给卷入海浪的工夫，他突然醒来。这时还想：有狗叫，一定是离海岸、陆地或岛子不远了。等到听见"你还认识我吗？"就完全明白他刚才是做了场噩梦。

齐大海没有得到回答，又说："你看你瘦的！你老了呀！"又回头对柳世杰说："我们在青岛的时节，那真是……才几年呀！只是一晃的工夫，日子过得太快了。怪不得我们回来看见那些小伙子都不认识了。我出门辰光，五十他大姑，还是小媳妇呢，现在你看吧！"回头对高占峰说："一些在咱们胳臂上撒尿的孩子，都有人叫爹了。"又指着那只卷毛狗说："就是戈皮旦吧？前年还这么高，现在长成他妈一条体面的大洋狗了。"那狗仿佛知道主人在夸它，也向空咬了两声，表示赞同而又很高兴的样子。

"那可不是怎么的！"齐宏业眼睛望着齐大海，本意却是说给高占峰听的，"还用说旁的，我们俩——"眼睛指着高占峰，"跟着咱们庄上的戏班到龙口那年，正遇元宵节，当地耍狮子的缺人手，我们俩就插上了。真还不错，就这样高的四脚桌，我们连跳三张。如今一张椅子也跳不过去呀！"口吻低沉，一个老人叙述往事似的不胜感慨，其实，他才四十岁。

这时候镰头从里面出来。他刚起身，就是自己昨晚一夜没睡好。又叫自己老婆烧水待客。有在城里当差的人物在他屋子里坐着，他认为最荣耀。他老婆本来蹲在灶炕帮五十他大姑做饭，现在得因由在那些客人眼前，问长问短的了。这是一个俊俏的媳妇，眉眼间有点媚力，脸红肉白的。

起初高占峰默默地望着齐大海，一语不说，也看不出他那平静眼色显示出来的意思，是对那游手好闲的汉子在久别重逢的现在，有什么感触；又向柳世杰望去，那瞬间他的手却紧紧握住齐大海柔滑的手掌，这表示他确是认识那久别重逢的友人，且也感到重逢的欣喜。齐大海这工夫，突然有一种感觉，仿佛高占峰的手掌传给他这种意识：想不到咱们哥儿们，还能活着见面呀！待要说什么，又因为他那望着柳世杰注神的眼睛，使他一时开不得口。

"不是认识吗？这位是……"镰头怪不好意思，生怕客人受不住盯视似的。

"知道。"高占峰注视着那退伍军官说，"柳世杰。"于是在那两眼透着英俊气的脸上，现出退伍军官在曾经做过上司的人物面前所有的肃然生敬的姿势，飘浮着一个不安的微笑。为自己崇敬的人，中年后还能一见就叫出名字，在他是颇为感激而且也颇觉自慰的。高占峰的眼光，那只是大病初愈的人所有的温善而平静的眼光，立刻投向齐宏业。只见他的眉毛蹙蹙，这工夫，每人都给他那平静的眼光所渲染，屏息地侦伺着他的脸色，等候他说出齐宏业的名字。然而，他却说："他呢？"

"谁呢？"镰头说，"这是齐宏业，你忘记和他在龙口耍过狮子……你歇歇，他就会认出来了。"他对齐宏业说。

"他哪去了？"高占峰的口吻如是软弱无力，"把他抱来！"

当高占峰说话的时候，齐大海朝戈皮旦做着手势，威胁它，命令它安静地伏在自己脚下，那狼狗立刻明白，俯伏下身子不响了。

"你是说那孩子吗？叫作什么——小铁儿，我想起来啦！"镰头说，"咱爹说等你好了再抱过来。"但他发现高占峰的眼睛闪出凛然不可犯的光辉，立刻又说："你要看，那么我抱过来吧！"走开去说，"五十他大姑，你把那孩子抱来，你哥哥要看看他呢！"而高占峰却阖眼作睡了，不过手还捻搓着齐大海的指头。不久，他重新睁开眼睛说："你的日子还过得去吗？"

"谁——我吗？"齐宏业问。他心里却惊异，他真还认识我呢！断定确是问自己，想说什么的当儿，齐大海就插嘴说："他呀！他和我一样！就剩一铺炕席没卖了。整年整月吃的花样可多，早饭是地瓜叶饼子和盐菜，晚上是盐菜和地瓜叶饼子。"对他自己这说俏皮话儿，很自得似的笑着，且左右回顾，仿佛是找寻另外的赞慕眼光似的。齐宏业果真露着对他代答的词句很满意的驯顺笑容，并且附和的叹息一声。

"张旅长回来了吗？"柳世杰插嘴道，"您知道吗？"

"哪个张旅长？"这时候，高占峰转眼望五十他大姑抱来的小铁儿，镰头在他背后跟着，抓住他的一只小手，做出不胜亲昵的样子。

"这到底是从那儿弄来的孩子呀！一口南蛮子话。"五十他大姑问。高占峰没有听到这话，尽管凝视着小铁儿，现在要记忆什么，而终于一无所得的怅惘颜色，把他抱过来。只见小铁儿，换上结带短褂，开裆裤子。初见这些人，不免露出憨望的情状，小手指在嘴里蠕动不止。他的眼睛，大而明朗，本来脸蛋红润有辉，现在这红晕失去，显得纸黄，可是眉宇间依然透着端静而稳重的气氛，这是出身富裕家庭的孩子，常有的那种静而稳重的气氛。他一投到高占峰的身上，就迅捷地扭身回顾，仿佛生恐这些陌生人物在他背后捣鬼一样。

"来，亲亲我！"高占峰说。

小铁儿眼睛别有所瞩地送过脸来。

"在这亲亲，你是看着我呀！"

小铁儿的小臂膊就环抱住高占峰脖颈，并用眼望望他，立刻又掉头回顾齐大海了，似乎想从他脸上，求得什么解释。

那时齐大海说："这小鬼，怪惹人稀罕呢！"望见高占峰那全心倾注在亲吻上的样子，向柳世杰作眼色，意思是："父子呢！"五十他大姑询问高占峰没得到应声，现着扫兴的脸色说："我把他的衣裳都洗了，满是泥浆子呀！"眼睛却注意镰头媳妇和柳世杰的神色，直到现在她还没发现什么。五十从东间跑到西间来，一边说："那衣裳是我的，裤子也是我的。"

"督办的大儿子到济南去了。"柳世杰重拾他的话柄，"张旅长从大连回来，你知道？"

"你老是说张旅长干什么？"齐大海说，"占峰，你知道张旅长掖县安什么心理吗？喂！你还记得那个和你斗气的青鱼贩子吗？就是我们这位军官的族兄呢！吓！你跑了以后不是吗？我们可哪儿找他，找不到。后来听说他和唐老虞拉上线，现在蓬莱县也弄到二当家的位子了！"这话显然没有在高占峰身上起作用，他说："在蓬莱吗？"心意不瞩的口吻，证明他仅是听到蓬莱这个字眼儿。他的心神是这样飘忽。

时而望着小铁儿，时而望望那个来客，时而把小铁儿嘴里的手指拿开，时而又现出苦思不得的神情。直到现在他还没有想起他是怎样到家的。

相反的是齐大海，现在畅谈以往那幕赌场的悲剧了，因为镰头媳妇没有听到，另外的人呢，不只听他说过两遍了。在谈话当中，他加上许多废话，例如："那时候哪一回出门不是汽车洋车的，离着二里一里的还肯走？""在咱家赌个三十吊二十吊的就了不起。在青岛——那有下注不过元数的。光给伺局的，那晚上我都得破费三元五元的，你不信问问占峰哥哥。实际上他从来不但没有赏过伺候局的伙计，相反他倒常常向他们借贷。现在他说起来，连自己也觉得确乎是他的黄金时代，而且

233

这话不只对人说过十遍，于是自己也以为真玩过阔，真的过了几年挥金如土的日子。论人，他倒不是胡吹乱吹的坏蛋，心底根本很善良，不过半生没有剩下钱，本村富裕主儿又另眼相看，满肚子就全是牢骚，仿佛在闲谈中叙叙往事，叙叙自己的豪华，心里就舒服一点。更由于对有牲口主儿的贪吝性情，怀着一种鄙弃心理，再加觉得自己年轻力壮的时候已经过去，不会再有发财的希望了，所以不管什么事儿都看得开。有了钱，一手来一手去，没有，也不愁眉苦脸，这就说明为什么他穿得那么旧，而戈皮旦却喂得挺胖，它的脖围并且装饰着电镀的白铁钉，闪闪发光。他是兴致勃勃地倾诉着。满脸生辉，眼光贼亮。他结尾说："我没讲吗！眼睛看见的，就比那些整天蹲在铡刀旁的主儿多。就不用说别的。他们知道什么？知道他们的母鸡哪个下蛋大，知道他们那两亩地的地头草几根，就怕地邻给耕去一点儿。"于是环顾左右，非常得意。之后，掏出纸烟，而不用眼望却能把烟抽出来，且在大拇指甲上颠颠："我没讲吗？这回可要看看他们的本领了。"把纸烟沾在唇上，又掷给高占峰一根。这一切动作都没有用眼望，正像得意且又注神于自己谈话的人，常有的一种现象："看看他们能把那两亩地背到外省去不能？看看他们能把母鸡当作弹药用不能，日本鬼子可是把青岛拿到手了。"他又俯脸向着那狼狗，"是不是？戈皮旦！"狼狗就跳起来，摇摆着卷毛细尾，低声吠着，现出欲候主人一块儿外出的神态。"不是！"齐大海说，"我问你，是不是？要走吗？好——这就是。"于是弯腰在戈皮旦鼻尖上碰了一下，就站起来。

在他说话时候，柳世杰端恭地坐在长凳上，望着高占峰不时微笑，又似乎是不以齐大海的言谈为然，又似乎从心底表示赞同。偶尔还朝小铁儿做出逗弄的眉眼，以讨高占峰欢心，实在又似乎他根本没有听齐大海的话。总之，他是集中注意力在不使高占峰讨厌范围里，微笑或逗小铁儿玩，所以镰头媳妇在他跟前来回走过两趟，他一眼也没敢向她打量。她也没有望他，不过给他沏茶的时候，露着羞媚的红色小嘴，说："喝茶"俯着眼睛退下来，但给齐大海沏茶，她就完全两样，还插嘴说："小心，别打了茶碗呀！指手画脚的。"口吻也是对那人物很喜欢，但这是属于另一种了。至于齐宏业，一直是萎缩地坐在凳头儿上，斜着眼睛偷窥，仿佛一条当道卧在那里的狗，当人从它跟前经过所有的那种斜眼窥人的神情。那眼色，并不是观察人色而吠叫，却是注意是不是该及时抽身跑开去，自然夹着尾巴。现在他也站起来说："再来看你，再来看你。"

"我可是不能来，这几天预备和占恒打交道，快到赶古埠山了。我想在那儿弄个赌棚。"齐大海说，"你可得好好养一下子，等你好了，咱们到古埠去大喝一通。走吧，柳世杰，你们不是要喝两杯吗？晚上我可没工夫，要喝就得这会儿。"

"小孩子真稀罕人儿呢！"柳世杰在出门口，又回着头说，恋恋不舍地。但一到天井，他就抱怨着大海："你是忙着走什么？我想告诉他张旅长的情形，叫他到掖县去趟。"

"忙什么？你没看到他连听的力气都没有！"

柳世杰耸耸肩。

"那一个孩子是谁的？"齐宏业问。

"私孩子！"柳世杰拍拍齐宏业肩头说，"你也该……"

"你怎么老是要笑人呢？"脱身走到前面去。

"大叔！"齐大海向高喜瑞老头子打招呼，"你牵出毛驴叫它晒太阳呀！我没说嘛——牲口到你手，也是几辈子作了阴功德行，不知怎么修的哪！"

在屋里静下来以后，高占峰处在一个长久的思索里，以往是整个的一团儿记不清楚的烟雾，他不是望见齐大海连青鱼贩子都想不起来，不过，这时候，那些往事已经在他身上失去魅力了。

八

冬至节前，高占峰恢复了旧日的健康，不过倔强的气魄，一变而为平静，仿佛他对任何事物，没有感触。到时候，人家说吃饭了，他就坐在炕上等着，人家说该喂牲口了，他就去拌料。从他那平静的眼睛里看，仿佛他已失去生命，失去锋芒，一如久绝尘烟的老僧，在孤独的深刹里过日子。除去小铁儿在他心目中占着一个很大的位子外，对任何人只是望望，表示自己认识而已。

冬至节那天，他修好锄耙，开始帮助高喜瑞老头子，下坡锄田。以后他经常做着农闲日子该作的营生。譬如：修理菜圃的篱笆，翻打麦场作向日葵园子之类的活计。高喜瑞老头子，从他回乡那天起，一直没有和他搭话。他认为这小伙子，十二年来一定受到不少苦，这次回来才知道离开赌场，正经过日子了。每次高占峰携领小铁儿走过，他就望着他的背影，使着"哼！不吃苦头是不中的"那意思的眼色。全村的人，谁也不知道他有着一段惨痛遭遇的，连他自己也没法说清楚。所以都拿着面对普通的闯外没发财回乡的人看待他，不过还是仰慕他，所不同的，只是这仰慕外，带一点儿怜惜，对于不得志的英雄般的怜惜。故交里，经常碰头的不多，他们都忙着准备赶古埠山，战争对于这乡村，一点没有什么影响，虽然都知道二百里外的青岛已经给日本军占据了，虽然知道韩复榘的军队已经撤退，县城里只剩商家组织的保安队和自卫团了。然而这些，在那一年一次的古埠山的筹备期中，一点也不能引动谁的注意。每家农户，都准备在古埠山上，给闺女置办嫁妆的款子，有老人的，就注意该挑什么木料的寿器，年岁大的牲口，打算调换骡驹还是母牛。

齐宏业打算加入本村的戏班当布场，齐大海在磋商赌棚的租税，只有高占峰每天照旧携领小铁儿下坡。有一天，在村口碰到齐大海，照例他牵着那匹日本种狼狗。"几天没见你，能干活了呀！我简直忙得昏天黑地，过了古埠山期，咱们再谈吧！千言万语没工去说呀！"那天回来，高占峰打发镰头送给他一斗小麦，算是调剂他过"山"。等到又碰见，他仍是匆匆忙忙的，牵着那匹日本种狗，三言两语走过去，连个谢字也不提。此外，柳世杰来过两次，不过每次都是单来独往，像有要紧的话来谈似的，可又一句也没说出口。人家背后说："武松这次回来了，他还想摸甜头吗？"那些不识字的农民，说起《水浒》可比任何人都熟，并能随时随地加给人家一个适当的诨名。齐宏业也仅仅来过一次，不是当戏班布场就忙了，或是沉湎在酒坛边上朋友也懒得走动。实在他对高占峰有着另一种见解，觉得人家有吃有喝，比自己过得富裕，去巴结什么呢？若是自己有三亩两亩的家产，或者高占峰一亩不"沉"——也和自己一样，那么还有交往头儿，幼年的友谊，也不难立刻恢复，再加前次的晤面，他觉得高占峰也并不对自己特别有好感，于是加重了那心理，这也是善良的农民，到了穷苦的时候，对富裕朋友的一种普遍心理。

古埠山日开始的第一天，高占峰正携领小铁儿到菜圃去灌溉冬韭。若是从前，就是离家三十里二十里的村庄，有说鱼皮大鼓的，高占峰也会在吃夜饭后赶去，听到下半夜，再一个人走回来。可是现在不同了。古埠离齐家庄虽是五里，并且还有亲戚捎口信邀他，说是给他预备了住宿的地方，他摇头，仅仅说："咱不去。"镰头和媳妇却早一天去了，他们两口，是分头住在两个亲戚家——镰头的岳父门儿上。

这天，天气晴朗，是个冬季难得的日子。天上，远近没有一片云影，满村满野，都在阳光底下闪着使人望景思春的光辉。周遭又是那么寂静。无论庄里庄外，很少听见人声。因为大多数妇女和农民、小孩子，都赶山去了。留在村里的，差不多全是吃斋念佛的老婆子，或是终年不出门的老头子，一来看守门儿，二来还得照料牲口或者母鸡什么的，再就是怀着一种普遍的心理，仿佛说："让他们年轻人去热闹两天吧，反正一年一次。咱们的时代可是过去了。"所以现在听不见平日的喧闹声，静静的，只有野外几声白头翁鸟的低鸣声。

高家菜圃在村南。越河就是一片小麦地。周围半亩广，东西都是秋季作打麦场，冬季改种蔬菜一类东西的空地，一块块菜圃之间，隔着矮矮的土垣墙，秋季防鸡，春季防狗。

高占峰已经刨了三天土，整个打麦场都算翻作可以播种的松软土地了。有些土块还得用手捻碎，石子呢，就得掷到河里去。小铁儿这时正帮他做这种工作。起初，他蹲在地头上专门用眼睛找寻石子，因为高占峰不许他挪动。地边有口井，生恐一眼照不到，有险失。只见小铁儿聚精会神地说："叔叔！这里有一个石头。"小手指伸着指点。每当高占峰遵照他的指示捡起一块石片的工夫，小铁儿就露出愉快自得的眼神，望着高占峰，并且甜蜜地叹息一声，仿佛自己完成一件重大的工作一样。所以高占峰有时故意装没有看见，"在哪里呀？"

"那里……不……那不是吗！"

"我怎么没看见呢？"

"唉！"那时小铁儿就会大人一般地叹息道，"不是就在你脚底下吗？真是的！"

"原来这里呀！你的眼力可真不错啦！"

于是小铁儿，就作出受夸不骄的端静脸色：这种愉快而端静的脸色立刻感动了高占峰。他想：真是一个聪明的孩子，可是这孩子是谁的以及有关这类的想头，却从没有来到他的脑子里。后来，小铁儿也来捡石子了，捡到一块就递给高占峰，两眼定定看着他，"叔叔，你打那棵树！那棵河边的树！"或者要求，"打那边的草，不是那，从水里露出尖来的。"等到如愿以后，仿佛叹慕着高占峰那有力的臂膀似的喘一口气，满意而又愉快地找寻第三块石子了。

那时突然凭空一声狗叫，这幽静中的一声狗叫，本来就够惊人的，而那声音本身又是那么恐怖，那么紧张，接着连声吠叫起来。顺声望去，高占峰发现沿河的土路上，那只戈皮旦狼狗，迅速地跑来，边跑边吠，俨然追逐一匹野物似的。戈皮旦尾后一团儿尘雾里，现出疾驰的脚踏车轮廓，高占峰的脸色完全变得紧张了。骑者极迅速地闪来，而且停住："高大哥，日本兵要攻咱们县城了！古埠山上逃难的人一个挤一个，保安队都跑光了。你预备怎样？该咱们哥儿们出头露面的时候了。"

听到第一句话，高占峰的脸上，立刻闪过一种木然的影子。而就在同一秒工夫，眼光又突然有所悟地那么明亮起来，但立刻又变作阴沉而严峻的眼风了。他说："你掷下车子过来呀！"他的脑际闪着上海夜间的三座巨火，逃亡的难民群、渴睡、轰炸、震天的尖呼以及飞扬的尘土只觉耳朵发出一阵激鸣，他的眼睛合住，感到血涌耳际，但没有晕倒。这瞬间他从梦中醒来，极惊讶他以前的愚昧了。

齐大海从小桥上跑来，一边大声说着什么。所以没有听清楚的原因，是这话声和戈皮旦的急促吠声、小铁儿的笑声，混合了。

"你要到哪儿去？"高占峰又恢复了以往说话的沉着口吻

"到北乡做什么？找他们又有什么用？"

"他们干过这玩意儿？"齐大海作了个食指勾机枪的手势。

"我们自己不会干吗？"高占峰说，"你去找柳世杰来，再到古埠山去找把子人来。"

"今晚上吗?"

"今晚上。"

"那么你预备干吗?"

"当然干啦!"

"你呀!"齐大海猛地扑过去,喜极欲狂地抓住他的两条胳膊,若是他的臂力大一点儿,这瞬间很可能把高占峰举到抛空摔碎的。拳头雨点似的击着高占峰的肋骨,高占峰也紧紧抓住他的两臂,否则一定站立不稳。而戈皮旦狼狗渡桥又怕,隔着河跳扑到东,扑到西,狂吠不绝。小铁儿又是不住嘴号哭,这瞬间使他俩同感紧张、急促、欢快,只暂短的一会儿纠缠,齐大海就离开高占峰,喘吁着拾起鸭嘴帽子(这是在他猛扑高占峰时闪落的),只见他朝大腿上挥打着,说道:"那么我这马上到柳家洼去找他,你就招集咱们村子里的人。咱们哥儿们的秦琼卖马时候过去了。叫他们把红缨子枪、土炮、大抬杆洋枪、腿叉子都亮出来吧!"走过桥去大声喊着,"戈皮旦!头前跑呀!"那狼狗追扑着他的车子,狂吠着,远远一溜烟儿迅速地旋风似的跑去了。他们既没有商量招集人枪的步骤,也没有估计敌人的军力,一切是如此简单地决定了。

高占峰一座巨塔般,静静站在那里瞭望着,而小铁儿已经哭着抓住他的手。他叫不知道,他是怎样用力摇撼着那只大手呀!高占峰什么不知道似的,站在那儿想:"我是得到掖县去找找张旅长。"

九

古埠的山日,召来了远近大小村庄的农民、地主、货郎和那些流浪海外很久而回乡来的汉子们。这是些游手好闲的人,他们全走过大码头,有的在关东砍过木头,有的在沙皇统治俄罗斯时代背过包袱,从这村到那村推销他们的山东绸和中国花边……第一次欧洲大战,回来一些,一九三一年的"九一八"事变,又逃回来大部分,他们受尽人世的各种苦痛,也见过各大都市的豪华生活,总之,心眼高了,然而还是一天吃三餐地瓜干儿和胡萝卜过日子。于是在一九三〇年以后的日子里，普遍地发生匪警。三天两日，不是这村子富户给绑了票儿，就是那村的地主遭了抢，但是二里外的村庄当天却又没有一家听到什么可疑的动静，既没有匪帮路过，也听不见枪声，而且遭事户儿的，邻右也不会受惊，因为所说的匪人就是农民，从不结帮，只是单来独往地出现，可见不是外路人。而且被绑的人给膏药糊了眼睛，耳朵里灌了黄蜡，又可见匪人是怕"票儿"有所听，怕"票儿"有所见，更可见匪人有的是面熟的人了，而且匪窝都不远，有的把"票儿"放在磨上推着旋转一夜，就算坐了渡船，自然票儿的耳朵没灌蜡，还可以弄作水流声来壮航行的声势。在这些心惊胆战的日子里，同是一个村庄的人，也不敢彼此担保是良民，叔父怀疑侄子，舅舅不相信外甥。白天，在那阳光底下的农民确确实实是耕种不息的，眼光也是善良的，表示着安分守己的习性，一到夜晚，有谁会相信自己就一点歹心不起呢！"县庄会"是普遍地成立起来了，可是"县庄会"的壮男，全是来自本村本庄的农家，于是所说的土匪也就有借避耳目的隐身所在了。韩复榘统治这块土地的时代，每天都烧几个村子，枪毙几十个找不到保的农民，实行五家连坐法，因之他手下的一个团长，有了杀人阎王的威名。直到现在，这匪风渐息的日子，大凡赶山的人们，腰里还带着家伙，三五个人连在一块儿不散伙，为的是防备高粱地里窜出黑烟涂脸的强盗来。谁不知道赶山人的腰包，是硬实的呢！

古埠山的赌棚就全是这一色人的集合场，而戏台下坐的是一片打扮得惹眼的妇女们。这是两个天下，两个乐园，距离着三条大街。赌棚是在村南的河边上，戏台是扎在村北的广大的打麦场的一端，四周的空地全给远村的车辆占满了，而且那些没有近亲的远来的女客，都坐在车棚上，向辽远的戏台上望着，但近前走过一个戴鸭嘴帽的跑过外国的苦力，或是跨着鹅步，披着旧军衣的退伍的兵士，她们又移目注视，一个也不会逃过她们那闪闪有光的愉快的眼睛。因为这些人物是那么懂风情，懂得怎样卖弄他们的男性的傲岸姿态来取悦她们。这些在戏台下打转的汉子，只是注意着哪个车上有俊丽的闺女或少妇，以便借着喝碗豆浆的机会在那儿多站一会儿，他们懂得看风使舵，也懂得看眉眼搭话。在这里，还有谁能比这行人聪明的呢！而那些炸油条的、卖糖果的小贩，又大部分挑选着俊丽人物多的车边儿上摆摊子，差不多这就是他们落脚的标志。因之斗殴和流血的事件，在古埠的山日是一天几十起的，并不比赌棚里的事件少，而这里的山会会首们和古埠村的头脑，不用说，三天就全变成嘶哑的了。

当戏台上的《法门寺》正在上演的时候，台下的正面观众都在聚精会神等待三千岁刘瑾出场的时候，突然左手的一角，爆发了三声朝天打的枪声，正如在广大的剧场看戏的情形一样，观众的神经并不全为剧情所吸摄，而且一遇什么响声就会立起了身子，只在一瞬间，所有的观众全森林般地站起来了。眼睛和面颊儿都转向左手那一个角落。她们的目光闪着吃惊的神气，嘴里说着："什么事儿？什么事儿？"问话的人既不找对象，答话的人也不看问者的脸色，仿佛眼睛一离那出事方向，就会错过什么，来不及逃脱似的。只见一个魁梧的汉子在一辆妇女林立的农车上出现，向空挥着手狂喊，右手有人向他跑去了。不一会人群就拥挤不堪，在那儿凝集作一团儿，妇女们全脸色苍白地向广场外奔走，惊散的鸟儿似的。那时齐宏业跳到前台上喊道："不要慌，还离咱们古埠远哪！男人们到三号赌棚去呀……"然而没有人，听清楚他是说什么，那些农村的妇女只顾照料啼哭的孩子了，何况手里还搬着长条凳，而且若是孩子的糖制人儿或货郎鼓什么的丢在地下，她们还得弯腰拾，虽然情势是这样可怕，然而她们的孩子一年只这一次购头的玩物，尤其是孩子们新置买的鸭嘴帽，可不能轻意丢失呢！只一会儿的工夫，戏台下的空场的土地完全袒露出来了，从遗落的凳子间，可以望见满地一片的瓜子壳、花生皮一类的东西，而凳子又多半是躺倒在地下。那时一辆两辆农车从左手奔驰来了，车轮发着重大的响声仿佛雷鸣，原来辕马和前套的公马受惊了，它们的耳朵可怕地竖立着，周围的人们都惊叫起来。他们向空举着两手，作势威胁那两匹受惊的牲口，更有的生怕它们奔驰的激情低落似的，故意吆吓，农车的轮子在凳子上跳跃起来。

"截住呀！截住呀！"有一个汉子迎着马头喊，但当农车前的马匹并不转方向，仍冲着他奔来的工夫，他就跳到一旁去向空挥着双臂了，仍喊着："截住呀！截住呀！"实在他自己也不是在那儿阻截，而是向别处驱逐，生怕会向自己奔来。两辆农车在戏台右手那些麇集的车辆前，转了弯儿，因为站在那些车辆之间的车夫，老远就摇挥着长鞭子，作势驱打着，只听见戏台右脚底下一声尖叫，一个梳有两条小辫子的小女孩儿，给辗在车轮子底下了。在她躲避农车的时候，凉棚下的男人们就喊："往哪跑……往哪跑？给鬼迷了！"而那小女孩儿就迎着马头向左奔跑儿步，又向右奔跑，她完全糊涂了，而且突然地跌倒，就在这工夫，马车从她身上碾过去，同时撞倒了凉棚旁的炸油条的锅炉，奔向一个坟地去……

戏台下格外冷静了，能够清清楚楚听见左手那群人围绕着的魁梧汉子的呼喊："到三号赌棚去……全来，全来，齐宏业，快走呀！你看什么哪！"

齐宏业和一个脱了乌纱帽的光头的戏子，站在台右角向外边那块坟地望呢！现在就跳下戏台来，一边向倒在台脚下的女孩儿的尸首望着，路过围绕在这尸首身旁的几个车夫时，还问："是咱们古埠的，还是外村的？"这是问那死者的，但也没有听明白回话，就向北奔跑着，有人还沿路叫着："到赌棚议事去！来呀！"实际上又是谁也不摸这变故的底细。齐宏业听见那跑着高呼的农民回答谁的话："土匪要来洗庄了……"下边的话就听不清楚，因为现在他们是沿着这条土墙胡同跑，墙里的狗吠是那么喧杂，有门的处所，还能听见狗爪刨门的声音，它们是扑着门向墙外的声音咬。

胡同末端是条搭着临时酒馆的席棚的横街，这是沿河崖搭的。跑过木板桥，就是广大的赌棚场所了。只见人群密集，连桥口都堵塞了。

齐宏业跑过去，还高声嚷着："乡亲——借光——闪闪呀！"挤到第二号赌棚，就再也挪不动一步了，他望见高占峰现在是高高站在人群的头上，脚下一定是踏着桌子一类的东西，只听他高叫着："乡亲们！你们都是跑过关东、下过崴子的人，不用多说，有枪的拿枪来，有土炮的扛土炮来，你们在张宗昌老总底下吃过粮的，在海北挖过人参的，砍过大木头的，你们贩过烟土的，拉过山帮，当过胡子的，在东三省吃过日本人亏的，受过高丽欺侮的……到了咱们出头露面的日子了，到了咱们喘气的日子了，都来呀！别贪图你们那亩半地的地瓜了，别恋恋着你们老婆那两只绣花鞋了。有粮的拿出粮食来，有牲口的拉出牲口来，你们干过红枪会的，信过白莲教的，拿出你们的本领来吧！扛出你们的红缨子扎枪来吧！前清咱们反过洋教，烧过胶州铁道，如今又是这个日子了。如今可没有皇上来帮他们了，如今是'抗战'了，南军打日本，北军也打日本，你们再不用担心绿旗兵和咱们捣蛋了。……"那时，齐宏业又环顾一下，想找空子向近前挤，就在这时，人群突然向前挪移，而齐宏业还没有挪进两步远，人群又突然向后倒退，一寸一寸地逼迫着齐宏业倒退，而且直退到一号赌棚的门口才稳定。

齐宏业连高占峰的话声都听不清了，他第二次向里挤，人群又继续一寸一寸地倒退，而齐宏业像给汹涌的波涛排到海边上的浮萍一样，退到板桥口来了。

近桥的对岸，也林立着一群赶山的庄稼人了，当中还有一个袒着胸口的中年农民，在他肩上挂着一串火烤的硬麦饼。仿佛一串僧人的大佛珠一样。他高声向齐宏业问："乡亲！什么事呀！"

"日本攻下咱们县城来了。"齐宏业高声回答："过来呀！"实在连他自己的立脚地方都没有，这话完全是不负责任的，并且继续向前挤着，找人肩和肩的空隙，往人群里摇着身子。

还没有挤到第二号赌棚，人群第三次膨胀开来，齐宏业又被迫地向后倒退。那时候，他没有听见高占峰的声音，周围爆发了一片喧噪声，而且只一秒的工夫，就寂静下来，突然响起一片向天打的枪声。齐宏业正在望着地下移动的许多脚尖儿，防恐踏到自己的鞋背上，等到抬头望时——就是这一秒钟的工夫，他还是不能站定位置，脚尖仍然随着波涌的人群倒退着——漫天飘着烟朵，像谁抛在空中的灰色的圆球，一会儿就破裂开来，交舞在一起。只在他仰脸注望的这一瞬间，人群就急匆匆地散开，齐宏业不知什么时候，已经退到全是酒馆席棚的河对岸那条街上来了。

到处都是跑动的人们，是怎样一个恐怖的场面呀！那些久受压制的野性，这时在人们身上，全爆发出来了。到处有抢劫的事件发生，整个古埠村的住宅，全在呼救和枪声的混乱动静下淹没着，可以想象到居民是在怎样的恐怖中颤抖着。齐宏业根本还没有弄清楚高占峰发动的究竟是什么，当他望见一伙儿庄稼汉子用石头撞击一座酒棚的板门时，也参加进去。

"怎么还用石头，撕开这席子壁就中了！"齐宏业撕开一道席子，于是那些脸色苍白的人弯腰走进去。

棚里一个人也没有，炉火还融融地燃烧着，煤火苗子时时吐着红艳的光辉，燎水的铁壶还放在缸盖上，从那没有盖的铁壶口上冒着热气，可见人们离开这儿不久，在他离开时还想灌些生水进去，然而这也没来得及。

进来的人们，全用火光闪闪的眼睛环顾着。

"怎么他跑了呀！"

齐宏业立刻从这口气里知道这伙儿人，不是打算趁机抢劫，就是和这家酒棚有闲隙，存心谋害人。

"看看有酒吗？"其中一个面型善良的农民说，"来呀！给你这个大碗。"

他们是那么匆忙，连口灌着。在他们喝的时候，酒滴不断地从嘴角淋漓地流下来，仿佛只有揩揩嘴角的工夫，连门口那肉案子上的熟牛肚、烧鸡，都没看到，就又匆匆跑出去了。临走还把酒缸打破，而且那个面型善良的农民，又回来呼唤齐宏业："快出去呀！"接着塞一把干草在炉上，齐宏业才知道，原来他是回来放火的。

这只是几秒钟的工夫，然而齐宏业退出来，却发现街上没有一个行人了。

到处是枪响的声音。齐宏业完全给这些声音吓慌了，不是胆小，而是他找不到那些人群，尤其是和高占峰他们失去联系。

他开始向狗吠声激烈的村南跑去，仿佛那里人声沸腾，而在这里只是一片冷寂中听到嗡鸣而已，而且这嗡鸣的来向又不可确定。

这时天色渐近黄昏，齐宏业又听见古埠村东南角上一片枪声，他猜想那一定是集合的号令，果然接着是一片马蹄声，迅速地跑开去。等齐宏业从戏台下抢到牲口和第二批杂乱的庄稼人鞭打着牲口奔驰跑到庄外时，古埠村北的上空，已经大火冲霄，乌烟蔽天了。

十

齐宏业骑的是一匹七岁口的灰色马，跟随在前锋的几匹公马当中奔驰着。

村外，暮气沉沉，仿佛飘散着一些烟雾，缭绕在树丛梢头，展卷在田野的低空，远处村庄都隐约不清了。

领头的是一个宽肩膀的农民，只从那又厚又饱满的背部看，就知道是个臂力过人的汉子，只见他在麦野中一个十字路勒住马了，他骑的是匹红色马，马项上还遗留着套夹棍，两边拖着四根切断的套绳，可见是从农车上拉下来的。那马喷着鼻气，哙儿哙儿地打着响鼻，它也完全在神情激发中，腿力百倍了。

"向左手，左手！"齐宏业喊着，那灰马已经拐弯，在左手的石铺道上奔驰开去，骑者是没法控制它，以便等待尾后那一伙儿人了。但一会子，身后就涌起一阵风，马蹄声有力的敲着石铺道，越来越响，只一瞬间，那匹红马就越过齐宏业，恢复了它领头的地位。这时候，说不清是骑者们由于马匹的嘶鸣和奔驰而紧张、兴奋，还是马匹由于人们的声势和受到别的马匹的感染，而紧张、疯狂。它们竞赛似的向前方追逐着，只有猎手们跨马追赶兔子时，才有这样激动的情景。他们高声嚷着："有灯光了！前边有灯光了！"可是转到他们左手的在古埠村上空飘荡的那片火光，他们却又一点也不注意。

果然距离齐家庄一里路的光景，齐宏业就听见人群的哄闹声和马匹的嘶鸣，而且可以估定他们是集合在高家菜圃一带。一会子，河崖旁边有大的灯笼出现，那不是距离近了他才看见的，而是灯笼刚刚燃着。不用说这大的纸灯笼是只在办丧喜事的场合才出现的，而现在他们就例外地挑起它来，而且移动着，齐宏业想象到他们是向大槐树上挂……一进村口，只见齐家庄大小胡同全是走动的庄稼人了，自然有些年高的老头子和小孩从土墙上露出头来观望。有一尊土炮从阴暗的胡同口，抬向灯笼高挂的方向。

"高大哥呢？"齐宏业问。

"在河崖槐树底下，人都占满了！"

"做什么呀！"

"摆祭坛呢！大家推出红教师来……把牲口拴到庄外去吧！"

齐宏业拴了牲口，就顺着河崖向槐树底下跑，只见沿顺河崖全是红布包头的红枪会的枪手了。有一个扶着拐杖的老头向他们说："你们全给鬼迷住了呀！"在那些枪手的脸上洋溢着狂欢的笑容。有人纵声说："说不定鬼迷了人，还是人迷了鬼！"齐宏业走过很远，还听得见他们的笑声，人是越来越挤，话声越来越响。在一团儿较多的人群当中，有两个人高声对话。

"那年杀洋教的时候，我还记得你们庄上死了两个人。……"

"逼上梁山呀！我们再怎么活下去呀！不是旱灾，就是兵乱……"

齐宏业又望见槐树上披了红布，摆了香案，有两支火烛在案上煊耀着，更看得清楚香烟袅袅了。然而他并没站下。只是巡视着林立在案前的一伙儿人的脸子，但当中没有高占峰。实在他不知道为什么急于要找他，找到他仿佛就安心了，越是不见，越是心焦。

"高大哥呢！"

"和会首们议事呢！你向哪跑？在这等着吧！这就要登坛了！"说话的人是齐大海，他的外套仍旧披在肩上，一只脚踏在一尊土炮口上，说话时就拿下脚来，说完又踏上了。一只肘压在膝上，手掌支着下巴。站在他面前的一圈儿人，全凝望着他，仿佛他脸上有吸收不完的新鲜东西，实际上，他是背着灯笼光站着，脸埋在黑影里，只有眼睛时时闪着火光。有人问他："那么我们今天夜里就去攻县城吗？"

"谁说的？"齐大海说，"咱们祭完坛，天就快亮了……不攻城，咱们拉到东山里去再说。"他突然把脚放在地上，向齐宏业招呼声："你来！"齐宏业就跟随着他走去，那时遗留在炮后的那圈人就散开了，投向另一些小组，在这种场合，到处是一无主见的人们。他们在这一伙儿听听，在那一伙站站，很少插嘴，也不发表意见；可是一到行动的时候，他们就铁人一样听派遣，完全是封建性的服从呀！也正因为封建性的传统，几代就很难发现一个能够号使令的人，自然高占峰在他们心目中是个值得仰望的英雄了。现在他们里边就有人向外传递着这消息："今晚上不攻城呀！

齐大海还说咱们还得拉到东山里去呢？"

齐大海把齐宏业叫到背人地方就说："你的东西预备好了吗？你还不知道呀！今天半夜就得赶到东山里去——明天！明天太阳一出来，你敢保人心不散吗？打铁趁热，放火趁风，你们不等这时万人一心的工夫，调动他们还待什么！赶天亮，太阳也出来啦！咱们也到了东山啦！他们想起家里还有老婆孩子，可也回来啦！你当拉个山帮容易呀！赶快……你的红包头巾呢？找出来，不管谁家要弄杆枪来，这就要祭坛了。"

齐宏业跑开去了。消逝前，齐大海还叮嘱他："快回来呀！"

"快！"他跑着说。

从街中传来鼓声，这仿佛一个战争前的号角，所有的人们逐渐终止了他们的攀谈。齐大海现在跳到一座矮到膝部的土园墙上，高呼着："你们各人站在自己村庄那些乡里街坊中间，红教师就要来了。王家洼归王家洼，李家集归李家集，不够五个人的归到邻近的大庄子里头。"又跳下来高声招呼，"柳世杰呢——柳世杰——他到哪儿去了？柳家的会友们站在哪儿？向前来呀！"

人群完全混乱了，各人寻找着本庄人的集团，来往穿梭着，呼喊着，完全是酒醉的醉汉，完全是鬼迷了的眼色。他们的脸色火红，眼睛发光，这醉人的夜，迷人的鼓声，彼此从彼此眼光中受到的感染，疯狂呀！疯狂！他们要对日本帝国主义者复仇。有人低低说句："来了！他们来了！"于是这声音迅速地传布开去，他们的脸孔都渐渐移向同一集中点，鼓声越是逼近，他们的心越跳动得厉害，尽管背后或肩侧有人走动，尽管走动者的问询是多么清楚，然而就是明明听见找的是自己这村庄的名字，就是听出这寻找者的口音，他们也无暇来说一声："这全是王家庄的，你就站在这里吧！"他们的全部注意，都集中在大家所观望的方向了。虽然眼前是一片黑茫茫的夜雾，虽然一点什么也看不清楚，然而大家全向那望着，也就没人迟疑了……但当鼓声从沿顺河崖的西手现出来，人们就又转移了注视的方向，鼓声越近，心跳的越猛。终于望见背鼓身后的敲鼓手了，在他俩周遭，又是一圈儿人，手里全挑着纸灯笼，手里全拿着红缨枪，只从那有次序的排列和同一姿势的步法上，就知道这是一九三〇年拜过师的老会友，他们的包头巾扎得那么讲究，两额竖立着包头巾的两角，像是一对挺立的牛犄角。

河对岸的一组树丛上，有人呼啸了。这声音来得特别清楚，因为祭坛前的那些准备参加祭礼的各村庄的农民，全森严地立在那儿，没有一点声音。而爬在树巅上的汉子，又多半是不解事的未成人的小伙子。他们的任务是照护本庄人夺来的牲口。

齐大海还在编排着队伍，按着村庄的远近和人数，指定他们的位置。他的精神焕发，一会子跳到这儿，一会又跳到那儿。那匹戈皮旦突然从人丛中跳出来狂吠着，追随在他身边。但一等赤着半个胸膛的红教师和高占峰出现，他的声音就低下来："快点吧！咱们该把好位置让给远庄的乡亲。"

一切都沉寂了，全凝望着红教师的气魄英勇而肌肉瘦薄的胸膛和他那衰老的面容。然而尽管他的体态是怎样老，可是人们从他的两只深陷入眉底的眼睛里，可以感到他的锐气。这是一个远近有名的红门祖师。叔叔参加过义和团，他自己年壮时带领着一部分教徒，毁坏过胶州铁道。谁也不知道他隐居在哪里，但在古埠山上一给人发现，就把他拥上马了。那时，他不住地说："年纪老了呀！年纪老了呀！"但终于推脱不下，接过马鞭子去，那时他的嘴是那么天真地笑着，实在他想不到他平日所妒忌的大师兄手下的——高占峰，是这样地器重他。

进场时，他向那些林立的村民以及外庄的乡里欢欣地点头，并说："教友们和非教友们都站在一起吗？也中呀！不要分了，反正咱们到东山再说哪！先祭坛，这是祖师留下的规矩，无非是表示庆贺咱们起事的地方。"他说话的口气，充分证明他是怎样和善，实际上他又是一个杀人不变色的人。

于是人们在他这几句话结束之后，立刻活跃了。人丛中，有许多听不清的高呼，仿佛要求他报告一段以往起义的光荣史似的。然而他只笑笑，就吩咐柳世杰在槐树底下升起火来，净出一块地方作神位。

高占峰从古埠回来，脸色一直是苍白的。正像雄图将实现的野心家，在将成功的那一瞬间的脸色一样。这反而使他的眼光更沉着，又仿佛胸有成竹似的坚定，实际他现在是没有一点主见，就是说，并没想到巩固这群庄稼汉的信心的步骤。他担心着，他们不久会突然神丧意灰地散开去，因为他们都是些赶山办事的远来客，他们说不定什么时候想到家，想到家里的牲口，想到野里的麦子，想到地里的待收的庄稼。每一秒钟，高占峰都注意着这些人群的眼色。当齐大海向他报告，说是某个有名望的埋头多年的土匪也来了的时候，高占峰就机密地向他小声说："快呀！"齐大海立刻知道两个字音所含的意义，就迅速地向柳世杰跑去："你要干什么？还找什么劈柴，抱两捆喂马的干草来先点着火呀！"

那些平日聚谈总忘不了喂牲口时间的庄稼人，现在完全沉浸在这神秘的夜景里来了。完全给这时低、时高、时缓、时急的鼓声所陶醉了。只有在这种场合，才知道黑夜的魔力，等到柳世杰升起火来，人群在红艳的火光里，更神往意迷了，喧声高腾，有人在焰火跟前很快地打了个飞脚，于是爆发了笑声，有人喊："打套拳呀！"

这时候红教师已经焚烧了第二道降神符，他的面色严肃，完全置喧闹声于心外，嘴里喃喃着咒语。遥拜着北斗星，当他俯身而跪的时候，在咒语中夹句："跪下，跪下。"仿佛在自语，然而高占峰是理解他师叔的个性的，立刻向人群宣布："跪下！"人声突然给斩断了，而且一种严肃的气氛，立刻渲染了全体。只是跪拜的动作，是那么不一致，然而对神的信念，却使他们的眼色现出同一的尊严的光辉。

那时鸡叫第一遍。啼声初开始，就给鼓声淹没了，打鼓手完全受高占峰那一注视的指挥而敲打的，实在谁也没有知道这敲鼓的用意。并且即使没有鼓声，人们也未见得能听清楚鸡叫的声音，因为村外的马嘶声永没有休止，其中还有两匹公马鼻啸的短促声音，从那声音里可以知道它们一定在相嗅的状态下，刨着蹄子。注意到鸡叫的声音的，只有高占峰，因为他一直有着这预感，那就是他们听见鸡叫，一定会从狂醉的状态中惊醒，那时候，该突然会说是"给鬼迷住了"，记起他们的家庭和妻女。

法事没有完毕，高占峰突然高声叫着："古埠那边有人来抢牲口了，赶快动鞭子，有枪的上上子弹呀！跟我来！"并机密地向红教师递了一个眼色。

于是一群马盗似的，只片刻工夫，这广场上只剩下了一堆猛烈的火焰。

一片马蹄响声渐渐远去。

半点钟之后，高喜瑞老头子在这槐树底下出现了。静静站在灯笼底下，向远处侦听什么似的。听见脚步声，他问："谁呀！"

"我！"

"他们都走了！把那些火弄灭吧！"

"大哥呢？"

"镰头，你该嘴紧一点，他们到东山去啦！"

<h1 style="text-align:center">十一</h1>

请读者们不要失望，这里已经不是小说，因为史实没有能够传奇式地继续多久。假若作者不是把原稿丧失在香港，也许读者们可以得到比较完整的一篇故事，然而现在作者已失去把史实渲染成满足读者欲望的神话的兴致，是的，自然我是爱护我的读者的，所以把它补完，实在又是破裂的爱情的继续。不管怎样，究竟是曾经有过裂迹的爱情，何况事实又没能够得到适当的发展呢！而读者们又是要个结果的。

那么我在这里补述一下：

这一群灵魂在《水浒传》孕育之下的农民们，到第二天，发现自己是在东山上的时候，都仿佛做了一场噩梦似的，仿佛酒鬼醒后，而忆及昨晚的沉醉和狂欢似的。然而他们是疲乏了，就挤在圣母娘娘的大殿里，有雕栏红漆柱子的石铺走廊上，花坛和石砌的厅宇院子里的干燥土地上，睡下来，正像耕作过后的困乏，睡在有树荫的旷野上一样。

主持厅产的老和尚，早在他们没有到达山巅的时候，就卷着珍贵的法器和衣钵逃掉了。徒儿师侄一辈的和尚，也各自逃走，他们以为是土匪来抢劫这座远近知名的东山厅堂的。就这样，高占峰在这选定了驻扎区域。自然，白天睡觉的工夫，私逃了若干人，这事件继续了一夜，最后有二百十三个农民长久地留在这里了。

他们大部分是年轻力壮的，他们已经过厌了那种饥苦的庄稼日子，他们的生命之火本来已给耕种的活计所浸熄，现在又完全燃烧起来了。他们时时刻刻想杀人，时时刻刻想复仇。日本人在他们的心目中，实际上是一种毁坏几千年来的传统生活的魔鬼，在他们的血液里也燃烧着，对于懦弱官府的仇恨，一种不自觉的对现世不满的情绪，支配着他们。他们在聚饮中，喝得酩酊大醉，醉后又是口角又是械斗，高占峰最初并不禁饮，虽然械斗时常常有人受伤，有人流血，然而一会儿工夫，大家伙儿又高声谈笑起来了，第二天，两个主角开始不讲话，避讳着见面，自然也不会再来第二次。

直到他们开始在高粱地里袭击日本的军用卡车，才抛弃了聚饮的豪兴。他们把受伤的弟兄抬到东山老巢里去；战死的，就用刺刀和红缨枪挖着坑，用长衫兜着土，埋在地下。用鞋底把高粱地的血迹磨搓干净，把倒歪的高粱扶直，再调换地方。然而那些敌人的死尸，他们可不管，用脚踢到路沟里，就一任他们遗留在原野上了。

他们的愉快就是赞赏从敌人手里所掳获的东西，他们的悲哀就是一无所得，白白被敌人打死几个弟兄。那时，他们之间，就没有语言，等到回归老巢，垂头丧气，各自睡到各自的高粱叶子所堆积的地铺上去。留守的弟兄也立刻受到这哀伤的感染，低声交语着，轻步走路，谁也不敢对回归的战士问询什么。而高占峰的姿态，也不同了，常常一个人用手埋着脸，大半夜对灯坐着，一点气息都听不见。若是杀伐得手，虽然死几个弟兄，他也会给那蜂鸣的喧笑声所诱惑，时而要走出去，那时他望见任何人都要微笑的，而他们的面容则像过新年一样的愉快。有一次，见到他，三次两番地问："在打仗的时候，齐宏业怎么会倒在地上不起来？"明明是大家都知道，但是还要听，而且借此对胆怯的人嘲笑，因为齐宏业是以为受伤了，躺在高粱地沟里，嚅嗫地说："我完了！……我要死啦!"脸色苍白，手指发抖，而且嘴唇在说话时极艰困地启动，原来他望见自己胸前的一小团血液的脑浆，实际上那血液和脑浆是他亲手刺穿敌人头颅时溅到身上的，但他当时没有发觉，等听见又一声枪声，就倒下来了，才发现胸前有血。……

这年冬天，日本轰炸机来到东山轰炸。他们已经引起敌人的注意，由于胶济铁路东端各站口所常遭遇的夜袭，由于烟滩路的军用卡车时常给他们截击……这天是高占峰和他的弟兄们永不忘记的日子，一百零三个人受伤了，四十多个骁勇的弟兄死掉，而且全是瓦砾下一堆模糊的血肉了。

从这以后，高占峰的部队，每次战争，就完全疯狂了，他们高呼着冲向敌人，只要没有机关枪弹阻挡，他们就会丢弃子弹，用刺刀追逐着敌人，不但刺死他，而且挑开敌人的胸膛，他们是那么熟练地把敌人的心脏就势抛到丈把远以外的地方去……

高占峰每隔十几天，开始化装回齐家庄一次，一来探听消息，二则探望小铁儿，他是那么地想念他呀！这时候，谁也不知道他的部队的驻扎处了。

一九四三年一月二十六日补完

I 文学史评论 I

作为东北作家群的后起之秀的骆宾基，以"骆宾基式"的异质性创作，在20世纪40年代抗战文学中散发出独特艺术韵味和魅力。他的作品承载着现代审美意蕴和文化内涵，温厚地挖掘出日常生活叙事中小人物的生命意义和人性价值，流露出对故土的关怀和依恋，以及对童年生活的温馨追寻，深受读者的喜爱并被译成多种文字出版。

——黄曼君、朱寿桐主编《中国现代文学史》，武汉大学出版社，2012

I 创作评论 I

终日奔波乃至夜间也要出发几次，嗅的是血腥和火药气，看的是断肢破腹的尸体，只要有几分钟的时间，抓到了任何纸笔，他就写；——他是用他的心血来写，为控告敌人的残暴而写。写成后是个什么东西，他是无暇计及的。可是他写的真不坏！

——茅盾：《大上海的一日》，《文艺阵地》1938年8月第1卷第9期骆宾基在桂林将近三年时间，经历了他文学创作的成熟期并达于其创作的峰巅。

——雷锐主编《桂林文化城大全》(文学卷·小说分卷)，广西师范大学出版社，1992

与抗战时期生活和创作在桂林的其他作家如艾芜、田汉相比，骆宾基待的时间不是很长(约两年两个月)，创作数量也不是很多。但就骆宾基个人的创作道路而言，在桂林期间的创作却占有十分重要的地位。他的大部分代表作都涌现在这个时期。如抗战小说《胶东的"暴民"》，乡土小说《幼年》，反映国统区知识分子生活和心态的小说《北望园的春天》等。

——卢晓霞：《抗战时期骆宾基在桂林的小说创作》，《桂林师范高等专科学校学报》2012年第1期

‖ 作品点评 ‖

骆宾基以为，他抗战时期的小说代表作之一，是少为人知的《胶东的"暴民"》。这部中篇从1941年11月1日起在香港由茅盾主编的《笔谈》半月刊连载，并配以丁聪插画，初名《仇恨》。连载三期后，太平洋战争爆发，香港沦陷，《笔谈》终刊，小说末刊部分手稿及另半部长篇《人与土地》在作家的九龙寓所遭到洗劫，到1943年1月寓居广西时才又补完。《胶东的"暴民"》描写的抗日人物是"八一三"之役沪西中国守军的一个准尉官高占峰。

——曾庆瑞、赵遐秋：《曾庆瑞赵遐秋文集 第四卷 中国现代小说史》(下册)，中国传媒大学出版社，2007，第356页

作者在刻画这些人物形象时，特别强调了他们性格中的这些因素。这些人物在革命斗争的快潮中经过了几番风雨，做过长久的追求之后，一方面磨炼得更加坚强，

另一方面也大都感到了人生的疲倦。但这种疲倦并不是颓废，而仍然是倔强精神的另一表现。

      ——李怀亮:《论骆宾基解放前的文学创作》,《青海师专学报》1985年第3期

┃ 作者自述 ┃

在桂林的时间并不长，但是写了不少东西。桂林时期的生活，是我很难忘的，那是在我的文学生涯中，最关键的一个创作时期，是我写作史上的一个高潮，当然也是生活所迫而多产。当然还有有利的历史条件，一方面因为当时有李济深等广西派进步势力的卫护，国民党反动派一时还无法迫胁这个文化领域，可以说桂林比重庆的政治气候要好一些；还有更重要的一方面，那就是桂林有中共党人在文艺界的领导力量，这些同志如夏衍、邵荃麟、聂绀弩等，为我创造了一些便于写作的条件，有时还可以预支一些稿费。

      ——骆宾基:《骆宾基忆桂林》，载罗标元、左超英等编《桂林旧事》，漓江出版社，1989

我的情绪是那么饱满而酣畅，写得是如痴如醉，简直到了忘记身外的世界的境地。尽管每周给"阿妹"菜金之类，但却连她的存在都感觉不到似的，只有一次，她的存在在我的脑际产生了深刻的印象，就是月底她见到我抽屉内的钞票不多了，菜金已经减少到素食者"的程度了。于是她说:"先生！没有港纸，我可以借把给你呀。"我也真的要她垫出十元港纸作菜金。从这里，我产生了一种不同于以往的感觉，觉得"阿妹"是完全以社会分工不同的家务工作者和我相处，在她的精神上没有一点封建家宅的女用人那种自卑感。这是大英帝国主义的资产阶级所培养出来的一种社会精神，但我却同样未及认真地更多地注意一下她的面貌，仿佛精神都为我在写的这部《胶东的"暴民"》的构思所占据住了，仿佛真是"间不容发"似的……

      ——骆宾基:《略谈我的一些小说——〈骆宾基小说选〉编后记》,《文艺理论研究》1981年第3期

我的旅伴

艾芜

"三人行，必有我师焉。"——孔子

在正午的时候，我走进路边一个市集，那里没有铺子，没有房屋，只是人些一排排地坐在地上，面前放着出卖的货物，土产的香蕉、芒果、花生米、煮熟的芋头、卤的牛肉和许多外来的洋火、洋布、洋刀、洋钉之类。遮在市集顶上的，是一根枝叶非常茂密的黄果树，不但阳光没有落下来，就是落雨的时候，怕也不曾打湿人的衣裳。市集上做买卖的人些，没有一个汉人，全是黑牙齿的摆夷和背刀带大耳环的山头。我是两天前才从汉人地方，走到这个夷方坝来的，摆夷话只在路上学会了几个名词。比如"大哥"叫"者弄"，"大嫂"叫"比发"之类，我和他们买东西，就只能依靠一种笨拙的手势。

一个头上包有尺多高黑纱的摆夷女人，盘足坐在地上，黑布裙子包着膝头，一双象牙色的足板露在外边，她在卖着酒。一个小坛子，装在竹筐里面，坛口放一个小碗。有人来买酒的时候，她就把酒舀在这个碗内，叫人家端着吃。另外她偕卖有煮熟的鸡蛋和卤豆腐干，这两样东西都是装在旁边一个篮子里面的。她一面做买卖，一面嘴里嚼着槟榔。我去买她的鸡蛋，说了一句汉人话，她不懂，

作品信息

创作于1944年1月；出版于1946年2月，上海华夏书店。

她回答我一句摆夷话，我也不懂。于是我就一手拿着鸡蛋，一手比个数目跟她看，起初是伸三个指头，她摇头，稍后伸四个指头，以至五指头，她都摇头，我困惑了。

忽然我背后有人用汉人话在说：

"她不单卖蛋，她要一道卖酒呀！"

我急忙回头来看，这是一个二十七八岁的小伙子。脸色红里带黑。眼睛灵灵醒醒的。头发浅浅的，圆头，勒着一圈窄窄的蓝布帕子。黑布旧短衣，没扣纽子，全然敞开的，露出棕黄的胸膛，显得结实而又苗壮。光足两片，连草鞋也没穿。手里摇把粗蒲扇，有着快活的神情。我愉快地同他打招呼，他就说：

"我买酒，你就买蛋吧！"

不管我同不同意，他便用摆夷话吩咐那个卖酒的女人。他接着酒碗喝了一口，现出颇为舒服的样子说：

"摆夷酒很好'景'的！"随即还跟我说："润一润喉咙！"

我拒绝了，但为了出门人应具的礼貌起见，并且在这异族地方，碰见语言相通的人，无形中起着一种亲热，三则我很中意他那种粗率直爽的样子，便把买的两个蛋，送一个跟他，他笑着摇一下手说："你不吃我的酒，我也不要你的蛋的！"

卖酒的摆夷女人，看见这情形，忍不住笑了。于是我就喝他一口酒，他说一口不行，得再喝一口，我说我实在不会饮，他才算了。吃着我的蛋的时候，我问他的姓名。他说：

"我没有名字，我姓何，人家叫我老何，"——随又笑着说，"这很够了，我们下力的用不着那么麻烦！你就告诉人家，人家喊起来也不顺口！我有个伙计，他在那边树子底下吃烟，他当过兵的，他喜欢人家叫他朱镇个啥子，我说你跟我搁着哩放倒，劈劈脱脱叫老朱，好多着哩！"

我问他到缅甸去做什么生意的，他笑起来了：

"做啥子生意？双肩抬一嘴，磨骨头养肠子罢了！"

他没有问我是做什么的，他只从头到足打量我一下。我当时也是穿着短衣，光起两足，他大约一看就明白了。吃完了东西，他摇几下粗蒲草扇，站起来望一下远处说：

"老乡，我们赶路吧！说不定今天偕有雨哩！"

原来原野左边庞大的野人山，在强烈的太阳底下，淡淡抹着一层光雾的，有些垭口地方，正慢慢地冒出白色的云头。

我们走上大路，一个在株小树下坐着的汉子，正舒舒服服地吸烟，他跟老何的装束，简直可以说没大分别，只是他体子环厚，比较矮些，小小的眼睛，望着市集出神。老何高兴地告诉他，说是在这里碰着亲乡了，他只冷冷地看我一眼，随即把身边绑好的两根竹竿，扛在肩上，尾着我们动身。

这时正是一九二七年的春末，前夜在腾越城外息店，被窝厚厚的，偕感到寒冷，而来在这于崖土司管辖的摆夷坝子，天气却像五六月一般的炎热。头上的天空，蓝闪闪的，面前的原野，迷蒙着轻微的热雾。我知道我已开始走进热带了，从云南流入缅甸大龙江，通过原野，有时近在路边，可以望见浩浩的宁碧江流，有时绕到远处去了，连隐约的江声，也不大听得见。原野两边，排着雄大的野人山，早上给浓厚的白云封着山顶，和天空的晨光雾霭，混在一道，会使初来的旅人，简直疑惑山怕高与天齐。而在白云散去的中午，笼在薄雾中的庞大样子，也给人一种狰猛的印象。一个人走着的时候，感到兴奋，感到新奇，但同时也感到胆怯。可是出了黄果树上的市集，却全然觉得愉快了。因为这两个旅伴的碰见，再恰好没有了。我们由装束表示出来的身份，显然在初次接触的当儿，跟猜疑、轻视、骄傲、献媚这些态度，一点也没缘的。就像天空中的乌鸦，飞在一道地那么合适，那么自然。

路上有三五一群的摆夷女人，穿着华丽的衣衫，撑起漂亮小巧的花伞，且笑且语地走着。

河中年轻的摆夷男女在游泳，溅起的水花，映着阳光，白亮亮地射人的眼睛。

绿树簇拥的村子边上，披着黄色袈裟的摆夷和尚，向大路出神地望了一会，又悄悄地走了进去。

路边水清有冒泉水的地方，竖着大理石做成的小石碑，勒上弯弯曲曲的横行文字。

村屋的土墙上，巴着圆圆的牛粪，像晒面饼似的给阳光晒着。

一路上也渐渐同老朱讲话起来。他知道我是初次到缅甸去的，便带着关切的口气问：

"你为什么这个时候去？这个时候雨天，瘴气都快来了。好多做生意的云南人都在打回转，现在去实在不是时候！"

我就反问道：

"那么你们呢？你们这个时候，不是正去缅甸的么？"

老朱笑着警告道：

"你不能比我们，我们早去那边吃过腊水了哪。"

接着他就告诉我，到缅甸去的最好时候，是在下年十冬腊月间。吃过那个时期的水，便可不容易生病了。

老何却嘲笑他道：

"你那样婆婆妈妈的做什么？我们出门都偕要看皇历么？要去就去，雨天瘴气吓不了人的！吓人的偕是这个！"他转身来指一指他的肚子。

老朱责备他道：

"你就只记得你那个肚子，要吃不要命的！……一个人做事总要有点打算的！"

老何笑笑地说：

"当然要为肚子，要不是谁肯拿肩头去当马，拿足板心去磨平路呢？"

老朱笑着骂他：

"你天生成的穷命一条，只有那点点穷想头！"

老何走了一阵，才又说道：

"我倒不想黄鼠狼吃天鹅蛋，想没想到手，人到先难受起来。只要吃得饱饱的，就算了！"

老朱呵斥地说：

"那不如回你贵州老家去变猪，跑来这里做个啥？"

老何笑着说：

"可惜就因不是猪呀！一个人喜欢到处跑跑跳跳，喜欢到处看看稀奇，喜欢能够自由自在地过日子，呵，一个人喜欢的多着哩！"于是老何又向我说道："我就喜欢在外国地方，不管你推车也好，拾滑竿也好，没有哪个男子笑你！也没有哪个老表耻你！你在路上，再也碰不着你的亲戚，再也看不见你的本家。你走你的，用不着脸红。要是你肯吹牛，你请人写封信回去，说你在外国做皇帝，都准有人信进去的。"

这说得老朱笑起来了，嘲着他道：

"好好好，你就写信回说你在外国地方做滑竿皇帝好了。"

老何嚷叫道：

"呵哟，你默倒做皇帝的，就不抬滑竿么？叫花子偕要做哩！戏上不是有个皇帝讨口么？唔，是不是叫……妈的，我就是吃亏吃在记性不好！"

这两伙计一骂一笑地讲着，使我连没吃腊水的担扰，也忘记了。我愉快地走着。

走到弄璋街的时候，天已黄昏了。这个位在摆夷原野上的街子，房子不过三四间，其余全是些空摊子，要到街期的时候，才有人来占着，摆上零卖的东西。街上没有人来往，只一个四十左右的小贩，在街对面路边树底下摆摊子，卖着花生糖果和香烟。他手里拿着马尾做的拂尘子，原在静静打盹的，看见我们走到，便脸上立即现出活气来，高兴地打招呼，手里的拂尘子也活动了，不住地挥去食物上的苍蝇。他是一个汉人，光景和老朱老何他们很熟识。老何挨他身边坐下息气，对他卖的东西，眼鼓鼓地看了一会，并不捡一样塞在嘴里。他就不满意地笑着说：

"怎么？没一样看上眼么？"

老何做出一点也不笑的样子，摇一摇头认真地说：

"不要你的东西，我要买你老板娘的！"

看得出来，老何是在开玩笑，但那人一点也不生气，单骂一声："鬼东西！"接着又像生意人那么平静地说，"随你的便！"

这下老何忍不住笑了，打趣地问道：

"一天到晚，到底你生意好些，偕是你老板娘生意好些?"

他便教训老何道：

"小伙子，不要学倒油嘴滑舌的。阴谈话说多了，要折你二辈子的衣禄!"

老何笑着说：

"谁讲阴谈话，我是老老实实说的!"

"老起鹅卵石!"小贩笑着骂道，"看你样子就不老实!"

老朱拿摊子上燃着的线香，点燃香烟，吸了几口，向老何责备地说：

"你真嘴巴闲得生蛆了! 快去弄饭吧，你肚皮不饿么?"

街上的铺门，只尾后一家没有全关着，我们就朝那家走去。门口摆一个摊子，卖的东西也和那小贩卖的差不多，花生糖果和香烟。铺子两边靠壁安起床，没有帐子，没有铺盖，没有枕头，单是放上稻草和席子。有一张床上，躺个穿黄衣的人正在吹鸦片烟。

老朱把抬的竹竿放在床边上，老何用手肘靠一下我，悄悄地说：

"这就是摆夷和尚!"

一个五十上下的老女人，原是专心在熬着鸦片烟的，一眼看见我们，就笑着打招呼道：

"我算定你们两个财神佬这几天会转来的，果不其然转来了!"随即望一望我，殷勤地笑了一下，算是对新客一个有礼的招呼。

老何嘲笑着答道：

"才两个财神，三个都有了!"顺着眼睛看一下那边床上的摆夷和尚，"再加上一个佛爷，你这里就可算一座观音庙了!"

老女人牙齿都有些脱落了，但打皱的脸上偕现得蛮有精神，眼睛看人的时候，也露出一副狡狯样子，显然是一向跑惯江湖的。她听见老何这么说，很是关心地笑着，同时却又骂道：

"胡扯! 要是人家佛爷懂得汉人话，会骂得你回不倒神的!"

烟锅里的烟水，沸腾起来了，老女人就赶忙俯下身子尖起嘴巴，接连吹了几下，又拿小铜瓢儿搅着。

老何走到摊子上，自己拿起秤来称花生，一面说：

"老板娘，我称你二两花生，不瞒你说，我要称旺点！"

老女人假装不高兴地说：

"为啥子你要称旺一点，大家都要旺点，我就只好收摊子了！"

虽是这么说，但她并不阻止他，也不看他一眼，专心一心地瞧着鸦片烟锅。

老何称着花生，认真地说：

"咱个不称旺一点！我不买别人，专买你家的，又偕帮你称，这样的主顾，你哪里去找？"

"呵啰，这才了不得哪！"老女人不抬头地说，"要是肯让人家自称自买，哪怕我这里铁做的门，都要挤烂了！"

我见老何当真把秤砣揸在二两的星上，仅仅秤尾子稍稍翘了一点而已，丝毫没有趁人家脱不开手的机会，偷偷多放一个星子。

老何把花生分跟我和老朱两人吃的时候，摆夷和尚坐了起来，拿手用力抹一抹脸子，仿佛要把熏上的烟子拭去似的。向老女人打量了下，然后从黄袈裟里面，掏出一个布袋来，把几个六角的缅甸角子，数好放在床上，说声摆夷话就走了。

老女人赶快抬起头，向我们做了一个手势，指一下床上的锅，说道：

"不论你们哪一个，赶快给我数一数！"

摆夷和尚走来不见了，老女人才瘪一下嘴说：

"他们说起来倒是佛爷了！小便宜顶爱占的！"

老朱跟她数了之后，告诉她道：

"这里有五别钱，是不是这么多？"（五别即五个安那 Anna）

老女人诅咒道：

"这个鬼，又占我两个摆灿的便宜！"（摆灿即缅甸铜板 Piee）

老何剥着花生米，一面吃一面笑道：

"你气什么！你下次少跟他挑点烟就是了！"

老女人充狠地说：

"这倒不劳你教！就是鬼东西眼睛厉害得很，争一点点，他都看得出来。"

老何轻视地笑着说：

"这又看出你太不行了！我教你嘛，你跟他烟里头渗点烟灰咄！"

老女人马上抬起头叫道：

"哟，你倒有这么鬼聪明哪！"随又摇头说道，"这怕不成，他会吃得出来的！"勾着头搅了一会烟锅，似乎感到有趣了，继续说下去，"管他的，试一试也好！"大约觉得这个法子，有几分会成功似的，抬起头来，张开缺牙齿的嘴巴笑了，偕嘲弄道：

"老何，你这个鬼东西，你又不吃鸦片烟，你咋个懂得这一套？"

老何把嘴朝老朱一掀，要笑不笑地说：

"我有我们的师傅在咄！"

老朱躺在摆夷睡的床上，把自己带的烟泡子弄在烟枪上去过瘾，刚要放在香油灯上烧了，听见老何这么说，就停一下，笑着骂道：

"你说你的哈，你不要把丑事情也连在我身上！"

老女人笑了起来，随又打趣地说：

"我看占便宜的事情，你两个东西倒蛮能干哪！"

老何笑着凑趣地说：

"那总比这个老东西能干了！"

老女人一面添点炭在炉子里，一面认真地说：

"老何，你这鬼东西，现在我才看出了，你很不老实！"

老朱吸了一口烟，立即神气充足起来，插嘴开玩笑道：

"老板娘，你现在才看出来么？"顺手用枪烟一比，"他才未这么高的时候，我就晓得了！"

"启！你才老气哪！"老何嘘了一下老朱，同时又有些得意地说："啥子都是学来的乖咄！这也道，你不占他的便宜，人家就会占你的便宜！"

老女人用嘴吹一下浮在烟锅上的泡沫，接着忽然笑道：

“你这么厉害，你以后买东西，我也不要你自己动手了！”

老何有些毛焦火辣起来，赶忙指着我说道：

“你问他嘛，我刚称的时候，是不是揖在两个星上？”

我见他那样认真，就也替他作了证明。

老女人却故意现出不相信的神情说：

“这有啥子说的，你们伙计家，当然维护自己的熟人！”

老何立即申明道：

“我们才今天碰在一道，偕生搭生的！”

我也搭了一句：“的确今天才碰见的！”

老女人勾起头看着烟锅，呵呵地笑了。

老何这才松了一口气，接着又矜持地说：

“老实说，我们再爱占便宜，也不会占到你熟人名下咄！那讲起来，偕好见人！”

老女人笑看揶揄道：

“那你占便宜，是专占人家生人的了？”

老何承认地说：

“那何消你问！”

老女人立即笑着向我说道：

“你真的今天才同他碰在一道么？那你倒要留心他哪！”

老何马上暴躁地嚷道：

“说你个卵啰！生搭生的，我也要看人说话咄！人家同我一样，光足两片的，我偕要占人家的便宜，除非是你那样老黑心肺的！”

这时在那边树下卖东西的小贩，收着摊子进来了，一面把东西放在桌子上，一面责斥老何地说：

“你这家伙三，真是爱惹是生非！到处都听见跟人家斗嘴！”

老何便笑着骂道：

"你不管管你的老婆子，你倒骂我，你这天生成的拔耳朵！"（拔，软的意思，拔耳朵是指怕老婆）

老女人立刻笑着责备道：

"你这鬼东西，你倒会夺弄人哪！说老实话，我倒没管过哪一个！"

老何讥笑地说：

"呵啰，你偕没有管哪一个，你看你把老张管得好厉害！你叫他在外头做丑人，卖脚子货，你自己在家里才卖顶好的！"

叫作老张的小贩，就伸起二指头，点着老何笑骂道：

"你这家伙三，真是爱嚼牙巴，明明一模一样的，偏说是脚子货。老朱哥，你说句公道话，我卖的是脚子货么？"

老朱已经过了瘾了，应声翻爬起来要笑不笑地说：

"脚子货倒不是的……不过天数放得久一点！"

老张听见头一句话，点一点头，听见尾一句话，便又皱起额头皮，终于生气地说：

"你又来了，明明上新鲜的，又是啥子天数放久一点！"

老女人命令老张道：

"你同他们讲啥子，他们鸭子的足板儿，一联儿的！有精神跟他们扯白，不如来跟我搅一搅！"

老张不愿意地说：

"呵哟，人家回来息都没有息一下。"

老女人马上拿手里的瓢儿指着老张骂道：

"你这懒鬼，你成天坐在摊子上打瞌睡，你偕要息一息，你不想想，人家在屋里做这做那，手腕都搅酸了！你这死懒鬼！"

老何就趁势嘲笑道：

"快去，快去，免得晚上跪踏足板哪！"

老张骂老何一句丑话，就带着不愿意的神情，走去接着搅烟的瓢儿了。

老朱爬下床，向老女人要个锥子，就动手把抬人的竹竿钻起洞来。

老张一面搅烟一面诧异地问：

"你这家伙三，又在搞啥子花样了？"

老朱专心地钻眼，爱理不理地回答：

"等会你自不然会明白的！"

老张却教训地说：

"你那样钻起眼，偕抬屁的人，一抬就包你抬断！"

老朱没有理他。老女人就责备老张道：

"咱个那样话多呀！你眼睛不看锅里，等会铺出来！"

老何就嘲弄老女人道：

"你说他做啥子，你顺手给他两棍子就是嘛！"

老女人讥笑地说：

"偕打得！指头都没有挨着，就有人干挣，说我管得厉害哩！"

老何忍着笑装作正经地说：

"你打又莫相干了，人家不会怪你的，人家只以为你在打儿子哩！"

老女人把手一扬，向老何做出要打的姿势，一面恫吓地骂：

"你再说，我就要打你这龟儿子啰！"

老朱忍不住大声笑了起来。我向这一对年纪不相称的夫妇，也不禁又好奇地看了一眼。老张却不好意思地勾着头。

天这时黑了下来，老女人点灯做饭。老张把锅端下炉子，拿盏灯去照着看，一面用瓢儿舀起来又倒下去，一面带着满意的神情说：

"好了，再熬就老了！"

老朱放下锥子，也兴高采烈地说：

"好了，我也弄好了！"

老张马上好奇地朝老朱望着，忍不住地问：

"你在搞些啥子名堂？！"

老朱没有回答他的话，只是吩咐他说：

"你顺手给我挑四两烟！"

老张惊异地叫起来：

"你要这么多，你就三个人吃，也吃不完嘛！"

老何插嘴讥笑道：

"你这走退财运的家伙，生意上门了，偕想推开！"

老张笑着回答道：

"我不过问问，我倒巴幸不得一锅都跟我买去！"

老女人抵塞老张地说：

"你就信进去了，老朱他跟你开玩笑的！"

老朱却不耐烦地说：

"哪个跟他开玩笑！我说不定四两偕要多一点，我要明天带起走的！"

老女人立即叫起来骂道：

"你在背你的堆时了！明天上午就走到缅子地方，你安心想要拿跟扁达抓你去坐痛了。"（扁达 Byada 缅语警察和缉私人员的称呼。痛即缅语牢的意思。鸦片烟在缅甸由政府公卖，私人偷卖受严厉处罚）

老朱冷冷地说：

"不要大惊小怪的，你这样等于跟我传锣了！"

老何插嘴讥笑老女人地说：

"你这老东西，见过那么多的世面，连这点鬼把戏都不晓得！我告诉你嘛，老朱他要把烟灌进竿子里，就碰到再精的扁达把卵泡摸了，也摸不到里面去的！"

老张不禁赞叹起来：

"也，这家伙三，倒想得好嘛！"

老女人却望了望我，一面凑近老朱的耳朵，区区隆隆讲了起来。

老何开玩笑地叫道：

"呵哟，讲得那么甜哪！"一面也顽皮地走拢去听，随即望一下我，大声嚷道：

"怕个球啰！人家又不打流又不是老板！等你做啥子？"

老朱谁也不看地只淡淡地笑了一下，接着现带点恫吓的神情，小声自言自语似的说：

"我从来没有怕过哪个的！"

老女人扁一扁嘴骂道：

"你两个泡毛鬼，唯愿都背时的！"（泡毛鬼是骂粗心大意的人）

我知道他们都在讲我，我只心里笑了一笑，作为不知道似的，站在门口去望望田野，外面是一片雾，远处的野人山和近边的摆夷村庄，都望不见了。天空黑黑的，一点星子也没有。店里很有些闷热，再加灶里冒出的火烟，更加使人难受。老何帮着老女人洗菜。老朱灌好烟后，走到门口来透一透凉看看天色担心地说：

"糟糕！快要下雨了！明天要是不停，我们偕不能走路！"

我觉得一个抬滑竿的，竟会连雨都怕起来，不敢走泥泞的路，未免有些可笑。老朱就解释道：

"你会觉得奇怪吗？哼，这夷方坝跟我们汉人地方不同呵！第一次的雨，淋不得的！淋了，包你有摆子打！……俗话说得好，好汉单怕病来缠！"

不久，雨下来了，哗哗哪哪地下得很大，第二天小些了，却偕不断地下着。田野、摆夷村落、远处的野人山，有时隐隐约约地现了出来，有时又全给雨雾遮掩着。门前大路上整天没有人来往，只现着一摊一摊的泥水，给雨点子不断地溅起水珠。这几间房屋，孤零零的，处在原野里面，而周围又都是异族人的土地，若不是老何时而找这个那个说笑，时而唱贵州家乡的山歌，真会使人感到凄凉和寂寞了。

老女人带着恫吓的样子，笑着说我道：

"小伙子，你不会吹几口烟，你会中瘴气的！这里夷坝子不比我们汉人地方，雨水毒得很！"

我不知不觉也受老何的影响了，不以为意地笑道：

"瘴气有啥子怕头！"

老何在旁高兴地喊道：

"对，要有这样的勇气才好！"

老女人竖起一指头警告我道：

"你倒不要捡老何的样哪！他鬼东西，嘴硬骨头松，口头说不怕，肚子里样样都在怕啰！"

老何不服气地问老女人：

"我怕啥子？……你不要胡球乱扯哪！"

老女人指着老朱和老张面对面吹着鸦片的烟灯笑着说道：

"你不怕，你敢吃那个么？"

老何却讥讽她说：

"你不要替你拉生意！我告诉你，我们吃了，没钱会胀，那才听你喊皇天哩！"

老女人鄙夷地说：

"呵啰，熟人熟面的，我怕钱把几钱烟，都舍不得了！"

老张把枪一举向老何殷勤地嚷道：

"来靠一靠才熬的，吃起来好香啰！"

老何笑着不动身。老女人指着他的鼻子嘲弄道：

"你们看，这偕不是胆小鬼是什么？"

老何却向我笑着说道：

"我要是上了她们的当，那我就真正怕起许多东西来了。第一就怕吃了会上瘾，第二就怕瘾来了没钱来过。第三到了老缅子地方，又怕买不到。第四吃了又怕瘦来鬼一样。第五又怕鸦片熏了肠子，大便屙得很为难……"说到这里，连他自己也忍不住哄笑起来。

老朱车过憎恶的脸来喝住他道：

"你不吹就算了，说那么多臭话做啥子？"

老何抵塞老朱道：

"我没有向你讲，我是跟这位老乡谈谈。"

老女人一面走开，一面讥笑道：

"有那样凶的事情，吹两口就会上瘾了?"

到下午的时候，雨偕不停止，老何感到有些无聊了，便拉着我说:

"老乡，我们来赌一赌好不好?"

我吃惊了，连忙说我什么赌也不会。老何摸出一个缅甸铜板，弄在桌子转上得圆圆地滚。铜板偕没停止的时候，就用他那红黑的粗手掌压着，向我笑嘻嘻地说:

"这你都不会猜么?"

老女人警告我道:

"不要同他赌，他要烫你毛子了!"

老何骂她一句，接着向我温和地说:

"我们不要赌大，一个摆灿、一个摆灿地压好了，你赢了你请客，我赢了，我买落花生!"

老张忍不住说道:

"让我也来一个!"

老朱止着他道:

"你去做啥子? 他总像小孩子一样的玩法，输到两三角钱就不干了!"

我见赌的不大，输赢的钞又是拿来请客，同时为了不使老何扫兴起见，便也拿缅甸铜板跟他玩了起来。

老张大概赌瘾发了，忍不住也来参加，起初他偕像我一样，一个铜板一个铜板地赌，继后便骂了一声:"妈的，要来就来大一点!"同时便将一只值四个安那的大角子压上。

老何抓着老张的大角子，就跟他丢开，一面骂道:

"我不跟你赌!"

老张指着老何，揶揄地骂道:

"好胆小的家伙，这点子钱都不敢赌!"

老女人却插嘴骂老张道:

"你胆大，你有好多钱来赌哪!"

老何就嘲弄道：

"他没有钱，他可以撒娇向你要咄！"

老女人骂道：

"我有屁的钱给他！"

老何这下子又揶揄老张道：

"老张，你要是不怕老婆揪你耳朵，你就来跟我赌，一甲两甲地压，老子他们都不怕！"（甲是缅甸话，对 Rupee 的称呼，一甲合十六个安那）

老女人立即摸出一个卢比来，当的一声丢在桌上，向老何骂道：

"你不要充狠，让我来收拾你！你不赌，看我不剥你的皮啰！"

老何笑着走开了。

老张鄙夷地骂道：

"你看他鼻子眼睛生得像没有嘛，哪里是个赌钱的家伙！"

老女人向老何骂了一句之后，又回头来骂老张道：

"算你生得像！……老何，别的没什么，就是这点不赌钱逗人喜欢！……你吃了吹了，花了钱你受用咄，这个赌就顶气人了，叫你眼睁睁地把钱交跟人家！"

老张又躺在老朱的对面去，小声抵塞道：

"难道人家就不赢哪！"

老女人赶着大声骂道：

"你赢的在哪里？你都会赢啰，你偕没有生得像！……你偕是跟我规规矩矩守摊子，好多着哩！"

老何高兴地笑了起来。

"老张这家伙，你真放松不得的！你放松了，他会连裤子都跟你输掉！"

老女人大声骂老何道：

"有你说的！牛圈里头伸进马嘴来了！"

老何笑着骂道：

"妈的，这里简直由你称王起来了！"

老女人得意扬扬地说：

"王倒不敢称，无非你跨进我的门槛，你得事事问过我才行！……我苦吃苦做一辈子，才挣到这份小家当，难道偕要叫我低声下气看人脸色么？"

老朱看见老张的脸色不对起来，便说老女人道：

"老板娘，你也是，你说那么远做啥子嘛？"

老女人叹气地说：

"我不是嘴巴多，我想起先前输掉的钱就很难过！"

老何嘲弄地说：

"你那样大的本事，你可以去赢回来咄！"

老女人扁一扁嘴，抵塞地说：

"赢！"

老朱责备老何道：

"你少说句话好不好？就像猴子一样，到处戳蜂包！"

老何就知趣地笑着说道：

"又算我的不是好了！让我来请客！"接着他买了四两花生，分跟大家吃。落雨的无聊日子，便这样有吃有笑地打发去了。

第三天雨没落了，我们就朝缅甸边界走去。边界在野人山中，走完平原中的大路，又走好一阵山路，正午的时候，就到了。地名叫古尔卡。一座西式的小铁桥，搭在山沟上头，沟那边的缅甸山路，都经过人工修筑过的，平坦宽大。电线杆也由粗竹做的柱子变成铁杆子了。西洋的物质文明，很打眼地摆在我们的面前。周围的峰峦，全长上茂密浓绿的竹树，望去都是青枝绿叶，使人看不见一片黄土、一座岩石。一两个人才抱得拢的大藤子，到处长着，大树中拥挤着小树，小树大树枝上又缠着吊着无数的藤子，路边如果没有人经常砍去枝叶，定会给森林占去路面，叫人难于走过。这是藏有猛虎野象的山林，火样强烈的阳光，在这儿也像失去了它的威力，照在海波也似的绿叶上面，全驯善地散成了点点美丽的金光。

我们在小铁桥这边，唯一的一家野人草棚中买一顿午饭吃，就又走了。路是绕

271

着山坡的，曲折极多，常常使人疑惑，顶头会走不通了，但一转弯，又现一节山路出来。大盈江在坡下流过，森林密密遮着，连影子也一点望不见。但打在岩石上的水声，却不时听见，有时偕像春雷似的惊人。山路修得平坦，不怕弯路太多，汽车却可以开过的。老何一路赞叹地说：

"好走得很！我唯愿一辈子抬人，都走这条路！"

老朱扛着他那灌有烟膏的滑竿，小心谨慎地走在后面，听见老何这么说，就忍不住嘲笑地骂道：

"没出息的东西，你就打算抬人抬一辈子么？"

老何呵呵地笑了起来，接着说道：

"走着这样的路，就叫人忍不住不那样想呵！"

老朱继续嘲笑地骂：

"天生成穷骨头！你跨马走咄，你坐起滑竿走咄，偏偏想起要抬人！抬你妈的，肩膀皮都磨起茧了，偕没抬够？"

老何似乎拿跟老朱说到痛处了，默默走了一会，才叹息地说：

"骑马偕差不多，坐滑竿那倒想都不要想！大家都是伙计家，好比你同这位老乡，今天要抬我，你看我好意思不好意思？我倒情愿挑担石头走，偕好一点！"

老朱笑着说：

"今天我们不讲了！假如是你明天走运发了洋财，人家抬滑竿的朋友，来凑合你，偏要你坐上去，你都不肯赏个脸？"

老何冷冷地回答：

"我倒不享那份福，我也没有那个命！"

"命！"老朱嗤了一声，随即很有把握似的说道：

"在这老缅子地方，是很难说定的！好多油流水滴的家伙，哪一个来的时候，不是你我一样，光足两片的？"

老何叹口气说：

"我倒不想这些了！我只想吃口饭、流身汗、乐得自由自在，天不怕，地不怕的！……好比你今天。走这一节路，倒不要紧，一到洗马河小田坝，你看看！怕一点风草动，你都要提心吊胆，当成扁达钻出来了。"

老朱很不愿人家提起他带着烟的事情，便恼怒地喝道：

"我没有你那么不中用！"

老何笑了一笑，没再说了，只一路走一路尖起嘴唇，吹起口哨子来。

太阳偕没落山的时候，我们到了野人山中第一个下宿处芭蕉寨这天从边界古尔卡起，一路上全没有见一小块平坦的地方，直到这个芭蕉寨，才忽然开朗，现出一个没有竹树侵占的小坝子，可以修起几间草房，让人类得到生存和安息了。大盈江在坝子边上流过，站在店家的茅檐底下，就可从树影丛中，窥见青碧的泛流和溅在江中石上的白色泡沫。

店家那面的草房，住有印度兵。他们包着白布套头，穿着黄衬衣，坐在屋前的空地上，吸着用炭火烧烟的大瓦烟袋，喝着高铜杯子装的咖啡。使人看见他们棕色的脸子，映在落日光中，会越发感到是身在他乡异国的了。

老何一看见印度兵就对我说：

"这些就是伽拉人，他们只扎在这里，不搜查哪个的！"

老朱便骂他道：

"你少讲些话好不好?"

老何知道老朱的心病了，只忸怩地笑了一笑。

客店茅草盖的，竹片子编的壁头，可以通风透光，床上铺着粗篾凉席，地上扫得十分干净，使人住在里面，清爽凉快极了。真可以说，四川到云南一路的息客店子，从没有见过有这么好的。店主人叫老方，肤色养得很好，又穿着灰色的鹿皮短衣，对人的神情，冷冷的，且有些傲慢，要是老何不讲，我简直想不出他也曾经下过力的。

老朱不大同老方讲话，只要盏灯来屋里吹鸦片烟。这边要吹鸦片烟，只消纳税就可以了的，唯独不能多量藏烟。我则躺在老朱对面，趁着鸦片烟的灯光，摸本书来阅读。不久，老何也进来了，有些气愤不平地说：

"老方这杂种，球钱没多几个，就拿起架子来了！下回抬客，不要抬到这里来！……你看不起老子，老子也看不起你！"

老朱吸了鸦片烟，闭着眼睛养神，听见老何这么说气话，就睁开眼睛责备他说：

"谁叫你刮达刮达的，人家心里不好过，偕听你那些蠢话！"

老何忍不住骂道：

"妈的，他偕不好过？养得肥肥白白的，又做老板！"

老朱小声说道：

"他讨的那个摆夷婆跟人跑了，你偕不晓得么？"

"跑了？"老何叫了起来，一见老朱对他捏指头，又赶忙压窄喉咙问，"跟哪一个？"

老朱更加小声地说：

"左还不是土司的儿子！"

老何怔了一会，又忙问道：

"你咱个晓得的？"

老朱不答复他的话，只矜持地说：

"我都会不晓得吗？"

"一定是煮饭那个老陈告诉你的！"

老何坐在床边上的，立即站起来，走了出去。好一阵才进房间来，现出一脸奇异的样子，要笑不笑地说：

"咱个摆夷女子这么怪，人家会唱几首歌就跟着跑了！"

老朱嘲弄他道：

"早晓得，你也要唱唱吗？"

老何轻蔑地说：

"我倒不会为一个女人，整夜不困地唱哩！……这样的女人，唱得来，又唱得去的，讨来做啥子嘛！老方也太蠢了，迷得那样傻头傻脑的！"

等会老陈走进来了，搓着双手，现出为难的样子说：

"方老板，他才急人啰！刚才有摆夷来打店，说是老板娘在蛮允那边，他硬要今晚上就去找，等到明早都不肯。这路上没有陪着，咱个行嘛？"

老朱皱着眉头说：

"这真太傻了！迷得那样凶！"

老何严肃地说：

"你该好好劝下子！"

老陈摇下头，叹口气说：

"他要早听我的话，连那个女人都不会接进门了。哪里偕有这场事情？……你们想想人家住惯平阳大坝的，哪肯陪你在这个山谷落里！这里人来马去的，早晚只听见猴子叫，有啥子味道嘛！老实说，我挣了钱，我也不肯登在这里的！女人家偏生喜欢花的，这里又啥子花都找不出来，就只有老是一样芭蕉花，开成牛心子一般，看到使人厌烦。她终天坐在窗子底下，就朝摆夷坝子那边出神，那种不说话的样子，连我都不好过起来。我劝老方，率性搬到干崖蛮允那些地方去住，他又舍不得这里的生意。现在出了事了，他才想一切都丢了，光身子跟着她去，我别的不担忧，就怕黑更半夜，糊糊涂涂的，一跤跌进山沟，爬不起来。我脱不了手，店里得要人招呼。脱了手，我也陪他走走，了个心愿。老方他一心发痴总以为人家下了迷药，把老婆拐起走的。让他去看个水落石出，才会死心塌地！"

老何老朱一齐惊异地说：

"他偕不知道是跟人走的么？"

老陈责备似的说：

"要是知道，他也不会这么难过了，黑更半夜偕要赶去！"

老何搔着浅发的光头说：

"他当真劝不住？"

老陈抵塞地说：

"说一半天，你偕不懂得？他就是不听劝，我才来跟你们商量哪！"

老何现出为难的样子向老朱说：

"伙计，你在这里多等我一天好不好？"

老朱抬起诧异的脸子，责备地问：

"怎么？你不打算到八募赶生意么？"

老何又伸手搔着头说：

"大家熟不得熟的，让他栽进山沟里，又有些难过！"

老朱冷冷地说：

"他才听见，是要冲一下的！再去劝劝，就没事了！"

老陈愤怒地说：

"你才说得那么容易哪，你去劝劝嘛！"

"好的，我，去劝！"

老朱慢吞吞地说，但并不起身，只是躺着。老陈着急地催促他说：

"尽躺尸么？要去就快点去！"

老朱现出思索的神情，慢慢地说：

"我看，我劝劝……也没用的！"

老何却去拖他，责备地说：

"你这鬼东西，看你去不去？"

"妈的，你不要这样拖！"老朱这么骂了一句，就一边坐了起来，向老陈说道，"你叫那个摆夷去劝他好了，他那样信摆夷的话！"

老陈摇头地说：

"看样子摆夷不肯劝的，他偕在埋怨自己，不该多嘴，管人家的闲事！你晓得，他们摆夷一沾惹到土司家的事情，就有些怕！"

老朱责备地说：

"这有啥子怕头！又不是怂恿老方去跟土司儿子打架！……再呢，这也用不着多说话，只消句把话就点穿了！老方一明白女人不会转来，他就包你死心塌地的！"

老陈仍是摇头地说：

"这些话他不会信的，我早对他讲过无数多次了！"

老何忍耐不住了，又跑去拖老朱道：

"你会说，偕是你去劝好了！这样慢怠慢怠地真讨厌！"

"不要吵！你忙些啥？"老朱嚷了一句，然后教训老陈似的说：

"你我就讲一万遍，他都不会相信的，他总以为你是有意劝他，他心里一定觉得他比我们偕看得清楚……"

老陈切断他道：

"那何必再叫摆夷去麻烦呢？"

"那又不同哪！"老朱赶快驳他，"他现在相信摆夷亲眼看见过，只消摆夷说声，人家在那里快快活活做太太，他就冷了！"

老何马上掀着老陈说：

"走，走，走，去试一试，这怕要得的！"

老朱现出很有把握的神情，鼓励他们地说：

"这自不然会撞得响的！"

等会老何笑着转来了，很有兴趣地说：

"真是妙得很！真是！"

老朱得意地反问：

"是不是我这个狗头军师做得对！"

老何微微掉下嘴角说：

"哪用得着你，他自己不去了！"

老朱诧异地说：

"莫非想转来了？"

老何迅速偏下头，忍住笑说：

"哪里想转来了？手电筒跟他捣蛋，偕没出门，拔塔一声，跌在地上，就跌坏了，再也弄不亮。你说有没有鬼！……别处又没人肯借，他现在就在那里，一杯杯他灌老酒！"

老朱笑了一会，才沉吟地说：

277

"我看偕是叫摆夷跟他点穿好了！"

老何摇一摇手说：

"那今晚偕是不要点穿的好，点穿了他会冒火打人的。"

我忍不住插嘴说：

"你不点穿，他老灌下去，怕醉死哩！"

老何立即说道：

"这倒不怕，他出名的酒坛子！"

我推测地说：

"这样爱吃酒，怕也不讨那个女人喜欢吧？"

老朱淡然地说：

"谁晓得？也许有点吧？"

老何却很感慨地说：

"我看要讨老婆，偕是讨汉人婆好，不管你醉吧、骂哪、打哪，她都不会跟人跑的！"

老朱嘲笑老何道：

"汉人婆再好，嫁你这样的家伙，她偕是要跟人跑的！"

老何却笑着说道：

"我不打她，不骂她，又不醉酒，她咱个跟人跑？"

老朱认真地说：

"你没本事养她，她咱个不跑？"

老何略微生气地说：

"你不要那样量识人！"

老朱讥笑地说：

"你这样老抬人下去，除非捡金子！"

老何不禁苦笑起来：

"说不定老天照看我，真会有天捡着的！"随又打趣地说，"我不心狠，一定分一半跟你!"

老朱鄙夷地笑了一下，随即制止老何地说：

"闲话少说，睡觉吧，明天走路要紧!"

次日早上，醒来就听见猴子在山林里嚷叫。红红的太阳也从篾壁缝上射进一条条美丽的光线。使人想到这天是个好上路的晴天。精神便格外地愉快起来。山间早上的空气，清新异常，站在茅檐下，一面洗脸，一面饱饱吸了一阵。

吃饭的时候，我见菜比昨夜的偕好，肉之外，偕加一盘炒蛋。我担心钱要得多，便悄悄问老何道：

"这里息一夜要多少店钱?"

老何大口大口地吃着饭说：

"你没管他的，你照我们一样给好了!"

我们动身的时候，老陈来收钱，一面笑着说："老板偕睡得吹蒲搭鼾的呵。"一面向我们伸出那双油腻的手。我看老朱老何都各人给了他四个安那，我也照办了。老陈摆摆下巴尖说：

"老乡你不能照他们那样给呵! 你得出一甲零四别!"

老何立刻嚷他道：

"算了吧! 你那样分清做啥子，我们都是一道的!"

老陈有些讥讽地说：

"你们要抬三丁拐?"

老何不高兴地说：

"你不要说这么多! 你收着好了，就是老方他也不能不卖个人情的!"

老朱掀攘着老陈，教训地说：

"不要啰唆了，你快去招呼老方的好!"

走在路上，我就问老何道：

"咱个你们可以少给钱?"

老何极其得意地说：

·中篇小说卷（1919—1949）·

"呵，他们开店子的靠我们吃饭咄！我们不跟他撬客去，他吃水！懂得这个生意眼的，他就晓得对我们客气！老方斜对面那家店子，待我们顶苛刻了，店钱又收得多，偕没有荤菜，那才真真是把我们当成下力人哪，你瞧瞧，半搭半年都没有人抬客去，只收点马驼子的过夜钱，够屁哪！现在睡醒了也来跟我们说好话，我们才不爱理的，叩头都不理！他默倒下力人那样好欺啰！"

我走了一阵，又问道：

"假如客人同他熟识，要到他店里住呢？难道你们也不抬去？"

老何斩钉切铁地说：

"当然不抬去！我们在八募的时候，就预先招呼过了，哪些店不去息，要去息，我们就不抬！哼，野人山这一带，不说店主人要奉承我们，就是油流水滴的客人，也得让我们三分！"随又熟忱地问我，"你抬不抬嘛？我跟你找个伴，包你合得拢的！"

老朱就讥笑他道：

"这好宝贝的事情！……要是有一天，洋人的汽车通到这里，偕有你屁的人抬！……你自己到该先打打别的主意吧！偕要劝人家！"

老何却反对道：

"这样弯拐的路，他开得来？要来，偕等到现在！"

老朱似乎觉得这话也有几分道理，走了一阵，才又责备地说：

"不管别的，这样倒霉的事情，你总不该劝人家去做！难道你拿肩膀抬屁股，偕没抬够么？"

老何不满意地说：

"我们又不是生来就有田有地的，偕有啥子好事情，留跟我们做呢？"

老朱立即骂道：

"没出息的东西，你不肯钻，好事情偕会来找你么？"

老何讥笑地说：

"你会钻！我看你又会钻出个啥子名堂来嘛？"

老朱傲然地说：

"你睁起眼睛看嘛！"

老何冷冷地讽刺道：

"你默倒你这回就发财了么？要是查出来的话……"

老朱立即大声骂道：

"闭着你那臭嘴！你少讲点屎话好不好！"

老何现着做错了事的样子，笑了起来。走了一阵，又小声讨好地说：

"我不是咒你，我是为你好！……我觉得你要钻，你偕是去钻个不犯险的事情！"

老朱鼻子哼了一声，走了一会，才鄙夷地说：

"不犯险！……那就只好一辈子都抬人了！"

老何微微笑着叹息地说：

"唉，我们两伙计，做起事来都合得拢，一开腔就永远逗不到头！"

老朱斥责地说：

"做事也合不拢的！你那样喜欢抬人，我就看不起！"

老何有些忧郁地说：

"我也并不喜欢，只是要我偷偷摸摸地弄点东西……"

老朱喝住他道：

"不要再讲了吧，你那嘴巴，一讲定规又有好话讲出来！"

老何孩子似的笑了，走了一阵，一个人就悠悠然地吹起口哨儿来。

下午又到了一个有店子的地方，地名茅草地，和芭蕉寨一样大小，也挨着大盈江的，只多一条流到江里去的小河。冲在岩石上的江流声音，似乎比较宏大些。我们走进一家姓李的店子，老何首先就向店里介绍我道：

"这是我们一道的伙计！"

等我晚间挨着老朱的烟灯读书的时候，老何小声警告我道：

"吓，你咱个又拿出来了？你今晚上不看好不好！……人家看见你会读书，准定不会信你是抬滑竿的！"

我觉得与其牺牲我读书的时间，倒不如牺牲我的金钱好些，虽然当时我并没有多少钱，但钱用了我偕可以再找回来的。因此就回答老何道：

"他实在要我多出，我就多出点算了！"

老何立刻扬一下手，责备地说：

"你才傻哪！你何必辛辛苦苦挣来的钱，拿跟人家敲呢？你是油流水滴的老板吗？当真书读糊涂了！他们坐在这里敲钉锤，一年到头，偕赚少了？你光足两片的瞒他几个店钱，正是天公地道！"

老朱嘘了他一声，接着埋怨地道：

"你大声武气叫啥子？你说你要瞒着，反转到给你吵出来了！"

老何半晌才气愤地说：

"你不晓得！一个人敲钉锤，敲到我们这起人身上，已经气人了！他球钱没几个的，偕心甘情愿，让人去敲，这就使人看着鬼火起！"

老朱自作主张地说：

"到明天给钱的时候再说，他不卖我们的账，我们不晓得把客抬到别家去！……好了不起的事情！"

老何不快地说：

"那人家老乡不是又吃了眼前亏了！"

老朱打趣地说：

"他有钱，也不在乎钱的！"

老何怀疑地看我一眼，然后说：

"那让他们敲，不如请大家吃一台！"

我笑着说：

"哪个有啥子钱！不过花生胡豆倒偕请得起的！"

坐了一会，老何看见我又在看书，便好奇地问：

"书就有那样的好看？……你该去进学堂的。"

老朱讥笑他道：

"你这个话，等于白说！人家进得起学堂，偕光足两片跑到这里来？"

老何深深叹气地说：

"他妈的，这世道！喜欢读书的，不能进学堂，喜欢摸锄头的，没有田地种！"

老朱讽刺地说：

"你倒不要叹气，就是你一个人好！"

老何赶忙切断老朱的话，不满地说：

"我都会好啰！鸭子的足板儿，偕不是一联儿的！"

老朱嘲弄道：

"你偕不好吗？你喜劝抬人，就有人抬咄！"

"扯！"

老何做了一下鬼脸，弯一下嘴角。

老朱接着又讥笑他道：

"我看你别的不喜欢，到喜欢管闲事。偕有，就是喜欢开不正经的玩笑！"

老何这下没反对了，只呵呵地笑。

夜间躺在床上，听见大盈江的水声，碰在江中石上，格外吼得宏大，仿佛这小小的山谷，都给它震动了似的。从竹壁缝中看出去，树间有无数的萤火虫，在轻轻款款地飞动。江对面壁立的老山林子，耸在星空下面，黑郁郁的样子比白天更显得狞猛。这是息在野人山中的第二晚上了，也是我走出祖国的第二个晚上。我并没有感到远离祖国的悲哀，也没有感到山岚瘴气的威吓，只觉得有不同的生活，不同的天地在使我兴奋。听着躺在身边的两个旅伴，睡熟打鼾的声音，有节奏而又甜蜜似的，不久我也安安静静地入睡了。

早上醒来，又是江流吼声，又是四山猴子叫声，而且又是晶辉朗耀的晴天，要不是我不久之后，又转来在这里，做了五个月的苦工，生活中渗杂进大量的雨雾、泥泞、马粪和疟疾，那以我生平所见的山看来，曾经给我留下最清新最明媚的记忆的，怕要算我走过这三天的野人山了。

店伙计快要来收店钱的时候，老何再三叮咛我道：

"千万你不要多给哪!"

老朱拴好他头上的蓝布帕子，然后命令地说：

"你们把钱拿给我来给他!"

店伙计收着钱，数了一数，要笑不笑地说：

"当真是一道的吗?"

老朱傲慢地说：

"咱个不是? 你不见我偕在掏腰包请客吗?"

店伙计嘻嘻笑着走开了，回到老板那边去交账说：

"今天是老朱哥请客，店钱都是他出的!"

店主人收着钱，没说什么，只无意识地打一打面前的算盘珠子，又看一看走出店子的我们三个人。

走到山路上，老何笑着骂老朱道：

"妈的，你才漂亮哪，个钱都没有花，偕充请了客!"

老朱夸耀地说：

"假如我是偷马的，那你们今天早上就一个钱都用不着花了!"

我便好奇地问他们，为什么偷马的可以白住店子，店主人不敢抓他。老何抢着说道：

"你偕敢抓? 他不偷你店中过夜的马，就算天官赐福了! 这一带的店主人，第一就怕他们偷马的不说吃饭，连吹鸦片烟都不要钱，第二才是不敢得罪我们。"老何这么回答之后，又再向老朱揶揄道："你咱个不去歪几天呢? 又没哪个拦着你!"

老朱讽刺地说：

"要是我的伙计胆大一点，我早就改行了! 我就差一个好帮手咄"!

老何笑着说：

"只要你肯干! 我怕啥子?"走了一会，又正经地说，"我真不明白，你为啥子老想干那些犯险的事情?"

老朱冷冷地反问：

"我请问那又干啥子呢？偌有啥子好事情留跟我们？"

老何叹息地说：

"人家别人干是没法子，你现在又没饿肚皮！……"

老朱切断他的话责斥地说：

"呵，你默倒人家都像你一样，只图塞饱肚皮就算了！"

老何忽然小声惊慌地说：

"好像前面有个人影子，一闪就闪到那边去了……"

老朱小声说他道：

"走你的吧！你不要这样疑神疑鬼的。"

老何走了好一会，才又低声急促地说：

"你晓得今天这节是关口呵！"

老朱小声愤怒地骂道：

"你那样担心做啥子？……充其量至多只抓我一个人！"

老何埋怨地说：

"你看，你自己又说起不吉利的话来了！"

老朱厉声骂道：

"闭着你的臭嘴，不关你的事，你不要管！"

老何走了一阵，才恼怒地说：

"不关我的事，你才肯说！"接着挨近我的身边，不让老朱听见那么小声地向我讲："你不晓得，一出了事，我就得留在外边招呼他，不能再搭别人抬客了！八募又是那样花钱的地方。咳……"

我也觉得他太过于担心了，便笑着说：

"哪有那么巧，不会出事的！"

老何责备地说：

"你没到过你不晓得，今天这一节路上，扁达多得很！那些吃官司的私烟贩子，就都在这些地方抓去的！"

我就劝解地说：

"那你现在用不着急咄！他实在要你招呼，你不好在八募另外找点事做？"

老何叹气地说：

"好找事做，又不用说了，就是不容易找到！"跟着又补一句，"偕有难的，你在马路上闯荡久了，警察就会当成贼样地抓你！"

在八募找到糊口的工作不可。我迟疑一会才说：

"听说八募有轮船码头，轮船一到不是好跟客人挑行李吗？"

老何这下不怕老朱听见了，大声摇头地说：

"这个事情又干不得哪！熟人一大堆挤在那里，大家抢生意，抢得脸红筋胀的，有啥好过嘛，吃这样的饭也吃得不安逸。"

老朱又讥讽地骂道：

"说来说去，偕是抬人好，是不是？"

老何有些胆怯地说：

"你不要生我的气！老实说起来，总比你现在这样子好些，这样提心吊胆的日子，我就过不了！"

老朱便骂他道：

"你嘴巴子闲不惯，你跟我唱唱山歌好不好？"

老何不以为忤，叹气地说：

"真的我该唱唱山歌，白管这些闲事做啥子嘛！"虽是这么说，但他并没有当真唱起来，反而默默地只顾埋头赶路。

倒是一路上不大唱歌的老朱，这时用着四川北部他家乡的调子，慢慢唱了起来。声音虽然有点枯燥，但却使人感到极其坚定而又悠闲，心情毫没一点儿慌张似的。走了一会，老何也情不自禁地跟着唱了。老何的声音嘹亮而又圆润，仿佛一大股山泉一般，滔滔不绝地奔流，显示出生命的丰富和青春的热情。我原是有些挂虑到八募去找工作的事情的，听见他们两人的歌唱，也就什么都忘记了，单觉好像有一般愉快的暖流，在我心中不断地流过。

在山路上遇着成串的驼洋货的马匹，那些赶马的人都给歌声迷住了，走远一点，偕频频地回头来望。步行着的野人和摆夷，也情不自禁地停下足来，现出欢快的微笑。就这样唱着，正午时候我们经过洗马河路上，只遇着两个戴着边呢帽、黄衬衣、短裤皮鞋的缅甸扁达，微笑地拦着搜查，随便摸摸，就放我们走路，随又笑着叫老朱老何两人再唱。

离开那两个扁达一远点，老何就忍不住欣喜地说：

"从来没这么和气的，我看我们今天唱对了！"

老朱也禁不住得意起来。

"哥子他们叫你做的事情，哪有不对的？……你就是不肯多听我讲，要是肯听我讲，偕有啥子事情做不成？"

老何笑着地说：

"要是别的事情，也像唱歌这么逗人喜欢，我偕有不做的？"接着又打趣地说，"今天真是缺牙巴咬虫子，碰巧选到一件好的了。平常你想的事情，哪一件不使人为难？"

老朱教训地说：

"事情都是一样的，起初总是难。一个不会唱山歌的人，你叫他唱嘛？……我从前当兵的时候，初次打仗，好不害怕，足肚子就像狗在扯的一样，后来多打几次，啥子都不怕了，子弹打来，把它当成牛角蜂。……老弟，你就是不肯干，我告诉你，天底下的事情，不管再难，只要你多干几次，就容易了！"

老何笑了一笑，然后非难地说：

"容易！一出了岔子，半年六个月，有你要的！"

老朱大约因为已经过了一关了，不再生气，只诙谐地说：

"哪有啥子相干呢？半年六个月偕不是就出来了！"

老何嘘了一下，接着说道：

"说到说得容易，进去试试看，怕一天都难蹾了！"

老朱没有搭话，老何又讥笑似的说：

"一个人，何必自搬石头打脑壳呢？"

很快我们就走到小田坝了，这是位在野人山脚下的。八募平原就从这里展现在我们的面前。小田坝像个小小的镇市，有汉人开的杂货铺，有缅甸人开的咖啡店，有野人摆的汽水摊子，偕有种田的摆夷人住家。经常则有搭客的小汽车，由印度人、缅甸人驾驶，往来八募。

老何不再同老朱争吵了，只带着兴高采烈的神情，用半缅半中的话喊道：

"来，我们勒拍液捣吧！"（勒拍液捣，缅语吃茶）

老朱却机警地说：

"不耽搁了！我们到八募去吃吧！"

老何有些为难地说：

"口干，偕要走几里哪！"

老朱朝路边的小汽车走去，命令地说：

"我们坐木头咖好了！"（木头咖，即汽车）

老何听说要坐汽车，脸上便露出孩子一样的欢喜，同时却又嘲弄地骂道：

"妈的，你发财了！"

老朱把竹竿放在汽车侧边让印度车夫去捆好，接着拉开门坐了进去，回头来责备我们道：

"一个人一甲，就多啦！进来，进来，不要站着！"

我觉得一个卢比坐几十里汽车，并不算贵，而且这又是第一次坐，很想尝尝新鲜，便跟着老何坐了进去。老何坐在老朱身边，打趣地说：

"这该你请客呵！"

老朱嘲弄地说：

"好的，照今早上那样请好了！"

老何笑着，掀攘老朱一下，似乎要说他什么了，但给突然开走的汽车一震，再颠簸一下，便不再开腔了，只现出非常欢快的脸色，看着朝后退去的电线杆、树林、田野和村舍，以及那些走在前面，很快一下就给我们赶过的缅甸男女。我也觉得我们在向阳光朗朗广阔的天野，简直不是走，而是在飞一样。

我跟老朱老何一道息在轿行内，这是位在汉人街上，紧靠伊拉瓦底江的。睡觉的地方，是在楼上，没有床，没有被窝，大家和衣睡在地板上就是了。壁板楼梯，污旧得很，再加以楼下煮饭生火，常常飞满烟尘，当我进去的那一刻，正是半下午的时候，宽阔的江面上，照着一片向西的阳光，金辉灿烂地从窗上门上，反映进来，使屋子越加现得丑陋。对面远远的江岸上，一排排地立着椰子树和露在林子中的金塔，以及环绕在广野尽头浅浅的蓝色山影，都抹上了一层轻纱似的光雾，那种满带着异国情调的画面，真叫人看了有些心醉，同时也更觉得屋里污秽不堪，不能栖息下去。但后来我到野人山去工作了五个月，却又仍然转来这里度过一个晚上，曾对如此江山，作过两首小诗，发抒我低徊留恋的心情。（这两首小诗至今偕留在《我与文学》一文里面）

我把小包袱放在楼上，马上便跟老何到楼下铺面上去坐。老朱则在后门破竹竿，轿行的老板，就在这里卖点杂货和轿夫使用的草鞋粗蒲草扇那类东西。同时旅客要坐滑竿，便来找他，他就包下生意，分派轿夫去抬，工钱，经手的时候十成抽去一成。轿夫住在店里，只供一块睡觉的地板，便收三个安那一夜。他主要就靠这种收入生活，铺面的买卖，只是一种副业而已。他样子威严，眼光逼人，有点像哥老会中的舵把子。他打量我一会，然后冷冷地说：

"你怕抬起走不得长路吧？"

老何不让我回答，却抢着笑嘻嘻地说：

"除非三百斤重的猪，他才抬不起！"

轿行老板经常拿个蝇拍在手里，很敏捷地拍死一个苍蝇之后，又带着非难的脸色，不向我却对老何问：

"咱个又不约个伙计呢？一个人哪个好同你搭伴？"

老何嘲弄地说：

"要啥子伴！我们约他来抬三丁拐的。有大胖子来，你派跟我们好了！"

轿行老板挥一下蝇拍子，轻蔑地说：

"你们等好了！怕不饿成稀猴儿一样！"

轿行老板娘，一个年轻并不怎样好看的女人，走出来小声接着说：

"他们怕啥子！土带来不少，老朱正在破竹竿呢。"

轿行老板很是兴奋，悄声问道：

"你们带的多不多？"

老何淡然地说：

"他一个人搞的，不晓得带好多。"

轿行老板无目的地打下蝇拍，惋惜地说：

"你们咱个不搭一份哪？你们真蠢，你们可以自己带哪！"

老何笑着说：

"我偕不想发财的！"

轿行老板责备地说：

"你不想发财，你跑到外国地方来做啥子？"

老何仍旧笑着说：

"玩玩看看咄！一定要发洋财？"

轿行老板又轻视地说：

"那你就不该来抬滑竿！"

轿行老板娘嘲弄地说：

"他不抬他就皮子痒哪！"

轿行老板仿佛认为这就是老何本人的回答，便鄙夷地骂一声：

"贱骨头！"

老何偕想同他们说笑下去，我却有些不耐烦了，便劝老何出街去玩。走在街上，老何极有兴味。看见印度人包着白布套头，又拖一大截在背后，便嘲笑地说：

"你看他们加拉人，不像个个家里都死了娘老子么？戴那长的孝！"

缅甸男子喜欢用有色彩的绸帕子，包在头上，更多的是水绿色。老何也禁不住笑着告诉我说：

"你看他们老缅子人，脸皮厚得好很啰，顶起绿头巾在街上走，一点也不害羞！"

这种跟我们不同的风俗习惯，看多了也就失掉了兴趣，我原是来找工作做的，便要他带我到码头上去看看。他带我去的时候，码头上的轮船已开起走了，只有些小船靠在岸边上。我问老何道：

"一天开来的轮船多不多?"

老何回答我说不知道，随又紧跟着问：

"你打听这些做啥子?"

我说我要在码头找些工作。他阻拦我道：

"你抢不赢他们的！你一个人，你偕是买对空洋油筒，挑担糕饼，到野人山去卖好些！事情轻松，你偕可以坐着看书。"

我说：

"这好是好，可没有钱做本，马上我就得找点卖气力的工作……"

老何看了我一会，才微微叹息地说：

"你要是再结实点就好，伙计我能帮你找到的，听说这两三天内，就有客人回腾越去！"

这是指的抬滑竿的工作，我不乐意做的，便说：

"让我再找找别的好了！"

老何担心地说：

"这不像我们汉朝地方，空起手街上走多了，扁达会抓你的！"

我有些绝望地说：

"只要给饭吃，抓就由他抓好了！"

老何责怪地说：

"真想得怪！那样的地方，放出来也霉人咧！你又没有犯法。"

我们谈了一阵的时候，老何拍一下膝头担心地说：

"我要回去看看老朱，那东西今晚不卖出去，就怕出事哩！"

我却留着，一则怕回到店里，使人感到窘迫，二则这里坐在树下，江面有风吹来，凉爽异常，三则我只看过书上画的轮船，真正的轮船，偕没有映进我的脑子，我要看它活生生地从远处开来。西洋的物质文明，进小学的时候，就挑动我的好奇心了，现在才仿佛从梦境里慢慢转变成实在的东西！

天黑了，到岸的轮船上了灯火的时候，我才转回到店里，老何正同轿行老板开玩笑，一看见我就埋怨地说：

"我们等你好一阵，饭留在那里，快去吃！"

我感激他，但又推辞地说：

"我自己去煮！"

老何说我道：

"你才古怪哪，你出一份钱好了！自己一个人煮，又麻烦，又花得多！"

他不容我再推，就带我到灶房里，把留的菜饭端跟我，一面说：

"你出回别钱就可以了！"接着他又走到前头去。

我一面吃饭，一面听见轿行老板在说：

"如今码头上不容易找吃了，手足伶俐的，才将将够糊口！"

我觉得老何一定同他讲到我了，心里很有些不快，因为我一向都不愿意把自己的困难，向人诉说，即使那是自己的朋友，而现在何况这位轿行老板，偕是对人缺少同情心的呢！

老何在外面铺上，已没刚才那样谈笑的声音了，到听见他一本正经似的说：

"老板，你帮帮忙！事情要轻松一点，工钱多少都好讲话！"

轿行老板用冷酷的声音说：

"我除了滑竿，啥子忙都帮不了的！"

老何不惮烦地又再说道：

"你人总认得多咄，别家号上看偕要不要人？"

轿行老板厌烦地说：

"不会讲老缅子话，找到也不成！"

我不禁讨厌老何起来，何必尽对他讲呢。

胡乱吃了饭，洗好碗筷，我觉得屋里闷热得很，不能安下，便又走了出去。欧化了的八募，晚间戴上电灯的花朵，越发现出眩人眼睛的美丽。有些柏油街道的两旁，点缀起小小的庭园，长着许多枝叶茂盛的小树，拿红绸绿绸做窗帘的西式房屋，把五色珠子做窗帘的缅式屋宇，都用明媚的眼睛，在绿荫中窥了出来，钢琴缅甸提琴，则在里面愉快地伴着和唱的歌声。缅甸庙子里，僧人做着晚祷，长久地敲着钟磬。印度人驾驶的马车，偕不时在缓缓散步的人丛中，急速地丁当着。江上的小船，带着红色的灯火，悠悠徐徐地在浮动。水面吹着清风，凉快异常，我在江边坐了很久。晚间回去，老何已经睡了，老朱偕同一个苦力，躺在烟灯侧边讲话。我见满楼上都横横竖竖地躺着人，而店里又没招呼的伙计，我不知道，我应该睡在哪里。老朱看见我在楼口上踌躇不决的，便说：

"你随便找个空地方睡吧，这里要先回来占位子呵！"

接着他又同烟灯对面的苦力，继续讲了下去，是在讲着赌博的事情，其人的运气坏，赢了许多，又全输干净，说到这里，无论讲的人听的人，都在作声表示惋惜。我终于寻着一块空地方，缩着双足，勉强困了下去。却不大容易入睡，听见赌博的故事，在他们的嘴上，无穷无尽讲下去，除了惋惜别人输钱而外，偕为赢家欢喜，有时偕加以笑骂。

早上醒来，就觉得天气很热，楼下又有火烟冒上来，便赶快到街上去走走。同时我也有个好奇的习惯，到了一个陌生的城市，总喜欢各处看看。在八募，这种充满异国情调的地方，更是高兴要满足这种好奇心。我整天到处走走，连天主教堂我也进去坐了一会，写着"乾隆敕阳传教"的小碑，偕完完好好地竖立着，这可看出八募先前是属于中国的，而现在我们却以侨民的资格，漠然被接待了。市上树林中，乌鸦很多，比产在中国地方的乌鸦小些，且不怕人常常飞到街上来觅食。叫声也不同，并非由于饿，倒仿佛为了天热才叫着喘气似的。终天听着乌鸦叫，人也就更加感到热闷。但我看完了八募各个角落以及附近的乡村，白天仍旧不想回到店中去。因为老何的多嘴，人人都把我当成无业无办法的人看待：轿行老板和抬滑竿的，认为我的身体不行，不能抬人爬坡上山，自然而然有些轻视；在码头上接客挑行李的，却又把我看成一个竞争者，射着嫉妒的眼光，甚至于有些仇视起来。

第三天晚上，我回去睡觉的时候，老朱老何同别的人都已睡熟了，只那个夜深烧烟的苦力，偕在灯边躺着。我已从老何口上知道他叫老赵，似乎不再抬滑竿而在专干一种偷运私烟的事业，老朱就时常想学他，把滑竿抛掉。他一见我，就动一动手上的烟签子，叫我到他那里去躺，偕把烟枪递过来，殷勤地说：

"吃一口吧！"

我道谢拒绝了。于是他就放在他的嘴上，处处地吸了起来，吸到半中腰，忽然塞住了，他用烟签子戳戳枪眼，又吸下去。他宽皮大脸，黄黄的，偕不大瘦，眼睛看人的时候，十分镇定，仿佛一面看一面在思忖似的。他这样出其不意的好意使我微微吃惊地望着。他一连吸完三个烟泡，才满意放下烟枪，把一只黄污的小茶壶，凑在嘴上喝了一会，才静静地望着我，然后缓缓地说：

"我想找你去做件事情。"

这话对于失业的人，简直是个莫大的福音。但我却怕他要我去帮他做偷卖私烟的事情，这是使人难于接受的。我连忙问他：

"找我做啥子事情？"

老赵不先回答我，却指一下那边睡着的老朱老何，定定地瞧着我说：

"我听他们两个人说，你是读过书的……这就有用处了。"

我想这也许他因偷运私烟跟什么做大生意的烟贩子，有着关联，要介绍我去做管账之类的事情？我便首先申明道：

"不过打算盘，我可不会哪！"

他仿佛没有听见我的话似的，却望着我的眼睛，慢慢说下去：

"我有个本家，开店子的。他想跟他儿子找个先生读书，你去试试好不好？"

这个好差事落在我的头上简直使我怔住了。他笑着解释地说：

"不要好深沉，教教《三字经》《百家姓》就可以了！"

当时做家庭教师，教小孩读书我是顶高兴的了，但要我教《三字经》《百家姓》，却又使我非常地失望。我禁不住迟疑地说：

"一定要教这类的书么?"

老赵不在意地笑着说:

"这随你意好了,不论教啥子,我本家都不管的,他黄昏子核桃大的字,没有认得一巴掌!"

这才使我真真感到高兴了。随又问他:

"你本家在哪条街上?"

老赵笑了起来:

"哪里在八募,在八募又有学堂进了?"

"那在哪里呢?"

我等不及地问,老赵就说:

"你偕走过那个地方哩,就是野人山的茅草地。"

这使我有些怅然,第一我不想再回到我走过的地方,其次,八募这个新鲜有生气的近代城市,很使我留恋,但为了无法解决的生活,只好答允了。

次日,我不像往天一样,很早起来就溜出去了,因此,老何就来得及看见我,他面色不好地喊着我说:

"老乡,你的运气实在低!我的伙计,听他说这回要改行了,我就想找个小块子客人,我们两个人抬的,只消客人坐在我这头一点,你那头就松活了,哪晓得他输得精光,偷偷摸摸搞来的钱,一个也不剩!没有法子,仍旧跟我一道抬人!你看,你运气低不低嘛!"说完了,偕在叹气。

我就把昨晚老赵介绍我教书的事告诉他,他立即喜欢起来,连声地说:

"这好了!这好了!"

等到听见教书的人家,是茅草地姓赵开店子的,他就大为反对起来:

"那里就去不得!他待人顶苛刻了,你问问我们这些抬滑竿的,哪个肯把客人抬去!"

于是,老何就去责备偕在睡觉的老赵道:

"你这家伙,咱个赶眼瞎荐人,那个地方都去得吗?当真你做了老板,就忘记他给你吃的亏么？"

老赵给他吵醒，很不高兴，便抵塞地说：

"不去就算了，我又没有使哪个的中人钱。"

接着老赵翻过身去，睡他的觉。老何不禁恼怒地说：

"当然不去就算了，哪个偕会送上门去！"

老朱就责备老何地说：

"你这东西太多事了！不管咱个，总该去试试咄，人家困在这里，你偕想得出再好的法子？"

老何这才不再反对了，半晌只向我说：

"没法子，你去试他几天吧！"

当天下午，轿行老板通知店里抬滑竿的，说有批男女客人，明天起身回腾越去，已经替他们接好这笔生意，并发给一点工钱。老赵知道我决心要去，便说：

"你最好明天跟他们一道动身，我领你去就来不及了，我偕要货脱手。"说到他的货，他微笑了一下。

我说自己去实在不大妥当，至少总得有一封介绍信。老赵摇摇头说：

"这个玩意儿我就不会！再呢你就请人写好，他收到手也不会念念！信没用处的，自己去呢，也实在不妥，他偕默倒你是骗子呢？"

于是他就找老朱，要老朱带我到赵家店子，替他做个荐人。老朱搔搔头说：

"这倒不是费力的事情，只可惜我同他吵过，不好见面的！"

老何在旁边忍不住说道：

"妈的，由我去当个不要脸的算了！"

我跟老朱老何他们走回茅草地，他们把客人抬进我们先前住过的那家姓李的店子，老朱则要我先住到赵家店子去，然后再由老何去说。不料那位烟瘾很深的赵老板，听了老何一番介绍之后，并不表示欢迎，反而现出为难的脸色，摇摇头说：

"我咱个请得起先生，原先只不过讲讲玩玩的！"

我只得同老何去找老朱商量。老何走出店子，就气得踢足地说：

"我恨不得揍他一顿！你妈的，你好讲讲玩玩嘛！"等到看见老朱，就又责骂道，"我说不要来的，你偏生要信那个混蛋的话，你看这才试得好嘛，碰我一鼻子灰！"

老朱听明原委之后，骂了一声才对我说：

"你住下好了！你也不要先给店钱，老赵就要来了，让老赵管这个事情，这原是他惹出来的！"

我没法只好住下了。

赵老板让我住了两天之后，就笑嘻嘻地问我说：

"先生我请不起，伙计我倒要一个，事情不多，早晚招呼客人，白天打扫马场，不知你肯不肯干？一个人到了外国地方，应该吃得苦才好！"

我原是不论什么工作都要做的，这为什么不干呢？这样我就做起伙计来了。闲的时候，他又要我跟他教小孩子读书，话语非常客气，连连喊我作先生，我因替失学的孩子们可怜，我也就答允了。这样一直住了五个月，老朱老何他们只再抬人经过一两次，便再没有看见了。

我却很是怀念他们！这不仅因为他们曾经帮助过我，而是他们身上禀赋有最好的东西，我赞美老朱那种敢作敢为、富有进取的精神，更喜欢老何那种心地善良、处处助人的热心。十年前我曾把他们写进伙伴那篇小说里，（收在集子《南国之夜》内）现在十年后我又把他们排在我最好的友人行列中。虽然，他们有着别个友人所没有的最大的缺点，赌钱、走私、吃鸦片，以及迷信命运、屈服于牛马的生活，但我知道这不能影响我，而且我能像糠皮、稗子、沙石一样地簸了出去，因此，我便不知不觉地原谅他们了。同时我又如同一个淘金的人一样，我留着他们性情中的纯金，作为我的财产，使我的精神生活，永远丰饶而又富裕。

一九四四年一月三日　桂林

| **作品点评** |

中篇《我的旅伴》写了两个性格不同的轿夫。老朱是一个富有进取精神、不安于现状的人，他抬滑竿，顺带稍些鸦片，赚了钱便去赌；老何却是一个乐天安命的人，只想用劳力换几个钱，平平安安过日子，但他心底善良，忠厚，乐于助人到了天真的程度。作品通过他们之间的争吵、冲突、和解，表现了他们纯朴真挚的友谊、美好的性格，十分动人。

——谭兴国：《〈南行记〉的特色》，载四川省社会科学院文学研究所编《四川现代作家研究集》，四川省社会科学院出版社，1984，第228页

"我"和跋涉飘零在这条路上的各种劳动者如赶马人、小贩、抬滑竿的、私烟贩子等人，一起为生存而抗争，并和他们结下了深厚的友谊。虽然他们也有"赌钱、走私、吃鸦片，以及迷信命运、屈服于牛马的生活"等等"别个友人所没有的最大缺点"，但作家却抛开了一切世俗的偏见，努力发掘"他们身上禀赋有最好的东西"。他说："我又如同一个淘金的人一样，我留着他们性情中的纯金，作为我的财产，使我的精神生活，永远丰饶而又富裕。"

——杨嘉谷：《生活与意念——读〈南行记〉及其续》，载毛文、黄莉如主编《艾芜研究专集》，四川文艺出版社，1986，第399—400页

鸡毛信

华山

一　儿童团长

海娃今年十四岁了。海娃放了六年羊。

起初，海娃跟上爸爸放羊。后来爸爸不放羊了。爸爸背上快枪，到铁路边打日本去啦！——爸爸当了游击队的侦察员。

海娃也打日本。海娃在自己村里，在龙门村当了儿童团长。——海娃天天拿着红缨枪，到后山去放哨哩！

后山叫龙门山。海娃在龙门山上，一面放哨，一面放羊。

这两天，铁路上的鬼子又进山扫荡啦！海娃到了山上，便把羊鞭插到腰里，光拿着杆红缨枪，蹲在一棵小树底下。

这是一棵光树，没有叶子的树。那时候，地里的麦穗黄透了，满山的野草全绿了。可是这棵小树，一点嫩芽也没有。

这棵树，遮不住太阳，挡不了雨。

可是海娃整天守住这棵树。他蹲在树底下，用手挡住额角的太阳，朝东面眯缝起眼睛，瞭望着远

作者简介

华山（1920—1985），原名杨华宁。广西南宁龙州镇人。1935年参加上海学生救亡运动，16岁开始发表作品。1938年入延安鲁艺学习木刻画，与罗工柳、彦涵等人组成了"鲁艺木刻工作团"，深入敌后抗日根据地，运用美术武器开展抗日救国宣传工作。从此，他一直从事新闻记者工作。

作品信息

原载于1946年在张家口出版的《文艺月刊》第2期。

远的平川地。

平川上有一条小河，像银蛇一样，刺得眼睛发疼。铁路却是直溜溜的，横在小河旁边。海娃眯缝起眼睛，就看见：铁路边有好些灰麻麻的小点子，看起来，只有土疙瘩那么大小。爸爸说，灰疙瘩就是炮楼，日本鬼子的炮楼。爸爸说，那些炮楼可大哩，能住下几十个人。爸爸就喜欢到那里打游击。

西面大山那边，停不一会儿响一两声大炮，像闷雷一样，听不清楚。——鬼子在"扫荡"根据地哩。鬼东西！又抢粮了。

平川地却静悄悄的，没有半点声音。太阳慢慢偏西了，海娃的眼睛也有点发酸了，平川里还是没啥动静。

忽然间，灰疙瘩里爬出一长溜黑点子。

是啥呀？海娃揉了揉眼睛：黑点子更加清楚了，蚂蚁一样，朝龙门山爬过来。

喝，又是鬼子出动啦！这边一长溜，那边还有一长溜。……海娃赶忙趴倒，顺手捉住树干，就势往回一扳，那棵树便倒下来了。

原来这是一棵假树，是海娃插在山顶的假树。这棵树，龙门村的人叫它"消息树"。"消息树"插在山顶，村里人看得见，西山上的人看得见，只要"消息树"倒下来，大家就知道：平川的鬼子又要进山了。

这时候，在阳坡的石磬小路上，有一个人爬上山来。

那是个带枪的人，那个人一面爬，一面朝山顶探着脑袋。

石磬路直通平川。这条路，村里人轻易不走的。海娃想："莫不是个武装汉奸吧？"

海娃这么一想，赶忙朝羊群甩了一鞭。跟着又甩了一鞭。羊便乖乖地满坡里散开，钻进野藤乱草里，不见了。

海娃也不见了。海娃溜到一块岩石后面，撅起屁股，钻到酸枣刺底下。海娃要看看，那个武装汉奸上来干啥。

带枪的人上到山顶，就叫起来：

"海娃！海娃！"

海娃没敢答应。那个人又叫："海娃！海娃！"（解放区群众在抗战中创造的一种通讯联络记号，在山地相当普遍）

这回海娃听出来了。那人不是汉奸，他是海娃的爸爸。海娃说："在这里！"

海娃从枣刺底下爬出来，粘了一头乱草。

看着这个样子，爸爸就生气啦！爸爸大声说："你放啥哨？鬼子快上山了，还满地里乱爬！"

"早看见了！"海娃说，"你瞧！"他指着地上的消息树，"我不好好放哨，它自己会倒下来？"

爸爸说："你乱钻个啥？"

"钻个啥？"海娃也生气了，海娃嘟起嘴巴说，"谁知道是你呀！要是个武装汉奸咋办？"

可是爸爸没心吵架了。父亲和儿子吵嘴，多没意思！而且爸爸有要紧的事情哩。他刚从平川地回来，他打怀里掏出一封信，对海娃说：

"得啦，别说嘴啦！马上到三王村去，送给张连长，指挥部的张连长。"

这是一封鸡毛信（山西民间沿用的快递制度，沿村转送。插一根鸡毛表示不得延误遗失，两根是快步速转，三根则是连夜速转送），信角上插着三根鸡毛的信。海娃知道：这准是一封要紧的信，顶顶重要的急信，看着这样的信，海娃就忘记赌气了。海娃说："好，我就去。"

海娃把手指含到嘴里，打了个响亮的呼啸："嘘！"接着又是一声长长的呼啸："嘘——"羊群听到呼啸，便扑剌剌地跑拢过来。

海娃把羊鞭递给爸爸，说："那你把羊赶回去吧！"

爸爸不要羊鞭。爸爸说："你吆上走。路上小心点，要是碰见鬼子，你就说是放羊的，平川里的放羊娃。"

吆着羊送信，这才新奇呀！海娃送过几次信了，每次都是拿的红缨枪，从没有赶上一大群羊。海娃说："那啥时候才能送到啊？"

爸爸说："明天送到就行。知道吗？明天。可不敢丢啦！——瞧，鬼子上来了，赶快走!"

果然，鬼子已经走到磐根，走上石磐路了。爸爸从怀里掏出一只烤红薯，塞进海娃的口袋，说："带上吃吧! 路上加小心。"说着，便接过海娃的红缨枪，跑进梢林去了。

二　碰上鬼子啦!

海娃顾不上吃红薯。他把羊赶上崖畔的小路。

龙门山到三王村，走大路有三十多里，走小路还不到二十。海娃给指挥部送过几次信，都是连夜走的这条小路，岔不了。

转过崖畔，便是西山。山头上也竖着一棵"消息树"。太阳快压山了，"消息树"映着红云，一动不动地站在山顶。

看见"消息树"，海娃就放心了。海娃狠狠地甩了几鞭，把绵羊赶上山去。

可是忽然间，"消息树"倒了。

糟糕，山那边准是发现了鬼子。辛辛苦苦翻座大山，然后连信带人送给鬼子——天下哪有这样傻的人啊? 海娃赶忙把羊吆下深沟，朝大川口出去。海娃想：小路不能走，就走大路吧!

在山沟里转了两个弯，就瞅见大川口了。大川口远远地进来了一队人马：人排成一行，牲口跟在后面。是八路军吧? 不像。眯缝起眼睛瞅瞅：喝，都是些空驮子牲口。

不消说，又碰上抢粮的鬼子了。

怎么办呢? 龙门山有鬼子，西山那边有鬼子，川口又进来了鬼子……

"跑吧。"海娃想。可是沟两旁尽是陡壁，爬不上去。

"往前走吧?"可是袋里装着鸡毛信，送给游击队的信。

"把信扔了吧?"不行，这是一封急信，顶顶重要的信呀，扔掉了可就耽误大事了。

"藏起来吧?"——对，藏起信来，海娃这么一想，立刻蹲到地上，把鸡毛信埋在乱石子底下。

海娃刚刚埋好，忽然又把信挖出来。"不行，"海娃又想，"满地里尽是乱石子，回头天黑上哪找去?……"

川口的鬼子却越来越近了。海娃着急起来。

羊群却一点也不着急。羊群扑剌剌地，只管朝川口跑着，这一只的头抵住那一只的屁股，那一只的角磨着另一只的肚皮。又肥又沉的大尾巴，油乎乎的，垂在屁股后面，不住地两边晃着，怪自在哩!

看着油乎乎的羊尾巴，海娃心头忽然"扑通"地跳了一下。海娃想都来不及想，就两步抢到头里，一头摸到"头羊"的身上，把它拦腰抱住，掀起那肥腾腾的大尾巴来。

"头羊"是只老绵羊，屁股蛋光溜溜的，紧靠着尾巴根上，两边垂着老的绒毛。海娃就着羊屁股，拧了两根细毛绳，把鸡毛信绑在尾巴底下。

海娃这才透了一口大气，心里说不出地高兴起来。老绵羊却非常不舒服——屁股上垫着一封信，多难受呀! 海娃一松手，老绵羊便卷回大尾巴，从海娃怀里猛蹦出去，撒腿就跑。它越是跑得快，大尾巴越是卷得紧，一直卷到大腿底下，把鸡毛信牢牢地盖住了。

现在，海娃啥也不怕啦，他故意把羊鞭甩得响响的，朝着鬼子赶过去。满地里跑着的绵羊，差点没把鬼子撞了。

"你的站住!"鬼子吆喝起来，"哗啦"一声举起快枪，对住海娃的小脑瓜。

站住就站住，这还不容易! 海娃顺溜溜地站住了。

羊群也站住了，你的头挤着它的尾巴，它的角又磨着旁的肚子，把老绵羊挤到当中。

一个穿黑军装的跑过来，一把抓住海娃的脖子，像抓小鸡一样，把他提溜到一个穿黄的面前。

穿黄的挂着大洋刀，鼻子和大蒜头一样，大蒜头鼻子底下，留着一撮小胡子。

那小胡子瞪圆眼睛，就吼叫起来：

"你的——八路探子的！"小胡子吼叫的时候，嘴里龇出两颗大金牙，嘴唇又黑又厚，真是怕人。

海娃却一点也不怕。海娃故意歪起脑袋，张大了嘴巴，傻愣愣地望着小胡子。好像对他说："你说什么啊？我听不懂呀！"

于是，那个穿黑的端起枪托，照着海娃屁股撞了一下，跟手又撞了一下。他一面撞，一面歪着嘴说："狗日的王八羔子，为啥不吭气？太君问你：是不是八路？"

哈，真是个日本走狗。这不要脸的走狗，还叫鬼子"太君"哩！海娃真想骂他一声"黑狗"（解放区群众对伪军及特务便衣队的贱称），狠狠地唾他一脸。不过一想到鸡毛信，海娃就不骂了。海娃乖乖地说："我不是，我是放羊的。"

小胡子拔出明晃晃的大洋刀，搁在海娃的脖子上："实话的不说的，撕拉撕拉的！"

那黑狗也学着小胡子使起威风来。他往海娃身上踢了两脚，才又歪起嘴巴说："不照直说，宰了你这兔崽子！"

海娃说："我就是放羊嘛！我是后周庄的放羊娃，为啥打我啊？"

说着说着，海娃就哭起来了。海娃一面哭一面在心里想：哈，怎么会胡诌出个"后周庄"来啊？海娃从没见过后周庄是啥样子。海娃只记得，爸爸给他说过：后周庄是个维持村，离前周庄鬼子炮楼五里地。后周庄也有好些放羊娃，海娃在龙门山上，还和他们打过架哩！

海娃哭得小胡子不耐烦了。小胡子说："搜！"于是那个黑狗，就动手乱搜起来：他一时摸摸这个补丁，一时掏掏那个破洞，连海娃的破山鞋，也给脱下来搜过了。

可是他什么也没有搜到。他只搜出来两只烤红薯。

这是平川里的红薯，爸爸刚才从平川带回来的红薯。红薯烤得焦黄焦黄的。那黑狗拿着烤红薯，就塞到他的歪嘴里去，吃起来了。

"什么的咪唏的？"小胡子问。他把歪嘴里的红薯抢过去，用大蒜鼻子闻了闻，就大嚼起来了。他一面嚼，一面说：

"大大的好！大大的好！这个的，山上的有？"

黑狗很不高兴，黑狗说："红薯还能长在山上啦？平川里才有嘛！"

海娃忽然插起嘴来，海娃对小胡子说："咱主家可多哩！在后周庄，就数咱主家的红薯长得好。"——海娃一面瞎编，一面给鬼子说，就像他真是后周庄的放羊娃一样。

小胡子吃完烤红薯，又问海娃。不过这次他没瞪圆眼睛，他只龇着大金牙说："你的，什么的干活？"

这个海娃听懂了，海娃学着他的腔调说："良民的干活，放羊娃的干活。"

"你的，良民证的有？"

海娃说："我才十四岁，哪有良民证（敌占区人民，十六岁或十八岁以上即需领取良民证或居住证）呀！你不信，到后周庄去问好了。"

小胡子可没有工夫去问。他还要进山抢粮哩！他只是说："你的红薯，太君的送礼的！明白的？"

"明白的，明白的！"海娃说，"等你回转来的时候，给你送上两筐子。"海娃一面说，一面张开两臂，比了个大筐的模样。

小胡子大笑起来。小胡子拍着海娃的脑瓜说："良民的！皇军的良民的！开路开路的！"

海娃松了口大气，赶忙给小胡子鞠个躬，赶着羊走了。

三　海娃的羊

海娃一面走，一面响着羊鞭："啪！啪！"一声紧跟着一声，像响鞭炮一样，海娃恨不得飞跑起来。可是他没敢跑，他只是一步紧似一步。

忽然间，那个歪嘴黑狗追上来了："站住！站住！"

海娃回头看看：歪嘴黑狗后面跟着十几个人，他们一哄赶上来，把羊群截住。

海娃着了慌了。海娃说："你们干啥呀？"

"干啥?"那黑狗挤着眼睛，用歪嘴巴笑了一笑，"皇军还没吃晚饭哩！这些羊，够咱吃几顿啦！"他一把夺过羊鞭，就没头没脑地朝羊群甩起来，把它们赶回沟里。

"这是主家的羊呀！"海娃叫起来了，海娃抱住歪嘴黑狗的手，"没了羊，我可活不成啦！"

黑狗们可不搭理这个：放羊娃活不成，和他们有啥相关的？黑狗们反而乐的嘴都笑歪了：

"哈哈哈哈！"黑狗们一面笑，一面用皮带抽着绵羊。

"老总，饶了我吧！"海娃哭起来了，海娃抓住羊鞭不放，海娃全身都挂到歪嘴黑狗的胳膊上去了。

"滚你妈的蛋！"歪嘴黑狗把海娃摔到路边，比着手里的枪说，"别惹动老子火头，一枪把你毙了！"

黑狗自然没有打枪，他不过是吓唬吓唬罢了。他只朝海娃甩了几鞭，然后把羊子赶上，好像这群羊本来就是他的一样，大模大样地，赶上走了。

海娃躺在地上，放开嗓子大哭起来："我的羊呀！"海娃哭着他的羊子。——羊，丢了羊就够心疼啦！谁知羊尾巴底下，还有一封鸡毛信呢！

一想到鸡毛信，海娃只觉得天也转了，地也转了，海娃也越哭越伤心了！唉，海娃，海娃，你怎么搞的呀？怎么把顶顶重要的信，把送给指挥部的急信丢啦？……要是丢在旁的什么地方也好一点，偏偏是落到鬼子手里！唉，儿童团长把游击队的信，送给打游击队的鬼子了——世界上哪有这样糟糕的事情啊？……

想呀想的，海娃忽然不哭了。海娃忽然爬起来，远远地跟在鬼子后面。

海娃一面跟，一面看着脚跟前的乱石子。海娃想：要是鸡毛信掉到地上，那就好了。只消悄悄拾起它来，悄悄放到袋里，然后悄悄一转身——就可以送到三王村去了。

可是，地上没有鸡毛信。鸡毛信不会自己掉下来。海娃还记得，刚才他绑信的时候，分明打了两个死结，最后又牢牢地加上一个死结。鸡毛信怎么会自己掉下来呢？海娃白白跟了许多路。

可是海娃还是跟着。海娃舍不得鸡毛信呀！

跟呀跟的，那歪嘴黑狗又吼叫起来了，他回过头来吼着说："哈，你这狼吃的（山西迷信风俗，小孩死后扔在山野，让狼吃，可早投胎。"狼吃的"即短命鬼之意。）跑烂鞋（"跑烂鞋"，对放羊娃的贱称），还不滚回去？再不滚开，连你也宰来吃啦！"

另外一个黑狗却笑着说："让他跟着吧，怪可怜的。回头叫太君赏他吃块羊骨头！"

说得黑狗们大笑起来："哈哈哈哈！"鬼子们也跟着笑起来："哈哈哈哈"——原来他们拿海娃寻开心哩！

海娃气得眼睛都红了。海娃心里一气，再顾不上什么死活，忽然把手指插到嘴里，"嘘！"响响地打了个呼啸，跟着又"嘘——"，响了声长长的呼啸。

羊子听到呼啸，就满地里乱跑乱蹦起来，不听黑狗的话了。黑狗从左面甩一鞭，羊子便往右边窜，黑狗从右面甩一鞭，羊子便往左边窜，黑狗从后面狠狠地甩了几鞭，羊子索性往两旁蹦开，扭转回头朝海娃跑过来。

海娃也扭转头，一面打着呼啸，一面朝着川口外面跑。

羊群跟着海娃跑；黑狗追着羊群跑。忽然间，黑狗们不追羊子了，他们却撒开腿追赶海娃。

海娃自然跑不过他们，他们的腿可长哩。海娃叫歪嘴黑狗抓住了。

他美美揍了海娃几拳头，才歪起嘴巴说："走，给老子赶羊去！"

旁的黑狗立刻乐起来，都说："对啊！对啊！刚才为啥不叫他跟上走呢？没来由累得满头大汗。"

海娃心头"扑通"跳了一下，说不出是害怕还是高兴。海娃想："这会子有办法。"嘴里却假意说：

"不，我不去！"

其实他心里才想去呢。所以，等黑狗又打了他几个耳光，海娃就装出顺溜溜的样子，把羊吆上，跟着鬼子进山了。

那个带着大洋刀的小胡子，又龇出大金牙，对海娃说："你的——太君的带路，明白的？"

海娃说："明白的。"凭良心说，海娃一点也不明白，他根本就没有听小胡子说的话。他自己在心里盘算：

"马上要到山顶啦，天也黑下来啦！只消瞅个空子，悄悄把信解下来，然后再瞅个空子，往山旁边的梢林里一钻——哈，那时候，看鬼子上哪里找我吧！"

想呀想的，就到了一座小山庄跟前。鬼子的队伍停了下来，海娃和羊群也停了下来。

小山庄有六七户人家，大门全上了锁。鬼子们也不坐下歇歇，就哄到人家跟前，把门全捣开了，好像回到自己家里一样，捣开门便闯进去，乱搜乱翻起来。

可是人家都是空空的：房里没有老百姓，灶上没有铁锅，炕上没有席子，屋角没有米缸……原来老百姓早把粮食家具藏起，躲到山沟去了。只有打谷场上，堆着好些干草和柴枝。

于是鬼子们跑到场上，把干草点着了。然后又把窗户门扇拆下来，扔到火里。大火忽刺刺地烧起来，把山头照得通红。

不多会，西面山头也燃起一堆大火。南面山头也燃起一堆大火。鬼子们看见远处的火光，就呜噜噜地吼叫起来，他们把手扬得高高的，朝着远处的火光吼叫："呜——啊——呜噜呜噜——"

真怪气，远处的火光，也跟着吼叫了："呜——啊——呜噜呜噜——"西面这样答应，南面也这样答应。

于是，鬼子高兴起来。鬼子们乐得乱蹦乱跳，一面蹦一面呜噜噜乱吼，好像对山那边说："你们也到了吗？好极啦，好极啦！我们也到了这里啦！放心睡觉吧，明天再去抢粮吧！"他们乐得连海娃也忘记了，把他扔在一边不管。

海娃想：现在好下手了。海娃这么一想，就跳到老绵羊身边，悄悄把它抱住——

刚刚把"头羊"抱住，小胡子就吼骂起来："八个雅鹿！"

海娃吓了一跳，回过头去看看。小胡子又骂了："八个雅鹿！"却不是冲着海娃骂。他跺着脚骂着鬼子兵："米稀米稀！"

原来小胡子要吃东西哩！黑狗们和鬼子兵听说"米稀米稀"，就不吼叫了，也不乱蹦乱跳了。他们朝羊群跑过来。

海娃把老绵羊松开，眼睛直愣愣地盯住鬼子。

鬼子却不看海娃一眼。他们跑过来，这个用手提起羊子的后腿，那个用皮带拴住羊的脖子，有的干脆一刀——羊脑袋就给劈成两半，血淋淋地滚到地上了。

那个歪嘴黑狗，跑过来瞅了瞅，就一把扭住老绵羊的长角。

海娃忽然浑身打战起来。海娃简直要叫出来了："哎呀，我的鸡毛信呀！这回可真完了，一定叫鬼子看到了！"——自然喽，海娃嘴里没敢这样叫，他嘴里只"哎呀呀"地叫着，像害了寒病一样地叫着。牙齿冷得老在打架。

歪嘴黑狗却热得满头大汗。他扭住老绵羊的角，老绵羊便挺直前腿，使劲往头里抵抗，四条腿一动不动的，就像钉死在地上一样。黑狗这边拖，拖不动；那边扭，扭不动。弄得鬼子们哈哈大笑起来。

歪嘴黑狗红着脸说："笑啥呀？这只羊，准有三十斤净肉，比你们死三只还强哩！——喂，伙计们，过来帮帮忙。狗日的劲大极啦，我拖不动。"

可是没有人帮他的忙。他们反而寻他开心，他们笑着说："那样老的羊，咱们不吃。留给你做妈妈吧！"

海娃忽然不颤了。海娃忽然插嘴说："伏天还能吃老羯羊啦！又膻又瘦的，有啥吃头！"

歪嘴黑狗瞪了海娃两眼，心里没好气的，就狠狠地踢了老绵羊一脚，对海娃说："留给你做妈妈吧！他拿海娃开了开心，就松了两手，追赶旁的小羊羔去了。

这回海娃没有生气，海娃只透了一口大气："你要寻开心，就尽管寻开心吧！"海娃想，"我犯不着惹你们。反正羊是没指望了。拿上鸡毛信，我就要连夜逃掉啦！"

打谷场上，鬼子们在火光里可忙哩：这个拿刺刀剥羊皮，那个拿洋刀开羊肚；羊脑袋血淋淋的，遍地打滚；肠肺心肝这里一堆，那里一堆——海娃身边，现在只剩下二十来只老羯羊了。老羯羊挤在海娃身边，吓得扑簌簌只管打战。

海娃顾不上心疼他的羊了。他摸着老绵羊的毛，悄悄地掀起它的大尾巴。海娃掀起大尾巴，就看见：鸡毛信照样吊在屁股蛋上。"我的妈妈呀！"海娃在心里叫起来，"你还在这里啊！"

正想把信解开，那个讨厌的歪嘴黑狗又跑过来了。歪嘴黑狗问海娃："水井在哪里？"

海娃松开两手，假意摸着老绵羊的绒毛。他说："这里哪有水井？要是有水吃，老百姓就不搬走啦！"

其实，海娃知道庄后有水井，不过他不高兴说罢了！黑狗叫他找锅，也没找到。海娃想：没水没锅的，看你们这班强盗咋吃法！

谁知鬼子比狗还馋，他们把血淋淋的羊肉，连蹄带骨割下来，扔到火里，就这样烧来吃了。

羊肉在火里吱吱叫着，冒出一股股焦膻气，熏得叫人作呕。海娃听着吱吱的声音，心头直扭得发疼。——哎，我的羊呀，我把你们养大了，我守着你们长大了，我好容易盼到你们成群了。谁知今天晚上，全叫鬼子杀啦，当着我熏来吃啦！……杀千刀的鬼子啊，牲口变的鬼子啊，你们真是一群狼，把血淋淋的羊逮着吃了！

可不是，鬼子就和野狼一样啃着血淋淋的羊腿子，吃得又甜又香，嘴上满粘着一圈羊油。

歪嘴黑狗一面啃，一面对海娃说："喂，跑烂鞋的，过来吃块骨头吧！。

海娃的心又疼起来了，海娃嘟着嘴说："我不吃！"海娃扭过头去，自个儿和老绵羊待在一边。

"不吃？——不吃也给老子滚过来。别叫你这兔崽子溜掉了。"

没办法。海娃只好跑到场上，守着他们吃饱了。鬼子们吃饱了不算，还把剩下的熏肉拴在皮带上。然后摸摸肚皮，到庄里睡觉去了。

四 山庄的夜

只有歪嘴黑狗还不去睡。他抹了抹油嘴，就对海娃说：

"把羊赶到圈里去！"

庄后有一处破羊圈。海娃把羊赶进圈里，用石块抵住圈门。跟手又抱一捆干草，铺在圈门旁边。

"你干啥呀？"黑狗奇怪起来。

"睡觉嘛！"海娃说，又蹲下去把草铺平。

"到房里睡去！"

海娃着急了。海娃说："那——那羊谁照看呀？山里狼可多哩！"

"那，那——"黑狗学着海娃的话，忽然生气起来，"你这兔崽子，别跟老子耍花头！嘿，还想跑哩？走！"他一把抓住海娃的脖子，就提到庄里去了。

黑狗把海娃抓进房子，又把海娃摔到角落里。

地上铺满了干草。鬼子和黑狗们，抱着枪，睡在干草上，把海娃挤在尽里头。不多会，鬼子们都呼噜噜地睡着了。只有门边的哨兵，还瞪着眼睛，坐在那里。

海娃睡不着。海娃伤心极了。海娃想："说不定明天鬼子还要杀羊哩！要是今晚跑不掉，鸡毛信可就完蛋了。哎呀，我的信呀！要是你叫鬼子查出来，我再不想活啦！海娃，海娃，你怎么搞的呀！怎么连一封信都不会送呀？……"

想呀想的，海娃就张开眼睛，悄悄往门口看了一眼。

月亮刚刚冒出山头，照在门边，是个下弦月呐。海娃知道：下弦月出来的时候，就是下半夜了。可是门边的哨兵，还是一动也不动地坐着，两条腿八字叉开，挡住。

海娃又闭上眼睛，尖起耳朵听着：隔院的鬼子，呼噜打得喷香。庄后的牲口圈，一股劲"咻嚓咻嚓"地响着——牲口在嚼干草哩！

听呀听的，忽然——"哪一个！"街尽头吼了一声，乖乖，村边还有放哨的哩！

"喂牲口的！"另一个说，于是哨兵不吼叫了。海娃又听到：有脚步声走到牲口圈去。

这真急死人呀，门口有哨兵，村边有哨兵，怎样跑掉啊？

这时候，远处传来一阵子鸡叫："喔喔喔！"

鸡叫头遍了！

过了一会，远处又"喔喔喔！"——传过来第二阵鸡叫。

糟糕，鸡叫二遍了！等到鸡叫三遍，天就亮啦！

海娃躺不住了。海娃忽然坐起来。

海娃坐了起来，就看见：门口的哨兵，身子歪在土墙上，脑袋吊到胸前。手里的枪却横在怀里。——哨兵正打瞌睡哩！

海娃看看身边，鬼子睡得正甜，像羊卧地一样，横七竖八地挤满一地，你的头枕着他的大腿，他的大腿又压住另一个肚子——歪嘴黑狗的胳膊，却横在两颗脑袋当中，刚刚把海娃挡住。

可是海娃站起来了。海娃踮起左脚，用脚尖把歪嘴黑狗的胳膊轻轻拨开，腾出一小块空地。于是海娃把左脚站稳，然后轻轻地踮起右脚，用脚尖把谁的大腿拨了拨，腾出一小块落脚的地方。

可是临到迈第三步的时候，怎的也迈不过去了。小胡子直挺挺的，巴叉着四手四脚，在跟前尽呼噜噜地打鼾哩！

海娃看看门外，天边已经发白，海娃看看小胡子，小胡子的鼻孔老是张呀合的，一股劲打着呼噜。

于是海娃弯下腰，用指头在脚边捏了些泥土。海娃把泥土捏得细细的，轻轻撒到那撮小胡子上。

小胡子忽然不打呼噜了，他的鼻孔忽然不动了，他忽然把鼻梁紧皱起来。皱呀皱的，就——"呵啾！"美美地打了个喷嚏，接着又——"呵啾！"打了个响响的喷嚏，打得他浑身都动起来了。

"糟糕！"海娃想，"这下子可把他闹醒了！"

可是小胡子没有醒，他只是把手放到鼻子上，来回揉了两下，然后翻过身去，又呼噜噜地睡死了，刚刚给海娃让出一条路。

海娃松了一口大气，心头好像卸掉一块大石头一样，浑身忽然轻快起来。海娃轻轻一跳，从小胡子的肚皮上跳过去，跟着又轻轻一跳，闪到大门旁边。

哨兵还是把头睡到胸前，理都不理海娃一下。

海娃自然也犯不着去理他。海娃悄悄地迈过他的大腿，闪到村边的路上。

"哪一个！"街那头的哨兵吼起来。

"喂牲口的！"海娃说，声音又粗又重，连海娃自己都奇怪起来了：我哪来的这个嗓子呀！

真走运，哨兵只问了一声，就不吭气了。海娃大模大样地走进牲口圈，好像他真个是喂牲口的一样。

自然，海娃没有真的去喂牲口。他走进了牲口圈，便跳过一堵破土墙，从村外绕到羊圈跟前。

羊子见了海娃，便咩咩地叫起来，用冰凉的鼻子碰着海娃的手。——原来到了出圈的时候啦，羊子饿得待不住啦！

可是海娃顾不上羊子了，海娃只顾得抱住老绵羊，抱住那只挂着铃铛的"头羊"，把尾巴底下的鸡毛信解下来。

铃当"叮叮"地响着，怪凄凉的！唉！羊啊，羊啊！我养你六年了，我守着你们六年了！可是今天，咳，我顾不上你们啦！——海娃心里一阵疼，就听见鸡叫三遍了。插在房顶的太阳旗，刚才还是灰蒙蒙一片，现在已经慢慢地，显出一块黑疙瘩来了。

海娃把心一横，就把鸡毛信装到口袋里。海娃抽了抽裤子，撒开两腿便跑，一口气跑到庄后的山梁上。

五　小白旗

山梁上的岔路口，有一座小山嘴。海娃跑到山嘴旁边，脚步忽然慢了下来——海娃听见有人在前面吼叫。

海娃歪起耳朵听——听不清楚；海娃眯缝起眼睛看——喝，原来山梁那头，正晃着一面小白旗哩！有一个人拿着小白旗，一时举到头上，一时伸到两旁，朝海娃来回晃着。晃呀晃的，那个人吼叫起来了：

"啊——呜——呜噜呜噜！"腔调和昨晚听到的一色一样，只不过声音小得多罢了。

那一定是个鬼子，是昨晚在西山烧火的鬼子。

可不是，那鬼子忽然不吼叫了，也不晃小白旗了。他朝海娃举起什么来，看势头，准是举起枪来。

打枪，海娃才不怕哩！只消拐到山嘴的岔路上，就可以放心跑掉了。可是海娃没有跑。海娃想：谁知这片山上，到处有多少鬼子呀？一响枪，就不好跑啦！

海娃这么一想，就脱下身上的白小褂。海娃用手展开白小褂，学着鬼子的样子，一时举到头顶，一时伸到旁边，好像晃着一面小白旗。

那鬼子把枪放下，又举起小白旗来。鬼子一面晃，一面呜噜噜地吼叫，好像说："原来是自己人呀！对不起，我还说是八路探子哩！好啦，我知道啦，你放心走吧！"

真想不到，竟然混过去了。海娃一面晃着白小褂，一面转过山嘴子。刚刚转过山嘴子，便没命地飞跑起来。

风在耳边呼呼地响着。公鸡在远处得意地叫着。梢林里的小鸟，也乐得吱喳吱喳地唱着。而海娃的心，这时候比公鸡还要得意，比小鸟还要快乐。——他乐得简直飞起来！他像风一样的飞跑起来！他跑过一道崖畔，跑到深沟底下，又一口气跑到对面山顶上。

海娃到了山顶，就一屁股坐在石头上。原来海娃跑不动了。海娃想：现在用不着死命跑啦，前面就是三王村啦，过了岇就是三王村啦。

"哎呀！"海娃美美地松了一口气，"我的信啊，你把我害得好苦啊！这回可把你送到了。"

其实，海娃心里一点也不苦，他简直要高兴死了。他高兴得汗都来不及擦一擦，就一面喘着气，一面把手插到口袋里。他恨不得把信放到嘴上，狠狠地亲它两亲，像亲他的小羊羔一样地亲两亲哩！

可是忽然间，海娃浑身打战起来——信呢？我的信呢？

海娃又摸了摸口袋，没有；海娃站起来看，没有；海娃脱下白小褂来找，没有；海娃把身边的石头缝都找遍了，还是没有。鸡毛信怎的也找不到啦！

海娃冷得嘴唇发青了。海娃简直和害了寒病一样；站都站不稳了。唉，海娃，你怎的这样倒霉啊？你到底把信掉在哪里啊？

可是海娃记得清清楚楚：他分明把信放到口袋里嘛！口袋好好的。没有半个窟窿，信怎么会掉了呢！

海娃想不起是怎样丢掉的，海娃再没功夫去想了。他顺着原路下山，一面走一面低着脑袋，眼睛老盯在路上。

海娃找到沟底下，没找到；海娃找到崖畔，没找到；眼看着快到大山梁上了，可是连根鸡毛影子也没有，哪里有什么鸡毛信？

海娃伤心透了，伤得头都抬不起来了。海娃想：要是找不到信，我再不想活啦！——海娃这么一想，也不管死呀活的。一口气爬上大山梁，爬到小山嘴旁边。

海娃爬到小山嘴旁边，忽然大吃一惊，差点没有叫出来：那，那不是鸡毛信？

一点不错，在山嘴边的岔路口，海娃刚才晃白小褂的地方，好好地躺着一封鸡毛信。太阳射在鸡毛上，闪着金子一样的光彩。

海娃简直气都透不转了，海娃好像看见了金子一样，两步抢上岔路口，一头扑到信上。

海娃抓住鸡毛信，简直高兴死了，高兴得腰杆也挺直了，脑袋也抬起来了。海娃抬起脑袋，忽然又大吃一惊：小山庄的打谷场上，黑压压地站满了人，一排排的刺刀，在人头上忽闪闪价摇晃。——鬼子正集合哩！

六　又叫逮住了

海娃赶忙蹲下来，把信装到袋里。刚想回头跑哩，忽然背后有人喊叫。

海娃猛一回头，就看见：歪嘴黑狗从山梁那头跑过来。他已经看见海娃了，他一面跑，一面歪着嘴说："好狗日的兔崽子，你开小差！老子宰了你！"

海娃跑不及了，歪嘴黑狗已经到跟前。海娃只来得及说："谁开小差呀？我找羊去的。"海娃这么一说，就顺溜溜地站在那里，好像他从来没有想过逃跑这回事。

黑狗却不买账，他狠狠地揍了海娃一枪托，黑狗喘呼呼地说："你找啥羊啊！谁叫你找羊啊！你到这儿找什么羊啊！"他吼一句，揍一下，揍得海娃站不住了。海娃弓着腰说："找我的羊嘛！我到羊圈去，圈门叫撞倒啦，短了两只羊。……"

"为什么不给我说！为什么自己跑出来！"

"那时候，你们还睡得好好的，我怕羊跑远了，就没敢叫醒老总，自己出来啦！"

"胡说！"黑狗又吼叫起来，"羊在哪里啊？你，你分明想开小差！"吼呀吼的，又是一顿枪托，好像海娃是木头做的一样，全不管人疼得慌。

海娃自然不是木头做的，海娃疼得哭起来了，海娃说："我为啥开小差啊？开小差我为啥还回来啊！你把我打死好啦！你打死我也不回去啦！……主家的羊，杀的杀啦，跑的跑啦！——我找遍山梁，找遍山沟，哪都没有找到……没啦羊，主家再不要我啦！我回去干啥？你把我打死好啦！……"

海娃一面说，一面哭，越哭越伤心，索性坐到地上大哭起来。他用手蒙住脸，伏在肚子上哭，手肘死死地压在口袋上，把鸡毛信压得紧紧的，生怕它掉了出来。海娃在心里说："我的鸡毛信啊，可不敢露出来啊！要是叫黑狗看到，那就糟糕了！"

走运的是，黑狗并没有搜他的口袋。海娃把黑狗哭糊涂了。鬼子马上要出发，还没带路的哩！黑狗抓住海娃的脖子，把他提起来说：

"别耍死狗啦！赶快走，给'太君'带路去！再哭就崩了你！"

海娃本来就不想哭。所以走呀走的，就不哭了。海娃只是假意说：

"老总，给'太君'说个情，留下我当兵吧，我不敢回去。"

黑狗哼着鼻子说："要你吃饭啊！这毛孩兔崽子，枪杆子压都压死你喽！"

海娃又哭丧着脸，跟他胡缠起来。海娃说："好老总，救救我吧，求你给我主家说，别把我撵啦！……"

黑狗可没心管这些闲事。他把海娃抓到村边，抓到羊圈跟前。

这时候，村里又跑出来几个黑狗，他们见了海娃，就说："呵哈，你怎么找到的呀？这兔崽子逃到那里去啦？"

歪嘴黑狗正想说话，打谷场上又"嘟嘟嘟……"响起一阵哨子。原来是催他们集合哩。黑狗们赶忙背上枪，往场上跑去了。他们一面跑一面说："集合啦！紧急集合啦！"

歪嘴黑狗也要集合了，他歪着嘴对海娃说："快把羊赶上！一再胡跑，崩了你这兔崽子！"

现在，羊圈跟前只有海娃一个人。跑，眼前没法逃啦，先把这命根藏起再说。

他赶紧掏出鸡毛信，绑到老绵羊的尾巴底下。然后顺溜溜地，把羊吆到场上。

打谷场上，队伍齐展展地排着，刺刀笔挺。一个个都瞪直眼珠，瞅着海娃。歪嘴黑狗直挺挺的，站在小胡子面前，像根电线杆子。小胡子巴叉着两腿，手按大洋刀，冲着歪嘴黑狗叽里咕噜乱嚷。海娃走到场上，小胡子忽然不嚷了，他忽然扭转脖子，瞪直眼睛，朝海娃上下打量。

多怕人啊！海娃气也不敢透了。嘿，又要挨揍啦！海娃不由得摸摸屁股，屁股还是疼的。

小胡子没揍他。小胡子打量一阵子，就："搜！"大洋刀在太阳里，又忽闪忽闪起来。

歪嘴黑狗从海娃身上搜了一阵子，自然什么也搜不出来。于是他又转到小胡子跟前，打了一个立正，说："良民的，小偷的干活没有。"

小胡子把洋刀插回鞘里，队伍就出发了。十几个黑狗在头里走，大队伍远远跟在后面：海娃赶着羊，夹在队伍中间，前面是二十几个鬼子，后面是一溜空驮子。

真见鬼，鬼子也是朝着三王峁走呢！"碰上张连长的队伍就好了，"海娃在心里念叨起来，"张连长，张连长，你可要狠狠地打呀！要不，这封信就完蛋了。"

小胡子可讨厌得很，老在身边缠着海娃，不让他好好想下去。他一时指指这座山头，一时问问那条山路，要吗就："快快开路，快快开路！"老催着海娃鞭打羊群。

而羊群子偏偏在这时候拉屎了：羊子一面走，一面翘起大尾巴，羊粪便像黑豆一样，扑簌簌地滚出来，撒满一地。

海娃着急了，海娃在心里说：老绵羊呀，你可不敢捣蛋啊！你一拉屎，可就糟糕啦……

老绵羊一点也不知道海娃的心事，它偏偏也要拉屎了：油乎乎的尾巴摇呀晃的，看着就要掀起来了，鸡毛信马上就要露出来了……

海娃赶紧拾起一块土疙瘩——"铎！"嘴里这么一响，土疙瘩就从手里飞出去。不歪不斜，刚刚打在大尾巴上，炸开一朵黄土花。老绵羊大吃一惊，突然蹦起后腿，夹着尾巴跑起来。

海娃还不放心，跟手往半空甩了一鞭——"啪！"震得山谷都响了，赶得羊群扑刺刺的，一股劲往前飞跑。

小胡子看得乐起来了。小胡子笑着喝彩："大大的好！快快的！"于是海娃一时扔扔土疙瘩，一时响响羊鞭，一点也不心疼它的样子。可怜那只老绵羊，只顾得把尾巴卷到肚皮底下，一口气翻过大山。

七 三王峁

过了大山，羊鞭忽然响得不起劲了，羊群忽然慢起来——队伍走到三王峁跟前。

阳坡上有一条小路，从沟底爬到岭上。那是一条不大走人的小路，满是乱藤和野草。小路边还有好些羊道，盘绕在梢林和岩石中间。

海娃眯缝起眼睛，便看见：山上也有一棵小树。那是三王村的消息树。鬼子刚刚下沟，消息树便悄悄放倒了。不消说张连长的队伍已经发现鬼子啦！

鬼子一点也不知道，在沟里休息起来。小胡子坐在地上抽烟，鬼子兵嚼着吃剩的熏羊肉。黑狗们不抽烟也不吃羊肉，却在头里先走了。他们打小路走上峁去。

海娃不休息，海娃把羊赶到一片草地上，离开鬼子远远的。海娃想：可不敢和鬼子在一起，叫张连长打死了才冤枉呢！

可是峁上没有打枪，老半天也没有打枪。黑狗们上坡了，越上越高，快到半坡了。岭上还是没有打枪。

这才怪呀，怎么不打呢？海娃正在着急，半坡上忽然"轰"的一声，冒起一柱黑烟。原来黑狗们踏到地雷了。地雷的黑烟把黑狗们一股脑儿盖住，不多会，黑烟里钻出几个黑狗，连爬带滚地躲到石岩下。

谁知石岩下也"轰"的一声，接着又"轰轰"几声，震得山沟"呜隆隆"价响。

过了一会，山沟不"呜隆隆"了。黑狗们却"哎呀呀"地叫起来。这一个叫："哎哟，我的妈呀！"那一个叫："哎唷，救命呀！"……他们一面叫，一面在半坡的石岩下打滚。只有歪嘴黑狗跑下来了。他一面拐着腿跑，一面用手摸着脑袋说："哎唷，太君呀，我的脑袋给炸掉啦！"

海娃差点没笑出来——真见鬼，他的脑袋分明好好的，长在自己的脖子上，只不过嘴巴血淋淋的，一直歪到脖子旁边罢了。谁知是炸伤的呢，还是他吓得丢了魂，自己把脑袋碰到石头上？

小胡子顾不上他的脑袋——小胡子连挂彩的黑狗也扔下不管了。他指着小路对海娃说：

"你的——"他说，"前面开路的！皇军的——后面开路的。明白的？"

海娃睁圆了眼睛，嘴巴半天合不拢来。他歪起脑瓜，望望歪嘴黑狗，好像问他："小胡子说什么呀？我听不懂呀！"

歪嘴黑狗正坐在地上，解着裹腿缠脑袋哩。他现在清醒过来了，他的歪嘴在裹腿底下说："太君叫你赶上羊先走，先在头里上山！"

海娃叫起来了："哎呀！"他尖叫着说，"我怕，我怕地雷……我不……"

"八个雅鹿！"小胡子拔出大洋刀，龇着大金牙吼叫，"快快开路的！"

歪嘴黑狗也骂开了："狗娘养的，"他骂着说，"你不先走，叫老子再踩一趟地雷？"……

海娃看看小胡子，小胡子晃着大洋刀；海娃看看周围，周围的枪口对着自己。——不走，这是不行的！海娃叹了一口气，便把羊群赶上山去了。

海娃走到血堆跟前，打尸身上跨过去。挂彩的黑狗躺在血水里，滚来滚去地叫唤："哎哟！"他们对海娃说："我的好兄弟，救命呀！"

看着他们的样子，海娃越发伤心起来：唉，抗日的儿童团长，马上要叫指挥部的地雷炸死了，连送给指挥部的信，也要叫指挥部的地雷炸毁了！海娃，海娃，你怎么那样倒霉呀！……

海娃越想越伤心，越想越走得慢——海娃简直不想走了。

鬼子兵却老在后面催着："快快的！快快开路的！"远远跟着海娃上山。

海娃转过一道石岩，又转过一道石岩，走到一片梢林跟前。羊群忽然不走了，羊群在梢林前，咩咩地叫起来，好像说："我的主人呀，走哪一条路啊？"

梢林里岔着两条路：一条小路，一条羊道。

海娃回头看看：大队伍给石岩挡住了，看不见了。

海娃想：羊道上不会埋地雷的。海娃赶忙岔到一边，把羊吆上小羊道……

羊群进了梢林，不多会又出了梢林。刚刚走出梢林，海娃便听到黑狗在底下吆喝：

"走岔了！"歪嘴黑狗说，"走左边正道！"

海娃放开嗓子说："没岔！我走过的。——近道，放心走吧！"

"能走牲口哦？"

"能行！（"可以"的意思）好得很！"海娃说。他一面说，一面响着羊鞭，好像在平道上走的一样，一时攀上石岩，一时爬上崖畔，一时穿过梢林的乱枝，把鬼子丢得远远的。……

"站住！"底下的黑狗又吼叫起来，"不要走啦，牲口上不去啦！"

海娃顺溜溜地站住了。海娃回头看看：牲口正停在崖畔的石坎边。

海娃拉长嗓子说："不要紧，上了坎就好走啦！平展展的……打一打，使劲拖！"

于是鬼子忙了一阵子：这个用皮带打着马屁股，那个拉直缰绳，把马脖子吊到半空。哼呀嘿的，好容易把牲口拖上崖畔。

可是羊道越来越陡，越来越不好走了。鬼子走一截，停一截，远远地落在后边。

海娃却一步紧似一步，使劲响着羊鞭。羊子也扑剌剌地，在头里往上蹿着，转眼间上到半坡。

这时候，底下又吼叫起来："慢慢的!"小胡子的声音，"慢慢开路的!"

海娃装着没听见。海娃一步紧似一步……

歪嘴黑狗吆喝开了："站住! 站住!"——声音远远的，听起来可怕人得很，"再走就开枪啦!"

海娃没有站住，海娃反而"啪"的又响了一鞭，拼命飞跑起来。

鬼子果然打枪了："啪! ——啾啾!"——子弹飞过天空。"啪卟! 啪卟!"——子弹打身边擦过。

海娃的鞭子也"啪啪"地响着……攀上石岩，拨开乱草，穿过梢林……

羊子比海娃跑得更快：白绒绒的，一时没在绿草中，一时露在青石上。……

"啪卟! 啪卟!"枪声越响越近，越响越密。

海娃跑不动了。海娃倒在乱草里，放开嗓子叫起来："鬼子上来啦!"他没命地朝山上叫着，"打呀，赶快打呀!"

八　海娃挂彩了

崂上突然响起一阵排子枪，跟着又是一阵排子枪。……

海娃听到自己的枪声，两条腿又上劲了。他忽地爬了起来，一头扑上崂去。

海娃扑到崂上，忽然张开两手——"哎哟!"海娃尖叫了一声，就倒在乱草堆里，不吭气了。

这时候，崂上跑过来一个当兵的，一把抱起海娃，又跑回阴坡那边。当兵的一面跑，一面说："就是个放羊娃，挂彩啦，挨了两枪!"

于是又跑过来一个当兵的。他拿的是支盒子枪。拿盒子枪的蹲到海娃身边，忽然叫了起来："这不是海娃吗?"他说，"龙门村的海娃，常给咱送信的。咋搞的呀? 怎叫敌人掳去啦?"

321

海娃睁开眼睛，忽然滚出两颗泪珠。原来他认得出，蹲在身边的正是张连长，指挥部的张连长。——真丢人，见了张连长为啥要哭呀？海娃想擦掉眼泪，可是抬不起手来——伤口疼得不能动了，他只张开口说：

"羊……老绵羊……鸡毛信……"

张连长奇怪起来："什么羊呀？"他一面给海娃扎伤口，一面问，"信在哪里呀？"

海娃说："老绵羊，头羊……信在尾巴下……不，尾巴在信下……不，信在……"海娃越说越糊涂，海娃于是又昏过去了，昏得啥也不知道了。他不知道张连长怎样打走小胡子，也不知道打走以后怎么样。海娃醒来的时候，只觉得自己躺在暖炕上，浑身热得难受极了，热得烧起来了。

原来海娃盖着一床软绵绵的毯子，红嫣嫣的大花绒毯。太阳从窗子射进来，照着大花绒毯，漂亮极了。炕沿堆满了些方盒盒圆罐罐，都是红呀绿的，里面装着香喷喷的饼干糖果。

海娃看着炕沿，张连长笑眯眯的，坐在旁边，轻轻地说：

"好些吗？还疼吗？"

海娃却顾不得疼了，海娃说："这是哪里呀？这是谁的东西呀？"

张连长说："是你的嘛！"

真见鬼，海娃从来没有过这种红呀绿的玩意儿。海娃说："不是我的！"

张连长哈哈大笑起来。张连长一面笑，一面说：

"你忘了吗，昨天你不是送来一封鸡毛信吗？那是你爸爸捎回来的情报，平川里的情报。信上说：炮楼的鬼子都进山抢粮了，前周庄炮楼空空的，只剩下几个黑狗，叫咱派队伍去打炮楼。于是昨天晚上，咱们连夜赶到平川去。咱们在村外打，你爸爸的游击小组在村里打，就把炮楼打开了——没你送信，哪来的这些胜利品？"

于是张连长摸着海娃的脑袋说：

"你真是个小八路，咱们的小英雄！这些东西是指挥部送给你的。"

海娃脸红红。海娃问："缴了枪没有？"

张连长指着墙角说："那不是！"

墙角果然堆着好些快枪，三八式快枪。

海娃高兴起来。海娃说：

"我不要毯子。你送我一支枪吧!"海娃刚想伸出手来，忽然狠狠地哎哟了一声，原来胳膊上的鬼伤口又作怪了。……

一九四五年七月

| 文学史评论 |

华山是一个多才多艺的新闻记者兼作家，创作并写出了许多优秀作品。文学作品有报告文学、通讯、散文、小说、诗歌。

——黄佩华：《走近中国少数民族丛书·壮族》，辽宁民族出版社，2014，第
189页

| 创作评论 |

在抗日战争的烽火中，华山开始了自己辉煌的记者生涯。他把手中的笔视为党和人民交给自己的战斗武器，努力实现"做一个红色宣传鼓动员"的革命理想。

——新华社新闻研究所、中国新闻史学会编《光荣与梦想："新华社80年历程
回顾与思考"学术研讨会文集》，新华出版社，2011，第340页

风砂的城

陈残云

十一月五日

我要开始写日记，桂林仿佛是神往已久的圣地，是西南文化的指挥台，一日来到了，我一定要把它的姿态活活地留下来，我相信我的日记是不落空的。

昨晚刮了一夜风，今朝起来，桌子上和玻璃窗都铺满泥尘。人说，桂林是雾的城，风砂的城，真不错呢。我是生长在南方的海岸边的，看到的是海和青色的草原，这样的风砂还是第一次，但我并不讨厌。

拿了芸大姐的介绍信去拜访冯灵先生。冯先生是一位诗人，他的诗我是读过的，情感很浓，很清新，我喜欢读。据芸大姐说，他是十分热情的，热得叫人爱又叫人恨。这样说，芸大姐自然是因为他有过痛苦，但她不曾说过和他有爱。只说，他是一

作者简介

陈残云（1914—2002）。广东广州人。作家。1936年参加广州艺术家协会，并与温流飞、黄宁婴合编《今日诗歌》；1937年与黄宁婴、芦荻组织诗场社，合编诗刊《诗场》；1938年又与黄、芦合编《中国诗坛》。1940年到广西桂林逸仙中学任教。1944年任桂林文化界抗敌工作协会队长。1947年在香港香岛中学教书，后任香港南国影业公司编导室主任。1950年任华南文学艺术学院秘书长。1954年起，任中国作协广东分会副主席，先后兼任土改队长、区委书记、县委副书记、中国人民对外友好协会广东分会副会长等职。著有诗集《铁蹄下的歌手》，散文集《珠江岸边》，长篇小说《香飘四季》，中篇小说《风砂的城》《南洋伯还乡》《山村的早晨》《喜讯》，短篇小说集《小团圆》，粤剧《粤海忠魂》（与人合作），电影文学剧本《珠江泪》《羊城暗哨》《并肩前进》《南海潮》《故乡情》等。

作品信息

原载于1946年《文艺生活》（桂林）光复版第1期。

个忠实的工作者，又是一个忠实的好人。

下午三时二十分，会见了冯先生。他对我们，似乎很冷淡，和他的诗简直是个对比，同样，他的相貌也并不如他的诗可爱，我有点失望。但忽然一想，我为什么要失望，诗是他的，相貌也是他的，与我何干？

由于他的沉默，我没有说话，举头看见壁间的普式庚的挂像，我立刻拿来作话柄，我问：

"普式庚的诗怎么样，冯先生？"

"普式庚是个傻瓜！"他并不照着我的话回答，"阴谋家布下的陷阱，他全不知道，他要决斗！"

"为什么决斗？"我问。

"为了爱人。"他说得很情感。但我不再追问了。

他也不继续和我谈诗，他换了题目谈政治。他对国内的政治逆流并不悲观，但却有很多感慨。之后，他问我近来读什么书，我说，正读着《我是劳动人的儿子》。他沉思着，带着轻微的笑意，是在嘉许我吧，我想，我还读哲学和通俗的经济学呢，但不好意思多说了。他一直沉默着，从那铁青色的瘦削的脸型和忧郁性的眼睛中，我联想到他内心的感受。

我走了，他送我出了学校门前，学生们都睁着眼睛，望着他和我，我不知道学生们在想什么。

回到房子中，我不禁责备自己的天真和幼稚，对冯先生，为什么会有前后不同的感觉？

十一月六日

计算开会的日期还有一周，还可以轻松地玩个痛快。其实即使是开会吧，也不会是太认真的，我向来就不高兴参加妇女们的会，但又不能不参加，既受了委托，倒不能不硬着头皮准备去听太太们的"训导"。

梁主任派人送信来，约定下午五时到"美丽川菜馆"吃晚饭，梁主任过去是我们的上司，有约自然是要赴的，不然，在情面上说不过去。

我以为被梁主任邀请的人很多，原来只是我一个，早知道，我是推病不来了，孤单的两个人，有什么话好谈？然而梁主任倒是个健谈的人，什么话都扯，我一坐下，他就絮絮不休地说这个那个；说到政治，说到中国的局势，他和冯灵先生都有差不多的见解，或者说，他对问题的分析比冯灵先生还要透彻。原来梁主任倒不是个市侩式的官僚呢，我想。其实对他的一切，向来都有些模糊，也许是因为少接近。

梁主任特别关怀我的病和生活，对我的住处，还三番四次地提及，说是住得不舒服，就搬到他家里去，我只有诚心的感谢，像我这类献身祖国的工作者，在前线是茅厕和牛栏都一样住的，来到热闹的桂林，哪敢说是不舒服？而且我自问并不会为住得舒服不舒服的问题着意的。要舒服，我难道不会在家里过些安闲的日子吗？因之对梁主任的好意，我始终推却。

我是不会喝酒的，又有心脏病，但梁主任一定要我喝，不好太却意，喝了杯葡萄酒，只是一杯，脸颊就有些发热了，要再多喝两杯呢，真怕是飘飘然了。慢慢地，梁主任的眼珠也像发烧似的，亮晶晶地盯住我，我真怕他喝醉了，像疯汉似的缠住我，但他到底还没有醉，只是有些醉意地发几句牢骚：

"我自己还是个青年，但我讨厌青年人说漂亮话，他们不喜欢做官，又咒骂别人做官，其实做官的人难道就不懂得进步，就都是蛆虫么？江瑶，你说！"

我没有说，我只点点头，自然我是不会把梁主任看作蛆虫的一类的，虽然我同样是憎恶那些摇摇荡荡空谈抗战的官僚。

怕梁主任有太多牢骚话，我说要走了。梁主任同意，于是送我回寓所。临别，他紧紧地握着我的手，握了有三分钟那么久还不放，我有些奇怪，梁主任到底在想什么？

有着初冬的寒意，淡淡的月色从窗外透进来，我睡不着，感觉似乎是分外灵敏的，我想起一些什乱的记忆，想起了慈母似的芸大姐。很想爬起床，写信给她告诉我对冯灵先生的印象，但只是想想而已。

十一月十日

停了三天不写日记了，我真不想宽恕自己的懒。

昨晚梁主任请我看苏联的影片，《夜莺曲》，我很爱那样和谐的电影，很爱那支优美的歌曲。但我得到一个可怕的教训，梁主任的心似乎是不在看戏的，他为什么常常牵住我的手指！我真不愿意别人给我太多的恩惠，我只想利用这安静的环境多读点书。

接芸大姐的信，并附有冯灵先生的信，是托我转达的。正午，又去拜访冯先生。

冯先生正埋头替学生改日记，看见我来就放下笔，招待得特别殷勤，和前一次落落寡欢的样子，全不同了，我的心情分外轻松，谈话也减少拘谨了。我是喜欢听文坛的消息和作家们的逸事之类的，冯先生给我说了一大套，他是作家群中之一，自然清楚的哩。后来我又打趣地说：

"我想学写些散文，给你改好么？"

"改文章是要手续费的，你知道么？"说着，他笑起来，原来他并不是板脸孔的，我仿佛又有一些愉快的感觉。

"向学生们剥削，好意思吗？"我也用对谑的口吻。

"不剥削学生剥削谁？我们这些没有枪杆，又不懂得发国难财的人！"他照样是开玩笑。

就这样地谈了点多钟，我辞退了，他叫我留下地址，打算有时间就来看我。我有点迟疑，我的地址是青年团，写出来，是否影响他对我的观感？我知道一般人对于党部和青年团的人物，都有些"敬而远之"的态度的，他自然不会例外，但又不能不写。结果，我写了之后又加一个注脚："是住在朋友处的"，他似乎毫不疑惑。

由于这些问题，我实在有着难言的痛苦，我自问是纯洁的，别人要怀疑我吗？我只有哑哑无言。

晚上，复芸大姐的信，我告诉她我的心绪很好，两个月后，我想是可以会到战地来的，心脏病似乎不严重了，希望同志们不必对我过分担虑。

芸大姐对我太好了，不断地安慰我、鼓舞我。熄了电灯，一闭上眼睛，仿佛又看见芸大姐走到我床前。

十一月十三日

下午二时半，参加妇女会的开会，某夫人的一套搬弄名词的报告，听得大家都头痛，其余各方面的报告，统计起来就有两个钟头。我的报告是简略的，我想来来去去都是那么一大套，是叫人打瞌睡的。这样的会，与其说是工作，不如说是增加麻烦。

晚上梁主任又来约去"大华"喝咖啡，我坚决地谢绝了，我真怕梁主任对于我的病毫无好处，虽然他时刻都表示关切，甚至愿送我进医院。其实我是了解我的病源的，只要精神好、心情好，是不用治疗的。

十一月十五日

清晨起来，看了十八页《静静的顿河》又看不下去。接冯灵先生的信，只是短短的几个字，约我下午六时在省立图书馆相候，有话要谈。冯先生会和我谈些什么话？我猜不出，也不愿意猜，我只感到冯先生对于我好像有一些不可抗拒的力。

五时五十分我到图书馆，冯先生还没有来，六时十分还不来，我的心急得发跳，我想作家们是不是要这样摆架子的呢，我有点恨，想马上回去。但一想：何必焦躁？又平心静气地等下去。直至六时十二分，他施施然地来了，而我装着不知道，故意不招呼他。他也故意不招呼我，半晌，他才轻轻地向我道歉，我的隐在心坎中的无名的怨气，算是消了，我们一同到公园去。

在阴暗的小道上，他长久地静默着，我想到自己，实在还有浓厚的旧女儿气，为什么情感会这样脆弱？一丝不如意事就难过哎！我真想撕碎我那脆弱的情感与灵魂。我怕冯先生同样会对我发气，因而我一样是缄默着。

"这样黑暗的夜晚，你怕吗？"最后，还是他说话。

"为什么你会说出这样的话？"我追问着，我实在不明白他说这话的意思。

"这不是很明白吗？在官僚主义、法西斯主义者的手里，中国人民是一天天被赶向黑暗的深坑的，我们正被驱向黑暗的道路。"接着，他又解释着今天这个表面抗战，而其实是不准抗战，甚或是投降的局面。我承认他的说法，但和黑暗对抗的一面同样是存在的，不仅是存在，而且是不断地扩张和发展，这样一个矛盾的现象，我是晓得的。他一停嘴，我就插进我的意见。

"是的，这就是希望和失望，悲观与乐观的两个对照！"他不仅转述了，并且加强了我的意见。从这样的语气和态度上，我对他诚然有了深一重的敬爱，然而因此我又惭愧自己太幼稚。真的，在他的跟前我应该是一个虚心的学生、一个不懂事的孩子呢。

风沙沙地吹着头顶的树叶，有些冷。独秀峰下一盏孤零零的电灯，发出寂寞的光，不时有些不知是人是鬼的黑影闪过。

"你怕吗？"忽然，他捏着我的手轻轻地问。

"不——"我答，我发觉他的手是冰冷的。我想问："你冷吧？"然而问不出口，我的心像在发烧。

走到公园的尽头，又从青年会的旁边，穿出郊外去，在这样寥落的冬初的夜晚，郊外的荒山与田野，特别显出荒凉和死静，我们都长久地哑默着，除了我们的轻微的脚步声之外，一切音响都听不到。

"你在想什么？"我想打破他的沉默。

"什么都不想。"他冷冷回答。

"那么，为什么不说话？"

"我不是带有任何任务的说教者——"

唉！真是诗人的脾气，难道每一句说话都该带有说教的意味么？我想这样回驳他，又怕自己太放肆，据说，一个说话太多的人，是不够自尊的。

夜已深了，在回家的路上，他淡淡地问我一句：

"你愿意接近我吗？"

"要不愿意，我就不会守你的约了。"我答。

十一月十六日

昨夜有半夜失眠，原来失眠是人生一件痛苦的事，但这一回，似乎很有味道。失眠的人是最聪明和最敏感的，我将回答冯先生的话，细细地回思一遍，倒有几分满意，我虽然蠢笨，却不会对他的问话无所适从，我想，再一次会见，他该和我说些什么？

早晨，梁主任使人送我一盒日本的胃药，我想我的病又不是胃病，干吗送我胃药？

下午，到乐群社看书展，在人堆中，看见冯先生和个女人，他碰了我，只微微地点头，不说话。假如连头也不点，不是更干脆么？我真怨恨自己为什么要出门。

十一月二十日

一星期来的阴暗，已经晴朗了，大清早，太阳就从窗外射进来，好和暖的天气呀。

心脏不再发涨了，心绪分外地爽快。十一时半，去找冯灵先生借几本新近的刊物。昨天在街上，他告诉我从香港上海寄来不少东西，值得一看的，叫我去拿，并且说，他希望我陪他到郊外散散步。

走到他房间，他不在，桌子上留下一张小纸条"贵客惠临请稍候"，哈哈，这分明是留给我看的，但为什么要称"贵客"？难道真的客气起来哩。

坐着无聊，我翻了翻他的诗稿，是乱七八糟的，其中有一篇是《风砂之夜》，是写那一个昏黑的夜晚的，他将我比作"风砂中的小燕"，并且他担心我会在"风砂中折了翅膀"。其实，这都是太近于诗人的想象，我虽然弱，难道连一点风砂都经不起么？老实说，这两年来，我已经给炮火洗练得差不多了。

冯先生带着轻快的脸容回来，我依旧像一个顽皮的小孩，翻他的诗不睬他。我想他会对我有些轻微的责备，我故意让他责备的。但他一样不睬我，坐在我的对面默默地抽烟。这景况，在别人看来，我们已经是半点拘束都没有的朋友了，而他留给我的纸条却那么客气，真是——我一切都猜不透他。很久，不，大约是十分钟吧，还是我开口说话：

"我读了你的《风砂之夜》。"

"我原来预算你是第一个读者。"他笑着回答。

"然而诗中的人物是你想出来的，她也许并不如你的想象那么可爱、那么可怕！"

"是的，可爱的和可怕都是我想出来的，我并不执拗我的想象全部对，但你想，应该怎么修改？"

"我又不是大诗人——"

"是智慧的读者呀。"

我没有话说了，我真觉得我懂的事情太少，和他谈话常常是伤脑筋的，真想什么都不谈。不过实际上，这也是一种学习，又不是国际上的谈判，说错了就拉倒，何况我是以学生自居呢。想着，又加强了勇气，我不应该在任何人面前胆怯啊！

接着，拉拉什什地说了一顿，他要我到观音山旅行，其实所谓旅行，就是散步，观音山不过是离七星岩三里路哩，不慢慢走，一下子就走完了。

今天冯先生穿得特别整齐，似乎是不大爱结领带的，今天也结起来，而且是捡了一条草绿色的领带，草绿色是春天的景象，是他的心情有着春天的迹象么？阳光温柔地洒着大地，一切都像带有静柔的愉快的景色，从他的脸容到我的内心的感应。

是他太兴奋吧，他絮絮不绝地告诉我很多事，他的家庭环境、他的经历、他学习文艺的过程。对于历史，他说是相当深爱的。他说罗马帝国的灭亡，说拿破仑的英雄没路，说法兰西人民的革命传统，说秦始皇的一派一系的独裁政治，说汉高祖的戮忠臣，说宋朝的败亡⋯⋯每一段事实都说得很精辟，都含有警惕性和深度的"教育"意义。我领会他对我说这番话的用意。我感谢他。

"你想中国的前途会怎么样？"之后他问我。

"是自由独立的新中国！"我说。

"这是抽象的说法，人民怎么掌握自己的力量，怎么建设独立自由的新国家，这是实际的问题，你说吧！"

"我不说！"我坦白地说，其实粗枝大叶的道理，我是说得出的，只是没系统，不懂得怎么说起。

"不懂就要学。"他很认真地说着，"我们这一代青年不能糊里糊涂地混日子，不然，只好闭着眼睛做奴隶，怕是永远不能翻身的奴隶呵。"

他的语气带着感慨，我低头不语。我自问是清醒了的青年，不会是安心做奴隶的。我想说："冯灵，你难道不了解我吗？"但没有勇气说出来。

阳光晒得他的脸颊发亮。

又沉默着。

我真怕他那不调和的感情，说起话来，就像一泻万里的流水，不说话，就是个爱幻想的牧师。我原来是个心直口快、不懂得拘谨的人，在他面前却学会了小心翼翼，是什么力量推移着我么？我自己问。

观音山并不是一个名胜，是群山之间的一个小草原，过去大约很荒凉，为了避轰炸，人们才盖了一些木房子。在一排山傍的房子中，住了几个负有盛名的作家，冯先生都带我去拜访，我万分高兴，我向来是崇敬他们的，只是没有缘分请教。今天，算是我的幸福了，但在我的理想中，似乎失了一些东西，人是那么不凡的，我恨我自己太天真。

在观音山绕了个大圈子，绕到漓江的岸边，坐在江畔看流水，流水脉脉，看流水的人仿佛都有无言的幻想。突然冯先生这么问：

"你有爱人吗？"

我的心似乎被什么东西震荡着，有点不安，一时不知道如何回答，半晌才想出一句认为适当的话：

"你想，我有没有爱人？"

"照理，是应该有的。"

"照理——唔，是辩证法推理出来的道理吗？"

他不再说了，定神地望我一眼，带着一个深沉的微笑，我想，他又会从我的语气中想出别的问题。

夕阳射在江水上，好一片金黄色的景致。

我的心也像抹上一层金黄色的彩光。

十一月二十三日

芸大姐又有信，说我们的王师长要到桂林来。

读《静静的顿河》。

梁主任送来两条戏票，约我去看"国防艺术社"公演的《日出》。但心情不好，七点钟就睡觉。

十一月二十七日

失梁主任的约太多了，这一次不能不去。

刚出门，才发觉冯先生给我信，是邀我今晚到国民戏院看《幼年高尔基》，说是戏票买好了。怎么办？踌躇片晌，决定误了冯先生的约。第一次误约，想是不至无可原谅吧，顶多是接受他的责备。

还是梁主任和我，没有别的陪客。这回决定不喝酒了，梁主任完全尊重我的意见。梁主任不把我看成不关痛痒的下属了，对我的身体和生活，时时刻刻都表示关切，这种人与人之间的关切，要看作有何居心吗？似乎是有些自作聪明的。我想，他很可能将我看作天真无邪的小妹妹。从这里，我联想到冯灵，他为什么始终没关心过我的生活噢，唉！

当中，梁主任告诉我，目前的中国政治局面，有陷于僵化的趋势，江南可能有场不愉快的战事。我追问其中的真实情况，他却含糊以对。他是官场中人，对于那些情形自然是清楚的，然而他不肯说，或者他以为像我这样年轻的人，是不该晓得太多的事情吧。

不知是谁在播弄新闻，他说我和冯灵恋爱！他说这话的意思我不懂，但在形态上我不能不否认，我自问没有和冯灵恋爱过，要是，我何必掩饰？这是我的自由。说老实话，冯灵是否爱我，我是否爱冯灵，这还是一个不可捉摸的谜。

"谣言终归是谣言吧！"最后梁主任解释说，"不过我想提醒你，对人的了解不能单凭一股热情的，应该有一点理智，有一把尺度！"

"你说的尺度是——"有点不大服气。

"是社会的尺度。"梁主任说，"比如说冯灵吧，他是个进步分子是不错的，但作为一个真实的革命者却差得远哩，他们那一类人都有一套空头的理论，但兑现不得的，一碰了实际问题又破碎了。老实说，他们的革命是书生的革命，一辈子都革不成。"

"这就是尺度么？"我冷冷地问，梁主任的话虽然多少有点理由，但我总觉得他对冯灵是故意攻击的。

"是的，拿目前中国社会的现势来衡量他们，他们是妨碍抗战的。喊几句进步的口号谁不懂，但口号是救不了中国的。因此我要提醒你，江瑶，冯灵会使你的前途暗淡的呀！"

"我真不懂。"我自言自语地说，我觉得梁主任的话太过火了，起初我倒以为梁主任的理论很实际，但说下去就有点莫名其妙，我纵是个入世未深的孩子，而好人坏人，祸国救国，总不会毫无所知吧，梁主任把我瞧得太渺小了，我的心头忽然隐隐作痛。

"你难过吗？江瑶。"梁主任似乎看出我心里不悦，转了话题："为了爱护你，我才这样说。"

"谢谢你，梁主任。"我淡然地。

时候差不多了，我站起来要走，梁主任对我依然那么体贴，叫了两部黄包车送我回寓。

我怨恨，为什么不陪冯先生去看《幼年高尔基》。

十一月三十日

又是刮风，尘土漫天飞舞。

桂林像是开始变动了。

听说有人失踪了，听说很多学校都搜查学生的宿舍，听说某书店和某报馆都有钉封的密令，听说一大批写文章的人都被套进了"黑名单"，听说，听说……唉！谣言充满了城、街，真的是有了"山雨欲来风满楼"的景象了。

芸大姐来信说，我们有被推进逆流的危险，队里的同志们，都有准备"退却"的模样。我呢，退却还是向前？她后有提及，我彷徨着，我怕，我怕突来的风雨。

梁主任又送信来，叫我到他家里密谈，嘿！密谈，有什么值得密谈？是听你的最革命的理论么？我听不懂。

冯灵在发气吧，为什么不写信来？

又有无言的苦恼！去找冯灵，但扑了个空。

十二月四日

几日来都懒洋洋的，烦闷得很，桂林的气压好像低降了一千度，我的胸膛像有什么迫压着。又拒绝了梁主任两次约，我发觉这人有点无聊。

忽然接到冯灵的信，读着，我的心在打战。

江瑶：

倘若你愿意了解我的时候，你是不会讨厌我的叫唤。我是一个老实人，不会在你面前绕迂回曲折的圈子，我有的是一颗淳厚的火热的心，把它赤裸裸地献给你，你爱么？

我们实在有互相了解的需要，在思想上和情感上都有共通之处，倘若不把我看作狂妄者，请你坦白地回答，无论好意坏意，咒骂或怨恨，我都乐于接受。好吧，我站在窗前望着你的佳音，并祝

晚安

冯灵　三晚

像一度突如其来的电流似的，触着我灵魂的深处，喜悦、悲感、烦躁、惶惑，织成一张复什的网，捆盖着我的心，我无所适从。爱呢，不爱呢，我一时无法处决。啊！冯灵，当我神绪不宁的时候，你又给我这样的信，是有意磨折我么？我恨你，恨你呀，冯灵。

我不自主地躺在床上哭泣。但当我发觉自己在哭泣的时候，我又咒骂自己。恋爱，不是简单的问题么？为什么会毫无主宰？想着，不禁恨自己太脆弱。

然而怎么回答冯灵？

十二月八日

江瑶：

为了减轻我的痛苦，又写这封信。我的笔太拙，不能表达我对你的热爱，我自问是真诚理智的，不会含半点伪意，或偶尔的冲动，我相信我了解你，如果能在共同的大路上迈进，我们会有更多的愉快和幸福。

然而，假若你认为是一个情感的冒险，你就干脆不爱我吧，只要你说不爱，我会毫无痛苦，同样，也不会使你痛苦，那么，明朗些吧，江瑶。

再次站在窗前期待你的佳音。

日安

冯灵　七晚

呵！冯灵，为什么迫得我这样急？难道不容许有半点思虑的余地吗？读着这封信，使我更苦恼。我真不知如何处理自己。要是芸大姐在——呵，想起芸大姐，更使我犹疑不定了。芸大姐和冯灵的关系那么深，应该有爱吧。或者说，冯灵应该爱芸大姐不该爱我吧。

想到这里，我索性不复冯灵的信，让他恨我吧。恨吧！恨吧！世界上的人都恨我吧，我愿意担负无名的痛苦。

十二月十一日

冯灵到底是我所崇敬的，又是一位经得起风霜的前途无量的诗人，我实在不应使他太失望的。想着，我悔恨自己过去太狠心。

犹豫了大半天，决定去看他。

在轻寒的暮霭中，我踏进了冯灵的卧室，看见他盖了棉被，不声不响地躺着，我怕他病倒了。

知道是我来了，他爬起床，容态带着薄薄的抑郁，但并不如我预想的那么沮丧。

态度还是那样冷静，倒是我有点异样的感觉。他的眼睛仿佛是一条热的鞭子，我仿佛是一只受鞭罚的羔羊，我不明白我的心，为什么不断地跳跃。

"你恨我吧！这样说，我希望你能谅解我。"

"是敌人我就恨你"。他从容地说，抽出香烟来点燃。

他常常不按照人家的话回答的，使我有了不知从何说起的苦恼，我真恨我的嘴巴太笨。

"你想，情感可爱呢，还是可怕呢?"他似乎要捉弄我。

"别人我不知道——"我说，"在我自己，倒怕做了情感的俘虏。"

"不，你很冷。"

"这又是你的想象，要是能够冷，就该不会有苦痛了。"

"苦痛？"他凝思一会又说，"假如我使你苦痛，我真罪过，但谁使谁苦痛？你想想吧，江瑶。"

"我很弱，冯灵。"

"弱到连爱一个人的勇气都没有么？"

"我自己的心只有自己知道，不要太磨难我吧！"

"江瑶……"他靠近我，轻轻地捏着我的手。

"唉！"我什么都不想说，我的胸膛卜卜地发跳，我不安，我真怕冯灵的火样的情感烧伤我的心。

"你真没有勇气爱我吗？江瑶。"

"你是聪明人，该可以看得出呢，我为什么来看你。"

冯灵狂热地抱着我，想吻我。然而我有些畏怯，摆脱了他的手，不让他吻，我的胸膛跳得更厉害。

冯灵失望地望着我，沉默着，似乎很难过。

他又躺下，睁起郁闷的眼睛，望着窗外的暗云。窗外，暮色渐渐深了，风砂从旷地上吹进来。

"你觉得我太热，还是太冷？冯灵。"

"……"他没有回答，像在幻想什么。

"你不恨我吗？你说。"

"我觉得伤害了你的自尊，同时又伤害了我的自尊，江瑶。"说着，把头脸埋在被窝里。

知道他发气，我的心情无法自处。我真想赌气地钻进他怀里，说千次万次我爱你。然而我不敢，我缺乏了这种胆量，我没有这样不羁地爱过任何人。

"要不原谅我，我走了，冯灵！"

他依然沉默着。

我走了，背着说不出的痛苦走了。

十二月十五日

昨夜冯灵来信，解释着他并不恨我，只是心情太恶劣，不想多说话。同时希望我能直率地表白自己的态度。不然，他是不想考虑原谅不原谅的问题。

我实在爱冯灵的，同时又怕爱。我们相见的时间那么短暂，说了解是不够的，但他不允许我有思索的余地，叫我怎么表白？以为来到桂林，可以干干净净调养一下，却又添了那么多的麻烦，天呵！

梁主任遣人送来四瓶鱼肝油和一包生果，并附有一条不可猜测的纸条：

江瑶，希望你自己检点地生活。

我真不明白梁主任的用意，难道我的生活还不够检点么？即使是爱冯灵吧，也不能说是"浪漫"，何况我们还没有过着恋爱生活呢。唉！可怕的时代！

照照镜子，瘦了，原来是圆润的脸型，却微露了小颧，再挨下去，心脏病怕又加深了。

十二月十八日

冯灵和我的创痕都平复了，我们的感情都保持了平衡状态。

昨晚同去看"四队"的《凤凰城》。

冯灵告诉一个惊人的消息，说是桂林的四周都准备了广大的"集中营"，全中国的空气都说是坏透了。

梁主任又有信来，要我去会他，我又婉言推却。

是梅雨的天气，又冷又闷。

十二月二十二日

芸大姐来信，说我们的队伍解散了，同志们要拨去受"军事训练"，但大家都不愿意去，宁可到乡间当小学教员，她自己，也准备回家去再过"小姐生活"。至于我，说是王师长会替我在桂林找位置，要我安心调养。安心吗？嘿！这样倒霉的局势，怎么叫人安心？

我不敢告诉芸大姐冯灵爱我，虽然我不知道她是否爱冯灵。

十二月二十六日

又去看冯灵，他的情绪很坏。一星期来，我们没有说过半句，感情话，甚至我挑他谈他都毫无兴致，是不是他的情感冷了？

也许是荡漾不安的局势波动他。

十二月二十九日

王师长来了，约了我元旦到梁主任家里会餐。

接冯灵短信，又约我新年到穿山旅行。冯灵的信息是来得那么凑巧，不能不使我失约。

一月一日

是一九四一年的第一日，按中国人的年龄说，又大一年，是二十一岁了，年纪不算太轻呀，为什么我的孩子气那么重。

今日是该喜悦的，但不知怎的，我却有了无名的伤感，我感到空虚，感到有陷进生活的泥淖里的预示，冯灵是否真有力量拖我往前走？我还在疑惑。

到梁主任的寓所，王师长亲切地和我握手，问及我的生活和病状之后，他说：

"你的工作就在桂林，梁主任给你安排好了。"

"什么工作？"我问。

"梁主任会告诉你的，"

接着，梁主任叫我进他房间去，然后又拉着我的手，像要捏碎它似的捏得紧紧的。我焦急着。

"几次要和你商谈工作问题，都不见你来。"

"现在谈好了。"我低声地。

"和冯灵谈恋爱，就是你的工作，你会很乐意吧。"

是讽刺还是嫉忌？我不明白他的意思。过去，梁主任对我虽然有超乎友情的关切，但我不曾怀疑过他有非分的意图，现在倒使我诧异了。

"说实在话吧，梁主任。"因之我心急地说。

"这是实在话，江瑶，"他正色地，"根据你的容貌、思想感情、志趣，恋爱就是你的工作。"

我依旧疑惑。

于是梁主任再把工作内容告诉我：

"一、冯灵平日所接近的人物；二、他经常阅看的书报；三、他有几个笔名；四、他的党派关系。——倒是轻而易举的工作呢。"

我明白了，原来是那么一套鬼把戏，我不能接受，我不能干，我自问还有一点人的良心，我不能出卖冯灵，想着，我禁不住要流泪，是要在冯灵的面前，我真要抱着他痛哭一场。

梁主任为什么要带坏我呢，我恼恨。

然而不管我同意不同意，梁主任硬把我编为"同志"了，并且交代我："以后你无论到什么地方都有自己人。"啊啊，这是人的世界还是鬼的世界？我诅咒着。

我要回去，梁主任又不许，这一天就在他家里玩"扑克"，但一点心绪都没有，我的心胸发疼。

我想，我要下个决心爱冯灵，我告诉他有危险，我要和他跑到遥远的遥远的地方去。这样想着，心头又有点自慰，我庆幸不曾走到绝望的悬崖呵！

晚餐中，我狠心地喝了两杯酒，但王师长还迫我喝。那么就喝吧，我想，你们这样忍心地迫害我，我还有什么办法，我喝，拼命地喝，一直喝下去。

不知什么时候，我忘记了世界，忘记了残忍与欢笑，忘记了死和生，忘记了血与泪，忘记了所有的一切。然而不！我忘不了真心爱护我的导师芸大姐，忘不了狂热地爱我的冯灵。

朦胧中，我看见梁主任抱着我，吻我，但我无力挣扎，我是一只荒山里的失群的羔羊。

一月二日

醒来一看，是躺在自己的床上。

又是刮风，风砂吹打在窗子上，沙沙作响。寥落空虚、苦恼、彷徨、悲戚、惊恐，织成一块可怕的网。

发觉有一封不贴邮票的冯灵的信。我颤抖地念着：

江瑶：

为了你，我实在有着说不尽的酸楚，这两个月来，为你思忆，为你失眠，太多了，而我始终不想让你知道。

我不能在你面前表达我对你的深爱，我不能将我的身躯变作一个透明体，让你看到里面那颗无邪的心，但我自信我对你的忠诚超过了任何人。

你始终不愿意有一个明朗的态度，这是我不能忍受的，我不想自己的情感再受磨折，再被波动，除了悄然离去之外，别无方法。因此，我现在要离开你，悄悄地离开你，到不可知的地方去。

我还年轻，还有遥远的长途，有阳光、有春草的地方就可以活，我何必一定要留恋这衰老的蛇蝎满地的山城，等待"判罪"。

我走了，自然是什么都干净，但我担心你。你敏感而脆弱，貌美与天真，蛇鼠之群不可能放过的，你有带着纯洁的灵魂走向深渊的危险。江瑶，你善自珍重吧。

留赠你一页小诗《风砂之夜》，静夜中独自沉吟，会有一番滋味。你反对我担忧你在风砂中折了翅膀，这是你的勇气，我愿意你的翅膀永远不折，能高飞天空，看看广阔无边的宇宙。

最后我知道你是爱我的，但犹疑与软弱，正如我们思想一样，仍然有着若干距离。因之除了感谢之外，我并不责备你。临别匆促，书不尽意，愿意我们在旷野中，在广大的人群中相见。

并致

健康

冯灵　一日晨

创作评论

在战争时期，陈残云积极观察和反思人性的存在困境，在探索人类走向自我救赎的道路上加入了"罪的意识"的维度，让笔下人物在自我忏悔中坚守本心，用耐心来重拾破碎的理想，用善良和爱来呵护人类高贵的灵魂。这些成为他在写作中所追问的精神母题，使其具有了较为深刻的价值和内涵。

——徐诗颖：《论陈残云民国时期小说的人性书写》，《文艺评论》2016年第4期

作品点评

陈残云的成名作《风砂的城》用少女江瑶的爱情悲剧控诉了国民党反动派的罪恶统治，其取材和构思，表现出作者所擅长的从人性角度反映重大社会题材的创作

特点，同时，又显然受到了"五四"女性文学传统的影响，相当真实而深刻地传达出那个时代沉重的女性意识，从而获得了一种历史的深度。

　　——梁惠玲：《在历史与现实的重压下——论陈残云〈风砂的城〉对女性意识的刻画》，载广东省作家协会编《文海风涛——陈残云作品研讨会论文集》，花城出版社，1993，第190页

　　小说《风砂的城》就体现了陈残云对战争时期革命理想的理解，使我们关注和思考革命理想对于每一个人来说到底意义何在。

　　——徐诗颖：《论陈残云民国时期小说的人性书写》，《文艺评论》2016年第4期

沉渣

凤子

一

像一个走长路的人，我是真的累了。哪怕面前是一个悬岩，我也愿意倒下来。我并没有喝多少酒，但是真希望能够醉一场，人事不知，死了一样。真的就此永远地睡去？那该是多么幸福的事。可是，我连喝一个痛快的机会也没有，妻监视着我，一杯、两杯，多少杯呢？酒瓶被夺走，我借着一点酒意赌气跑了出来。记不清说了些什么话，唉，反正都是些言不由衷的话，没有人懂得我，我还多说什么呢？自己都听腻了，应该说的话，密密地封在心底，不让泄露出一丝秘密，搁在心底闷死，胀死。这样，我还得活下来，装作没事人一样，混着日子，其实，活到三十多岁了，哪一天不是混着日子过下来，为什么现在就说活不下去了呢？为了什么呵！天！

今天，我忘不了的今天！一九四六年八月十日。唉，我错了，我忘不了的是去年的今日。一九四五年的八月十日。

作者简介

凤子（1912—1996），原名封季圭。出生于湖北省汉口镇，原籍广西容县。作家，戏剧家，编辑家。1932年到1936年，就读于上海复旦大学中文系，毕业后任上海女子书店《女人月刊》主编。1938年底，在云南编辑《中央日报》昆明版副刊。1939年底到1940年夏，在四川重庆编辑《中央日报》副刊《平明》。1942年，在广西主编《人世间》桂林版。

作品信息

出版于1946年，太平洋出版社。

我正同几个朋友一块吃饭，自然，还有玛莉。我记得那时候我是不喝酒的，甚至连舞也不喜欢跳。也为了玛莉，我尊重她是个朋友，我不忍心在她享有那一点个人自由的时候，还背着职业上的烙印，来陪我跳舞。自从认识了玛莉，我似乎才知道人世间的种种痛苦，在别人眼中看来多少值得羡慕的所谓职业，当其事的人却如同囚在水牢里的犯人一样，求生不能，求死不得。玛莉是为什么下海做舞女的？为了一个负心的男人和一个留下来的幼女，她没有争得妻子的名分，却忍痛做了一个孩子的母亲。她没有家，家在海外南洋，尽管父母可能原谅她，战争却隔断了归路。一次，再次想自杀，看到孩子，尤其是一个女孩子，她不忍心，让一个无辜的孩子也跟着死去。自己的不幸应该自己来背负，这孩子活到世间来，应该有权利活下去，更有权利争取她应有的幸福。为了孩子，她做了舞女。偶然一次机会，我认识了她。也很偶然地我知道了她的身世。我们更偶然地成了朋友，也仅止于朋友，她知道我结过婚而且已经是两个孩子的父亲了。我的家庭并不影响我交结这样一个女朋友，不知为什么她的身世会引起我的同情，我相信我的感情是纯正的。像一个走夜路的人，总希望找一个伴，对于一个本是陌生的同路人，不可免的，我们会更深地了解与更多地关切了。

那晚上为了谈一宗"公事"，对玛莉，我已经不隐讳我的职务了，相反的，有她在座，有时倒是很好的掩护，可以减少人们的注意。那晚上谈什么"公事"可忘了，但是，我却清楚记得，已经十一点钟，忽然街上乱哄哄起来，这是从来没有的现象。照理十二时戒严，像我们能够在舞场里逗留到十一点，多半借了那点"特"种身份，固然，天气热，一般舞场延迟打烊时间已成了惯例。不过，街上那一片嚷声，却非常突然，我预感到什么事要发生了，"是盟军登陆了么？"我想。早几天就读到飞机散下来的传单，公事房里那日本主任的脸已经罩上一层黑釉，我们，许多弟兄们在心里咒着，翻身的日子快要到了。那失去了光彩的脸色，不就是最准确的时局风雨表么？

我正踌躇着到街上去看看去，突然有人跑了进来，喘息着喊道："和平了，日本投降了！"这不是梦吗？我们，走了多少年夜路的人，终于也盼到这一天了！天呀！

我欢呼着跳了起来，每一个人都跳了起来，舞场的灯全亮了，人们，认不认识的都围了拢来拥抱着，欢呼着，笑着，嚷着，谁也听不清说些什么话，舞场老板拿出了许多酒，大家都争先喝着，我也喝了，从来不喝酒的人，第一次爱上了酒，酒才是真正能够叫人兴奋的东西。门外鞭炮声响了起来，我们再也待不住了，我挽住玛莉，同着两个朋友飞也似的跳了出去，跳到街上。人，哪儿都是人，人像潮水四面涌流，鞭炮声比大年夜还要热闹。这不是梦，我们是从梦里醒了！不知道跑了多少条街，忽然玛莉回头站住，我这才注意同走的两个朋友挤散了，在路灯下我看到玛莉脸上挂着两行泪水，我也感动得说不出话来，她突然举起两手，拥抱着我，吻着我，口齿不清地说道："我可以回家了，回家去了！"待她松了手，转身飞一般跑掉，我喊着"玛莉！"她也不理。我正要追去，脚下几乎绊了一跤，顺手一捡，原来是一只高跟鞋子。是玛莉的，我认得这双鞋。可怜的玛莉，这孩子苦了太久，承受不住这感情上的刺激，她简直忘了她自己了。她跑上哪儿去呢？鞋子都没有了，她怎样走回去呢？想象得到她一定是跑回自己的公寓，去抱着小莉痛哭一顿。人在最高兴的时候也要哭，我仿佛第一次发现了一个真理。"让她去哭个痛快吧！抱着她的亲人，共享这难得的快乐吧。"我不再想玛莉，扔掉她丢下的鞋子，我向前跑着，挤着，我不再是茫无目的了，我清楚地意识到自己的"职务"，现在还不是回家去的时候，我得回到所里去，我得召集"部下"，我的弟兄们，在这样一个狂欢的浪潮中，我得防止一切可能的意外，特别对于那位小林主任，我得报告他这个消息，我们还得共同努力，来维持眼前的秩序。

谁叫他是我的"上司"呢？一种模糊的"优越感"，像虫一样爬到我心里，到底有了今天，我不是背着人后学鬼叫的狗，站在小林面前，第一次我要以一个中国人的身份站了起来。我意识到自己是一个"外交家"，我要同他办理一切"移交"的手续，也许我还要缴他的械。今天以后的日本军人，不就是战胜国人民的阶下囚了么？这两年来，我偷偷摸摸干的行径，今天，我可以不红脸，我是一个光荣的地下工作者。

我愈想愈兴奋，我摸到腰际的自卫手枪，不禁忘神地向空放了两响。枪声如同打进了海底，汹涌的人潮吞没了一切，谁也没有注意到我，没有人注意到我手上的武器。走了不知多少时候，我仍然在人堆里钻着，挤着。好不容易望到公事房的大门，可是，最后挤到衣袖给撕掉了一大块，被人推着似的，才走进到我的办公室。

电灯亮着，所有办公室的门都大开着，人影摇晃，奇怪，却一点声音也没有。这儿为什么这样死寂呢？一口气跑进我的办公室，所有我要找的人都到齐了。来不及擦汗，来不及坐下，望望每一个人的脸，每一个人的表情都严肃到万分，我像一个顽皮的孩子被逼到学校去上课一样，这儿不是我使顽皮的地方，这环境我笑不出，也哭不出来。我只好也沉默了。十几个人挤在一间小屋子里，安静得可以听得见彼此的呼吸。我懂得每一个人心里的感想，每一个人为祖国土地的解放而欢喜，每一个人也不禁为自己"伪"的身份而惭愧。在万民同声欢呼的时候，是没有这些与敌人合作的伪公务员的份的。我懂得，复杂的心情马上理不出思路，同样，眼前的责任还不是轻轻卸掉的时候。地方上的秩序还得我们尽力维持，我只好压抑着自己的感情，勉强说了几句言不由衷的慰勉的话。想不到我的话收到意外的效果，好几个人低声饮泣了。我忍住了眼泪，安排了职务，于是我走到小林的屋子里去。

也许是灯光特别强烈的缘故，小林的脸色是青灰的，同死了的人一样难看，他坐在办公座前，两手支着颐。显然他极力镇定自己，故意还要保持自己的威仪。看到我，仍然不动声色，可是两只手不自觉地垂到桌子上了。我故意不用日语，改用英文问他：

"大概你已经知道了吧？"

他瞪着一双眼睛，望着我，像不认识我似的，突然，站了起来，吼叫一般地：

"我什么也不知道，不知道。"

他像头挨了打的狗，来回地在屋子里转着，转着。他显然失去了主意，他无权否定这个悲哀的结局，这是事实。

我冷冷地看着他，我优越地感到自己的胜利。我故意做出关心的样子，我说：

"拿出最后的勇气来吧！我们现在还得负责维持地方上的秩序。你听，街上闹哄哄的，为了你的安全，我要保护你，这时候，你们谁跑了出去，难保不会有危险。"

"什么，危险？我？"

"你得有勇气面对事实！"

他不言语，也不走动。忽然，恢复了他平日的姿态，安静地一字一字对我说：

"我还没有接到命令。我不能轻信谣言。现在，我请你派人出去，出去弹压，弹压那些疯了一样的人。"

我真想笑出来。疯了一样的人，不就是他自己么？失败者的悲哀呵！悲哀是他竟不相信、不承认自己是失败了，中国人民是善良的，善良不是懦弱。四年来，生活在沦陷了的上海的中国人民，用沉默替代了武器，无声的反抗就是最高的力量，是这力量支持着忍受一切苦难。现在，听吧！全上海的人都喊出声音了，他们庆祝苦难的日子过去了，他们欢呼即将到来的光明的生活。他们庆祝土地的解放，他们欢迎渴望已久的自由的到来。他们并没有疯，他们只是兴奋得发狂罢了。他们不该兴奋，不该发狂吗？整整四年了，他们不该痛快地松一口气吗？弹压，只有疯子才想去弹压这些重获自由的人民；也只有这些真正的疯子，迷信着武力的侵略者，才是应该被弹压的。在这胜利的晚上，日本军人还是有武器的特种人物，万一被刺激到弄出些意外事件来，赤手空拳的老百姓如何是他们的敌手呢？

我念及一些可能发生的事件，便马上召集自己的弟兄。我忙着调兵遣将，为了要监视我的"友军"——全中国人民的敌人的行动。

例外地在办公室守了一夜。我打了几十次电话，也接到好几十个电话。所有朋友、亲戚家里，都互相报告了这一个好消息。一拿听筒先就欢呼了。我没有忘记给我太太打电话。她说孩子们也醒了，在等爸爸。我恨不能回去吻我的孩子。他们才是中华民国的新生代，我这一辈的人吃够了苦了，可是，孩子有他们的将来，熬过了八年苦难已经步入中年了的，我们这一辈人，也只有将未来的日子，致力于坚苦倍于抗战的建国工程里，但愿孩子们大起来，祖国已经富强。经过了八年考验的国家，应该肩负得起这重任。念及孩子，不自已也给玛莉打了个电话。我说：

"替我吻一下小莉，为她未来的光明的日子祝福！"

玛莉的声音是低哑的，看来她哭得太久了。我忘了问她丢了鞋子怎样回去的。我却安慰她，我说：

"兴奋得挥泪是人情，你那么个哭法，可就反乎人情了。"

她说：

"不知为什么，一个人回到公寓，抱着孩子心里忽然空了起来，也许是……"

"是的，太兴奋了，会这样的，恭喜你，不久就可以回南洋去了，你应该振作才是。"

"谢谢你，我知道。我难过一阵子会好的。我只可惜现在你不能来，我真有许多话要向你说呢。"

挂上电话，我默然半晌。我不愿懂得的一件秘密，它却有力地诱惑着我。这个热情的南国姑娘在痛苦着。在这万家欢腾的时候，一个人寂寞地把自己关起来，她却特别地感到空虚寂寞。我仿佛有这义务，跑去陪着她、安慰她。她在爱着我，也许吧，我会爱她么？或者，我会爱一个人么？我反复地想着，我一再否定了自己。我有的是事业等着我，我不会辜负我的太太，更不会抛掉我的孩子，任何情形下，我决不会爱一个女人。在这样一个时候。漫漫黑夜，终于天亮了！谁不把握这时机，为自己，为自己的孩子，建立一个永久事业的基础呢？

二

小林到底离开他的办公室了。离开了他虎踞了四年的办公桌。在这个大办公桌子上，曾经草拟了多少计划，这些计划无一不是对付善良的老百姓的阴谋，真可耻呵，有些个阴谋都或多或少有我的意见渗入。容许我坦白地申明一句，我鄙视我的职业，我却借这个职业保障了我一家人的生活，同时，我不红脸地说，我并没有利用职权危害我的同胞，假如换了任何一个人，情形可能完全不同，结果同胞们受害必定更深。"我不入地狱，谁入地狱？"人类的一切善恶行为，只基于一念之差。我办过许多案子，做强盗的未始没有好人，假如环境容许他走一条更好的路，他的善念可能比目下一些大慈善家还要令人崇敬些。环境才是最难违拗的事实，事实却偏偏如此的残酷！唉，我又想到哪儿去了！

小林躲起来了，我的责任却更重了。工作八小时以外的时间，我仍然离不开办公室一步。开始，兴奋的心情盖过了一切，我宁可不吃、不睡，甚至不回家，多少临时意外的事件要应付，多少头痛事情要当机立断去解决。兴奋可真像喝醉了酒，酒醉的当时真是忘掉一切，可怕是酒醉是暂时的，待到酒醒了，谁也像个疲惫万分周身疼痛的病人一样。而我现在不幸真的要病了，这病的现象无法形容，不痛，不烧，但，我却不能吃和睡。主要原因我太少休息，然而我自己明白，即使得到机会时间休息，我这个病仍然是无法痊好的。

还有什么值得人兴奋的呢？任何一件微小的事情都令人失望、痛心。每天不少的人来找到我，要我去解决纠纷。请听这是些什么纠纷吧！大汉奸们忽然像蛇一样不知钻到哪个地洞里去，忽然就不见了。留下来多少房子、女人、地产……也就留下了一串无人能解决的难题。那些间接吸血的女人们，这时又都变了一个身份，找出了一个丈夫来，厚着脸说，这几年的身体是被人强占的，现在自由了，自然咯，用身体换来的房子、金条、地产等等，也应该有她的一部分主权，换言之，她们的自由，就是要有自由权力来应用这些物资。可是汉奸们偏不都是绝子绝孙的，又跑出一个儿子，官司就打开了。他们所以如此积极，显然要抢时间，要在政府接收人员来到以前，要在汉奸惩办法实施以前，换一个身份，但又不失去原来的物质享受。

你说这类案情离奇吧？可是还有更离奇的呢！就在敌人准备撤退，而中央接收人员尚未到来，这么一个短短的时间里，忽然，整个上海像一所百年老屋，没有人住的老屋，只有耗子，无数的耗子四出活动。这些耗子都有一个金牌子，什么什么军啊，什么什么团啊，无一不是地方组织，于是，一些没有了主人的大洋房，一些装得满满的大仓库，都贴上了封条了，一张封条倒也简单，而封条有的贴上四五张。问题就来了，究竟谁的魔力大，谁能启封擅做主人呢？好在有封条的也必定有枪杆，自己人到底免不了开火，尽管对日战争中，他们和我一样的怯弱，有些连后方都没有去过，更没有到过前线。为了应付这些临时事变，我们的工作无形地加重了。

有一天，我得到一个紧急电话，一个西班牙太太打来的，说是有一排××××军到她家里去，不问情由将这位太太绑在一间小屋里，于是，在枪杆之下，他们开始劫掠了。这位太太设法跳窗子出来，给我打电话。过去，我见过她两次，在宴会上，想不到她居然清楚地记得我。于是我马上带了十来个兄弟，跑了去，这时大门还是闩着的，我们打开了门，闯进去，看吧，这些土匪一般的人，是怎样用行为来写下他们的无耻的罪恶呵！他们用心抢掠的时候，绝未想到我们的突然跑来，在他们愕然的一瞬，我趁势向空放了两枪。忽然有一个注意到我的徽章，不屑地冷笑道：

"我当是什么来头，原来是伪××团的××。哼，识相点，你没有资格。"

天呀！我是伪，是伪官员，可是，我们还负有保护地方的责任。我们不能让这些宵小趁火打劫，扰乱秩序。我忍着一腔怒火，我说：

"对了，我是伪，可是，我们这些伪官兵在沦陷的时候，却不像你们这样不讲廉耻，拿着枪，抢到民屋里来了。"

眼看我们也要面对面火拼了。对方也许感到自己的立场不稳，也许是搜刮得差不多了，要借此下台。于是一声呼啸，扬长而去。我眼睁睁地看着他们走了，有什么办法，我无权逮捕他们，即令我有权，对方也有枪，势必开火，结果更糟。西班牙太太向我流着感激的泪，我却惭愧地低着头，带着弟兄们退了出来。

这件事情给我的打击，使我永生不能忘记。

在这短短一个月里，仿佛经历了一个长的世纪，我看得太多了。更令我刺激的，我没有资格来尽我的本分，谁叫我背负了一块伪的招牌呢？

痛苦地磨着日子，一天比一年还要长。终于，我们盼到了国军了。九月七日，我参加了欢迎国军的大游行。

当我列身在游行的大卡车上，我真禁不住流泪了，这是谁也梦想不到的令人感动的伟大场面。全上海的市民们都麇集在街头，四面看一看吧，每一条巷子、每一所楼房、每一扇窗子，甚至是屋顶上，都爬满了人头。人们争先恐后挤着、推着、叫着、笑着，笑到下泪，每当列队经过，冲天炮响了起来，无论男女老幼都喧嚷成一片。他们自己也听不清楚自己的声音，这一切声音都被更大的一个声音淹没了，那更大的声音，是蕴藏在人民的心底，整整八年了的声音。他们要在这时候尽情地喊出来。像孤儿重见到父母，像远离的人重见到爱人。这时候，个人的存在是多么的渺小呵！

迎接到国军，紧张了每日的心情不禁轻松了一半。我等待着被"接收"，我希望压在肩头的责任，也像我的心情一样，暂时松懈下来。可是，我不能不说有点失望，我奉命暂时维持原来的职务，我不能离去这锁了我四年了的囚笼一样的岗位。同时，过去地下活动的一个组织，现在虽然没有站在地面上来，工作却无法辞去，甚至，更加繁重。我十分的矛盾、不安。我清楚地知道我的性情，不宜于这类工作，我愿意换一个生活，从头站起来做一个人。在战争中，我们的敌人只有一个。现在胜利了，敌人投降了。沦陷期中披在身上的戏装应该卸掉，还我一个清白的身体，还我的本来面目。但是，事实却十分使人迷惑，今天难道还有什么敌人，需要我们监视、采访、做情报呢？命令是铁一样的不可动摇，我的希望，我的梦想，却随着一阵狂欢的热潮，冲击到远不可及的石岸，就被一阵风雨卷走了！

工作忙到回家的时间都没有了。至于玛莉，连影子也见不到。我已无暇过问自己的私事，更无法关心别人的生活。相信谁也比我幸福，有自由的人就有幸福，我盼望了多年的自由生活，到今天，盼望仍只是一个盼望。虽然国家、土地都解放了。某种在役的公务人员别说自由，连生命都在别人的掌握中。现在我才明白我所处的境地，可是，一切毕竟太迟了呵！

一个星期天，难得一次好睡，不过八点钟，妻却叫醒了我。又是什么紧急命令吗？我诅咒着，爬起床。看到妻微笑的脸，我安心了一半，我温柔地责备她，懒懒地又倒在枕头上。妻却说道：

"别懒了，你看这是谁呀！"

她拿一张报纸遮住脸，她惯爱调皮，又是逗着我玩的。我求她道：

"敏玉！让我再睡一会吧，求求你！"

"好，只要你睡得着，你看这报上……"

报纸扔到我脸上，她走了。孩子们在楼下喊妈妈，她得去照应吃早点。我猜她又是赌气，我太少机会陪他们一块早餐了。甚至在家吃顿饭的时间都没有。这怪不了我，可是，对于他们这点分内的要求不遂，而有所谴怒时，我又何尝能抱怨他们呢？在家庭讲，我不是个好丈夫，不是个好父亲。想着想着又睡不着了。索性摊开报纸，又有什么值得令人兴奋的消息呢？

一张戴方帽子的毕业照，哪儿见过的，好面善呀，这个女人！看着看着，我不禁从床上跳起来了，"燕啊！什么时候飞回来了？"再仔细读新闻标题，明明写着"女记者，周燕翎女士"分别了七年的燕翎，怎么做起女记者来了呢？一重重回忆展开来，又隐褪了去，我忘不了她，她应该也还记得我。怪不得敏玉来逗我，为了燕翎，我们三个人永都忘不了七年前的一些感情上的纠葛。假如她不上内地，可能我现在会生活在另一个环境。也许是幸福的，但，也许更痛苦。燕的朋友太广泛，她使我痛苦，因为我太嫉妒，我嫉妒每一个同她接近的人。燕讽刺地批评过我："你的性情埋葬了你！"在爱情上我没有更多的勇气，我承受不住痛苦的折磨。燕的批评也许是对的。我容易走向妥协，在婚姻选择上，我是自私的，因为敏玉却是忠诚地、专一地爱着我。现在孩子大的都有六岁了，小的也进了幼稚园。家庭生活我是完满的、幸福的。可是她呢！我不能不关心她。她同何干结了婚，这几年一点消息也没有，怎么这时候一个人跑回上海来，而且还做了这么一行职业呢？

无论如何，我要去找她，同她痛快地谈谈。撇掉感情上的一些不快的往事，我们还应该是一对老朋友。

可是，新闻报道十分简单，没有地址，也未说明是哪家报社，从哪儿找到她呢？

意外地在双十节庆祝游行大队里，我看到了燕翎。这天我没有参加游行，只是在街上来回巡逻。人民热烈的情绪不亚于九月七日。我挤着，挤着，同时我还得指挥别人，维持着秩序。忽然，一列汽车停在我面前，一部黑色轿车，司机旁边坐着的一个女人的侧影。眼角那一粒黑痣，不就是一个显明的标记么？汽车都等着前进，好几分钟光景，我压不住心跳，我感到手在颤抖，几次想举起手来向她招唤。她却始终没有注意到我，偶然眼角从我身上掠过，她看不见我。她笑着，望着热烈的群众。不时回头同车上的同伴谈话，隔了一层玻璃如同隔了一个世界，听不到她的声音，看到的只是她的影子。我踌躇着想走上前去，我要知道她的住址，我一定要去拜访她。但我却发着愣，一阵欢呼，车子开动了。我恍然跟着跑了几步，怎样也追不上她了！

十月天气，我却热得出了一身汗。我茫然地站在街心，我失去了目的。忽然一个胖子从我身后推过来，我感到肩头被人击了一下。凭什么这么无理呢，这个人？我叱止他，这胖子却瞪着眼，抬起头，眼睛向着天空，一嘴蓝青官话，责问我道：

"怎么样？我重庆来的，你想怎样？"

我不自觉地抚摩到自卫手枪。可是"重庆来的"，却像一粒炸弹，炸毁了我的骄傲，炸毁了我的自尊心。我咬着牙，让这位胖先生从我身边摇摆着走过去。看到这一幕的人都在窃窃议论着。他们都在笑我、骂我，这身制服、这个徽章，仿佛是犯罪行为的证明，证明我是一个伪政府留下来的官员。我有什么资格反抗一个重庆来的人呢？他对我无理，而且还侮辱了我。一切都是罪有应得，我怕自己像孩子一样，在街心哭出声来。我只有咬着牙，木然地挤进人潮中去。

三

接到老大的电话，赶到郭家，三弟大奎已经先来了。大家的情绪都不怎么好。特别是老三，眼睛红红的，像一宿未睡觉，又像喝醉了酒。子琛拼命抽烟，是什么事情找我来，大家又都沉默着不言语？

我忽然想起我们三人杀鸡祭天，拜弟兄的那一天。郭子琛沉着忠恳，我们推他做大哥，他确实像兄长一样关心我们、照顾我们。罗大奎最年轻，可是却十分热情、义气。他被敌人关了一年，施用了许多毒刑，死也不招口供，敌人怀疑我，一再问他胡子维是否就是胡维章，他死也不承认认识胡子维。学生时代，我们是球场上的敌人，进入社会，不久中日战事发生，政府西迁重庆，留在孤岛一样的上海的人们，走不了的，都免不了有个眼前的打算。我也是为了老婆孩子，才设法占据了敌伪机关一个小公务员的位置。意外的罗大奎是我的同事。彼此并不因为这伪的身份而惭愧脸红。三年前，偶然一次机会，大奎喝多了酒说多了话，我才知道他另一重身份、另一种任务。事后他来找我，他怕我出卖他，自然，我也希望我能加入他那组织，为国家尽一分力。他的坦白、他的忠诚，使我感动，没话说，我拿性命担保了我的人格。我用胡子维的名字加入了地下工作。由此，我认识了郭子琛。大奎受重刑也不肯出卖我，这时，我才了解献身为国的意义。为了工作，我们只得忍受一切精神上、肉体上的痛苦。敌人狡计不售，大奎已经是奄奄一息了，还是子琛托人保他出来，养了半年伤，恰巧天亮了。现在的大奎可真是换了一个人，头秃了，苍老了不止十岁，最爱说笑的人变得像死人，每一次见到他，我心里真隐隐作痛，他受的苦刑，一半是为了我。大奎不说话，我了解他的心情，可是子琛为什么也如此消沉呢？闷了半晌，我忍不住开口了：

"我们弟兄不是外人，有问题快说出来，有困难大家来解决吧。"

子琛叹口气，慢吞吞地道：

"老三，你说吧，你那一套话我说不来。不过，我申明，我同意你的意见。这鬼日子我也一样活不下去了！"

奇怪呵！为什么都有一腔牢骚呵！

"没有什么多的话，二哥，我想离开上海。"

"为什么？"

"改行。"

"改行？"

"做生意去。我们这行饭，还是别吃了吧。"

"什么原因，为了什么呢？"

"没有原因，你问问你自己吧！你心里快活吗？盼望天亮，盼望到今天，天亮了，胜利不是我们的。我们在人前站不起来，背着人，还是那一套工作，敌人送回家了，我们却得不到自由。不能过一个人的生活，我宁愿死。"

老三愈说愈兴奋，眼睛里都要射出火来。不是火，那光亮亮的是他忍了多年的眼泪，这样刚强的人，终于也哭了。

我无话安慰他，我懂得他的痛苦，我怕看那张被感情扯得歪裂了的脸。

老大慢悠悠地道：

"做生意，要资本呵！你又是个穷光棍！"

我不能不说话了。我抢着问道：

"你预备筹多少钱？"

"两万万。"

"一百万老法币？"这是一个不小的数目。我一下子没法回答他。老大了解我的困难，解危地说：

"慢慢想办法，我也去想法子去。老二你能出多少是多少，一句话。"

有什么可踌躇的呢，为了老三，就是生命，我也不应吝惜，更别说身外之物了。不过一百万老法币这数目可不小，不是一两天可以办得到的。老大误会我为难，于是以长兄的身份排解道：

"这样吧，老二去凑五十万，余下的我想法。"

我不禁脸红了。我知道大哥误会了我。但他的用心我又不得不感激。老三望望我，说道：

"我不忍心太难为你们。我知道你们的底子，因为你们都不能狠心做坏人。好在还有十来天，我再另外去想法子去。"

同老三一块出来，我忍不住轻声问道：

"子奎，这不是梦想吧？"

"怎么？"

"改行。"

"我说了，我宁愿死，我要重过一个人的生活！"

望着他的背影从人丛中消失了去，我还立在街心发愣。我反复着他的话："宁愿死，要重过一个人的生活！"多么有力量的声音呵！我像梦里被人唤醒了一样，不禁自语着："宁愿死，要重过一个人的生活！"

一辆三轮车来兜生意，哪儿去呢？坐上车子，还没有想定主意。忽然迎面来了一辆三轮车，那车上坐的一个女人身影，不就是我梦寐想着一见的周燕翎吗？我对车夫挥挥手，说：

"追上那部车。"

不顾车夫做什么鬼脸，我心里不禁失笑了。我盯过不少的人，可是像流氓一样去追一个女人，这倒是头一次。

车子穿过福熙路，绕到静安寺，一直保持了两尺左右的距离。我的车夫似乎精于此道，得意地吹着口哨。可是前面车上的客人，怎样也难得回过头来。遇到红灯，两部车子差不多并着了，我清楚地看到她，她穿的是时下流行的灰色西装长裤，一件蓝色绒线上衣，手上一卷报纸，她正注意翻阅着什么，怎样也不回头看一看我。我不便冒昧地喊她，她可能完全不认识我了。假如她忽然看到我，而且马上招呼我，我会像在学校时撑竿跳一样，一步就跳到她的车子上去……这又是一个幻想。车子继续向前飞跑着，经过静安寺，愚园路转角，一所大楼面前停下来，我来不及付车钱，她的影子已经从那两扇玻璃门后消失了。

凭我职务上的经验，五分钟我就问出了她住的房间和电话号数。于是我留了一张名片。草草地写道：

"燕翎，欢迎你重回上海，不知你还记得老友否？不便冒昧造访，盼抽暇赐一电话。名。"名是我的别名，也只有她知道这个别名。从这个名字，她应该很快想起我，想得起一些逝去的日子。

这一次巧遇以后，一星期过去了，也不见她有电话来，更别说回信了，为了什么，为了什么呢？她完全忘记了我吗？或者是不屑继续我们的友谊？又或者？……我不敢再想下去了，可是，在没有见到她之前，假想不能安慰我，却也不能减退我的勇气。我决定先给她电话了。

铃响了好一会，一个熟悉而又陌生的声音梦一样地来到耳边：

"谁？"

"我找周小姐！"

"我就是。你哪位？"

"我是名……我是维章呀！"

"哦！你怎么知道我的电话的？"

声音好冷呀！像一把闪着寒光的剑，一直刺进我心底。我几乎失去了勇气再说什么了。可是，我最后一次鼓励自己，我说：

"我想来看你。"

"什么时候？"

"现在，行吗？你有空吗？"

"好——吧。"

她答应了我！显然有点踌躇。

十分钟后，我已经到了××大楼。仆欧引我到二〇四号房，他只轻轻在门上敲了两下，我全身的神经仿佛被击中了要害，紧张到心的跳动加了若干倍数。名片拿了进去，还是那么一个陌生的声音：

"请进来！"

脱下帽子，仆欧顺手把门带上了。屋子里仿佛坐了四五个客人。想象中燕翎会热情地迎过来，谁知立在屋子中间，像一尊石膏型的女主人，只淡淡地向我点点头，我伸出去希望热烈把握的手，意外地却被握在另一位客人手里。

"小胡，久违了！还记得老同学么？"

"好久不见，老李！你好！"

李信仪，也是一位同学。虽然很少往来，可是过去这几年，在上海也偶然见过几次面。我不太清楚他在干什么，但是，我猜他一定知道我的历史。忽然我感到有点不安，一定是老李同燕翎谈到过我，否则燕翎不应该这样冷淡我。他们继续谈着话，半响，我才听出他们在谈着沦陷期中的故事。他们一定是谈到我才联想到这些故事的，我不禁神经过敏地这样想。这类话题显然没有我插嘴的份，我只好沉默着。这时候，我可以仔细来打量我这位久别了的故人。她，我们的燕翎，仍然着的男装。这服装可把她的身材勾出了一个匀称的轮廓。相当瘦长的女人似乎更宜于穿男装的，她看上去比从前略瘦略黄一点，也许因为在家里，没有施脂粉，倒是更自然一点。她不自禁地微笑着，全神贯注进故事里，手上夹着根香烟，她也抽烟了，这是七年前所没有的一个习惯。偶然一个回身，忽然注意到我，注意到我在用心观察她，她微微笑了一下，像是抱歉，像是敷衍我。笑得那么不经心，笑得那样的冷漠。我不禁微微打个冷战。就那么短促的一瞬，我望到她的眼睛，那亮而大的眼睛，那充满了无声的语言的眼睛，现在，看起来却像一个静止的湖，无底的深，无可比拟的冷。就那么短短的一瞬呵！她并没有看到我，没有，一定的。否则她不应该那么残酷地忽视我的存在，我在她眼睛里，就像一具没有生命的东西，不值一顾似的。凭她的聪明，凭过去七年前我们的友情，她应该很快地了解我、我的痛苦、我的希望，我……在等着向她倾诉呵！

我悔我不应该这时候跑了来，为什么不在电话里问明白？知道她有客人，宁可改期。其实，急着见面的还是我。我没有理由怨她，这不是七年前，在学校，约着看电影，或是打球玩，我们可以任性互相闹别扭。我们彼此成了家，这八年战争是一道无形的墙，我们的友谊自然有了距离。现在，我们的生活，我们感情上的爱恶，已经从一个分水岭，流向两个不同方向的溪渠。我们需要重新认识，重新建立友谊。然而，她也会像我一样地这样想过，或者，她肯接受我的要求，给我一个自白的机会，来了解我、认识我、接受我的友谊么？从她那极度冷淡的神情里，我已经预感到我的企图会失败。可是，我不放弃我的努力，一个失足落了水的人，望到一片水藻，也要挣扎着伸出一只攀缘的手。我并没有存心自杀，我还要活下去，"要重过一个人的生活！"我需要鼓励，我应该走上一条新的路。漫漫长夜都熬过来了，我为什么就气馁放弃了我的希望呢？

我决定了等待，我有这耐性。我相信我们过去的友谊会帮助我争取一个新的友谊。于是，我打算先告辞，同她另约一个时间。我估计我突然要走，会引起她的诧异，但，她并不挽留我，作为一个主人，她不得不送我几步。客人们仍旧高谈阔论下去，我不忘记向老李点点头。走到门边，我利用这最后机会紧握着她的手。她望着我，像是从记忆中想起了一些往事，可是，很快地，眼睛仍又充溢着迷惑的神色。

她并没有躲过我的眼睛，这时，我看出了她的坦白，她似乎在问我："你还是从前的你么？"我被她望得低下头来，我感到耳根都发热了。我禁不住张皇，我匆促而低微地，哀求着！

"希望你给我一个时间，我需要单独地同你谈谈。"

四

十次以上的电话，加上两封信，总算得到一个肯定的答复："来。"

这天照例五点钟起床，仿佛要参加什么喜庆大典似的，我挑出一套西装，刮须洗脸，穿戴停当，不禁站在穿衣镜前将自己打量了一下。拿七年前的眼光来看，我也要不认识镜子里的这个人了。他胖了，胖得真没有理由呵！这七年并不曾过一天好日子，也没有过一夜好睡眠，工作是紧张的，繁重的工作以外的时间，也并没有好好休息，相反的，为要找一些精神上的刺激，跳舞厅、轮盘赌，倒成了我的游憩地。可是，我居然胖了，这胖把我装扮成一个中年人，这胖使得我曾经自傲过的端正的五官，都变得一无是处。我禁不住要诅咒自己，诅咒已经过去了的七年日子，我看看那一对昏暗无光的眼睛，那眼睛却全神注视着那不是这年龄应该有的一片灰白的鬓角。

我无心再端详下去了，我不是一个电影演员，无法借化妆来矫装自己。

走到房门口，妻正好由楼下上来，诧异地问我："这么晚了，你还不上所里去？"

躲过妻的眼光，做贼似的，快步跑下了楼。习惯地说了一句："晚上别等门了。"转身走到街上。在拥挤的人行道上，我渐渐恢复了自信。人们不都在往前走吗？人们不都有一个自己的目的吗？人的一生本来就是平凡的，在忙着、工作着的时候，根本就无暇去追寻生活的意义。在这些忙忙碌碌、奔走衣食的人中间，有谁曾经反问过自己，有谁曾经自省过，又有谁有这勇气否定自己的一切，而鼓起重新航向一个新的方向的希望呢？尽管他们都有目的，都向前走。我有这自信，我可以骄傲。我无须借剧装来改扮自己，人生不是演戏，无意因为过去的失败就重换一个角色。

人离不开社会。今天的社会容不了一个旧的我，那么请旧的胡维章死去，将那个腐烂了的躯壳扔掉，重装上一个新的灵魂，重过一个人的生活。好比刚从大学毕业出来，过去的七年算是一个长期的冬眠，现在，春天到了，燕子飞回来了，蜕掉一层壳，呼吸一下这新鲜自由的空气吧！我有的是力量，生命是充实的！我要重新做一个人。大奎这么喊过，多少人这么喊过。不，现在是我，胡维章的声音，在喊着。

批阅了几件公事，事实上这一阵子并没有什么事。一些纪念节日都过去了，传说中我们这个组织将归并到 ×× 部，拟计划，开会，那都是所长的事，我们这一组，本来是别动队，忙的时候，夜晚也别想回家，闲的时候，公事房里可以打扑克。假如社会秩序好，根本就没有这个组织存在的必要。但是，有了这个组织，或多或少也增加了不少人民的麻烦。就如国家养兵是卫国保土的，但是，军阀时代的兵人，有谁不害得老百姓头痛的呢？

不过，我自己头痛的是，另外的一个组织，可真使我没有一分个人的自由，因为随时都会有命令，调派出去探访什么事情的。无论我上什么地方去，我都得留下地址和电话。说笑话，我留地址和电话的时候，未尝没有想到另外一个作用，不定什么时候，一枪打死了我，最后得有人出来证明我的身份，好同我收尸。

尽管没有工作，也只好留在公事房里。甚至下了办公时间，我仍然留下来，为了等到约会的时间，等到晚上六点钟，我在压抑着兴奋不安的情绪，走向金宫大饭店。

门前那两根朱红金龙柱子，照耀吐出两颗华光耀眼珍珠的电灯，一层层台阶走进去，一个个红蓝白三色 V 字形的荧光灯迎接着庆祝胜利的客人。音乐台上，异国流浪者正在奏着明快的进行曲。舞池光滑如镜，时间还早，客人来到的还不多。我捡了个较偏僻的座位，于是全神注视着光圈外进出的人影。

不知道等了多少时候，忽然发现邻座已经笑语一片了，音乐师改奏爵士舞曲，多少对青年爱侣都已翩翩试步了。她还没有来。仆欧殷勤地给我送茶，我不禁惘然了，她会不来么？终于忍不住走向电话间，刚刚起身，感谢天！那停步在金龙柱子附近的不就是她么？快步走向她，居然她也很礼貌地同我握了握手。我引导她就座了，征求了她的同意点了菜。她一直在打点着那过分豪华的布置，不时注视音乐台和舞池子。我一时找不到适当的话题，倒是她先开口了：

"这儿究竟是上海！"

"上海变得多了吧！"

"唔，变得多了，变得更繁华，更热闹，也更……"她咬住了要说的话，她自己在玩味着讥讽的余味，从那似乎微笑着的嘴角看来。

是的，变了，环境，心情，一切都与七年前的不同。我读着她脸上的表情，我也不禁要感慨地说一句："燕也变得多了！"她不再是一个好动任性的孩子，不再是一个喜欢唱歌喜欢运动的女学生，眼角的皱纹说明了这七年中的生活，她的生活一定是在奔波不安的环境里熬过的。最令人怅惘的，她失去了原来的豪迈坦白的性格，应对之间，一抬眼，一皱眉，叫人捉摸不出她的真正意旨，仿佛生活教给她太多不必要的世故。她用叹息，用笑，来说出她对上海的观感，叹息得那么轻微，笑得那么冷漠，神经略为过敏的人，容易误会被讽刺的对象不仅是环境，更重要的是人。自然，她有理由讽刺我，但，我却希望得到一声更痛快的责骂。只要她肯骂我，我一定坦白地向她承认这几年来我背负的精神上的痛苦，由于环境，我被逼着走向堕落。可是，一切从何谈起呢！

人在圣母像前，自然地会低下头来。是忏悔，是希望，借无言的心声，向圣灵祈祷。也许自己并不是宗教的信徒，就凭那一片虔诚，换来暂时的宁静，这是最高的目的，无上的安慰。多少人事业上感情上遭受到打击，自然地皈依进佛门，不外这个道理。

可是，我并没有消极到想遁入空门，相反的，我不缺少勇气航向一个新的方向。我明知我的处境，如同一只断了桅杆的破船，经不住一阵风浪。我还年轻，我有事业的抱负，我需要的是鼓励，借鼓励给我一个新生的力量，我有这把握，我不能放弃眼前的机会。

等着菜肴的时候，我们无言地抽着烟。她躲着我的目光，那神情似乎不屑于多理睬我，不用说，这顿饭是十分勉强才来应酬一下的，防着她不等吃完会先告辞，故意问道：

"你很忙吧？"

"没有呀！"脑袋一歪，眼角微微上扬，这一瞬间，我似乎抓到一个多年的印象，她又复活到我眼前了，我不禁在心底叹口气。

"听说你很得意？"

"我？"其实我用不着惊讶，我懂得她说"得意"这两字的含义。短短的时间，说不完七年的历史，我又何必多费唇舌来为自己解释？然而，我不能自禁地苦笑了一笑道：

"在你们天上飞来的人们面前，我是太惭愧了！"

"老朋友，何必骂人呢？我是诚心想来听一点沦陷期中的故事才来扰你这一顿饭的。"

"哪一类的故事呢？"

"不论哪一方面。就你自己，不也可以现身说法吗？一个地下工作者的身份，不是会有一些惊心动魄的遭遇吗？"

感谢乐队这时奏了一只轻快的曲子，灯光顿时变成红色。否则我的窘状逃不过她的眼睛。我借此换一个话题道：

"音乐真好！我能够请你跳个舞么？"

"对不起！我不会。"

"你说谎。燕翎，你不应该忘了从前……"

"真的，忘了！一步也不会走了，这几年在内地生活都没有安定过，哪有机会跳舞？"

"说真的，我倒想听一点抗战的故事，这几年躲在上海，好像睡了一个长觉，做了许多噩梦。一睁眼，世界改了样，什么都新鲜，什么也不懂了。我说惭愧，因为我深切地感到自己的落伍。即于你，我们是老朋友了，你不生气我说'朋友'吧？我从心里佩服你，希望你也能够把我当一个朋友，告诉我一点，这几年的生活情形，大后方的情形，在我，哪怕是生活上的琐事，也是难得到的智识。……"像开了闸的水，一口气说出我心里想说的话，这时菜上来了，我让着她，我不忘记做主人应有的貌礼，我问道：

"你喝酒不？"

"不会。"

"那么，就请用菜吧，我们吃着谈。"

"我有一个朋友，一个画家，"她半是回忆地叙述着，"桂林撤退的时候，他带着太太、两个孩子、几件随身衣服，爬上了火车顶，千辛万苦到了金城江，火车没法前进了，谣言比敌人的炸弹还要多，难民们一批批被逼着爬下火车，爬上公路，这位画家没法处理他那一家人，太太患疟疾，孩子不能走路，他只好留在金城江，等着万一的机会，也许火车还能够向前走。他等着，等的结果，金城江突然大火，这火烧毁了许多人的希望，一些有钱的人守着他们的物资，不料一夜之间变成了穷光蛋。这位画家被逼着只好背起行李，牵着八岁大的儿子，扶着病人，病人背上还背着一个三岁大的女儿。走吧，走了不知多少日子，走到脚底板都烂了。他们得不到休息。谣言在赶着他们，敌人的枪声就在他们的后面。他们真的听到枪声了，可是并不是敌人的枪声，而是撤退的散兵同难民们发生了冲突，有的难民将自己仅有的一些家财放在一个板车上，散兵要抢用板车，难民不答应，想不到对付敌人的武器反而对付了老百姓。这是一场虚惊，病人受了惊越发无力走路，而且感到背上的孩子愈来愈沉重。他们找一个山头憩憩，放下孩子，谁知孩子已经被流弹打死了！"

"呵！"这是不可能的，我想喊出来，可是她却继续着她的故事：

"死了一个少一个。他们没有心情，没有时间哭孩子，仍然向前走。又不知走了多久，好不容易到了六寨。听说中原的军队调到南边来，'哀兵必胜'，传说中反攻是有把握的，他们，许多的难民实在无力，无钱再逃了，他们留在六寨，希望跟着军队，静候着捷音，第一批回到桂林去。六寨相当安定，军队过境的相当多，证明前线打得不错。忽然有一天，我们的空军，同盟国的空军出动了，飞机飞得很低，蓝白星状的国徽都看得见了，难民们，满山遍野的难民们都欢呼起来，谁知就在这个时候，突然一阵枪声，子弹雨一样落下来，自然，少不了有炸弹，不死的是侥幸，谁也没有准备逃，谁也不知道往哪儿逃。就在这一次不可饶恕的错误的犯罪行为下，一批不愿牺牲在敌人手里的老百姓却进了枉死城，等到我们的画家从死人堆里爬起来，他的太太已经骨肉模糊了。"

"后来呢？"

"埋葬了妻子。只好再走，看来六寨都被当作前线，难民们不得不逃了。这位朋友受了太多的刺激，最后把那个八岁大的儿子也走散了。"

"这不会是真事，真是不可能的呵！"

"这是真事，不过太惨了！离开桂林时是四个半人……"

"这么会是四个半人？"

"他太太还有三个月的身孕呢！"

我不能相信这是事实，但，这是事实呵！说故事的人压不住声音有点颤抖，我这才发觉她一点菜也没有进口。她继续说着：

"在重庆，我见到他，就他一个人。这些刺激对他不算小了，可是，他居然忍受下来，休息了一个时候，他埋头画了许多画，他开了一次画展，很轰动，很成功。少数接近他的人，才看得出他这些画都是用血泪涂成的，所以才这样感动人。"

"现在呢？"

"胜利以前，他常说他还有一个希望，他要回到六寨附近去找回失散的儿子。"

"找到没有？"

"我不知道。我来到上海就没有他的消息了。哦，你猜我说的这位画家是谁？"

"谁。"

"你还记得从前给我画像的陆一飞吗？"

"啊呀！是他吗？这真是想不到呵！一位大少爷脾气的艺术家，居然也会到后方去，而且……"

"想不到的事情太多了。这不过是抗战中的小故事，这类故事是说不完的。"

半晌我说不出什么话来，一个神经质惨白脸色的人影，浮现到眼前来。他的遭遇太惨了，任何一个人受到这样的打击都可能会疯，我不信他还能活下来，还能工作，还能……

"你有什么感想?"

"太多了!"

"是不是觉得陆一飞太傻了?"

"傻?"

"你不奇怪这些人为什么跑到后方去吧? 而且遭遇都这样的惨，到底为了什么呢?"

"为了什么?"我没有听进对方的话，我却不自已地自语着。

"我希望你将来有机会看到他的画。他的画会答复你，为了什么，老百姓要跟着政府走，为了什么，老百姓吃苦受难熬了八年。是什么力量支持抗战，是什么力量才赢得到今天。呵，我像演戏似的，在背台词了。不谈这些吧。我听听你的，你不应该让我失望呵，我说过，我是诚心来听一点沦陷期中的故事才来扰你这一顿饭的。"

我什么也说不出来，我有什么可说的呢? 今晚，我坐在上海最豪华的饭店里，来为七年前的老朋友洗尘，我坐在丝绒沙发里，听着爵士音乐，看着绅士淑女们搂着，跳着舞。我嚼着美味的菜肴，我似乎向老朋友夸耀，上海究竟是上海! 上海有的是物质上的享受，胜利了，聪明的上海人用灯彩扎出胜利牌坊，这灿烂的牌坊照迷了多少人的眼睛，可是也照出了人间最卑劣的虚荣心。胜利是应该狂欢。熬受了八年苦难的老百姓是应该狂欢的。可是我有这资格来分享这狂欢吗? 我，我问着我自己，我什么也说不出来，我有什么可说的呢? 我? 我!

五

我再也禁不止我的手去拨案头的电话机了。可是，我还得尽最大的努力压制着自己，否则我管不住这两只脚走向静安寺 ×× 公寓里去。燕翎冷淡我，疏远我，却禁不住我的一厢情愿的感情上的打算。我愿意在咖啡馆里等上三个钟点; 我愿意在她高朋满座的客厅里，把自己隐藏在一个角落，没有人注意我，甚至是屋子的主人。我忍受着一切冷嘲热讽，我得硬着头皮应付一些不期而遇的生熟朋友，小个子老李似乎处处都不放松我，无论谈到什么题目，见我在座，他就说：

"问小胡吧，他知道得最清楚。"

任何场合我都可以应付裕如的话题，这时候，却给窘得吐不出一个字。我认为最可骄傲的另一种身份，这时候，这地方，却遭受到更多的唾骂与鄙视，不仅仅因为他们大多是重庆来的，就是留在上海的一些人，也多是忠贞的老百姓，沦陷时期，吃过许多意想不到的苦，多少痛苦感想，加深他们对敌人，尤其是与敌人合作过的自己同胞的仇恨！天上飞来的固然已经使得苦苦守了四年的老百姓失望，而地下钻出来的却更得不到人们的同情。阅历增添了我的世故，我不愿辩解，一些可耻的事实，我比他们知道得更多。我守着沉默，等待着机会，假如能够同燕翎单独晤谈，我得告诉她一些亲身经历的境遇。为了说明我并不是自甘堕落，我还有一些努力向上的雄心。

机会终于来了。

初冬的阳光带来了春天的温暖，燕翎答应了我的邀请，一个星期早晨，我借到一部小汽车，载着燕翎，驶到郊外公路向我们旧日的游地——吴淞。

海滨的风光会不同于往日么？那白石长堤，那细软的沙滩，应该还找得回一些温馨的回忆。汽车沿着公路慢慢增快了速度，弹痕斑斑毁于炮火的房屋，是一笔抹不去的战事遗迹。离市区愈远，公路也愈颠簸，说是郊外，并没有引人的风景，我担心还没到目的地，燕翎会扫兴要折回去。意外地，她的兴致相当高，我们忘了一切不快的印象，忘了时间，仿佛多年前，还在学校读书时候一样，想赶头一堂早课，我们曾经约在淞沪车站上碰头，清早的火车人极少，她跳着，嚷着，唱着，从不肯安静地坐下来，火车飞驶着，她，燕翎，也似乎翱翔在蓝空的一只鸟，自由地、快活地飞舞着。她的活泼、天真，接受了不少人羡慕的注目礼，我，护送着她的人，也分享了一些骄傲。

望着燕翎渐渐焕发了的神采，我也逐渐摆脱下精神上的束缚，我们海阔天空地谈着一些旧事，我们似乎都年轻了十岁，我深深体味到，忘掉现实，是多么幸福的一件事！

现实真的可以忘却吗？

在吴淞镇上，停了车，我们听到石板路上的足音。寂寞的足音衬出了小镇的荒凉，在学校时，课外时间，常常来到这小市镇上面馆里找营养食物，现在想找点果腹的东西已不大容易。幸而我预备了点罐头水果之类，我鼓励她，我说：

"到海边上再用我们的午餐吧！那里有自然的乐队在欢迎着燕子的歌。……"

她笑了。第一次在她脸上找回早已埋进了记忆里的一个笑。她跑在前面，我找不着她。长跑的冠军跑不过五十米短跑的选手，眼看我是真的落伍了！她像一只善于捕鼠的猫，跑到某一个地方，忽然停下来。等我追上去，她一纵身，又跑远了。一直追到海边，她已安然地坐下来，等我喘息了半天，擦好汗，一句隐藏在她心底的话忽然跳到唇边：

"胡子维究竟不是胡维章，往日那一点运动本领哪里去了？"

像一枚炸弹击中我的堡垒，我十分惊异她何以晓得胡子维就是胡维章？我勉强镇定着坐下来，用尽了我的聪明机智，希望转换一个话题，暂时地逃出现实。

我矛盾，我痛苦，我明白我跳不过这道防线，要求得她的同情和谅解，应该毫不隐讳地自供出来。但，我没有勇气，我把握不住假如坦白自供后会有什么结果。

她是聪明人，一个聪明的女性在感情上应该有那点执着，执着于过去，即令是一个被遗弃了的友人，她不会吝惜那份关切的好心。燕翎自然也有弱点，假如说过感情上的执着也是弱点的话，我自作聪明地抓住了她的弱点，希望她由于关心给予更多点同情，基于同情给予更切实的援助。

她没有让我失望，她没有拒绝我的邀请。现在，我庆幸着我的收获，但我更懊丧的是，我失去了说明一切的勇气。

眼前环境是一个多有力的讽刺呵！自然的大地上，海波自由地跳跃，云彩自由地飞过蓝天，风在低吟，海在私语，自然风光像幅画，胜过了画。曾经做过人家笔底材料的，这一对爱人，呼吸在同一环境里，却捉摸不住对方的心。时间扯碎了旧梦，现实堵立了一座高墙。脚底下是曾经戏游过的沙滩，月光下曾经印上我们挨臂而行的影子。一切回忆在咬着我的心，一切亲昵的戏语嚼到嘴边都生硬了。我什么也说不出来。我像一只久困在笼子里的兽，放出笼来，漫步在山野中，却认不得旧路。

茫然中她唤醒了我：

"我们走走吧，到学校旧址去看看！"

"你知道，那里已经是一堆废墟！"

她也像是从梦里醒来一样，半是自语：

"一·二八、八·一三，两次战火，恐怕一面墙也不剩了！"

"真的一面墙也不剩就好了！"

她不懂地望着我，我继续道：

"战争偏偏要留下一道墙，这墙隔离成了两个世界，站在墙那边的人永远也看不见墙这边的人。他们也有痛苦，也有希望，他们需要了解，需要同情，他们……"

不等我说完，她截断我的话道：

"你的意思，是说我不了解你，是吗？"

"我希望着，因为我也痛苦。"

忽然她走近我身边，她的右手轻轻放在我的肩上。我禁不住一阵心跳，假如我有多一点的勇气，我会像过去一样把她拉在我怀里，在她的像半开的玫瑰一样的唇上，深深印上我的吻。我在踌躇么？并不！不等到我沉醉到梦里，她顺手翻了翻我的衣襟，像燕子掠过了水波，转身从我肩头滑过去。我惶然地望着她，一切言语都是多余的，她清楚地看见了我衣襟里面一枚徽章，现在还需要申明和解释么？我夸耀的正是她鄙视的！这徽章保障了我今日的地位，这徽章隔绝了本是相知的两个人的距离。

我望了望她，她很自然地笑了笑：

"对不起，无意地发现了你的秘密。"

像一把利剑刺到我的骨头里，我感到痛，我更感到冷。一切希望都沉进了海底。一个最会做戏的演员，到这时候也无法控制他自己了。

现实竟是这样的残酷！

海滨回来，我患了重感冒。在家里躺了两天，病是难得的休息，我的不安的心情却并不能因为病而宁静下来。

妻很高兴，虽然我在病着，我能够留在家里，在她认为是无上的安慰。她把孩子都打发开，服侍我，陪着我。我说话的情绪十分低落，装着头痛，尽闭着眼睛，一闭眼，燕翎就飞到我面前来。她永远含着笑，却笑得那么冷。发着高热的时候，也许喊出了燕翎的名字，待我清醒过来，妻是那样不安地、怀疑地望着我。几天后，我从床上坐起来，能够阅读书报了，忽然妻问我：

"你见到燕翎没有？她该还在上海吧？"

"什么？她？也许吧。"

我避讳着谈到燕翎。我知道作为我的妻子，敏玉也并不幸福。她爱我，她有权嫉妒任何一个同我往来的女人，更何况是燕翎？她们过去是情敌，敏玉知道某些方面燕翎占着优势，我同燕翎同学的时候，敏玉还是孩子，燕翎离开了学校，离开了我，不久我就走向敏玉，最后我们终于结了婚。婚后生活是美满的、幸福的。可是，美满的家庭给了我什么呢？我并没有享受到多少家庭幸福，我的工作是没有太多的个人自由的。我常常感到对敏玉负咎，敏玉牺牲了她的学业，为了我，为了孩子。可是，为了这个家，拖累着我一步也离不开上海，留在上海这几年，我无异是背着石头跳大海，沉沦，沉沦，永远地沉沦下去！

有时候，我不禁对自己反感，也不禁迁怒到敏玉同孩子们的身上。特别遭遇到一些棘手的事，回到家，我从没有过好脸色。一切又何尝怪得了敏玉，怪得了孩子呢？我懂，我都懂呵！

燕翎对我，是一个崇高的偶像。在燕翎面前，我似乎抓着一个希望的远景。希望是不可及的，远景是模糊的。唯其不可及，唯其模糊，我才不惜一再努力奔赴。我承认我有点自私，我本来应该坦白对妻说明，我同燕翎交往的经过，我也应该邀约燕翎到我家里来，燕翎会很自然地做我们的客人，敏玉必定会贤惠地尽她女主人的本分。我没有这样做，我不能隐藏我有一份私心。究竟我的私心会发展到什么地步，我没有去估计过。"和平以后"，我的人生观整个地动摇了，我不能安于温暖的现状，我像一只长足了羽毛的鸟，也试着有一天，突然飞向远方去。因为，我自觉到我所谓的温暖的现状，遮不住正直的目光。在太阳下丑陋的东西是经不住粉饰的。

什么事情也没有隐瞒过妻，可是，我不得不学着说谎，待在家里像一个被监视的囚犯，妻的眼光，使我痛苦，使我不安。

正好，奉到一个紧急命令，带着病，我也只好走出门去。

见过所长，召集了弟兄，检视过手枪，在一个半夜，我们闯开了一间白俄的公寓，为了逮捕一个意大利籍的医生。据报告，这个医生沦陷期中有通敌嫌疑。

好不容易敲开了医生的房门，天！这是怎样一个动人的场面啊！

这是一个布置相当考究的公寓，两间套房，中间隔着一层布幔，布幔的里间，正中一架双人床，墙壁上一盏绿色灯，照耀得整个屋子的情调，如此的安详静穆。一个二十来岁的女人，着一件白纱长睡衣，还斜倚在床上，淡黄的头发垂在肩际，美丽得像幅画。她瞪着一双吃惊的眼，听着我们说出来此的职务，她突然跳下床来，抱着她的丈夫，我相信她此刻一定忍着眼泪。医生拥抱她，吻她，低语着安慰她。帷幕一直没挂下来，因为我们的手枪要对着被逮捕的人，以防他意外逃脱。许久，许久，医生挣扎着扔开妻子，穿好衣服，不忘记戴上帽子、手套，无言地跟着我们走出来，走下楼梯。我留在最后，当我退出的时候，我对那年轻的妻子说：

"我叫胡子维，在×××，假如以后有需要我帮忙的地方，可以找我。"

那女人没有理睬我，她的眼神是愤怒的、仇视的。

我跟着下了楼，走出大门，忽然一声轻脆的喊叫，满含着悲愤的女人声音喊着："约瑟，亲爱的!"我一回头，看见露台上一个人影，浴着月色的清辉，如同一尊石膏像。她是热情的、激动的，她唤着丈夫的名字，发狂地丢着吻，那医生低着头，没有再看她一眼。他不忍心再看她，他满心不愿离开这么年轻美丽的太太，不愿离开这个温暖宁静的家。那女人唤不回她的丈夫，绝望地，伤心地，扶着栏杆，头埋在胳臂里。她在哭，美丽的头发披到胸前，墙上清楚地勾出一个颤动着的人影。

我不可能看下去，也不忍再看下去。我握着的手枪，不知什么时候已经搁进袋里。

不能因为这么感人的场面，就给医生辩护无罪。我的任务，只是执行逮捕。逮捕以后的事，我管不着。我也没有再过问审判以后的结果。那医生通敌有据么？判了罪没有呢？这都不关我的事。可是，许久许久，我忘不了那晚捕人的印象，记忆太深刻了。我想着战争不知给人们带来多少痛苦，创造出多少人为罪恶。人们都在追求着一己的幸福，又有多少人肯为了别人的明天而牺牲自己呢？一个人的得失就在于一念之间。即如我自己，短短数年，仿佛经历了几个世纪，昔日的朋友，变成今日的敌人；昔日的敌人，成了今天的朋友。人生如戏，跟着人们进进出出，难道我就永远扮着这一种角色，永远继续这演不完的悲喜剧吗？

我问着自己，问着自己，我答复不出。

我知道有一条广阔的路在面前，只要有决心，有勇气。

我要重过一个人的生活，可是，我踌躇着。我的性格埋葬了我，难道我只有永远地沉沦下去吗？

六

大奎有信来，信是老大转来的。信虽简单，却充满热情与鼓励。说是生意大有可为，希望我也能去。我明白他的希望，他是过来人，所以希望我也能摆脱现实环境。老大在信后批了两行字说："假如你有此决心，当竭力助你成行。"子琛在这些地方真像个长者，也真义气。共过甘苦的人才能这样推己及人为人打算。但我却始终不能遽然决定，并不是有所依恋，离开上海，摆脱一切，丢掉职务，甚至丢掉家，我都情愿。当我一个人私下计划着时，却不禁犹疑起来。我得找燕翎，我要她给我做最后的决定。一个美丽的想望在诱惑着我，上北平，飞青岛，或者更远更陌生的地方，我愿意像拓荒者，用自己的手脚过操劳的日子，有燕翎伴着我，我有勇气重行做一个人。我多么想望着过一个"人"的生活呵！可是，当我见到燕翎的时候，我却缺少这份勇气，向她明白说出来我的想望和打算。

这是不可能的，甚至是荒唐的。我听到有人揶揄我、讽笑我，家人、朋友、同事、同学，甚至我自己，当一个人做着梦的时候，也不禁神经失常地笑了起来。我不理解受人虐待的人，会感到怎样的痛苦，可是谁又理解我，一个自己虐待自己的人，这痛苦的滋味呢？

一天，老朋友谢和昆来所里找我，他说从燕翎那里知道我的地址，刚从内地复员到上海。做了七八年公务员，现在复员声中，机关裁并，他也就被遣散了。他说鬼混了几年，仍然是个光杆，远在河北的家，战争中老老小小死的死，散的散，他说上海是第二故乡，可是回到上海却连一个住处都找不着。他老得多了，不过兴致非常高，似乎还有点钱，因为他说明了他找我的目的，希望我帮忙他，利用现在的环境，做点投机生意。

我们走到一家咖啡店，他一杯一杯喝着白兰地，酒一下肚，话多，牢骚更多。像这样的公务员，在内地应该不算少数，像他恐怕还是幸运的。他虽然没有混出地位，而能够有本钱做生意已经不易了。

谈到末了，话题转到哪家舞场乐队好，哪家舞场舞女的技艺多。我在心里盘算着，他在旅馆住下去，每天如此安排生活节目的话，他那一点财产，不够一个月的报效。假如我帮助他做做生意，也不过拉长时间，多点享受而已。我问他愿不愿意结婚，他说：

"你愿意介绍吗？"

我忽然想到玛莉。很久很久没有去看她了，她生活得怎样？回南洋，短期内交通还成问题。假如将玛莉介绍给老谢，他们会不会变成一对好朋友，甚至组成一个美满的家庭呢？我想得出神，谢却叹息道：

"这年头，女人眼光也不同了，一句话，要有钱，有地位。所以，你还得帮我忙，你得介绍我一条路子，现在什么生意可少担风险而又可以多得利息呢？"

我皱眉道：

"难难难。生意我是外行。"

"对一个老朋友可别说谎！"

"我到现在还是个穷光蛋，当然，有人发财是事实，我的情形谁都看得见的，说谎有什么用！"

"你不是傻瓜，难道许多机会都不去利用吗？"

"心狠不下来。也许是傻吧，否则不会到今天还被人扣留着，不放我走。"

"怎么，你不干这差事了？"

"昨天，第三次提出辞呈。"

"辞得掉么？"

"我这次下了决心，因为我准备了走。"

"走？哪里去？"

"还没定。"

"好呵！燕翎这回输给我了！"

"什么？燕翎？"我被他这一声喊，也诧异地叫了起来。他们背后谈过我，一定的。她是怎样谈到我的？我急切地想知道个详细。只要有人一说到燕翎，我就禁不住心跳，何况她还谈到我，她对我的批评，不论好坏都可以看出她对我的观感，这在别人不足轻重的一句观感，对我，却是航向大海里的风向针，我要预测明天的风向、明天的安危，我压不住我的感情，我急急地问道：

"她骂我了，是不是？"

"骂你，也是不忘情的一种表示呵！"

对方狡猾地避开正题开玩笑。我忍不住又问道：

"到底她怎样说我来着？因为我知道很多人都不了解我，何况是她？"

"她不了解你有什么关系呢？反正她说你绝对离不开现在的职务，她对你灰心，对你绝望……"

"灰心，绝望，离不开现在的职务，离不开上海，我？"我在心里反复自问，"假如我真的离开这个职务，而且真的摆脱一切离开上海呢？她会否重新给我一个估价，重新恢复对我的友谊呢？"

"你想什么去了，想燕翎么？"

我苦笑着。

"想不到你居然不忘旧情。可是燕翎的生活跟我们的差半个世纪，而且她太骄傲"。

我不欢喜别人批评燕翎。也许她是有点骄傲，她的性格容易得罪人。她的生活，尽管我不太了解，我看来，她生活得比我们的有朝气、有希望。也许我们之间的生活相差还不止半个世纪，也由于此，才做成一重重看不见的高墙，她不了解我，她禁止不了我对她的景慕。不忘旧情，并不是真正痛苦的因素。

喝了两杯白兰地，脑子里像装上一个轮子，想的又多，又乱，我推说有事和谢和昆分手，怕他穷追着我，敷衍地答应他给他想办法。望着他蹒跚地消失在人丛中，我茫然地信步走着，下意识地却走到静安寺了。

感谢天给我安排得多么好，燕翎一个人在家里，已经是掌灯时候，她却站在凉台上凝望着天空，是等着月亮出来，还是在数星星？我顺手捻亮了灯，不及抱歉突然来破坏了她的清静，更不及等待控制自己激动的感情，我走向她，酒意添了我的勇气，记忆中曾经有过这样的举动，我拉着她的手，零乱的，然而却是直率地说出了要说的话：

"燕翎，希望你尊重我是你的——一个朋友，相信我的坦白，我得告诉你，许多许多事情。我的痛苦，我的打算，我的决定，我的希望。你一定要听我说下去，我尊重你，我尊重我们过去的情。我绝不愿让你灰心，绝不敢使你失望，相信我是诚恳的。我要同你谈谈，尽管你不了解我，哦，是不屑于了解我。可是，你的眼神没有瞒我，你并没有做到真的忘了我。我使你失望，不止一次使你失望。你是对的，到底，我堕落了。可是，一个不甘堕落的人应不应该给他一个自新的机会呢？你说吧！我没有资格为自己辩解。事实是事实，可是，过去的已经过去了，过去了的日子拉不回来。假如你还有一分同情，你愿不愿意将你的同情更有效地来帮助我呢？

你说一句话吧！怎样，你也得有一个表示呀！这些日子，你知道我非常痛苦。每一次来找你，满抱着希望和热情，想同你痛快地谈一次。你冷淡我，你的冷淡减退了我的勇气，我什么也不敢说。我没有什么瞒你的，什么你都已经知道了。你对我失望、灰心，你是对的。可是你的批评，你估计是否都是对的呢？你给了我许多暗示，希望我离开现在的职务，自然，你也愿意我重新做一个人。我感激你。我受得住你的讥讽，因为我确实在准备，等到机会成熟，我一定摆脱一切，我会走。今天，这应该是一个很好的消息，我来告诉你，我什么都决定了，一星期后，我可以毫无牵挂地离开上海。我等着你一句话，我希望得到你的意见。你应该明白，我还是十年前的胡维章，十年前的胡维章对你是忠诚的。咳，你听我说，一句话，只有一句话，我痛苦，因为我……"

到底，我没有勇气说下去。我不知道我说了些什么，似乎什么话也没有说，这些话仿佛石子投进了大海，她听进去了没有呢？望着她那一对海一样晶莹、海一样深不可测的眼睛，是那一对眼睛鼓舞起我的希望，也是那对眼睛把我葬送到万劫不复的深渊。

屋子静寂万分。我听到自己的急促的呼吸。

突然的，一阵爽朗的笑声把我骇醒。是燕翎，她，她在笑我。

"哪里学来的这一套台词，你真会演戏呀！"

"燕翎，你不应该忽视我的感情。"我愤激地抗议了。

"我懂。你是说，你还爱着我，是么？你忘了我是结了婚的，你也忘了你也有家庭？"

燕翎继续说下去，声音也渐渐的严肃起来。

"你说，我的眼睛没有瞒你，我还怀念着过去。不错。可是，我的眼睛也没有瞒我，再也看不到十年前的胡维章了。我也尊重过去的感情，我才不拒绝你来看我，为了希望你转换一个生活，我才讥刺你，劝告你。想不到我并没有给你好的影响，反而增添你一些意想不到的痛苦，我真抱歉。我们都不年轻，不应该再有青年人的幻想。你知道我是一个最爱幻想的人，我曾经向你说过，那又是十年前的旧话了，我说，我愿意我的爱人像一个强盗，不顾环境，不顾一切把我从现实生活里抢走。只要这个强盗有魄力，我愿意忠实地爱他一辈子，你也许记得这句话，也许你现在有这魄力，你想抢我，你有手枪，你可以逼着我爱你，跟你走。可是，追求一个新生活，理想也得有个范围，今天，你能找到一个山寨，同我两个人过太平日子么！离不开现实，现实就会带来许多痛苦。你这些打算都是自寻烦恼，你有勇气，有魄力，你就该用尽心力时间，为你的将来去开辟一条新路才是。幻想是没有用的。你应该拿出勇气看清事实。我承认我有点同情你，同情并不就是爱。我相信你是借了点酒意才不思索地说了这些话，可是，喝醉了酒的人，也有清醒的时候呵！"

"喝醉了酒的人也有清醒的时候啊！"我难道真是醉了么？燕翎的声音还是那样的清脆，像两种不同的金属品的撞击声，那样的有力，却那样不容人亲近。我多傻呵！我幻想着一个光明的远景，我恨自己没有勇气，可是，勇气给了我什么呢？我只有更恨自己，是自己一手撕灭了美丽的幻想。我不懂，现实真的如此残酷吗？我要冲破现实，我却甩不掉这生了根的现实。一切动听的言语都是假的，燕翎对我失望，由于我的环境做成她的鄙视。她不会再爱我，她为什么又鼓励我呢？我要新生，我需要一个助力。而她是那样的吝啬，她同情我，如同同情一个街头的乞丐。她施舍她的钱袋，当然是有限度的，得到她施舍的人，同时，也得到一句惋惜的话："为什么不去谋一个糊口的营生呢？伸手讨钱，活得容易，但是可耻的！"我伸出一双乞讨的手，我看到的一副鄙视的神情。多么可耻呵！我不能再求告下去，我还有一分自尊心。我不可能做强盗，我明白，抢到她的人，却抢不回她的心。没有她，我一样要活下去，可是，我完全失去对现实挣扎的勇气了！

七

我不知道怎样来排遣我自己。不上所里去，也不愿待在家里。我躲着妻的怀疑的眼光，习惯了什么事也不同妻商量，可是，这一次，决定了辞职，计划着走，辞职是否能批准，走尚是一个渺茫的计划，心里却多少像犯了罪似的，因为我打算过遗弃妻同孩子。尤其是孩子，我害怕听到他们的哭声，怕看到他们顽皮的笑脸。许多次突然冲动地抱起他们，亲吻他们，禁不住在心里说："孩子呵，你们的爸爸太自私，太对不住你们了！"

为了逃避这一重精神上的责罚，只好无目的地跑到街上，跑进咖啡馆。我躲过家人，也躲着朋友，我知道我的精神状态已经不平衡，我受不了一些人过分善意的慰问。

一个人要挣扎着活下去，是需要多么大的勇气呵！眼前又一个事实给了我难忘的教训。

一个晚上，我坐在"万龙"舞厅的一个犄角上。我没有兴致跳舞，也没有约任何人。苦味的咖啡和辣口的酒，一杯一杯，不过是为了消磨时候。经理同茶役像接一个老主顾一样地接待我，习惯地以为我在"奉行公事"，机警地不来打扰我。我一个人坐在灯红酒绿的场所，应该不寂寞，乐队在奏着动人的曲子，年轻的小姐在麦克风前唱着动人的歌。一对对男女抱着，跳着。他们是真的被快乐陶醉了，他们是真的快乐吗？这些人我都似乎很陌生，胜利带给他们好运道，熬受了八年苦难的中国人是应该在胜利的今天，尽情狂欢，尽情享乐的。

我看得出神，想得出神，忽然肩头被人击了一下，回头一看，意外的是玛莉，一身的钻石饰物，同锦绣服装，乍看之下，几乎以为是认错了人，不敢喊出来。

"怎么了，小胡——你不认识我了？"

"哪里的话，你真漂亮呵！"

"越说越生疏了，你简直忘记了我呢！"

"没敢忘，的确，有点想不到……"

"想不到在这里碰见我是不是？"

"太难得了！"

"还说难得哩，假如不是碰见，我那里你再也不会去的了。也许我死了，离开上海了，你都不问了，是不是？"

假如不是她自己提出这个走字，我的确不便问下去。无论如何她是变了，她不可能这么阔绰的，难道胜利也带给她好的运气吗？我禁不住好奇，多少也确实有点关心她，我请她坐下来，她迟疑了一下，看看表，终于坐在我对面。自然我不放松她，说出我的疑问，我想，她会像过去一样，坦白地、痛快地同我倾诉她的一切的。

谁知，从天气谈到咖啡点心，从咖啡点心谈到某几个知名舞场的兴革计划，话题愈说愈散漫，我忍不住打断她问道：

"谈谈你自己的打算好不好，玛莉！"

"我？还不是那样！"

"打算回南洋？"

"回家去么？"

她吐一口烟圈，似笑非笑道：

"谁知什么时候走得了！"

"同家里通讯了么？"

她可不再笑了，望着我，半晌才道：

"你忘了我是被家里赶出来的，如今，我一个人又怎么好回去呢！"

我没有忘，她怎样同一个青年人恋爱，怎样地私约着逃亡，怎样回到祖国的上海，生了孩子，过着苦日子，那青年人突然丢弃了她，她绝望中自杀过，为了孩子才忍辱做舞女。上海沦陷了，生活更苦，可是，她警惕着自己，不让自己再堕落。为了孩子，她有勇气重新做一个人，只等胜利，她幻想着胜利后，仍旧回到南洋去。她相信亲生父母不会忘了自己的女儿，梦里白发父母在等着她回去。我更记得，胜利消息传到上海的那一晚，她疯狂一般的情绪。这些都是真的呵！我没有忘，可是她自己呢？奇怪的是她自己，更可怕的，她已经变了，变得不是她自己了！

是什么原因使得她变了的呢？现在我的关心甚过好奇了，疑问像一个结，我必须解开这个结，我也知道愈要解这个结，困难也愈多。从她的语气神情，我感到我们友谊的疏远，是有意还是无意？是事实做成的，还是时间冲淡了我们的友谊呢？不论她是怎样想法，我心里多少感到几分歉意，这一阵子，我简直把她忘了。我太自私，为了追求不可知的将来，别说朋友，连整个家都扔到脑后了。

玛莉在等谁，眼神不安地盼望着，我怕她起身走掉，我忽然想到她的孩子，小莉，我问道：

"小莉还记得胡子伯伯不？"

"呵？记得的，她病了一场，你答应给她巧克力糖不是？病中直喊着要你要吃糖……"

我喜欢这孩子，我自己没有女儿，特别喜欢别人的孩子。常常几天不刮脸，跑了去用下巴刺疼那孩子的嫩脸，她害怕得哭了，我哄她下次带巧克力糖来，因此她把我叫胡子伯伯。战时巧克力糖不容易得到，孩子忍痛也得向我讨好，被玛莉提起，我也不禁笑道：

"哪是记得我，她不忘记的是糖呵！"

玛莉也笑道：

"还提吃糖呢，就是糖吃多了成病的。"

我知道这孩子现在不缺少糖吃，从她母亲经济力量看来，她们不会缺少物质享受。可是，这一切物质享受建筑在怎样一种经济基础上呢？我踌躇着怎样向玛莉探询一下生活情况，然而不待我开口，她已向我道歉要走了：

"一个朋友，约好在这里碰头的，我们下次再谈吧！"

"好，我一定来看你！"

"我忘了告诉你，我搬了家了。"

她匆匆告诉我地址和电话号码，匆忙中我勉强记住电话号数，一切应该早就料到的，她搬了家，她的新居必然有一个新主人，老朋友方便去拜访么？用不着问明地址，即令去拜访，也得先通电话，约好时间。我望着她走向一个桌面，那桌子旁边正坐着一个中年男子。距离太远，灯光太暗，什么也看不真切。我不便贸然走过去，却不耐观哑剧似的待下去了，喝干了杯子里的酒，付过账，经理正好走来，应酬我道：

"胡先生，不多玩玩？"

"一个人，没劲！"

"玛莉小姐呢？"

"她另外有朋友。"

"哦，大概是刘处长，唔，是他。"

听出了一点来历，顺着经理的眼光再望望他们坐的地方，我想，假如我过去告辞，玛莉一定要跟我介绍一下朋友，可是，这又有什么意义呢，我能够知道的不会再多，这位经理也许可能告诉我一点什么。于是装作无心地问道：

"生意真不错，我是好久不出来玩了，今天难得来坐一会，熟朋友这样少；这些人……"

"都是重庆来的多，可是生意并不好做。侍候不周到，Toy 就得挨耳光，临了我还得出来赔不是。你想停业改行吧，政府又不准随便停业。"

"什么理由呢？"

"连你都不懂了，胡先生！原因就是营业税呵！"

我恍然地笑了。怕话题扯得太远，索性直率地问道：

"这位刘处长大概也是重庆来的了？"

"那还用说，不然哪有那气派。为了玛莉小姐他请了一次客，到了一二百人，这舞厅几乎归他包了。这都是玛莉小姐心眼好，照顾我。那天真热闹，真像是玛莉小姐订婚呢……"

"是吗？"

"看样子又不像。据司机说，刘处长有太太，他的太太大概也到上海来了。玛莉小姐人太老实，这一下怕又坑着了。"

我不想再问下去，我所要知道的也正是我所猜想到的。辞谢了经理，走出万龙，穿过拥挤等客的三轮车，站到街心，不禁深深呼了口气。回望下万龙舞厅，红绿彩灯正交换着媚眼，爵士乐随风送到耳边。幸运的绅士们正陶醉于一切声色享受中。他们都幸福么？也许吧，可是一个热情的、向上的、挣扎着要重行做一个人的南国姑娘——玛莉，事实是又进了一个深坑里去了！

事实，我不能不相信这都是真的事实！

晕晕乎乎晃到深夜才回家。我爱静夜里一个人逛马路，无论是下雨、刮风的天气，我爱叼根香烟无目的地在马路上踱着步，我爱在人们都疲乏地睡了，欢乐得醉了的深夜，一个人寂寞地享受这难有的片刻清静，我无意探索关闭了门窗里的秘密，虽然闪烁的灯光，曾经诱惑我朝着一些陌生人家里走去，我没有理由敲开人家的大门；即便有时奉有命令，我忘不了那意大利医生被捕时的情景。战争制造了无尽的罪恶，战争结束了，并不能借一阵风雨，洗刷干净。战士的白骨在荒山野外发出狞笑，眼前借战争侥幸地翻过身来的人，何尝不是战争的牺牲品呢？他们在毁灭自己，更大的罪恶是，他们腐蚀了整个社会。每天，报纸新闻不少贪污的记载，这一批社会的蛀虫，当他们欢乐的时候，又何尝想到自己的明天？当他们有时间静静地思索的时候，一切已经太迟了！

　　"一切已经太迟了！"

　　这是我发自心底的太息。

　　当自己发觉两条腿部酸疼了的时候，我已经回到了家里。做贼一样轻轻开门，轻轻关门，怕吵醒了妻同孩子。他们应该早已睡着了。溜进卧室，奇怪妻不在床上。她还未睡？楼上书房里有脚步声，她在干什么呢，这么夜了？我避免同妻谈话，躲进浴室去。洗完澡，卧室灯也关了。她似乎也在避免见到我。我一点睡意也没有，上三楼书室去，灯亮着，一杯新沏的热茶在等着我。妻处处不忘体贴我，我感激她的温情，我惭愧自己变得不是一个好丈夫。

　　意外书桌上发现一张小纸条，端正地写着两行字：

　　"假如你还不想睡，请你下来同我谈谈。我早已知道你有打算，我绝不干涉你个人的行动，我只要求你对我坦白。因为我已经见过她了。"

　　再也不能赖说是酒作怪，我的心剧烈地跳动起来。见过"她"，她会见到燕翎了么？为什么去找燕翎，她们怎样谈的？妻在怀疑我，我多疏忽呵！她什么时候发现了我心底的秘密？这是不可能的。我从来没有泄露过关于燕翎的事，燕翎不应该被妻误会，这太荒唐，妻去找燕翎，只有增加燕翎对我的反感。我不敢揣想下去，我着急，我忍不住生气，马上下楼，走进卧室，捻亮了灯，妻并没有睡，她坐在妆

383

台旁边，伏着头，也许在哭吧。眼泪这时也感动不了我，我粗暴地问道：

"你去找燕翎了？你找她干什么？"

妻瞪着一双眼睛，茫然地望着我。

"你说，这多荒唐，你凭什么去找她？你这不是给我添麻烦么？"

妻这时不哭了，她也许要悔眼泪流得太容易，对于一个没有理性的丈夫，不该滥用温情。半晌，她似乎免避与我冲突，等我略为安静下来，她才静静地开始了她等待了许多日子的谈判：

"请你原谅我！我早就知道你爱了另外一个女人，一个做妻子的谁也忍受不了丈夫的冷淡。我觉得我有权向你提出要求来。我申明，我因为爱你，我对你要负责任，我得明白对方的态度，为了你的幸福，我才去找她……"

"你找她干什么？"

"很简单，希望她能爱你。"

"你这不是疯了？"

"我很理智，我告诉她，我准备同你离婚。"

"离婚？"

"对了。我想了很久。孩子是问题，我愿意暂时带孩子一块离开你。"

"敏玉，你，唉！"

"这没有什么，我并不难过。你有你的前途，我不能拖累你，你爱她，你可以重换一个新的生活。你的打算为你自己是对的，我只要求你对我坦白。有问题，就应该想法解决。我们不应该拖着，结果三个人都痛苦……"

"哼，三个人都痛苦！"

我不禁冷笑起来。我痛苦，是事实，妻痛苦，也是真的。可是，燕翎，她，她会痛苦么？妻的天真到这样幼稚的行为，不过给人们添一个可笑的谈资罢了，一切还有什么可说的呢？我不愿多费唇舌向妻解释，过去的已经都过去了。同时，我也不愿多探问妻同燕翎见面的情景，我只感到一点，我不便再去找燕翎了，燕翎会是怎样一个想法呢，对于这个赋予过同情的老朋友？

又是一夜失眠。妻在梦中还哭着说："离婚吧!"这呓语对于我无异是一个讽刺。假如可能,我真愿离婚,即使是一个人,我多愿离开家,离开上海,离开一切,跑到一个陌生的地方去,哪怕是入山为寇。我是多么想望重过一个新的生活呵!

望到天亮,望到又一天生活在开始。我还是我。所不同者,心情是更加沉重了!

八

张友光来,所长派他来探望我的病,说穿了,是来探听我的。辞呈还没有批,友光善意地劝告我,说改行并不容易,何必走绝路。我苦笑着不想分辩。我明白辞呈不批准,可是,迟早会被免职,甚至受处分。我愿意处分。我更明白改行不容易,我宁愿走绝路。友光是我多年的同事,但是,他不会了解我。他性格太迂、太拘谨,我告诉他,我要回北平老家,看看四五年未见的父母,去北平,不是谎话,飞机票也早定了,没理由的我又在迟延行期。要看父母亲也是真的,看父母亲以外,我北上的目的又何在呢?

三十几岁的人,却像一个刚学举步的孩子,自己一点主意也没有,似乎连路都不会走了。

我茫然,我更寂寞。我有家庭,家庭成了我的累赘,我有朋友,朋友没法了解我、帮助我,什么原因,什么理由呵!

人不应该有他的理想吗?人不应该有他的希望吗?人不应该对现实不满吗?不应该追求一个新的生活么?

事实给了我有力的否定。

我不怨谁,我又能怨谁呢?咎由自取,我只有怨自己。善于打如意算盘的,才知道全盘都算错了。一切理想,希望有待人去争取;可是,追求一个新的生活却多么不易呵!

我不敢再去找燕翎,我不敢想冒昧地访燕翎以后,会有怎样一个后果。而我是那样想望再见一次燕翎，尽管我并没有勇气自杀在她面前，我却希望她能谅解我，至少我已经离开了我的职务，我不是不可能换一个生活，我不是没有决心重做一个人，我不信她竟如此吝啬她的感情，不肯给我一分鼓励同援助。

当我又坐在同燕翎常去晤谈的咖啡店里的时候，踌躇了许久，终于走向电话间，好不容易电话铃响了，盼望中的燕翎的声音来到耳边了，天呀，我只说出了一个字，对方断然地将电话挂了。她知道是我，她下了决心不再理我，不再同我交往了！

整个的世界是无声的，为什么我还活着呢？我？

是的，偏偏我还活着。我还读到燕翎寄到我家里来的一封信。她有意让敏玉也读到这封信，她说：

"恕我忙，无暇来看你们。欢迎敏玉常常来玩，我愿意同这样一个温柔性格的女子做朋友。维章是太幸福了，可是生活在幸福中的人是不自知的。我因为是老朋友，尊重过去的友谊，才敢劝维章，希望在你摸索一条做人的道路的时候，先得把握自己的感情，不要一厢情愿地自苦，假如你也珍视友谊，请你接受一个老友的忠告。……"

一个老友的忠告，我得接受，我得尊重。然而怎样才能把握自己的感情，不再一厢情愿地自苦呢？

一年容易又秋风，道旁葱郁的梧桐叶子，都镶上了一道金黄的边，眼看一阵风雨，就将凋落了。

无目的地在街上溜着溜着，第一次感觉到上海变了，变得多陌生呵，经常出入的咖啡店，不知在什么时候都改装了门面，家家都有一个舞池，欢迎着远征东亚的盟国官兵。

我忘了今天是什么纪念日子，不过掌灯时候，盟友们都醉得像不倒翁，三五成群地从马路上穿过，他们唱着歌，路人都惊奇地望着，笑着。"这些外国孩子多天真！"有人说，"他们在想家吧？"

异国的风光只有增加远征人的忧郁，他们唱着叫喊着，那声音并不快乐。

我不想走进咖啡店，我揣了一瓶白兰地酒回到家里。一个人在书房里喝起酒来。孩子们在天井里放着鞭炮，我叱问道：

"你们这是干什么？"

"庆祝胜利呢！"

庆祝胜利？可不是吗？整整一年了！只有孩子们还有这心情，放吧，让他们也痛快地玩一次吧！幼年的中国主人，才有新生的希望，我凭什么禁止他们难得的一次狂欢呢？

孩子们被母亲哄着去睡了，整个屋子是死寂的，整个上海，整个世界也像睡去了一样，听不到一点声息。

多可耻呵，我！躲在屋子里，一杯杯喝着酒。我也是在庆祝胜利呢，可是我有这资格吗？叱止住了孩子，禁止他们狂欢，让他们天真纯洁的小心灵上蒙一层阴云，委屈地被母亲关到屋子里去。

而我，容我自白一句吧，无尽的悔恨，也只有借酒一杯杯吞进肚子里去。假如我再年轻几岁，我会抱着孩子们哭出来，我要向他们忏悔，无辜的孩子呵，这家庭再也不会有幸福的日子了，你们的爸爸就是不走掉，那只怨他没有勇气，留在家里的，只是一个不得不尽责任的家长，他不会再带给你们欢笑，带给你们应有的幸福了。黑暗中长大的人会更习惯于走夜路，你们都还小，未来的日子正长，不登高山不见平地，未来的日子还待你们自己去努力争取。别怪你们的爸爸，他没有资格负教育你们的责任。这一年来你们没有见到一天他笑过，他没有过好脸色对待你们。不要追问为什么，只有一句话，胜利不是我们的。战争的时候没有给国家尽过一分力的人，就没有资格分享胜利的果子。你们还幼小，待你们长大了你们会理解你们爸爸，会慢慢懂得怎样爱你们的国家，去尽你们做国民的本分。等待你们长大了，你们会看到一些风云际会、趁机而起的人物，都不过是被风暴打到海里去了的沉渣。

唉！我想到哪儿去了。一切都是酒在作怪，我感到整个人在往下沉，沉，沉，面临着无底深渊的人，当他还有一口气，还能够呼吸的时候，他是多么需要一股力量，借一股力量泅向新生的路上去呵！

我真想同谁谈谈，痛快地谈谈，憋了整整一年了。谁愿意听我的倾诉呢？

我想到老大、老三，想到所里的同人，想到玛莉，还有那个不认识的刘处长。我想到几个同学，谢和昆、李信仪，我害怕李信仪尖刻的讽刺，我喜欢谢和昆的坦白。我想到学生时候的快乐日子，一切都还是昨天的事，清楚地涌现到眼前来。可是，我最怕想到的，偏偏盘旋在我脑子里来，燕翎的声音，还有她的爽朗的笑声，像一把刀，挖进我心里，她望着我，那一对明静得像湖水的眼睛。你多自私的燕子呵，你悄悄地飞了来，轻轻地掠过水面又顾自走了。你也许是无意的，你带来了春天的消息，可是一转眼，肃杀的秋风，留下的是无尽的怅念。

整整一年了，仿佛只一转眼。

我忘不了一年前的今天，长夜终于过去了，而我还在企待着。

我企待着什么呢？愈想愈茫然。我愿意再醉下去。醉到忘记一切。

妻不了解我，没有酒，现在是连醉一下的自由都失去了！

我听到自己的灵魂在狞笑，我听到四野的孤魂在狞笑，我看到战士的白骨在远地里闪着光，我听到失去了丈夫儿子孤寡妇人在哭。难道我已经离开了人的世界么？胜利日子为什么是一片凄凉呢？

我禁不住战栗起来。

| 创作评论 |

如果说丁玲从女性视角为我们留下了解放区的明朗色调，张爱玲从女性视角为我们留下了沦陷区"孤岛"上海大都市的浮世悲欢，那么凤子则从女性视角为我们留下了国统区大后方的乱世生活剪影，特别是表现出了一个女作家对大后方女性，在这一特定时期所显示出的新变动的高度自觉和敏感。

——陈彩林:《大后方女性的乱世剪影—论凤子小说对新文学史链的衔接》,《名作欣赏》2016年第2期

┃ 作品点评 ┃

这部小说，对抗战胜利一年间的上海社会景象，有许多翔实的记录；如胜利降临后，战时附逆之辈的惶恐与隐遁，"游击队"的趁乱抢劫，上海市民欢迎"国军"的喜悦和盛况，"重庆来的"各色人物的骄横跋扈，以及上海民众对"国府""国策"日深一日的失望和不满等等。作品中的故事情节和那位抗日战士在战后出现的深重的精神苦闷，是作家对当时相当普遍的社会现象的一种浓缩和概括。

——陈青生：《年轮——四十年代后半期的上海文学》，上海人民出版社，2002，
　　第144页

┃ 作者自述 ┃

是演员，是编辑、记者，是所谓的作家，我，什么也不是。

——丁聪绘、宗文编《我画你写——文化人肖像集》，外文出版社，1995，第
　　35页

江文清的口袋

胡明树

第一章 升学酒

江文清又陷入苦恼里了。因为他接到父亲的信，又是不肯寄钱来。信中更说得奇怪，说他没有钱用，为什么不向他的先生和同学借，一个借五百万，十个借五千万，二十个借一万万，拿去换港币或者金器，两个月后再换回国币，还清旧债，不是还有得"赚"么？又说，你平时夸口朋友多，朋友贵在患难相济，如果连那小小的数目也不肯借，那样的朋友还是不交的好。江文清读了那样的信，很是发急，同时又很是气愤，接着就是陷入无边的苦恼里。

"那个老家伙，他以为我在外读书是可以赚钱的。其实他却借着我出外读书的名义在赚我的钱啦！"

江文清的苦恼是常常和回忆连在一起的——

一年前，正是他高中毕业回到家乡的时候。他对父亲说，他准备投考大学。但他父亲默默地坐了很久，考虑了很久，这才说话：

"唉，文清，算了吧！读什么大学，我就是没

作者简介

胡明树（1914—1977），原名徐善源，笔名徐力衡、陈姆生。广西桂平县人。作家。青年时曾就读于广州中山大学附中。1934 年赴日本留学，就读于东京法政大学，开始从事文学活动。1937 年 7 月，日本侵略者发动"卢沟桥事变"，他于 8 月毅然回国，经上海、广州回到广西，主要在桂林从事教学和文学活动，加入中华全国文艺界抗敌协会桂林分会。

作品信息

出版于 1948 年，香港南国出版社。

有读过大学，连中学也没有读完，但在乡间，大家都要尊敬我。我还当过县政府的科长呀！你将来大学毕了业，你有把握捞到一个县长么？我看，你就连我那样的一个小小科长也捞不到的吧？"一听了父亲的话，他应声答道（他说了谎）：

"县长算得什么！我的一位先生，教英文的汪先生，最近进了外交部做事，他对象很好，只要我大学毕业，他是一定给我一个外交官的职位的。"

他的父亲又默默地坐了很久，考虑了很久，这才说话：

"我看，你还是在家做生意的好，你读书每个月至少要用两担谷子，但你做生意却可以每月赚到两担，那么来回的损失是四担谷子呀！——文清，高佬跌跤，差得远啦！"

但他答：

"要赚钱，将来还可以赚呀！我若果读商科，将来走银行界，还怕没得赚吗？我或者学法科，把英文弄好，将来做外交官，拿的是美金，何止'一本万利'！"

他的父亲又默默地坐了很久，考虑了很久，这才口动动想说话，但又没有说。因为一直没有说，江文清就去找母亲，说父亲不肯送他读大学，有碍他的前程，他说，如果父亲真的不答应他升学，他就要迫母亲将所有的收藏了几十年的金器珠宝交给他作为学费之用。他的母亲恐慌了起来，替他去向父亲说情，但父亲不为所动。于是母亲哭了，一笼一串地骂他。母亲的这一哭，倒发生了效力，父亲软化了，他喊道：

"文清，咁案！"正在邻室看动静听消息的江文清就走了进来：

"阿爹，叫什么？"他看见那冷冷的面孔，朝他只说了两个字：

"咁案！"

他不明白，于是问：

"阿爹，你叫什么？"

"我叫你咁案！"

"什么咁案？"

"文清，你高中毕业啦！平时夸口你英文怎么好，连咁案也不懂，毕什么业呢？

你们现在的初高中共六年，还比不上我们从前的旧制中学四年——我只读过两年的旧制中学，丢荒二三十年了，但我的英文要比你高中毕业的还好：真是一代不如一代啦！让我教你吧：咁案就是‘来！’的意思！唔，我再问你：你考得几个林巴？"

"什么林巴？"——江文清一想，以为父亲问他考得多少分数，于是改口道："总平均分数是八十三分定点五。"但他的父亲立刻纠正他：

"我是问你考得第几名？"他于是用英文答道：

"Number one."

"哦，林巴温？"他的父亲喜形于色。

"阿爹，我刚才听不懂你的英文是因为你的发音不正确：Come on 的 Come——C 读 K 音，但你读成 G 音，自然听不懂；又你读 Number 时把 N 音读成了 L 音，人家自然听不懂啦！"他的这一说，使得父亲也点头微笑起来。

"唔，文清，你有志升学，照目前的家庭状况是不能供给你读大学的，但我却可以想一个弄钱的办法，凭我在地方上的声望，我要为你请一场升学酒；把地方上的绅士——亲戚朋友都请来，向他们敲一笔！不过，你得准备一篇动人的演讲词在酒席间把大家吓倒，或者你竟用英文演说，说你的一位先生在外交部做事，他很爱你，因为你总平均分数是八十三分定点五，你考的林巴温。"——江文清听得有点不好意思，因为这些（先生在外交部做事、总平均分数八十三分定点五，林巴温）都是他自己编造出来的谎话。所以他答道：

"用英文演讲，有什么意思……"但他父亲立刻反驳他：

"没有意思？有意思的很！——你怕用英文演说，我看还是你的英文不行！政府现在走的是英美路线，用英文说话自然是最有价值的啦！"

"可是，在我们的乡间，谁听得懂英文呢？"

"你先说一段英文，然后用土话复述一段，目的要显出你有学问罢了！这样我才可以乘机敲他们竹杠呀！"

升学酒开幕了，老头子说话了：

"各位亲戚朋友，今天请各位到来，正是因为小儿文清刚从高中毕业回来，文清是一个有志上进的人，总平均分数是八十三分定点五，考得林巴温，他在学校全校英文比赛也是林巴温——第一名，所以全校先生都很喜欢他，他还有一位先生在外交部当大官，只要文清大学毕业拿到一张文凭，他就一定提拔文清当外交官的。当外交官是一件极体面的事情呀，和美国人英国人在一起谈话，是一国的代表，那多威风，那时候我们亲戚朋友也是光荣的啦。可是，大家都知道啦，读大学不同读中学呀！除了学费之外，还需一笔很重要的交际费呀！像我这样的家境怎能供给他读大学呢？让他废学在家吧，实在太可惜！（'实在太可惜！'——座中有谁应声道。）……呃，文清，咁案！"江文清应声向父亲走近了两步，听他的吩咐："文清，你把你在校的情形向各位亲戚朋友报告吧！"江文清咳呛了两声，就开始演说：

"整杜鲁门，物地事！"他的父亲立刻插嘴道：

"文清说的是英文，他是用惯英文演讲的，'整杜鲁门'不是整顿美国总统杜鲁门，'物地事'也不是耕田的事，文清，你译给大家听吧！"江文清于是继续说：

"整杜鲁门是绅士们的意思，物地事是贵妇们的意思，在座虽然没有女人，但这是外国的习惯，是要连在一起说的，因为国情不同，习惯不同，我现在还是不说英文好吧……我想要说的，家父已经说过了。我，我的，不错，我的一位先生，在政府，呃，在外交部当官。他，他很爱我。家父已经说过了，因为我考得第一。呃，我实在心乱得很，我很担心我的前途。我平时是很会说话的，但我现在实在不知说些什么好，实在失礼！……"

他坐下了。他的这些话，出乎他父亲的意料之外地笨拙，所以没有像他父亲所预期的那样会把大家吓倒。不过，赴宴的人们都各捐了一笔或多或少的现款或谷物。还有一位族长当众宣布愿在蒸尝的产业（族内的公产）拨出一万斤谷子分四年津贴他，直到他读完大学为止。——这第一年的二千五百斤谷子再加上各亲友的捐助共得七千斤谷子，他父亲立刻把这批谷子陆续放给贫农，以一本一利的放债法于六个月内收回。江文清考进大学已经十月，每月写信回家要钱，都像求乞似的，任由父亲施舍，截至第九月份止才只用去三千六百斤谷子，第十月份还迟迟未收到家款，现在接到父亲的信，教他向朋友借用，如果二十人共借给他一万万元，换成港币或金器，两个月后才换回国币，还清旧债还有得"赚"呢，他愤怒他的父亲竟那样地打着他的算盘，以为他读书是有钱赚的，所以没有钱寄来……。

所以江文清陷入了这样的回忆里，同时也就是陷入了苦恼里。他愤慨他的父亲借他读书这件事在赚他的钱，在他的身上剥削。

第二章　打泻茶

江文清忧郁地打开了一个早就放在桌上的纸包，里面是两条烧甘薯，他拿起了一条在手中，从它的一端开始剥皮，螺旋形地剥着，大约剥了一半左右，才把那烧到甜得滴糖的甘薯送进口里。——吃烧甘薯已经是江文清半年来的习惯。江文清自小就爱吃烧甘薯的，曾为要吃烧甘薯而哭过的。他虽然是地主的儿子，自己又是读书人，但他究竟生长在农村，至今还保存着这一份"土气"。

"我难道真的是这样'土气'么？"江文清想，"我来读大学，难道就是为了挨这两条烧甘薯么？我为什么要读大学呢？我为什么要来这里挨苦呢？是谁使我这样挨苦的呢？是那老家伙，我的父亲？他克扣住我的学费不肯寄我……"

他提出了这样的问题，又自己求解答——他是地主的儿子，如果不读书，在家里当少爷，吃得好，住得好，自然不会受到父亲的克扣，自然用不着天天吃烧甘薯来作补充了。但他究竟为什么要读大学呢？是为了求知识么？又为什么要求知识呢？求些什么知识呢？

为了解答这问题，江文清又陷入了回忆里，同时他又陷入了苦闷里——

仍是一年前的事。他高中毕业回到家里。因为父亲不答应供给他读大学，他就求援于他的母亲。他的母亲就由他的求学问题谈到他的"终身大事"。

"文清，你挂的只是读书，但你知道我挂的是什么吗？"

"……"

"我挂的是你的亲事呀！"说到这，母亲有点伤心的样子。文清是自小就订了婚的。那是他的母亲凭了"媒妁之言"替他和邻村一位姓李的女子订了婚的。但在去年——他高中毕业的前一年，那女子忽然病死了。这在他的母亲，自然是一种伤心，但在他，却是一种欢喜——暗暗欢喜。

"她虽然和你没有见过面，但和你究竟是前世姻缘呀！"母亲继续说，"她临死还念着你呢，她嘱咐把她那个二钱重的金戒指赠给你，还有一对金耳环赠给她的替身——你将来的老婆。这两件东西我都替你好好地保藏着，等你娶亲那一天才交给你。……人家究竟是大家闺秀，还未"过门"就那么懂得礼法，这也只能怪你福薄，受不起她。（封建！——一边听着母亲的话，江文清在心里说了这两个字）……唔，她去年十八岁，刚刚少你一岁，跟你他很"登对"，她从十六岁起就在准备嫁妆了，准备了三年，哼，至少有十几柜行李呀！现在女家正在等着你快些娶亲呢！娶亲的前一天他们就会把东西送来的！……"

"娶鬼？"

"哦！"

一幕可笑的电影镜头在江文清的眼前一闪：他的母亲雇来了五音八乐为他去接回了一钵香灰，他却同那钵香灰行着婚礼。想着这些，江文清在心里又说了一声"封建！"同时笑了笑。他的母亲看见他的这一笑，就知道他对这事（娶鬼的事）又是用了"新学家"的眼光采取了鄙视的态度，所以她很不以为然地又说：

"自古以来都是这样的呢！这是命许定的。她早死，是我家福薄，也是她'命装成'，但总之是你的前世姻缘，她生是我家人，死是我家鬼，接了过来，她保佑你将来生男育女，灯光火着，有子有孙拜她。……她的母亲上个月还来过，问你找到了对手没有，如果没有，她可以介绍，听说大木根有一个姓王的女子，读过几年书，人品很好，十九岁，正想找头主，所以就想到你。我要她去查清楚，不知道是不是'打泻茶'的？哪有这样大的女子还来'发放'的呢！我看多数是'打泻茶'的吧！但也不见得，现在的'学堂妹'动不动就是'自由'，所以她也许是'自由女'。也许是'打泻茶'，也许是已经发放了人又'退婚的'。所以我要查清楚……"

"什么叫'打泻茶'？"

"还未'过门'就死了未婚夫或未婚妻的都叫'打泻茶'，所以我不放心……"

"那么像我，也是打泻茶了？"

"男子打泻茶不要紧，女子打泻茶人家才要查问清楚，那才不易出手呢……后来我又听说，那姓王的女子，左边额下耳旁是有一个'照夫镜'的，那要不得的。也许只是小疤痕，不能算是'照夫镜'，总得亲眼去看一次。女人最怕颧骨高和额角有'照夫镜'，那是克夫相……"

"照你说，那些自幼订婚的，没有见过人，如果有'照夫镜'或者颧骨高那又怎么办？"

"那是先看过门户，又论过'八字'，就纵使有，也是命招来，看谁的'命硬'，没得话说。……文清，我问你：你放心让我替你选择一个呢？还是你要自己选择的'自由女'呢？说实在话，我是不喜欢你娶'自由女'的，自由，哪有女子自由去找丈夫的呢！只有娼妇才讲自由的。不过，你已经有毛有翼了，二十一岁了，由我选择也罢，你去'自由'也罢，也该及早成了出好事，总之要娶一个实在些的就是。……我已经四十九岁了，我二十八岁才生你，一直到四十五岁才生你弟弟。俗语说：'不识丑，生到四十九！'你的那位老家伙，他正借口我家人丁稀微，我又到了生育孩子年纪的尽头了，他正打算纳妾呢！"说到这里她又显得很是伤心的样子。停了停，她口动动地又想说些什么，但又忍住了。但最后仍是忍不住：

"那，那老鬼，他说要把我家的双喜'通房'呢！"

"哦！"

江文清听了母亲的话，愕然地"哦"了一声，就张开了口看着他的母亲，想等他的母亲继续说下去。但他的母亲看见他神色有点不同，所以又不想说下去。

"哦，哦。"他见母亲不说下去，才又这么"哦哦"两声，意思是催她继续把话说完。

"他近来又买了些花布给她做衣服，他又常常说股痛，要她捶。"

双喜是他母亲的婢女，五岁时就用了一千斤谷子买回的。年幼时多病，文清还常常打她的。这两年长大了，要挑水，要做饭，还要做田工，吃得多，做得多，全身都丰满起来。江文清高中毕业回到家里的第二天，就发现了和从前完全两样的双喜，他心想：这丫头，倒还可爱的样子。他就故意找些琐事使唤她，逗她讲话。但她好像早就看破他那可怕的眼光似的，问她两句才答一句，还故意避开他似的。所以他愤然地对自己说："这家伙徒然生得一身好肉，但像一只蠢猪！不懂什么叫爱情的！"现在又听得母亲说，那老鬼时常要她捶骨头，还想把她'通房'为妾侍，所以心里又生出另外一种愤然，他想："这奴才！看她那样蠢，十问九不应的，偏偏爱上了老鬼！她将来嫁了老家伙，倒可以钳制我了！"

"唉！"沉默了很久，母亲才又说。我真为你的婚事着急呢。替你娶了亲，我做了婆婆，三年抱两的，那老鬼还有借口说我家人丁稀微，要纳妾吗？"

"我不要本地的女子！本地的女子像蠢猪，土里土气的，怎能'出光'的呢？"

"乡下人，要出什么光呢，有气有力，吃得做得，会生育男女就得啦！——我不管，我什么也不懂，我只是要抱孙！"

得到了母亲的答应和帮助，江文清到了广州升学了。他以为在本地方，正所谓"塘上无鱼虾就贵"，是不会有好东西的，所以必须到广州那样的大海去，才可以捕获大鱼的。但是他进了大学又十个月了，在着恋爱的大海中，他似乎连一条小鱼也没有获得。母亲在家不知是怎样的焦急呢！也许父亲已经把双喜'通房'了吧？

第三章　女诗人

江文清在剥着甘薯皮，在吃着烧到甜得滴糖的甘薯，在提出问题，又在自己解答，在回忆中寻求答案。他模模糊糊地似乎得出了一个结论：要"挨苦"才吃烧甘薯，要继续求学才"挨苦"，升学是为了求知识，求知识是为了在人海中显身手，在人海中是为了追求——追求什么呢？虚荣吗？享乐吗？而目前，最大的唯一的目的是在得到女人。

但江文清自叹没有机会和女子接触。在初中的时候，他的同班里只有两位女同学。三年的同学期间，第一年，他和她们完全没有说过一句话。第二年，他和她们有了接触的机会，但终于因为一首情诗（其实是一首山歌，而他却认为情诗）就把事情弄坏了。

他和廖丽容（两位女同学中的一位）的第一次谈话是在一次临时考试之后。考的是几何。他交卷得最快。所以在下课之后，当他一个人站在操场"晒日暖"（因为是冬天）的时候，廖丽容就笑笑地走近他：

"江同学，你今次交卷得这么快，你一定得一百分啦！"

"因为我交白卷才那么快的！"

"知道你完全答对喽！我问你：第四条求外切角，你是引用第几条定理？"

"一百二十五条和习题的第三十二条。"

"我觉得那些定理最难记。你都读熟的吗？"

"不瞒你说……"

"怎么，偷书？"廖丽蓉看他不好意思说下去，于是问。

"不是。我，我……"他吞吞吐吐地想说又怕说，"你不要告诉人家，我偷过题目。"

"你怎么偷到的呢？你真有办法！"

江文清的中学，是分正校和分校的，分校在城郊，是把宝积寺改装的，所以校舍很简陋。江文清的二年级上学期就是在分校上课的。宿舍也是在分校。也有一部分教师住在那里。但是入冬以来，土匪到处猖獗。师生们都怕县警保卫力的不够，所以晚上都回到城内的正校来。教师们住挤一点不会成问题，但学生们却无处可挤，只得挤在礼堂里。乱七八糟的。晚上又不用点名。所以留守分校的只有几个杂役和校警。

昨天几何先生不讲书，要大家温习，准备下一课的临时考。几何先生考试是预先宣布的，决不故意为难学生。江文清昨天晚上就和江丙生约定留在分校，潜进几何先生的寝室，搜查考试题目。江丙生是江文清的宗家，第一次见面的时候，他们不约而同地说出了一句话："同姓三分亲！""同姓兼同学，再结拜为兄弟那就十分亲了。"江丙生又这么补充了一句。从此之后，他俩就成了最好的朋友。所以偷取题目这类的事，也是二人共同秘密进行。——自然他俩昨天晚上的秘密，除了他俩自己之外，还有一个校警知道。那校警是受了贿赂的。

现在，在着操场上，在着日光的暖照下，江文清把怎样留在分校，怎样爬过板壁，怎样在几何课本中发现了这次考试的题目，简单而又概括地告诉了和他第一次谈话的廖丽容。廖丽容很欢喜地说；

"江同学，下次得了题目，记得通知我呀！"

"一定抄一份给你！"

两个人偷题目的事是一种秘密。而江文清却向一个初次谈话的女子宣布了这个秘密。他和一个已见面一年然而从未谈过话的女子作了初次谈话的事也是一种秘密。他把第一个秘密轻易地告诉了一个不应告诉的人。他应否把第二个秘密告诉一个可以告诉的人呢？那个人自然是和他"十分亲"的江丙生。他有了考虑。

他和一个已见面一年然而从未谈过话的女子作了初次谈话的事是一种秘密。他轻易地把一个秘密告诉他的事也是一种秘密，秘密藏在肚里总是不安的。他终于把第一个秘密（和廖丽容讲过话的事）告诉了江丙生，而隐瞒住第二个秘密（把秘密告诉了廖丽容的事）没有说。

因为没有说，后来却被江丙生知道了，就最初地萌起了对他的不满。

廖丽容是一个大地主兼巨商的女儿。时常带些新奇的东西回校的。一次，她带回了一杆她父亲新买回来的"风枪"，在女生休息室里试靶。因为是利用空气把铁砂发射的所以声音很小，但如果射中鸟雀是可以杀伤的。

男同学们知道廖丽容带回了一件新式武器，很是羡慕，所以立刻就变成谈论的中心。有的主张借来玩玩。但没有人够胆量去问她借。

"派代表去！"一位说。

"派谁呢？"另一位说。

"派江文清去！"

"赞成！"

江文清脸红红心跳跳的很难为情。江丙生也推他去，推他一步他却退回了两步。

"好，你不去，我代表你去！"江丙生自告奋勇地说。他勇敢地走进了女生休息室，把女同学们都怔住了。

"廖丽容！借你的风枪我们用用。"

江丙生胜利地走出了女生休息室。室内是一片笑声欢送他。

"丙生真够胆！"一个说。

"让我看看这战利品吧！"另一个说。

从此，江文清对自己就有了更多的懊悔，对江丙生也有了更多的妒忌。

一次，国文先生在评判各人的作文。特别提到廖丽容的几句诗，说那是难得之作。先生并把那些诗句写在黑板上：

桃树枝上，

裂开了红痕一线，

春来了吗？

女诗人廖丽容的名字立刻传遍全校，她的诗句也立刻流行到了校外。后来，多事的人连江丙生也称之为诗人。说他常常写情诗给女诗人，女诗人也常常写情诗给他。说来说去，连江文清也信以为真，以为江丙生真的和廖丽容有了勾搭，所以很伤心。他似乎觉得江丙生已把廖丽容从他的手中夺去了。所以他很少和江丙生说话。"我难道就不会写诗么？我也会写情诗的！"他想，他于是执起笔想写诗，但是写不出。在他的脑子里是找不出一首旧诗或新诗的，有之，只有从前在乡下听来的山歌。他很快的就把那歌录在纸上：

爱妹不怕路头远，

十日大路当半朝；

隔山侬俩担铫铲，

隔海侬俩搭浮桥。

他立刻把他的"情诗"插进了信封里，上面写了收信人的名字，然后偷偷地送到女生休息室去。第二天一早，几个女生争看这"情诗"，廖丽容变成了被耻笑的对象，她很难过，迫得把它拿去见校长，还哭哭啼啼了一番。江文清立刻被叫到校长室，像犯人似的被审讯了。他一一都承认了。校长还黑着面孔大骂他一通，说要记他大过一次，小过二次。他不服，他哭了起来，他说：

"不单我写，人家也写的。为什么单单告发我呢……"

"还有谁？"

"江丙生。"

校长又把江丙生叫来问话。江丙生发誓没有写过。再问廖丽容，她也否认。但校长相信一定有事实，并且以为江丙生和廖丽容正在闹恋爱，所以也无端记了江丙生两次小过作为警告。

从那时起，江文清、江丙生、廖丽容三者之间不再交谈一句话。

第四章　重逢

高中的三年是比初中更单调的。连写"情诗"的事也没有发生过，连记一次小过的事也没有发生过。他读的是乙班，连一个女同学也没有。同一个学期招收的新生分为甲乙二班，甲班有女生六个之多，而他的乙班竟连一个也没有。太不公平！——他们全班同学都说。但那"不公平"的单调的三年，终于也过去了。

他把希望寄托在大学的阶段里，他预祝这大学的四年将是多彩的四年，他如果在第一年"成功"了，他可以连其他的三年功课都一起放弃。

他的进了大学据他自己说是"考进"的，但据别人说，他是用"人事"进去的，他很不高兴别人说他用"人事"，他曾在一位同乡面前说过豪气话：

"我江文清没有那么'第九'，考大学要用'人事'，我全是靠自己的真本领考进来的！"

他读的是法科。他读法科，是并未有经过怎样详细的考虑的。因为他骗过他父亲，说他有一位先生在外交部做事，他的父亲信以为真，而他也于不知不觉中像是真有那么一回事似的，以为大学一毕业就可以在外交部做事，他这才想到要研究国际法，同时要把英文弄好。其实，他的英文从来不曾弄好。他对法律也未能精心去研究。他不去精心研究法律，在他，也是有理由的。他听说过，不久以前（他未入校前），曾有同学们把"六法全书"拿去举行了火葬礼，开过追悼会。他觉得那很有趣。他想，法律这东西，未必有很大用处，何必花很多心血去研究它！将来做了外交官或者法官，才去翻查它们还不迟吧。但在朋友的面前，他是俨然一个法学家模样的。

他既不用功于本行，也甚少看其他课外书。但他的书桌上却堆满了书籍。他的外衣的口袋里，也常常装备着书籍的。如果不是英文，就一定是文艺书。但他读一本小说要花很长的时间，五万字的中篇往往要读上个多月，平均一日只读一千字。他读书，多数是躺在床上读。读不上两页，就睡着了。在朦胧中，他仍像在读书，刚才的许多名词又出现在他的脑中。在他的脑中只有不相连的名词，没有故事。因为时间长，所以当他读到最后一页时，他就忘记了开头是说些什么的了。

他的要读文艺书，是出于半自觉的自我压迫。他以为，跟男朋友谈话，不访大谈法律；但在女朋友面前是应该谈谈文艺的。自古以来，多少人为恋爱而大写情书和情信，并没有人用法律论文去谈恋爱的。

他的这种自我压迫，在他，是一种痛苦。最痛苦的一次要算他介绍《红楼梦》给一位张小姐的那一次。张小姐是执信中举的毕生，是一位朋友应他的恳求介绍给他认识的。第一次见面就无端谈到读书的事。当然喽，张小姐是初中生，江文清是大学生，张小姐就请江文清介绍些什么书给她读，他问她读过《红楼梦》吗，她答没有读过，他说他下次可以借给她，他并且和她约定下次见面的日期。江文清在朋友处"夹硬"借回了一套六本的红皮新式标点的《红楼梦》——准备借给张小姐的；他又亲自到文德路的旧书店买了一套四本的旧式的（仍是铅字的）《红楼梦》——准备给自己看的，连他自己也未看过呢。他强迫自己要快些看完它。但照他过去的习惯，只看了两页就睡着了，所以很不容易看下去。他迫得坐在书桌前，用很大的决心在看它。但也看不上两点钟，就要抛开书本的。张小姐没有依约而来，他很是不安，把《红楼梦》亲自送给她了。张小姐多谢他，他想乘机邀她去玩，但她推说功课忙，谢绝了。对上次失约事，她连一句抱歉话也不说。有点不近人情！——他想。

事情也真凑巧，他初到广州不久，就在街上遇到绝交了几年的老同学廖丽容。他看见廖丽容，愣了一下，随即假装看不见她，拔步便走。但却被"江同学！江文清同学！"的声音叫住了。而且出于他的意料之外地，一只戴着手表的手向他伸了过来，他第一次握了它。两人互相交谈了几句，问了住址，就分手了。第二天，就又破例地有人到他住的学旅来找他。"江先生，有人找你！"学旅的伙计说。他以为廖丽容来找他了，很是欢喜。但又出于他的意料之外，不是廖丽容，而是也曾跟他绝交了几年的老同学江丙生。江丙生不来握他伸出的手，却跳过来拥抱他。之后就不断地拍他的肩。

"你怎么知道我在这里？"他问。

"你猜到我怎样知道呢？"江丙生反问道。

"不会是廖丽容告诉你的吧？"

"怎么'不会是'？"

"你见过她？"

"她没有告诉你，没有向你提起我？"

"你什么时候见她的？"

"你的意思是？"

"我的意思是：她见了我之后，什么时候又见你？——或者，我的意思是问：你和她的第一次见面是什么时候？"

"第一次见面？不是跟你一样在初中的时候吗？"

"我是问：自从初中毕业之后，你什么时候和她恢复交情的？是到了广州之后？"

"是的，是到了广州之后。但我是去年春天到广州的。那时我正在 K 城县中高三上学期，我是班会的学术股长，壁报的编辑，因为一篇文章，被校外的老爷们看见，迫校长追究责任，我就被迫退学。于是到了广州。后来就看见廖丽容……"

"是你叫她呢？还是她叫你？"

"是我先叫她，"江丙生回忆道，"她本来看见我的，但她装着不看见我，把面孔扭开去，可是我却叫她……"

江文清觉得奇怪，一年前是江丙生先叫廖丽容，昨天却是廖丽容先叫江文清，并且很快地就通知了江丙生。一个人会变得那么厉害的吗？是的，廖丽容变了，变得那么大方。是的，江丙生也变了，变得比从前更热情，更亲切，似乎更粗鲁更大胆。

"我有什么变吗？"江文清问。

"相隔了几年，今天才第一次见你，我还看不出你有什么变。自然，人是高大了不少了。"

他从江丙生的口中，知道廖丽容是很勇敢的，她敢于反抗她的父亲。她的父亲欺负邻舍，压迫和剥削农民。她的父亲想和另一位姓李的地主互相勾结，早就把她许配给李地主的儿子李天锡。李天锡虽在广州一间教会主办的大学读书，开口闭口都是英文，因为他知道廖丽容的父亲是大财主，她也很漂亮，所以并不反对这一件婚事。廖丽容知道男家快要"择日"接她"过门"了，就立刻写信给李天锡，说要把婚期延迟一年，并且告诉他，她要来广州见他。得到母亲的同意，她到了广州，住在姨母家里，她约李天锡见面，李天锡请她吃饭，她跟他去，他要她饮酒，但她拒绝。经过两次谈话，她断定他是一个糊涂虫。所以第三次会面时，她和他作了长时间的谈话，结果说服了他：同意解除婚约。他在她写好的一封信上签了字，寄给她的父亲。她的父亲为这事很是生气。那么，她有没有爱人呢？江丙生只知道她有不少男朋友，但不知谁是她的爱人。

江文清见了江丙生不久，就认识了上面说到过的执信学生张小姐。他借给她的那套新式标点的《红楼梦》，就是"夹硬"在江丙生那里借来的。江丙生预言这样做法的毫无意义，他说：要读完一本巨著也要有相当的毅力的，同时也可以说要有相当的魄力，你借一套这样的书给一位初识的女子，她或者根本不读，或者断断续续读几个月读不完。江丙生的预言没有错，一借就借了几个月不还。江丙生很不满，还对他作了这样的批评：

"我们见面的第一天，你问我你有什么变没有，我当时不敢贸贸然下评语，但我今天是可以告诉你的了：你没有什么变。我很奇怪，相隔了几年，你为什么竟没有变。你仍然是糊里糊涂过日子。不肯读书，不肯认识你的周围。对人生的态度没有变，对恋爱的态度没有变。你的要求是太低，欲望是太高。你的要求是一个可以'出光'的女人，和一份高人一等的职业。此外你似乎没有别的要求，所以我说你的要求是太低。但显然的，你所追求的是享乐主义，要有能满足你的女人，要有足够你使用的金钱，所以我说你的欲望是太高。"

但是江丙生的这番批评，换来的却是他的反感：

"说这么多做什么！书，明天还你就是！"

明天，他真的还了书，不是红皮的那一套，而是他从文德路旧书店买回的那一套。

第五章　新女性

江文清是住在学校附近的一间学旅里。因为一来学校宿舍不够住，二来他喜欢独占一室，那总比住在多人的宿舍里自由得多，方便得多。

吃饭是最大的问题，他在学校里吃过饭，吃得很不好。他后来又和另外七位同学在学校附近的一间饭店一齐包饭，也吃得不很好，常常要"加油"（加菜）的。所以每月的伙食费却都要超出预算之外，这使他很苦恼。他提议不得"加油"，大家都赞同，可见大家都有同感。

八个人之中，只有一个是属于另外一间大学的。那就是江丙生。他除了认识江文清之外，还认识龙逢达。他常常跟龙逢达于晚饭后到郊外散步。常常谈及两间大学的事。

有一次，晚饭后，八个人不约而同地向着一个方向走，龙逢达忽然警觉地说："不行，不行，人太多，不能走作一堆，分两个方向走吧！"江文清就跟龙逢达，江丙生到了郊外。在谈话中，龙逢达对江文清的不关心政治，不参加时事座谈，不参加同学们的任何活动，很不以为然。

"我的宗旨是，多一事不如少一事。"江文清辩解道。

"也不见得，"江丙生道，"你初认识一位女子，你介绍她读《红楼梦》，因为你自己没有书，'夹硬'借了我的送给她；又因为你没有看过，你怕她看了会向你谈及书中的事情，所以你又到文德路去买回了一套；因为她几个月不还你，你又迫得把你那套还了我……这实和你的宗旨不合。以此为例，你是倒喜欢少一事不如多一事的啦。"

江文清被说得很不好意思，但他又辩解道：

"我不想出人头地做一个大人物或者英雄，但我却希望做一个比上不足比下有余的人。凡有危险性的地方我都想避免去。我没有勇气去碰伤人，但我总得避免被人碰伤。我所要求的是容许我生存的间空……"

"喂，老江，"龙逢达反驳道，"生活在现在的中国，无论东西南北，都是有着极大的危险性的，随时有死的可能的。在抗战中死了千千万万的人，且不说；在抗战中幸而保留了性命的人，也大都弄坏了身体。我也是因逃难而染了恶性疟疾的。像我们这样弄坏了身体的人，很易因一场别的小病，没有钱医治而完蛋的。就纵使身体强壮吧，也保不定会因搭船触雷爆炸死的。有些'比上不足比下有余'的小猛人，也会因为飞机走私——机翼藏金而撞机死的。多少壮丁被驱去做了炮灰。多少人死在决堤的水灾中。多少人死在吉普车下。多少人死在饥荒里。也有多少人死在颓楼下。此外还有被殴、被暗杀、失踪、坐牢。中国人就是在着这样的危险的罗网——死亡的罗网下生活的。你读过辛亥革命前革命党林觉民给他老婆的信吧，他说中国人是随时随地有死的可能的，所以他要在死里求生，所以他参加革命，今天的中国是比林觉民的时代更严重，所以我们要有勇气面对死，才能打出一条生路来。"

"你说的也许是对的。但我以为，两水之间必有山，两山之间必有水，两石之间必有罅，两物之间必有隙，我相信我是可以在这山水罅隙之间寻求到生存的空间的。"

"你是一个小地主的儿子，你才敢这么说，假如你一旦失去你的靠山——你爸爸的财产发生了意外，你既无一技之长——不，就纵使你有一技之长，多少人失业，连大学教授也养不起妻儿——我想，那时，你的生存空间怕会立刻就消失的。就说你现在吧，你以一位小地主的儿子的身份，又以大学生的身份，你每天的营养是否已够充足？"

这一问，正击中他的痛处，他的确常为这个问题在苦恼着。因为营养不足，连饭也吃不饱，他就几乎天天都要吃烧甘薯的。但他怕人知道。怕人说这是他的"土气"，所以他一直把吃烧甘薯当作他的秘密，不肯轻易向人泄露的。现在，龙逢达击中他的痛处，他无话可答，同时面部忽然通红起来。

"喂，阿丙呀，"龙逢达见江文清很难过，就转面向江丙生说话，"我昨天遇到新女性，她说想找你，有事和你商量……"

"是的，见过了，她说她去探了监来。"

江文清的耳朵从二人的对话中特别吸住了"新女性"三字，所以他就向龙逢达追问道：

"喂，阿龙，'新女性'，是谁？怎么叫'新女性'呢？"

"有机会介绍你认识。'新女性'已经变成广州学生界最流行的名字，但很少人知道她是谁。她实在'新'得与众不同。"

"怎么'新'法呢？"

"她新到同监狱里的人宣布结婚。"

"她搬到监里和男人同居？"

"不是，那只是名义上的结婚。她的故事是很有趣的。"

"讲吧！——找个地方坐着讲吧！"

他们坐在草地上，龙逢达开始了动人的叙述：

这个故事的男主人公叫金以鸣，女主人公我现在只能用 K 来代替她。现在先从男主人公说起吧。金以鸣是有过一段光荣史的。他在学生时代曾干过轰轰烈烈的学生运动，曾于沈阳事变后不久的双十节晚上，在汉民路向民众宣传抗日，因放火烧仇货的事同警察发生冲突，那时的永汉分局局长杜宣泰正是专卖仇货的人，他的利益受了损害，就开枪扫射学生，金以鸣的一位同学中弹死了，另一个被打瞎了双眼，他自己左臂受了伤。第二天，他带着受伤的臂，跟在他的最敬佩的先生梁仲民之后，撑着死难者的血衣，到汪精卫们的西南政府去请愿……七七抗战那一年，他在某大学毕了业，他因朋友的介绍而到了一个很偏僻的地方去教书。在那里，他结识了李若华女士——县政府里的一位职员。有一次，他去探访她，她正坐在房里对着照片流泪。照片里有她的双亲、她自己、妹妹四人：父亲死于广州大轰炸，母亲和妹妹不知下落。金先生推门进来，李女士来不及掩饰自己的泪痕，金先生是懂得心理学的，他知道应该在这样的场合说些什么话。他说：鲁迅说过，没有父母的孩子，不见得就是真不幸，他可以由于无牵无挂而更勇敢……这真理的话打动了她。她第一次投进了男人的怀里。半年后他们订了婚，又三月，他们"卜吉"举行婚礼。但，"天有不测之风云，人有旦夕之祸福"，真有那么巧，正当他们举行婚礼的时候，敌机来了，一小时后，他哭得死去活来，他抱着新娘的血淋淋的残骸不肯放手……他万念皆灰，他辞了职，他要离开那使他朝夕不安的小县城。他又在一个小地方住下了，仍然是教书。在那里什么新的书报也没有，他除了读读那唯一的官报之外，就只有把全部时间放在读古典上。他同外间断了联络。他称那间学校是他的"佛堂"或"养老院"。……日本无条件投降的消息传来了。他忽然对镜笑了起来。他感觉到自己既不是什么和尚，也不是什么老头子。……我是四强之一的大国民哩！大国民是要有老婆的！大国民是要参加一切活动的！大国民是要带着自己的老婆到处游历的。……他于是幻想携着娇妻，从香港到台湾，又到东北、蒙古、新疆、西藏，又从日本到美国、法国、英国、西班牙、苏联；我是才过而立之年的人哩，阿Q尚且要向吴妈跪下，而我呢？妈的，马上回广州，马上找一个对象，马上结婚，马上找一个新闻记者的资格，马上出发游历。……他回到广州，已经是元旦后半月的事了。他探知了梁仲民先生公馆的地址，他按址去找他。出来接他的是梁师母。等了半点钟，梁仲民先生才慢吞吞地走出来。十多年不见，梁先生已大腹便便了。梁先生是曾于"九·一八"后被捕过一次的，抗战前一年出狱，不久就做了官。金以鸣的思想，是完全受到梁仲民的影响的。但相隔十多年，一切都在变，而金先生因他自己几年来的孤独，已经失去了辨别一切真相的能力：所以现在他仍然跟十多年前一样非常敬佩他的先生梁仲民。梁先生写了一封介绍信给他，叫他去找某报的社长。社长考问了他一番，结果叫他："多写些文章来！稿赏可以从优。"他回到寓所，连夜译了两篇散文寄去，但都像石沉大海，连一个泡也不浮起来。……当他正在彷徨失业的时候，一天，他忽然在一间甜品店里遇着一个太像他的亡妻的女子。那女子吃完了东西，就走出去了，遗落了一包东西。他走出门外，向那女子叫了两声：喂，喂！有一包东西是你的吗？……那女子有点自愧地走了回来，接了包裹，向他说了声多谢，就又走了。他从她的面貌、身材、头发、态度、声音，看见了他的亡妻的影子。他心神不安地过了好几日。……又一天，他在路上遇着一位老同学，正在当校长，他从他求得一份教员。他教的是英文，学生对他的印象还不坏，因为他有太多的英文笑话引起学生发笑，如把"不要客气"真译成为"Don't want guest air"之类。……他从学生中发现了前几天甜品店相遇的那位太像自己的亡妻的那位女子。他从点名薄上知道她叫作K。和他的亡妻既不同姓，不会有什么关系的吧。……开课不久，校长就接到命令，要举行反苏游行，说苏联"侵略东北"，要打倒"新帝国主义"，巡行那一天，金先生受了校长的委派，担任了率队参加巡行的角色。是先点了名才出发的，但只出到了校门，就有三分之一学生开了小差，他到处地找，找不到K的影子。回校的时候，只剩下不满三十个学生。学生中有一位提议点名，并骂那些开小差的同学为"汉奸"。……反苏游行的第二天，梁仲民先生派人送来了三万元，说是稿费。稿费？什么稿费？是的，他曾拿梁仲民的介绍信去见过某报社长，他后来就译了两篇散文寄去，他一连注意了半月，不见刊出，以后他就忘记了。两篇散文，至多三千字，以当时普通的稿费计算，也不过三千元，怎么会有三万？……与这相反的，是学生们对他的冷漠和轻视，他还听得有学生在故意骂"狗"。——一天的黄昏，他听见 K 和一班女同学在草地上讨论问题："苏联会侵略人家的么？""最先帮助中国抗日的是谁呢？""时间是一个最公正的判官！""在我们的边疆上制造敌人是危险的！""骗人的狐狸是终要露出尾巴的！"……他开始注意各种报纸杂志的论调，并拿它们作一个对照。他发觉自己已经倒退了十五年，而且落在学生们的后面了。……他开始向学生宣扬自己的光荣史，说他怎样的领导过学生运动，怎样的在永汉路（现在叫汉民路）流过血。……但几天后，他在学生壁报上读到了 K 的《可耻的光荣史》："……光荣史是商品么？有了光荣史的人，而不求上进，反而用行动来污辱了自己的光荣史，这种光荣史是可耻的！"他眼前发黑，他看不下去了，险些儿倒下去，他扶着墙回到自己的寝室。他病了两天，没有一个学生来看他。他写了一张条子叫杂差交给 K，K 同着几位同学来了，他于是对她们说："我知道，你们在骂我，你们骂得非常对！"接着他叙述了十多年来的经历，并分析自己思想错误的根源是由于几年来的退出了战斗生活，他作了一番极严格的自我批判，最后他说："我是想学好的，十多年前把我教好了的是我的先生梁仲民，但我想不到今天他却企图把我教坏！我是无意想教坏你们的，但你们却把我教好了！你们才是我的先生呀！"……跟着反苏游行而来的是米价的飞涨，每天几十人饿死，"打风"遍行全国，大家都说：狐狸终于露出尾巴了！狼终于也露出牙齿了！……同学们由吃饭变成了吃粥，因此而退学的人也有了，因此而自杀的事也发生了，因营养不足而病倒的人更多了。一天，同学们跑来告诉金先生，说 K 被吉普车撞伤了，他急忙赶到医院去看她。当他第二次去看她时，她的伤势已好多了。她告诉他，她那天去找一位世伯借钱，那世伯竟当着她的面劝她休学，并且劝她嫁给梁仲民做姨太太，她很气愤，跑出了马路，就被吉普车撞伤了。……第三次来时，他对她说："我想对你说一句话，可以吗？"她答："如果不是侮辱我的话，可以的。"他于是说："你太像我从前的老婆……"她只笑了笑。他从怀中探出一张照片。照片中有四个人：他的亡妻、亡妻的父母、妹妹。看了这照片，K 立刻变了面色！……金以鸣先生已经变成了学生们最拥护的人了。他参加学生们的一切活动，他经常同他们讨论时事问题，他领导他们组织读书会，他从上海、香港方面设法获得新的书报，他们互相传阅，每一个字比一寸金还要宝贵。——恐怖的事情时常发生了。梁仲民曾请他去谈过一次话，说某报要找一个编辑，希望他去干，但他不加考虑就推辞了。……好容易又度过了一年。金先生仍然教书。他的"大国民之梦"早就破灭了。K呢，也退了学，在当小学教员（后来白天教书，夜间读夜校）。她和金先生来往很密。去年五月，全国的反饥饿反内战运动被掀起了。学生运动也普遍了全国。沉寂已久的广州学生界正准备迎接这新浪潮的来临。五月二十五日，梁仲民又要请他去谈话，他知道他已受注意，他的先生要向他施压力了，但他不理他。……五月三十一日，他同几十个学生秘密约定，以个别的方式，在汉民路加入反饥饿的行列。……长堤冲突时，他的左手受了轻伤。……当天晚上他就被逮捕。一进监牢，他就被一位狱卒打了十几个耳光。……他被捕的第七天，K去见他，第一声就叫他"姐夫"，接着她就交了一张字条和一张照片给他，她这样写道："我也有一张和你一样的照片，照片中有我的父母、姊姊和我。我们是于大疏散中散失的，我自小跟着妈妈变成一个姓黄家庭的人了，我也因此由姓李变成了姓黄。我亲爱的金先生呀，你从此就把我当作我的姊姊一样看待吧！如果你同意，我要学日本女作家中条百合子的样：我要宣布我同狱中人是夫妇关系了！金先生，望你为国珍重！为我们的前途珍重！……"自从那天后，K凡遇着亲友，她都宣布她同金以鸣先生的关系。……因为她有着那样的新的思想和那新的做法，朋友们都称她为新女性。

　　龙逢达讲完了故事，江文清也很是感动地说：

　　"太动人了，真的么？很漂亮吗？"

　　"当然是真的。江丙生也认识她的。凡是能够创造动人的故事的女人，大概都是漂亮的。因为她的灵魂已经够漂亮。一个女人的美不美，她的灵魂已经占了六十分，她的态度占了二十分……"

　　"她叫什么名字呢？"

"让有机会时，才介绍你认识吧，现在暂时保守秘密。"

第六章　口袋中的秘密

江文清、江丙生、龙逢达和其他五位朋友的八人饭团解散了。因为物价又突然飞涨，有些人交不出膳费，有些人又不肯再垫支。因为每人的心里都有数，一个月前的百万和一个月后的一百万实在相差得太远了。况且菜色一天比一天差，几乎没有一餐吃得饱。

江文清是照例的要吃烧甘薯作为补充食料。甘薯虽然比米便宜多多，但有些人的算盘却又有不同的打法：一斤甘薯煮熟了仍然是一斤，或者少于一斤；但一斤米煮成粥可能变成五斤，或更多。龙逢达就是主张宁愿吃粥而不吃甘薯的人。有时也有例外。但他吃甘薯时也有例外的吃法：他把甘薯切成小粒，这一来也可以由一斤变成五斤，他同时还可以请客。江文清和江丙生也曾做过他们的客人。客人们都吃得饱饱——装上满肚子糖水欢笑地走了。

江文清是不喜欢吃粥的。菜色不好，连吃饭也变成痛苦的事。唯有吃烧甘薯为最快乐的事。天天吃也不会厌的。他在一条很偏僻的街巷里，发现了一个专做甘薯生意的女人，她卖的有生甘薯、煮甘薯（放在锅子里去煮）、烧甘薯（放在火上烘，或放在炭中烧）。江文清最喜欢吃烧的。龙逢达煮甘薯粒，敢于请客；但江文清吃烧甘薯却视为秘密。他要用旧报纸把它包着，一直带回到学旅的他的房子里，他然后关上了房门，小心翼翼地剥它的皮，一边吹着那滴糖滴糖的甘薯肉，同时送进了口中去。"滴糖滴糖的烧甘薯呀，你是我的无止境的饥荒时期的救星！"江文清常常于吃饱烧甘薯之后，满足地躺在床上，这么想。

满足之后，往往就是痛苦。江文清常常为了处理甘薯皮的问题而烦恼。他不能把甘薯皮抛在地板上。让茶房的伙计把它扫掉：因为他不能让他们知道他天天在吃烧甘薯。所以他仍然把甘薯皮用报纸包好，放在外衣的口袋里，当他出街的时候，走到人少的地方，他就立刻把纸包扔掉。最好的机会是晚上，少人看见。

因此，在江文清的口袋里，常常有着一包秘密。他最怕朋友摸他的口袋，但江丙生偏要摸他的口袋。

"江老文的口袋一定有什么秘密！"龙逢达说。

"一定是'情诗'——诗歌的诗！"江丙生说，把手忽然插进江文清的口袋里。但江文清的右手是无时无刻不在掩护着他的口袋的，所以立刻揸住了江丙生的手。

"丢那妈！"江文清骂道。龙逢连在旁边看见他翻起了"猪肚面"，立刻制止江丙生的那种妄动。

"你看！"江文清在检查自己的口袋，已经挣破了一点点，"吃了二十几年饭，一点规矩也不懂，俗语说：'男人荷包女人奶——摸不得的。'"

"江老文，我看你也相当糊涂，"龙逢达笑道，"你刚才'丢那妈'，试问你姓什么的，他姓什么的，给你们乡下人听到，会骂你'扒灰'的啦！"

"丢！封建！"

江文清很不高兴江丙生的所为。他很痛惜自己的唯一的新西装的口袋被扯破——虽然只扯破一点点。这新西装是他卖了一个金戒指和一对金耳环，此外还向李大妈借了二十元港币才买回来的。（那个金戒指和那对金耳环是他的未婚妻临死前遗嘱交给他的，后来这些东西就存在她的母亲手里，母亲将这事告诉他，他离家的时候，就迫母亲把它们交出来。母亲很不想交他，说要等到他成亲时才交他，她要替他保存。但他不肯，他说他要由自己保存，他自己有分寸。到了广州之后，他听人讲，要找女人，就得有一套"光棍皮"，于是他就买了一套新西装。）

"拿到街上的织补摊去补几针，最少也要五七万的吧。"——他想，他立刻离开了江丙生和龙逢达，到一档织补摊去问价钱。织补的人是一位男子，他看了看江文清的衣袋，于是说：

"十万。"

"补这么两针都要十万？"

"正因为是几针才要你十万，如果补多一些就要你二十万喽。你以为十万好多吗？不过两三毫子港币吧啦！在香港，没有一元你休想开口！"

"补一个衣袋，你就想发达么！要发达，到香港去捞吧！"

"广州也有麻雀打，'海底捞月'，也很平常。捞几十年咯，细佬。补不补由你尊便。你不补更好。你悭翻十万，你发达，好过我发达。"

江文清赌气不肯补，他回到自己的屋里，就自己穿针引线动手缝补起来。针线这类的口袋，他怕自己补得不好看，才准备给人补，但一问起价钱来，舍不得出钱，然后决定自己补的。

一边缝补着，江文清一边在想。他想，要是有了老婆可以把衣服掷给她：喂，西装袋破了，给我补一补……不对，不对，"喂"不对，对摩登太太怎能叫"喂"的呢！不能的吧？——江文清觉得自己还没有对象，一时想不出应叫的名字来。他忽然又把龙逢达所说的那位"新女性"作为假想敌。忽然又觉得尚未知道她的名字，立刻，他又假设她姓新：阿新，西装袋破了，给我补一补……不行不行，她是那样的新，要是知道我爱吃烧甘薯，或者知道我的西装是用一个封建女子的金耳环换来的，或者知道我多疑、怕事、怯懦，会看不起我的。——他忽然又想起了廖丽容：阿容，我的西装袋破了，给我补一补……不，不，我的衣服什么地方破，她应该比我更清楚，为什么要我告诉她？……不行不行，她不会爱我的，连李天锡那么有钱，她也不爱，怎么会爱我？！不过，她那么大方，我和她绝交了几年，是她最先招呼我……

"托！托！托！"有谁敲门。江文清吃了一惊。他打开门一看，出于他的意料之外：他正在怀想着的人来了。

廖丽容来了，他很高兴。但他又很奇怪：廖丽容为什么来呢？——阿容，我的西装袋破了，给我补一补！——他在心里想着他刚才想过的话。

"啊呀，你在补衣服？怎么补得这样难看？"当他正在倒茶给她的时候，廖丽容发现他的西装袋连着针线，于是这么说。"让我替你缝！"

"对啦，我的衣服，什么地方破，她应该比我更清楚！……"他感激得几乎流泪。

廖丽容很快就替他补好了衣袋。

"江同学，我想请你替我办一件事，不知……"她说。

"可以，可以，什么事？"他问。

"替我带封信给李天锡。"

"李天锡？"

"不要奇怪。正因为我不想见他，才拜托你带信。听说他的父亲在香港，我要请他转一封信给他的父亲。"

"可以，可以！"

廖丽容把信拿出，递给江文清。信皮这么写着：

烦请

李天锡先生转交

李步墀先生大启

内详

江文清穿好了衣服，和廖丽容一齐出门。他要请廖丽容"饮茶"，但廖丽容却推说有事谢绝了。他和廖丽容分路后不久，他就在经过一条冷巷时，左顾右盼一下之后，把那包放在他的衣袋已经好几个钟头的甘薯皮轻轻地扔掉。——真好彩！真好彩！廖丽容替我补衣袋的时候没有发觉它！他想。

江文清刚走过，就有一位便衣密侦把那包纸包拾起。他是跟踪廖丽容来的，现在却转而跟踪江文清。他看见江文清忽然扔下一包东西，就心头一动，以为今天一定有大收获。（一定又是学生们有什么运动了！这包一定是秘密文件或者传单，留在这里给他们的同伙的）但是打开来一看，是甘薯皮。

"怪！怪！"那人说，失望地走开了。

第七章　香港之行

江文清去见李天锡。一见面，李天锡就是满口"丢那"。"丢那"下面时不时变换着字眼，有时是"妈"，有时是"公"，有时是"奶"，有时是"声"。如果和"老豆""契弟"相连的时候，"丢那"就又读为"丢你"。

"丢那，什么风吹你来的?"

"廖丽容风吹我来的。"

"丢，不要提她! 提她这臭货做什么!"

"不提也得提啦! 有声气，她托我带信给你哩!"江文清把信拿出，交给了李天锡。李天锡接过信，看了看信面，他说:

"给我父亲的!"他轻轻地把信拆开。

"怎么，你拆你父亲的信?"江文清惊问道。

"怕什么? 雷公的信我也敢拆!"

李天锡拆开了信，江文清伸过头来看信:

步墀先生:

请恕我的冒昧，写这封信给你。我写这封信给你，是想向你说明一件事: 我和令郎解除婚约，完全是出于我的主动，而经令郎同意，并在我写回家的信上签了名的。那完全不关我的父母的事。因为听说你要告我的父亲，要为难我的父亲，我觉得如果先生这样做，那徒然制造笑话罢了。先生是留学过欧洲的社会先进，断断不会不知道婚姻是要双方同意的。请你不要因为我不肯做你的媳妇，就怀恨我的父亲。我已经到了法定年龄，我的父亲是不负法律上的责任的。我希望传闻只是传闻，不会成为事实。我要说明的就是这件事。请恕我冒昧! 祝

大安

廖丽容上 × 月 × 日

"喂，你当时为什么肯签字?"看完了信，江文清问。

"我是有我的诡计的，"李天锡答，"她对我说，盲婚是不好的。我也同意地说，盲婚是不好的。她装摩登，我自然也得装摩登。她和我谈了很多。最后她要求我同意解除婚约。我答应了她，但我想诱惑她，我请她吃饭，她答应;我要她饮酒，她拒绝。我想玩弄她，然后丢了她。可是她老猫精，第二次也就不来了。"

"喂，老李，今晚请食饭!"江文清立剔抓住了这个大好机会。他已经很久没有遇到过这样的揩油机会了。

"请我?"

"是的，请你请我! ——请求你请我食饭!"

"丢，我以为你请我!"

"到哪里说，也没有我请你的理由，我每月的两三担谷子尚且被老家伙扣留，但你每月的零用钱就有两千斤谷子，看谁请谁吧!"

"算了吧，我请你就我请你好啦! 请你拍大肚子吃吧! ……喂，我打算下星期一去香港，你去不去?"

"去香港做什么?"

"去看看我的爸爸——"

"带丽容的信去给他?"

"傻瓜! 我会为她的一封信而亲去香港的吗? 我不过想去玩玩，名义上说是去看他，他如果觉得我有孝心，也许会多给我点用钱的。他到香港是为了买一座房子和购置一些产业，以备将来万一。——喂，你去不去?"

"我用什么来跟你?"

"我替你出旅费，住旅馆也不用你出钱。好不好?"

"……"江文清不立刻表示去与不去，只是沉默，作考虑状。

江文清跟随李天锡到了香港，一进了新亚酒店，开了房，就按址去找李天锡的爸爸。李步墀住在一位报馆经理的家里。现在他正跟一位记者又兼经纪的人在谈

话。谈的正是如何购买房子或租顶房子的事。那价记者说，在香港，如果想买一座
房子的话，不如租顶一层楼。如果买的是旧房子，有住客的，你无法赶他们走，去
了钱，连自己也未必有地方住，而收到的租金实在也太少。顶一层很好的房子，也
不过一万几千，拿多余的钱做些生意才有意思。在工商业都面着经济危机的现在，
做些什么生意好呢？这是很费踌躇的。第一，走私，这要有很大的人事；第二，就
是开影相铺，也倒是一件投机生意……

"影相铺到处都是，有什么机可投的呢？"李步墀问。

"专门拍晒一套春宫，包你生意兴隆！"

李步墀向对方使了一个眼色，那人就会意地停了口。

"阿罗，我请你吃晚饭！"李步墀向那人说。

"又有得'擦'？"那人问。

"当然喽！你是有名的'猛擦罗夫'，怕什么'擦'！"

"哈哈哈，你真关心朋友，无论什么时候，都没有忘记我'猛擦罗夫'，记得在
伦敦的时候，十几位朋友中最大吃的还是我，不过那时还没有'猛擦'这新名词，
所以我那时还叫作'大吃罗'，'猛擦罗夫'是这两年才成名的。'猛擦'是近年香
港流行语，苏德战争以来，苏联人在全世界出尽风头，这就是我的'猛擦罗夫'这
个美名之所以产生的社会背景。哈哈哈！"

李步墀带了猛擦罗夫、李天锡、江文清三人到安乐园二楼吃了一个西餐。吃了
餐，李步墀和猛擦罗夫同走一路，李天锡和江文清也回到了旅馆。他们洗了澡，又
出去了。李天锡带江文清到了国际舞厅。

他们刚坐下，音乐就停止，舞场的灯光也就亮了起来。李天锡眼利，看见了猛
擦罗夫，立刻又发现了父亲正从舞池中走上来。李天锡急忙拉了江文清就走。一直
走进了电梯，他才告诉江文清：

"我的父亲在这里呢。你没有看见？"

"我没有看见。"江文清答。

"险些儿被他看见，不好意思。"

李天锡叫了一架的士，直驶金陵酒家，踏进了电梯，直上舞场。李天锡叫来了两个舞女"坐台"，音乐一响，李天锡已经跟一位舞女滑进舞池的中间了。而江文清却不断在流汗，他和舞女对坐着，不知如何是好。他只得问了对方的名字。忽然又说跳舞是高尚的娱乐，忽然又说跳舞是一种艺术，邓肯是一位天才的跳舞艺术家。他说他平时一听到音乐，就肩头、屁股、脚尖都要动起来的，但他没有学过跳舞，什么华尔丝、狐步舞都不会跳。

"不要紧，你跟着我进退就得啦！"舞女说。

他终于在李天锡和舞女的夹攻下，被拖进了舞池。蜡板滑得很，他几乎跌了一跤。他急得一身大汗，他闻到了自己的狐臭。

直到上午二时，他们才坐了的士回到旅馆。李天锡很疲倦地躺在床上。

"喂，老江，给我一杯茶！"李天锡好像使唤仆人似的叫他。他虽然也很疲倦，但也只好服从命令。

玩了三天，他们才搭车回广州去了。在车上，李天锡说：

"廖丽容的信，我还没有交给我的父亲。"

"忘记了吗？"

"不是的。我故意不交的。我后来想，还是不交他的好。我的父亲要为难他的父亲，倒也是一种报应，给她点厉害看看也好的。没有告赢她，麻烦麻烦她也是应该的。我同时要把她的信保留着，她的字迹总有用得着的时候！"

江文清在着说话中睡着了。三天来，他玩得很疲倦。

第八章　左右为人难

在回广州的火车中，李天锡请江文清吃了两碗鸡饭，而江文清还表示没有吃饱，所以李天锡就笑江文清为"猛擦罗夫第二"。

江文清回到广州的第二天，就有一个人敲他的房门，那人自称是他的同学，姓方，就住在他的隔壁，来向他借火柴的。那人问他："这几天哪里去？"他答："去香港玩了几天。"那人又问："同哪一位去？"他答："同一位姓李的同乡去的。""去香港有什么任务？"一听那人问起"任务"，江文清就有点听不顺耳，或者心里起了恐慌，像是在受着审讯似的，不知道应如何回答好。"我是问你：是谁派你去的？""没有谁派我，是李天锡——我的同乡邀我去的。他的爸爸住在香港，他去见他的爸爸。他的爸爸是一位大地主。"那人不再追问他什么，只是很注意他桌上的书籍，不住手地乱翻。后来他就走了。

江文清在学校遇到龙逢达。龙逢达很忙，他把一张印刷品交给江文清。江文清一看，知道是"反美扶日"的传单。那传单把美国扶植日本法西斯复兴的事实一一举列出来：美国怎样保护着日本的军事工厂，美国又怎样地优待着日本战犯，美国已经帮助日本重整军备，日本的警察是变相的陆军，日本的捕鱼队就是变相的海军，日本的空军人才正在美国受着美式训练……这些事实，是江文清一向不知道的，或者说，连想也没有想过的。他想，日本鬼真的会来第二次的么？我们真的又要做第二次的顺民么？乡长五叔又要听父亲的摆布再去欢迎一次"皇军"么？（日治时代，江文清的父亲曾暗中指使一位同姓叫五叔的去做了敌人的乡长）江文清读了那纸传单，很是激动。

龙逢达很忙，江文清看见他到处地跑。他告诉江文清，学校有一个反美扶日大会，几位教授主持的，希望大家都到会，大家都相信，到时教授们一定有很精彩的报告。是美国扶植日本法西斯复兴，这是每个中国人都应该起来反对的，所以各学校的同学都纷纷开会抗议呢。江文清平时是不参加学校的任何集会的，但这一次他决定到会：因为他怕同学们骂他"不爱国"。开会时间到了，他先在会场外面徘徊了一阵，然后决然地进去了。会场里已挤满了人，他悄悄地在一张凳子上坐下。当他回头一看时，却遇见一个他所害怕的人坐在他的后边。那人就是自称姓方，和江文清是"同学"，问他到香港有什么"任务"的人。现在，江文清看见了他，迫得向他打了个招呼。那人就开口道："你也来？今天是你做主席吗？"江文清觉得问得奇怪，只答："为什么会是我当主席？""因为你从来不来开会的，虽然你和他们很接近。今天你破例来开会，我以为他们一定拥护你当主席的。"那人说完了就走开了。

江文清看见他和另外一个人在耳语。江文清假装去小便，他想乘机"松人"，但又遇着了龙逢达，谈了几句。忽然，他听得一个声音在叫："喂喂，各位同学，开会的时间已经到了，大家等什么呢？我提议：请江文清同学当临时主席！"江文清向说话的人一看，就是刚才那位姓方的和他耳语的人。江文清被吓得冷汗直流。会场立即骚动了，发出了"施施"声和"打倒"声。江文清再坐不住了，他带着铁青的面色走出了会场。

　　江文清在路上碰到江丙生，江丙生也很忙的样子。"廖丽容有事要找你呢！"江丙生说了这句话就走了。

　　江文清曾几次想去找廖丽容的，都去不成。现在，他有了理由去找她了。但他又怀疑：怕江丙生愚弄他。最后他仍然决定去找她。但他又很痛苦；他的"经济"很困难，他不能在女子的面前大方地用钱，他觉得这是他的致命伤。

　　江文清终于到了廖丽容的寓所。招呼他"请坐"的是另外一位女子。那女子很健康，看来头发带点红色——怎么说好呢，是红中带黑呢，抑或是黑中带红呢？或者更正确地说是她的健康的脸色映红了她的头发吧？

　　"廖小姐出街买东西，就回来的。"那位女子端了一杯茶给江文清，这么说。

　　忽然，一个句子浮上了他的脑海："健康的火烧红了她的头发。"这样的句子是他从哪里请来的呢？他想不起。他是甚少读新诗的人，断不会是什么诗人的句子吧。

　　那女子怕客人寂寞，在江文清的对面坐下了。她很温文地问道：

　　"江先生和廖小姐是同乡吗？"

　　"是的。也是中学代时的同学。"江文清答了这一句，立刻又懊悔起来。是的，他和廖丽容是同学，但却有过一段"情诗事件"的不痛快的记忆。他怕这位如此大方如此美貌的女子将来会从他的"同学"的口中知道他的这点劣迹。可是他的喜悦究竟比他的懊悔来得巨大：从他对面的女子的口中吐出来的每一个字，都像一粒用甘薯提炼成精的制剂，他一粒粒吞进肚里，使他觉得满身充满了营养。

他几次想问对方的姓名，但他不知如何称呼好。如果是男子，他可以问"尊别？""未请驾？""台甫？"但对方是女子，怎么问好呢？问她"贵姓名"么？会不会失礼的？他为了怕失礼，怕被对方看不起，所以始终不敢问。他只得用旁的话来打破那冷场：

"你，你和廖小姐同住这里吗？"他说出第一个"你"字时就觉得有些不对路，照理应该称"小姐"的，但他既不知她姓什么，又怎样称呼起，所以只得勉强"你"下去。

"不是。我跟你一样是来探访廖小姐的。我住担竿巷。"

廖丽容回来了。还带回了二斤香蕉。她很高兴地说："若英，多谢你替我招呼朋友，先赏你一个！"说着，就从"香蕉梳"上扯了一个香蕉递了过去，接着又递了一个给江文清。江文清从那位小姐的口中知道了她住的街名，但不知道门牌号数；他又从廖丽容的口中知道了她的名字，但不知道她的姓氏。这两样都是他急于要知道的。当他正在希望知道的时候，廖丽容说话了：

"你们不相识的吧？这是密司黄，这是密司脱江。"江文清和黄若英都半站了起来，身体都向前微微倾斜了一下。算是初次的见面礼。

"黄小姐是贵处人呀！"

"K县。大家都是同乡。"廖丽容代替黄若英答道。

"不过，我从来没有返过乡。连一句家乡话也不会说。我是在广州出世的。"黄若英补充道。

随便乱谈了约二十分钟，江文清还不见廖丽容提到要见他的理由，他怀疑是江丙生捉弄他。他终于把来意说明了。廖丽容也承认有事要见他。第一，她想知道，她托李天锡传给他父亲的信是否真的已转去；第二，她想知道，李天锡究竟说了些什么话。因为她接到她母亲的信，说她寄回的信收到了，老人家很高兴知道她和李天锡言归于好的事实，那么就快结婚吧……廖丽容觉得奇怪，谁冒充了她的名义写信给她的父母。她认为除了李天锡之外没有别人。她想知道一个真相。江文清觉得应该在女人的面前坦白，况且这些秘密与自己无关，他说了出来反可以获得她们的欢心。于是，他就说出来了。他说，李天锡真的没有把信转去，还说要留住她的字迹，终于有用得着的一天。……廖丽容也真够修养，她并不发怒，只冷笑地说了一声："卑鄙!"又把话题转到同乡会的事情去了。

他辞别出来的时候，黄若英也说要走。所以他和她同走了一段路。他说他要去搭车，但他不知巴士车站在哪里，西关的路他很生疏。黄若英以为他真的不认得路，就直带他到车站，指点他在什么地方上车。临别时。黄若英还顺口请他得闲去指教呢。他于是乘机追问她的住址。她也毫不隐瞒地告队他：

"担竿巷二二三号。"

这七个字就像七粒"甘薯精"一粒粒吞进他的肚里。

一天，江文清忽然接到一封字迹陌生的信，信封的底下写着"黄缄"的字样。江文清高兴得两手打战地把它拆开。他猜那一定是黄若英给他的信。果然，他猜得不错。打开"信肉"来看，他最先在信尾找到了"若英"二字的签名。忽然，那两个字跳出了纸外，变成了一个女子，站在他的跟前。——黄小姐，请坐!……但黄小姐却不坐，她指着他的口袋问：你口袋里的是什么？他猛地脸红了起来，他看了看自己的口袋：口袋里是纸包! 纸包里是甘薯皮。他狼狈地说：没，没有什么!……他忽然闭起了眼睛。待他张开眼时，出现在他眼前的仍是那封签名为"若英"的信，他这才从信的开头读起：

"文清先生：请恕我唐突，我现在给你这封信。因为下星期日要开同乡会，廖小姐这两天不大舒服，她要我通知你。是下午一点钟在 K 县同乡会会址开会。十二时左右请你先到廖小姐那里谈一谈。听说 K 县旅外的侨胞捐了一笔款子回来，作为 K 县留穗同学的助学金。这是好消息，请你那天一定到，并按时先到廖小姐那里。完了。见面谈。祝好。若英。"

江文清兴奋到有点发烧似的，他坐在桌前要写回信。黄小姐，我一定到。——他在心中说。——此外还写些什么呢？黄小姐，你真好!……你的头发为什么带点红色？……你不会说家乡话吗？我教你："细蚁仔"不叫"细蚁仔"，叫"嫩仔"; "起初"不说"起初"，说"兴工阵时"……不行，不行，这怎能够写下去的呢！——他起了几次稿，都搓掉了。他又拿起一个信封，改变方针：先写信面后写信肉。刚写到"黄若英小姐亲启"的"启"字，就听得托、托、托的敲门声。他忙把信封放在一本书下压住，但敲门的人已经推门进来，正是李天锡。他已经发现书下有秘密，所以一手把书掀起，另一手很快就把信封拿起，同时向江文清狞笑了一下，然后轻轻把信封压开，向里边一看，原来空空如也，于是把它扔掉了。"她是谁？""也是同乡。""在恋爱？""丢！""什么时候相识？""最近。""那么你未免'丢'得太快了！"接着就是李天锡的一阵狂笑。（江文清只有后悔刚才忘记将门"拐"住）

李天锡说明了来意。他说最近同乡会要开会，最重要的是怎样支配助学金的问题，过去同乡会的理事多是商人，现在有人主张成立一个"K县同乡留穗学会"，要把这笔款子提过来，由学会自己保管，那天一定有选举。李天锡于是把一纸名单交给江文清。"选举的时候，你就选这几个！"江文清一看，第一名就是李天锡，其余几个，他都不认识。李天锡还请他"饮茶"，但他连一碗叉烧面也吃不完。李天锡很惊奇地笑他："平时堪称'猛擦罗夫'的人，今天竟如此'细吃'，莫非恋爱'饱'了？"江文清回答："今天有点发烧，不想吃。"但他心里想的却是如何回信的事。

开会的日子到了。江文清依约先到廖丽容处。招待他进去的，仍然是黄若英。黄若英告诉他：廖丽容找江丙生去了，关于今天开会的事，嘱她和他商量，她接着告诉他：事情是这样的，我们K县在美洲和南洋的侨胞，听说我们留穗的同学生活很苦，所以汇回了一笔款子回来，但却落在老爷们的手里，我们现在要组织一个同学会，把款子移过来保管，按实际情形分配；可是李天锡那批家伙，朋比为奸，企图把持这笔款子。……他是大地主的儿子，每月有两千斤谷子作零用钱，照理没有再领取助学金的理由的，可是他们竟蛇鼠一窝，想要把持券赃呢！所以在开会之前，大家应商量一下，集中票数，决不能让李天锡当选。

江文清陷入了极度矛盾的心理状态中。"李派"来拉他，"廖派"也来拉他。他随便附和哪一派都可以得到一些甜头。他不能放弃李天锡。李天锡有钱，常常请他做"猛擦罗夫"。他更不能放弃廖丽容，因为黄若英是她的朋友。他陷入了左右为人难的境地。

他跟黄若英赶到会场。廖丽容和江丙生也到了。快开会的时候，才看见李天锡大踏步走进会场。大家惊奇而又愤怒地看着他那隆起的屁股。——他竟武装赴会！

黄若英立刻叫大家提高警惕：今天只投票选举，不讨论任何问题。

选举的时候，江文清以极度矛盾的心情，写了黄若英提供的五个人之中的四个人的名字。而对于李天锡所提出的名单，他只写了李天锡一人。（他把应该选的江丙生的一票转移到李天锡的名上了）

选举的结果："廖派"四人当选；"李派"一人当选。（李天锡以二十票当选；江丙生以十九票落选）江文清很难过：只因他的一票就决定了江丙生的命运，只因他的一票就使得李、廖这两个冤家聚头在一起，今后的争执将如何了结？

第九章　负伤

江文清坐在桌前吃着烧甘薯，一边却回忆着往事，尤其一年来的"艰苦生活"。（这一年——其实只有十个月——虽然艰苦，但他和江丙生，廖丽容恢复了"邦交"；同时又结识了像黄若英那样的"举世无双"的女子，所以这一年也算得是"多彩的一年"）

江文清吃完了烧甘薯，仍把甘薯皮用报纸包好，放进口袋里——那曾为江丙生所扯破，又为廖丽容所缝好的新西装的口袋里。他看看表，已经是下午一时，他该出门了。他决定个人去探访黄若英。今天是礼拜日。他穿好鞋子，整饰衣服，对了对镜子，但又坐了下来。他用两个指头压着面上的一个小"暗疮"，一粒米浆似的东西射在镜上，他并不去抹它，他打开了一砖花露水，染了一下指涂在刚才的"暗疮"上。——花露水有酒精，他涂它是为了消毒，可以防止"暗疮"的"借口发毒"。他又凝神注视镜中的脸孔。鹅蛋形的脸孔已经瘦得有点像马面了，黄若英会不会讨厌它的？

江文清把一本新买的《春风秋雨》放进了西装左边的口袋。这才出了门。他知道《春风秋雨》是一本很流行的小说，他就买了。他还没有看。现在他要去探访女子，自然可以装饰一下他的口袋了。

在路上，他用种种方法在证明黄若英是爱他的，她尊敬他，叫他江先生，送他到车站，告诉他住址，担竿巷二二三号，写信给他，开同乡会廖丽容又特别请她联络他。是廖丽容暗中把她介绍给我的吧？一定是！廖丽容也真是好人！如果我不再去找黄若英，我真辜负她了！他想。

在路上，他不断地"担竿巷二二三号，二二三号……"他想着。忽然，他的眼前出现了二二三号的门牌。到了吗？！到了！他站住一看，是一座好房子。门侧里还有电铃。这是她自己的家呢，还是寄居在别人家的？……忽然两个"陈宅"的字样出现在他眼前。

他走上前，伸手想按电铃，但又猛地把手缩了回来，他退了几步：不错，是二二三号。他又走上前，伸手想按电铃，但又猛地把手缩了回来："她不会理我这样的人的，不，不，她也许理我的……她也许出了街了。对的，今天是星期日，谁不到街上买些东西？她买什么？买丝袜？买丝线绣枕头送情人？送谁？一定不是送我，不，不，一定是送我，绝不会是送江丙生……她也许去买书……现在时间还早，四点钟再来吧！那时她一定在家，而且亲自出来开门……"

江文清退出来了。他在街上徘徊。他自恨懦弱，不够勇气，多疑。"我的这种性格，是从哪里来的呢？是遗传来的吗？'老豆'遗传给我的？不像，他狡猾！老母遗传给我的？不像，她爱哭！是祖父母吗？唉唉！一切都要完了……我先到书店看看书吧，四点钟再去按她的电铃，如果今天我还不去，我中什么用！还是到白鹅潭死了的好！唉唉……"江文清一边走着，一边这么想。他不觉走近了一间书店的门口，他转身进了去。

江文清的西装的两个口袋，右边是一个纸包，左边是一本新的《春风秋雨》。最先，他是习惯地用右手掩着右边的口袋，后来他却又用左手掩着左边的口袋，因为他想：这样新的一本书放在口袋，书店的伙计也许会怀疑我偷书的。他于是用左手半掩着它，右手却在翻阅着桌上的书和架上的书。

一位小伙计看见他形色可疑，很是注意他。看他那心怯怯，又用手掩着口袋的模样，十足是一个偷书的家伙。况且他的口袋里明明放着一本新书。小伙计斜视地偷看了他一眼，恰恰又遇他偷偷地斜视来的目光，他快快地把视线收了回去。小伙计迫上一步，喝道：

"你做什么？你偷书！！"

"……"江文清愣了一下，说不出话来。

"你这是什么？"小伙计把手插进他的衣袋，要把《春风秋雨》夺出来，江文清不肯，一手揸住了对方，但是另一个伙计已经一拳向江文清的脑袋打来，江文清为了自卫，迫得放了小伙计，用左手把推过来的拳头搁开，同时本能地把右拳向对方送过去，正击中那伙计的下巴，倒退了两步。正在这个时候，一位伙计从江文清的背后给了他当头一棒。江文清立刻转过身来，向对方飞了一脚。（江文清十三四岁时曾经跟一位叔公学过一点功夫的。）全店的伙计都是他的敌人，他终于被打倒了。

正在这个时候，两位女子走了进来。一位看见这情形，急急走上前，问伙计是怎么回事，伙计答是偷书贼，那女子问偷什么书，伙计就把书给他看，她把那书翻阅着，忽然，她来问掌柜："你们的伙计赖错了人！你看，这书的后面是写有 K·W·C 的，这位是我的朋友，叫江文清！……瑞芬！你去叫一架汽车来，送他到市立医院！我回头再去小北分局报案！"

听说要报案，那位掌柜也就立刻伸过头来研究那三个英文字母。于是皱起了眉头，向他的伙计问道："你们搅什么鬼？谁嚷起来的？！"大家面面相窥，已经忘记是谁最先嚷起来的了。

"事出一定有因，现在不是研究原因的时候，"掌柜对那女子说，"现在先把他送到医院吧，一切医药费由我负担！请你们暂时不要去报案……"

刚才曾下手打过江文清的伙计们现在都动手把他扛进了汽车。

江文清醒在床上，他看见室外的斜阳，以为是早上，他想抬头，但抬不动，觉得很疼痛；他想举手，也举不起。"这是什么地方呀？"他想，"我为什么在这里的？"

他想不起三点钟以前的事。他觉得周身在痛，他呻吟起来。

"哦，醒了！"一个女子的声音说，同时走近了他。

那么熟稔的脸孔，她是谁呢？在哪儿见过的？哦对了，她是廖丽容——不对，不对，廖丽容不会有那样的红头发的，她是黄若英！

"黄小姐，我怎么会开眼见到你的？这里不像我住的地方……我怎么会在这里的？"

"这里是医院，江先生。"她抿着嘴笑。

多可爱的笑呀！但这里是医院，我和她和医院为什么会连在一起呢？

"黄小姐，我怎么住在医院里？我什么时候起住了医院的？现在不是刚天亮的时候吗？"

"现在是黄昏，不是天亮。不要把黄昏当黎明呀！"

黄若英坐近他的病床，把她今天的见闻告诉了他。他的鼻酸了，他的喉头硬了，他的眼泪流了，他说：

"黄小姐，多，多，多谢你！"

"你休息吧！我回家吃了晚饭，再和江丙生来看你。我曾经打了电话给他们了。"

黄若英去了不久，江丙生和龙逢达就到了。

"文清，真想不到今天你有这样的意外。"江丙生说，"我知道，你的宗旨，是'多一事不如少一事'，你想在动荡中苟安，你企图在一切的罅隙之间求生存的空间，可是万物都是动的，所以你今天在两物之间被擦伤了。你不敢面对现实，你没有进取心，你最怕死，但今天死竟开了一次玩笑……"

龙逢达看见江文清很难过，就向江丙生使了一个眼色，江丙生就停止了说话。

"我接到新女性的电话，还不敢相信呢。"停了停，江丙生忽然又说，"我以为我听错了话。"

"新女性？谁？"江文清追问

"就是黄若英。你不知道？"

龙逢达又向江丙生使了一下眼色，江丙生也就不再说什么。他们坐了十分钟就走了。

"……黄若英就是新女性，新女性就是黄若英，我从来不晓得把它们连在一起想。原来，我日夕所恋想着的人原来是一个有夫之妇，今天救护我的正又是她，她和她的男人同居过的？没有？为什么要等男人入了狱之后才宣布结婚？真是新得出奇！那么着，不是等于守生寡？她既然有了丈夫，为什么却还对我很亲热？她把爱情从那男人身上转到我的身上了？……"

当他正在这么想着时，他所爱慕着的人又来了。她问江丙生和龙逢达是否已经来过。她随便说了一些话，坐了几分钟就走了。忽然，她又回转身来，打开了手提包：

"江先生，我几乎忘了，我今天从你西装的口袋捡出了一些东西，现在交还你：一支墨水笔、一根钥匙、一封信、一百万国币，还有一包——"

她打开来一看，是甘薯皮。她又把它包好，一齐交还了他。他的脸立刻通红起来，几乎连头发也变了红色。他看了她一眼：她抿着嘴笑。

多可怕的笑呀！

她走了，天已经黑了。

他失望地闭上眼，他冥想道："我看错了天色：我把黄昏看作了黎明……"

一九四八年八月二日写毕

| 创作评论 |

他的中短篇小说善于从文化批判的视角，反省传统伦理道德及思想观念的合理性，直视社会的阴暗面；以理解而又焦虑的心情，去体验战争背景下，古老国土上

那些痛苦灵魂的挣扎。

  ——高蔚、史树楠：《在新文学传统中成熟的广西作家：胡明树叙事文学作品
   论》,《广西民族师范学院学报》2011年第2期

┃ 作品点评 ┃

  这些书主要是反映生活在社会动荡年代里的青年不满黑暗的现实，寻求光明的
生活与斗争，对生活在香港社会的青年，具有深刻的教育意义。

  ——卢苇、曾迪：《战斗的集体——记香港南国书店》，载广东省文化厅史志办
   公室编《广东革命文艺史料》(第7辑)，1993，第63—64页

钢铁的心

陆地

一位连长讲起他一段经历

一

要我讲起打仗的故事来可多啦，扯上三天三夜也不能有个头。打我十六岁那年，八路军在我老家打日本鬼子，我在老财家把看牛的鞭子扔了，参加了八路。第二天早上就跟鬼子干上了，一直干到今天。搬开手指头一数，不多不少，整整十年。你想想看，得打过多少仗？

起始，我是个小鬼，招呼教导员的工作，后来才当的宣传员。可是，我个人就爱上火线，打仗痛快。再说，岁数一年比一年大了，唱歌演戏那一路玩意，老觉得不对劲，成天总也不安心。现在说起来，当时那个思想是不对头，闹个人主义，要不得，是不是？不过，那时候我就不管，一股劲跟上级蘑菇，成天要下连队、要下连队地闹，凭我学来几个字文化，成天打报告，最后，算是达到目的了。临走时，上级对我说：

"好，你下连去吧，好好干啊，可不敢再调

作者简介

陆地（1918—2010），原名陈克惠，曾用名陈寒梅。壮族，广西扶绥人。现代作家。历任部队教员、《部队生活》编辑、《东北日报》副刊主编、广西壮族自治区党委宣传部干部、中国作协理事、广西文联主席等。

作品信息

出版于1949年4月，长春东北书店。

皮了!"

我自己也不知道，那时节我哪来的劲，就是觉得摆弄摆弄枪，比啥都上瘾。我到连上去见了连长，连长看了看，完了，对我说，我年纪还小，也有点文化（是的，那倒不假，我当宣传员时候，马马虎虎凑合也学了点把子文化），有文化能看个通知啥的，叫我在连部搞个时期通讯员再说。

"通讯员能有枪吗?"我赶紧问一句。

连长说:"枪有你背的就是了。"

我说:"有枪就中!"

当天下晚，班长就拿来一支马步枪，还有一百发子弹。我可是高兴死了，比小孩子过年穿新衣裳还乐，把枪擦了又擦，心想:"通讯就通讯，骑着毛驴看唱本，走着瞧吧。"

就这样，干了几个月通讯员，又不安心了，又要求当战士。连长看我要求得挺麻烦，让我下班里去了。这时换了一支七九步枪。这"七斤半"我一直就把它扛了两三年。以后大大小小的仗就跟吃饭拉屎那样，没有数了。你瞧吧，我身上的窟窿就有三四个。没打过仗的人不懂得"打枪眼钻出来"那句话的滋味，那可是有味道哩。有一回，可是，差点我可就完了。你听我说吧，事情的头尾是这样的:

那是一九四二年三月二十七日晚间。

当时，我才当连长不多日子，我们一连人在冀鲁豫边缘区，跟日本鬼子和伪军捉迷藏一样打麻雀战。早上指导员领第一第二两个排到挺老远的南边陇海路附近催给养去了，我跟第三排在家开个动员会，讨论对付敌人春季"扫荡"的办法。晚间都快鸡叫了，老乡才送来一封鸡毛信。在解放区，信上插上鸡毛就是表示十万火急的意思。我赶紧打开一瞅，是团长和政委写的命令:叫咱这个连在天亮之前赶到马路集的团部去集结。我愣了半天，也不知道怎么回事了，马路集离这五十来里地，现在快十二点了，一个钟头赶十里地，怎么的也赶到了，就是不知干吗要往回撤。这两天不是叫咱们侦察敌人行动，破坏春季"扫荡"的计划吗? 怎么回事? 哎! 咱没掌握全盘情况，没有发言权。反正听从命令吧! 我马上叫大伙赶紧出发，直奔团部来了。

五十里地总算是走到了。赶到村边时候，启明星在天东边闪亮。这时旁的啥声音也没有，挺静。我还担心团部转移了哪，谁晓得一进到村口，黑压压一大堆人马，全把街上给塞满了。战士们一堆一堆，抱着枪排成长长一趟坐在那儿。牲口驮着行李和重机枪、迫击炮，跟骆驼一样高大，躲在院场一边，突突地喷鼻子。

"乖乖！隆的咚，都来了！"三排副这个活宝，一下子嚷起来。

旁人马上"嘘，嘘"地制止了他。有的像哨兵问口令一样喊：

"不要讲话！"

紧张极了。大伙静静的，照我的手势就地坐下。天上全是一片乌黑，要落雪的样子。有人偷偷点烟，偶然见到一两点星火。

我才要招呼队伍休息，还来不及去团部报到。紧接着前面有什么消息传来了，一个一个咬耳朵传话。最后，右边的一个同志在我耳边问："三连到了没有？"

我回答道：

"来了！"

人们又一个接一个传回去。不多一会，又传话来了。右边的同志在我耳边说：

"叫三连连长跟指导员马上去团部！"

我对三排长说，叫同志们不要随便离开队伍。我到团部去了。

团部是在一家老百姓的东上屋，这镇上现在就只有这间屋子还点亮。

一进门，旁的连长、指导员满满地坐了一屋子。团长、政委和参谋长他们聚在一起，对准一张地图比量。我喊了一声：

"报告！"

这时，团长他们抬起头来，朝我看了看。政委对着大伙问：

"都来吧？三连长，指导员呢？"

我说，指导员今早带一、二排到前面催给养去了。团长愣了一下，参谋长马上说：

"好吧，我来谈，现在情况挺紧——"

参谋长讲到这句话顿了顿，掸了掸烟灰。大伙的眼都睁得发亮，直瞅他。他紧接就说："这回敌人拿一个旅团的兵力，再配合孙良诚三四个团的伪军向我们解放区作五路大规模的'扫荡'。估计他们明天一早有一部分就赶到这儿。我们暂时把地方让给他，把主力绕到他们屁股后面去搞他一家伙！……"

"现在大伙都准备妥了吧？"最后，参谋长问。

"好了！"大伙一个声音回答。

我却不哼。

参谋长把纸烟屁股搁桌子捻灭了，说道：

"准备好就走，叫大伙努把力，赶天亮以前到达目的地。"

参谋长把话交代完了。团长接过来问：

"大伙还有什么困难没有？病号、身体不好的都搞好了吗？"

这时大伙齐声回答："搞好了。下命令吧。"

"好，挨着走！"

大伙忽一下站起来，都往门口挤。我实在累得还缓不过气来，站在后面。团长在旁边叫我说：

"马连长，请你慢点走！"

我转回头一看，团长不慌不忙拉过凳子来请我坐下。我也照着坐下，弄不明白倒是啥回事。团长是个挺会说笑话的人，这时候变得正经起来了，看他那个干瘦的脸特别严肃。他想了半天才问我：

"你是哪一年参加党？"

我心想：这时候问这干啥？可是，嘴巴马上回答：

"一九三八年。"

团长扳着手指头数一下，说：

"五年啦！"说完，直瞅着我。我都不好意思啦。

我说："差不离，就这样。"

团长打兜里掏出一包纸烟，还是缴日本鬼子来的好纸烟哩，樱花牌，锡包的。

他给了我一支，还划了根火给我点了。他慢慢吐了一口烟，才说：

"马连长，有一件艰苦的任务交给你。我们酌量了半天，只有你来担任比较合适。你们刚到，还没休息，不是吗？……"

我马上抢过去说：

"那倒不要紧。"

团长又说：

"休息是需要的，为了要战斗，足够的休息是需要的。才刚参谋长说的，你听明白了吧？"

我听到这，真急眼了，干吗团长今天讲话绕那么大个弯呢？奇怪！

他说："敌人马上要到这地方来了，他们有汽车、骑兵，比我们两条腿走得快。我们不愿跟他拼硬仗，坚决把主力撤退。完了，找机会绕到他屁股后去吃掉他！要做到这，就得留一小部分队伍在这儿迷惑他们，牵制住他们朝前撵咱们主力。你们连就在这扯他的腿。他们人来了多少不一定，不过，估计可能是一场恶战。如果你们打到最后顶不住，可以换上衣服，变成老百姓，跟他作地下斗争，等我们回来！我们一定会回来的。看你有什么话要说的？"

我有什么说呢？妈的，打仗已经不是今天才开头了。我说：

"那还有啥说的，干呗！只是估计守到啥时候能撤？"

"你们就在这一带村子布置一道防线，敌人要来得多，抵不住，就一步一步往后撤。最好能抵抗到十二点钟，到那时我们主力就可以走到目的地了，他们要撵也撵不到了。这是咱们整个团的生死问题，关系重大。全靠你们连显功夫了。"

我说："反正我不多说你也知道。刚才不是问我什么时候参加党吗？我是五年党龄的党员，为着党，我一定会忠实到底！团长放心领大伙走吧。"

团长这回可真别扭，他站起来又坐下，问：

"可是你没有什么话说了吗？"

我说：

"这样的吧，要我打死，你给我在坟上立个碑，写上'马如龙是共产党员，为

了打日本鬼子死的 '就得了。"

团长不哼声，把他刚打开的那盒子烟交给了我。还伸开手来，给我拉了半天，说：

"好吧，再见……"

我说：

"放心，我还不能那样容易死的。"

就这样，我同团长分开了。队伍连成了好长一趟，大伙都不吱声，一个跟一个移动了。我回到自己连队跟前时候，三排长焦急了，劈头就问：

"连长，咱们倒是怎办？人家都走光鸡巴了。"

我说：

"走吧，大伙跟我来！"

我把大伙领到区政府，找地方做饭去了。

有的战士憋不住，嚷嚷起来，有的就问：

"怎么搞的？咱们不走啦？"

我说：

"刚才大伙不是嚷肚子饿扁了吗？把饭做好，吃饱了再说。"

这时我们就在区政府煮的饭，把一部分人派到村外边东南角的破庙去放军士哨。我看大伙都挺困，叫他们就地在小学校把桌子拼起来当着床，眯一会。桌子少，我拣到一块缺了腿的桌面，随便搁在发潮的屋角，衣服、鞋子也没脱就躺下了。桌子太短，只好让半截腿搁在地上。不知道是跳蚤还是臭虫，把我咬了一身疙瘩。才刚走路老要打瞌睡，眼皮有斤来沉，现在倒反精神了，睡不着。三排长和九班副、二虎他们也都没睡，唧唧咕咕闲扯。

九班副说：

"我看这两天得有一场大仗打！"

二虎问：

"你怎知道？"

九班副说：

"唔，你可别笑话我，我这两天眼皮可是跳得厉害，一定有什么大事情了。"

三排长笑着说：

"乖乖隆的咚，照你这一算，你可当参谋长了。"

二虎紧接着问：

"问你，你倒是哪一边眼皮跳？"

"左边。"

二虎说：

"那你快发财了！左眼跳财，右眼跳灾。明个儿打开仗，准是缴挺歪把子。"

九班副低着声问：

"打仗？你听说打谁？"

二虎说：

"打谁还不一样？咱们的迫击炮还不都是日本鬼子送的。"

这时，一个外号叫"死角"的吴世泰，翻了身，半醒半睡地咕嘟说：

"得了吧，什么鸡巴跳灾跳财的，你们不睡，人家不睡吗？"

这一下，声音才停住了。原来有人在墙角那边早已打呼噜。

等到天才蒙蒙亮，我就到村边去看看警戒，观察观察地形。一看，眼前是一片大平川地，往东南瞅，地边跟天上连成一块去了。就在村子近边才有几个地方是凸起的黄河旧道的沙梁、梢林和坟堆。北边五六里地方有个小村子，西边就是通到水口去的大道。我把三排长叫过来，告诉给他的任务；把七班布置到南边的树林一带去；八班就让他到南边的黄河旧道的沙梁；九班就在沙梁后边的坟堆；我自个带两个通讯员在村边一个倒塌了的小房子安了指挥位置。我正琢磨这场硬仗是怎么打，这周围就是这么些可利用的梢林、沙梁、坟堆、交通沟和村落，我们就是这么二三十人。妈的，今天到我来唱"空城计"啦。我对三排长说了几条原则：把火力散开，迷惑敌人的目标，节省子弹，拖时间。

我的这两个通讯员各人有各人的特点：一个叫孙振元，十八岁小伙子，结实得像一头小牛；另外一个灵巧得跟猴子一个样，他本姓侯，人家都叫他小侯。

今天天气灰蒙蒙的，要刮风沙的样子。我正瞅瞅云彩，再看看这一带附近的村子和道道。突然，打南边响了一枪，凭我五年来的老经验，这是六七里地的三八大盖的声音。我们都站起来注意听。紧接着"哒哒"的轻机枪叫了。南面的梢林子挡住了，看不见啥动静，我对通讯员说：

"孙振元，你去叫三排长倍加小心，不要随便暴露目标。"

孙振元把马步枪往肩上一摔，紧紧胸前的枪皮带，挺利索地奔到前面的梢林去了。

小侯睁开黑黑的眼珠子瞅我，问：

"连长，这回是打孙良诚部队吧？"

我随便哼了一声，顺手把盒子枪掏出来，把子弹推上膛。

"你怕了吧？"我对小侯问。

小侯把脸一沉，说，

"怕？鸡巴毛，我才不怕哪。"

"你今年十九，还是二十？"

"二十少两岁。唔，连长，我问你，你同我这样岁数也参军了不是？"

我说，我十八岁那年已经穿破好几套军衣了。

我们正说着话，"轰隆"，像一声闷雷从东南边轰起来。

"打炮了！"小侯脸色发青了，顺手拉开枪栓。

"别慌！"我站起来往外看看。

声音又静了。

这时，太阳快出啦，东面天边的云彩发紫啦，老远的地面还起一道灰白的雾气。一溜平川地边是平静的，同小孩睡熟了的脸。我又坐回来，擦我的盒子枪。

过一会，小侯突然扯我的袖子，朝东南面指着说：

"连长，你瞅，前面是人吧？敌人来了！"

前面的确有几点黑影越来越大了……一会儿，小侯嚷：

"连长，连长，坏了。是骑兵，你瞅，你瞅！"

"轰隆"又是一声炮弹爆炸。

这是敌人的斥候兵。我叫小侯到七班那里去，叫他们派两个弟兄到大堤附近去侦察。这里的人等敌人再前进时就打枪，瞄准好再打。

小侯刚走不远，一颗炮弹在一里地附近落下，马上起了一股灰尘，火药味呛鼻子。一会，机枪响起来了。孙振元跑回来，结结巴巴地说是日本鬼子已经到大堤，快进前面的梢林来了。这时，大堤南边有好几个骑兵正要奔西边来，跑一跑又折回，跑一跑又折回。太阳已经露出地面上来了，像铁匠炉的铁块似的，烧红了半个天。

敌人骑兵发现了我们的目标的样子，直奔八班的阵地来，"叭叭"连放了几枪。我马上跑到八班那边去，叫吴世泰打枪。

"叭"一下，敌人骑兵站住了。我们连着打了一排枪，敌人退了退。

"这一下可有戏看了！"机枪手二虎乐得说笑话哪。

别人说：

"别骚情了，看，骑兵又来了！"

"叭叭，叭叭叭！"敌骑开枪，而且一股劲奔来。

"开枪！"我叫一声。

"呵呵！翻了一个了！"

"叭！"

"翻了两个！"

我一看，前面两匹马的鞍子掉在肚子下边去了，拼命奔跑。可是，敌人还是涌上来。二虎愣头愣脑地凑到他的机枪前，眯起左眼。机枪哒哒叫唤开了……

"三个了，三个了！"小侯叫。

"狗入的。"二虎抬起头瞅瞅。

骑兵往东拐去了。东边我们的七班的枪又响了起来，马蹄子又停住。尘土成了旋风，扬起挺高。

子弹越来越密，嗖嗖地叫，大炮轰轰地响。老远的地边，起了云一个样的黑压压一大片敌人步兵涌来了。我叫机枪手瞄准好，敌人再前进就坚决打！

敌人一步步往前来。

"乒乒乒乒"，我们三个地方一打，敌人摸不准我们的阵地倒是哪儿为主，四面八方乱七八糟地打起来，到处是枪声，把敌人打得团团转。这样抵抗了一个多钟头。最后，他们人来多了，而且他们决定往我们东、南、北三面包围。我马上下命令，慢慢往后退。

我顺着交通沟退。这沟直往东瞅能看到好远的地方。一个战士猛一喊：

"汽车，敌人汽车来了！"

一发现汽车，有的新战士慌了。我的裹腿太紧，干脆把它解掉，捆在腰上。盒子枪就别在皮带里。我在战士中间来回跑，照顾大伙的情绪。每个人都淌了一脸汗。

汽车接连来了五六辆，车上插的膏药牌旗子，架的机关枪，气势汹汹地向我们面前冲过来。我马上命令大伙趴在交通沟边边上不让乱动。看汽车来近了，我喊一声：

"打！二虎的机枪打！"

机枪、步枪、手榴弹乒乒打起来了。战士们的情绪可高了，有的嫌沟里窄，不好运动，二虎急眼了，爬上沟边打机枪。汽车"呜"一声，轮子停了，敌人从汽车上蹦下来，爬在汽车旁边朝我们这边开枪。枪声可热闹啦，就跟往年过大年夜放爆仗，把耳朵都震得嗡嗡响。敌人有的死啦，倒挂在车架上，给他们当肉盾牌。

八班的机枪手过来，挺难过的样子，对我说：

"机枪弹巢崩啦！"

"使步枪打！打！"我说。我自己也捡起另外一个挂了彩的战士的步枪，紧接着就是打。

"呜！"第二辆汽车又停住了。敌人又同蛤蟆跳下水似的，蹦下来，躲在汽车底下，跟我们抵抗……

这下子，不到一两个钟头，这一带地场就成了泥塘子似的，打得稀烂。我看看鬼子的包围圈越来越小，再继续下去就吃亏、上当。

突围！退后一步，到小林庄再抵抗！

我脑瓜子这一闪亮，叫三排长过来，对他说："我们分两伙人突围。三排长先带九班朝北边的水口冲出去，叫敌人一迷惑，我就领八班和七班朝西冲到小林庄去。"三排长依我的命令同九班的同志冲出去了。敌人一乱，我就对七、八班喊：

"同志们跟我冲！"

我领头跳上交通沟，紧接着扔出去几个手榴弹，大伙都跟上来了。我又喊：

"大家快跑，到前面小林庄集合！"

我们一股气向前面奔去。敌人的马蹄和手榴弹在身边乱成一团。通讯员孙振元"哎呀"一声，在我身边倒下了。脑袋淌了一地血，马上不哼声了。我哈着腰去抱他，大腿上一麻，膝盖抬不起来了，血马上打裤管往下滴。小侯过来挽住我的胳膊说：

"连长，我背你！"

紧跟着有两个战士也过来，一个人一边架着我的两只胳膊往前就走。

走不多远，前面的小坟堆，突然响起排机枪，呵哈，二三十个敌人在那儿堵住了。战士们急眼了，马上扔开手榴弹，手榴弹一个两个地连接炸开了，烟土大，好比下黄雾，又搞成一团了，看不清敌人，只听他们猪一样咕咕地乱叫唤。咱们的战士有的也挂彩了。我看离村子还有里把地，得鼓把劲才行啦。这时也忘了腿上的伤口疼，就是要头前领着大伙扔一阵手榴弹，打开一条血路。快到村旁边的小凹地，爬着一个鬼子，我瞄了他一下，打他一手枪，他手上枪一松，枪掉到地上来了。

旁边的敌人一惊，一个个往后退。

"冲呀！"我又喊。大伙猛劲一冲，进到小林庄来了。

小林庄只有四五户人家的房院。村边有一道一人高的围墙，有的地方倒塌了。村外就是平地，可以看到外面敌人运动。

敌人紧跟我们后面撵，马上又把小村子包围了。

我们一进村，赶紧把彩号拉的拉，抱的抱，安置好了以后，很快占领了有利的防御的地形地物。

不知什么时候，小侯也挂彩啦。他睁开眼对我说：

"连长，我挂彩啦！不能招呼你啦，任务不能完成了！"

我把他的马步枪接过来，安慰他一下。

战士们疯一样了，嗷嗷叫，把脑袋露在墙头上架起枪就打。一下子，有一个头上挨了一家伙，"哎哟"一声，昏过去。

我说：

"赶快挖枪眼才行呀。快挖！敌人来就打。不来就别打，子弹不多啦。"

战士们用刺刀，咬着牙，挖开枪眼。枪声停了一会，敌人也不敢冲锋，只是光喊：

"缴枪不杀。"

"缴枪不杀。"

"缴你妈的屁！"二虎恨恨地吐一口唾沫在手上，又继续挖他的枪眼。

七班副脸色怪难看，跑过来对我低声说：

"这怎么办？"

我拉他到一边去，对他说："事情已经是这样了，我们掩护了主力退却，保证了主力不受损失，咱们就算牺牲了也是光荣的。叫大伙坚决打，要死就死在一块，让敌人抓去，那就太亏人啦！"

"中！死咱们就死在一起！"七班副转回身走到墙跟前去。

人到这节骨眼，也没啥可怕的了。我一寻思：我是个党员，为了党，死，就像去完成一件工作任务似的，没想到有啥难过。倒是一心想怎样多打死几个敌人，没有想自己会死。可是，也奇怪，我却打挂包掏出一本油印的《党建》、一本《中国革命问题》，想把它们扯了，又舍不得。是的，真舍不得！这几年来我被这些党的文件，把思想搞通，使我一心一意为党奋斗。但事到如今，只好用刺刀挖了个小坑，把它埋了。才埋好，一个战士叫道：

"连长，来，你来看。"

我腿上有点疼了，一拐一拐走到他刚挖好的枪眼旁边去。七班长指着外边的敌人说：

　　"那不是吗？那脖子围块红布的，是当官的吧！"

　　"是，当官的。"我一边回了他一句，一边瞭望外边敌人。敌人也正在准备火力，再向我们冲锋的样子。

　　七班长一声不哼，掂起身边两颗手榴弹插在腰带上，拿起枪，顺墙跳出去，迈开脚码，扑到那个挂红领章的小官跟前，一连扔了两颗手榴弹，地上震动起来。那个红脖子一晃，等到炸弹扬起的灰尘吹散了，看到交通沟边上倒竖起两条腿，脚上的皮鞋钉子朝太阳发亮。战士们都高兴地叫：

　　"打死啦，打死啦！"

　　有的人眼睛都乐得淌出泪来了。

　　可是，敌人机枪和步枪集中火力往七班长猛扫。七班长倒了！这下敌人更加发狠了：炮弹在房顶和院里爆炸，加上冲锋号、人声、枪声响成一片。鬼子不要命地冲来了，朝墙上跳，爬，跑……可热闹了。我急眼了，直喊：

　　"打！打死他！狗入的，打！"

　　战士们也嗷嗷地叫开了：

　　"同志们，咱们豁出命来了，拼吧！"

　　"来啦，来啦！"

　　"打，狠狠地打！"

　　"打死他，消灭干净……"

　　声音叫得乱七八糟。大伙都咬着牙，恨恨地叫，眼睛都鼓得发红了。

　　鬼子猛一下泄了气了，没人再继续来了。墙外面躺下一二十具尸骸，有的躺在地上哼哼地叫唤。

　　八班长说：

　　"我要冲！"

　　他拿了两三颗手榴弹跳出去。

旁边吴世泰跟另外一个战士紧跟着也说：

"我去！"

我还来不及阻拦，他们已经翻过墙去了。刚一出去，鬼子的步枪，"叭"一声，打中了八班长的脑盖，白里掺红的脑浆溅回墙上来。吴世泰他两个一气冲了十几步，打完了手榴弹，也倒在火网里了。

我看这样拼法不上算。看看才剩下四五个人，子弹也不多了，再待下去就要吃大亏。趁着敌人歇气，我就领大伙赶快转移到另一个房院来。

这是三间大瓦房，有一个宽敞的大院套。屋里空空的，老百姓准是"坚壁"走了。本来我是打算照团长指示的话，化装老百姓，可是老百姓把啥都"坚壁"完了，捞不到衣服穿。找地窖又找不着。大伙口干得想喝口水也找不到。

这时，看看窗口的日头，快到晌午了。心想：咱们主力现在该到目的地了吧？我们是完成了任务了。完成了任务，牺牲也就牺牲……想到这地方，心可就放宽了。战士把衣服裹腿扯下来，把挂彩的地方扎上，稍为休息一下。这下子我记起团长给我的一包纸烟，便分给战士一人一支抽起来。团长的干巴脸，他最后同我说的话，又在我脑里出现："你是哪一年参加党？"团长的这句话又在我耳边响。我瞅了瞅大伙，大伙都是一样，沉住气，准备拼命的神气。

二虎把机枪拿过来说："这家伙没子弹了，怎么办？"大伙都同意把它"坚壁"起来。可那么大轱辘不好搁到哪儿去。后来有人说，把它的零件都卸了，埋到牛圈的粪底下去。

"对啰！就这么的吧！"二虎说。

大伙马上动手动脚，把机枪卸了，又用手去扒牛粪。谁提醒一句说：

"咱们给墙上画个号，将来咱们回来，记得把它起出来。"

"对，我来画。"二虎马上溜跳起来，拿他的刺刀在挂满塌灰的墙上画个大公鸡。完了，他笑着说：

"大伙记住：在这公鸡下面有蛋！"

把机枪埋完了，我就叫大伙把剩下的手榴弹揭开盖，准备好。鬼子要进来，先把他炸死，最后，没办法再炸死自己，死也不做俘虏。我的话还没有落音，马上就有人说：

"王八才做俘虏。咱们活得就荣耀，死也死得英勇！谁要做俘虏就不是人养的！"

"别嚷嚷啦，敌人来啦！"一个战士一边捏紧手榴弹，死死地盯住门缝。门缝正对着院子。两个鬼子并排走进来搜索。

"叭！叭！"

七班副和另外一个战士把枪搁在窗格子上，连打了两下。

"好，都倒了，狗入的！"

敌人的尸骸躺在院子当央，一个抽筋一样蠕动，血道道打肚子上淌出来，粘了一大片。他们的枪扔在一边。二虎才想出去把他们的枪取回来，汽车呜呜地开进来了，一个战士左手把二虎一拉，右手一扔，手榴弹轰一声，车头开了花，一阵烟把什么都蒙上了。我们抬头一瞅，外面一阵喊杀喊打，轰轰隆隆地响起来，房子直打哆嗦。咱们大伙眼睛发直，都不哼气，紧握住手榴弹，没有手榴弹的就紧握着刺刀，直瞅门缝。院里的汽车烧起一股汽油味。

扑哧一声，一个炮弹打进门窗来，冒了一屋子蓝烟。马上，一股辣辣的像芥末气味刺鼻子，一下子头晕，直咳嗽，呼吸特别困难……

大伙一个一个晕倒了。

二

醒来时候，一看只剩下我跟二虎两个了。一个穿黑缎大褂，戴日本皮帽子的汉奸，手拿短枪看着我们。他回头看了看左近没有人，才小声说：

"你们打得真坚决！"

我没哼，二虎狠狠地瞪他一眼。

这时我才看到裤腿都叫血糊了，就像叫狗咬了，一阵一阵疼得不能说啦。外边还听到一声两声枪响。是不是三排长他们还在抵抗？兴许是民兵打来啦？……脑里尽是胡思乱想。一个小鬼子手里抓来三四只小鸡，气势汹汹地对汉奸叽叽咕咕说话，完了，汉奸指使我说：

"走，到外面去！"

我的腿都软不拉之的啦，提也提不起，哪能走？小鬼子拿脚踢我，叫我往外爬。我真想给他一脚，一动，血又往外淌。妈呀，今天算我倒了邪霉。要不死，瞧以后的吧！心里就是不服气。二虎也气虎虎地鼓起眼睛。他一脸全是血道道，不知道血打哪儿流下来的。

到围墙外边来一看，地上都是死人。胳膊上都戴孝似的，挂个膏药臂章。一个围着红布的死人也叫小鬼子抬来了。二虎对我说："这是七班长打的！"小鬼子好像老乡们收瓜似的，把死人一个一个往汽车搬。汽车夫跑来跑去修理车，挺焦急的样子。

太阳已经往西南斜了。"晌午过了吧？"我想到这，心里松快一下。今天正刮开风沙，太阳像蒙上一层纱布的灯笼，黄黄的。村子叫糟蹋得不成样子：烧一堆破烂似的，冒起烟火，一股一股腥臭味，呛鼻子。一只老母猪打野地跑回来，准是叫老乡赶走又逃回来了。鬼子"叭"一枪，把它打倒了，肚子流出绿花花的肠子，旁的鬼子伸开拇指，拍大腿，咕咕嘟嘟叫好。

一个挎刀子的军官，手上拿个小本子过来，咕咕嘟嘟地说完了，那个穿黑缎大褂的汉奸对我叫唤：

"走，走！"

旁边几个鬼子过来，把我同二虎连拉带推到村北头的一棵柳树底下去。那儿有个土坑，鬼子抽出刀来叫我跪下。我心思：死都要死了，不跪他能怎的？我硬是站住不动，二虎也是木桩子似的站着。鬼子的刀在我后尾一晃，卜一声，落在我脖子上，凉凉的，耳朵嗡一下，眼睛一黑，冒了火星。心思：这下"革命成功"——完了！可是，一睁开眼，坑还是在眼前，二虎还是老样子，木桩子似的站着。怪了，我的脖子成了钢的了，鬼子的刀子吃不住？挎洋刀的鬼子官跑来，说了两句鬼话，两个鬼子生了气，把我推回来，往汽车拉，用裹腿把我两只胳膊绑起来。鬼子同汉奸又来问：

"你们的人都往哪儿跑了的？"

我心思：这可来门了，原来是想问我要"这个"！见你们的鬼吧。我瞪他们一眼，不哼。鬼子又对汉奸说了两句，汉奸又问：

"你们的人都往哪儿跑了的？"

"不知道！"我说了一句。

"你怎么不知道？"

"我是一个新兵，知道啥！"

鬼子可气急了，把嘴上的纸烟使劲一扔，又咕咕地对汉奸说，汉奸恭恭敬敬地注意听，完了，对我们吓唬说：

"你们不说，还是拉到那地方去！"他指了指刚才那个坑。

我说：

"去就去，怕你？"

汉奸看看我，摇摇头。转回头来问二虎说：

"你知道他是干啥的？"

"才刚他自个不是说了吗？是新兵呗！"

"新兵？他是当官，你不知道？"

"不知道，不知道！"二虎疯了一样直喊。

鬼子拿手朝二虎拍一下，二虎头一晃，耳朵上挨了一把。我上来火了，就是手脚都不能动弹。不多会，汽车呜呜开走了。回头看，小林庄还冒烟，"七班长他们的尸首，老乡们等一会会来埋葬他们的。"我这么一想，才好受些。可是，二虎的眼倒是发红了。我说：

"哭个卵，不死还要干它一家伙！"

汽车开出去不多远，前面摇晃旗子，停住了。

"轰隆！"地雷炸开了。汉奸和鬼子的脸刷一下都发了青，二虎笑了笑，我们交换了个眼色。

汽车绕了老半天道，好像不能照他们预定到达的目的地。天黑时候，才勉强在一个村子住下了。

看他们的脸色就知道战斗没有结束，不准定是民兵还是我们的主力，打到他们屁股来了，鬼子慌里慌张乱杀村上老乡们的猪，猪毛也没来得及刮，就拿洋刀往猪腔挖一大口，割下一大块一大块肉往锅里煮，跟煮南瓜一个样。完了，就拼命塞。老乡的粮都"坚壁"到山地里去了，鬼子只好啃干粮。

我跟二虎两人住一间东下屋。这村老百姓没全跑，西下屋和正屋都有人来回走。开头鬼子在我们门口看着，后来到什么地方喝酒去了，汉奸走进走出，不知弄啥名堂。二虎提醒我说：

"走吧！"

我想，可也对。不过，这时候还早，等半夜他们睡得烂熟了再走。二虎还说，仔细瞅他们的武器往哪搁，出去时捞他一支枪，他要来就给他一家伙！我们正在商量，汉奸和两个鬼子一身酒气，拿来一碗他们吃剩的鸡骨头和肥猪肉、一块窝窝头叫我们吃，我把碗接过来，哗啦，摔了一地。他们醉了，疯疯癫癫地也不说话。

穿黑缎大褂的汉奸熊一样蹲在床上吸烟。妈的，你可是穷阔，一支又一支地接着抽，老没个断似的，眼珠子跟猫头鹰一个样。我们都不理睬他。他眯起一只猪眼睛瞅我半天，问：

"小连副，你会唱打日本歌不会？"

我说：

"打日本能不会唱打日本歌子？"

"唱一支听听！"

"毙我的时候再唱。"

"你这鸡巴小连副混蛋透啦！"

另外一个汉奸在旁插了一句说：

"拉倒吧，他们八路的脑瓜子坏了，改正不过来的。"

等汉奸都出去了，二虎小声对我说：

"咱们对汉奸的态度，较好一点也要得，你太硬了。"

"鸡巴毛，对这些王八蛋还讲客气？"

"我看等会他们准是给咱们来一家伙！"

"来什么吧。"

"还不是要口供吗？要不，干吗今天不把咱们填坑？"

二虎这一说，倒是叫我想到事情严重起来。我不说话，直盯了二虎一阵。他，人挺机灵，马上说：

"放心，我二虎绝不是没有良心的人。"

我的心一软，觉得同志们在一块战斗那么些年，俗话说"打虎不离亲兄弟"，可是，咱们革命同志比亲兄弟还亲是不是？我拉起二虎的手来，好一会说不出话。我这才看清他脸上的血道道是头上叫子弹擦破了一块皮，头发还粘了一片血。他是抗战第三年以后参加的，老家山东，性情就是道地的山东人的直爽劲，打开仗就是个猛。

天一说黑马上就黑下来了。这村子一到下晚就同棺木落了坑似的，什么都静了。只有牲口有时喷鼻子，突突地响。窗外面院里一片冷清清的月亮。说不上是鬼子还是那个穿黑缎大褂的汉奸，他呼噜呼噜打开鼾了。二虎说：

"鞋底抹油，咱俩溜吧！"

我还来不及说啥，猛一下，窗下有轻轻的脚步响，紧接着就是窗纸突进来一根棍子一样的东西，木棍子挺短，"卜"一声掉地上了。二虎紧忙捡起来，凑到窗边的亮处一瞅：

"呵，地瓜！"二虎可乐坏了。就像小孩从母亲手里拿到糖果似的。

跟后尾又是卜卜好几个往下掉，外边的脚步跟猫一个样，轻轻地溜掉了。我打破纸洞，瞅见一个小黑影在屋拐角晃一下。

我把地瓜捡起来，比打胜仗得到表扬还乐哪！二虎在平常时候铁蛋一个样，今早上打成那样剧烈他怎的也不怎的，现在倒反淌了一泡眼泪，对我说：

"连长，老乡这份恩情，咱们就死也不冤了！"

咱俩吃得可香啦，从来也没有尝到过这样甜的地瓜。咱们正在吃哪，叮当，一只脚把门踢开了。一道闪亮的电棒往屋里扫射一圈，一个鬼子同汉奸进来了，汉奸猫头鹰似的眼挺尖，一眼就看到我们的动作了。二虎把手藏在背后，鬼子挺横，一手扭转他，把他手上的地瓜就朝他脸上抹，二虎一动不动，成了金刚一个样，一脸全是稀烂的地瓜。

鬼子把他肩上摇了几摇。汉奸在后尾吆喝：

"走，走！"

二虎叫他们半推半拉出去了。

"该叫毙了吧？"我直哆嗦，也不知怎回事，这时候胆子倒变怯了。手里的地瓜也顾不得吃。把耳朵贴到窗边边上听枪响，可是，四处静得叫人发抖。一股风吹得背脊凉丝丝的像虫子爬。

老远地方轰隆轰隆好像在打炮。可是，再往细听，又听不见了。怕是今早上留在耳边的声音吧？还是咱们主力绕到鬼子的屁股来了呢？说不准是民兵打地堡去啦？我一脑子就胡想这胡想那的。

"哎呀！"

一声惨叫，好像炸开了半边天似的，把我的心也要撕开了半个，手一松，地瓜掉到地上了。

哨兵狗熊似的在院里来回走。我心一横，要出去把他撂倒，拿过枪来就跑。可是，我的老大爷，一提开腿，可疼得像猫咬。两手一握，呵呀，腿粗得水桶一个样！"我入他奶奶！"心可火了，骂也不解恨。

"哎呀！"

又是一声，叫得凄惨极了。我寻思二虎遭罪了！这帮家伙可不是人养的。要能用牙咬，真想咬死他这些王八蛋！

不多一会，我也叫两个鬼子推推拉拉到另外一间屋子来。这屋准是个老财，屋里蛮干净，墙上又是镜子又是画片，花花绿绿。屋当间吊着个点石油的白磁灯罩，捻子捻得老高，屋子照得通亮。两个鬼子官坐在桌边，正瞅桌上的地图犯愁哩，烟卷和茶水都没工夫用似的，两碗茶满满地凉在桌上。

两个鬼子兵叫了一声，对两个官敬个礼，就两边站在我左右。一个有仁丹胡须的军官瞪了旁边的汉奸一眼，汉奸麻溜站起来，凑近跟前去听吩咐。鬼子咕噜咕噜地说，汉奸就对我发问：

"你叫什么名字？"

"马如龙。"

底下他又问什么地方人；几岁。

"你当过什么职务？"汉奸问。

"当兵。"

仁丹胡须的鬼子吆喝了一声。

我睬也不睬他。

另外鬼子对汉奸说了句什么，汉奸点点头，对我说：

"你们有多少部队？都往哪走了？"

"不知道！"

"怎么不知道？"

"不知道就不知道！"

鬼子官又吆喝了一声，好像说："混蛋！给我打！"

两个鬼子兵，立刻抽出皮带来，噼噼啪啪给我抽了几下。我的脸、脑袋、背上，全麻了。汉奸低声对我说：

"老乡，你瞅你后面的吧，看你挺不住哩！"

这时我才转回来一瞅，哎呀，老天爷，二虎两手叫绑起来，挂在门边上，脸上青一块红一块。汉奸看我不哼，大声叫：

"喂，说不说真话？"

我咬了牙，决定再不哼了，看他咬我个卵。

一个鬼子到二虎背后去，把绳子一拉，脚跟离地一尺来高，二虎拼命压住气，哼也不哼。眼睛却冒火似的瞅我。我和他交换了个眼色。

汉奸讨厌透了，又过来说：

"说不说？不说就——"

我瞪他一眼。

"揍！"

这下，叮当，叮当，什么都来了。皮带、拳头、枪尖、皮鞋，上上下下，擂鼓一样……

我给推倒了，可是，我成了哑巴，一句话也不说。我心思：看你咬我的卵！我越想越发上火，越上火越不理他那一套，我就是拿定主意：不哼！

一个鬼子拿来了绳子，把我拉拉扯扯地要绑，仁丹胡须的鬼子官咕噜咕噜说了啥，他才又停住，另一个鬼子出门去。

二虎还挂在门边，死了一个样了。

这时候部队上同志们的脸一个一个地都来我脑里出现：平时闹着玩的笑脸，工作时候认真严肃的样子，战斗时候英勇冲杀的气概……还有咱们乡亲，好多的老太婆、小孩……接着，司令员也出现了，他的湖南口音挺重：

"我们要战斗下去！我们坚决吃掉他！"

这话在耳边嗡嗡地响，好像他就在我眼前，就在村外边对着部队讲话。完了，我一闭眼，团长昨晚对我说话的情景，他问我："你是哪一年参加党？"这句话又响在耳际。是的，我是共产党员！共产党员应该保持光荣传统，英勇奋斗到底！我这样一想，心宽了好多。可是，睁开眼一瞅，却见二虎挂在门边，他也睁开眼来，两个眼光碰上了。我们都好像有共同的意思说：

"坚决不能投降！"

鬼子拿一把什么东西往桌上放，鬼子官对汉奸使了个眼色，汉奸过来把我推到桌边去，说：

"你瞧，这个啥？你就老实说了得啰！"

我一瞅，哎呀，我的妈呀，这是一包大头针！我咬了咬嘴唇，头有点发昏。

仁丹胡须鬼子见我不响，把桌一拍，大头针都叫拍散了，茶水洒了出来，把地图溅湿一大片。两个鬼子马上抓我两只手，用细绳子把两个人拇指并在一起绑紧，拿两根针插进指甲上来了，拿起刺刀准备要往针头上打。

"真是不说话吗?"汉奸问。

我不哼。

"啪!"一个鬼子给我一个巴掌。

桌边的两个官一起咕咕嘟嘟说了。

两个鬼子兵举起刺刀往针头上一打……我的妈呀! 心口像叫插上一刀似的，我把牙一咬，两眼发黑，直冒火星，全身痛麻了，什么也不知道了。

但是，我没有死。

三

第二天，天才发亮，我们又叫拉到汽车上，往南边运走了。晌午，在一个村子歇一会。老乡们来看我们，有的看鬼子没注意，打兜子掏出黄米面馍馍往车上掷。我们捡起来看了又看，当宝贝似的舍不得吃。几个老太婆站在屋边瞅我们。二虎眼里发红了，我也一阵心软，挺不自在。那个汉奸一只手提一罐开水，另一只手抓几张煎饼回转来，把围在左近的老乡赶走，瞪开眼珠子，朝咱俩哼:

"要饿就吃吧!"

他的心可真使得出来，把煎饼往全是泥土的车板上一扔，随你爱吃不吃。他自个掉转头，找洋火抽烟卷去了。

二虎两只胳膊昨晚叫绑得不能动弹了，我的两只拇指头肿得木榔头似的，也不好动。

汉奸回头瞅我们，把烟卷屁股一扔，说:

"你们要给谁守孝呀? 傻瓜!"

鬼子吃饱了，一个一个跳上汽车。车一开，罐里的水一晃荡，溢出来溅了鬼子的裤腿，他就顺手把罐往车外一掷。我回头瞅，一个老乡在后面捡起破了的罐子，恨恨地直瞅车上这帮畜生。

汽车直朝南开，到铁路上一个站。等了有点把钟，火车来了，才上的火车，往西边开走。

几天没睡觉，一坐上火车，很快就迷迷糊糊地睡着了。不知什么时候给鬼子踢了一脚醒过来时，一看，天好像变低了，星星就在眼跟前闪亮似的。再揉揉眼睛细瞅，才知道到了一个大地方了，这星星都是电灯。等我出了车厢，到车台来看了看，站牌子写"洛阳"两个字，下边还横写一道洋文。二十多个鬼子，车上车下来回转，不知道啥，一个当官的咕嘟直骂。后尾一个鬼子找来一根绳子把二虎绑上了。拿绳头拴住我的一只胳膊。完了就赶咱俩走。汉奸不来了。他妈巴子，他走得挺快，我的腿挂彩不是吗？拖都拖不动了，鬼子还狠狠地用枪托搡两下。后尾实在走不动了，他们才叫一辆三轮洋车让我坐上。鬼子不让车夫快跑。走了一段路，车夫才小声偷偷问我说：

"你们是哪一部分队伍？"

"八路！"我回答。

老乡又问：

"现在外面怎么回事？"

我说：

"外面八路多着哩，瞅着吧，再过两年鬼子就该回他老家啦！"

老乡一边踏着他的洋车，一边又问：

"八路为穷人打天下不是吗？早来吧，咱们这日子过不下去啦！"

刚说到这，叫后头一个鬼子听到了，他跑上两步，吆喝一声说：

"喂喂，你的不要跟他的说话，他的脑筋坏了的！"

车夫马上不哼了，把脚加快踏，鬼子又喊：

"喂喂，你的慢慢的。"

鬼子有会说中国话的哩，难怪不要翻译的汉奸跟来了。

我的车子拐到热闹的大街上来了。电灯亮得直炫眼，馆子里飘来肉香酒味，汽车波波地直叫唤，日本娘们，穿得花花绿绿的，背上还背个兜，拖木屐子，游游荡荡，另外有好些要饭的在街头向路过的阔太太伸开手来叫唤：

"大娘，小姐，奶奶呀，好心可怜我呀……"

阔太太、小姐理也不理地过去了。我心思：这个真他妈的鬼世界了。猛一下，两个小学生一定是看我们的衣服特别，撵到我后尾来问：

"你们是什么队伍?"

我大声说：

"八路!"

小学生乐得拍手说：

"好队伍，打鬼子的!"

鬼子气势汹汹地伸手去想揍那两个小孩。他们跑到一边去，还是跟着我的车走，直瞅我和二虎。鬼子对他们说：

"他的脑子坏了的，不好，不好的!"

小孩子顽皮地对鬼了噘嘴，做个鬼脸，跑了。

又走了一段路，一个鬼子撵上来咕嘟说了两句话，车夫好像懂得这两句鬼子话，把车往右边街口拐过去。朝前走，街道就冷清清了。隔不老远才有一盏发黄的路灯。风一吹，电线呼呼地直响。我寻思：电线上正说话吧? 咱们部队现在可能绕到敌人屁股后了，说不定咱们政委跟延安的毛主席通电报呢!

不多会，前面一个黑洞洞的大门，像个鬼怪蹲着，张开个口，要把人吞吃似的。车夫停下了。我坐了老半天，脚麻酥酥的，不好动弹，二虎过来架着我走进这个漆黑的门洞。

院里阴森森的，两边是两排房子，两三个鬼子哨兵来回走动。有时听到唉声叹气的。我在炮火中死去活来的干了那么些年了，还有啥怕头呢? 可是，说真心话，当时不知哪来的心情，竟是哆嗦起来，说不出怎个味道。

两个看守的更夫提来一盏马灯。一个年轻的把灯稍为提高，照了照我的脸，细声问：

"你们是哪一部分队伍？"

我说八路军。他惊讶起来。好像觉得挺稀奇，又把灯凑近我和二虎脸上照了照。又问：

"真的吗？"

说不上他这是好意呢，还是坏心眼。另外一个老头拦住他说：

"小点声，胡说啥？走吧！"

鬼子催我同二虎跟这马灯走进左边那排监房去。我一瞅，门上钉一块牌子，上边写："107"。更夫打开锁，鬼子用脚踢开门，把我和二虎使劲往里一推，门啪哒一声，落了锁了。

二虎还傻里傻气地问我：

"这是监房吗？"

"不是监房，你心想他还叫咱们住旅馆吗？"我说。

这是一间一间小房，用砖墙间开。门板上挖一个碗口大的小洞，房后边墙上个铁格子的小窗户，窗纸破了，风呼呼直往里灌。墙根有个小便窟窿，一股尿臊味呛鼻子。地上东一把西一把稻草撒了一地，还有两三块砖头，大概先前人家拿来当枕头用。右边的隔壁上，谁给揭开一块砖，通了一个洞，能看到隔壁房子。那边有人低声讲话，还有哎哟哎哟地叫唤。墙上全是鸡爪印一样的鼻涕，也有歪嘴歪脸的小人，还有东一句西一句的诗。当间记得有两句说：

"身在曹营心在汉，铁塔想压精神难上难。"

另外还有：

"打倒日本，共产党万岁！"党字模糊不清，不知谁把它抹了。

"喂，咱们还没吃饭哩！"

"没吃就饿一晚呗，明天有你一份口粮！"老更夫嘟哝两句走了。

"妈妈的！"二虎骂了一句，坐到砖头上来了。

门洞的最后一点光亮也没有了，眼前一片漆黑，二虎伸过手来摸摸我的手，说：

"连长!"

我说:

"往后叫我老马吧。"

二虎停了一会才说:

"唔……对!"

铁窗的破纸刷刷地发响,凉气从背脊爬到头顶来,我们缩成一团,两人紧抱着想暖和些。隔壁忽一下"哎哟"叫了一声。二虎又叫我:

"连……唔,老马,要不是——这时候正是咱们的好机会了!"

我随便哼一声。二虎以为我的彩重了,马上又改了口气,关心地问:

"你的彩疼不?"

我怎样说呢? 就是痛,可是叫二虎这一问,再痛也忘了。

第二天才天亮,我再也睡不着了。起来把头伸出门洞去,瞅外边到是咋样。走廊一个鬼子兵像一只饿狗,来回走。对面一排房子,一个一个都打洞口伸出脑袋来瞅。都是又长又乱的头发,脸黄黄的,眼窝又深又大。二虎拉我往通右边的小洞口指画着说:

"你瞧,多惨!"

我凑合上去,把脑袋顶到隔壁那破洞去,那边屋有四五个人,好像都得病,有一个躺着,腰里粘了一大片血,哼哼唧唧,老也不停,牙齿全露在外头,没气力把嘴闭住了。

一会,院里来了一帮人,老百姓模样,可是,全穿的犯人号衣。他们有提装着开水的铁桶的,有在手巾里包十多支纸烟的。好像火车站卖零食似的。

我两天没喝上一口水了,口干得要死。我向提桶水罐子的招招手,他们一哄都来了,五六个都要往我这小洞挤。我问他们要多少钱一碗? 摸摸兜里,这才发觉票子前天在小林庄撕掉了,没有钱,哪能拿老百姓的东西呢? 我一下懊恼起来。二虎倒机灵,他把脖子上一条发黑的新手巾拉下来,给了卖开水的,换了两碗水。这可是蜂蜜一个样,咕嘟一口气喝光了。老乡看我们还不解渴,自动多给一碗,我跟二虎一人喝了一半。

老乡告诉我们：他们也是"犯人"——是叫鬼子打四乡抓来的好老百姓。他们说，这里边可不得了，前些日子这地方尽是抓来的老乡，年轻小伙子，都叫鬼子挑拣送到东北下煤窑去了。他们这十几个人岁数大了，叫挑剩下来的，白天可以让在这里边卖开水纸烟，下晚又叫进监房去。回家去也捞不到吃喝，这几年又是水涝又是旱，再闹蝗灾，完了加上汤恩伯的"种殃"军一糟践，真是"水旱蝗汤"，把河南老百姓闹得没法过了。这下子又来了鬼子……，更是马尾穿豆腐，没法提啦。

有人就问我是哪一部分的？我说八路军，他们很奇怪，半信不信地直瞅我老半天。一个老头，胡须都花白了，他卖的纸烟，戴一顶破毡帽，说：

"不能吧？人说八路军是神兵神将，哪能被抓呢？"

二虎说：

"咱们是把子弹打没了，叫鬼子使唤毒瓦斯蒙住啦。"

这一说，老乡嘀咕起来。有的说：

"可是吗？"

二虎趁势就宣传开了，说咱们一个排怎样抵住鬼子一个团的进攻，把鬼子打死了不老少……

那位老头越听越发感动似的，挤到我们洞口来，小声说：

"你们说话可要小心呵！"

日本鬼子来了，老乡跟小鸡看到老鹰似的，都吓得走散了。我跟二虎也蹲下来，鬼子拿枪上的刺刀顺洞口一戳，完了再钻进头来瞅了瞅，气汹汹地走了，皮鞋笃笃地发响。

"老乡，你们府上是哪儿？"

有人回答：

"咱们是河南怀德府。老乡，你是哪？"

二虎告诉他们说，我们两个人是八路军。他们几个就同时呵一声，站起来靠近洞口要瞅我和二虎。我也站起来看他们。我问他们那个躺着的彩号，是怎么回事？

他们说，他叫鬼子抓到半道上，逃跑了，叫鬼子打枪打的，怕不得好了。我说：

"老乡，大伙得团结一条心，才抵得住鬼子哪！"

老乡"嗯"了一声，好像不大懂我的意思。有一个问；

"听说你们边区地方可好了！倒是怎么回事呵？"

二虎又宣传开了。我的腿疼，站不多时候就得蹲下来。只听二虎正说的时候，老乡们插上嘴说：

"是的，听说你们那边军民讲平等，丰衣足食什么的。"

有的就说：

"那是，不假！"

"实在！"

……

到开饭时候，老监手给提来一桶白开水煮的大豆，一个屋一个屋地给分。我同二虎没碗盛，只好让他一碗一碗打洞口往我们衣襟倒。完了，我们两人就用手一抓一抓往嘴里塞。几天没吃，这会就是没油没盐的白开水煮的豆子也吃得挺香。

吃过饭稍停一会，一个老监手叫我们去上药，后边有一个拿枪的鬼子跟着。到卫生所那边，有两个穿白衣服，说不上是大夫还是卫生员，旁边还有一个翻译。

一个年轻的穿白衣服的人，过来看了看我的裤腿粘了一片血，眉头一皱。他妈的巴子，嫌脏哩！他拿剪子把我的裤腿全铰了。用湿水给伤口洗了一下，完了拿镊子夹上药棉塞进伤口使劲搅了一家伙，翻译的汉奸看都不敢看走出去了。我咬牙挺着也不哼，可是冒了一头冷汗。一会汉奸进来，问：

"痛不痛？"

我瞪他一眼，反问他：

"你瞧痛不痛？"

他说：

"你真中！"

我心想，王八蛋你倒会说风凉话。

二虎的彩快收口了，鬼子只给他洗了洗，扎上一小块胶布。我却叫他把剩下那半节的裤腿挽上，把大腿扎了一大堆绷带。完了，汉奸对我说：

"怎样？好好养着吧。"

我心思：这家伙准是来收买人心了？吓，去你妈的吧，你瞎了眼啦。好好养，还要你吩咐哪？我要不死，砖头也要砸死你狗入的一两个。

上药回来，我和二虎就靠着墙蹲着。这几天紧张过分了，二虎一下子就呼呼地睡了。我自个也不知啥时候迷糊地眯了一会。等我醒来，一瞅门洞口有一个人探头探脑的，眼睛直直地瞅着我同二虎，好像要说什么话。我站起来，凑上去一看，原来是今早上那个卖纸烟的老头。他往左右看了看没有人，才压着嗓门，问：

"你俩真是八路不是？"

我觉得很奇怪，问他：

"你打听干吗？"

老头又看了看左右才说，他有一个大儿子也参加了八路。汉奸告诉鬼子说他家通八路，把他和他的二小子抓到这儿来。二小子在前一个月叫送到关东去了。他问我见不见过他的大儿子？他的儿子是高高个，眼眉梢有颗红痣。我说，咱们八路部队大，人多，不容易遇上，不过，将来要出去了，一准替他留心打听打听。老头说：

"我那儿子叫张振华。你要真遇上了，千万……"

老头认真交代着我。他是卖的纸烟，可是，他知道我需要开水，马上去替我弄来一瓦盆。

打那以后，我看他老老实实一个人，也就想在他口里打听这监狱里情形。他说这里边都是抓来做劳工的老乡，来不几天都得送到关东下煤窑。管得倒不怎么严，也有能逃掉的……

到半夜，隔壁的那个伤号哼叫把我弄醒了。他一叫，就像我自己伤口疼似的，心里挺难受。他上气不接下气地哼：

"我真不中了，你们记得给我家捎个信，我……"

他咬牙切齿的，话说得含糊不清，不多一会，好像就落了气了。隔壁的叽叽喳喳，有叹气的，有发狠的，有哭的。

"什么事？"二虎醒过来问我。

我对他说了刚才的情况，他听了气愤地说：

"鬼子总有一天得报应的。"

我说：

"什么报应不报应，你可是迷信脑瓜。"

二虎说：

"不叫报应也一样，反正有一天得翻个个，你等着瞧吧！"

这时候静极了，只听到糊窗的破纸飕飕地发响。不知怎么搞的，我就老合不上眼皮了。东想西想：一个共产党员该时时刻刻记住在敌人面前，不是敌人消灭我，就是我消灭敌人，当间没有第二条路。他们今天给上药治病，那是他们想进一步消灭我，不是消灭我身体就是消灭我的良心！我得怎样对付他们呢？那位姓张的老头，好像又在小洞口探头探脑地看我和二虎。隔壁的人好像在议论什么事情。我寻思：我得从这些人身上想办法！想到这地方，好比在摸黑的道上猛一下来了一道光，心敞亮开了。一高兴，叫一声二虎，想把这意思跟他说。可是，他呼呼睡得很甜。我心想：睡吧，同志，把身体养好，看咱们以后的吧。

第二天放风的时候，隔壁的死人叫拖去搁在走廊。这死人才难看哩，真是俗话说的，"人死不如狗"。大伙都停下来瞅着，脸上都表示难过得说不出话，有的眼睛发红的，有的淌了眼泪。我沉不住气，冒了一句：

"大伙记住吧，这是日本鬼子给咱们中国老百姓的'恩典'！"

我这一说，老乡们都抬起脑袋来，瞅住我，意思好像说：

"可不是怎的！"

这以后，我思想更加坚定了：第一步要抓住这些群众，组织他们，团结他们。从我们这监房的隔壁起始，一个屋一个屋地传开去……

一个人有了主意，有了计划和希望以后，就好比划船有了摆桨，不那么东转西转地胡思乱想了。

有一天，一个什么教育处长来了。是个大汉奸，看他穿日本衣服，留仁丹胡须，还戴眼镜，准是老财，老财都是跟日本鬼子一个鼻子出气，都是汉奸，狗入的。他一个屋一个屋挨着检查。他来到我小洞口，先瞅门楣上的号牌，再对他本子看一下才问：

"你们是八路军吧？"

"是呀！"

二虎态度挺横，回答了他。他才气死人啦，装模作样地说：

"你们脑筋都坏啦，叫共产党教坏啦！你们好好反省转向，把脑子变了，大皇军不杀你！"

二虎倔不拉之的，来了火说：

"混账，谁跟你一样不要脸，当汉奸！干革命还怕你杀头？赫！"

汉奸教育处长，摇摇头，走了。

往后，我和二虎就一心一意先把伤养好。平时我们就通过姓张的老头打听鬼子的消息，了解这里边情况。再就是跟隔壁的老乡讲些解放区老乡们的生活，讲八路军和老百姓的关系，讲解放区民主政府怎样替老百姓办事情。老乡挺爱听，很快我们就搞得很熟。

十来八天过了，二虎看我的伤口一天一天好起来了。有一天，他跟我商量说：

"你的腿好了，咱们得想办法！"

二虎说他这些天来，每天出外放风，他把这周围的情况瞭望了一下，认为出了这监房，就可以爬上围墙，往下跳。据说，外边是地场。鬼子的岗哨到半夜都打瞌睡，早先有人就这样跑掉的。他提议每天下晚把后边墙根小便的小洞的砖墙揭开，白天把稻草什么的塞住，遮遮眼，等到揭开大了，就打洞口往外蹿出去。

我寻思，这是个办法，反正豁出这条命来了，干吧！

二虎把计划也告诉了隔壁的老乡，他们有的起始并不很热心，后来见有的人坚决要干，自己也跟着轮流揭开砖墙。一到晚间，我们都听到使力气和掉土的声音，大伙打心里都明白。二虎说：

"咱们人出去多了，鬼子要发觉，就用砖头也能砸死他几个！"

洞口一股尿臊味，可是，也顾不得了。我同二虎两人轮着来，啥家具也没有，有时就拿砖头去崩，又怕叫鬼子听见，胳膊累了，有时用脚去蹬，急得想用牙咬。把两只手指头都弄得生痛。拇指头上回叫鬼子用大头针钉的现在还疼哪！白天一看，都擦破了。

我们就这样过了半个多月。洞口已经揭得一天比一天大了。

四

我们决定下晚要行动了。

早晨放风的时候，我们约好老乡，当天晚上鸡叫第一遍时候一齐动作。大伙都同意。二虎乐得又蹦又跳，抓到一小块砖头，朝墙上写了歪歪扭扭的几个大字：

我们要战斗下去！

写完了，直盯我，笑了笑。

我们正逗乐时，院套里吹开哨子，房间叮叮当当地开了。鬼子的皮鞋笃笃响，一个一个房子喊。翻译的汉奸跟鬼子屁股转，叫大伙出去集合。二虎鼓起两只圆圆的眼珠子瞅我，好像说是：

"要是调换监房就白瞎了！"

我也一肚子窝囊气，好像这监房是咱们的阵地，舍不得撤退似的。

集合的地点是刚进大门的大院场。四五百人稀稀拉拉地站在那儿。人都黄瘦瘦的不成形了，就同打过霜的草那样。一二十个端枪的鬼子看着我们。

等一会，那个留仁丹胡须的大汉奸来了，他说什么"不叫你们受罪啦，你们到'满洲国'去做工，那边能吃好穿好……"啰啰嗦嗦说了半天，我都没心听，就只觉背上太阳晒得挺暖和的。心思：这下子又来道了。王八才听你骗到东北下煤洞哪！二虎拿眼睛瞅我，意思好像说：

"快'毕业'了！"

这时把啥事都忘了，还没有吃饭也不知道饿。

大汉奸说完话就开始挑选人，老人和小孩都不要，挑到一边去。有一个长一身疖子，他对翻译说：

"我不能走……"

汉奸低声说：

"你到路上找出路嘛。"

这话把我也提醒了。二虎也对我笑。

正在挑人时候，大伙聚在一起，像个小市，议论起来，鬼子要管也管不住。这时，老张头走到我跟前来，死盯我老半天，说：

"我……我去不中呀，你……哎，你们到那边去，许能见到我的二小子，他名叫张振国……"老张头说梦话一个样老盯着我说，一边用他发抖的手在腰兜掏了老半天，掏出个小布包来。看了看四近，小心地解开麻绳，才拿出一包红纸包，再摊开才是汪精卫伪中央政府的华北联合准备银行的票子。他说，这是他卖开水剩下的钱，叫我要见到张振国就给他。完了，他还交代我说：

"我那二小子，个子长得不高，身板单薄，脑盖小时候叫牲口踢了一下，现在还有个疤……"

他话还没说完，鬼子过来咕嘟了两句，拿枪托揍了他一下，再狠狠地一推，老头踉踉跄跄要倒了，手上的票子撒了一地……人叫推开了，鬼子紧忙把票子捡了。

二虎看得气鼓鼓的，我怕他这时候闹出乱子来，把他拉住。老张头回来瞅他的票子，瞅着我们，要哭脸的样子。

鬼子还在每个人身上搜腰包，说是有票子的拿出来换吧，到"满洲国"就不好使了。这样来回搜，弄了一天。到天快麻眼了，才一人发半碗又是白开水煮的大豆，说是路上做干粮。我问一个翻译汉奸说：

"怎么一天也不给吃饭，怎么办？"

"你急啥急的？"

"肚子都唱小戏了，不急？妈妈的！"

"你骂谁?"

"你说骂谁就骂谁!"我顶他一句。

那小子伸开手,叭叭,给我两记耳光。狗入的,我可上火了。瞪他一眼,问他:

"你是中国人不是?"

他又伸开手,想再给我来两下。二虎子马溜跳过来揪住他的手。我喊一声:

"打! 你敢!"

大伙一呼啦上来了,都伸出手,对着他。那小子看风头不对劲。夹着尾巴溜了。

等一会,伙夫又抬来两大桶豆子,再发一人一碗。我同二虎拿到手里就吃开了。旁人说:

"你两人怎么吃啦? 做干粮哪,明儿才准吃。"

二虎一边吃一边说:

"现在和明天吃还不是一个屌样!"

这一说,旁人也挺不住的,都偷偷地把豆往嘴里塞,却不敢大口咀嚼。我心老想:这滋味真憋气,快完了吧! 妈妈的,受够了!

电灯霎一下亮了。

猛一下来了百八十个拿枪的鬼子,叫我们站好队。汉奸还来揩二道油水,饿狗一个样,在我们身边转,假装好意思说:

"谁有家信啥的,我代邮。票子到那边不顶事了,捎回家去吧。"

大伙谁也不理睬他。

最后,我们排成二路纵队,走出那个黑洞洞的监狱的大门。这一路全是菜园子,也没围子,菠菜和水萝卜的缨子绿得可爱。我们在排后尾的,赶快利索,走上两步,顺手拔了一把,管它菠菜还是水萝卜缨子,紧忙往嘴里就咬,真是俗话说的:"肚饿吃糖甜又蜜",吃了两口填肚子。

穿过了几条黑道,忽一下到热闹的大街来了。又是汽车、洋车流来流去,又是饭铺酒馆的酒香肉味,又是拖着木屐的花花绿绿的日本娘们。就是光这些娘们跟鬼子吊膀子，中国老百姓叫吓唬站在老远，直瞅着咱们。要饭的花子，可怜地伸开瘦猴一样的手，在奶奶小姐的屁股后撵着、叫着。

我腿上外伤口本来好的差不离了，这下一猛走，又有点儿疼。二虎老回头来看我。鬼子在两边来回走，怕咱们溜掉。我心思："等着吧，这鬼地方老子还不想待呢！"这一想，解放区的情景又到眼跟前来了：我们的老房东们，我们熟悉的那些村子的一棵树、一口井，常常给我们领路的游击队员，替我们缝缝补补的妇女会的同志……太多了，就是房东的一盏豆油灯，叫我好像看在眼里，都挺亲。因为我们常常在半夜三更来了，就靠这样的豆油火，照见老大娘们忙这忙那的笑脸。我寻思：一下子，监狱里又使我亲热起来。这真莫名其妙，这恐怕是老张头那几个人叫我忘不了的缘故。说不定我有一天真会遇到他的大儿子张振华同志……

一个人走路的时候胡思乱想，容易忘记疲劳，也忘记道的远近。才只走不多一会，车站就在眼前了。一看，站牌子又是"洛阳"两个字。回头一看，城里电灯又像天上的星星似的。

站上电灯通亮。车道上停下好长串塞满鬼子的兵车，敞篷的车皮叫油布盖着。这时站上没有洋车，也不准旁的老百姓走近，只有几个工友奔拉个脑袋走过，偷偷扫我们一眼。一股凉森森的气吹得叫人哆嗦。站外边的岗哨，猛喊一声口令，鬼子咕咕嘟嘟骂两句。

我们人分开了，一百二十个人一个车皮。都上完了车以后，鬼子进来看了看，叫工友把窗口都锁上。工友表面点头哈腰地答应，把打眼的地方锁一锁，偏角的地方就敷敷衍衍，把窗子拉下来就完了。

我同二虎又偷偷挤到一块来，就在靠近茅房的犄角那个位子。鬼子出去时，把车里的灯关闭了，黑咕隆咚，谁也看不见谁。我同二虎拉手靠得挺紧，坐在地板上——因为车里椅子都破烂不成形了，只好坐地板上。

一会，咔嗤咔嗤，车头来了，空隆，车厢一震，挂上钩了。紧跟着，猪叫似的，汽笛子哇哇直叫，车开动了。

我捏二虎一把，说：

"好啦!"可是,我又把嗓子压低,贴到二虎耳边说,"一准跳车!"

"对劲!"二虎拍我大腿,说,"等到归德再跳。到那边朝北边一直走,就是咱们的'家'啦!"

火车越来越快了,咔嗤咔嗤地直叫,我心思荡荡游游的,老惦着跳车一事。我同二虎站起来,摸到窗边,往窗的两边小铁钮一按,往上一拉,呵,可乐坏了,星星直卡巴眼,半边的月亮也早出来了,二虎把头攒出去。望了望,我们又缩回来,说:

"快关上。好啦,这没横铁棍子,头能钻出去。"

我们又坐回来,心口扑扑直跳,怀里像揣个小兔子。我们又合计:到归德时是个大站,车准能停下来上水什么的。刚出站时开得慢,那时就硬死头皮往下跳,反正死不了,最多又挂一回彩到头了。

反正比到东北去下煤窑强。

火车不知什么时候开慢了。丁零卜徐丁零卜徐地响,忽一下,停了,我又偷偷打开窗缝一瞅,是归德了。

卜笃一声,车门开了,电灯亮了,眼睛猛一下睁都睁不开。两个鬼子进来瞅瞅,又走了。电灯又霎一下黑了。

停了有一顿饭工夫,火车头才来,咔当一响,车震了一下,挂上钩。

"快啦!"我说。

二虎说:

"把裤带扎紧,妈的,肚子饿扁了,裤子老爱往下掉。"

紧跟着二虎低声问我:要不要招呼有愿意跟咱们走的老乡一块跳?我寻思一会,觉得老乡没我们那样拼生拼死的干过,未必这样大胆。算了吧,弄不成倒反害事。

二虎说:

"可是,我们隔壁那几个老乡大伙闹熟了,真不舍得他们!"

车开出站不多一会,我捅二虎一下。我们再不吱声,轻手轻脚地站起来。我说:

"下了！"

二虎说：

"我先下。"

我忽然想起来，我们跳下去，不能都在一起，得先约定个信号。二虎说他先下去，对准北斗星一直朝北边走。拍巴掌做信号。能两人又在一块走最好，找不到就各人想办法。

"反正到乡下就同鱼掉回大江去了，怕啥！"二虎说。

我们就这样商量完了。二虎赶紧把窗口揭开，把腿伸出窗口洞洞，慢慢地把身板都钻出去了，只剩个脑袋了，最后手把住窗口。

"来吧，狗入的！"二虎说一声。紧跟着把手一松，像掉下一个大麻袋。我伸出脑袋去瞅，黑咕隆咚，啥也没见，旁边老乡小声嚷：

"跳死呀，跳死呀！"他们都凑过来。

我说：

"死也要跳！"

那工夫可紧张了。我紧忙先把腿伸出去，妈的，左腿还没好利索，可不带劲了，出了半截，出不去啦，肚子夹在窗口边边上，急得出一头汗。这时有个老乡说："来，我帮你一手！"他把我的腰一运，我才整个人钻出车外边来。外面风刮得挺大，一下子把我脑盖上的汗吹得凉丝丝的，我死劲抓住窗口，把腿朝下伸直了，完了咬咬牙，闭住眼，一松手，"卜塌"一声，脑袋一晕……等会手才能动弹，一摸，下边是碎石子。

我躺在轨道上了。

这时候，"叭叭"车后尾打了两枪。我睁开眼，车已经到了前面一里多地了。

我爬起来，也顾不得身上哪儿疼，就知道紧忙往北边爬过封锁沟去。走不远，听到有巴掌的声音，我就比啥都乐，知道准是二虎了。我一边听，一边也拍巴掌，朝他那声音走。这时左边大腿疼起来了，狗入的，挑百八十斤担子似的，不能走得轻巧。

"谁?"二虎像哨兵叫口令,吆喝一声。

"我!"

"老马——连长吧?"

我们拉起手了。这时月亮还没有出来,一片漆黑。清明都过了,可是野地的虫子啥的还不大活动,静得好比死人一样。风一吹,冰凉冰凉的叫人直打哆嗦。

我们离封锁沟远些了,就坐下来喘口气。二虎这小子动作灵巧,跳下来,只是手掌擦破一块皮,旁的地方怎的也不怎的。我个人不中啦,伤口又疼开啦。

歇一会,我们马上又得走了。怕一亮天遇上鬼子就不得了。可是,这夜黑头地打哪儿走呢?我们可叫考住了。看了看天,决定还是对准北斗星方向走,直往北边打哪儿走呢?

二虎搀着我,一步一步迈。

"连长,咱们白天躲起来,黑夜走,两三天就到'家'了!"二虎说。

"不准定两三天,反正是回到'家'了!"

"妈妈的,留了一回学!"二虎又来门了,尽挑好笑的话讲。

一会,他又说:

"你说,咱们埋的机枪能起来吧?"

"咋不能呢?"

"起出来还是给我扛它吧?"二虎说。

我们一路走,一路说。忘了是逃跑,也忘了冷,忘了伤口发疼,忘了肚子饥了。我就一心一意地盼着咱们的解放区,解放区就是我的家,想起来就一股热乎劲。

五

北斗星做了我们的目标,我们直瞅着它走。约莫走了二十里地,一片黑压压的树林,走到近边才认出有草垛,土地庙什么的,准是个村子了。没听到狗叫,这大约是游击区,狗都叫咱们打死了,省得下晚活动时候,咬醒了敌人。这村子没有围墙。我们轻手轻脚地进村子去，摸到一家人家，用咱们游击队晚间打门的信号叫门，一个老头轻轻地起来，听准了，才出来把门开开，挺害怕的样子。我说：

"别怕，咱们是一家子人……"

"咱们是八……"二虎接过来说，但是没说完又把话咽回去了。

"进屋吧！"老乡小声说。

我们不敢多吱声，跟老乡进屋去。这地方老乡穷得没油点灯，只烘一堆火照亮。他家的儿子和媳妇都叫鬼子抓走了，只剩下一个小孩子和老伴。老大娘听我们说是八路，赶紧下地，凑合到我们跟前痴痴呆呆地瞅了半天，好像要认她的亲人似的。二虎怕他不相信我们，特别说了好些关于我们的来历，老大娘说：

"得了，快别说那些了，我就眯着眼睛，光听你们说话那和和气气的样，不用问，十个就准猜中八个。……哎，你们受这份灾难，为的啥？还不是为了大伙嘛。"

老大娘又叨叨咕咕说："没啥能吃的，给烧碗开水喝，暖和暖和吧。"

一个五六岁的小孩，咬着扣子，睁开眼瞅我们。

我们喝了碗开水，又要求老乡换了身破衣服。我穿的青大褂，破了好多个洞，风直往里灌。二虎穿小棉袄。他，人长得粗，短秃秃的，像没长翅膀的蚂蚱似的。

老乡送我们出来，边走边说：这地方离城才二十来里地，鬼子同皇协军天天来抓夫、抢粮，老百姓快过不下去了。走了三里地样子，老乡才站住，说：

"同志，咱不敢陪了，你俩顺这道沟直走，错不了。"

我们谢谢了老乡就往前走。这时，我的伤口一阵比一阵疼，一步高一步低地迈。二虎搀着我的胳膊走，觉得不带劲，让他在前边先走，我自个慢慢拖吧。二虎走不几步又停一停等我。

走不多一点，启明星打东边发亮了。肚子饿得一点劲也没有。快亮天时，我们就在地里胡乱拔嫩苗往嘴塞，我的妈呀，一股涩味道，满嘴黏糊糊的。

天亮以后一看，这地方村子挺密，十来八里就是一个村子，鬼子的岗楼左一个右一个的。我们又高兴又害怕。

二虎说：

"进村吧，咱们说是要饭的。"

我瞅瞅二虎的长头发，又黄又瘦的脸，又看我自个的衣裳，就不说自己要饭也差不多了。可是，过了三四个村子也不敢进，怕伪军逮住了。最后，实在挺不住了，到一个叫刘庄的村子前面的一个小庙，我们就坐下，村里出来一个四十来岁的老乡，看样子是个老实的庄稼人。他先问我们俩：

"你们是干啥的？"

我看了看前后左右，完了对他说，这地方不好说话。二虎愣头愣脑地冒了一句说：

"咱们是八……"

"呵！"老乡呵了一声，马上笑起来。可是，马上又沉了脸，仔细瞅了瞅我们两人。完了他才低声叫我们跟他进村。我们不敢跟他走得太靠近了，远远地盯他屁股走。

进屋以后，老乡说，离这五里地就有鬼子的岗楼，鬼子常下来催给养什么的，叫我们别露脸，让到牛圈去烤烤火。二虎对自个说似的喃喃说：

"又到牛圈来了。咱们在小林庄埋的机枪能在吧？"

这牛圈好像早没有牛了，地上的牛粪挺硬实，犄角还堆柴火。

一会老乡端来一锅地瓜叶子煮的汤，还有一人一个棉子馍馍。后尾还跟来两个小孩和一个老大娘。他们都围上来看我们俩。老大娘说：

"同志，咱们也没东西吃，将就吃饱肚子吧。"

我一边吃，一边说我们的来历。老大娘站在一边听，眼睛淌下泪来了。她挺小的女孩子拉她的衣角，睁着眼盯我们两人。二虎等我把话一停，就对他们指着我说：

"他是我们的马连长！"

"什么？马连长？"老乡马上站起来，跟他的老伴交换了一个眼色。

"是呀！"二虎回答。

"哎呀！闹了老半天，原来……你们是十八团的吧？"

"是。"我说。

老乡这才笑开了，说：

"我还见过你一回面呢，你忘了吗？那是去年腊八晚间，我去抬担架，那时是你带的队，是打牛庄的岗楼嘛。哎，你现在瘦成这个样子。才刚在外头就说好像在哪见过似的，可是，老也想不起来。哎，老马老马的，大伙对你可熟了。今天怎的也不能走了。"

我这时真不知说啥好了，眼泪倒要往外淌。老乡又说：十八团就在这不多远地来回绕。小林庄、马路集，一个月前，咱们队伍退走，过不几天又打回来了。现在还是在八路手里。打这去，小路有三四十，走汽车道就得六十里地，一天准走到了。

天很快就黑了。老乡看我左腿伤口肿得那么老粗，说什么也不让走了。收拾了间壁一间草屋，老大娘送来一床破麻花被，两个枕头，把我们两人安顿住下。二虎瞅瞅我腿上的伤口又肿了。他说，这怎么办？明天走也不行，在这儿待吧，也不保准，得赶紧想办法！我说，走吧，六十里地，分三天走，一天拖它十多二十里地，到头了，爬也爬到了。

二虎寻思以后，忽一下高兴地说：

"来门了，就这么办！"

"啥好招？"我问他。

"别着忙，叫老乡来。"

正说话，老乡端一个大饭碗进来。碗上搁的腌菜，凑到我床边来说：

"同志，再尝点吧！"

二虎说：

"老乡，咱们不用客气。是吧？"

老乡说：

"那还到说啦！"

二虎说我一休息下来，伤口越发糟了，叫老乡明天送一送，行不行？回头给他些辛苦钱。

老乡马上说：

"那好说，那好说。老百姓八路军是一家子嘛，这话能白说就算啦？"

老乡原先是慢吞吞地吃他的饭，这下子紧赶吃完饭就走了。

这叫二虎多心了，偷偷跟他屁股盯去。我实在乏得要命，一下子就睡着了。

过一会，二虎回来把我弄醒过来，说：

"连长，你猜老乡干啥去了！"

"什么？他做什么去了？"我心一惊，坐起来。二虎笑着说：

"老乡两口子推苞米面呢。他说是给咱们预备明个儿路上的干粮。狗入的，我当是他上岗楼给鬼子送情报去啦！"

"你真是把人家好心当作驴肝了！"

"人心隔肚皮，谁能摸透？反正提高警惕是错不了。"

到夜里，二虎说他个人明天打小道先回去，叫连长派人来半道接我。叫我个人同老乡打汽车道上走。到鸡叫头遍，他拿上四个苞米面馍馍就走了。

我等亮天才起来，老大娘还给我端来洗脸水，叫我抹抹脸。吃过了早饭，老乡才弄来一挂小车，铺上稻草，把我安顿在车上，盖上破被子。这车没牲口拉，老乡和另外请来一位也是四五十岁老头，他俩人一个拉，一个推，嘎吱嘎吱往汽车道走了。好几年没在大天白日里往这道上走过了，心里有点害怕，老乡却蛮有把握地说：

"没啥要紧，放心吧！"

晌午，到一个村子附近，过上二三十个皇协军的便衣队，这帮王八犊子，比胡子还横，大声吆喝：

"去哪？"

"东边。"老乡回答。

"干啥去？"

"我这兄弟闹疮啦，请个大夫瞅瞅。"

那王八犊子掀开我被子来啦，我心可要跳出来了。我寻思：

"妈妈的，这下可没招了！"头忽一下冒了汗。这王八犊子大约看我又瘦又臭，赶快把被子盖住就走开了。

过一会，那帮家伙走远了，老乡才揭开被头，对我说：

"同志，受惊了吧？这帮王八犊子多，咱报仇呀！善有善报，恶有恶报，逃不了！"

"说不准又到咱村去糟践了！"

另一个老乡叹了一口气。

老乡气力总是有限，车嘎吱嘎吱得越来越走得慢了。到太阳快落时候，一问才走了三十来里地。还有三十里怎么的也赶不到了。就到前面顺合集住下吧，这是游击区，在早，我们队伍住这来的，北头还有我们连上的面户。我叫老乡把车直推到他家去。

我们的面户叫王学贵，我们都叫他老王。他现在老婆孩子一共三口人，就靠给人家推面过日子的。我们乍一见面，各人都有说不出来的一股酸甜苦辣的味道，找不来话说。过后，老王才又是照原先老样：见人又笑眯眯的，小辫子盘在头上，人挺干净利索。

"受了老罪啦！真是！"老大娘一边说，一边赶紧叫她小孩抱一床被子来，收拾一床铺叫我休息。完了又找来一条他大儿子的裤子，叫我把脏裤子换了。

"哎，贵人多难。打你去那么些天，我一天也没忘叨念你！咱们八路真是命大，说没了的人又都回来了！哎！"

老王从外边抱了柴火回来，听他老伴罗里巴嗦的，就说：

"别瞎叽叽啦，快烧水做饭吧。"

"来了，来了！"老大娘一边说，一边赶忙就走。老王进屋来问：

"老马，你爱吃啥？面条还是烙饼？"老王好像办喜事似的，一家子都那样高兴，我也不去阻拦他们了，顾他们乐意怎样弄就怎样弄吧。实在不让他做，反而使这实心眼的人难过。

当天下晚，我睡得可香啦，啥也不能比的舒服。

第二天早上，送我来的老乡回去了。我跟老王借了四十斤麦子给他们带回去。

本来我是要请老王送我回马路集的，老王说，马路集没有队伍，往哪边走，摸不准。等他打听好了再回去吧，反正就算到家了，等伤口养好了回去也不迟。这地方有个中医，能替我找些草药，扎咕扎咕，过几天伤好了，找到了队伍再回去。

我那时候自己也走不动，只好听他的。

二虎不知找到队伍了没有？我一天就叨念他。

过了三四天，二虎还没有信来。这地方抗救会、民兵，都帮我打听消息去啦。可是，这是游击区，队伍的番号一天换几回，谁也摸不准到是哪一个团的。驻地也不一定，有时候半夜才到，睡一觉，天没亮又走了。搭铺用的门板桌椅又放回去周周正正的。连房东也不知道啥时候走了。鬼子的碉堡、铁道、汽车道、电线常常叫破坏。

"二虎回去打开仗，上了瘾，把我忘啦？"我个人没事时，就胡思乱想。

老王两口见我一天一天好了，都高兴得不得了。

"老马胖啦！"老王晚上吃饭时候，就爱瞅着我说。

我在家闷得待不住，有时也到村边溜达溜达。一天，快煮完饭时候，村边站岗的儿童团，突然敲开锣了，直嚷鬼子下岗楼啦，鬼子下岗楼啦！

老王饮牲口去了，老大娘慌慌张张，把我拖拖拉拉到后屋去，揭开地洞，叫我下地窖。

"你可别出来呵！"老大娘把地洞盖上了。

我的妈呀，里边黑咕隆咚，真憋气。马上听到乒乒乓乓的枪响。不知鬼子又糟蹋啥样了！心里挺焦急的，直想往上跳出来，可是，手上啥也没得，想想还是没法。

待了老半天，老大娘揭开板，叫我出来。她老人家眼睛哭得不成形了。

"大娘，怎的啦？"我问。

小孩一边抽泣，一边说：

"爹叫鬼子拉到岗楼去了！"

老大娘哭得越发厉害。间壁的老乡对我说是，离这八九里地有个岗楼，住十来个鬼子。这些日子来，怕八路，不敢出来了。今儿不知怎的，来了，说是老王家藏八路，硬逼老王交出人来，老王叫打得东倒西歪，到底也不哼。最后叫拉到岗楼去了。

掌灯时候，老大娘端着饭碗筷子送到我跟前来，叫我吃饭。我真难受极了，寻思我是八路军，不能保护老百姓过好日子，倒是叫老百姓为自己受罪，这不是该犯错误了吗？我饭也吃不下去了，就想明天得找队伍去，快来搭救老王。

夜里，我怎也合不上眼皮。老王那个盘在脑袋上的小辫子，老在我眼里闪晃。

半夜了，猛一下，手榴弹、机枪，一阵打雷暴雨似的，村里的民兵也吆喝起来了。说是八路打岗楼来啦。

整个村子好像一锅开水，都乱嚷嚷的。老大娘也爬起来，赶紧点上灯。

我到街上朝西边一瞅，半个天都叫一道火光烧红啦。老百姓发疯一个样，自动找门板、绳子做担架，有的就空着手准备去背胜利品。

"妇女同志快回屋烧水，等会八路同志下来喝啊！"

有人边叫边唤朝岗楼走。

"老马，你腿不灵便，回屋吧。"老大娘跑来叫我。

……

不大一会，枪炮声少了。人乱嚷嚷的，越来越近。

"老王，不碍事吧？"

"到了吧？"

"到了。这儿，这儿！"

一大堆人一呼啦都围上来了，都挤到老王家来了。

"连长……受惊啦！"二虎先蹦到我跟前来拉住我的手。

原来，二虎打算同连的人拔了这个据点，就到顺合集去迎我的，想不到在这遇上了。指导员、三排长、班长和战士他们都来了，围了一大圈。叫我的手不知跟谁拉才好，个个都像一团火一样热乎乎的，心软的人眼泪淌了下来。

他们带来新衣裳、短褂、帽子，指导员叫我换上，好像催出门子的姑娘上妆似的。

"连长，看，认得吧？"二虎拉过一挺轻机枪，叫我看。

原来是埋在小林庄牛粪里的机枪，二虎回去起出来了。

"还好使吧?"我就问。

"不好使?才刚两个鬼子,就叫它开了荤了。"

大伙都乐得什么似的。我只想到七班长和八班长他们,再也看不见了,今天见了大伙,心里倒真有点难受。

老王叫鬼子打得红一块、紫一块的,躺在床上不能动弹,可也不哼,眼睛睁睁地听着我们说话。我问他说:

"老王,怎的啦?"

"没事,好人终有好报。你不说嘛,我才刚就这么心思,现在不是你们八路来了吗?有了你们八路,老百姓就不会遭罪,鬼子也就不长远。你信不信?"

马上,门口挤来一大堆妇女来了:

"同志,让开点!"

"同志,辛苦啦!"

"吃点饼,喝碗水吧。"

妇女会员端碗、提罐,拿着烙饼,把屋子挤得站也没地方站了。

第二天,我回到我们连上的驻地。团首长派了通讯员来请我去团部。团长一见面就高兴得了不得,又拿出一盒纸烟来,还是缴日本鬼子来的好纸烟哩,樱花牌,锡包的,给了我一支说:

"抽吧,猛劲抽吧!喂,通讯员,去叫大师傅把菜弄好一点。"

当天晚上没什么情况,不打仗。团首长就叫我讲这段经历。

半个来月以后,上边军分区来了一道文件,说我这段经历,在战斗中坚决执行了上级命令,领导队伍坚决抵抗,英勇顽强,坚定不屈,完成了掩护主力任务,表现了共产党员应有高贵的革命气节!应在全党广泛的表扬,以教育全体党员、干部。

故事就这样完了。当然啰,我们八路军在抗日战争中,英勇不屈的共产党员气节,比这生动有的是,我不过是千千万万人中之一个就是了。

一九四八年七月一日完于哈尔滨

∣ 文学史评论 ∣

他是广西现代文学奠基人之一，是广西长篇小说的开拓者。

——金星华主编，李晓丽、鄢晓霞编著《共和国少数民族文学家传》，贵州民
族出版社，2013，第96页

∣ 创作评论 ∣

抗日战争时期奔赴延安，解放战争时期转战东北，新中国成立后重返广西，在
不同时期、不同地域都给国人留下了光辉的文学业绩。他对20世纪中国南北地区诸
多重要方面和重要人物曾有过真实、生动的描绘，给不同历史时期的中国文坛都提
供了上乘之作。

——任玉玲:《用"文学"书写"人生"——陆地其人其文》,《广西民族师范学
院学报》2018年第2期

∣ 作品点评 ∣

中篇小说《钢铁的心》写的是一个人民解放军（当时的八路军）连长、共产党
员马如龙在抗日战争中所经历的一段悲壮故事。陆地的这些小说，成功地塑造了
共产党员和革命战士的形象，是壮族文学中新生的美丽的具有巨大生命力的鲜花。

——广西壮族文学史编辑室、广西师范学院中文系编著《广西壮族文学》(初
稿)，广西壮族自治区人民出版社，1961

∣ 作者自述 ∣

这四年间，我写作特别活跃，影响也广。其中写知识分子的短编《叶红》和《阅
读与写作》的星期专栏理论文章，深为广大青年倾倒；另一篇写部队老红军干部的
《钱》，为苏联文学期刊译载（苏联《旗》1948年8月号），开了苏联文学期刊译载中
国解放区小说的先例。1948年初，我的第一本短篇小说集《北方》（1950年上海群
益出版社重排出版改名《好样的人》）在哈尔滨问世。接着，又出版了我的一本文

学理论《怎样学文学》和一本中篇小说《生死斗争》(上海新文艺出版社重排改名《钢铁的心》）。

　　——陆地:《我的生平》，载中国人民政治协商会议广西扶绥县文史资料研究编
　　　　辑委员会编《扶绥文史资料》(第3辑)，1990，第75页

　　七年的延安生活，随着抗日战争的胜利而告终。而后我到过沈阳、长春和哈尔滨，随同中共东北局一道转移，在《东北日报》编副刊。先后进厂、下乡，参与工厂民主、农村土地的改革运动。生活天地大大深入而拓宽了，人世阅历得到充实、丰富。凭着年轻气盛，创作灵感格外活跃:写工人得解放，以厂当家的阶级觉悟;写农民分到土地，从奴隶翻身做主人的喜悦;又写小说，又写杂文、短论。一时在东北新区男女青年读者中，赢得了非同寻常的声名。

　　——陆地:《我的文学生涯》，载中国人民政治协商会议广西壮族自治区委员会
　　　　文史资料委员会编《难忘的历程》，广西人民出版社，2002，第419页